唐娜·塔特作品系列

THE
LITTLE
FRIEND

鲜为人知晓

〔美〕唐娜·塔特 著
吴奕俊 赵玉琪 译

人民文学出版社
PEOPLE'S LITERATURE PUBLISHING HOUSE

著作权合同登记号：图字 01-2021-2421

THE LITTLE FRIEND
Copyright©2002 by Donna Tartt
Simplified Chinese translation rights © 2022 by Shanghai 99 Readers' Culture Co., Ltd.
ALL RIGHTS RESERVED

图书在版编目（CIP）数据

无人知晓 /（美）唐娜·塔特著；吴奕俊，赵玉琪译. —— 北京：人民文学出版社，2022
（唐娜·塔特作品系列）
ISBN 978-7-02-015239-1

Ⅰ.①无… Ⅱ.①唐…②吴…③赵… Ⅲ.①长篇小说–美国–现代 Ⅳ.①I712.45

中国版本图书馆CIP数据核字(2021)第253539号

| 责任编辑 | 卜艳冰 | 汤 淼 |
| 装帧设计 | 汪佳诗 | |

出版发行　人民文学出版社
社　　址　北京市朝内大街166号
邮政编码　100705

印　　制　上海盛通时代印刷有限公司
经　　销　全国新华书店等

字　　数　521千字
开　　本　890毫米×1240毫米 1/32
印　　张　20.875
版　　次　2022年4月北京第1版
印　　次　2022年4月第1次印刷

书　　号　978-7-02-015239-1
定　　价　100.00元

如有印装质量问题，请与本社图书销售中心调换。电话：010-65233595

从最高级的事物中获得最微小的知识,比从低级事物中获得最确定的知识更令人向往。

——托马斯·阿奎纳
《神学大全》第一册第一问第五款

女士们,先生们,我现在被铐进了一个由英国机械工花费五年制作的手铐当中,我不知道自己能否脱身,但是我可以告诉你们的是,我会尽我所能的。

——哈里·胡迪尼
伦敦竞技场,圣帕特里克节,1904 年

目录

序　言		1
第一章	老猫去世	14
第二章	黑鹂	64
第三章	台球厅	161
第四章	布道所	281
第五章	红手套	347
第六章	葬礼	401
第七章	塔	482
致　谢		663

序　言

在夏洛特·克里夫的余生当中，她都将始终在为儿子的去世而自责，因为她把母亲节大餐定在了晚上六点，而没有像以往那样，从教堂回来之后的中午就一起吃。家里的克里夫长辈对这一新安排表达了不满；虽然主要是因为对创新持怀疑态度，但是按道理，夏洛特感觉自己应该能察觉出唠叨之下所涌动的暗流，其中可能暗含对未来不祥之事的微妙预警；这一预警，虽然事后看来仍觉模糊，却可能是我们一生当中最渴望获得的。

虽然克里夫一家人爱极了重温往事，即使最为微不足道的家族历史，或者临终病榻上都发生了什么，或者发生在上世纪的求婚，都能一字不落、辞藻华丽、七嘴八舌地重复再三，但他们对这个糟糕至极的母亲节却只字不提。即使是私密交谈中也是如此，比如轿车里只有两人，而前方还有一段漫长车程，或者因为深夜失眠而在厨房相遇；但这十分异常，因为与家人讨论是克里夫一家人理解世界的方式。甚至是最为残酷、最为偶然的灾难——夏洛特一个还处于襁褓之中的堂妹死于火灾，夏洛特的叔叔在一次打猎中死于意外，而她当时还在上文法学校——都时常被她们提起，她祖母温柔的声音和她妈妈严苛的声音与她祖父的男中音、她小姨们的嗡嗡声和谐地交融在一起，还有一些装饰性的音节，由勇敢的独奏者随即创作，副歌积极应和，使歌曲更进一步，直到最后，通过集体的力量，它们合成了一首歌，这首歌在当时被记住，被所有人一遍又一遍地齐声合唱，直至渐渐侵蚀记忆，慢慢替代真实：愤怒的消防队员没能使瘦弱的小身躯恢复呼吸，转而哭了起来，捕鸟猎犬也情绪低落，为主人的死亡困惑了好多周，变成了极度悲伤的家族传奇的女主角，它在房间里不知疲倦地追寻着自己所爱的人，整晚在它的窝里哀号着，伤心欲绝；每当亲爱的灵魂出现在院子里时，它都会愉快地吠叫着以示欢迎，那是只有它才能看到的鬼魂。"狗狗们能看到我们看不到的东西，"夏洛特的姨妈塔特总是在这样的时刻，在适当的故事情节中，语气平淡地这么说上一句。她有些神秘主义，而鬼魂是她的新发明。

但是罗宾，他们的亲爱的小罗宾。十多年过去了，他的死仍然让人为之痛心；那其中并没有什么值得关注的细节；它的恐怖之处并不受制于克里夫一家人所掌握的任何修辞技巧，无法补救或编排。并且——因为刻意为之的健忘症使得罗宾的死亡没有被改写成一件甜蜜的家族往事，没有使最为痛苦的谜案变得让人感到舒服，感到可以理解——关于事件发生那天的记忆是凌乱的，如同噩梦中闪闪发光的玻璃碎片，在紫藤的气味中、在晾衣绳的吱呀声中、在雷雨欲来的春季闪电中，愈发闪亮。

有时候，这些栩栩如生的记忆片段像是一场噩梦的片段，好像什么都没有发生过，然而从很多方面来讲，这似乎又是夏洛特一生中唯一的真实事件。

但对于这一混乱局面，夏洛特能讲述的只有这场家庭仪式，从她小的时候到现在仍然一成不变的家庭聚会模式。但即使如此也几乎没有帮助。那一年惯例被漠视，家庭规则被忽视。回想起来，种种皆是指向灾难的迹象。晚餐聚会没有像往常一样，没在她的祖父那里，而是在她的家里举办。装饰花束用的是蕙兰而不是常用的玫瑰花苞。炸了鸡肉丸子——大家都很喜欢，艾达·拉伊做得很好，克里夫一家在生日宴和平安夜晚餐上都会吃这道菜——但是他们从没有在母亲节这天吃过；在他们的记忆之中，在母亲节时从来没有吃过除荷兰豆、玉米布丁和火腿之外的东西。

风雨欲来却到处闪光的春季夜晚，浊云低压，金黄色的阳光照射着草坪，蒲公英和葱花闪闪发光。空气清新但有些憋闷，似乎要下雨。房间里传来说笑声，夏洛特的老姨妈莉比发着牢骚的说话声，一时间她的音调变得又高又凄厉："哎呀，我从来没有做过这样的事情，阿德莱德，我从来没有做过这样的事情！"克里夫家的人都很爱调侃姨妈莉比。她是个什么都害怕的老姑娘，怕狗，怕雷暴，怕配了朗姆酒的水果蛋糕，怕蜂蜜、黑人、警察。一阵疾风吹得晾衣绳摇摇晃晃，压弯了街对面的空停车场上的高高的草。纱门猛地关上。罗宾哈哈大笑着跑了出去，一次往下跳两个台阶，是因为祖母讲了一个笑话——为什么信湿了？因为它是邮（游）过来的。

外面至少还应该有一个人看着孩子们。长着一头黑发的哈莉特当时不到一岁，还是个深沉且闷不吭声的婴儿，从来不哭不闹。她在门前的小道上，被缚在一推就能前后摇晃的婴儿摇篮椅上，她四岁的姐姐艾莉森，正在台阶上静静地和罗宾的小猫维尼玩着。她不像罗宾——他那么大的时候，会不停地用自己低沉沙哑的声音兴高采烈地说个不停，因为自己讲的笑话而高兴得在地上打滚——艾莉森既害羞又胆小，不论是谁试图教她读"ABC"，她都会哭起来。而孩子们的祖母（对她这样的情况毫无耐心）并不太关注她。

早一些的时候，塔特姨妈在外面陪宝宝哈莉特玩了一会儿。在厨房和用餐室之间跑来跑去的夏洛特曾探头往外看了几次——但是她并没有特别在意，因为保姆艾达·拉伊（她已经决定继续干她周一的活儿，开始洗衣服了）也进进出出的，她正往晾衣绳上晾着衣服。夏洛

3

特被这一景象蒙蔽了,因为通常情况下,在周一洗衣日的时候,艾达总是在听力范围之内——不是在院子里,就是在后门廊上的洗衣机那边——所以即使把最小的宝宝放在屋外也是毫无危险的。但是艾达那天忙得不可开交,完全抽不开身,她既需要照顾客人,还需要看着灶台,同时还要看着宝宝哈莉特;而且她的心情非常糟糕,因为她周日通常是下午一点下班,但那天不仅她的丈夫查理·T得自己解决晚餐,而且她还没去成教堂。她坚持把收音机放进厨房,这样她至少能听听克拉克斯代尔的福音书节目。她穿着一身黑色的套装,围着白色的围裙,把福音节目的声音调得出奇得高,她一会儿在厨房里忙活,一会儿往高脚杯里倒着冰镇茶饮,挂在外面的晾衣绳上的干净衣服则胡乱飘动着,绞拧着,在即将到来的雨天中绝望地挥舞着臂膀。

在某个时刻,罗宾的祖母也去到了门廊上;这点毫无疑问,因为她在那里拍了一张快照。克里夫家里的男人并不多,而通常由男人来做的事情,如修剪树枝、家具维修、开车送老人去杂货店和教堂,大部分都落到了她的肩上。不过她很乐在其中,自信地认为对于她那些胆小的姐妹来说,这是值得惊叹的事情。她们中没有一个人会开车;可怜的姨妈莉比更是怕极了各种家用电器和机械装置,以至于每当她需要打开煤气加热器或是换灯泡时,都会泪流满面。她们虽然对照相机也都很感兴趣,但同时也很谨慎,她们敬佩自己的姐妹能够愉快而自信地摆弄这个非常男人的奇怪装置,装胶卷,瞄准对象,像开枪似的啪的一声按下快门。每当看到她装上胶卷或是动作敏捷、十分专业地调整焦距时,她们总会说:"看看伊蒂斯,没有她不会做的事情。"

虽然伊蒂斯在各种领域都很能干,但据家族传言,她在陪伴儿童方面却没有什么天赋。她太过傲慢,没有耐心,她的态度无法表现出热情友好；她唯一的孩子，夏洛特总是找她的姨妈们（尤其是莉比）寻求陪伴、喜爱和安慰。虽然哈莉特宝宝现在还几乎没有显现出对任何人的偏爱，但是每每艾莉森被带到祖母那里时，她总是怕极了祖母为了让她开口说话而采取的积极努力。但是，哦，夏洛特的妈妈是多么喜爱罗宾啊，而他也是那么爱她。她——一位体面的中年女士——在前院和他一起玩传接球的游戏，从她的花园里抓蛇和蜘蛛给他玩，教他唱她在二战时期做护士时从士兵那里学来的滑稽歌曲：

> 我认识一位叫佩格的女孩
>
> 她的双腿是木头做的

而他很快就能用沙哑而甜美的小嗓子跟她一起唱。

伊蒂伊蒂伊蒂伊蒂伊蒂！他刚刚学说话的时候就开始这么称呼她了，他在草坪上疯疯癫癫地跑着，兴高采烈地喊着她。虽然她的父亲和姐妹们都称她为伊蒂斯，但他却称她为伊蒂。罗宾大约四岁的时候，有一次特别严肃地叫了她一声老太婆。"可怜的老太婆。"他如此说道，表情像猫头鹰似的十分严肃，然后用他长有雀斑的小手拍了拍她的额头。夏洛特从不敢想象自己能和机敏而一本正经的妈妈如此熟悉，在她因为头痛而躺在卧室里的时候更是不可能，但是这个小插曲让伊蒂很是开心，如今已经成了她最喜欢讲述的故事之一。他出生的时候，她的头发已经灰白了，但是她年轻时和罗宾一样有一头明亮的红发。在她给他的生日和圣诞节礼物的卡片上，她通常会写：给红襟鸟罗宾或者我的红色罗宾，爱你的可怜的老太婆。

伊蒂伊蒂伊蒂伊蒂伊蒂！他九岁了，但他一贯的打招呼的方式，他唱给她的情歌，如今已经成了一段佳话。而那天下午她走到门廊上时，他一如往常隔着院子如此喊着她，那是她最后一次看到他。

"过来亲老太婆一口。"她向他喊道。虽然通常情况下，他很喜欢拍照，但有时候他也会调皮一下——拍出来的照片上只有一团模糊的红头发人影，胳膊肘和膝盖凸起，一副慌忙跑走的样子——当他看到伊蒂脖子上挂着的相机时，他就咯咯地笑着跑掉了。

"到我这边来，小淘气！"她喊道，随后，她一时心血来潮，举起相机，对着他拍了一张照片。那是他的最后一张照片，没有对上焦，角度稍微有些歪，照片中是一片绿色，前景中有一道白色的栏杆和一团种在门廊边缘的锐利的栀子花。天空浑浊，含着水汽，深蓝色和深灰色的色调变幻着，光束穿透翻滚的云层照射下来。在照片的角落里是罗宾模糊的身影，他背对着镜头，跑过雾蒙蒙的草坪奔向等在前面的他的死期——照片中隐约能看到——就在紫树下面黑漆漆的地方。

———

几天后，夏洛特喝过药后躺在拉着百叶窗的房间内，迷迷糊糊地想到了一件事。不论罗宾去哪里——去学校、去同学家、去伊蒂家待一个下午——他总是会道别，总是言语温柔、耗时长久、郑重其事地道别。关于这方面她有无数的记忆，他留下的小纸条，他隔着窗户飞吻，他坐在即将出发的汽车后座上，小手不停地在她身上敲来敲去：再见！再见！他还是个婴儿的时候，早在学会说你好之前便先学会了说再见；这是他和人们打招呼的方式，也是他离开他们的方式。而他这一次却没能够说声再见便离开了，对于夏洛特来说，似乎尤为残酷。她一直无法集中注意力，以至于她没有任何和他最后交流了些什么的清晰记忆，甚至记不起最后一次看到他的情景，而她需要一些具体的细节和一些关于他生前的最后的记忆，来陪伴已经陷入混沌、跌跌撞撞的她穿过横亘在她面前的从当下一直延伸到她生命终点的荒漠。她因为痛苦和失眠而有些生气地不停地向莉比宣泄着（姨妈莉比帮她挺过了那段时光，莉比为她准备衣服，给她做肉冻，整夜整夜地陪着她一起失眠，寸步不离地守在她的身边，是莉比拯救了她）；因为她的丈夫或是任何别的人都没有办法给她丁点儿安慰；虽然她自己的母亲（在外界看来，她看上去似乎"承受住了打击"）不论是外貌还是习惯上都没有任何改变，每天仍然勇敢地生活着，但其实伊蒂早已不同往常。"从床上起来吧，夏洛特！"她总是这样叫嚷，猛地拉起百叶窗；"给你，喝点咖啡，梳梳头发，你不能像这样整天躺着"；当伊蒂将窗帘拉开，转身去看静静地躺在黑暗的卧室里的女儿时，甚至连无辜的莉比有时都会被她冰冷明亮的眼神吓得一颤：凶狠、无情，像大角星似的。

"生活仍要继续。"伊蒂最爱说的一句话。那是谎话。吃了安眠药的夏洛特曾经在迷迷糊糊中醒来，想要叫自己死去的儿子起床上学，一晚上会有五六次起床喊着他的名字。有的时候，有那么一两个瞬间，她以为罗宾就在楼上，而这一切只不过是噩梦而已。但是当她的眼睛适应黑暗之后，那些极难看的令人绝望的垃圾（纸巾、药瓶、凋零的花瓣）撒满了床边桌，她又开始啜泣了起来——虽然她已经哭得胸口疼痛——因为罗宾并没有在楼上或是其他地方，他再也不会回来了。

他会在自行车的辐条里插卡片，虽然她并没有注意到，但在他活着的时候，她就是靠着它嘎吱嘎吱的响声来留意他的回家和离开。附近有一些孩子的自行车发出的声音和罗宾的自行车的声音一模一样，每次听到远处传来这样的声音的时候，她的心都会一下子绷紧，不可思议、十分美好却又异常残酷的感觉瞬息变幻。

他呼喊她了吗？想象他生命的最后时刻，让人感到灵魂被啃噬一般的痛苦，然而她却只能想到这些，他挣扎了多久？他痛苦了吗？她一整天都盯着卧室的房顶直到影子划过屋顶,随后她又醒着躺在床上,盯着黑暗中发着冷光的钟表指针。

"你躺在床上整天哭哭啼啼,对世界上的任何人都产生不了任何好处,"伊蒂轻快地说着,"你穿上些衣服,把头发梳梳,就会感觉好很多了。"

在梦中,他躲避着,站得很远,隐藏着什么。她渴望他能对她说些什么,但是他从不看她的眼睛,从未张口说过话。在最糟糕的时候,莉比曾经跟她反反复复咕哝了些什么,一些她到现在也没有理解的话。我们本就无法拥有他,亲爱的。他不属于我们。他和我们度过的时光是我们的幸运。

而那个炎热的早晨,在拉着百叶窗的房间里,在安眠药引起的模糊意识中,夏洛特想到了这些。莉比告诉她的是事实。而且在某种程度上,有些奇怪的是,自从他还是个婴儿时,罗宾就开始试图跟她道别了。

———

伊蒂是最后一个看到他的人。那之后,便没有人有清楚的印象了。她的家人们在起居室里交谈时——现下则长时间地沉默着,大家都怡然自得地瞟着四周,等待着有人呼唤前往餐桌用餐——夏洛特正手忙脚乱地在用餐室的餐具柜上找着她的好亚麻纸巾(她走进来发现桌子上摆放的是日用棉布;而艾达——一如既往——宣称从来没有听说过其他纸巾,说她只能找到印着格子花纹的野餐用餐巾纸)。夏洛特刚刚找到了好的餐巾纸,正要喊艾达过来(看到了吗?就放在我说的那个地方),突然间她感到有什么不对劲的事情发生了。

宝宝哈莉特。这是她的第一直觉,她跳起来,任由纸巾掉在地板上,跑到门廊上。

但是哈莉特没事。她仍然被缚在秋千上，瞪着大大的灰色眼睛看着她的妈妈。艾莉森坐在人行道上，咬着拇指。她前后摇晃着，发出了一种类似黄蜂的嗡嗡嗡的声音——很明显也没有受伤，但是夏洛特看出她哭了。

怎么了？夏洛特问道。你弄伤自己了吗？但是艾莉森咬着拇指，摇了摇头，表示没有。

通过自己的眼角余光，夏洛特看到院子边缘有什么在晃动着——罗宾？但当她抬头看时，并没有看到任何人。

你确定吗？她问艾莉森。那只小猫挠你了吗？

艾莉森摇头否认。夏洛特蹲下身来，快速检查一番；她的身上没有肿起来的地方，也没有擦伤。那只猫不见了。

夏洛特仍然感到不安，她亲了亲艾莉森的额头，把她引回屋内，（"亲爱的，快去看看艾达在厨房里做什么吧。"）随后她又出来看哈莉特宝宝。她之前也有过这种做梦一般的惊慌之感，通常是在夜半时分，孩子还不到六个月大的时候，她会从熟睡中惊醒，奔向婴儿床。但是艾莉森没有受伤，小宝宝也没事……她走进起居室，把哈莉特留在她的姨妈阿德莱德身边。阿德莱德从餐厅的地板上捡起餐巾纸，然后——不知为何半梦半醒地——慢吞吞地走到厨房给宝宝拿杏肉去了。

她的丈夫迪克斯说了晚餐不用等他。他去外面打鸭子了。没关系。迪克斯休息的时候，通常不是出去打猎，就是去他妈妈那里。她推开厨房的门，拖过来一把凳子，踩上去从橱柜里拿出宝宝的杏。艾达·拉伊正弯着腰从烤箱中拿一盘面包。上帝，一个噼啪作响的黑人声音从晶体管收音机中传来。上帝从不会改变。

那个福音书节目吓到了夏洛特，不过她从未对任何人提起过。如果不是艾达把那个收音机的声音调得那么大，他们可能会听到院子里发生了什么事情，可能会知道有什么事情不对劲了。但是（当她在夜里辗转反侧，试图在众多事件中寻找根源时）让虔诚的艾达在周六工作的人却是她。记住安息日，虔诚地遵守它。《旧约》中提到过，耶和华总是以极小的代价给人猛烈的打击。

这些面包差不多做好了，艾达·拉伊说道，又向炉灶弯下腰去。

艾达，我来弄吧。我看外面快下雨了。要不你去把衣服收回来，喊罗宾回来吃饭吧。

当艾达——发着牢骚，神色僵硬——拿着一胳膊的白色衣服嘎吱作响地走回来时，她说道：他不回来。

你告诉他让他立即回来。

我不知道他在哪儿。我已经喊了他五六次了。可能他去了街的另一头。

艾达把衣服放进熨衣筐中。纱门砰的一声关上。罗宾，夏洛特听到她叫嚷。你赶快回来，不然我就拧断你的腿。

随后，又是一声叫嚷：罗宾！

但是罗宾没有回来。

哦，天啊，夏洛特说道，用厨房毛巾擦了擦手，走到院子里。

她一走到院子里就有些不安、恼怒地意识到，自己不知道应该去哪里找他。他的自行车靠在门廊上。他知道快到晚餐的时候不应该跑得太远，尤其是家里有客人的时候。

罗宾！她喊道。他在玩捉迷藏吗？家附近没有和他同龄的孩子，虽然时不时会有邋遢的孩子——黑人和白人都有——从河边跑到宽阔的橡木成荫的乔治街的人行道上晃荡，她现在却一个都看不到。艾达禁止他和他们玩，不过有时候他还是会和他们玩。他们小的时候很让人同情，他们的膝盖上结着痂，脚丫子上都是泥土；虽然艾达·拉伊会在院子里嘘嘘嘘地把他们赶走，但夏洛特心肠软，有时会给他们一些零钱或是几杯柠檬汽水。但是他们长大一些后——十三或十四岁的时候——她则很乐意回到房内,任由艾达凶神恶煞地把他们赶走。他们拿着BB枪打狗,从别人家的门廊上偷东西,说些污言秽语,整夜都在街上晃荡。

艾达说:不久前有些垃圾男孩在街上乱跑。

艾达口中的垃圾男孩,是指白人孩子。她痛恨贫穷的白人小孩,单方面把所有院子里一切不对劲的地方都归咎于他们,即使夏洛特很肯定那根本不可能是他们。

罗宾和他们在一起吗?夏洛特问。没有。

他们去哪儿了?我赶走他们了。往哪儿跑了?

仓库那边。

住在隔壁的年老的方丹夫人,穿着白色的开襟羊毛衫,戴着猫眼眼镜,走出院子看外面发生了什么。她的老贵妇狗米基紧跟在她的身后,与她有些相像,很是滑稽:尖鼻子,僵硬的灰色鬈发,狐疑地翘着下巴。

哎哟,她高兴地喊道,你们是要办大聚会吗?

就是一家人聚聚,夏洛特一边喊着答话,一边扫视着纳齐兹街周围逐渐暗下去的地方,远处的铁轨向前延伸着。她应该邀请方丹夫人来吃晚餐。方丹夫人是一位寡妇,她唯一的孩子死在了朝鲜战争中,可她是个满腹牢骚、好管闲事的恶人。方丹先生开了一家干洗店,但英年早逝。人们开玩笑说他是被她唠叨死的。

出什么事了?方丹夫人问。

你看到罗宾了吗?

没有。我一下午都在楼上打扫阁楼。我知道我看上去乱糟糟的,看到我拖出来的这堆垃圾了吗?我知道清洁工周二才来,我也很讨厌把这些东西丢在街道上,但是我也没办法了。罗宾跑到哪里去了?你

11

找不到他了吗？

他肯定没有跑远，夏洛特说着，走下人行道，往街上望去。但是已经到了晚餐时间了。

快打雷了，艾达·拉伊抬头望着天空说道。

他应该没有掉到鱼池里吧，你觉得呢？方丹夫人紧张地说。我总是担心小孩掉进那里面。

那个鱼塘不到一英尺[①]深，夏洛特说道，但说话间她也转身向后院走去。

伊蒂走到了门廊上，出什么事儿了？她问。

他没有在后院，艾达·拉伊喊道。我已经看过了。

夏洛特从房子外面经过厨房时，艾达的福音节目从敞开的窗户中传出来：

耶稣温柔慈声恳切地呼唤

他呼唤你　呼唤我

看到了吗？他正在门前等候

后院十分荒凉。工具棚的门半开着：里面空无一人。金鱼池表面上漂着一层黏糊糊的绿色浮沫。夏洛特抬头时，看到乌云之中闪烁着错综复杂的闪电。

第一个发现他的人是方丹夫人。听到尖叫声的夏洛特僵在原地。她转身，快速向后跑去，但还是不够快——远处传来轰隆隆的雷声，在风雨欲来的天空下，一切都被奇怪地照亮了。空地出现在她的面前，她的鞋跟踩进了泥泞的土壤里，唱诗声不知从哪里传来，一阵雨

[①] 1英尺 = 30.48厘米。

前的强劲凉风突然扫过头顶的橡木,像是巨大的翅膀挥过,绿色的草坪赫然耸现,像海洋一般在她周围起伏着,令人心感不快,而她跌跌撞撞、惊恐万分地向着她此生所遇最不幸之事走去——因为伴随着方丹夫人的尖叫声,一切都摆明了。

她跑到那里的时候,艾达在哪儿?伊蒂在哪儿?她能记起的只有方丹夫人,她一只手将舒洁面巾纸紧紧地按在自己的嘴上,双目圆睁,眼珠子在白色镜框的眼镜后面打着转;方丹夫人,贵妇狗的吠叫声,还有——从不知哪里,到那里,再到处都是的——伊蒂的歇斯底里、颤抖不止的尖叫声。

他被一根绳子吊在了紫树矮处的树干上,就在夏洛特与方丹夫人家之间疯长的女贞灌木附近。他已经死了,软绵无力的脚尖在草地上方六英尺的地方晃荡着。猫咪维尼趴在一根树干上,伸出敏捷的爪子够了够罗宾的铜红色的头发,微风的吹拂下,他的头发打着褶,闪闪发光,而那是他身上唯一一处颜色未变的地方了。

回家吧,广播中传来唱诗班的歌声:

回家吧……
疲倦的人,回家吧

厨房的窗外冒着滚滚黑烟。锅里正做着炸鸡,这道菜一向是这个家庭最爱,但从那天之后,便再也无人问津。

第一章　老猫去世

今年是罗宾惨死的第十二年。他被吊死在自家院中的树上，但时至今日，仍然无人知晓其中究竟。

他的死仍是镇上居民的谈资。虽然他们常说他是"意外死亡"，但事实（正如在桥牌聚会、理发店间、钓鱼小屋、候诊室，以及乡村俱乐部餐厅所流传的那般）却更有可能截然相反。诚然，人们很难想象一个九岁的小男孩会因为厄运缠身、处境艰难而设法上吊自尽。人们掌握的相关细节五花八门，并依此进行推测和讨论。传言说吊死罗宾的是一种光缆，这种光缆并不常见，只有电工偶尔会用到。但没人知道这光缆是哪儿来的，又或者，罗宾是如何得到它的。这种电缆粗硬，不易弯折。从孟菲斯来的调查员告诉镇上的警长（现已退休），在他看来，像罗宾这样的小男孩没办法自己打结。电缆被草草系在树上，手法业余，但这到底是因为杀手经验不足，还是因为他行凶匆忙，又无人可知了。而罗宾身上的伤痕显示（他的儿科医生如是说。他曾与州里来的验尸官交流，后者检验了镇上验尸官的报告），他并非死于脖颈断裂，而是被勒死的。有些人认为他是当场被吊死的，有些人认为他是被勒死之后吊在树上的。

无论是镇上的居民，还是罗宾的家人，几乎所有人都一致认为罗宾死于某种谋杀。但具体是何种谋杀，凶手何人，又让大家陷入茫然。十九世纪二十年代以来，亚历山大共有两位显赫家族的女人惨遭丈夫杀害。但这都是些过时的传闻，当事人早已不在人世。亚历山大不时有黑人离奇死亡事件发生，但（不少白人急于辩白）大部分都是其他黑人由于内部纠纷而为。这都无法与一个孩子死于非命相提并论——每个人，无论贫富、无论肤色，都为之震颤——没有人能想出到底是谁下此狠手，或者为何残忍至此。

邻里间关于神秘夜行人的传言四起。罗宾去世多年后，仍然有人说自己看到了夜行人。大家一致声称他身形高大，但其他特质又众说纷纭。有人说他是黑人，也有人说他是白人；有人说他有极其鲜明的特征，如少了一根手指，脚步畸形，脸颊上有一道乌青色的伤疤。据称，他是个受雇于人的恶棍，曾勒死得克萨斯州一名议员的孩子，把尸体喂了猪；他曾是个马戏小丑，把儿童一步一步骗进死亡圈套中；他是个精神变态的弱智，被十一个州通缉，但他从惠特菲尔德的精神病院跑了出来。尽管亚历山大的每对父母都告诫过自己的孩子要提防他，尽管几乎每个万圣节都能在乔治街附近看到他高大的身形蹒跚而行，这个夜行者仍然令人难以捉摸。在克里夫家的孩子死去之后，一百公里以内的流浪者、四处漂泊者、隔窗偷窥者都曾被集中问询，但调查毫无进展。罪魁祸首仍然逍遥法外，人们的恐惧无法从心里消散。人们惧怕他仍然潜伏在附近，隐藏在轿车当中，悄悄观察着正在玩耍的儿童。

谈论这些的都是镇上的居民。罗宾的家人从不讨论这些，一次都没有。

罗宾的家人只谈罗宾。他们回忆他说过的话或做过的事，细碎微小但温馨有趣，回忆他从婴孩到幼儿园再到少年棒球联盟时的趣闻轶事。他的姨婆们记得一大堆有关他的琐事：他玩过的玩偶、穿过的衣服，喜欢或讨厌的老师，玩过的游戏、做过的梦，他不喜欢什么、想要什么、最爱什么。有些记忆十分准确，但有些就与实际情况不太相符了，还有很多的真伪无从知晓。但是，当克里夫家决定在某件主观事情上达成一致后，这件事情就自动并且没有任何回旋余地成为了事实。没有一个人意识到这其实是他们信念叠加的产物。

但罗宾的离奇死亡迷雾重重，前后矛盾，并未屈服于他们的集体意念。尽管克里夫一家人有着极强的修正能力，他们也无法给这些故事的碎片强加解释，找不到其中逻辑，无法总结教训，这一事件本身也无任何道德可循。他们所拥有的只是罗宾自身，或者说，他们记忆中的罗宾。而他们最为杰出的作品，就是他们长久以来，对罗宾性格的精细刻画。因为他十分喜欢四处晃荡，而他的新奇古怪之处正是大家喜爱他的原因。所以，在他们的重塑下，生前的罗宾天生动作敏捷，这一形象十分生动，但又让人心痛。好像你能看见他骑着自行车从你身旁一闪而过，自行车上的他身体前倾，头发被风吹起，脚使劲踩着车凳子，车身微微晃动——这是一个让人捉摸不定、变化莫测、朝气勃勃的孩子。但这所谓明朗实为假象，像是给寓言故事加上了不少真实元素，但在有些地方这故事却早就不新鲜了。就像圣人偶尔的生活一般，虽然光辉灿烂，但又毫无特色。

———

"罗宾肯定会非常喜欢这个！"姨婆们常常满怀欣喜地说，"罗宾一定会特别开心！"实际上，罗宾是个变幻无常的孩子——不合时宜的沉郁，对待别人总是歇斯底里。而他的这种不可预测性，也是他的魅力之一。但是，他的妹妹们，虽然从未真正地了解他，脑海中仍然形成了一系列对死去的哥哥的印象：他最喜欢的颜色（红色）；最喜欢的书（《柳林风声》），最喜欢的书中角色（蛤蟆先生）；他最喜欢的冰激凌口味（巧克力味）和他最喜欢的棒球队（红雀队）；等等，数不胜数。而正在成长中的她们，甚至还无法确知自己的喜好，往往才一周的时间，她们对冰激凌的口味偏好便由巧克力味转变为桃子味。因此，她们和死去的哥哥建立起一种最为亲密的关系，他坚强、开朗而又稳定的性格映照着她们那含糊不清、犹豫不定的性格。在她们的成长过程中，她们一直认为，这是因为罗宾本身具有某种罕见的、天使般的光芒，而非他已死去的现实。

罗宾的妹妹们长大后，和罗宾十分不同。她们之间也差别巨大。

艾莉森现在已经十六岁了。她生性胆小，很容易就磕伤、晒伤，动不动就哭哭啼啼。但出乎意料的是，她出落得很是漂亮：长腿、偏红的浅褐色头发、明亮的浅棕色眼瞳。她所有的美都体现在她的柔和之中。她的声音温柔，举止娴雅，五官线条柔和。但她的祖母伊蒂对艾莉森的长相并不满意，她更青睐闪闪发光的亮色系。艾莉森这朵盛放的小花，脆弱而无艺术感可言，像是在六月开花的青草，仅仅靠年轻新鲜支撑，总是最先逝去（没有人比伊蒂更了解这一点）。她爱幻想，总是叹气；走路姿势怪异——脚步拖拉，还是内八字——她说话也是如此。但这都无法掩盖她的美丽、她的胆小，她那奶白色的肌肤也融于她的美中。班上已经有男同学往家里打电话了。伊蒂曾经审视过她（双眼低垂，脸颊泛红），她把话筒夹在耳朵和肩膀中间，脚上穿着牛津鞋，脚尖来回划动，因为羞涩而支支吾吾地说着话。

真是遗憾，伊蒂按捺不住自己的失望之情，这样一个可爱的女孩（而伊蒂口中的"可爱"，还夹杂着虚弱、无力的意味），居然无法打理好自己的形象。艾莉森不应该让头发总是挡在眼睛前面。艾莉森应该抬头挺胸，满怀自信，而不是含胸驼背。艾莉森应该保持微笑，说话声音应该再大些，培养一些兴趣，与人交谈时如果没有好玩的话题了，可以问人家关于自身的问题。尽管是出于好意，但是这些建议通常都是在公共场合提出的，而且提建议的人还很没有耐心，导致艾莉森常常哭着鼻子、跟跟跄跄地躲进房间。

"好吧，我可不在意。"伊蒂总是这么说，音调很高。周围一片沉默，"总得有人教她如何为人处世。我敢说，如果不是我的管教，她连十年级都上不了。"

的确如此。虽然艾莉森从来没有蹲过级，但她险些蹲级的情况还是时有发生的，尤其是小学的时候。心不在焉，艾莉森的报告卡片上的仪态一栏如此写道。不整洁、动作慢、不用心。"嗯，我们还需要再加把劲儿。"当艾莉森又在及格边缘徘徊，或是掉下及格线的时候，她的妈妈夏洛特总是轻描淡写地这么说一句。

尽管艾莉森和她的妈妈似乎对此都不以为意，但伊蒂却是相当在乎。她跑到学校去要求和老师面谈，给艾莉森制定长长的阅读清单和大量数学练习。用红笔批注艾莉森的读书报告和科学项目。虽然艾莉森现在已经是高中生了。

伊蒂却没有想到罗宾也并不总是名列前茅。"他斗志昂扬，"她尖锐地指出，"他可以定下心来高效地完成任务。"而这其实也说明了问题所在——克里夫一家人都心知肚明——如果艾莉森像她哥哥一样活力满满，伊蒂就不会介意她成绩落后了。

罗宾死去后，以及接下来的几年，伊蒂变得有几分尖酸；夏洛特则陷入一种漠不关心的状态，对什么都提不起兴致，生活对她来说一片灰白。即使她试图袒护艾莉森，也总是有心无力、敷衍了事。这点，丈夫迪克斯和她相似，尽管有体面的经济来源，却从未鼓励过自己的女儿们，或是关心她们。但他的冷漠并不是针对谁。他是个有很多想法的男人，毫不避讳自己看不起女孩的想法，并且还能就这点饶有兴致地和别人开玩笑，（我的遗产一分钱都不会留给女儿。）

迪克斯原本就不着家，如今更甚。在伊蒂眼中，他来自一个暴发户家庭（他的父亲曾经开了一家管道供应公司），当他跟夏洛特——

由于受到她的家庭和名字的蛊惑——谈婚论嫁时,以为她也是个有钱人。在这桩婚事中从没有幸福美满可言(周末时,迪克斯总会找各种借口:晚上在银行处理工作、与好友组局打牌,又或者打猎、钓鱼、踢足球或打高尔夫),但罗宾死后,这些消遣活动也变得索然无味。他想摆脱哀痛,受不了安静的房间,受不了家里淡漠、厌倦尘世、悲伤的氛围。他把电视开到最大声,颇为懊恼地在房中大步踱步。他会拍拍手,拉开百叶窗,说些振奋人心的话:"打起精神!""振作起来!""我们同舟共济!"结果,他却惊讶地发现没人理会他的苦心。最终,他的言语徒劳无功,未能将悲戚的家庭氛围驱逐出去,他也无心再作努力。于是——又在狩猎营地度过数周的忙碌生活之后——他一时冲动,接受了另一个镇银行的高薪工作。尽管他竭力辩称自己这是为了家庭所做的伟大牺牲,别无私心,但认识迪克斯的人都知道,他搬去田纳西并非为了家庭考虑。迪克斯想要的是花样百出的生活。他想开凯迪拉克的轿车、常常组局打牌、观看球赛、去新奥尔良逛夜店、去佛罗里达度假休闲。他渴望美酒与欢声笑语相伴,他希望妻子能时刻光鲜亮丽,把家中打扫得一尘不染,还能随时端上一盘开胃小菜。

  但迪克斯的家人却不像他那样积极乐观或是引人注意。他的妻子和女儿们都喜欢独处,有些古怪、伤感。更糟糕的是,因为那桩惨案,人们开始认为这一家人多少都有些晦气,甚至迪克斯自己也这么认为。朋友们回避他们,不再邀请他们去家中做客,相识的人们也不再跟他们打招呼。而这也是无可奈何的事情。谁都不愿记起与死亡或是灾难相关的事情。而所有这些原因叠加在一起,越发让迪克斯觉得,自己是被迫无奈才不得不用自己的家庭与纳什维尔那个镶有木板的办公室和花哨的生活做交换,还没有丝毫歉疚感。

———

　　虽然艾莉森不讨伊蒂的喜欢，但她的姨婆们却很喜欢她，认为她沉静，甚至还有些优雅，虽然伊蒂觉得这些品质很令她沮丧。在她们看来，艾莉森不仅漂亮，还很恬淡——她有耐心、不抱怨、善待小动物和老人、儿童——这些品德，在她姨婆们的眼中，远比所有考试高分或能言善辩都要珍贵得多。

　　姨婆们是她的忠实护众。想想那孩子遭受了什么，有一次塔特怒气冲冲地对伊蒂说道。这足以让伊蒂闭嘴，至少能让她消停一会儿。因为没有人能忘记，惨案发生时，只有艾莉森和当时还是婴儿的妹妹在院子里。虽然艾莉森才四岁，但几乎可以肯定的是，她一定看到了什么，但由于过于恐怖，导致她有些精神错乱。

　　惨剧发生后，家人和警察立即对她进行了认真盘问。院子里有人吗？一个大人，或许是一个男人？但是，艾莉森——尽管她已经开始莫名其妙地尿床，在睡梦中惊叫，浑身猛烈颤抖着醒来——却拒绝回答是或否。她吮着手指，另一只手紧紧抱住自己的毛绒狗，甚至连自己的名字和年龄都不愿意说。没有一个人——即使是莉比，她的所有姨婆们中最为温柔和耐心的一位——能从她口中套出任何话。

　　艾莉森不记得哥哥了。她再也没回想起任何与他死亡有关的事情。在还很年幼时，她有时候会在大家都睡着之后，仍然清醒着躺在床上。她凝望着投射在卧室屋顶上的树影，想把自己的思绪尽可能抛向远处，但这一搜寻却毫无效果。她的大脑一片空白。她总能想起自己年幼时平淡无奇但十分甜蜜的生活——前廊、鱼塘、猫咪、花坛，它们完美地结合在一起，闪闪发光，从未改变——但是，如果她把思绪再往前抛一些，总会想起空空的院子，房屋还是先前的样子，但已无人居住，到处都是刚搬完家的迹象（衣服挂在晾衣绳上、吃完午饭后的盘子还未来得及清洗），但是她的家人已经离开，消失不见了。她不知道他们去了哪里。罗宾的橘色猫——当时还是一只幼猫，不像现在变成了一只下巴上赘肉横生、无精打采的公猫——变得奇怪起来，眼神空洞，目露凶光，迅速窜过草坪，猛地跳到树上，看到她像看到陌生人一样害怕。在这些如此久远的记忆中，她并不完全是她自己。尽管她十分真切地记得这些场景发生的地理位置——乔治街363号，她一直生活的家——但她，艾莉森，却是无法辨识的，甚至她自己也看不真切：她既不是刚学会走路的孩子，更不是婴儿，而只是一个目光，一双眼睛，流连于她所熟识的环境，并思考着她所看到的事物。但她没有人格、不具身形、没有年纪、亦无过去，好像她记起的是早在出生前就发生的事情。

艾莉森从未刻意思考这些，除非是在尤为模糊、不清不楚的状态下。她还小的时候，就从未好奇过这些支离破碎的印象背后有何意味。如今长大了，对此更是不在意。她几乎不回忆往事，在这一点上，她与自己的家人天差地别，他们除了回忆，几乎无事可做。

没有一个家人能理解其中缘由。即使她曾试图告诉他们这一点，也未能获得任何人的理解。对于总是与过往纠缠不休，认为当下与未来仅仅是往事重现的他们来说，艾莉森的世界观超出了他们的想象力。在他们看来，记忆——易逝、朦胧却又明亮、十分神奇——才是生活的闪光之处，几乎他们说的每句话都会对此有所提及："你还记得碧缇丝的头发免洗喷雾，对吧？瓶身上都是绿色的小碎花图案。"她的妈妈和姨婆们坚持这么认为。"还记得粉色的丰花月季？淡黄色的茶点？记得那年美好的复活节，当时哈莉特还是个小不点儿，你在雪中寻找复活蛋，还用雪堆了一个复活节兔子，就在阿德莱德家的院子里。"

"记得，记得，"艾莉森总会假装承认，"我记得。"在一定程度上，她的确记得。因为经常听到这些往事被提起，她已经倒背如流，能随时重述这些往事，甚至有时还能在不经意间，添加一两个细节进去：例如，复活节兔子的鼻子和耳朵用的是花红树上飘落的粉色花朵。这同她母亲的童年故事几乎无异，与书中所讲的故事也相差不多。但没有哪件事能让她产生共鸣。

事实是——她从未向任何人承认过——艾莉森能记起来的事情少之又少。她记不起自己是否上过幼儿园、一年级，或者任何在她八岁之前发生的事情，而她本该已经能记得事情了。这对她来说是很不光彩的事，因而她一直极力隐藏（大多数时候非常成功）。而她的小不点妹妹哈莉特却宣称自己能记起在她还不到一岁时发生的事情。

虽然罗宾去世时，哈莉特还不到六个月，她却说自己记得他。艾莉森和克里夫家的其他家人也都认为这可能是真的。哈莉特总是时不时地说出一些微不足道但却惊人准确的细节——当时的天气、人们的穿着、她两岁时去过的生日宴会的菜单——所有人都为此目瞪口呆。

但艾莉森却丝毫记不起罗宾，这是毫无道理的事情。他去世时，她已经差不多五岁了。不仅如此，她也记不起他死后的那段时光。她知道那期间发生了什么，知道每个细节——泪水、毛绒玩具狗、她的闷不吭声。孟菲斯的警探——一位身形高大、长相酷似骆驼、过早生出白发的男人，人们都叫他雪橄榄——曾给她看过自己的女儿西莉亚的照片，曾从他放在车里的批发箱中拿出好时牌杏仁巧克力糖果给她吃，还给她看过一些其他男性的照片，既有有色人种，也有白种人，他们留着平头，眼睑低垂。她也记得自己曾坐在塔特的双人沙发上泪流不止，手中摘着糖果上的巧克力，一句话也不愿多说——她当时和姨婆塔特生活在一起，她和妹妹都在，而她的妈妈仍然卧床不起。但她知道这些并非因为自己记得，而是姨婆塔特告诉她的。冬日下午放学后，当艾莉森去她家看望她时，她总会把椅子拉到天然气取暖炉旁边坐下,一遍又一遍地讲给艾莉森听。她那衰老的棕色眼瞳凝视着房间内的某个地方,口中喋喋不休,声音饱含深情,思绪沉浸于往事当中,好像自己在讲旁人的故事。

目光锐利的伊蒂既不温柔也不宽容。她选择告诉艾莉森的故事通常暗含奇怪寓意。

"我妈妈的姐妹,"伊蒂开车接学完钢琴的艾莉森回家时,总会这么开头,她的视线从未离开马路,她那坚挺、优美的鹰钩鼻高高昂起,"我妈妈的姐妹认识一个名叫兰德尔·斯科菲尔德的小男孩。他的家人在一场龙卷风中丧生。你猜他回到家后看到了什么?他家的房子被风撕成了碎片,在现场工作的黑人已经把他的爸爸、妈妈和三个弟弟的尸体从废墟中抬了出来。他们满身鲜血,四肢僵直,被并排放在地上,像竖琴似的,身上连张遮盖的床单都没有。其中一个弟弟的胳膊不见了,铁制门挡插入了妈妈的太阳穴,你知道那个小男孩后来怎么样了吗?他吓成了哑巴。自那以后的七年里,他一句话也没说过。我父亲说他不论去哪儿,手里总是拿着一摞衬衫纸板和一根蜡笔,不论是跟谁说话,都要一笔一画写下来。衬衫纸板是镇上干洗店的老板免费送给他的。"

伊蒂喜欢讲这个故事。这类故事也有其他版本,小孩在看到极其可怕的景象之后,或是暂时性失明,或是咬断舌头,或是失去感官能力。这些故事或多或少都有些指责的意味,但艾莉森却从没怎么体会到。

艾莉森大部分时间在独处中度过。她听了无数唱片,从杂志上剪图片下来做拼贴图集,把熔化的蜡笔做成脏兮兮的蜡烛。她在几何笔记本的边缘上画芭蕾舞演员、马匹和老鼠宝宝。午饭时,她与一群相当受欢迎的女孩同坐一桌,但她几乎不在校外与她们碰面。从表面来看,她是她们中的一员:她的衣服漂亮,皮肤干净,生活在一个治安良好的街区上，自家的房子十分宽敞；如果不是她没那么开朗活泼，她身上并没有什么让人讨厌的地方。

"只要你愿意，你可以变得非常受欢迎，"伊蒂说道，她对社交领域了如指掌，即使是十年级的社交也不例外，"你能成为班上最受欢迎的女孩，只要你愿意尝试。"

但艾莉森并不想尝试。她不希望别的孩子对她刻薄，或者取笑她，她只求无人打扰，这样就知足了。但——除了伊蒂——也真没什么人特别让她厌烦的。她很爱睡觉。她自己步行去上学。她停下来和路边的狗狗玩耍。她的梦里总是黄色天空，一个像床单一样的白色东西在空中飘荡，这让她很是苦恼，但每次醒来后，她又将这些忘得一干二净。

周末和放学后，艾莉森经常和她的姨婆们待在一起。她帮她们穿针引线，为视力下降的她们读书，爬上折梯帮她们从落满灰尘的高架上拿东西，听她们谈论那些去世的同学和六十年前的钢琴独奏会。有时候，她会在放学后做些糖果——奶油软糖、奶油蛋清软糖、蜂巢太妃糖——让她们带到教堂义卖。她把冰凉的大理石当作温度计，一步一步跟着食谱制作，用黄油刀将量杯中的原料刮平，宛如一位一丝不苟的化学家。姨婆们——和少女一般，擦了腮红，头发卷曲，充满乐趣——一边为厨房里的烹饪活动感到开心，一边在屋中来回闲逛，叫着彼此的童年昵称。

多棒的一位小厨师，姨婆们称赞道。你可真漂亮。你是来看望我们的天使。多好的女孩。如此美丽，如此可爱。

——

哈莉特既称不上漂亮，也算不得可爱。但她很聪明。

自哈莉特学会说话后，她就成了让克里夫一家略微不安的存在。她在游乐场疯玩，待人粗鲁，跟伊蒂争吵，跑去图书馆查证成吉思汗，让她的妈妈伤脑筋。她十二岁了，在上七年级。虽然她是个全优生，但老师们却拿她束手无策。有时候，他们会给她的妈妈或者伊蒂打电话——稍微对克里夫家有所了解的人都知道，伊蒂才是你要找的人，她既是陆军元帅，又是专制君主，在家中权威最高，也是最有可能采取行动的人。但伊蒂也拿不准哈莉特。哈莉特不守规矩，确切来说，或许是不服管教，而且她还目中无人，几乎每个跟她接触过的大人或多或少都被惹恼过。

哈莉特不似姐姐那般如梦如幻、纤细柔弱。她长得像一只小獾那样结实：圆脸颊，尖鼻子，黑色的齐耳短发，薄薄的嘴唇透出一股坚定。她说话简练，语速飞快，音调很高，尖利刺耳。一个密西西比土生土长的孩子说话却这样急促，是件很奇特的事情。所以总有陌生人问她的北方佬口音到底是从哪里学来的。她的眼瞳浅淡，目光犀利，与伊蒂大同小异。她与外婆之间的相像之处显而易见，且为人所知。但外婆的眼睛不仅尖锐，还很美丽，到了孙女那里却只剩下让人略感不安的尖锐。园丁切斯特私下把她们比作老鹰与雏鹰。

对切斯特和艾达·拉伊来说，哈莉特是愤怒和欢乐之源。从她学会说话的第一天，就开始在他们工作时跟在身后，盘问他们的每个工作步骤。艾达挣多少钱？切斯特知道如何说主祷文吗？他能说给她听吗？每当她在一向风平浪静的克里夫家中挑起是非时，他们便欢乐不已。她不止一次成为严重分歧产生的导火索：是她告诉阿德莱德，伊蒂和塔特并没有留下她为她们绣的枕套，而是卷了卷便随手送人；是她告发莉比，说她的莳萝泡菜不宜食用，根本算不得上佳烹饪佐料，街坊四邻之所以买，只不过是因为把它用作除草剂时功效奇特。"你知道我们院子里的那块秃地吧？"哈莉特说道，"就是后阳台外面的那个？塔特六年前在那儿丢了一些你做的泡菜，后来这块地便寸草不生。"哈莉特一心认为，靠着制售这些用作除草的瓶装泡菜，莉比就能成为百万富翁。

过了三四天，姨婆莉比才不再为此事抹泪。阿德莱德和枕套事件则更为严重。与莉比不同，她憎恶分明，不喜欢藏着掖着。有两周的时间，她甚至不跟伊蒂和塔特说话。对她们留在门廊的和解蛋糕和派视而不见，任由邻居家的狗啃食。莉比看到这一分歧后，很是震惊（她没有做错任何事情；她是唯一一个足够忠实的姐妹，不仅留下而且还用着阿德莱德绣的枕套，虽然枕套很丑），她夹在两方之间左右为难，犹豫不决，试图让双方和解。要不是哈莉特火上浇油，她基本上已经成功劝和。哈莉特告诉阿德莱德，伊蒂甚至从未拆封过她送的礼物，只是把礼物标签拆下来，换一个新的便转手送出；大部分送给了慈善组织，还有一些给了黑人。这再一次搅起了阿德莱德的怒火。这次事件影响甚大，以至于数年之后，直到现在，如果有人提及与之相关的事情，仍然能引得她说出一些尖酸刻薄、暗含指责的话。如今有人过生日或圣诞节来临时，阿德莱德会明确表示自己会给姐妹们买一看就知道不便宜的礼物——如一瓶娇兰的一千零一夜，又或者从孟菲斯的金匠那里买一件睡袍——而且，她总是"忘记"摘掉价签。"我自己比较喜欢亲手做的礼物，"她不厌其烦地大声向桥牌俱乐部的女士们、园丁切斯特、正在拆着贵重礼物的姐妹们解释，"这样的礼物有更多意义，能够体现心意。但对有些人来说，最重要的却是你花了多少钱。她们认为如果礼物不是从商店买来的，就没有任何价值。"

"我喜欢你手工做的东西，阿德莱德。"哈莉特总会这么说。她确实喜欢。虽然她用不到围裙、枕套、茶巾，却囤积了许多阿德莱德做的花里胡哨的日用布艺，装满了她卧室里的抽屉。她并不是喜欢这些布艺，而是喜欢上面的图案：荷兰女孩、飞舞的咖啡壶、戴着宽檐帽打着盹的墨西哥人。她觊觎着它们,到了忍不住从别人的碗柜里偷盗的地步。当伊蒂要把她中意的枕套送给慈善组织时("别犯傻了,哈莉特。你要这个到底要做什么?"),她异常恼怒。

"我知道你喜欢,亲爱的。"阿德莱德轻声说道,有些自怨自艾。她已经厌倦了在此时夸张地吻一下哈莉特,而塔特和伊蒂总是在她身后交换眼色。"某天,如果我不在了,你们可能会因为拥有这些东西而感到欣慰。"

"那个孩子,"切斯特对艾达说,"就爱惹是生非。"

伊蒂倒不介意是非发生,反而发现小孙女是个可靠选手。也许正因如此,她们喜欢彼此为伴,哈莉特在外婆家度过了许多时光。伊蒂经常抱怨哈莉特固执己见、不懂礼貌,抱怨她总是碍手碍脚,但即使哈莉特总是讨人嫌,伊蒂仍然觉得有她做伴比艾莉森要好些。艾莉森几乎无话可说。她喜欢有哈莉特在身边,虽然不愿意承认,但如果下午哈莉特没来,她就会想她。

虽然姨婆们也爱哈莉特,但觉得她不如姐姐讨人喜欢,而她身上的傲气也让她们颇为烦恼。她太直截了当,一点都不懂沉默是金,或者处世之道。而在这一点上,她也与伊蒂颇为相似,但甚至连伊蒂也没意识到这一点。

姨婆们试过教她变得礼貌些,不过都是白费力气。"但是,难道你不明白?亲爱的,"塔特说道,"即使你不喜欢水果蛋糕,吃下去总比伤害主人的感情要好。"

"但是我不喜欢水果蛋糕。"

"我知道你不喜欢,哈莉特。所以我才举这个例子。"

"但是水果蛋糕很难吃,我认识的人都不喜欢吃。如果我告诉她我喜欢吃的话,她就会一直给我。"

"是的,亲爱的,但这不是重点。重点是,如果有人特意为你下厨,即使你不喜欢也应该礼貌性地吃下去。"

"《圣经》中说不应撒谎。"

"这与撒谎不同,这是善意的谎言。《圣经》中说的是另一种谎言。"

"《圣经》中并未区分善意或恶意的谎言。谎言就是谎言。"

"相信我,哈莉特。这是真的,耶稣告诫我们不要说谎,但是那不意味着我们就要冒犯招待我们的主人。"

"耶稣从未提过招待我们的主人。他说撒谎是罪。他说恶魔就是一个骗子,是一个撒谎高手。"

"但耶稣也说过要爱你的邻居,不是吗?"莉比说,她有所启发,从哑口无言的塔特那里接过话茬,"那说的不就是招待我们的主人吗?她也是我们的邻居。"

"不错,"塔特开心地说道,"并不是说,"她赶忙补充道,"招待你的主人就一定是你的邻居。爱你的邻居这句话的意思是你应该吃下别人为你准备的食物,并对其心怀感激。"

"我不明白为什么爱我的邻居就意味着要告诉他我喜欢水果蛋糕。何况我不喜欢。"

没有人知道如何应对这种钻牛角尖的情况,即使是伊蒂也没辙。这样的对话可能会进行数小时。即使你费尽唇舌也没有用处。更让人恼火的是,哈莉特的辩词尽管荒谬透顶,但归根到底仍然是以《圣经》内容为根据的。伊蒂对此不以为然。虽然她参与慈善和传教活动,是教堂唱诗班的一员,但她并不认为《圣经》中句句都是真言。实际上,她更相信自己心中所珍藏的一些格言。举个例子,一切都是最好的安排,或者,从根本来讲,其实黑人与白人没有区别。但是姨婆们——尤其是莉比——一旦仔细思考哈莉特的言论,总会因此烦恼。她的诡辩虽然与生活常识相冲突,但却在《圣经》中能找到不可否认的根据。"也许,"在哈莉特莉拖着重重的步伐回到家吃晚饭后,莉比不安地说道,"也许主并不认为谎言有善恶之分。也许在他眼中,所有谎言都是恶意的。"

"嗯,莉比。"

"也许只有小孩才能提醒我们看到这一点。"

"那我肯定很快就得下地狱,"伊蒂没好气地说——她没有听到先前的对话,"如果大家从始至终都知道我对他们的真实看法。"

"伊蒂!"她的姐妹们马上齐声喊道,"伊蒂,你可没有这个意思!"

"我就是这个意思,我也不在乎镇上的其他人怎么看我。"

"我想象不出你做了什么,伊蒂,"向来自视清高的阿德莱德说道,"才让你觉得大家都往坏处想你。"

莉比的女仆奥登——总是假装自己有听力困难——正在厨房为老女士准备晚餐,她一边热着奶油鸡和饼干,一边神经麻木地听着她们的谈话。莉比的家中一般没什么激动人心的事情,只有在哈莉特来时,谈话才会变得激烈些。

不像艾莉森那样——其他孩子不假思索便接纳了她,也不知为何——哈莉特是个很爱发号施令的小女孩,不是特别招人待见。她交的朋友也不似艾莉森的朋友那样不温不热、漫不经心。她的朋友多是男孩子,大部分都比她小,对她有着近似狂热的忠诚,他们会在放学后骑着自行车穿过半个小镇去找她。她命令他们扮演"十字军"东征和圣女贞德。她命令他们披上床单,演出《新约》中的盛典情形,而耶稣的角色则由她来扮演。《最后的晚餐》是她的最爱。他们坐在哈莉特家后院中葡萄藤架下的野餐桌上,如同列奥纳多[1]所画那般,都

---

[1] 此处指列奥纳多·迪·皮耶罗·达·芬奇,其画作《最后的晚餐》是所有以此题材创作的作品中最著名的一幅。

坐在桌子一侧。他们都焦急地等待着那一时刻——在吃完咸饼干,喝完葡萄味的芬达后,她总会环顾坐在桌旁的各位,冷眼观看并凝视每个人。"然而,你们中有人,"她总会说,语气中的平静令他们兴奋不已,"你们中今晚有人将会背叛我。"

"不!不!"他们总会兴奋地尖声嚷道——包括扮演犹大的希利。但当时哈莉特最喜欢希利,他不仅有机会扮演犹大,还扮演了其他备受热捧的门徒角色:圣约翰、圣卢克、圣西蒙彼得。"不,我的主!"

随后,他们便要前往客西马尼①,在哈莉特家那棵黑压压的美国紫树下,那里非常阴凉。在这里,扮演耶稣的哈莉特要被罗马人强行抓捕——抓捕过程很是暴力,比《福音》书中所描述的还要更加凶狠——这已经很让人兴奋了。但男孩们之所以爱客西马尼,主要是因为她的哥哥便是在这棵紫树上被人杀害的。事件发生时,他们还未出生,但他们从父母的谈话中、哥哥姐姐在光线暗淡的屋中给他们半真半假的讲述中,将故事拼凑在一起,都知道那是怎么一回事了。自从他们的保姆第一次带着他们在乔治街角,弯下腰,紧握着他们的手,小心翼翼地把树指给他们看时,这棵树的传奇形象便在他们的想象中建立了起来。

人们好奇为什么这棵树还在那里。大家都认为应该砍掉——不仅是因为罗宾,还因为这棵树已经从树冠部分开始干枯死亡。灰色的树枝从微咸的叶子中伸出来,好像这树被闪电劈了似的,令人莫名伤感。秋天时,树叶会变成光辉灿烂、咄咄逼人的红色。但这美丽只能持续两三天,不久它就会突然掉光叶子,光秃秃地立在那里。而重新长出的树叶则富有光泽,略微粗糙,叶子颜色极深,几乎与黑色无

---

① 客西马尼(Gethsemane),《新约》地名,耶稣在上十字架的前夜,曾和他的门徒在最后的晚餐之后前往此处祷告,后来在这里被犹大出卖而被捕。

异。严密的树荫下，几乎没什么青草。此外，这树长得太大，又离房子太近。修树工曾对夏洛特说，如果哪天刮来一场强劲大风，她早上在卧室中醒来时会发现这棵树已破窗而入。（"更别提那个小男孩了，"当他把自己塞回卡车，重重地关上门后，总会如此跟自己的同事说，"那位可怜的女士是如何做到每天早上醒来后，还能忍受这棵树仍然在院子里的？"）方丹夫人曾经表示可以由她付钱把树砍掉，还巧妙地表明了这棵树也可能会对她自己的房子产生安全隐患。这千载难逢，因为方丹女士非常节俭，她会把已经包过食物的锡纸洗干净再卷起来，之后重复利用。"不了，谢谢你，方丹夫人。"她语气含糊地说道，方丹夫人疑惑是不是发生了什么误会。

"我告诉你，"方丹夫人尖声说道，"我会付钱的！我很愿意这么做！因为这棵树离我家也很近，如果有龙卷风来的话，那就——"

"不用了，谢谢。"

她没有看向方丹夫人——甚至也没有看树，她已死去的儿子的树屋就架在树杈上，日渐腐烂、破败荒凉。她的目光看向了街对面，越过了那片剪秋萝和茅草高起的空地，看向延伸至贫民区锈迹斑斑的屋顶中的火车轨道，越飘越远。

"你知道吗，"方丹夫人说道，她的声音变了，"夏洛特，我告诉你。你以为我不知道，但我确实知道失去一个儿子是何种感受。但这是上帝的意志，你只能接受。"夏洛特的沉默促使她继续说下去："再说，他不是你唯一的孩子。至少你还有其他孩子。如今，可怜的里斯——他是我的全部。每天我都会回想起那天清晨，当我听说他的飞机被击落时的情形。我们正在准备圣诞节，我穿着睡裙和家居长袍站在梯子上，想在枝形吊灯上绑一段槲寄生。这时我听到前门传来敲门声。波特，才刚刚犯过第一次心脏病，但他第二次犯病时——"

她有些破音，瞟了夏洛特一眼。但是夏洛特早已不在那里了。她转身离开，回到房间里去了。这是多年前发生的事情。那棵树如今仍在。罗宾的树屋仍在上方缓慢腐烂着。当方丹夫人再次看到夏洛特时，已经没有那么友好了。"她一点都不在意那两个女儿，"她跟同在尼利理发店理发的女士说道，"她家堆满了垃圾。如果你透过窗户往里看，会发现她家的报纸都快堆到天花板上了。"

"我猜，"狐狸脸的尼利说道，她边伸手去拿喷发剂边捕捉住方丹女士的目光，"她是不是总要时不时地喝一点？"

"我觉得这倒不足为奇。"方丹夫人说道。

因为方丹夫人经常在门廊上呵斥儿童，被吓跑的孩子们便编了不少关于她的故事：她会绑架（并吃掉）小男孩；她那获奖的玫瑰园地是由碾碎了的尸骨给养。由于客西马尼离方丹夫人的恐怖住所很近，使得孩子们在那里重现耶稣被捕的场景时更感惊心动魄。男孩们虽然有时候还需要花些力气才得以成功地用方丹夫人吓到同伴，他们却不必尝试用那棵树来吓自己。有时，仅仅是看到树，他们都会浑身不自在。黑压压的树荫令人窒息——虽然离明朗的草地只有几步距离，但却格调迥异——即使看到它的人对其往事一无所知，也会备感不安。他们无须提醒自己记起往事，因为那棵树自会提醒他们。这树有它的权威之处，有它的黑暗之处。

因为罗宾去世，艾莉森刚上学时没少受人戏弄。（"妈咪，妈咪，我可以出去跟哥哥玩儿吗？""绝对不行，你这周已经把他刨出来三次了！"）她总是在沉默中静静忍受这些冷嘲热讽——没人知道她忍了多少，又或多久——直到有位善良的老师终于发现并且制止了他们。

但是哈莉特——可能是因为她的性格更加剽悍，又或者事发时她的同学们年纪过小，不记得了——就没有遭受过这般折磨。发生在她家里的悲剧让她有种令人毛骨悚然的魅力，男孩们无法抗拒。她常把已死去的哥哥挂在嘴边，带着一种奇怪而刻意的固执，暗示她不仅认识罗宾,而且知道他还活着。一次又一次,男孩们发现他们因为听得入神而盯着哈莉特的脑勺或是侧脸发呆。有时候,他们似乎觉得她就是罗宾:一个和他们相像的孩子,重回人间,知道他们不知道的事情。因为血缘关系,从她的眼神中,他们能感到她死去的哥哥在注视着他们。实际上,没有一个人意识到的是,哈莉特和她的哥哥并没有什么相像之处,即使是在照片里。他行动如风、开朗活泼、油头滑脑,如果不是哈莉特的阴森神秘、一本正经,他早已被人遗忘。而真正震慑住那些男孩的,不是他,而是哈莉特自身的个性。

男孩们并没有觉出这其中的讽刺意味,没有觉出他们在黑压压的美国紫树下重现的悲剧与十二年前在这里发生的惨剧有何相似之处。希利手中拿了许多东西,作为加略人犹大,他要把哈莉特拱手献给罗马人,但作为西蒙·彼得,他又要为了保护她而砍掉一个罗马兵团百夫长[①]的耳朵。欣喜而紧张地,他数了三十颗花生,他会为此而背叛他的救世主。而当其他男孩推搡他时,他大口喝着葡萄味的芬达,浸湿了嘴唇。为了背叛哈莉特,他要吻一下她的脸颊。有一次——在其他男孩的怂恿下——他啪的一下亲到了她的嘴上。但她擦嘴唇时的坚定不移——用手背擦嘴唇时的桀骜不驯——比这个吻本身还让他兴奋。

裹着床单的哈莉特和她的门徒们,在这个街区上是怪异恐怖的存在。有时候,艾达·拉伊站在水槽旁向外看时,会被这个在草坪上沉重前行的小队伍吓到。她可看不到希利正摸着手里的煮花生,或者看到他袍子下的绿色运动鞋,或者听到其他门徒的低声抱怨,为不能带玩具枪来保卫耶稣而愤愤不平。这一小队人马一身白色,披着的床单上拖带着青草。假使她是一名巴勒斯坦的洗衣工,便可领会她由此而产生的奇怪与预感。她可能半条胳膊正浸泡在一缸脏水当中,她停下

[①] 百夫长是古罗马军团以百人为编制单位的队长。

手中的活，在温暖的逾越节黄昏望向窗外，用手腕擦了擦眉毛，呆呆地向窗外望了一会儿，看到十三个身披斗篷的男孩浩浩荡荡地飘过，一路尘土飞扬地向山顶的橄榄树林行进时，颇有些困惑——他们行动的重要性体现在其缓慢、沉重的仪式中，但是他们的行动为何事却让人难以想象：可能是一个葬礼？是有人在病榻中？一场审判？还是一个宗教庆典？不论是什么，一定是令人紧张不安的活动。这足以让她短暂分神，但她还是会继续埋头工作，对这一小队人马将会引发大变无从知晓。

"为什么你们总是去那棵又丑又老的树下玩儿呢？"哈莉特进门时，她这么问道。

"因为，"哈莉特回答，"那是院子里最阴暗的地方。"

———

她从小时候起就非常迷恋考古学，如印第安人的土墩子，残垣破壁、陪葬物品。而这源于她对恐龙的喜欢，之后这喜欢又发生了转变。让哈莉特感兴趣的，在她长到口齿清楚的年龄时就越来越明显了，并不是恐龙本身——不是周六卡通节目里的长睫毛雷龙，让小孩子骑在身上，温顺地垂下鼻子让小孩当作滑梯玩耍，更不是容易让人做噩梦的、咆哮不止的霸王龙和翼手龙。引起她兴趣的，是它们已经不再存于世间了。

"但我们是怎么知道，"她曾如此问过伊蒂——伊蒂早已厌烦了"恐龙"这两个字，"它们到底长什么样子的？"

"因为人类发现了它们的残骸。"

"但是，如果我发现了你的骨头，伊蒂，我肯定没办法知道你长什么样子的。"

伊蒂正忙着削桃子皮，懒得回应哈莉特。

"你看这里,伊蒂,你看。这上面说他们只是找到了腿骨。"她爬上凳子,满怀希望地举起一只手把书递给外婆,"然后就给出了一张完整的恐龙照片。"

"你不是知道那首歌吗?哈莉特?"莉比插话道,从厨房的洗手台那边斜过身子来,她正在那里去桃核。她颤着嗓音唱到:"膝盖骨连着(小)腿骨,(小)腿骨连着——"

"但是他们是如何从骨头知道长相的呢?他们怎么知道是绿色的呢?照片是绿色的。你看,你看,伊蒂。"

"我看着呢。"伊蒂很不耐烦,其实她根本没看。

"没有,你没看!"

"我全看过了。"

哈莉特长大一些后,九岁或十岁时,把这种痴迷转向了考古学。在这一方面,她找到了一个很愿意与自己探讨的伙伴,有些迷糊的姨婆塔特。塔特在当地的高中教了三十年拉丁语。退休后的她对古谜语很感兴趣,她认为许多古谜语都可以追溯到亚特兰蒂斯时代[①]。亚特兰蒂斯人,她解释道,建造了金字塔和复活节岛上的巨型人像。亚特兰蒂斯智慧体现在安第斯山脉中发现的经环钻术处理过的头骨和在法老坟墓中发现的现代电池。她的书架上摆满了从父亲那里继承来的十九世纪九十年代时流行的伪学术著作。她的父亲虽然受过教育但十分容易上当,父亲曾是一名杰出的法官,晚年时企图穿着一身睡衣从上锁的卧室中逃跑。他的书房,留给了自己倒数第二小的孩子,也就是西奥多拉·塔特柯伦——其中藏书有《大洪水前的论战》《我们之外的其他世界》和《姆大陆:事实还是虚构?》。

[①] 亚特兰蒂斯(Atlantis),又译阿特兰蒂(提)斯。位于欧洲到直布罗陀海峡附近的大西洋之岛,是传说中拥有高度文明发展的古老大陆、国家或城邦之名,最早的描述出现在古希腊哲学家柏拉图的著作《对话录》里,据称其在公元前一万年被史前大洪水毁灭。

塔特的姐妹们却并不喜欢这样的问题。阿德莱德和莉比认为这是异教徒思想,伊蒂觉得这很愚蠢。"但是,如果亚特兰大真的存在的话,"莉比说道,她表情单纯,眉毛一皱,"为什么《圣经》里没有提到呢?"

"因为它当时还没有建城,"伊蒂厉声说道,"亚特兰大是佐治亚的首府,谢尔曼①在内战时曾在这里杀人放火。"

"哦,伊蒂,别这么记仇。"

"亚特兰蒂斯人,"塔特说道,"是古埃及人的祖先。"

"嗯,你看,古埃及人不是基督徒。"阿德莱德说道,"他们信仰的是猫猫狗狗之类的。"

"他们也没办法成为基督徒,阿德莱德。基督当时还没有降生。"

"可能没有吧,但至少摩西他们已经开始遵循《摩西十诫》了。他们并不信仰猫猫狗狗。"

"亚特兰蒂斯人,"塔特傲慢地说道,伴着其他姐妹的笑声,"亚特兰蒂斯人知道许多现代科学家垂涎的东西。爸爸知道亚特兰蒂斯,他就是一个很好的基督徒,接受的教育比我们所有人加在一起还要多。"

"爸爸,"伊蒂咕哝道,"爸爸以前老是半夜把我从床上叫起来,跟我说德国皇帝威廉二世来了,让我把银器藏到井里。"

"伊蒂斯!"

"伊蒂斯,你不能这么说。他当时生病了。他曾经对我们多好!"

"我没说爸爸不好,塔蒂。我只是说,我才是那个不得不照顾他的人。"

"爸爸总是能认出我,"阿德莱德急切地说,不肯放过任何一个提醒她姐妹们的机会,她年龄最小,而且自认为最得父亲欢心,"他到

---

① 此处指威廉·特库赛·谢尔曼(William Tecumseh Sherman,1820年2月8日—1891年2月14日),美国南北战争中北军中地位仅次于格兰特将军的将领。美国内战时期联邦军著名将领,陆军上将。

去世前都还记得我。他去世的那天，握着我的手，说道，'艾迪，亲爱的，他们对我做了什么？'我不知道为什么我是他在这个世界上唯一能认出的人。真是有趣。"

哈莉特很喜欢读塔特的书。她不仅有亚特兰蒂斯书卷，还有英国杰出的历史学家爱德华·吉本和里德帕斯所撰的著名历史书，也有几本简装爱情小说，故事设定在古代，封皮上配着彩色的古罗马角斗士的图片。

"当然，这些并不是历史书籍，"塔特解释道，"它们只是些以历史为背景的消遣小说。但是这些小说十分有趣，也有教育意义。我曾经借给那些学习吃力的高中生，希望能借此引起他们对罗马时代的兴趣。如今新出版的同类书恐怕达不到这个效果了，我这些书都是些没什么错误的小说，跟如今的垃圾小说不同。"她用指节突出的食指摸着书脊——她患有关节炎，指关节和书脊一样宽，"H.蒙哥马利·斯托姆。他好像也常常以摄政时期为背景写小说。笔名是个女人的名字，但我记不清了。"

哈莉特并不是对所有有关角斗士的小说都感兴趣。他们只是披着罗马衣裙的爱情故事，她不喜欢任何与爱情、浪漫沾边的东西。她最喜欢的塔特的书是一大卷叫作《庞贝古城与赫库兰尼姆：被遗忘的城市》的书，上面配有彩色盘子的图片。

能和哈莉特一起读这本书，塔特也很开心。她们坐在平绒沙发上，一起翻看，看破旧庄园里的精美壁画，看保存完好的面包货摊，掩埋在厚达十五英尺的灰烬中的面包也保存完好，灰色的无脸罗马人的石膏模型，形象地再现了两千多年前他们被雨点般落向鹅卵石地面的灰烬掩埋时，那扭曲、痛苦的姿势。

"我想不明白，为什么这些可怜的人不知道早些离开呢？"塔特说，"我猜是因为他们当时不知道火山爆发的威力吧。可能这也和飓风卡米拉登陆海湾沿岸地区的情形类似。当时有很多蠢人，即使城市已经疏散，他们仍然执意留下，在布埃纳维斯塔酒店饮酒，好像举办大型派对似的。嗯，不瞒你说，哈莉特，在洪水退后，他们花了三个星期的时间去清理那些挂在树梢里的尸体。布埃纳维斯塔酒店已经灰飞烟灭。都没人记得它了，亲爱的。他们的水杯上画着天使鱼。"她翻了一页，"你看，你看到这个小狗的模型了吗？它当时嘴里还叼着一块饼干。我之前读过一则关于这条小狗的故事。在故事中，这条小狗属于一个庞贝小男孩，他是个乞丐，当时要离开庞贝，而小狗口中的饼干是为了送给他做口粮的。这真是太悲伤了，不是吗？当然了，没有人确切知道真正发生了什么。但是这可能非常接近事实，你说是不是？"

"也许狗狗是想自己吃。"

"我不这么觉得。要知道，这可能是可怜的它脑袋里唯一想着的，当时好多人尖叫着四下逃散，灰烬到处都是。"

虽然塔特和哈莉特一样，喜欢看这座已被掩埋的城市，但从个人兴趣爱好的角度来看，她无法理解为什么哈莉特对此的着迷甚至延伸至最不起眼的部分：破碎的餐具，褐色的陶瓷碎片，已经腐烂、辨认不出是什么的大铁块等。很明显，她没有意识到，哈莉特对这些碎片的痴迷其实与自己的家庭背景有关。

和许多密西西比的老居民一样，克里夫家也曾比现在要更加富有。但也如同消亡的庞贝古城一般，这些富有的痕迹难以寻觅。遇到自己人时，他们很喜欢互相讲述曾经富有的故事。其中有些确有其事。北方佬确实偷了克里夫家的珠宝和银器，但并不是什么她们常常感叹的巨额财富。克里夫法官在 1929 年的经济大萧条中损失惨重。当时他已经老糊涂了，还做了大笔极其不明智的投资，其中最为不明智的就是把自己的大部分储蓄，持续不断地投入一项异想天开的汽车发展计划中。但这计划破产了。他的女儿们直到克里夫法官去世后才发现，自己的父亲居然是一家破产公司的主要股东。

最终，她们不得不匆忙卖掉这座大房子，以偿还克里夫法官的债务。这座房子自1809年建成以来，克里夫一家就一直居住其中。他的女儿们到现在仍为此事感伤。这是她们长大的地方，也是她们的爸爸、爸爸的妈妈和祖父母长大和生活的地方。更让人糟心的是，房子后来又被多次转卖，变成了养老院。养老院停业后，变成了福利公寓。而在罗宾去世三年后，它被夷为平地。"内战它都挺过来了，"伊蒂酸酸地说，"但最终还是毁在了黑人手中。"

然而，一手毁了这座房子的，其实是克里夫法官，而非黑人。七十多年间，他从未对房子进行过修缮；而在他继承房子之前，他的母亲也已经四十多年没有修缮过这座房子了。克里夫法官去世时，房子的地板已经腐烂，地基遭白蚁侵蚀而变得松软，整座房屋濒临坍塌，但克里夫姐妹们却不以为意，仍对它津津乐道，如手绘墙纸——浅蓝色的背景与百叶蔷薇相衬——是从法国送过来的；镌刻着六翼天使的大理石壁炉架；镶有波希米亚水晶的吊灯；专为各种家庭聚会设计的双楼梯，男孩、女孩各有专用楼梯。顶层由一面墙分隔，这样调皮捣蛋的男孩子就不能半夜偷偷摸摸溜到女孩子们的房间了。但她们没有提到的是，在法官去世时，男孩的房间已经五十年没有举办过聚会了，而这北楼梯也已经摇摇欲坠；房子的用餐室被老糊涂的克里夫法官不小心用煤油灯点着，几乎一燃殆尽。还有地板下陷，屋顶漏水，通往后门廊的台阶在1947年被一个煤气公司的抄表员踩得粉碎；还有那张著名的手绘墙纸，其扇形饰边已经严重发霉，正一点点从灰泥墙面上剥离。

好笑的是，克里夫法官的祖父曾把这房子称为"苦难之栖"，因为建造这座房子时，他险些丧命。除了那两个烟囱和长满青苔的砖砌小道，什么也没留下。小道的砖块以人字形花纹排列，很是复杂，从地基一直通向前门台阶。台阶竖板已经破碎，其上曾用代尔夫特蓝写下"克里夫"，但也已褪色。

在哈莉特看来，这五块荷兰瓷砖所代表的遗迹更为迷人，远超任何一只嘴里叼着饼干的死狗。那蓝色晶莹剔透，象征着财富、记忆、欧洲和天堂；而她由此推断出它们曾散发磷光，闪耀着梦中的光辉。

在她的想象中，死去的哥哥像王子一样穿梭在这座萧条的宫殿里。房子在她只有六周大的时候就被卖掉了。但罗宾曾经从桃花心木栏杆滑下来（阿德莱德告诉她，有一次他差点撞碎栏杆旁边保护瓷器的玻璃柜），在波斯地毯上玩多米诺骨牌，大理石炉架上的六翼天使注视着他，它们双翅张开，眼皮厚重，微笑诡异。他曾在叔叔开枪射死并制作成标本的熊脚下睡着。他曾看到那个箭头，尾部的羽毛装饰已经褪色，那是在1812年的一次黎明袭击中，一个纳齐兹族印第安人射向他曾曾祖父的箭，自那时起它就一直嵌在客厅的墙上。

除了荷兰瓷砖，这座老房子基本没留下什么有形遗产。大部分地毯、家具——如镌刻着六翼天使的大理石壁炉架，吊灯——都打包装进了板条箱中，当作"杂物"卖给了格林伍德的古董商，但他们只愿意以半价收购这些物品。搬家时，伊蒂试图把那支弓箭从墙上拉出来，但箭杆却折断在她手里。随后，用油灰刀才把它从石灰墙上挖了出来。被飞蛾叮咬过的标本熊被扔进了垃圾堆，一些黑人孩子发现了它，兴高采烈地抓着它那满是泥土的腿，把它拖回了家。

那么，如何去重建这一消失不见的建筑呢？有没有什么化石留下，或是线索可供她顺藤摸瓜？房基还在，就在城镇外边一点的地方，但她不知确切地点，不知怎么也不是很在乎。在很久以前的一个冬日下午，她曾被带去看过一次，那是唯一的一次。在小孩的眼中，那地基能撑起的远不止一栋房子，好像能撑起一座城市。她印象中记得伊蒂（穿着一条很男孩子气的卡其色裤子），从一个房间兴奋地跳到另一个房间，她呼着白气，指出哪里是客厅、餐厅、书房——但她记得更清晰的，却是一件糟糕透顶的事情，身穿红色短外套的莉比泪流满面，她伸出戴着手套的手，在伊蒂的搀扶下穿过吱吱呀呀的树林回到车上。哈莉特则跟在她们身后。

有些没那么旧的物品幸免于难——亚麻布、印有花押字的盘子、厚重的红木餐具柜、花瓶、瓷质钟表、用餐椅等。这些旧物零零散散地分布在她家和姨婆们的家中。哈莉特便据此在想象中重建着那被夷为平地、她从未见过的、辉煌壮观的房子。这些被保留下来的旧物散发着独特而温暖的光芒：银色要更深些，刺绣颜色更丰富，水晶更精美，瓷器更精致，那蓝色更稀有。但最为形象鲜明的还是她听来的故事——这些故事原本已经过高度加工，当哈莉特听到时，又在其上添枝加叶，更加坚信那是拥有魔法的城堡，如童话故事中的仙女城堡一般。即使事实并非如此。哈莉特很好地继承了克里夫家族的狭隘观念。这观念使克里夫家的每个人都得以忘记自己不想记住的东西，夸大或篡改自己无法释怀的东西；而在重新构架那座曾象征家族财富的庞然大物时，哈莉特并没有意识到有些部分已被动过手脚，有些部分完全不属于此处，还有些部分纯属伪造，好像那些用熟石膏制成的伪造品（举个例子，著名的波希米亚吊灯根本不是来自波希米亚，甚至不是由水晶制成的，而是法官的母亲从蒙哥马利沃德百货公司订购的）。而在她一遍又一遍、不厌其烦地仔细检查那些毫不起眼、落满灰尘的碎片的过程中，整座房屋的构架得以显现，但她发现的至关重要的细节却相当令人失落。她在脑海中费尽心思重建的那座雄伟壮丽、令人赞叹、辉煌华丽的房子并没有真正存在过。那只是她的幻想，只是童话故事。

哈莉特花了好几天的时间在伊蒂的家里研究老相册（她的家是一

栋建于二十世纪四十年代的两居室平房,与"苦难之栖"相去甚远)。照片里的莉比十分害羞,身材瘦弱,头发拢在后面,十八岁的年纪,看起来却像个老处女:她的嘴和眼睛与哈莉特的妈妈、艾莉森都有些相仿。一脸轻狂的伊蒂站在旁边——九岁的她眉毛皱成一团,而父亲则站在她身后,皱着眉毛。父女俩的表情像一个模子刻出来的。塔特四面朝天地坐在藤椅上,她的脸圆圆的。有只小猫卧在她的腿上,但看不清楚样子。宝宝阿德莱德正冲着相机大笑,她将会比三任丈夫都长寿。她是四姐妹中最漂亮的,艾莉森也与她有一处相仿,但她的嘴角已透露出她是个脾气暴躁之人。他们身后便是那座注定要被摧毁的房子,应阶而上,可见高处贴着的荷兰瓷砖上写着"克里夫":这几个字必须使劲看才可勉强辨识,它们是照片中唯一没有改变的东西。

哈莉特最喜欢的是与哥哥一起拍的照片。大部分都是伊蒂拍的;因为照得很难看,所以伊蒂把它们从相簿中拿了出来,单独放在一个心形巧克力盒子里面,放在她壁橱的架子上。哈莉特八岁左右的时候,偶然发现了它们,这是一个相当重要的考古发现,相当于发现了埃及法老图坦卡蒙的陵墓。

伊蒂并不知道哈莉特发现了这些照片,更不知道哈莉特之所以喜欢待在她家的主要原因即在此。哈莉特会拿着手电筒,藏进散发着霉臭味的壁橱里,坐在伊蒂珍藏的衣物下,仔细研究这些照片。有时她会把巧克力盒子偷偷放进芭比娃娃旅行箱中,然后把它带到伊蒂的工具棚里,怕她碍事的伊蒂欣然同意让她自己玩耍。有几次她把照片带回了家。有一次,在妈妈上床休息后,她把它们拿给艾莉森看。"看,"她说,"那是我们的哥哥。"

艾莉森盯着自己腿上的盒子,流露出恐惧的神情。

"看啊,看。有些照片里面有你。"

"我不想看。"艾莉森说道,匆忙把盒子盖上,把它推回给哈莉特。

这些快照是彩色的：宝丽来相纸已经褪色，粉色的边缘十分粘手，还保留有从相簿上撕下来的痕迹。这些照片上布满脏兮兮的指纹，还有些后面标着褐色的分类编码，因为它们曾用于案件调查，而这些照片上的指纹数量也最多。

哈莉特则百看不厌。颜料太蓝了，看起来不自然；随着时光流逝，照片颜色变得越发奇怪和不自然。这些照片使她得以一瞥梦中世界，它神奇、自成体系、一去不返。照片里的罗宾和他的橙色小猫维尼一起午睡，在老房子的圆柱形门廊中来回穿梭，哐当声不绝于耳。他喘着气哈哈大笑，对着镜头叫嚷。他一只手端着盛满肥皂水的茶杯，另一只手拿着线轴吹泡泡。这张照片里又有他，穿着条纹睡衣，表情严肃。这张他穿着童子军俱乐部制服——膝盖弯曲，对自己很满意。在另一张里的他还很年幼，穿着幼儿园戏剧演出的服装——戏剧名为《姜饼人》，他在其中扮演的是一只贪婪的乌鸦。他穿的戏服很是有名。莉比花了数星期才缝制而成：一件黑色紧身衣，搭配橙色长筒袜，从手腕处到腋下再到大腿根部，都缝着天鹅绒材质的黑色羽毛。他的鼻子上绑了一个圆锥形橙色纸板，当作鸟喙。这件道具服很是漂亮，罗宾连着两个万圣节都是穿它度过的，他的妹妹们也是如此。这么多年过去了，仍有邻居打电话给夏洛特，恳求她把戏服借给自己的孩子们。

戏剧之夜时，伊蒂拍了一整个胶卷的快照：兴高采烈的罗宾在房子里到处手舞足蹈。他扑扇着胳膊，翅膀随之飘动，时不时有羽毛掉落到破旧的大地毯上。他用黑色翅膀环绕着莉比，她很害羞，脸涨得通红。他和自己的小伙伴们的合影，有亚历克斯（他扮演的是一位面包师，穿着白色厨师服和厨师帽）和姜饼人的饰演者坏小子佩姆伯顿，他因为戏服不合心意而黑着脸。罗宾的妈妈让他保持不动，自己则跪在地上给不耐烦、忍不住扭动身体的他梳理头发。照片中那位开朗活泼的年轻女郎，无疑便是哈莉特的母亲，但那是她从未看到过的一面：无忧无虑、富有活力、意志盎然。

哈莉特对这些照片很是着迷。她无比渴望能够从自己熟知的世界中脱身，进入到那泛着水洗蓝色的、通透的照片世界中。在那里，她的哥哥还活着，漂亮的大房子还在，大家的脸上总是堆满笑容。偌大、阴暗的客厅里，罗宾和伊蒂正趴在地上玩着棋盘游戏——她看不出那是什么棋，只能看出棋子颜色鲜艳，还有一个彩色转盘。又是一张他们的合影。罗宾背对着镜头，把一个大红球扔向伊蒂，伊蒂边跑去接球，边翻着白眼，场面十分滑稽。还有一张照片里，他正在吹生日蜡烛——共有九根蜡烛，而这是他度过的最后一个生日——伊蒂和艾莉森斜倚着身子想帮他一起吹。他们的笑容在黑暗中熠熠生辉。照片中还可看出圣诞装饰：松枝和金箔纸，树下堆满礼物，餐具柜里的雕花玻璃酒杯闪闪发光，透明的碟子上摆满了糖果、橙子，银盘上则放着糖霜蛋糕。壁炉上的六翼天使佩戴着冬青花环，每个人都笑意盈盈，枝形吊灯在高处的镜面中异彩纷呈。在照片的背景中，哈莉特勉强可以看出餐桌上摆放着圣诞餐具：上面装饰着绯红色的丝带，叮当作响的雪橇铃上绑着金色叶子。搬家时，它们不幸被摔碎——搬运工们打包时敷衍了事——如今它们已不复存在，只剩下几个碟子和一个船形调味盘。但在照片里的它们与往日无差，精致好看、光鲜亮丽、完好无损。

哈莉特出生在圣诞节来临之际，当时密西西比州下了有史以来最大的一场暴风雪。在那心形巧克力盒子里，有一张照片记录了这场暴雪：老房子"苦难之栖"门前的那排橡树小径一片雪白，阿德莱德之前养的小猎狗庞斯冲向被白雪覆盖着的小道，异常兴奋地跑向正举着相机拍照的主人，永远定格在画面之中——四条小腿模糊不清，身后扬起一片雪花——它热切地期盼着赶紧跑到最亲爱之人的身边。不远处,"苦难之栖"的大门被"唰"地一下打开,罗宾站在门口兴高采烈地冲大家挥着手,他胆小的妹妹艾莉森紧紧抓着他的腰。他冲着阿德莱德打招呼——照片正是她拍的,冲着搀扶妈妈下车的伊蒂打招呼,也冲着他还未见面的小妹妹哈莉特打招呼。在这个白雪皑皑的明媚的平安夜里,她从医院被带回了家里。

哈莉特虽然只见过两次雪,但她一直知道自己是在雪天出生的。每年平安夜(如今规模变小,气氛也不如从前,大家都会去莉比那低矮憋闷的家里,围坐在天然气加热器周围,喝着蛋奶酒),莉比和塔特还有阿德莱德都会不厌其烦地讲述同样的故事,讲她们是如何挤进伊蒂的汽车,然后一路开到维克斯堡市的医院,在雪天中带回了哈莉特。

"你是我们收到的最好的圣诞礼物,"她们说,"罗宾当时非常兴奋。在我们去接你的前一晚,他几乎无法入睡,搞得你的祖母一直熬到凌晨四点才去睡觉。当我们把你带进家里,而他第一次看到你时,他沉默了片刻之后说,'妈妈,你一定是把医院里最漂亮的宝宝带回了家。'"

"哈莉特当时真是乖巧。"坐在加热器旁的妈妈怅然若失,双手紧紧抱着膝盖。除了罗宾的生忌和死忌,圣诞节对她来说也尤其难挨,大家对此心照不宣。

"我之前很乖吗?"

"是的,你很听话,亲爱的。"这是事实。在她学会说话之前,哈莉特从不哭闹,或是给任何人找过一点麻烦。

哈莉特最喜欢的一张照片,是她、罗宾和艾莉森在"苦难之栖"客厅里的圣诞树旁的合照。她曾一次又一次地举着手电筒仔细端详这张照片。据她所知,他们三个人的合照仅此一张;这也是唯一一张她在老房子里拍的照片。虽然这张照片并没有预示任何即将降临在这个家庭的厄运。如老法官克里夫只剩不到一个月的时间了,"苦难之栖"将落入他人之手,罗宾会在春天死去,当然这件事情当时尚无人知晓。当时正是圣诞节,家里又刚增添了新成员,每个人都很开心,认为自己会永远幸福下去。

照片中,艾莉森(穿着白色睡衣,表情凝重)光着脚站在罗宾旁边,罗宾则抱着婴儿哈莉特——他的表情复杂,既兴奋又有些不知所措,好像哈莉特是个奇特的玩具,但他不太确定应如何操控。他们身旁的圣诞树闪闪发光;罗宾的小猫维尼眯着眼看着这一温馨场景,庞斯也好奇地打量着他们,它们好像是来到耶稣降生的马厩里见证奇迹发生的野兽。大理石壁炉架上的六翼天使在不远处微笑着。因为灾难的发生,照片中的光线支离破碎,令人愁绪顿生却又光辉灿烂。甚至小猎犬庞斯都没能活到下一个圣诞节。

——

罗宾去世后,第一浸信会教堂"以纪念罗宾"为名发起了募捐——集资为他种一株日本海棠,或者给教堂的长椅换一下坐垫——但募集到的资金出乎意料得多。教堂共有六扇彩色玻璃窗——每扇上面都描绘着基督的生活场景。其中有一扇玻璃在冬天的风暴中被树枝打碎,从那时起就一直用胶合板封着。牧师建议用这笔钱买扇新的,他刚好一直为更换新玻璃所需的费用而烦恼。

大部分钱都是由镇上的学龄儿童募集而来的。他们挨家挨户地募捐、组织抽奖活动和烘焙义卖。罗宾的朋友佩姆伯顿·赫尔(他曾在罗宾参演的那出幼儿园戏剧中扮演姜饼人)为纪念他去世的朋友而慷慨解囊,捐赠了近两百美元。九岁的佩姆表示,这钱是他砸碎自己的小猪存钱罐拿来的,但实际上是从他祖母的钱包里偷来的(他还试图捐出他妈妈的订婚戒指、十个银茶匙和一个共济会领带别针,其来头无人能够确定;但上面镶着钻石,显然是值些钱的)。但即使没有这些大额捐赠,罗宾其他同学募集的总金额也相当多;因而,有人建议,与其再换一个绘有迦拿婚宴①的彩色玻璃,不如换成其他内容,在纪念罗宾的同时,也纪念为他辛苦付出的同学们。

一年半后,第一浸信会教堂在会众的惊讶声中为新更换的窗户揭开了帷幕——画面中的耶稣笑容满面,他坐在橄榄树下的一块巨石上,正与一个戴着棒球帽的红发男孩交谈,这男孩与罗宾神似。

备受苦难的孩子,来找我吧

画面下方的题词如上,窗户下面的匾额上则刻着:

纪念罗宾·克里夫·迪弗雷纳
密西西比州亚历山大的小学生捐赠
"天国正属于这样的人"

哈莉特看到的从来都是哥哥容光焕发的样子,他同天使长加布里埃尔、施洗约翰、约瑟夫和玛丽一般,当然还包括基督。正午的光线穿过他那崇高的形体;他的脸部轮廓纯净(小巧的鼻子,精灵般的笑容),脸上洋溢着幸福安详的纯净笑容。正因他还是个孩子,那纯净感更为脆弱,比施洗约翰和其他人的更脆弱;然而在他小小的脸庞上,也透露出对永生的寡淡,好像这是他们都知道的秘密。

---

① 迦拿婚宴(Wedding at Cana),迦拿《新约》村名,为耶稣第一次显示神迹,在婚宴上变水为酒之处。

在受难地，或者说，坟墓里究竟发生了什么？肉体是如何在归为尘土之后又经历变化，实现复活的？哈莉特无从知晓。但罗宾知道，这个秘密就挂在他那容光焕发的脸上。

耶稣的遭遇始终成谜，但不知为何，人们却并没有兴趣一查究竟。《圣经》中的"耶稣死而复生"到底是什么意思？是说回来的只是他的灵魂，一个心怀仇恨的鬼魂？显然不是，根据《圣经》：多疑的托马斯曾把手指放进他手指上的钉孔中；在他去以色列以马忤斯的路上，有门徒曾看到他的真身显现；他甚至还在门徒的家中吃了些点心。但如果他仍是以自己的肉身复活的，那么他如今在哪里？如果他真如自己所说那样怜爱众人，又为什么有人会死去呢？

哈莉特大概七八岁的时候，曾去镇上的图书馆借来一些讲魔法的书。但回到家后，她才发现书里写的都是些雕虫小技：如何把球从杯子下面变没，如何从人们的耳朵后面变出硬币。她为此勃然大怒。在画着耶稣和她哥哥对话的窗户对面，画着拉撒路死而复生的场景。哈莉特不厌其烦地研读着《圣经》中描写拉撒路[①]的片段，但即使最基本的问题都无法找到答案。拉撒路是如何向耶稣和他的姐妹们描述他在坟墓里度过的一周的？他身上有恶臭吗？他还能回到家继续和姐妹们一起生活吗？他是否会吓到周围的人而最终不得不离开，像《科学怪人》中弗兰肯斯坦[②]所创造的怪物一样独自生活？她忍不住想，如果她，哈莉特，曾经去过那里，那么关于这个话题，她能说的一定能比圣卢克更多。

[①] 拉撒路（Lazarus），《新约》人名，名为此者有两位，此处指马大和马利亚的弟弟，他因患病而死，耶稣又使他死而复活，证明了耶稣的神迹。
[②] 《弗兰肯斯坦》(全名《弗兰肯斯坦——现代普罗米修斯的故事》，也译为《科学怪人》），是英国作家玛丽·雪莱在1818年创作的长篇小说。该作讲述的小说主角弗兰肯斯坦是一位热衷于生命起源的生物学家，他尝试用不同尸体的各个部分拼凑成一个巨人人体，并最终成功，但不幸也随之而来。

也许那些都只是传说。尽管大家都认为他死而复生了，也许事实并非如此；但如果他确实推开了墓石，从坟墓里走了出来，那为什么她的哥哥不行呢？每个周日她都能看到他闪闪发光地站在耶稣身旁。

这便是哈莉特最为痴迷的事情，也是她其他兴趣产生的缘由。因为她最渴望的——不是"苦难之栖"，不是任何其他东西——是她的哥哥能够起死复生。其次便是找出杀人凶手。

——

在五月的一个周五清晨，哈莉特坐在伊蒂家厨房餐桌旁读《斯科特日记》，读到了他远征南极的部分。她把书放在自己和一盘炒蛋中间，一只胳膊肘撑着书，另一只手从盘子里拿炒蛋和土司吃。她和艾莉森经常在上学日去伊蒂家吃早餐。因为负责日常饮食的艾达·拉伊八点才到家里上班。而她们的母亲本来就不怎么吃饭，有时候早餐抽一支烟，或喝瓶百事可乐就对付过去了。

但那天并不是上学日，而只是暑假初期的工作日。伊蒂围着波点围裙给自己煎蛋，她懒得管哈莉特边吃饭边看书这件事。因为比起每隔五分钟纠正她一次，随着她的性子要省事得多。

煎好鸡蛋后，她关了火，走到柜子那边拿了个盘子。但她不得不从另一个孙女身上跨过去，这个孙女俯身趴在厨房的油毡上，没完没了地抽泣着。

伊蒂假装没有听见她的呜咽，又小心翼翼地从她身上跨过，把鸡蛋盛到了盘子里。随后，她又绕到了厨房的餐桌上——仍然小心地避开了艾莉森——在对这一切毫无察觉的哈莉特对面坐下，沉默不言地吃起了早餐。她已经应付不来这种事情了。她早上五点就起床了，一直陪孩子们待在这里。

问题来源是孩子们的宠物猫。它卧在垫着毛巾的纸板箱里，艾莉

49

森的头靠着箱子。一周前,它开始不吃不喝。后来,每每有人抱它,它就会哀号不止。所以她们把它带来伊蒂的家做检查。

伊蒂很会照顾动物,她经常会想,如果不是因为生不逢时,她肯定能成为一名出色的兽医,甚至是一名医生。她曾护理过各种各样的奶猫和奶狗,让它们得以健康存活。她曾把从巢穴中掉下来的小鸟养大,为各种受伤的小动物清理伤口,治好它们的骨折。孩子们都知道这一点——不仅是她的孙子孙女,还有所有邻里的孩子——他们不仅把自己生病的宠物送到她那里,还会把偶然发现的可怜的流浪动物或野生动物送过去。

尽管她十分喜爱动物,但伊蒂并不会为它们伤感。她也提醒过孩子们,她并不能创造奇迹。维尼看上去无精打采,但乍一看并没什么明显的病症。经过一番检查之后,她站起身,拍了拍裙子。孙女们则满怀希望地看着她。

"这只猫多大了?"她问。

"十六岁半了。"哈莉特答道。

伊蒂弯下腰抚摸着可怜的猫,它靠着桌腿,眼里充满了野性、痛苦的神情。她也曾喜欢这只猫。它原本是罗宾的小猫。那年夏天,他把它从滚烫的人行道上捡了回来——它已经半死不活,眼睛几乎睁不开了——小心翼翼地捧到了伊蒂那里。伊蒂费了很大力气才把它救治过来。当时已经有一团蛆虫在它身上啃咬出一个洞来,她还记得这个小生命顺从地、毫无怨念地躺在盛着温水的浅水池中,任她清洗伤口,当她洗完后,水已被染成粉红。

"它会好起来的,对吗,伊蒂?"艾莉森说,在这时她已经快哭出来了。这只猫是她最好的朋友。罗宾去世后,它和艾莉森亲近起来;它跟在她身边,给她带各种偷来或捕获的小礼物(死鸟、美味的垃圾、有次——非常神奇地——给她带回了一盒未开封的燕麦饼干);

自从艾莉森入学之后,它便每天都会在两点四十五的时候挠门,请求主人开门放它出去,这样它就可以去街角迎接她了。

而艾莉森对这只猫比对任何其他生物,包括她的家人在内,都更疼爱。她经常和它说话,把自己盘子里的鸡肉和火腿喂给它吃,让它晚上把肚子搭在自己的脖子上睡觉。

"它可能吃了什么不对的东西。"哈莉特说。

"等等看吧。"伊蒂说。

但接下来的几天证实了她的猜测。这只猫其实没生病,它只是老了。她喂它金枪鱼,用吸管喂它牛奶,但猫只是闭着眼睛,龇着牙吐出那些牛奶。前一天早上,她走进厨房时发现它止不住地抽搐,便用毛巾把它包起来带到了兽医那里,当时孩子们还在学校。

那天下午孩子们来她家时,她告诉她们:"很抱歉,但我也没办法了。今天早上我把猫送去克拉克医生那里,他说得给它安乐死。"

听到这消息的哈莉特异常平静——这令人惊讶,因为她只要脾气来了,就会大发雷霆。"可怜的老维尼,"她说完便在猫的盒子旁边跪了下来,"可怜的小猫。"她把手放在猫起伏着的肋腹上。她几乎和艾莉森一样喜欢这只猫,尽管它对她基本上不理不睬。

但艾莉森脸色惨白:"安乐死是什么意思?"

"就是那个意思。"

"你不能这么做。我不允许。"

"我们无能为力,"伊蒂语气尖锐,"没有人比兽医更了解情况了。"

"我不能让你杀了它。"

"那你想让我做什么?延长它的痛苦?"

艾莉森嘴唇发抖,在猫盒旁边跪下,歇斯底里地哭起来。

那已经是昨天下午三点钟的事了。但从那时起,艾莉森就一直待在猫的身边。她不吃晚饭,不要枕头和毯子,就那样整晚都躺在寒冷的地板上痛哭流涕。伊蒂和她在厨房待了半个小时，本想简短地谈谈，告诉她世间万物终有一死，艾莉森必须学会接受这个现实。但艾莉森却哭得更厉害了；最终，伊蒂选择了放弃，转身回了卧室，关上房门，拿起一本英国女侦探小说家阿加莎·克里斯蒂的小说读了起来。

终于——大约午夜的时候——哭声停止了。但现在她又开始哭了。伊蒂啜了一口茶。哈莉特沉迷于斯科特船长不可自拔。艾莉森的早餐放在桌子另一边，还没有动过。

"艾莉森。"伊蒂说。

艾莉森双肩颤抖着，没有回话。

"艾莉森，过来吃早餐。"这已经是她第三次喊她了。

"我不饿。"她咕囔道。

"看这里，"伊蒂厉声说道，"我已经受够了。你现在已经过了这样闹的年龄。别再在地板上打滚了，站起来把早餐吃了。起来，马上。饭快放凉了。"

但这一指责只是加剧了艾莉森的痛苦。

"天啊，"伊蒂说着又继续吃起了早餐，"随你便。不知道你们学校的老师看见你像个巨婴一样在地上打滚会怎么说。"

"你们听，"哈莉特突然说道，她一字一句地读着书上的话，"大家都觉得蒂图斯·奥茨已经快不行了。他，或我们，会做什么，只有上帝知道。我们在早餐后讨论了这件事；他很勇敢，熟悉情况，但是——"

"哈莉特，我们现在对斯科特船长没兴趣。"伊蒂说，她已经将近束手无策了。

"我想说的是，斯科特和他的船员都很勇敢。他们始终积极乐观。即使他们被困于暴风雨中，即使他们知道死亡即将来临。"她继续说着，音调逐渐上扬，"'我们已经到了生命的最后时刻，但我们还没有，也不会丢失我们的昂扬气势——'"

"好吧，死亡无疑是生活的一部分。"伊蒂无奈地说道。

"斯科特和他的团队都很喜爱他们的狗和马驹，但在情势极其糟糕的情况下，他们不得不将它们射杀。听听这个，艾莉森。他们不得不吃掉它们。"她往前翻了几页，又把头埋进书里，"'可怜的动物！即使情势恶劣，它们仍然能出色地完成工作。但是，要杀死它们也很艰难。所以——'"

"让她不要再读了！"躺在地板上的艾莉森哭嚷道，用双手捂住耳朵。

"哈莉特闭嘴，"伊蒂说，"但——"

"没有但是。艾莉森，"她尖锐地说道，"站起来。哭泣并不能帮助猫缓解痛苦。"

"只有我爱维尼。你们都不——关——心它。"

"艾莉森，艾莉森，有一天，"伊蒂边说边伸手去拿黄油刀，"你哥哥曾给我送来一只被割草机割断了腿的蟾蜍。"

从地板上传来的喊叫声极其尖锐，伊蒂感觉自己的头要被劈开了。但她继续往土司上抹着黄油——已经凉透了——执意要说下去："罗宾想让我缓解一下它的痛苦。但我无能为力。除了杀死它，我别无办法。罗宾当时也不明白，当动物遭受这样的痛苦时，有时候最仁慈的事情反而是了结它们的痛苦。他也哭啊哭啊。我想不出办法让他明白，对于那只蟾蜍来说，死了反而是一种解脱。当然，他当时比现在的你小得多。"

这段独白并未对其目标受众产生影响，但当伊蒂抬头看时，她意识到嘴唇微张的哈莉特正盯着她，让她有些烦恼。

"你是怎么杀了它的，伊蒂？"

"用尽可能仁慈的方法。"伊蒂干脆地说。她用锄头砍掉了它的头——而且她还很不以为意,是当着罗宾的面砍的,后来她为此深感抱歉——但她无意探讨这个话题。

"你踩死了它吗?"

"没人肯相信我,"艾莉森突然爆发,"是方丹夫人给维尼下了毒。我知道是她。她说过想弄死它。它总是经过她的院子,在她汽车的挡风玻璃上踩了不少脚印。"

伊蒂叹了口气。她们之前聊过这个。"我也和你一样讨厌格雷丝·方丹,"她说,"她是一只恶毒的老鸟,好管闲事,但是你不能据此断定就是她毒死了那只猫。"

"我知道是她。我恨她。"

"这样对你没有好处。"

"她说得对,艾莉森,"哈莉特突然说道,"我也不觉得是方丹女士给维尼下了毒。"

"这是什么意思?"伊蒂说道,转身看向哈莉特,诧异于哈莉特居然与她观点一致。

"我是说,如果她这样做了,应该是瞒不过我的。"

"你怎么知道?"

"艾莉森,别担心了。我觉得毒害它的不是她。但如果她真这么做了,"哈莉特边说边继续埋头看书,"她会后悔的。"

伊蒂并没有打算终止这一言论,她本想继续深入讨论一番,但艾莉森再一次爆发,这次比之前都更激烈。

"我不在乎是谁下了毒,"她抽泣着,双手的手掌根使劲儿地按在眼睛上,"为什么维尼难逃一死?为什么所有那些可怜人都冻死了?为什么所有事情都如此可怕?"

伊蒂说:"因为这是世界的运行规律。"

"这个世界让我恶心。"

"艾莉森，别这样说。"

"我不。我没有办法不这么想。"

"嗯，憎恨世界这种态度很幼稚，"伊蒂说，"世界并不在意。"

"我今后都会恨它，永远不会停止。"

"斯科特和他的团队非常勇敢，艾莉森，"哈莉特说，"即使他们快要死了。你听，'我们已经濒临绝境，脚已冻僵，等等。燃料用尽，与食物供给站距离遥远，但是这里我们能够治愈你的心灵，如果你能听到我们的歌声和愉快的谈话——'"

伊蒂站起身。"就这么办了，"她说，"我要把猫带到克拉克医生那里。你们在家等着。"说完，她开始收拾盘子，冷漠地无视地板上再度传来的尖叫声。

"不要，伊蒂，"哈莉特说道，向后撤了撤椅子，她跳下来，跑到纸板箱那里，"可怜的维尼，"她边说边抚摸着它，"可怜的猫咪。伊蒂，求你不要现在就带它走。"

老猫因为疼痛而半闭着双眼。它浑身无力，尾巴重重地拍打着盒子的侧面。

艾莉森哽咽着，搂着它，把自己的脸贴在它的脸上。"不，维尼，"她哽咽着说，"不不不。"

伊蒂走了过来，异常温柔地把猫从她身上拿起。而在她小心翼翼地抱起它时，它像人一样娇弱地哀号了一声。它的嘴部已经花白，嘴唇深陷，露出泛黄的牙齿，看起来像个老人，它很有耐心，饱尝痛苦。

伊蒂温柔地挠了挠它的耳后根。"哈莉特，把那条毛巾给我。"她说。

艾莉森想说些什么，但她哭得说不出话来。

"不要，伊蒂，"哈莉特恳求道。她也开始哭了起来，"求你了。

我还没来得及跟它说再见。"

伊蒂弯下腰，自己拿起毛巾，然后又直起身子。"那就说再见，"她不耐烦地说道，"我马上要把它带出去了，它可能还有点时间。"

——

一小时后，哈莉特红着眼睛从《康普顿百科全书》B卷上剪下一张狒狒的照片。伊蒂开着她那辆蓝色的奥兹莫比尔老轿车离开后，她也和姐姐一起躺在地板上的空盒子旁，恸哭起来。哭罢，她起身走进祖母的卧室，从衣柜上的西红柿形状的针垫上拿起一根针，在伊蒂的床尾板上划下一行小字：我恨伊蒂。但这并不解气，就当她蜷缩在床尾处的地毯上抽鼻子时，又想到一个更加振奋人心的主意。她把狒狒从百科全书上剪下来，然后贴在全家福中伊蒂的脸上。她本想让艾莉森也加入进来，但她把头埋在空盒旁边，看都不看哈莉特一眼。

伊蒂后院的大门吱呀一声打开，希利·赫尔门都没关便冲了进来。他十一岁了，比哈莉特小一岁。他模仿着哥哥佩姆伯顿，把自己的沙色头发留到了肩膀的长度。"哈莉特，"他喊道，砰砰地跑上门廊台阶，"嘿，哈莉特。"但他停了下来，因为厨房里传来一阵抽泣声。哈莉特抬头看他时，眼中也满是泪水。

"哦，不，"他说，很是担忧，"他们强迫你参加夏令营了，是吗？"

希利和哈莉特最害怕的便是塞尔比湖夏令营了。这是一个基督教儿童夏令营，他们两个去年夏天都被迫参加。在营地中，男孩和女孩分为两组（分别安置在湖的对面），每天被强制要求花四个小时学习《圣经》，其余的时间则用来编挂绳、表演短剧，剧本由辅导老师编写，十分愚蠢，令人尴尬。男子们故意喊错希利的名字——不按正确的读法喊他"希利"，而是——羞辱一般地——喊他"哈丽"，与"奈丽"押韵。不仅如此，他们还在集会时剪短了他的头发，取悦其他营员。虽然哈莉特很喜欢《圣经》课——主要是因为这给她提供了"囚徒"和十分容易发表煽动言论的论坛,让她有机会发表自己对于《圣经》的非正统观点。除此之外,她和希利一样痛苦:早上五点起床,晚上八点熄灯,没有私人时间,除了《圣经》之外不能看其他书,还有许多"旧时流传下来的黄金规则"(划桨、当众羞辱)来维护这些纪律。六周的集训结束后,她和希利,还有其他第一浸信会教堂的营员们身穿绿色的营服,一起坐着教堂的汽车回家时都面无表情、一言不发、望向车窗外,他们都累坏了。

"跟你妈妈说你要自杀。"希利匆忙说道。前天,又有一大群同学被打发走了,他们垂头丧气地走向明亮的绿色校车,好像自己不是要去夏令营,而是要下地狱。"我跟他们说,如果他们再强迫我去,我就自杀。我说我会躺在马路上,任由汽车从身上碾过去。"

"不是那回事儿。"哈莉特简短地解释了一下猫的事情。

"那你不用参加夏令营了吧?"

"如果我能拦得住的话。"哈莉特说。几个星期以来,她一直紧盯着信箱。只要有报名表寄过来,她就把它们撕掉,然后丢在垃圾桶里。但是风险并没有根除。伊蒂才是她真正的威胁(她那心不在焉的妈妈甚至没注意到报名表不见了)。伊蒂已经给哈莉特买好了背包和一双新运动鞋,还一直嚷着要看所需用品清单。

希利拿起狒狒的照片并仔细端详。"这个是干什么的?"

"哦,那个啊。"她解释道。

"也许换种动物效果会更好,"希利提议,他不喜欢伊蒂,她老是调侃他的头发,故意把他认成女孩子,"也许换成河马或者猪,效果会更好。"

"我觉得这个就不错。"

他靠在她的肩膀上，一边从口袋里掏出煮熟的花生来吃，一边看着哈莉特把咆哮的狒狒脸贴在伊蒂的脸上，狒狒的脸与伊蒂的发型巧妙结合在一起。它尖牙外露，狠狠地瞪着看客，照片中的祖父则深情地望着自己的狒狒新娘。伊蒂在照片下方手写着：

伊蒂斯与海沃德
于密西西比州海洋温泉留影
1935年6月11日

他们一起端详着照片。
"你果然没错，"希利说，"这样效果很好。"
"是的。我还想过用鬣狗，但也没有这个效果好。"
他们刚刚把百科全书放回书架，把相册（表面有凸起图案，四边画着维多利亚式的金色花边）放回原处，就听到砾石车道上传来伊蒂刹车的声音。
纱门砰地关上。"孩子们！"她们像往常一样，听到了她的呼唤。但无人应答。
"孩子们，我决定大度一些，把猫带了回来，这样你们就可以给它办一场葬礼了，但如果你们谁都不理我，那我只好把它送回克拉克医生那里了。"
前屋传来一阵脚步声。三个孩子全跑到了门口，盯着她。
伊蒂眉毛上扬。"呀，这是谁家的小姑娘？"她假装惊讶地对希利说道，她非常喜欢他——因为他让人想起罗宾，不过他那可怕的长头发就算了——但并不知道她本无恶意的调侃已经引起他的怨恨，"难道是你吗，希利？你一头金色长发的样子不好认啊。"
希利幸灾乐祸地说："我们正在看你的照片。"

哈莉特赶忙踢了他一脚。

"嗯,那可能没什么意思,"伊蒂说,"孩子们,"她对孙女们说,"我感觉你们应该想把猫埋在自己家的院子里,所以回来的路上,我顺便让切斯特给它挖了一个墓穴。"

"维尼在哪儿?"艾莉森声音嘶哑地问道,眼神凶狠,"它在哪里?你把它丢在哪里了?"

"它和切斯特在一起,裹在毛巾里。我建议你们不要打开看。"

——

"走吧,"希利边说边用肩膀撞了一下哈莉特,"我们去看看。"

他和哈莉特站在光线暗淡的花园工具棚里。维尼的尸体裹在蓝色浴巾中,放在切斯特的工作台上。艾莉森——仍然泪流不止——正翻箱倒柜地找那件维尼很喜欢趴在上面睡觉的旧毛衣,想作为陪葬。

透过落满灰尘的窗户,哈莉特向窗外瞥了一眼。切斯特的身影出现在明亮的草坪角落,他狠狠地踩着铁锹。

"好吧,"她说,"但动作快一点。别让她撞上。"

后来,哈莉特才意识到这是她第一次见到或触摸到死去的生命。她并没有想到自己会如此震惊。猫的肋腹冰凉僵硬,一阵刺激之感涌上她的指尖。

希利凑近看了一眼。"好恶心!"他兴奋地说道。

哈莉特抚摸着它橙色的绒毛。它仍然是橙色的,还像之前那样柔软,只是皮毛下的身躯僵硬得可怕。它的爪子僵直,好像要被扔进一盆水里似的。它的绿色眼瞳上——虽然它已经年老,饱经病痛,但眼瞳仍然清澈明亮——凝结着一层胶状的薄膜。

希利俯身摸了一下猫。"嘿,"他喊道,赶紧缩了回去,"真恶心。"

但哈莉特没有畏缩。她小心翼翼地触摸着它身上那一小块粉色伤疤，在它幼小的时候，蛆虫啃食过的那块地方再也没能长出毛发。维尼活着的时候坚决不允许任何人碰那里，即使是艾莉森也不例外。如果有人试图摸那里，它会发出咝咝声，并展开攻击态势。但如今这只猫已经僵死，它的嘴唇紧缩，紧紧咬合的牙齿外露。它的皮肤褶皱，像起绒面料的手套一样粗糙，冰凉冰凉还是冰凉。

这就是那个秘密，斯科特船长和拉撒路以及罗宾都知道的那个秘密，甚至连猫在生命的最后时刻也知道了：这就是，通往彩色玻璃窗所描绘的那个世界的通道。当斯科特的帐篷在八个月后被发现时，鲍尔斯和威尔逊躺在他们的睡袋里，而斯科特的睡袋则敞开着，他的一只胳膊搭在威尔逊身上。那是南极，而现下是五月一个微风徐徐、生机盎然的清晨，但她手心下的生命却像冰块一样僵硬冰冷。她用指背抚摸着维尼的白色前爪。看来有些遗憾。浩瀚无际的冰天雪地逐渐迫近，斯科特船长坚持用他渐渐僵硬的手在白纸上写下遗言，铅笔的字迹越来越浅。但我感觉自己已经无法继续写下去了。

"我赌你不敢摸它的眼珠子，"希利说道，"我敢打赌。"

哈莉特几乎没听到他的声音。这就是她的母亲和伊蒂所看到的：外部的黑暗，你永远无法忘却那种恐惧感。话语从纸上滑落坠入空虚。

在阴暗凉爽的工具棚里，希利向哈莉特靠近了些。"你怕了吗？"他低声问道，手悄悄地搭在她的肩上。

"够了！"哈莉特耸了耸肩，甩开他的手。

她听到纱门被砰地关上，听到妈妈呼喊艾莉森，便手脚麻利地把猫重新裹了起来。

她在那一刻所感受到的眩晕感将会陪伴她的余生；它将与昏暗的

工具棚中紧密相连——闪闪发光的金属锯齿，尘土和汽油的气味——以及三个在冰天雪地中死去的英国人，他们的头发上结着冰柱，在阳光下闪闪发光。记忆缺失：浮冰、遥远距离、身躯石化。这些躯体带来的恐惧感。

"走吧，"希利甩了甩头，"我们出去吧。"

"来了。"哈莉特说。她的心脏怦怦直跳，感到一阵气喘吁吁——不是因为恐惧，而是因为一种非常接近愤怒的情绪。

——

虽然方丹夫人没有毒害这只猫，但它的死却令她备感欣慰。透过水槽边上的窗户——她每天都会在这个观测点看上几个小时，看邻居们来来往往——她刚才偷偷地看着切斯特挖土坑，现在又眯着眼睛透过厨房的窗帘看到三个孩子聚在土坑周围。其中一个——小女孩，哈莉特——怀里抱着一个包裹，大女孩则在一旁哭着。

方丹夫人向下拉了拉镶有珍珠的老花镜，在居家服上搭了一件带有宝石纽扣的开襟羊毛衫——虽然当时天气暖和，但她很怕冷，出门时总要带个披肩——便从后门出去了，径直走到篱笆那里。

当时天朗气清，白云低垂，涌动不止，时间过得飞快。草坪已经不堪入目，早就需要修剪，但夏洛特放手不管，任由它自生自灭。草坪上零零星星分布着紫罗兰、酢浆草、花谢结籽的蒲公英。当风四下吹动或是打着旋儿吹过来时，它们也随之摆动。但它们异常繁茂，把门廊都遮挡住了。当鲜花盛开时，的确很漂亮。但其他季节则是一片杂乱。而且，它们足以把门廊拉倒——如果你放任像寄生虫一样的紫藤肆意生长，便会弱化房屋构造——但有些人总要付出惨痛代价后才能吸取教训。

她原本以为孩子们会和她打招呼，便满怀期待地在篱笆边上等了一会儿，但是他们并未理会她，只是埋头做着自己的事情。

"你们在做什么呢？"她柔声问道。

他们抬起头，像小鹿受到惊吓一般。

"你们正在埋什么东西吗？"

"没有。"哈莉特喊道，回答她的是妹妹，那个自作聪明的人，方丹不怎么喜欢她，"看上去就是啊。"

"但我们没有。"

"你们是在埋那只老橙猫吧。"

无人搭话。

方丹夫人眯着双眼，目光越过老花镜的镜框看向她们。没错，姐姐在哭。她已经过了这种蛮不讲理的年纪。妹妹俯身把包裹之物放进了坑里。

"你们的确是在埋它啊，"她皱起眉毛，"你们骗不了我。那只猫很讨厌。以前它天天都会过来，把我的汽车挡风玻璃上踩得都是脚印。"

"别在意她，"哈莉特咬牙切齿地对姐姐说，"老婊子。"

希利从没听过哈莉特骂脏话，他的后颈因为一阵喜悦而微微颤动。"婊子。"他重复说道，音量刚好能被听见，说完还意犹未尽。

"什么？"方丹夫人尖声问道，"是谁说的？"

"闭嘴！"哈莉特对希利说。

"是谁说的？跟你们在一起的那个孩子是谁？"

哈莉特跪在地上，直接用手往墓穴填土，土壤落在蓝色的毛巾上。"希利，"她低声道，"快，过来帮我。"

"到底是谁？"方丹夫人气急败坏地问，"你们最好回答我。不然我就进屋去给你们的妈妈打电话。"

"妈的！"希利说，意气用事，脸涨得通红。他在哈莉特身边跪下，动作麻利地帮她填土。艾莉森用拳头捂着自己的脸，泪水止不住地从脸上淌下来。

"你们最好回答我。"

"等等，"艾莉森突然喊道，"等等。"她转过身，穿过草丛，猛地冲回家里。

哈莉特和希利停了下来，手腕还埋在泥土中。

"她要做什么？"希利低声说道，用手腕蹭了蹭眉毛。他的手上沾满了泥土。

"我不知道。"哈莉特十分困惑，说道。

"这是小赫尔吗？"方丹喊道，"你过来。我要打电话给你妈妈。你立马过来。"

"打啊，婊子，"希利咕囔道，"反正她不在家。"

纱门砰的一声关上，艾莉森跑了出来，差点摔倒，她一只胳膊捂着脸，因为泪流满面而看不清路。"给。"她边说边在他们身边跪下，向墓穴中扔了个东西。

希利和哈莉特探头去看。原来是一张艾莉森去年秋天在学校拍的照片。照片上的艾莉森在土坑中冲着他们微笑。她穿着一件蕾丝领的粉红色毛衣，头发上别着粉红色的发夹。

艾莉森一边抽泣着，一边捧起一把土壤，把它扔进墓穴，扔向照片中微笑着的自己。土壤吧嗒吧嗒地落在照片上。有那么一会儿，艾莉森粉红色的毛衣仍然依稀可见，她那害羞的眼睛仍然充满希望地透过泥土向外张望着；但随着另一捧泥土吧嗒落下，就什么都看不见了。

"别愣着了，"她不耐烦地喊道，另外两个孩子看看墓穴，又转头看看她，一时不知所措，"哈莉特，帮我一把。"

"好吧，"方丹夫人尖叫道，"我现在就回去给你们的妈妈打电话。看吧，我马上就回去，你们这些孩子等着后悔去吧。"

第二章 黑鹂

几天之后的一个晚上,等到妈妈和姐姐都在楼上的卧室睡下后,也就是十点钟左右,哈莉特用钥匙轻轻地打开了枪柜。柜子里的枪已经陈旧,年久失修,是哈莉特的父亲从一位收藏枪支的叔叔那里拿来的。关于这位神秘的叔叔克莱德,哈莉特所知不多,只知道他的职业(工程设计),他的性格("脾气不好。"阿德莱德边说,边做个鬼脸;她和他上过同一所高中)以及他的结局(飞机失事,掉落在佛罗里达附近的海域)。因为他是"在海上失踪的"(大家都这么说),所以哈莉特从不认为克莱德叔叔真的死了。只要提起他的名字,她的脑海中都会闪现出一个胡子拉碴、衣衫褴褛的形象,像《金银岛》里的本·甘恩一样,在某个凄凉、贫瘠的小岛上独自生存,他的裤子破烂不堪,手表被海水腐蚀。

哈莉特小心翼翼地扶着老旧的玻璃柜门,避免打开时嘎吱作响。轻轻一颤,柜门弹开了。最上面一层放着一盒古董手枪——德林杰手枪,镶有银边和珍珠母,奇特的大口径短筒手枪,还不到四英寸[①]长。下层按时间顺序、一律朝左摆放着许多大型枪支:肯塔基燧发枪;一支丑陋、重达十磅[②]的普莱恩斯步枪;一把锈迹斑斑的前膛

[①] 1英寸=2.54厘米。
[②] 1磅约等于453.59克。

枪，据说曾在南北战争中使用过。在比较新的枪支中，令人印象最深刻的是第一次世界大战时期出产的温彻斯特霰弹枪。

这些枪支的所有者是哈莉特的父亲，一位个性冷淡、不好相处的人物。人们常常小声讨论他还没和哈莉特的母亲离婚，却单独住在纳什维尔这件事。虽然哈莉特对这一局面的形成原因一无所知（她只是隐约知道这与父亲的工作有关），但她并不在意，因为从她记事起，父亲就已经不在家住了。他每个月都会寄一张支票过来，支付家庭日常开销；他会回家过圣诞节和感恩节，秋天去三角洲的打猎区时，会在中途回家歇歇脚，小住几日。对哈莉特来说，这样安排合情合理，很适合父母的性格：她的母亲，没什么精力（大部分时间都躺在床上），而她的父亲则精力过于充沛，而且用错了地方。他吃饭快，说话快，除非手里拿着一杯酒，否则便无法安静地坐下。在公共场合，他总是说说笑笑，人们以为他很滑稽搞笑，但私下里，他突然冒出的幽默笑话并不总是如此有趣，而且他总是改不了想到什么说什么的习惯，经常伤害家人的感情。

更糟的是：哈莉特的父亲总认为自己是对的，即使他错了。对他而言，一切都是对意志的考验。虽然他常常固执己见，但却热爱辩论；甚至是心情愉快的时候（靠在椅背上，手中拿着鸡尾酒，心不在焉地看着电视），也不放过哈莉特，取笑她，只是为了让她知道他才是一家之主。"太聪明的女孩不讨人喜欢。"他经常这么说。或者："你长大只是为了嫁人，没必要接受教育。"哈莉特总被此类言论所激怒，也反对这些言论——但他认为这不过是平淡且符合伦常的事实——所以总是遭殃。有时他用皮带抽打哈莉特——因为她顶嘴——而艾莉森则面无表情地站在一旁，母亲躲进卧室。有时他会给哈莉特布置大量根本无法完成的家务（用割草机割草、清理阁楼）作为惩罚，哈莉特则站在原地一动不动，拒绝从命。"快去吧！"等她爸爸气冲冲地下楼后,艾达·拉伊总是边这么跟她说,边担心地把头探出门外,"你最好赶紧动手,不然他回来会把你撕了!"

但哈莉特——气呼呼地站在一堆文件和旧杂志中——仍然一动不动。他可以尽情鞭打她,她不在意。这是他们家的规则。因为担心哈莉特,艾达常常会放弃自己手头的工作,上楼把哈莉特的事情做了。

因为父亲喜欢与人争吵,惹弄是非,看什么都不顺眼,所以在哈莉特看来,他不住在家里似乎是正确的选择。她从未觉得这有什么奇怪之处,或者意识到别人都觉得这很奇怪,直到四年级的一个下午,她乘坐的校车在回家路上发生了故障。哈莉特旁边坐着一个比她小一些的女孩,叫克里斯蒂·杜利。她有两颗大门牙,每次去学校都披着一件白色的针织披风。她的爸爸是一名警察,但从她那白鼠一般的长相和总是焦虑不安的状态可看不出来。她边小口喝着保温瓶里剩下的蔬菜汤,边自说自话,喋喋不休地讲着各种在家里听到的秘密(关于老师、关于其他人的父母)。哈莉特忧郁地望着窗外,盼着修车的人赶紧过来,直到她突然意识到,克里斯蒂正在说的是自己的父母。

哈莉特转身看向她。哦,大家都知道,克里斯蒂低声说,披风下的身子又凑近了些(她总是过于近地紧挨着别人)。哈莉特难道不想知道为什么爸爸住在城外吗?

"他在那里上班。"哈莉特说。她从未觉得这个理由不够充分,但克里斯蒂却做出一副大人似的满意表情,轻轻地叹了口气,然后告诉了哈莉特事实真相。主旨是:罗宾去世后,哈莉特的父亲就想搬家——搬到别的城镇,一个可以"重新开始"的地方。"但她不愿意。"克里斯蒂的眼睛圆睁,表情神秘诡异,好像她说的不是哈莉特的妈妈,而是一个鬼故事里的女人,"她说她要永远留在这里。"

哈莉特——从一开始坐在克里斯蒂身边就很烦——挪了挪地方,想离她远些,看向了窗外。

"你生气了吗?"克里斯蒂假意问道。

"没有。"

"那是为什么?"

"你的嘴里有一股汤味。"

自那之后的几年里,哈莉特还听到过许多其他言论,既有大人的也有孩子的,他们都认为她的家庭有些"诡异",但哈莉特只是觉得他们很可笑。她家的这种安排十分务实——甚至非常巧妙。她父亲在纳什维尔的工作为她们支付了日常开销,但没有人喜欢他假期回家的生活。他不喜欢伊蒂或是其他姨妈。大家都很厌烦他强行缠着哈莉特的妈妈做这做那。去年,他喋喋不休地劝她一起去参加圣诞聚会,一直到她(隔着薄薄的睡衣揉着她的肩膀)勉强同意才肯罢休。但等到要出门的时候,她却仍穿着浴袍呆坐在梳妆台前,盯着镜子里的自己,还没有涂口红,也没有把别在头发上的发夹取下来。艾莉森踮着脚尖上楼看她时,她说自己有些偏头痛。然后便把自己锁在浴室里,打开水龙头,直到哈莉特的父亲(红着脸,浑身颤抖地)用拳头砸开门。那个平安夜过得极不愉快,哈莉特和艾莉森呆坐在客厅的圣诞树旁,圣诞颂歌(时而响亮时而欢快)的声音逐渐增大,但仍无法盖过楼上的争吵声。哈莉特的父亲在圣诞节当天下午早些时候开车离开,大家都松了一口气。他拖着重重的步子走到车前,把行李箱和礼物放到车上,向田纳西州开去。大家叹了一口气,便回到家中,回到了健忘的小睡当中。

哈莉特的家人都很爱睡觉——除了哈莉特,她天生觉少。在这黑暗、寂静的房中,她常常独自醒着,无聊空虚之感将她紧紧包围,令她感到茫然无措,有时她无法做任何事情,只能呆望着窗外或墙壁。她的母亲大部分时间都待在卧室里。艾莉森也早早地上床睡觉后——通常是晚上九点左右——便只剩哈莉特一人:她直接就着牛奶盒喝牛奶,穿着袜子在房子里闲逛,穿梭于高高堆起的报纸之间。几乎每个房间都堆满了报纸。自从罗宾去世后，哈莉特的母亲养成了一个奇怪的习惯，她什么都舍不得扔掉，阁楼和地窖堆满了废物，如今已经开始蔓延到家里的其他地方了。

哈莉特有时很享受这样的时光。她会打开灯、电视或录音机，打电话祷告，或给邻居打恶作剧电话。她可以尽情地从冰箱里拿好吃的来吃。她爬上高高的架子，偷看本不应该打开的柜子；她在沙发上蹦跳，直到弹簧吱呀作响；她把垫子铺到地上，在地板上建堡垒和救生筏。有时她还会把妈妈上大学时穿的衣服从衣柜中翻出来（已被虫蛀的柔软毛衣、花花绿绿的长筒手套，还有一件海蓝色的舞会礼服——哈莉特穿上后，长长的裙摆拖在地上）。这很危险，尽管这些衣服哈莉特的母亲从来不穿，却仍然很在意；但哈莉特总是能小心翼翼地把所有东西都放回原处。而且如果母亲发现有什么不对劲的地方，也从不会提起。

枪里都没有装子弹。陈列柜中唯一的弹药是一盒十二号口径的子弹壳。哈莉特基本不知道步枪与霰弹枪有何区别。她把那些子弹壳倒出来，呈放射状摆在地毯上。有一支枪上配了刺刀，很有趣，但她最喜欢的是那支装有可伸缩望远镜的温彻斯特枪。她会关掉灯，将枪支在起居室窗户的窗台上，眯着眼睛透过望远镜向外望去——看停放着的汽车、在远处灯光照射下闪闪发光的路面以及正给郁郁葱葱的大草坪浇水的喷头。堡垒遭到袭击；她坚守阵地，这是她们赖以为生的地方。

方丹夫人前廊上悬挂的风铃响起。沿着油油的枪管，越过杂草丛生的草坪，她看到了那棵吊死哥哥的树。微风轻拂着光滑的树叶，树影投射在草地上，如水波一般荡漾。

有时候，当哈莉特深夜在这座阴暗的房子里徘徊时，她能感到死去的哥哥走近她的身旁，他十分友好，默不吭声，很是神秘。她能听到他在地板上走路时发出的吱呀声,能通过飘动的窗帘或是突然自动打开的门感受到他的存在。他偶尔还会恶作剧一番——把她的书或是糖果藏起来,趁她不注意的时候,把它们放到别的地方。哈莉特很喜欢他的陪伴。在她的想象中,他生活的地方总是夜晚,而当她不在时,他总是独自一人:坐立不安、十分孤独,他总是晃着双腿,待在一间钟表嘀嗒作响等候室里。

我来了,她自言自语道,我在站岗。因为当她拿着枪坐在窗边时,感到了他的存在,很温暖。哥哥去世已经十二年了,很多事情发生了改变,但是,客厅窗外的景色却没变过。甚至那棵树都还在那里。

哈莉特的手臂疼了一下。她小心翼翼地把步枪放在扶手椅的旁边,走进厨房去拿了根冰棒又回到客厅,她在窗边坐下,在黑暗中慢条斯理地吃着冰棒,吃完后把冰棒的棍子放在一堆报纸上,又拿起步枪继续站岗。冰棒是葡萄味的,她的最爱。冰箱里还有很多,没有人会阻拦她继续吃下去,但吃冰棒的同时举枪是件难事。

她把枪对准漆黑的天空,追踪着穿梭于月光照亮的云层中的飞鸟。车门砰的一声关上。她迅速转换目标,跟随声音瞄准了方丹夫人——她刚从唱诗班练习回来,在昏暗的路灯下踽踽前行——完全没有意识到她那闪闪发光的耳环已被哈莉特瞄准。门廊灯关闭,厨房灯亮起。方丹夫人的溜肩、山羊脸剪影映在窗帘上,像皮影戏中的木偶。

"砰!"哈莉特小声咕哝。只要扣动手指便能了结方丹夫人,把她送到该去的地方——和魔鬼一起。她在那里毫无违和感——她的鬃发中长出犄角、一支弓箭的尾部插在她的裙子上,她推着超市手推车在地狱里横冲直撞。

一辆车开了过来。她不再瞄准方丹夫人,而是去追踪这辆车,她转动着望远镜,所看到的画面随之跳动——她看到了少年,车窗玻璃摇了下来,速度飞快——直到红色的尾灯扫过,最终消失。

在重新瞄准方丹夫人的过程中,她注意到一扇亮着灯的窗户,随后她非常欣喜地发现,那是戈弗雷家的用餐室,他住在马路对面。戈弗雷一家乐观开朗,他们已经四十多岁了,但还没有孩子,喜欢社交,在浸信会教堂十分活跃。看到他们两个都起来活动让人很是欣慰。戈弗雷夫人站着从纸盒中往盘子里挖黄色的冰激凌。戈弗雷先生则背对哈莉特坐着。屋内只有他们两个人。你能看到蕾丝边的桌布,角落里放着一盏台灯,灯罩是粉红色的,台灯光线暗淡。所有东西都能看得一清二楚。连戈弗雷盘子上的葡萄叶团和戈弗雷夫人头上的发夹都能看清楚。

对哈莉特来说,温彻斯特步枪是一副双筒望远镜、一台相机、一种观察方式。她把脸贴在光滑冰凉的枪托上。

她确信,在这些夜晚中,罗宾都在守护着她,就像她守护着他一样。她可以感觉到他在身后的呼吸:安静、善于交际、喜欢她的陪伴。但是漆黑的房间中不时传来的吱呀声和投射过来的影子有时还是会吓到她。

哈莉特举枪的手臂有些酸痛难耐,便在扶手椅上坐下稍作休息。在这样的夜晚里,她偶尔还会抽妈妈的香烟。最糟的时候,她甚至失去了阅读能力,书上的字——即使是她最爱的、百读不厌的书,如《金银岛》《绑架》——会变成原始的中国汉字:无法辨识、不怀好意,她只能隔靴搔痒。有一次,因为十分绝望,她砸碎了一个瓷质小猫雕像,为此她惊慌失措,那是她妈妈的雕像(而且她很喜欢这个雕像,从她还是小女孩的时候保存到了现在),她把碎片裹进纸巾里,塞到一个空麦片盒中,又把麦片盒扔到垃圾桶的最底部。这已经是两年前的事了,但据哈莉特所知,她妈妈还没注意到小猫雕像已经不在瓷器陈列柜了。每当哈莉特想到这件事时,尤其是当她想再次做坏事时

（摔茶杯，剪桌布），都会有些飘飘然。只要她想，连房子都可以点着，没有人会在旁边阻止她。

一片形如锈斑的云半遮着月亮。她把步枪重新瞄准戈弗雷家的窗户。戈弗雷夫人也吃起了冰激凌。她边吃边跟丈夫交谈着，举着满满一勺冰激凌，表情冷酷，有些生气。戈弗雷先生的两个肘部撑在蕾丝桌布上。她只能看到他的秃顶——也被瞄准，一枪即可命中——但看不出他是否在跟戈弗雷太太对话，或者他到底有没有听她说话。

突然，他站起身，伸了个大大的懒腰，出了房间。只剩戈弗雷夫人独自坐在桌前，她说了些什么。就在她吃最后一大勺冰激凌时，微微转了下头，好像在听另一个房间里的戈弗雷先生有什么动静，然后站起来走到门口，边走边用手背抚平了裙子。随后，房间一片漆黑。他们家是整条街上唯一亮灯的地方。方丹夫人家的灯也早就熄了。

哈莉特瞥了一眼壁炉架上的时钟。已经过了十一点，而明天九点她还得起床去主日学校。

其实并没有什么要害怕的——路灯把安静的街道照得很亮——但房子都非常安静，哈莉特还是有些紧张不安。虽然他是在光天化日之下闯入她家的，但夜间最令她害怕的仍是杀手。当他杀回她的噩梦中时，四周总是漆黑一片：一阵冷风吹过房间，窗帘随之摆动，所有的门窗都半开着，她来回跑着使劲把窗户关上，摸索着把门锁上，而她的妈妈却毫不在意，坐在沙发上抹着面霜，一点也没有帮忙的意思。在梦里，她的时间总不够用，总能看到玻璃破碎，戴着手套的手拧门把手。有时候她还会看到门被打开，但她总是在看到人脸之前便醒了过来。

她跪在地上，把那些弹壳捡起来，整齐地摆放进盒子里；她擦掉了枪上留下的指纹并放回原处，然后锁上柜子并把钥匙放回父亲办公桌上的红色皮盒中：那里还有指甲钳、一些配错了的袖扣和一对放在绿色绒面小包里的骰子。还有从孟菲斯、迈阿密和新奥尔良的夜总会拿回来的火柴盒。

回到楼上后，她黑着灯轻轻地脱下衣服。艾莉森面朝下地躺在旁边的床上，好像淹死的人浮出水面。床罩上月影斑驳，而当有风吹过树梢时，月影还会随风摆动。她的四周挤满了毛绒玩具，像在救生筏上似的——一只拼布大象、一只掉了一个纽扣眼的花斑狗、一只毛茸茸的小黑羊、一只紫色平绒袋鼠和一整套泰迪熊——它们全挤在她的头上，甜蜜而怪诞，好像它们是出现在艾莉森梦里的动物。

——

"现在，孩子们。"戴尔先生说。在主日学校的课堂上，他用那双冷酷、灰白色的眼睛扫视了一下哈莉特和希利的同学们。由于戴尔先生对湖边夏令营的热情推广，以及他在学生家长中不遗余力地宣传，导致上课的人少了一大半。"你们现在思考一下摩西。想想为什么摩西要如此执着于带领以色列儿童进入应许之地？"

安静。戴尔先生像推销员似的扫视着这一小撮百无聊赖的面孔。教堂——由于不知如何处理这辆新校车——便开展了一项外延服务，从乡下挑选贫困的白人儿童，并将他们拉到第一浸信会华丽而凉爽的大厅参加主日学校。他们蓬头垢面，鬼鬼祟祟，穿着不适合出入教堂的衣服，低垂着头看向地板。只有体型庞大、生性迟钝的柯蒂斯·拉特利夫瞪着眼睛，张着嘴崇敬地望着戴尔先生。他比其他孩子都要年长几岁。

"或者，我们再举一个例子，"戴尔先生说道，"施洗约翰怎么样？为什么他如此坚决地到旷野中，为基督的到来做好准备呢？"

那些拉特利夫、斯柯利和奥德姆家的孩子连提问的必要都没有，他们眼睛通红，面庞消瘦，母亲吸食胶毒，父亲身上刺满文身，还多次出轨。他们本就很可怜了。就在前一天，戴尔先生还被迫把女婿拉尔夫——他就职于戴尔雪佛兰汽车公司——派到斯柯利家去，希望能收回那台奥兹莫比尔短剑新车。这说来话长：这些人开着高档汽车来回乱晃，寻欢作乐，他们在车里咀嚼烟草，肆意饮酒，却忘记他们自己已经拖了六个月没有还款了。另一个斯柯利和两个奥德姆家的还款期也要到了，但周一早上拉尔夫登门拜访时，他们才会知道。

戴尔先生看到哈莉特——莉比·克里夫的小侄孙女和她的朋友赫尔后，眼前一亮。他们是老亚历山大人，来自一个不错的社区：他们的家人都是乡村俱乐部的一员，他们基本上能按时支付车费。

"希利。"戴尔先生说道。

希利眼睛圆睁，握着星期日学校宣传册的双手开始颤抖，那册子被他反复折叠，有很多方块折痕。

戴尔先生面带笑容。他的牙齿很小，眼距宽阔，额头凸起——再加上他喜欢侧着脸看学生，而不是正脸看——导致他稍微有些像一只不友好的海豚，"你能告诉我们为什么施洗约翰会去旷野呼喊[①]吗？"

希利颤抖着回答："因为耶稣命令他那么做的。"

"不完全是！"戴尔先生边说边搓着双手，"我们来考虑一下约翰当时的处境。为什么他引用先知以赛亚[②]的话——"他把手指滑向页面底部，"也就是第二十三首诗的内容？

"他跟随了上帝的计划？"第一排有个同学小声回答道。

[①] 此处指圣经典故"旷野的呼声"（Voice in the wilderness），源出于《马太福音》第三章，据载，施洗约翰在犹太的旷野传道，说："天国近了，你们应当悔改。"他还呼吁"有两件衣服就分给那些没有的……"但他这些呼吁不但没有被接受，他本人反而被犹太的希律王监禁，终被杀害。后世西方用"旷野的呼声"指有远见但不受重视的变革者的呼声。

[②] 以赛亚（Isaiah）《旧约》人名，公元前八世纪以色列的著名先知，其言论被辑录成《以赛亚书》而传世至今。

是安娜贝尔·阿诺德。她双手戴着手套,端庄地放在腿上那本包着书皮的《圣经》上。

"很好!"戴尔先生说。安娜贝尔来自一个有教养的家庭———一个优秀的基督徒家庭,不像那些只知道喝鸡尾酒的乡村俱乐部成员,比如赫尔家。安娜贝尔曾获得乐队指挥冠军,她曾带领一位小犹太同学来到基督面前。周二晚上,她还参加了在高中举行的舞棒比赛,戴尔雪佛兰便是其中一个主要赞助商。

戴尔先生注意到哈莉特想要发言,便匆匆地说:"你们听到安娜贝尔的回答了吧,孩子们?"他很高兴,"施洗约翰是按照上帝的计划这么做的。而这又是为什么?因为,"戴尔先生边说,边转过头去,用另一只眼盯着学生,"因为施洗约翰有目标。"

鸦雀无声。

"为什么在生活中要有目标,孩子们,为什么它如此重要?"当他等待答案时,一遍又一遍地叠着讲台上的那一小叠纸,他手上的金戒指镶着宝石,在灯光照耀下折射出红色的光芒,"仔细想一下,好吗?如果没有目标,我们就没有动力,不是吗?如果没有目标,我们就无法实现经济上的繁荣!如果没有目标,我们就无法实现基督对我们作为基督徒和社区成员的希冀!"

他吃惊地发现,哈莉特狠狠地瞪着他。

"不是这样!"戴尔先生拍了一下手,"因为目标让我们专注于重要的事情!对所有人来说,在人生的每个阶段,以每年、每周甚至每小时为单位设定目标都是非常重要的。否则我们就会失去进取心,就无法从电视机前离开,长大后无法自力更生。"

他边说边分发纸和彩色笔。给这些拉特利夫和奥德姆家的孩子灌输一些职业道德有益无害。他们在家里肯定接受不到这类教育。他们的家人大多游手好闲,靠政府救济度日。而戴尔先生去年夏天在弗吉尼亚州林奇堡参加的一个基督教宣传会议上也做过这种试验,他觉得很有激励作用。

"现在,所有人都写一个想要在今年夏天实现的目标,"戴尔先生说,他双手指尖相触,呈尖塔状,食指触着噘起的嘴唇,"可能是一个项目,可能是一项财务或个人成就……又或者,能够在某种程度上帮助家人、社区或献礼上帝。如果不愿意写名字就不写——在底部画一个可以代表你的符号即可。"

几个打着瞌睡的脑袋猛然惊起。

"不用太复杂!例如,"戴尔先生紧紧攥着双手说道,"如果你喜欢运动,可以画一个足球!或者如果你喜欢逗笑,那就画个笑脸!"

他又坐了下来;孩子们都低头看着纸而不是他,他那宽眼距、小牙齿的脸上的笑容逐渐变得尖酸。不,无论你尝试何种方式去拯救那些拉特利夫和奥德姆家的孩子都是白费苦心:认为你可以教他们些什么真是异想天开。他望着一个沉闷的小脸,他们无精打采地叼着笔头。几年之后,这些不幸的小朋友也会给戴尔和拉尔夫先生带来麻烦,让他们追讨欠款,和他们的表兄弟和兄弟如今的做派别无二致。

———

希利探过头去想看看哈莉特写了什么。"嘿!"他低声说,他像完成任务一样画了一个足球作为自己的象征,然后便打着瞌睡一声不吭地坐那里盯着纸看。

"不要说话。"戴尔先生说。

夸张地呼了一口气后,他起身把学生们的纸张收了上来。"那么,现在,"他边说边把纸随意堆在桌上,"大家都排队上讲台拿一张——不要,"看到几个孩子从椅子上跳起来时,他赶忙厉声说道,"不要跟猴子似的乱跑。一个一个上来。"

75

学生们慢吞吞地走上讲台，毫无激情。回到座位后，哈莉特挣扎着打开自己拿到的那张被折成了邮票大小的纸，内心很不耐烦。

冷不丁地，希利发出一阵不屑一顾的笑声。他把自己拿到的那张纸推到哈莉特那里。在一幅神秘的画下面（一个长条棍子上画着一个斑点，有点像家具，也有点像昆虫，总之哈莉特看不出这到底是什么动物或者物品，抑或何种机器设备），一路歪歪斜斜地写着：我的日标[1]，哈莉特困难地读着，是爸比带我去奥普赖乐园。

"现在开始，"戴尔先生站在教室前面说道，"任何人都能发言。谁都行。"

哈莉特终于打开了她抽到的纸。是安娜贝尔·阿诺德写的，字体圆润而做作，所有字母"g"和"y"都是以精美的花体书写的。

我的目标！

我的目标是每天都要向上帝祷告，把需要帮助的人送到我身边来吧！！！！

哈莉特狠狠地盯着它。在页面的底部，有两个大写的、背靠背的字母"B"，看上去像一只愚蠢的蝴蝶。

"哈莉特？"戴尔先生突然说道，"那就从你开始吧。"

哈莉特大声朗读出了这一誓言，但她语气平淡，希望以此表达她的蔑视。

"这是一个很好的目标，"戴尔先生欣慰地说道，"这既是对祷告的呼唤，但同时也是对服务他人的呼唤。这位年轻的基督徒心系教堂和社——这有什么好笑的吗？"

窃窃私语的同学们脸色苍白，一时间全部安静了。

戴尔先生提高音量："哈莉特，这个目标展现出写下它的人什么

---

[1] 此处原文作者故意用了错别字，故译者也故意采用了错别字翻译。

特征?"

希利拍了拍哈莉特的膝盖。在腿边悄悄比了一个拇指朝下的动作：废物。

"上面有记号吗？"

"先生？"哈莉特说。

"这位同学选择了什么来代表他或她？"

"一只昆虫。"

"一只昆虫？？"

"是一只蝴蝶。"安娜贝尔弱弱地说，但是戴尔先生没有听到。

"是什么样的昆虫？"他追问哈莉特。

"我不确定，但看起来它好像有刺。"

希利探过身子去看。"恶心，"他喊道，显然他的恐惧之中一点做作的意味也没有，"这是什么啊？"

"把它传过来！"戴尔先生厉声说道。

"谁会画出那样的东西？"希利说，惊恐地看向四周。

"那是一只蝴蝶。"安娜贝尔说，这次大家都听见了。

戴尔先生起身去拿那张纸，然后非常突然地——因为太过突然所以每个人都吓了一跳——柯蒂斯·拉特利夫突然异常兴奋地叫了起来。他指着桌子上的东西，在座位上兴奋得晃动起来。

"读我的，"他叽里呱啦地说，"读我的。"

戴尔先生突然停下。他一直害怕此类事情发生，一般情况下都很温和的柯蒂斯突然爆发，变得狂暴或是大发脾气。

他急忙走下讲台，走到前排。"有什么不对的吗，柯蒂斯？"他俯身说道，全班都听到了他说的悄悄话，"你需要上厕所吗？"

柯蒂斯叽里呱啦地，脸涨得通红。他从吱呀作响的椅子上站起来又坐下——那椅子对他来说太小了——而他动作幅度又很大，戴尔先生有些害怕地向后退了退。

柯蒂斯猛地指向空中。"读我的!"他嚷道。出乎意料的是,他从椅子上猛地站了起来——戴尔先生跟跟跄跄地向后退着,十分羞恼地小声尖叫了一下——然后,从桌子上拿起一张皱巴巴的纸。

然后,他非常温柔地把它展平,又交给了戴尔先生。他指了指那张纸,又指了指自己。"我的。"他眉开眼笑地说道。

"哦。"戴尔先生说。他听到教室后面传来的窃窃私语,幸灾乐祸的"哼哼"声。"是哦,柯蒂斯。那是你写的目标。"戴尔先生把它放在一边,故意与其他孩子的分开。虽然柯蒂斯总是要铅笔和纸——被拒绝时还会哭鼻子——但他既不认字也不会写字。

"我的。"柯蒂斯说。他用拇指指着自己的胸脯。

"是的,"帕特先生小心翼翼地说道,"那是你写的目标,柯蒂斯。没有一点问题。"

他把纸放回桌子上。柯蒂斯再次抓起纸张,把它塞给了戴尔先生,脸上满是期待的微笑。

"好的,谢谢你,柯蒂斯,"戴尔先生说完,指了指他空荡荡的椅子,"哦,柯蒂斯?你现在可以坐下了。我正要——"

"读。"

"柯蒂斯。如果你不坐下,我就不能——"

"读我的!"柯蒂斯尖叫道,他开始上蹿下跳,令戴尔先生十分恐惧,"读我的! 读我的! 读我的!"

戴尔先生——目瞪口呆——瞥了一眼手里那张皱巴巴的纸。上面根本什么都没写,只有一些婴儿似的涂鸦。

柯蒂斯天真地冲他眨着眼睛,又笨拙地向前迈了一步。他的睫毛比一般的蒙古人种都要长得多。"读。"他说。

―

"我想知道柯蒂斯的目标是什么?"哈莉特说道,在和希利一起回家的路上,她仍然冥思苦想。她的黑漆皮鞋在人行道上啪嗒作响。夜间下过雨,刚刚被割过的草坪散发出刺鼻的气味,灌木丛上的花瓣被风吹落,散落在潮湿的水泥地面上。

"我想说的是,"哈莉特说道,"你觉得柯蒂斯会有目标吗?"

"我的目标是柯蒂斯踢一下戴尔先生的屁股。"

他们在乔治街转弯,那里的山核桃和枫香树已枝繁叶茂,叶子颜色很深,蜜蜂忙着采蜜,在紫薇花、花叶络石、粉色多花玫瑰中嗡嗡作响。浓郁醉人的木兰香气像炎热的天气一样,太过浓重而让人头痛。哈莉特没有说话。她啪嗒啪嗒地走着,低着头,双手放在背后,陷入沉思。

迫于社交压力,为了重新打开话匣子,希利仰起头,展示出了他最拿手的海豚音。

哦,他们叫他飞宝,飞宝①,他唱道,声音中流露出逢迎讨好之意,它比闪电还快……

哈莉特满意地哼了一声。由于他的笑声如马嘶鸣,他的前额像海豚那样隆起,他们便给戴尔先生起了个绰号叫"飞宝"。

"你写了什么?"希利问她,他脱掉了那件讨厌的主日学校外套,不时扔向空中,"那个黑色标记是你写的吗?"

"没错。"

希利脸上放光。他之所以崇拜哈莉特,就是因为她这种神秘而不可预测的举动。你无法理解为什么她会做这样的事情,甚至为什么这

---

① 该歌词取自电影《海豚飞宝》(Flipper)的主题曲。

样做很酷，但的确很酷。无疑，那黑色记号让戴尔先生感到不适，而柯蒂斯先前的爆发则加重了他的不适。当后排有个学生举起一张除了中间有一个诡异的黑色记号、其余部分全部空白的纸时，他眨了眨眼，看起来很不安。"有人在搞怪啊。"他怒气冲冲地说道，诡异地停顿片刻之后，他立马进行到了下一个同学，因为那个黑色记号确实令人毛骨悚然——为什么？那只是一个铅笔画的记号，但当那位同学把它举起来给大家看时，同学们却奇怪地安静了下来。这便是哈莉特的特质：即使是在大白天，她也能吓到你。你甚至无法确定到底是为什么。

他用肩膀撞了她一下。"你知道怎样更有趣吗？你应该写屁股。哈！"希利总是鼓动别人去搞恶作剧，他自己有贼心没贼胆，"写得特别小那种，你懂得，要让他几乎看不到。"

"那个黑点是《金银岛》里的，"哈莉特说。"海盗要来杀你的时候，会先给你留一张白纸，上面只画一个黑点。"

——

回到家后，哈莉特径直进了卧室，从衣柜的内衣抽屉中翻出她藏在下面的笔记本。然后她在艾莉森的小床的另一边躺下，这样从门口那里就看不到她了，虽然也没什么人会打扰她。艾莉森和妈妈在教堂。哈莉特本应该去那里找她们——和伊蒂以及她的姨婆们一起——的，但她的妈妈不会注意到或者并不在乎她去不去。

哈莉特不喜欢戴尔先生，但是在主日学校的练习确实让她有所思考。令她难堪的是，她想不出自己的目标是什么——每天的目标、这个夏天的目标、她的人生目标——这让她感到不安，因为出于某种原因，在工具棚看到那只死猫之后，这个问题已经出现，并且在她的脑海挥之不去。

哈莉特喜欢给自己布置各种高难度的体能测试（有一次，她想看一下自己每天只靠十八颗花生能维持多久，这曾是战争结束后联邦政府的定额配给量），但大部分都会带来一些没有实际意义的痛苦。她能想到的唯一一个真正的目标——这个还不怎么样——是在图书馆的夏季阅读比赛中获得一等奖。自六岁以来，哈莉特每年都会参加这个比赛——还赢了两次——但现在她长大一些了，开始阅读真正的小说，便没有机会赢得比赛了。去年，获奖的是一位身材瘦高的黑人女孩，她每天来两三次，在数量庞大的婴幼儿书籍中翻看《苏斯博士》《好奇的乔治》，以及《给小鸭子让路》这类书。哈莉特气鼓鼓地站在她的后面，手里拿着《艾凡赫》、英国恐怖小说家阿尔杰农·布莱克伍德的著作和《日本神话故事传说》。即使是图书管理员福西特女士也扬起了眉毛，在一定程度上摆明了她对此做何感想。

哈莉特翻开希利送给她的笔记本，其实只是一个普通的活页笔记本。封皮上有一个卡通沙地汽车，哈莉特并不怎么在意，她之所以喜欢它是因为它的内页是亮橙色的。两年前，希利曾经试图用她来写克里斯威尔女士地理课的笔记，但却被告知不论是时髦的沙滩车，还是亮橙色的内页都不适合在学校出现。在笔记本的第一页（用毡头笔写着"不合适，由克里斯威尔女士没收"）写了零零散散半页的笔记。

世界地理亚历山大私立中学
邓肯·希利·赫尔9月4日
两个大陆相连形成了一个连着的大欧和亚。
赤道的上半部分被称为北边。
为什么需要标准化的测量单位？
是否有一个理论是对某些自然的最佳解释？
地图由四个部分组成。

对于这些笔记，哈莉特报以温情的鄙视。有几次她曾想过把这页撕掉，但慢慢地，它似乎已成为笔记本的特点，最好不要破坏它。

她翻了一页，看到了她自己的记号，是用铅笔写的。这些主要是清单。她读过的书单，她想读的书，以及她已熟记于心的诗歌；她在生日和圣诞节时收到过的礼物，以及是谁送的；她去过的地方（没有什么异域国家）以及她想去的地方（复活节岛、南极洲、秘鲁古城马丘比丘、尼泊尔）。还有些清单列举了她的崇拜对象：拿破仑、内森·贝弗·福雷斯将军、成吉思汗、阿拉伯的民间英雄劳伦斯、亚历山大大帝、魔术师及逃脱艺术大家哈利·胡迪尼和圣女贞德。有整整一页写满了与艾莉森共享一间卧室的不满。还有些词汇列表——拉丁语和英语——还有一个是写的七扭八歪的西里尔字母表，有天下午她无事可做，便花了很大力气照着百科全书誊写了下来。还有几封哈莉特写的信，但从未寄出，收信人多是她不喜欢的人。一封给方丹夫人，一封给她讨厌的五年级老师毕比太太。还有一封是给戴尔先生的。为了能够一石二鸟，她学着安娜贝尔·阿诺德，用造作的花体书写。

  亲爱的戴尔先生：（开头如此。）

    我是一位您认识的年轻女士，暗暗倾慕您已有一段时日。我为您疯狂，几乎无法入睡。我知道我年纪尚轻，并且您已有戴尔夫人，但也许我们可以某天在戴尔雪佛兰店后面偷偷会面。写这封信时我曾向主祷告，主告诉我，爱是答案。我很快会再给您写信的。请不要给任何人看这封信。
    附：我想您应该知道我是谁。爱您，您的秘密情人！

在信的底部，哈莉特贴了一张安娜贝尔·阿诺德的小照片，在旁边贴了一张从报纸黄页上剪下来的戴尔的大头照,照片上的他脸色泛黄——凸起的双眼放射出热情的光芒,头上顶着一团夸张的黑色咆哮体字母:

质量第一!
低首付!

这些信件仿照婴幼儿书写,错漏百出,线索指向柯蒂斯·拉特利夫,哈莉特看着它们,仿佛自己真的给戴尔先生发出了警告信号。但她一边用铅笔抵着牙齿,一边想到,这对柯蒂斯不公平。她不想伤害柯蒂斯,尤其是想到他那天在戴尔先生面前的爆发。她翻了一页,在一张空白的橙色纸上写道:

哈莉特·克里夫·迪弗雷纳的夏日目标

她不安地盯着这行字。好像童话故事开头的樵夫的孩子一般,一种神秘的渴求将她包围,她渴望远游,并做出壮举;虽然她说不出自己具体想做什么,但她知道那是一件宏大、令人望而生畏、极其艰难的事情。

她又向后翻了几页,翻到了她所崇拜之人的名单:多数都是将军、士兵、探险家一类的行动主义者。还不到哈莉特的年龄时,圣女贞德已经统帅军队。然而,去年圣诞节时,哈莉特的父亲送给她的却是一个相当侮辱人的棋盘游戏,叫作我会成为什么?这游戏没有什么意义,意欲提供职业选择启蒙,但无论你玩得多好,它只提供四种可能的未来:教师、芭蕾舞女演员、母亲或护士。

这些可能性,与她的《健康》课本上(约会、"事业"、婚姻和母亲角色之间公式般的递进）的内容无异，哈莉特并不感兴趣。在她列下的全部英雄中，最为伟大的便是神探夏洛克·福尔摩斯，他甚至算不上真人。其次是哈里·胡迪尼，他能将不可能转变为可能；对哈莉特来说更为重要的是，他是逃脱艺术大家。世界上没有一所监狱能够囚住他：他曾从紧身衣中、从落入急湍的上了锁的行李箱中、从埋在地下六英尺的棺材中成功脱逃。

他是如何做到的？因为他从不畏惧。圣女贞德有天使庇护左右，但胡迪尼靠自己便克服了恐惧。他从未获得任何神圣帮助，他对自己严加训练，战胜恐慌，战胜对窒息、溺水和黑暗的恐惧。当被拷着手锁入行李箱并沉入河底时，他一秒也没有浪费在害怕上。他自始至终没有畏惧锁链、黑暗和冰凉的河水；如果他开始神志不清，哪怕只有一瞬间，如果他在性命攸关的时刻胡乱摸索——头朝下沿着河床随波翻滚——他便没有机会活着上岸了。

制定训练方案。这是胡迪尼的秘诀。他每天泡冰桶，在深水中游泳，练习憋气，直到他能坚持三分钟。虽然泡冰桶难以实现，但游泳和憋气——这些她可以做到。

她听到母亲和姐姐走进前门的脚步声，听到难以分辨的姐姐的哀号，便赶紧把笔记本藏了起来，跑下楼去。

———

"不要说恨，亲爱的。"夏洛特心不在焉地对艾莉森说。她们三人围坐在餐桌周围，身上还穿着做礼拜时穿的服装，吃着艾达为她们做的鸡肉午餐。

艾莉森的头发垂在脸前，坐在那里盯着自己的餐盘，嘴里嚼着一片从冰镇茶水中拿出来的柠檬片。虽然她兴冲冲地挑拨着盘中的食物，把它们拌来拌去，堆成难以下咽的小堆（这个习惯令伊蒂难以忍受），但她基本不吃。

"我不明白艾莉森为什么不能说恨，妈妈，"哈莉特说，"恨是一个非常好的词。"

"这不礼貌。"

"《圣经》中就出现了恨。主憎恶这个，主憎恶那个。几乎每页都出现了。"

"好吧，但你不能这么说。"

"好吧，那么，"艾莉森爆发了，"我讨厌比格斯夫人。"比格斯太太是艾莉森的主日学校老师。

双眼蒙眬而平静的夏洛特稍微有些惊讶。平常的艾莉森胆小而温柔，这种憎恶他人的嚣张言论一般是哈莉特的做派。

"听着，艾莉森，"她说，"比格斯太太是位和蔼的老太太。她是你的姨婆阿德莱德的朋友。"

艾莉森——无精打采地在乱糟糟的盘子里扒拉着——说道："我还是恨她。"

"亲爱的，因为这种原因憎恨别人并不值得，他们只是没有在主日学校为死去的猫祈祷而已。"

"为什么？她强迫过我们祈祷茜茜和安娜贝尔·阿诺德赢得舞棒比赛。"

哈莉特说："戴尔先生也让我们做了同样的祈祷。这是因为她俩的爸爸是教堂执事。"

艾莉森小心翼翼地把那片柠檬放在盘子边上。"我希望她们弄掉火棒，"她说，"我希望一把火烧光那个地方。"

"听着，女孩们，"在一片安静中，夏洛特心不在焉地说道，她的思绪——从未完全放在猫、教会或是舞棒比赛上——已经飘向其他事上了，"你们去健康中心打过伤寒疫苗了吗？"

两个孩子都没有回答,她接着说道:"现在,我希望你们能确定并记得在周一早上先把这件事情做了。顺便打一个破伤风疫苗。因为你们一夏天都在牛池里游泳,光着脚跑来跑去……"

她满意地将音量放小,接着吃起饭来。哈莉特和艾莉森则沉默不语。她们从来没有去牛池里游过泳。妈妈想到的是自己的童年,和她们的混淆了——这种情况最近越来越频繁了——发生这种情况时,两个女孩都不太确定该如何应对。

———

哈莉特摸着黑蹑手蹑脚地下了楼,身上的雏菊礼拜服清早就穿上了,还没来得及换。她脚上穿着白色短袜,灰色的袜底上沾满灰尘。当时是晚上九点半,她的妈妈和艾莉森一个半小时前就上床了。

艾莉森嗜睡——与她妈妈不同——是天生的而不是因为催眠药。她最开心的时候便是睡着的时候,头放在枕头下;她整天都渴望着自己的床,只要天一黑,她就扑到床上。但是,每天夜间睡眠不超过六小时的伊蒂,对哈莉特家里赖在床上度日的情况很是恼火。自从罗宾去世,夏洛特一直服用镇静剂,而且她不肯听任何人的劝说。但艾莉森不同。伊蒂猜测她得了单核细胞增多症或脑炎,曾多次强迫艾莉森去看医生,去做血检,但结果显示都为阴性。"她是一个正在发育的少年,"医生告诉伊蒂,"青少年需要大量休息。"

"十六个小时!"伊蒂颇为恼火。她很清楚医生不相信她。她还怀疑——说得好听一点——他就是那个给夏洛特开处方,害得她一直昏昏欲睡的人。

"对于十七岁的孩子来说这不要紧,"布里德洛夫医生说,他身披白大褂,靠坐在乱糟糟的桌子上,充满怀疑而又无情地看着伊蒂,"姑娘想睡觉,你就让她睡。"

"但你怎么能忍受睡这么长时间?"哈莉特曾好奇地问过姐姐。

艾莉森耸了耸肩。

"这不是很无聊吗?"

"我醒着时才会觉得无聊。"

哈莉特知道那是什么感觉。她自己感觉无聊时会非常麻木,以至于有时候她会被这种感觉搞得反胃、头晕目眩,好像自己被打了麻药似的。但当下,在这个为她爸爸的书桌,而不是为枪柜而打造的客厅里,她对即将到来的一小段独处时光感到兴奋。

她爸爸的书桌抽屉里放着许多好玩的东西(金币、出生证明、她不应该随便玩弄的东西)。在一些照片和几盒已付支票中,她终于翻到了自己想要的东西:一个黑色塑料秒表,是一个金融公司的赠品——上面带了红色数字显示屏。

她坐在沙发上,深深地吸了一口气后开始计时。胡迪尼把自己练到了每次憋气都可以坚持到几分钟以上:这一技巧帮助他完成了许多为人惊叹的表演。现在,她要看看自己在不晕倒的情况下,能憋气多久。

十。二十秒。三十。她逐渐感觉到太阳穴处的血液越来越涨。

三十五。四十。哈莉特的眼中含着泪水,眼球随着心跳悸动。到了四十五秒时,她的肺里一阵痉挛,她不得不用手捏住鼻子,捂住嘴巴。

五十八。五十九。她眼泪横流,再也坐不住了,她站起来,在沙发旁边转着圈急速踱步,一只手在空中来回扇动,眼神在物品之间绝望地晃动着——桌子、门、呈内八字摆在鸽灰色地毯上的漂亮的鞋子。房间也随着她的心脏怦怦直跳,屋里堆放着的报纸咯咯作响,好像地震预震。

六十秒。六十五。窗帘上的玫瑰粉色条纹颜色变暗,成了血红色。台灯散发出的光线斑斓变幻，起起伏伏，仿佛有一股隐形的波涛推动，随后，光晕的边缘也开始变暗，但中心仍然白光闪烁。她听到一阵黄蜂嗡嗡嗡的声音，仿佛在她的耳边，但有可能并非如此，这可能是她的心理作用。房间也旋转起来，突然之间，她再也无法捏着鼻子了，她的手颤抖着，不再听从她的指令，随着一声悠长而痛苦的喘息，她向后一倒，眼冒金星地坐在沙发上，用大拇指按下了秒表。

她在那里躺了许久，大口喘着气，童话般的磷光在天花板上轻轻游动。

一个玻璃锤敲打着她的颅底，发出清脆的砰砰声。她的思绪此起彼伏，脑海中闪现着精美复杂的金色镀金窗饰。

随着金星慢慢减慢速度，她终于能坐起来了——仍然头晕眼花，需要扶着沙发靠背——她看了下秒表。一分零十六秒。

这个时间挺长，第一次尝试比她预想的时间要久。但哈莉特感觉非常不舒服。她的眼睛疼得厉害，好像她整个大脑被摇得乱七八糟，又胡乱被堆在一起，导致她听觉与视觉混淆，视觉又与味觉、自己的思绪混杂一处，好像一个拼图游戏，而她看不出哪里是哪里。

她试着站起来，但感觉就像在独木舟上站起来似的。她又坐了下来。回声，黑铃铛。

好吧：没有人说过这是件容易事。如果这轻而易举，轻易就能憋气三分钟，那世界上人人都是胡迪尼了。

她静静地坐了几分钟，深深地吸着气，因为游泳课上曾这么教她，当她感觉慢慢恢复时，又深吸了一口气，然后按下了秒表。

这一次，她决心不看显示时间变化的数字，而是把注意力放在其他东西上。看数字会让情况变得更糟。

随着她的不适感增加，她的心脏跳动更加剧烈，针头粗细的血流在她的头皮上起伏,如同冰块波浪似的,又如同雨点一般。她的眼睛有灼烧感。她闭上了眼睛。在悸动的红色黑暗当中,一大片灰烬如雨点般落下。一个用铁链拴住的黑色行李箱在河床的石头上哐当作响,在水流的裹挟下向前滚去,砰砰,砰砰——里面有一个很重而又柔软的东西,是一个人——她举起手捏住鼻子,好像闻到了什么难闻的东西,但是行李箱仍然向前滚着,压过长满苔藓的石头,不知哪里传来一阵管弦奏乐,像是在富丽堂皇、吊灯闪耀的剧院,哈莉特听到伊蒂那清亮的女高音:"许多勇敢的心灵长眠于水流深处。水手,当心。水手,保重。"

不,那不是伊蒂,那是男高音:他身穿燕尾服,头发上打着润发油,戴着手套的手按在燕尾服上,他的脸上擦了粉,在脚灯照射下显得额外粉白,他的眼睛和嘴唇颜色暗沉,像那些无声电影里的演员。他站在流苏天鹅绒窗帘前,窗帘慢慢拉开——掌声雷动——在舞台中央亮相的是,一块巨大的冰块,冰块中间有一个弓着腰的人影。

喘息。主要由企鹅组成的管弦乐队,在慌乱中开始演奏。楼座上到处是东倒西歪的北极熊,有几只戴着圣诞老人的帽子。他们来晚了,而且对座位安排的意见很大。在他们中间坐着戈弗雷夫人,面无表情地吃着盘子里的冰激凌,盘子上画着小丑。

突然,灯光变暗。男高音鞠躬,走进了舞台侧面。一只北极熊从楼座上探着身体——把他的圣诞老人的帽子高高抛起——喊道:"为斯科特船长欢呼!"

蓝眼睛的斯科特出场,他身上的皮毛涂着鲸脂,已经僵直,结成了冰柱,他走上舞台,抖落衣服上的雪花,举起戴着手套的手跟观众打了个招呼,引起一阵震耳欲聋的骚动。在他身后,小鲍尔斯——脚踩滑雪板——低声吹了一下口哨,很是神秘,他眯着眼望了望脚灯,举起胳膊遮挡住自己已经被晒黑的脸。威尔逊博士——既没戴帽子,也没戴手套,靴子上还装着冰爪——匆匆走过他的身旁,走上舞台,在身后留下一串雪脚印,在舞台灯光的照射下,它们瞬时化作一摊水。他对台下的欢呼声视而不见,伸出一只手摸了下冰块,又在皮面装订的笔记本上写下一两句话。随后他啪的一下把笔记本合上。台下的观众也随之安静了下来。

"情况严重,船长,"他说,嘴里呼着白气,"风从北西北方吹来,冰山上部和下部之间的风源似乎有明显差异,这说明它是从季节性降雪中逐层累积而产生的。"

"那么,我们必须立即实施救援,"斯科特船长说,"奥斯曼!哎呀,"他不耐烦地对那条绑着雪橇、不断吠叫、在他身边跳来跳去的狗说道,"给我破冰斧,鲍尔斯中尉。"

鲍尔斯看到拳头中的滑雪杖变成了一对破冰斧,似乎并不惊讶。他敏捷地扔了一把斧头给位于舞台另一侧的船长,响起一阵喧闹的鹅叫声和咆哮声,鳍状肢的拍打声。他们抖落身上那被冰雪冻坏的毛料衣物,开始劈砍冰块。企鹅管弦乐队又演奏起来,威尔逊博士则继续讲着与冰的性质有关的科学趣事。舞台前方开始飘起雪花。在舞台的边上,那位抹着润发油的男高音正协助探险队的摄影师庞廷支三脚架。

"可怜的家伙,"敲打斧头的间隙,斯科特船长说道——他和鲍尔斯并没有取得显著进展——"已经快挺不住了。"

"快点,船长。"

"高声欢呼,小伙子们!"观众席的一只北极熊咆哮道。

"我们掌握在上帝手中,除非他介入,否则我们便会迷失方向,"威尔逊博士阴沉地说道,他的太阳穴上冒出的汗珠十分显眼,舞台灯光透过他那老式眼镜折射出大片白色光晕,"所有人都加入进来,一起说主祷文和信经。"

似乎不是每个人都会说主祷文。有些企鹅唱着黛西啊黛西，快给我你的答复，说你愿意①；还有一些企鹅则把自己的翅膀捂在心口，背诵着《效忠宣誓》②，这时台上——先是一个低垂着的人头，因为脚踝上绑着螺旋链条的缘故——出现了一位身穿晚礼服、套着紧身衣、但被绑住手脚还戴着手铐的男子。观众席上传来一阵嘘声，看着他——他面红耳赤，不断地扭动、倒腾着——从紧身衣中扭了出来，用肩膀把它从脑袋上脱了下来。他用自己的牙齿去打开手铐；不一会儿便听到它们咔嗒一声掉在木板上，随后——他迅速弯下身去，解开了自己的双脚——他从一根高于地面十英尺的链条上晃了下来，落地时双臂高举，像体操运动员一样做了个夸张的动作，不知从哪里掏出一顶高顶大礼帽向大家致意。一排粉红色的鸽子飞了出来，开始在剧院中盘旋，观众欣喜不已。

"先生们，我感觉传统方法在这里不适用，"新来的人对备受惊吓的探险员们说道，他卷起晚礼服的袖子，然后停顿片刻，对着照相机爆炸似的闪光灯露出了明媚微笑，"我在尝试完成这一壮举时，有两次差点丢了性命———次是在哥本哈根的别克托夫马戏中心，还有一次是在德国纽伦堡的阿波罗剧院。"他先是凭空变出一把装饰有珠宝的喷火枪，喷射出一道长达三英尺的蓝色火焰，接着又变出一把手枪，随后朝着空中放了一枪，声音震耳欲聋，枪口冒出一股烟。"请助手出来！"

五个穿着猩红色长袍、戴着头巾的中国人，拿着消防斧和钢锯跑了出来。他们身后排着黑压压的长队。

胡迪尼把手枪扔向了观众席——手枪在半空中变成了一条三文

---

① 本处歌词节选自儿歌《一辆双人自行车》(*A Bicycle Built For Two*)。
② 美国公立学校的学生每天早晨上课前都会全体起立，右手抚左胸，面对美国国旗朗诵一段效忠祖国的誓词，称为效忠宣誓（Pledge of Allegiance）。

鱼,飞落在欢欣鼓舞的企鹅群中——又从斯科特船长手中接过了鹤嘴锄。他用左手高高地挥舞着锄头,右手里的喷火枪燃着熊熊火焰。"观众们请注意,"他喊道,"我们的实验对象被剥夺了赖以生存的氧气,时间长达四千六百六十五天零二十小时二十七分三十九秒,而这种程度下的复活尝试在北美洲的舞台上前所未有。"他把鹤嘴锄扔回给斯科特船长,伸手去摸蹲在肩膀上的橙色小猫,朝企鹅乐队指挥甩了甩头。"大师,您请。"

那些中国人——听着鲍尔斯振奋人心的指挥,鲍尔斯上半身只穿着一件背心,也加入了他们并肩作战——跟随音乐有节奏地敲打着冰块。胡迪尼用喷火枪取得了显著进展。一大片水坑出现在舞台上:企鹅音乐家们,个个欢欣鼓舞地站在落到乐池的冰水下左右摇摆。斯科特船长,站在舞台左侧,正在尽力拉着那条雪橇狗。奥斯曼——看到胡迪尼的猫后勃然大怒——气急败坏地冲着舞台侧面大喊,叫米尔斯过来帮忙。

再有六英尺,喷火枪和中国人手中的钢锯就能揭秘冰块中的神秘身影了。

"勇敢!"楼座上的一只北极熊咆哮道。

又有一只北极熊跳了起来。一只鸽子在它那和棒球手套一般大的熊掌中死命挣扎,它一口咬掉了鸽子的头,又把血淋淋的头吐了出来。

哈莉特不知道舞台上发生了什么,虽然看样子是非常重要的事。她早已失去耐心,踮起了脚尖,但那些企鹅——纵身一跳,还叫唤个不停,叠罗汉似的一个站在另一个肩上——比她还高。有几只企鹅摇晃着从座位上站了起来,排成一列,一扭一摆地朝舞台走去。它们的鸟喙朝向天花板,位于两侧的眼睛流露出关切之情。她正想从它们身旁挤过去时,被人在背后猛推了一把,跌跌撞撞地冲到了前面,吃了一嘴油腻的企鹅羽毛。

突然，胡迪尼发出一声胜利的欢呼。"女士们，先生们！"他嚷道，"我们挖出他了！"

观众全部拥上了舞台。庞廷的老式相机爆出片片白光，哈莉特十分窘迫地瞥了一眼。一帮警察冲了进来，拿着手铐、警棍和左轮手枪。

"这边，警官们！"胡迪尼说道，优雅地挥着胳膊往前迈了一步。

出人意料的是，所有人都齐刷刷地看向了哈莉特。现场陷入一片寂静，除了冰块融化成水滴入乐池时发出的嘀嘀嘀声。所有人都看着她：斯科特船长、受到惊吓的小鲍尔斯。胡迪尼皱起了眉毛，紧挨着一双蛇怪①一般的眼睛。那些企鹅，全部用左半身对着她，目不转睛，突然全部身体前倾，一起用黄色的鱼眼盯着她看。

有人想递给她一个东西。这取决于你，亲爱的……

哈莉特直挺挺地坐在楼下的沙发上。

———

"好吧，哈莉特，"伊蒂轻快地说道，哈莉特从后门进来吃早饭，来得晚了，"你去哪儿了？昨天在教堂没看到你。"

她解开围裙，没有注意到哈莉特的沉默不言，甚至没有注意到她身上皱巴巴的雏菊连衣裙。伊蒂的心情异乎寻常地好，她穿戴整齐，深蓝色的夏季西装，脚上搭配了一双船形高跟鞋。

"我正准备开始说呢，"她边说边在自己的烤面包片和咖啡前坐下来，"艾莉森来了吗？我要去开会。"

"开什么会？"

---

① 此处蛇怪是指传说中的蛇形怪物，据说其目光能使人丧命。

"在教堂，你的姨婆们和我要去旅行。"

这是新鲜事，虽然哈莉特迷迷糊糊的。伊蒂和姨婆们从未去过任何地方。莉比几乎没有出过密西西比；而且她和其他姨婆们，只要离开家超过几英里，都会为此连续几天感到心情低落，担惊受怕。她们窃窃私语，说水的味道奇怪；在别的床上睡不着觉；她们害怕自己还煮着咖啡，担心自己的盆栽植物和猫咪，担心家里发生火灾，或是有人闯入家里，或者在她们出门在外时，世界末日恰好来临。她们不得不用加油站的洗手间——十分脏乱，不知道上面有什么传染病。饭店的人们不会在意莉比的无盐饮食习惯。要是汽车坏了怎么？有人生病了怎么？

"我们八月份去，"伊蒂说，"去查尔斯顿参观历史悠久的住宅。"

"你在开车吗？"虽然伊蒂不愿承认，但她的视力已经不如从前，她闯红灯，逆行左转，动不动就猛地踩下刹车，然后探向后排和姐妹们聊天——她们忙着在钱包里找纸巾和薄荷糖，她们和伊蒂一样，也出于好意地选择忽视那辆奥尔兹莫比尔牌汽车上悬挂着的守护天使，她低垂着翅膀，筋疲力尽，眼神空洞，每当转弯时都要守护汽车不擦出火花。

"我们教堂圈子的所有女士都要去，"伊蒂说道，嘴里吃着吐司，"雪佛兰的经销商罗伊·戴尔要借给我们一辆客车。还会派一位司机。如果高速公路上的人们没有那么疯狂的话，我本来是不介意自己开车的。"

"莉比说她也会去？"

"当然。她为什么不呢？哈特菲尔德·基恩夫人和纳尔逊·麦克莱默夫人，还有她所有的朋友都要去。"

"艾迪也去吗？还有塔特？"

"当然了。"

"她们想去？没有人强迫？"

"你的姨婆们和我年纪越来越大了。"

"听着，伊蒂，"哈莉特突然说道，咽下一口饼干，"你能给我九十美元吗？"

"九十美元？"伊蒂突然变得咄咄逼人，"肯定不行。你要九十美元想做什么？"

"我们在乡村俱乐部的会员资格失效了。"

"你去乡村俱乐部能做什么？"

"今年夏天我想去那里游泳。"

"让那个赫尔家的小男孩邀请你作为客人去。"

"他不能。他只能带五次客人，我想去的次数比那个多。"

"我不认为仅仅是为了用一下游泳池就要给他九十美元，"伊蒂说，"你可以去塞尔比湖游泳，多少次都行。"

哈莉特没接话。

"很奇怪，夏令营今年开始得晚。我原本以为第一次集训已经开始了。"

"我不这么觉得。"

"提醒我一下，"伊蒂说，"记得今天下午给那边打个电话。我不知道这些人怎么了。小赫尔什么时候去？"

"我可以走了吗？"

"你还没有告诉我你今天在忙什么。"

"我要去图书馆报名参加阅读项目，我想再赢一次。"她想，现在还不是时候，还不能告诉伊蒂她这个夏天的真正目标，不能在谈塞尔比湖夏令营的时候提。

"好吧，我相信你会做得很好。"伊蒂说，站起身把她的咖啡杯放到了水槽里。

"你介意我问你一件事吗,伊蒂?"

"这取决于你要问什么。"

"我哥哥是被谋杀的,对吗?"

伊蒂的眼睛一下没了神,她放下杯子。

"你觉得凶手是谁?"

有那么一瞬间,伊蒂的目光有些游移不定,随即——突然之间——她咄咄逼人地看向哈莉特。让人浑身不自在地看了她一小会儿后(哈莉特实实在在地感受到了她身上青烟直冒,好像一堆正在焖烧着的木屑),伊蒂转身将杯子放入水槽。她穿着深蓝色西装,腰部纤细,肩膀棱角分明,像个军人。

"拿上你的东西。"她说道,声音干脆,仍然背对着哈莉特。

哈莉特不知道该说什么,她没带东西来。

——

经过车上那段折磨人的尴尬的沉默,哈莉特(盯着椅垫上的针脚,摆弄着扶手上一块松动的海绵)已经没什么心情去图书馆了。但是伊蒂面无表情地在马路边等着她,哈莉特别无选择,只能走上台阶(动作僵硬,知道身后有人看着),推开玻璃门。

图书馆看上去空荡荡的。福西特女士独自坐在前台,一边清点着晚上还回来的书,一边喝着咖啡。她身材娇小,留着一头黑白相间的短发,白白的手臂上血管清晰可见(她戴着铜手镯,对她的关节炎有好处),眼神锐利得有些过分,但眼距太近,再加上她的鼻子尖得像鸟嘴。大多数孩子都害怕她;但哈莉特除外,她对图书馆爱屋及乌。

"嗨,哈莉特!"福西特太太说,"你报名参加阅读项目了吗?"她伸到桌子下面拿海报,"你知道形式,对吧?"

她递给哈莉特一张美国地图,哈莉特刻意地仔细研究起来。既然福西特太太看不出来,她告诉自己,那我肯定没有那么生气。哈莉特轻易不会被伤到——伊蒂无论如何也伤不到她,因为伊蒂总是控制不住自己——但是她刚才在车里的冷处理,还真的让哈莉特颇感不安。

"他们今年要用美国地图,"福西特太太说,"你每借四本书,就会在你的地图上贴一张以州为形状的贴纸,你想让我给你钉一张地图吗?"

"谢谢,我自己来就行。"哈莉特说。

她走到后墙的公告牌那里。阅读项目已于周六,也就是前一天,开始了。墙上已经钉了了七八张地图;大多数仍是空白的,但其中一张地图已经有三张贴纸了。怎么可能有人能从星期六到现在就读了十二本书呢?

"谁,"她问福西特太太,拿着自己挑的四本书回到桌前,"是拉莎伦·奥德姆?"

福西特夫人从桌子后面向前探了探身子——指了指儿童室,没有说话——对着一个头发乱蓬蓬的小身影点了点头,她穿的短袖和裤子太小了,邋里邋遢。她蜷在椅子上,读着书,她的眼睛睁得大大的,呼吸声很重,嘴唇干裂。

"她坐在那里,"福西特夫人低声说,"可怜的小家伙。过去一周的每天早晨,她都在门前台阶上等我来开门,她像老鼠一样安静地坐在那里,直到我六点钟闭馆时她才离开。如果她真的是在读这些书,而不仅仅是坐在那里装模作样,那么,她的确比同龄人厉害。"

"福西特夫人,"哈莉特说,"请问我今天还能再进一下报刊室吗?"

福西特夫人看起来很吃惊。"那些你不能带出图书馆。"

"我知道,我正在做研究。"

福西特夫人越过镜框上方看了看哈莉特,对这个听起来很成熟的要求很满意。"你知道你想看哪些吗?"她说。

"哦，就是些当地报纸。孟菲斯和杰克逊的报纸也要一些，就是——"她犹豫了，她害怕提及罗宾去世的日期会让福西特夫人有所察觉。

"好吧，"福西特夫人说，"我真的不应该让你再回到那里，但如果你小心一点的话，应该不会有事儿。"

——

哈莉特——选了一条远路，这样就不用经过希利家了；他肯定会叫她一起去钓鱼——先回了一趟家，把她借来的书放在家里。已经十二点半了。艾莉森——昏昏欲睡，脸颊泛红，还穿着睡衣——独自坐在用餐室的餐桌旁，闷闷不乐地吃着一块番茄三明治。

"你想吃番茄的吗，哈莉特？"艾达·拉伊在厨房喊道，"或者你想要鸡肉的？"

"请给我番茄的。"哈莉特说，她在姐姐旁边坐下。

"我今天下午去乡村俱乐部报名游泳，"她说，"你想来吗？"

艾莉森摇了摇头。

"你想让我帮你也报个名吗？"

"随便。"

"维尼不想看到你这个样子，"哈莉特说，"它希望你能开心，继续生活。"

"我再也开心不起来了，"艾莉森说，放下手中的三明治，她忧郁的棕褐色眼睛中泪水开始积聚，"我希望我已经死了。"

"艾莉森？"哈莉特说。

她没有回答。

"你知道是谁杀了罗宾吗？"

艾莉森开始撕三明治的面包片。她撕下来一条，又用拇指和食指把它卷成一个球。"事件发生时你就在院子里,"哈莉特边说边仔细地看着姐姐,"我在图书馆的报纸上看到了。报道说你一直都在外面。"

"你也在。"

"没错,但我当时还是个婴儿。你已经四岁了。"

艾莉森剥掉了另一层面包壳,小心翼翼地吃了它,没有看哈莉特。

"四岁已经不小了,我几乎能记起所有四岁时发生在我身上的事。"

此时,艾达·拉伊端着哈莉特的盘子出现了。两个女孩都闭口不言。她回到厨房后,艾莉森说:"哈莉特,不要烦我。"

"你肯定记得些什么,"哈莉特仍然盯着艾莉森,"这很重要,你想想。"

艾莉森用叉子插起一片西红柿,沿着边缘慢慢啃咬着。

"跟你说,昨晚我做了一个梦。"

艾莉森抬头看着她,吓了一跳。

哈莉特——她没有注意到艾莉森的关注度已经跃升——仔细地讲述了她前一晚上梦境。

"我感觉这是在试图向我传达些什么,"她说,"我想我应该去试着找出是谁杀死了罗宾。"

她吃完了三明治。艾莉森仍然看着她。伊蒂——哈莉特知道——认为艾莉森蠢笨的看法是错的;她只是很难说出自己的想法,你必须小心翼翼地对待她,不要让她受到惊吓。

"我希望你能帮我,"哈莉特说。"维尼也会希望你帮我的。它爱罗宾。它是罗宾的小猫。"

"我不能,"艾莉森说,向后推了推椅子,"我得走了。《黑暗阴影》要开演了。"

"不，等等，"哈莉特说，"我希望你做点什么。你能帮我做点什么吗？"

"什么？"

"你可以试着记住晚上做了什么梦，把它们写下来然后早上告诉我吗？"

艾莉森茫然地看着她。

"你一直在睡觉，肯定会做梦。有时人们醒来就忘记了梦境，但有些人能记得梦中发生了什么。"

"艾莉森，"艾达在厨房喊道，"我们的节目要开演了。"她和艾莉森都很爱看《黑暗阴影》。这个夏天，她们每天都一起看。

"跟我们一起看吧，"艾莉森对哈莉特说，"上周的内容真的很棒。他们现在回到了过去。讲的是巴拿巴如何变成了吸血鬼。"

"你可以等我回家后跟我讲讲。我等会儿要去乡村俱乐部报名游泳了，好吗？如果我也给你报上名，你会和我一起去游泳吗？"

"你的夏令营什么时候开始？你今年夏天不去吗？"

"快来！"艾达·拉伊冲进门来，手里端着自己的午餐，一块鸡肉三明治。去年夏天，艾莉森就迷上了《黑暗阴影》——艾达和她一起看过，起初还有些质疑——而现在在学期内，艾达每天都会自己看，然后等艾莉森回到家后再讲给她听。

———

哈莉特趴在浴室冰冷的瓷砖地板上，门上了锁，手中握着的钢笔悬在她父亲的支票簿上方，在下笔之前，她先比画了一会儿。她擅长模仿母亲的笔迹，甚至更善于模仿父亲的笔记。但父亲的笔记潦草，她丝毫不能犹豫，一旦笔尖触纸，就要一气呵成，不能多想，否则看起来就会蹩脚、不对劲。伊蒂的笔迹更加复杂：整洁、传统、优美，她的大写字母书写行云流水,很难轻易复制,因此哈莉特必须慢工出细活,不断停下来参考伊蒂的笔迹。模仿还算过得去,虽然能骗得了别人,但有时候也会被识破,而且伊蒂总是能一眼识破。

哈莉特握着笔在空白线上比画着。令人毛骨悚然的《黑色暗影》的主题音乐穿过锁上的浴室门传了进来。

收款人:亚历山大乡村俱乐部,她匆忙下笔,模仿着父亲那心不在焉的笔迹。一百八十美元。然后是这位大银行家的签名,这是最容易的部分。她长长地叹了一口气,又看了一眼:够用了。这些都是本地支票,在城镇银行用,所以账单会寄到哈莉特家,而不是纳什维尔。当已付支票回来时,她会将它从信封中抽出并烧掉,没有人会做那个发现的聪明人。从她第一次大胆尝试这一诡计到现在,哈莉特已经从父亲的账户中挪用了五百多美元(零零散散地)。在她看来,这是他亏欠她的。如果不是害怕破坏她的生存系统,她很乐意把他驱逐出去。

"迪弗雷纳家的人,"塔特阿姨说,"都很冷酷。他们一直都这样。我也从未觉得他们接受过什么特别的教育。"

哈莉特同意这一观点。她的迪弗雷纳叔叔或多或少都跟她的父亲一样:都是猎鹿人或运动员,大嗓门,讲话粗俗,把灰白的头发染成了黑色,年龄各异但都喜欢猫王,大腹便便,爱穿有松紧带的靴子。他们不读书,爱讲黄段子;从他们的言谈举止和关注的事物中可以看出,他们要与镇上的可怜人相差一个年代。她只见过迪弗雷纳奶奶一次:她戴着塑料珠子,身穿弹力衣裤,脾气急躁,住在佛罗里达的公寓里,公寓安装有滑动玻璃门,墙纸上还有箔纸长颈鹿。哈莉特曾经和她住过一周——差点没被无聊死,因为迪弗雷纳奶奶既没有图书证,也没有什么书,只有一本希尔顿连锁酒店创始人的传记和一本《得州人看约翰逊》的简装书。儿子们把她从塔拉哈奇县贫穷的农村里带了出来，在坦帕退休社区给她买了一间公寓。每年圣诞节，她都会寄一盒葡萄柚到哈莉特家。除此之外，她们很少和她联系。

虽然哈莉特确实感觉到了伊蒂和姨婆们对她爸爸心怀怨恨，但她不知道她们有多恨。她们会小声嘀咕，说他从来就不是个体贴的丈夫，罗宾活着的时候也不例外。他对女儿们、对妻子不闻不问的程度算得上是犯罪了——尤其是在儿子死后。他跟往常没两样，甚至没跟银行请假休息，而是继续工作。儿子入土还不到一个月，他就跑去加拿大狩猎了。有这样一位"通情达理"的丈夫，怪不得夏洛特会性情大变。

"如果他干脆和她离婚，"伊蒂气愤地说，"反倒更好。夏洛特还很年轻。那个叫威尔洛里的小伙子刚从房地产公司格兰怀尔德那里购买了房产——他来自三角洲地区，有些小钱——"

"好吧，"阿德莱德咕哝道，"但迪克斯是个很好的经济来源。"

"我想说的是，她本来可以有个更好的归宿。"

"我想说的是，伊蒂斯，世事难料。如果迪克斯的薪水不高，小夏洛特她的女儿们会怎么样呢？"

"嗯，是的，"伊蒂说，"这话不假。"

"我有时会想，"莉比声音微颤，"我们之前没有催促夏洛特搬到达拉斯，这样做对吗？"

罗宾去世后不久，她们已经聊过这个话题。此前银行已经为迪克斯提供过一次升职机会，前提是他愿意搬到得克萨斯州。之后几年，他尝试过让全家人都搬到内布拉斯加州的一个小镇上。但别提劝说夏洛特和孩子们搬走了，姨婆们一想到这件事就会惊慌失措，阿德莱德、莉比，甚至艾达·拉伊都为此抹了好几个星期的眼泪。

哈莉特又吹了一下父亲的签名，其实墨水已经干了。她的妈妈写支票时用的就是这本——这是她的结账方式——但是，哈莉特发现，她从不记账。其实，只要哈莉特开口，她很乐意支付乡村俱乐部的费用，但提及乡村俱乐部和游泳池可能会让她想起塞尔比湖夏令营，哈莉特可不想冒这个险，不想让她想起夏令营的报名表还没到。

———

她骑着自行车去了乡村俱乐部。办公室锁着。大家都在餐厅吃午饭。她沿着大厅走到体育用品专卖店，在那里找到了希利的哥哥佩姆伯顿，他正坐在柜台后面，一边抽烟，一边读着一本立体声设备杂志。

"我可以把这笔钱给你吗？"她问他。她喜欢佩姆伯顿。他和罗宾同岁，曾是罗宾的朋友。现在他已经二十一岁了，有些人说他的母亲劝服他爸爸，没将他送往军校是件憾事。如果送往军校，他可能会与现在不同。虽然佩姆在高中很受欢迎，高年级的年鉴上几乎每页都有他的身影，但他却是一个游手好闲的人，还有一点言行乖僻，而且不论是在范德堡大学、密西西比大学还是在三角洲州立大学，他都没有读太久。如今他寄住家中。他的头发比希利长得多；在夏天，他是乡村俱乐部的救生员，在冬天，他不是在摆弄汽车，就是在听嘈杂的音乐。

"嘿，哈莉特。"佩姆伯顿说。哈莉特想，他一个人在体育用品专卖店待着，可能很寂寞吧。他穿着破烂的短袖，马德拉斯格子短裤，光着脚穿着一双高尔夫鞋；他的胳膊肘撑在柜台上，旁边放着一个印着乡村俱乐部的字母组合的盘子，里面还有一些汉堡和炸薯条的残渣。

"过来帮我选一个汽车音响。"

"我不了解汽车音响，我想把这张支票留给你。"

佩姆用一只大手指将他的头发别在耳朵后面，然后拿起支票端详

103

了一番。他四肢细长，平易近人，个子比希利高得多；他的头发打着结，深浅不一，发根附近是浅色，发尾附近是深色。他的特征与希利也很相仿，但更为精细，他的牙齿略微弯曲，但不知怎的却恰到好处，仿佛比直的还要好看。

"嗯，你可以把它留给我，"他终于说，"但我不知道该怎么做。比如，我不知道你爸爸在镇上。"

"他不在。"

佩姆伯顿朝她扬了扬眉，十分狡猾，示意支票日期。

"他是寄过来的。"哈莉特说。

"不管怎么说，老迪克斯去哪儿了？我好久没见到他了。"

哈莉特耸了耸肩。虽然她不喜欢自己的父亲，但她知道她也不应该八卦或抱怨他。

"好吧，你看到他时，应该问问他是不是也能给我寄一张支票。我真的很想要这个扬声器。"他把杂志推到了柜台另一侧，让她看内容。

哈莉特端详了一番。"看起来都一样。"

"不可能，亲爱的。德国蓝宝汽车音响是最性感的了。看到了吗？它是全黑设计，接收器上有黑色按钮？再看看它的体积比先锋音响小了多少？"

"好吧，那就买下来。"

"让你爸爸给我寄三百美元，我自然会买。"他最后抽了一口手中的烟，随后在盘中捻灭了它，伴随着一阵嘶嘶声，"唉，我那个傻弟弟跑哪儿去了？"

"我不知道。"

佩姆伯顿倾身向前，有些神秘地扭了扭肩膀。"你怎么会让他和你混在一起？"

哈莉特盯着佩姆午餐剩下的残羹冷炙：凉掉的炸薯条，歪歪扭扭的烟头插在番茄酱中嘶嘶作响。

"他难道不让你心烦吗？"佩姆伯顿说，"你怎么能让他打扮得跟个女人似的？"

哈莉特抬起头，吓了一跳。

"你知道，他穿过玛莎的家居长袍。"玛莎是佩姆和希利的妈妈，"他很喜欢这么穿。每次我看到他跑出门外时，他的头上总戴着一些奇怪的枕套或毛巾。他说是你让他这么做的。"

"不，我没有。"

"承认吧，哈莉特。"他说出了她的名字，好像发现了她的名字有些荒谬之处似的，"我开车经过你家的时候，你家的院子里总是有七八个小男孩披着床单晃荡。瑞奇·阿什莫尔说你们是儿童三K党，但我觉得，其实是你很享受让他们打扮成女孩的样子吧。"

"那只是游戏。"哈莉特语气坚定地说道。她对他的喋喋不休十分恼火，他们重演《圣经》内容已经是过去的事情了。"听我说，关于我的哥哥，我想和你谈谈。"

现在轮到佩姆伯顿不舒服了。他拿起立体音响杂志，匆匆翻阅，假装自己在用心读着。

"你知道是谁杀了他吗？"

"好吧，"佩姆伯顿狡猾地说。他放下了杂志，"如果你保证不告诉任何人，我就告诉你一件事。你知道住在你家隔壁的方丹夫人吧？"

哈莉特满是轻蔑地看着他，毫无掩饰，搞得他笑了出来。

"怎么？"他说，"你不相信有关方丹夫人的传言吗？不相信她家下面埋了许多人吗？"几年前，佩姆告诉希利有人发现人骨从方丹夫人的花园里伸了出来，把希利吓得目瞪口呆。他还告诉希利，方丹夫人把去世的丈夫做成了标本，把他支在躺椅上，晚上与她做伴。

"所以你不知道是谁。"

"不知道。"佩姆伯顿不愿多费口舌。他还记得妈妈进到他的卧室（他正在组装一架飞机模型，有时候留存在你脑海中的记忆十分古怪），把他带到门厅，告诉他罗宾已经死了。这是他唯一一次看到她落泪。但佩姆没有哭：他当时九岁，一点都不明白，他只是回到自己的房间并关上了门——但不安的情绪不断滋长着——继续组装那架索普维斯"骆驼"战斗机模型；他仍然记得接缝处的胶水是如何黏合在一起的，看起来像屎一样，最终，还没完成他便把它扔掉了。

"你不应该拿这类话题开玩笑。"他对哈莉特说。

"我不是在开玩笑。我非常认真。"哈莉特语气傲慢。佩姆伯顿不止一次觉得她与罗宾截然不同，很难相信他们有血缘关系。也许一定程度上是因为她的黑头发，让她看上去十分严肃，但与罗宾不同的是，她的性格中有些呆板：一本正经、不苟言笑、自命不凡。艾莉森身上则隐约有些罗宾的影子（她现在已经上了高中，出落得越来越漂亮了；前些天，佩姆在路上遇到她时，还回过头看了一眼，都没有认出她来），但哈莉特并不甜美，无论如何也算不上古灵精怪。哈莉特是个怪人。

"我觉得你是南茜·朱尔的侦探系列故事读多了吧，亲爱的，"他对她说，"所有这些事情都发生在希利出生之前。"他做了一个挥舞高尔夫球杆的动作，"过去，这里每天有三到四列火车停靠，铁路附近有许多流浪汉出没。"

"也许罪魁祸首仍然在我们身边。"

"如果这是真的，为什么他们没有抓到他？"

"事发前，有什么看似奇怪的事情吗？"

佩姆嘲弄地哼了一声。"什么，你是说阴森恐怖的事情吗？"

"不，是奇怪的事情。"

"听着,这跟电影里不一样。没有人会看到大变态或讨厌的人在身边晃荡,却忘了提及。"他叹了口气。多年以后,学校的同学们休息时最喜欢的游戏还是重演罗宾的谋杀案:这个游戏——被后辈传承,而且随着年月更替还不断演变——在小学仍然很受欢迎。但在游乐场版本中,杀手最终落网且受到惩罚。孩子们围着秋千站成一圈,向匍匐于中间的、隐形的恶人报以致命痛击。

"有一段时间,"他大声说道,"一些警察或传道士每天都来跟我们谈话。学校的孩子们常常吹嘘自己知道是谁干的,甚至说是自己。仅仅是为了博取眼球。"

哈莉特专心致志地看着他。

"孩子们会那样。丹尼·拉特利夫——天哪。他以前经常吹嘘他从未做过的事情,比如射中了别人的膝盖骨和往老妇人的车里扔响尾蛇。我还在台球厅那里听他说了很多不着边的事情,你肯定不会信的……"佩姆伯顿停了下来。他从小就认识丹尼·拉特利夫:身材瘦弱却狂妄自大,喜欢挥舞拳头,满嘴都是不切实际的自吹自擂和对他人的威胁。虽然这一形象在他自己的脑海里十分清晰明了,但他却不知该如何传达给哈莉特。

"他——丹尼就是个疯子。"他说。

"我去哪里可以找到这个丹尼?"

"哇。最好别去招惹丹尼·拉特利夫。他刚从监狱出来。"

"他犯了什么事?"

"持刀打架之类的。不记得了。拉特利夫家中的每一个人都曾因为持械抢劫或杀人而住过监狱,除了那个婴儿,那个发育迟缓的小家伙。希利告诉我,他前几天把戴尔先生打得屁滚尿流。"

哈莉特十分震惊。"这不是真的。柯蒂斯没跟他动过一根手指头。"

佩姆伯顿哈哈笑道。"很遗憾。我从来没有见过比戴尔先生更欠揍的人。"

"你还没告诉我在哪里可以找到这个丹尼。"

佩姆伯顿叹了口气。"听着,哈莉特,"他说,"丹尼·拉特利夫跟我差不多大。所有与罗宾相关的事情都发生在我们四年级的时候。"

"也许凶手是一个孩子。可能正是因为这样,所以他们才没能抓到他。"

"看,我不明白为什么你认为自己是个天才,自认为能破解这个别人都解不开的难题。"

"你刚才说他会去台球厅?"

"是的,还有黑门酒馆。但是我告诉你,哈莉特,他与这件事没有丝毫关系,即使有关,你最好也别招惹他。他有一帮兄弟,他们都有些疯狂。"

"疯狂?"

"不是那样的。我的意思是……其中一个是传道士——你可能已经见过他了,他站在高速公路上大吼大叫,宣扬狗屁赎罪。大哥哥法里什还在惠特菲尔德的精神病院住过一段时间。"

"为什么?"

"因为他被人用铲子什么的击中了头部。我不记得了。他们中的每一个人都时常被逮捕。比如因为偷车,"他补充道,他看到哈莉特正看着他,"潜入别人家的房子。但没有你说的那种情形。如果他们与罗宾的死有任何关系,警察几年前就逼问出来了。"

他拿起哈莉特的支票,从刚才就一直放在柜台上。"好吧,孩子?这是你和艾莉森的,对吗?"

"是。"

"她在哪儿?"

"在家里。"

"她在做什么？"佩姆说，用手肘撑着向前探了探身子。

"在看《黑暗阴影》。"

"她今年夏天会来游泳吗？"

"如果她愿意的话。"

"她有男朋友吗？"

"有很多男孩给她打电话。"

"哦，是吗？"佩姆伯顿说。

"比如是谁？"

"她不喜欢跟他们说话。"

"为什么？"

"不知道。"

"如果我什么时候打电话给她，她会跟我说话吗？"

哈莉特突然说道："猜猜今年夏天我要做什么？"

"嗯？"

"我要从水下游过泳池。"

佩姆伯顿——逐渐对她有点厌倦——翻了个白眼。"下一步是什么？"他说，"登上《滚石》杂志的封面？"

"我知道我能做到。昨晚我憋气憋了差不多两分钟。"

"算了，亲爱的，"佩姆伯顿说，他一点都不相信，"你会被淹死的。还得我把你从泳池里钓出来。"

———

哈莉特一下午都在前廊读书。艾达则一直在洗衣服，跟往常的周一下午一样；她的妈妈和姐姐都睡着了，一直等到她快读完《所罗门王的宝藏》，艾莉森才光着脚，打着哈欠，摇摇晃晃地从房中出来。她身上穿着一件花裙子，看起来像她妈妈的。叹了口气之后，她又在门廊的秋千上躺下,那上面放了枕头。她用大拇指指尖摇晃着自己。

哈莉特立刻放下书,坐到姐姐旁边。"你在午睡时有没有做梦?"她问道。

"我不记得了。"

"如果你不记得,那么也许你做梦了。"

艾莉森没有回答。哈莉特数到十五,然后——更加缓慢地——有礼貌地重复了一遍她刚才所说的话。

"我什么梦也没做。"

"你刚说过是你不记得了。"

"我没有。"

"嘿!"人行道上传来一个微小但勇敢的声音。

艾莉森用肘部撑起自己。哈莉特——因为有人打断而非常生气——扭头看到了拉莎伦·奥德姆,这是福西特太太先前在图书馆指出的那个脏兮兮的小女孩。她紧紧抓着另一个难以断定性别的白头发小生命的手腕,这小生命穿着一件盖不住肚子的脏衣服,还有一个穿着塑料尿布的婴儿,跨坐在她的屁股上。他们就像野生小动物一样,害怕太过靠近,站得比较靠后,晒黑的脸上一双眼瞳光亮如银,恐惧闪烁其中。

"嗯,你好。"艾莉森说完便站起身,小心翼翼地走下台阶去和他们说话。虽然艾莉森害羞,但她十分喜欢孩子——不论肤色,越小越好。她经常和住在河边棚屋里的衣衫褴褛的脏孩子聊天,虽然艾达·拉伊禁止她这样做。"等你身上长了虱子或癣时,你就不会觉得他们可爱了。"她说。

孩子们小心翼翼地看着艾莉森,但是当她靠近时,他们没有退后。艾莉森抚摸着婴儿的头。"他叫什么名字?"她说。

拉莎伦·奥德姆没有回答。她的眼神越过艾莉森,看着哈莉特。

虽然年龄还小,但她的脸上却颇有些憔悴,还有些老气。她的眼睛明亮,眼眸是冰灰色,像狼崽一样。"我在图书馆见过你。"她说。

哈莉特面无表情,与她目光相遇,却没有回答她。她对婴儿和小孩子都不感兴趣,她同意艾达的观点,她们不应该不请自来地进入别人的院子。

"我叫艾莉森,"艾莉森对她说,"你的名字是什么?"

拉莎伦心烦意乱起来。

"他们是你的弟弟吗?他们的名字是什么?嗯?"她边说边蹲了下来,去看那个小孩子的脸,他手里抓着一本图书馆的书的封面,张开的书页拖到了人行道上,"你能告诉我你的名字吗?"

"说吧,兰迪。"那个女孩说完,戳了戳刚学会走路的孩子。

"兰迪?那是你的名字吗?"

"回答是的,兰迪。"她摇了摇坐在她胯上的宝宝,"说,那是兰迪,我是罗斯提。"她小声说道,模仿着婴儿的尖锐、有些酸的声音。

"兰迪和罗斯提?"

更像是邋里和邋遢吧,哈莉特心里想。

哈莉特几乎从不掩饰自己的不耐烦,她坐在秋千上,用脚尖晃着秋千,而艾莉森则十分耐心,循循善诱地从拉莎伦口中套出他们所有人的年龄,并夸奖她是个很棒的保姆。

"能让我看看你从图书馆借的书吗?"艾莉森对那个名叫兰迪的小男孩说,"嗯?"她伸手去拿,但由于太过腼腆,他将整个身子都背转了过去,还发出一阵让人不舒服的笑声。

"那不是他的。"拉莎伦说。她的声音——虽然尖锐,鼻音很重——不大但很清楚。

"这是讲什么的?"

"是《公牛费迪南德》。"

"我记得费迪南德。他是喜欢嗅花香,而不是打斗,对吗?"

"你很漂亮,小姐。"兰迪突然说道,此前他一句话也没说过。他兴奋地来回摆动着手臂,打开的书页在人行道上蹭来蹭去。

"这样对待图书馆的书对吗?"艾莉森说。

兰迪心情慌乱,干脆把整本书都丢掉了。

"你给我捡起来。"他的大姐说,佯装着要扇他巴掌。

兰迪轻而易举便逃过了掌掴,他意识到艾莉森在看着自己,便向后退了几步,开始扭动自己的下半身,动作异常猥琐,颇有些像大人。

"为什么她不说话?"拉莎伦说,她眯着眼睛,目光越过艾莉森,落在哈莉特身上——她在门廊那里瞪着她们。

艾莉森吓了一跳,回头瞟了哈莉特一眼。

"你是她妈妈?"

垃圾,哈莉特心想,脸颊滚烫。

她本是相当享受艾莉森结结巴巴地否认,但兰迪为了把大家的注意力拉回他身上,突然之间变本加厉,更加夸张地跳起了下流的呼啦舞。

"有人偷了爸比的车,"他说,"小偷是浸信会教堂的人。"

他咯咯地笑着,躲开了姐姐的攻击,就在他正要展开来说的时候,艾达·拉伊从房子里冲了出来,纱门在她身后砰地关上,她跑向那群孩子,拍着手掌,好像他们是一群偷食田地里种子的小鸟。

"你们都走,离开这里,"她喊道,"去去去!"

眨眼之间,宝宝们和所有其他人全都消失了。艾达·拉伊站在人行道上,挥舞着拳头。"你们再也不要到这里来捣乱,"她在他们身后喊道,"否则我把你们告到警察局去。"

"艾达!"艾莉森哀号道。

"轮不到你呵斥我。"

"但是他们只是小孩子而已!他们并没有捣乱。"

"是,他们也捣不了乱。"艾达·拉伊说,盯看了他们一段时间,随后拍了拍手,往回走了。《公牛费迪南德》还歪歪斜斜地躺在孩子扔掉它的地方。她俯身,十分费力地捡起书,用大拇指和食指捏着一个角,好像书被染脏了似的。她伸着胳膊,站直身子,深深地呼了一口气,往垃圾桶的方向走去。

"但是,艾达!"艾莉森说,"那是图书馆的书!"

"我不管这是哪儿的书,"艾达·拉伊说,头也没回,"这书太脏了。我不想让你们碰它。"

还有些睡眼惺忪的夏洛特从前门探出头来,面露急色。"怎么了?"她说。

"就是一些小孩,妈妈。他们没有伤害任何人。"

"哦,亲爱的,"夏洛特说,把自己的短款睡衣外套腰间的丝带又系得紧了些,"那太糟了。我一直想着去你卧室收拾一些你的旧玩具,等他们来的时候送给他们的。"

"妈妈!"哈莉特尖声道。

"要知道,你已经不再玩那些老旧的宝宝玩具了。"她妈妈平静地说。

"但它们是我的!我想要!"哈莉特的玩具农场……她本不想要的洋娃娃,但因为班上其他女生都有,她也要了……她还有老鼠之家,它们戴着假发,穿着花哨的法国服装,是哈莉特在新奥尔良时,透过一个很贵的商店的橱窗看上的。她央求过,哭号过,冷战过,为此不吃晚饭过,直到莉比和阿德莱德还有塔特偷偷溜出庞恰特雷恩酒店,共同出资给她买下之后,她才罢休。那个系列叫老鼠的圣诞节:那是哈莉特一生中最快乐的时刻。当她打开漂亮的红色盒子时,包装绵纸

113

飘得到处都是,她因为欢乐而目瞪口呆。哈莉特的妈妈怎么能一边在家里囤积着报纸——艾达扔掉一点她都会发脾气——一边却想要把哈莉特的老鼠送给那些脏兮兮的陌生孩子?

这事还真的发生过。去年十月,哈莉特的衣柜顶上的老鼠家族不翼而飞。歇斯底里地找了一番之后,她终于在阁楼上找到了它们,它们和一些她的其他玩具杂乱地堆在一起。经过对质,她妈妈承认是自己拿走了一些她觉得哈莉特不再玩的玩具,准备送给贫困儿童。但是她似乎没有意识到,哈莉特很爱那些老鼠,又或者,她应该先问问哈莉特再拿走。("我知道这是你的姨婆们送给你的,但是那个洋娃娃,不就是阿德莱德,还是她们中的哪一个送给你的吗?你不想要的啊。")哈莉特怀疑她的妈妈已经不记得这一事件了,这一疑问如今也被她妈妈那困惑的眼神证实。

"难道你不明白吗?"哈莉特绝望地喊道,"我想要我的玩具!"

"不要这么自私,亲爱的。"

"但它们是我的!"

"我不敢相信你居然会舍不得给那些可怜的小孩一些东西,那些是已经不再适合你玩的玩具了,"夏洛特说,茫然地眨着眼睛,"如果你看到过他们拿到罗宾的玩具时有多高兴——"

"罗宾已经死了。"

"如果你给那些孩子任何东西,"艾达·拉伊不快地说道,她又出现在房子的一侧,用手背擦了擦嘴,"还没回到家,他们就会把它们搞脏或弄坏。"

———

那天在艾达·拉伊离开之后,艾莉森把《公牛费迪南德》从垃圾桶里捡了出来,拿到了门廊。在暮色中,她检查了一番。它掉在了一堆咖啡渣中，棕色的污渍使得页面边缘卷曲变形。她用纸巾擦着，想尽可能擦干净，又从首饰盒里拿了一张十美元的钞票，把它藏在了封面里面。她想，十美元应该足够弥补损失。等福西特夫人看到这本书时，她肯定会让他们赔偿，不然就要他们放弃在图书馆享受的权利。但像他们这样的孩子肯定是没有办法靠自己凑够罚款的。

她坐在台阶上，手托着下巴。如果维尼还活着，它现在会在她身边打着呼噜，耳朵贴着脑袋，尾巴像钩子一样蜷在她光着的脚踝周围，它的眼睛望向黑压压的草坪，看向那些彻夜不眠、叫声此起彼伏的夜行生物。这对她来说是隐形的：蜗牛爬过的痕迹、蜘蛛网、翅膀晶莹剔透的飞蝇、甲虫和田鼠，还有其他所有默默无言的小生命，它们在吱吱声中，或唧唧声中，或静默中挣扎着。她感觉它们的小世界，那无言、心脏狂跳的神秘黑暗世界，才是她真正的家。

一块破碎的云朵快速飘过天上的圆月。黑色的桉树在微风中沙沙作响，叶子的反面在黑暗中泛着白光。

艾莉森几乎记不起任何罗宾死后的那段时间发生的事情，但是却记得一件奇怪的事，就是她爬过树，她会爬到尽可能高的地方，然后一次又一次地跳下来。她常常会摔得喘不上气来，但往往惊魂未定，便掸一掸身上的土，又爬上去，再跳下来。砰的一声。一而再，再而三。她也做过同样的梦，在梦里她做着同样的事情，不同之处是，她没有摔倒地面上，而是有阵暖风将她从草地上接了起来，把她举向空中，她则乘风飞翔，足尖扫过树梢。她会从天空猛冲直下，像燕子一样，低飞着掠过草丛，后又旋转飞起，直冲云霄。但当时她还小，不明白梦境与现实的区别，所以才会不停地从树上往下跳。她想也许自己跳得次数足够多了，梦里的风就会在她身下吹起来，把她托向天空。但是这样的事情当然从未发生过。当她在高高的树枝上摆好姿势后，总会听到艾达·拉伊在前廊上的哀号，看到她神情慌张地跑向自己。艾莉森则笑笑，仍然不管不顾地跳了下来，在艾达绝望的尖叫声中，她的心底荡起一阵暖意。但因为她跳下来的次数过多，把自己的足弓摔坏了。不过没有摔断自己的脖子，已经是万幸了。

夜晚空气温暖，门廊前蛾白色的栀子花散发着浓郁、温暖、沉醉的香味。艾莉森打了个哈欠。你怎么能完全确定自己什么时候是在做梦，什么时候是清醒状态？在梦中，你总觉得自己醒着，但实际上并非如此。虽然对艾莉森来说，她现在似乎是醒着的，光着脚坐在门廊上，身旁的台阶上放着一本沾了咖啡渍的书，但她也可能是正在楼上的卧室里睡着，而这一切都是梦境：门廊、栀子花，所有这一切。

当她白天在家中晃荡，或是手中拿着书，经过学校那阴凉、充斥着消毒剂味道的走廊时，她都会一再问自己：我现在是清醒着还是睡着？我是怎么到这里的？

她常常会猛然之间惊奇地发现（举个例子），自己居然坐在生物课堂上（昆虫被大头针固定着，红头发的皮尔先生继续讲解着细胞分裂的分裂间期），这时她会搜寻记忆线，来判断自己是否在做梦。我是怎么到这儿的？她会这样想，十分茫然。她早餐吃了些什么？如果是伊蒂把她送到学校的，那么是否进行过一系列的事情，把她一路送到了这四面已经发黑的木质围墙里，也就是上午的课堂中？或者她是否去别的地方待了一会儿——一条幽静的土路，就在自己家的院子里，昏黄的天空中，有一个像床单的东西飘动着？

她会认真思考这些问题，然后确认她不是在做梦。因为挂钟显示九点十五分，正是生物课的时间；因为她仍然按字母顺序坐着，前面是玛吉·道尔顿，后面是理查德·埃科尔斯；因为固定着昆虫的泡沫塑料板仍然挂在后墙上——月形天蚕蛾被固在板子的中心位子——两边分别贴着一张猫科动物骨架和一张中枢神经系统的海报。

然而有时候——主要是在家里——艾莉森注意到现实生活中有些

微小的瑕疵与问题，但却没有合理解释，这令她感到不安。玫瑰的颜色不对：是红色的，而不是白色。晾衣绳没有放在该放的地方，而是还在五年前被风暴吹落的地方。就连灯的开关也有些不对劲，兴许是位置不对。在家庭照片或熟悉的绘画中，她总在背景中看到之前从未注意到的神秘形象。在温馨的家庭场景后面，客厅的镜子折射出吓人的影子。一只手在打开的窗户边挥舞着。

每当艾莉森指出这些事情时，为什么她的妈妈或艾达总是否认？别瞎想了，那些东西一直是那个样子的。

是哪个样子的？她不知道。睡梦中，或是清醒着，世界像是个模棱两可的游戏：液体的舞台设置来回流动，回声阵阵，灯光反射。所有这一切都如同沙子一般，漏过她麻木的手指。

———

佩姆伯顿·赫尔正开着他那辆浅蓝色的凯迪拉克 62 系列敞篷轿车（底盘需要重新调整，散热器泄漏，费好大力气才能找到相应配件，他不得不写信到得克萨斯州的一些仓库，等待两周才能等到配件，但这车仍然是他的挚爱，是他的宝贝，是他唯一的真爱。他在乡村俱乐部赚到的每分钱，不是给车加油就是用以维修了）。他开车经过乔治街角时，车头灯照见了单独坐在门前台阶上的艾莉森·迪弗雷纳。

他在她家门前停下车来。她多大了？十五岁？十七岁？可能还没到法定年龄，但是他实在无法抵抗柔弱而且迷迷糊糊的姑娘，无法抵抗她们瘦弱的胳膊，头发遮住眼睛的样子。

"嘿！"他对她说。

看样子她并没有受到惊吓，只是抬起了头，面容梦幻，十分飘渺，他感觉自己脖子后面一阵刺痛。

"在等人吗？"

"没有，只是在等着。"

天哪，佩姆心想。

"我正要去汽车餐厅，"他说，"你想一起来吗？"

他正等着她拒绝，或者先问问妈妈之类的，但她只是用手拂走了眼前的棕色秀发，手腕上的幸运手链一阵叮当作响，说道（晚了一拍；但他喜欢她这一点，喜欢她迟缓，昏昏欲睡，不入俗套）："为什么？"

"什么为什么？"

她只是耸了耸肩。佩姆已经被迷住了。艾莉森……总有些不在状态。他不知道应该如何形容，她走路时总是拖拉着脚步，她的头发与其他女孩不同，她穿的衣服总是有些与年龄不符（比如她身上的花裙只有老太太才会穿），然而她的笨拙之中又有一股朦胧轻飘之感，令他为之疯狂。一些断断续续的浪漫场景（汽车、广播、河边）开始自己蹦了出来。

"走吧，"他说，"我十点前会把你送回来的。"

———

哈莉特正躺在床上边吃磅蛋糕边记着笔记，一辆汽车夸张的启动声从打开的窗户那里传来。她抬头看时，只瞄到她姐姐的头发在风中飘扬，她与佩姆伯顿一同坐在敞篷车内，飞驰而去。

她跪在靠窗的座椅上，从黄色的薄纱窗帘之间探出头去，嘴里的磅蛋糕味道逐渐变淡，眼睛一眨一眨地看着街道。她被惊呆了。艾莉森从来不外出，除了去一个街区外的姨婆家，再有就是去杂货店。

十分钟过去了，十五分钟过去了。哈莉特感到一丝嫉妒。他们对彼此能有什么话说？佩姆伯顿肯定不会对像艾莉森这样的人感兴趣。

她正望着被灯光照亮的门廊（秋千空荡荡的,《公牛费迪南德》被放在最上面的台阶上），忽然听到环绕着院子的杜鹃花丛中传来一阵沙沙声。随后，她惊奇地看到一个身影出现，是拉莎伦·奥德姆，她蹑手蹑脚地走上了她家的草坪。

哈莉特并没有想到，她鬼鬼祟祟地回来是想拿书的。拉莎伦畏畏缩缩的肩膀有些激怒了哈莉特。她想都没想，把剩下的蛋糕嗖地一下扔出了窗外。

拉莎伦尖叫一声，她身后的灌木丛霎时骚动一片。随后，过了一小会儿之后，一个暗影冲出了哈莉特家的草坪，一溜小跑，跑到了灯火明亮的街道上，在她身后好一段距离，还跟着一个更小的身影，踉踉跄跄地，实在是跑不快。

哈莉特跪在床边的座位上，从窗帘之间探出头去，望了一会儿那段闪着光的、空荡荡的人行道，小奥德姆们便是从那里消失不见的。但夜晚仍然一片安静，没有一片树叶摇动，也没有猫叫喊；人行道上的一片水坑反射着月光，甚至方丹夫人门前的风铃都没有声响。

不一会儿，无聊又有些恼怒，她放弃了盯梢，再一次沉浸到自己的笔记本当中，几乎忘记自己应该等着艾莉森的。而当她又听到前院传来汽车门猛地关上的声音时，还有些生气。

她溜回窗边，悄悄地拉开窗帘。艾莉森站在那辆蓝色凯迪拉克的驾驶座一侧，心不在焉地摆弄自己的幸运手链，含糊着说了些什么。

佩姆伯顿爆出一阵笑声。在街灯的照射下，他的头发闪耀着和灰姑娘的头发似的金黄色，而当他那长长的头发落在脸前，只露出高耸的小鼻尖时，看起来却像个女孩子。"你别信那个，亲爱的。"他说。

亲爱的？这是什么意思？看到艾莉森往家的方向走了，哈莉特放下窗帘，把笔记本推到床下面。凯迪拉克的尾灯十分晃眼，照得艾莉森的膝盖红红的。

前门关上了。佩姆开着车呼啸而去。艾莉森轻轻地走上楼——仍然光着脚,她鞋都没穿就出去兜风了——飘进了房间。她看都没看哈莉特一眼,径直走到衣橱的镜子前面,表情严肃地盯着自己的脸看,鼻子快贴到镜子上了。接着,她在自己的床上坐下来,小心翼翼地弹去黄黄的脚底上的石子。

"你去哪儿了?"哈莉特说。

艾莉森裙子脱到一半,头埋在裙子里,嘴里含糊了一声。

"我看到你坐车离开了。你去哪儿了?"她问,但姐姐并没有理会。

"我不知道。"

"你不知道你去哪儿了?"哈莉特说,她狠狠地盯着艾莉森,但艾莉森却自顾自地一边心烦意乱地瞟着镜子里的自己,一边穿上了白色的睡衣睡裤,"你玩儿得开心吗?"

艾莉森——小心翼翼地躲着哈莉特的眼神——从下到上系上了睡衣的扣子,坐到床上,把那些毛绒玩具排列在自己周围。她要把它们按特定顺序摆放在身体周围,然后才能入睡。随后她把被子一拉,盖住了自己的头。

"艾莉森?"

"嗯?"过了一两秒后,一个沉闷的回答传来。

"你还记得我们说过的话吗?"

"不记得。"

"记得,你记得。就是把你的梦境写下来那个?"

等不到回话的哈莉特只好又大声说:"我已经在你床边放了一张纸和一支铅笔,你看见了吗?"

"没有。"

"你看看吧。看看,艾莉森。"

艾莉森从被子下面探出头来，但也只是刚好能看到纸笔的程度。那纸是从线圈本上扯下来的，放在她床边灯的下面。哈莉特在纸的最上面手写着：梦。艾莉森·迪弗雷纳，六月十二日。

"谢谢你，哈莉特。"她语气含糊地说，而且——还没等到哈莉特再多说一个字——她便把被子一拉，怒冲冲地转过身去，面朝墙躺着。

哈莉特——目不转睛地望了一会儿她姐姐的背——又从床下拿出了笔记本。白天早些的时候，她已经根据当地报纸写了不少笔记，很多信息对她来说都是新信息：尸体的发现；尝试人工呼吸（很显然是伊蒂用树篱剪把他从树上弄下来的，在救护车来之前，也是她一直进行着抢救，虽然他已经没有生命体征了）；她的妈妈崩溃入院；接下来的几周中，警长的评论（"没有线索""令人绝望"）。她也把她记得的佩姆所说的话都写下来了——重要或不重要的都写了。随着她写下越来越多的东西，她能记起的东西也随之增多。在过去这些年里发生的各种乱七八糟的碎片。比如罗宾是在学校放暑假前几周去世的。

比如那天下雨了。在那件事情发生不久前，邻里还发生了几起小型入室盗窃事件，人们放在工具棚内的工具遭窃：相关吗？当罗宾的尸体在院子里被发现时，浸信会教堂刚刚开放晚礼拜。第一位停下来施以援手的人是老亚岱尔——一位已经退休的儿科医生，他已经八十多岁了，当时恰好开着车送家人回家。她的爸爸正在狩猎营地；一位传道士跳进自己的车里，一路开到营地去找他，并告知相关消息。

即使我找不到杀人凶手，她想，至少我也要弄清楚事情发生的来龙去脉。

她也把心中的第一个嫌犯的名字写了下来。写下来的动作让她意识到，这些事情多么容易被忘掉，所以从现在开始把一切、所有事情都记在纸上又是多么重要。

121

她突然有一个想法。他住在那里？她从床上跳起来，下楼去了前厅，朝放着电话的桌子走去。在电话本上看到他的名字之后——丹尼·拉特利夫——她的背后生出一阵凉意。

那上面并没有什么正确的住址，只写着260路。哈莉特咬着自己的嘴唇，有些犹豫不决，但还是拨了电话号码。令哈莉特震惊的是，电话铃只响了一声便被接起来了（背景里传来一声刺耳的咔嗒声）。一位男子喊道："嘿呦！"

啪的一声——好像猛地一下把恶魔关起来似的——哈莉特用双手重重地挂了电话。

———

"昨天晚上，我看见我哥哥试图亲你的姐姐。"希利对哈莉特说，他们正坐在伊蒂家后面的台阶上。希利吃完早餐后来接她。

"在哪儿？"

"在河边，我正在钓鱼。"希利常常长途跋涉去河边，带着他的鱼竿和一桶悲伤的虫子。从没有人加入过他。也从没人想要他钓到的那些小鲤科鱼和莓鲈，所以他总是选择放生。独自一人坐在暗处——他最喜欢夜间垂钓，听着青蛙呱呱地叫，月光像绸缎一样洒在水面上，随波荡漾——他最喜欢的白日梦则是他和哈莉特能像大人一样独自生活在一间河边的小棚屋内。他能为这个想法乐几个小时。他们的脸脏脏的，头上还有落叶。他们燃起篝火，捕捉青蛙和乌龟。在黑暗中，哈莉特的目光突然落在他的身上，闪烁着灼热的光芒，像野猫似的。

他颤抖着。"多希望你昨晚也来了，"他说，"我看到一只猫头鹰。"

"艾莉森当时在做什么？"哈莉特仍不敢相信，"她没在钓鱼。"

"没有。是这样，"他说，语气神秘，屁股又挪近了些，"我听见佩姆的车停在了岸边。你知道那个响声——"接着,他像专家似的噘起嘴唇模仿起来,哇哇哇!——"一英里外都能听到他开过来了,所以我知道那是他,我还以为是妈妈让他来接我。"希利笑了,笑声十分短促,他知道那声气笑让他听起来有种精于世故的感觉,过了一会儿后便又重复了一遍——这次更加满意了。

"什么东西这么好笑?"

"嗯——"他无法抗拒她给的第三个机会,便又将那精于世道的笑声重新演绎一遍,"艾莉森当时远远地坐在车的另一侧,但是佩姆把手搭在了她的座位上,向她靠了过去——(他伸出一只胳膊,搭在哈莉特的肩膀上,想做个示范)像这样。"他模仿接吻的声音"啵唧"了一下,哈莉特则厌烦地转过身去。

"她回吻他了吗?"

"她看上去并不在意。我原本想偷看他们一下,"他声音明亮地说道,"我还想往车里扔蚯蚓,但佩姆会揍死我的。"

他从口袋里掏出一个煮花生给哈莉特,但被拒绝了。"怎么了?它又没毒。"

"我不喜欢吃花生。"

"好吧,那我能吃的就更多了。"他说,把花生倒入自己口中,"走吧,今天跟我钓鱼去吧。"

"不去,多谢邀请。"

"我发现芦苇当中藏着一片沙洲,有一条小路直通那里。你会很爱那个地方的,那里的沙子是白色的,跟佛罗里达一样。"

"不去。"哈莉特的爸爸也常常会以这种讨厌的语气说话,自信满满地说她一定会"爱"这个或那个的(比如足球、舞曲、教堂野餐会),她知道自己要多厌恶有多厌恶。

"哈莉特,你怎么了?"希利为哈莉特从不答应自己的邀请而伤怀。他想和她手牵手一起走过那条长满高高青草的狭窄小径，还要像大人一样吸着烟，他们光着的腿上全是刮痕和泥土。天空下着细雨，小河边涌着细小的白沫。

———

哈莉特的姨婆阿德莱德是一位不知疲倦的家庭主妇。不像她的妹妹们——她们家里的书、古董柜、小摆件、服装样板和在育苗盘里养大的旱金莲再到被猫扯烂的铁线蕨都快堆到房椽上了——阿德莱德家则没有小花园，也没有宠物，她不爱烹饪，对她所认为的"杂乱无章"怕得要命。她抱怨说自己请不起管家，塔特和伊蒂很不爱听这话，因为她每月能领到三份社保支票（托三位亡夫的福），这让阿德莱德比她们的收入来源都更稳定。事实上，阿德莱德自己很享受打扫卫生（在"苦难之栖"的童年生活让她惧怕无序），她通常也只在清洗窗帘、熨烫日用织品，或是拿着抹布和一小喷壶的家具亮光剂，在她那整洁、满是消毒剂味道的小房子里忙忙碌碌时，才会感到些快乐。

通常情况下，哈莉特路过她家时，总能看到阿德莱德在用吸尘器吸地毯或是打扫厨房的橱柜，但那天阿德莱德却穿着尼龙袜盘坐在起居室的沙发上：戴着珍珠耳环，她的头发——清新淡雅的浅金色——刚刚烫过。她一直是姐妹中最漂亮的，也是年纪最小的，如今六十五岁了。不像胆小的莉比、女武神一般的伊蒂斯，或是一直处于紧绷状态、注意力无法集中的塔特，阿德莱德自带一种暗藏秋波的气质，像一位有些淘气的风流寡妇，恭候着第四位丈夫的出现，只待他（可能是一个整洁、时髦的秃顶绅士，身穿便服外套，拥有油井，很可能还有马场）出其不意地现身亚历山大，并且喜欢上她。

生活杂志《城里城外》的六月刊刚到，阿德莱德正看得出神。她看到了婚礼的部分。"你觉得这两个人哪个才是有钱的那个?"她边问哈莉特边给她看照片,照片中是一位黑头发的青年男子,灰白的眼瞳中透露出焦虑不安的神情,他站在一位容光焕发的金发女郎身边,她身穿一条由裙撑撑起来的长裙,看起来像个恐龙宝宝。

"那个男人一副要吐的样子。"

"我不明白为什么总选金发美女。认为金发美女更有趣,诸如此类。我觉得这些都是人们电视剧看多了。大部分天生的金发女人都没什么特色,看上去没精打采的,还很胆小,除非她们费力捯饬一番才行。看看这个可怜的女孩。看看那个。她的脸看起来像只羊似的。"

"我想跟你聊聊罗宾。"哈莉特直截了当地说,丝毫没有采取任何迂回战术。

"你想说什么,亲爱的?"阿德莱德说道,眼睛瞄着一张慈善晚会的照片。一位打着黑色领带的四肢修长的男士——面容清朗、自信、纯净——正踩着脚跟向后摆动身体,他笑意满面,一只手放在一位浅黑色肤色的女性身后,她身穿糖果粉色礼服,搭配了一双长筒手套。

"罗宾,艾迪。"

"哦,亲爱的,"阿德莱德惆怅地说道,眼神从照片里的帅气男孩身上移开,"如果罗宾还活着,他肯定也会把女孩子迷得神魂颠倒。当他还很小的时候……总是充满了乐趣,他有时候会笑得前俯后仰。他喜欢偷偷跑到我的身后,用胳膊抱住我的脖子,轻轻咬我的耳朵。非常可爱。很像我和伊蒂斯小时候养的那只长尾小鹦鹉,它叫比利男孩……"

阿德莱德的声音逐渐变小,目光又被得意扬扬的北方青年吸引了过去。文字说明显示他是大二的学生。如果罗宾还活着,也差不多是这个年龄。她感到一阵怒火,这个叫 F. 达德利·威拉德的,到底做过什么好事,凭什么他就能安然无恙地活着,坐在广场饭店里谈笑风生,棕榈厅内还有乐队演奏,而他那位身着绸缎衣裙的时尚女伴,也笑意盈盈地看着他。阿德莱德的三位丈夫分别死于第二次世界大战、捕猎时不小心擦枪走火、冠状动脉血栓；她曾拥有两名男婴，但都胎死腹中。后来，她的女儿由于吸入烟尘，十八个月大的时候就夭折了。当时她住在西三街的单元房中，半夜烟道着火——火焰猛烈，双腿发软，十分惨烈。然而（无论多痛苦，多难挨）她都挺过去了。如今，她每每回忆起那两个胎死腹中的双胞胎男孩儿，只能记起他们精致完美的五官，他们安详地闭着双眼，好像在睡觉似的。她这一辈子经历过的所有不幸事件当中（而她的一生比常人都更曲折），没有哪一件像罗宾的死这样影响持久，这是一块永远无法愈合的伤疤，随着时间推移反而愈发变本加厉，令人备受折磨。

哈莉特端详着姨婆若有所思的神情，她清了清嗓子。"这就是我想问的，阿德莱德。"她说。

"我一直很好奇他的头发颜色会不会在长大后变深，"阿德莱德说，她把手臂伸直，高高举着杂志，越过老花镜的镜框看着，"我们小的时候，伊蒂斯的头发曾是大红色的，但也没有他的头发红。那才是真正的红色。一点橙色都不掺。"悲剧啊，她想。看看杂志上这些被宠坏的北方小孩儿，他们在广场饭店前欢呼雀跃，而她的侄孙，虽然方方面面都好过他们，却沉眠于地下。罗宾还从未触摸过女孩子。阿德莱德回想起自己那三段感情热烈的婚姻，想到自己青春期在洗手间的亲吻，心里一阵温暖。

"我想问的是，你是否知道可能是谁——"

"他长大后肯定会惹不少人伤心，亲爱的。密西西比大学联谊会的成员们肯定会争先恐后地邀请他，希望能与他一同参加在格林伍德举办的社交晚会。但我并不在意那些愚蠢的社交晚会，也不关心他们投票否决入会申请、成立小圈子和聚集美女之类的活动。"

一阵急促的敲门声传来，纱门那里有一个身影。"艾迪？"

"是谁？"阿德莱德喊道，突然起身，"伊蒂斯？"

"亲爱的，"塔特柯伦匆忙说道，她眼睛圆睁，但看都没看哈莉特，随手把提包扔在一个扶手椅上，"亲爱的，你知道吗？那个雪佛兰公司的叫罗伊·戴尔的无赖，想让我们坐辆破烂的校车去查尔斯顿，还要收我们每人六十美元？"

"六十美元？"阿德莱德声音颤抖，"他说过要把巴士借给我们的，他说过是免费的。"

"他现在也说是免费的，说那六十美元是油费。"

"这钱都够开到中国了！"

"是啊，已经给部长打电话抱怨了，"阿德莱德翻了个白眼，"我觉得伊蒂斯应该打个电话。"

"我希望她知道后会打。告诉你艾玛·卡拉迪说了什么，'他就是想赚取巨额利润。'"

"他真是太厚颜无耻了。更何况尤金妮、莉莎和苏茜·李，还有其他人都是靠社保维持生计的——"

"如果只收十美元，我还能理解。"

"据说罗伊·戴尔还是位重要执事，居然要六十美元？"阿德莱德说道。她站起身，走到放着电话机的桌子旁拿起铅笔和笔记本，开始盘算。"天哪，我得查下地图册，"她说，"车上一共有多少位女士？"

"我感觉有二十五位。泰勒夫人退出了，纽曼·麦克莱默夫人摔坏了屁股——你好啊，甜心哈莉特！"塔特说完便冲过去亲她，"你外婆告诉你了吗？我们教堂的人要去旅行。去看'历史悠久的卡罗来纳花园'。想到我就特别激动。"

"如果我们都要付这么多钱给这位罗伊·戴尔，我都没那么想去了。"

"他应该感到羞愧。事情就是这样。岂有此理。他在奥克朗有宽敞的新房子，有那么多崭新的轿车，还有辆温内贝戈旅行房车，船，等等——"

"我想问一个问题，"哈莉特绝望地说，"很重要。关于罗宾死去时发生的事情。"

艾迪和塔特一下子都闭上了嘴。正在看交通路线图的阿德莱德转过身来。她们出乎意料的镇定令人不快，哈莉特甚至感觉到一阵恐惧。

"那件事发生时，你们在家里，"她说，在一阵让人不自在的安静当中，这些话太快出口了，"你们没听到什么吗？"

两位老妇人面面相觑，她们思忖片刻，似乎进行了一些无言的交谈。随后，塔特深吸了一口气，说："没有。没有人听到什么动静。你知道我现在在想什么吗？"哈莉特试图插话，提出另一个问题，但她继续说着，"我不认为这是一个适合随意与人谈论的话题。"

"但我——"

"你没跟你妈妈或外婆提过这些，对吧？"

阿德莱德语气僵硬地说道："实际上，我也觉得这不是一个很好的话题。"她盖过了哈莉特的反对意见，"我感觉你现在该是时候回家了，哈莉特。"

——

希利大汗淋漓地坐在灌木丛生的小河边上，眼睛被太阳晃得半瞎。鱼竿上的浮标红白相间，在一片浑水中摇摇晃晃。他把蚯蚓都放生了，因为他觉得把它们一团扔在地上，看着它们蠕动，在地上打洞什么的也许能高兴起来。但它们并没有意识到自己恢复了自由身，解开自己的结之后，它们便围在他的脚边平静地蠕动。真让人绝望。他从运动鞋上扯下一条蚯蚓，看了一眼它如同木乃伊般的腹部——便把它甩到了水里。

学校里有不少比哈莉特更漂亮、脾气更好的女生。但没有一个像她这样聪明，或是勇敢。心情苦闷的他想到了她的许多其他天赋。她能模仿笔迹——老师的笔迹——能像个专家似的以大人的口吻编请假条；她会用醋和小苏打制作炸弹；假扮别人打电话；她喜欢放烟花——很多女孩子甚至一点都不愿靠近。二年级时，她曾因为骗一个小男孩吃下一勺红辣椒粉而被赶回了家；两年前，她在学校引起一阵恐慌，她告诉别人学校地下室阴森老旧的食堂其实是地狱的入口，如果你关了灯，就会在墙上看到撒旦的脸。一帮女孩儿叽叽喳喳地结队地下楼，想一探究竟，关上了灯后——她们突然失去理智，惊恐地尖声嚷叫。孩子们开始假装生病，请假回家吃饭，无论如何也不肯再去地下室吃饭。由于不安情绪持续堆积，麦莉夫人便召集了孩子们——还有教六年级的肯尼迪夫人——一起去到空荡荡的餐厅（男孩和女孩们都挤在两位老师身后），然后把灯关上。"有吗？"她语气轻蔑，"你们不觉得很蠢吗？"

一个微弱而又相当绝望的声音从后方传来，但不知怎的却比老师的咆哮更显权威，原来是哈莉特，她说："他在那儿。我看到他了。"

"看到了！"一个小男孩喊道，"看到了吗？"

一片喘息声：随后孩子们哭嚷着四下逃散。一旦你的眼睛适应了黑暗，就能看到房间的左上角有一片怪异的绿光，再看得久一点，就会觉得它很像一张恶魔的脸，眼睛歪斜，还绑着一块手帕，遮住了嘴。

这场关于食堂魔鬼的骚动（家长打电话到学校，要求和校长谈话，不论是基督教会还是浸信教会的布道士都跑来凑热闹，还有人发表了不明所以、头头是道的布道文，如"驱逐魔鬼"和"学校里的撒旦？"）——是哈莉特的杰作，来源于她那冷酷无情、精于算计的小心

129

灵。哈莉特虽然体格不大,但她在操场上却很是勇猛,而且她会跟人玩阴的。有一次,费伊·加德纳向老师打她的小报告,哈莉特便不动声色地把手伸到桌下,解开了她格子裙上那个大大的安全别针。她一直在等候时机;下午的时候,费伊正在分发试卷时,她以迅雷不及掩耳之势,戳了一下费伊的手臂。那是希利唯一一次看到校长动手打女孩子。她挨了三板子,但并没有哭。回家的路上,他夸赞她时,她冷淡地回了一句,那又怎样。

他如何才能让她爱上自己?他希望自己知道些新鲜趣事来告诉她,比如一些有趣的事,或酷酷的秘密,一些能让她真正刮目相看的东西。或者,她被困到一个烧着的房子里,或者受到了抢劫犯的袭击,这样他就能英雄救美了。

他骑着自行车来到这条偏僻的、连个名字都没有的小河边。河边有一群比他大不了多少的黑人男孩,再远一点的地方,有几位上了年纪的黑人男性,他们穿着卡其色的裤子,裤边卷到了脚踝处。其中有一位——头戴一顶大宽边草帽,上面绣着"墨西哥纪念品"几个字——小心翼翼地走近了他。"你好。"他说。

"嘿。"希利警惕地说道。

"你为什么把这么好的蚯蚓都扔到了地上?"

希利不知如何回答。"我把汽油洒到它们身上了。"他最后说。

"那是不会伤到它们的,反正鱼最后也会吃了它们。洗洗就行了。"

"没错。"

"我来帮你,我们可以在这个浅水坑里胡乱洗洗它们。"

"你洗吧,如果想要的话,就拿走吧。"

老男人不动声色地笑了一下,随后便弯腰把蚯蚓捡进了自己的桶里。希利感觉十分羞愧。他坐在那里,假装自己没有看到,愁眉苦脸地盯着水中没有鱼饵的钓钩,从口袋的塑料袋里拿出煮花生大口咀嚼。

他怎么做才能让她爱上他,当他不在身旁的时候,她能有所察觉?也许,可以给她买点东西,只是他不知道她想要什么,而且他也没钱。他希望自己知道如何建造火箭或机器人,或者能像马戏表演那样投射飞镖,或者他有辆摩托车,能像特技明星埃维尔·克尼维尔那样表演特技。

他心不在焉地看着小河周围,瞥见一位黑人老婆婆正在对岸钓鱼。一天下午,佩姆伯顿曾在小镇外面告诉他应如何操作那辆凯迪拉克的变速杆。他想象着自己和哈莉特一起坐在拉上顶棚的车里,在51号高速公路上飙车。没错,他才十一岁,但在密西西比十五岁就能领驾驶证了。在路易斯安那十三岁就行了。毋庸置疑,如果必要的话,他十三岁就能搞到驾驶证。

他们可以带上午餐。带上腌菜和果冻三明治。也许他还能从妈妈的酒柜里偷些威士忌,如果不能得逞,那就拿一瓶蒂奇纳博士的酒——里面添加了防腐剂,难喝极了,但酒精含量高达70%。他们可以开车去孟菲斯的博物馆,她可以去那里看恐龙化石,干瘪的头颅,这类她喜欢的、有教育意义的东西。他们可以开车去市中心的皮博迪酒店,在酒店大堂看鸭子走红毯。再订一间大房,跳上床去,通过客房服务点些虾和牛排来吃,然后通宵看电视。如果他们想一起脱了衣服泡个澡,也没人能管得着。想到这里他面红耳赤。长到多大才能结婚呢?如果他能骗过高速公路的巡警,也必然能骗过传道士吧。他想象着自己和她搬去迪索托县,他们站在一个摇摇欲坠的门廊里:哈莉特还穿着她那套红色的格子短衣短裤,他则穿着佩姆的旧短袖,是哈雷戴维森牌子的,但褪色严重,几乎看不出上面印着的"自由驰骋,死而无憾"的标语了。哈莉特热热的小手和他握在一起。"现在,你可以吻新娘了。"传道士的妻子之后会收到一杯柠檬汽水。他们将永远生活在一起，整天开着车到处兜风、找乐子，然后吃他钓来的鱼。他的妈妈和爸爸，还有家里的其他人都为他们提心吊胆。这种生活真是无比美好。

砰的一声巨响，他从幻想中惊醒——随后便看到水花四溅，听到一阵高声狂笑。对面岸上一片混乱——那位黑人老婆婆丢掉了她的鱼竿，用手捂着脸，躲着棕色河水里溅起的水花。

接着是另一声。又一声。从木桥上传来的笑声——听起来很是吓人——盘旋在小河上空。希利一脸茫然，举起一只手遮挡阳光，看到远处有两个白人男性，但看不清长相。体型偏大的那个（比另一个胖了不止一点）看上去就是一大片阴影，笑得前俯后仰。希利隐约记得他的双臂搭在栏杆上，双手一晃一晃的：一双又大又脏的手上戴着硕大的银戒指。小个子的身影（戴着牛仔帽，留着长头发）双手举着一把闪闪发光的银色手枪。他又开了一枪。上游的一位老男人跳了起来，子弹落在了他的渔线附近，激起一片白色水花。

桥上的大个子往后甩了甩一头跟狮子似的浓密头发，喊得嗓子都哑了；希利看到了他茂密的胡子边缘。

黑人小孩们纷纷丢掉了手中的鱼竿，赶紧往岸上跑，对岸的那位老妇人跟在他们身后快速跑着，稍微有些一瘸一拐，她一只手拽着裙子，另一只手伸了出去，嘴上哭喊着：

"赶快跑，老奶奶。"

又传来一阵枪声。回声传到陡峭的河岸上，石块和泥土被震落水中。那人朝着四下随意开起了枪。希利怔怔地站在原地。一颗子弹嗖地飞过，落地后荡起一阵烟尘，不远处，一位黑人男子藏在一截原木后面。希利丢了鱼竿，拔腿就跑——滑了一跤，差点摔倒——想尽快跑到灌木丛里。

他冲进了一片黑莓灌木丛中，黑莓枝干剐蹭着他光秃秃的腿，疼得他直叫。那人又开了一枪。他好奇那些乡巴佬能不能从远处看到他是个白人。就算能,他们又是否会在意。

———

哈莉特正在仔细读着自己的笔记本,忽然听到打开的窗户那边传来一阵哀号,接着听到前院传来艾莉森的尖叫:"哈莉特!哈莉特!快过来!"

哈莉特跳了起来——把笔记本踢到了床下——随后跑下楼去,一溜烟跑出前门。艾莉森站在人行道上,头发挡在脸前,双眼泪汪汪的。哈莉特走到半路才发现水泥路太烫了,没办法光着脚在上面走,然后——她身子斜向一边,有些失衡——一只脚跳上了门廊。

"来啊!赶紧!"

"我得穿上鞋。"

"怎么了?"艾达·拉伊透过厨房窗户喊道,"你们在那儿干什么呢?"

哈莉特噔噔噔地跑上楼梯,穿上凉鞋,又啪啪地走了下来,还没来得及张口问怎么了,泪流满面的艾莉森便冲了过来,一把抓住她的胳膊,拉着她往街上走。"快来,快点,快点。"

哈莉特拖着步子跌跌撞撞地跟在艾莉森身后,尽可能快步走着(穿着凉鞋跑步不便),艾莉森突然停下来,仍然哭泣着,猛地指向街道中心的一个叫声不断、又不停地扑扇着翅膀的东西。

哈莉特看了一会儿才看清那是个什么:一只黑鹂,它的一只翅膀被一摊沥青粘住了。另一只翅膀则狂乱地扑扇着:哈莉特被吓坏了,那东西一直尖叫着,她一眼就看到了它乌青色的舌根。

"做点什么!"艾莉森嚷道。

哈莉特不知道该做些什么。她朝着那只鸟走过去,但那只鸟厉声尖叫,冲着她猛烈地扑扇着那只自由的翅膀,她不得已又退了回去。

方丹夫人慢吞吞地从她家的侧廊走了出来。"你们别管那个东西，"她怒气冲冲地尖声嚷道，站在纱门后面的她身影模糊，"太恶心了。"

哈莉特——心脏怦怦直跳——畏畏缩缩地一把将鸟抓住，好像抓了一块热煤似的，胆战心惊。鸟的翅尖扫到了她的手腕，她一下子失去控制，嗖的一下把手缩了回去。

艾莉森尖叫道："你能把它救起来吗？"

"我不知道。"哈莉特强作镇定地说。她绕到了鸟的身后，心想如果它看不到她，就会安静些，但它却变本加厉地尖叫和挣扎起来。鸟身上的长羽毛折断散落，插在那摊沥青当中，那上面——哈莉特看到后，感觉有些恶心——涌出亮晶晶的红色血水，看起来跟红色的牙膏似的。

她跪在灼热的柏油路上，紧张得直哆嗦。"别动，"她边轻声说着，边用双手慢慢地靠近它，"嘘，别害怕⋯⋯"但它怕极了，不停地拍打着翅膀，垂死挣扎，它凶狠的黑色眼眸中尽是惊恐。她把手伸到它的身下，尽可能地托起被沥青粘住的翅膀，随后——边龇牙咧嘴地躲闪着它疯狂拍打的翅膀，一边把它举了起来。一声极其痛苦的尖叫声随即传来。哈莉特睁开双眼，发现那只粘住的翅膀被扯了下来，仍然困在沥青当中，已经变了形，被扯断的地方露出一截发青的骨头。

"你最好把它放下，"方丹夫人喊道，"它会啄你的。"

那个翅膀完全掉下来了，哈莉特意识到后目瞪口呆，那只鸟则在她满是柏油的手中挣扎着。红色血点从断翅的地方涌动而出。

"把那个东西放下，"方丹夫人喊道，"你们会得狂犬病的。他们得往你的肚子上打针。"

"快，哈莉特，"艾莉森喊道，拉着她的衣袖，"快，走吧，我们带它去找伊蒂。"但那鸟一阵抽搐，瘫倒在她满是鲜血的双手中，先前那光亮的脑袋耷拉了下来。光鲜的羽毛——黑色中点缀着绿色——

仍然如之前那般明亮，但它原本亮晶晶的黑色眼瞳因疼痛和恐惧而变得呆滞，现在它的眼神更加暗淡，不敢相信发生了什么，那是对死亡的不可名状的恐惧。

"快啊，哈莉特，"艾莉森喊道，"它快死了，它快死了。"

"它已经死了。"哈莉特听到自己说。

——

"你什么毛病？"艾达·拉伊冲着希利嚷道，他从后门跑了进来——经过炉灶，艾达正大汗淋漓地站在那里搅拌着牛奶蛋糊，她准备做香蕉布丁——穿过厨房，砰砰地跑到楼上哈莉特的房间去，而纱门在他身后被重重地摔上。

他连门都没敲便直接冲进了哈莉特的卧室。她正躺在床上，他的脉搏——本就加速了——在看到她搭在头上的胳膊、白色的腋窝和她脏兮兮的棕色脚底之后，跳得更快了。虽然才刚刚下午三点半，她就换上了睡衣；她的短裤和汗衫上沾满了黏黏的黑色污点，胡乱地堆在床边的小毯子上面。

希利踢开那些衣物，站到她的脚边，大口喘着气。"哈莉特！"他激动得说不出话来，"我被射中了！有人冲着我开枪！"

"射中了你？"床上的弹簧吱呀一声，哈莉特转过身来看着他，"那人用的是什么？"

"一把枪。好吧，他们差点射中我。我当时正好在岸边，砰的一声，河里溅起好大的水花——"他发疯似的用手扇着风。

"怎么会有人差点射中你？"

"我不是在开玩笑，哈莉特。一颗子弹从我脑袋边擦了过去。我跳进了一些满是尖刺的灌木丛才躲过去。你看我的腿！我——"

他惊慌失措，突然停了下来。她则枕着胳膊，看着他；她虽然在听，但目光中却一点同情都没有，甚至对此事并未感到震惊。他意识到自己出错了，可惜为时已晚：要想获得她的倾心实在太难，但乞求同情，对他来说毫无用处。

他从她脚边的座椅上站起来，走到门那边去。"我向他们扔了石头，"他勇敢地说，"我骂了他们。然后他们跑掉了。"

"他们用的是什么枪？"哈莉特说，"是气枪什么的吗？"

"不是。"希利略感震惊，顿了顿才说道。他怎样才能让她意识到事态的紧急性，意识到它的危险程度，"是一把真枪，哈莉特。是真枪实弹。黑人们四下逃散——"他甩着胳膊，不知如何才能让她明了事态，炎热的太阳，回声不断的陡峭岸边，笑声和恐慌……

"你为什么不跟我一起去？"他哀号道，"我已经求你去了——"

"如果他们用的是真枪，我觉得你站着朝他们扔石子真是太蠢了。"

"不！不是那样的——"

"但你就是这么说的啊。"

希利深吸了一口气，突然之间，因为筋疲力尽和绝望，他感觉自己身子发软。他坐了下来，床上的弹簧又传来一阵哀号。"你就不想知道是谁吗？"他说，"太奇怪了，哈莉特。就是……奇怪……"

"我当然想知道，"哈莉特说，但是她看上去并不担心什么，"是谁？一些孩子？"

"不是，"希利委屈地说，"是成年人，身材魁梧的家伙。他们想把鱼竿上的软木塞射下来。"

"他们为什么会冲你开枪？"

"他们是见人就开枪。不光是朝着我，他们——"

他看到哈莉特站起身来便又停止讲话。希利是第一次看到她穿睡衣的样子，她的手脏兮兮的，脏衣服堆在晒过太阳的地毯上。

"嘿，兄弟。这些黑黑的脏东西是怎么回事儿？"他同情地问道，"你遇上麻烦事了吗？"

"我不小心扯下了一只鸟的翅膀。"

"呸。怎么回事儿？"希利说道，暂时将自己的烦心事抛在脑后。

"它被困在了一摊沥青中，本来也难逃一死，也有可能会被一只猫解决。"

"一只活鸟？"

"我本来想救它。"

"你的衣服上怎么了？"

她疑惑地瞥了他一眼。

"那个洗不下来的。那个沥青。艾达肯定要打你屁股了。"

"我不在意。"

"看看这儿，还有这儿，地毯上到处都是。"

有那么一会儿，房间里除了呼呼作响的换气扇之外一片寂静。

"我妈妈有一本关于如何处理不同污渍的书，"希利声音越发小了，"我有次掉了一个糖棒在椅子上，它化了，我就去书上找到了处理巧克力污渍的方法。"

"你洗掉了吗？"

"没有完全处理干净，但她要是看过之前的样子，肯定想杀了我。你把衣服给我，我可以带到我家洗。"

"我觉得应该没有清理沥青的方法吧。"

"那我就会把它们丢掉，"希利说道，为终于引起了她的注意而感到高兴，"要是你把它们扔到自己家的垃圾桶就太傻了。给我吧，"他走到床的另一边去，"帮我移一下这个，这样她就看不到地毯上的沥青了。"

———

莉比的女佣奥登总是来无影去无踪，饼皮做了一半便从莉比的厨房里出去了。哈莉特进去时看到厨房的桌子上撒满了面粉和苹果皮，还放着面团。莉比坐在角落里——她身形娇小瘦弱——手里端着一杯淡茶，茶杯比她那长满斑点的手大些。她正低着头在做报纸上的填字游戏。

"哦，亲爱的，是你来了啊，真好，"她说道，没有因为哈莉特一声不吭地进来而批评她——伊蒂总会立即训斥她——也没有说她不应该上身穿件睡衣，下身穿条蓝牛仔裤就跑出来，手上还脏兮兮的，她心不在焉地拍了拍身旁的座椅，"《商业呼声报》新请了一个人来设计填字游戏，他把它们设计得太难了。要填的都是些法语、科技之类的词汇。"她手中拿着笔尖已经磨圆的铅笔，指了指模糊不清的方格，"'金属元素。'我知道这个单词以'T'开头，因为《希伯来圣经》①的前五卷就是《托拉》（Torah）。但是没有金属元素是以"T"开头的，不是吗？"

哈莉特研究了一番。"你还需要一个字母。金属元素'Titanium（钛）'有八个字母，'Tungsten（钨）'这个单词也是。"

"亲爱的，你太聪明了。我怎么也想不到。"

"我们接着来看，"哈莉特说，"这一竖行要填六个字母，'裁判员或仲裁员'。这里应该填'Umpire（裁判）'这个单词，所以那里肯定是'Tungsten（钨）。'"

"天哪！你们如今在学校学的东西可真不少！我们小时候，可一

---

① 《希伯来圣经》（Hebrew Bible）即犹太教的圣经，后被基督教接受为《旧约》的三十九卷著作的总集，其希伯来名称常以《托拉》为代表，包括"律法书""先知书"和"圣文集"三部分。

点也没学过这些金属元素之类的东西。整天光学算术和欧洲历史。"

她们一起做起了填字游戏——被一个五个字母的词难住了,这个词以"S"开头,形容一个让人讨厌的女人——直到奥登终于回来,在厨房噼里啪啦地做起饭来,她们才被迫撤到莉比的卧室里去。

莉比是克里夫姐妹中最年长的,也是唯一一个从未结过婚的,不过,她们姐妹在心底里都觉得自己是老姑娘(除了结过三次婚的阿德莱德)。伊蒂离过婚。虽然哈莉特极其想了解其中缘由,总缠着几位姨婆探听消息,但没有人愿意提起她那段神秘的姻缘,哈莉特的妈妈就是这段婚姻的结晶。除了之前见过的几张老照片(小下巴、浅黄色的头发、浅浅的笑意)和几句听过无数次的吊胃口的话("……喜欢小酌一杯……""……是他自己最大的敌人……"),哈莉特对外公知之甚少,只知道他曾在亚拉巴马州住过院,几年前在那里去世。

小的时候,哈莉特觉得只要有人带她去见见外公,自己也许能促成家庭和解(受《海蒂》的影响)。不正是海蒂温暖了住在阿尔卑斯山上冷冰冰的爷爷,让他"重新活过来"的吗?

"哈!我不应该指望那个的。"正在做针线活的伊蒂边说边使劲拽着打结的线。

塔特有过一段十九年的婚姻生活,虽然平淡无奇,但也算得上幸福美满,她的丈夫是一家木材公司的老板——平克顿·兰姆,大家都叫他平克先生,他因为血栓而猝死在刨削车间,艾莉森和哈莉特当时都还没出生。身宽体胖的平克先生(比塔特年龄大很多,喜欢穿绑腿和诺福克夹克,看上去很有趣)彬彬有礼,没有生育能力;他们曾讨论过领养一个孩子,虽然最终也没成功,但塔特从不在意有没有孩子,或是为过着寡妇生活而烦心;实际上,她几乎已经忘了自己曾经结过婚,偶尔提起时,还稍微有些吃惊。

莉比——未婚老姑娘——比伊蒂大九岁,比塔特大十一岁,比阿德莱德整整大了十七岁。她面色苍白，胸部平平，青少年时期就近视了，她的相貌不如几个妹妹好看，但她从未结婚的真正原因其实是因为自私的老法官克里夫——他那位操劳过度的妻子在生产阿德莱德时不幸去世——强迫她留在家里照顾他和三个妹妹。他一边利用着莉比无私的品性，一边却赶走了她为数不多的几位追求者，让她在家里当免费的保姆、厨师、当他的克里比奇纸牌牌友。等到他去世时，莉比已经六十多岁快七十了：他还欠了一屁股的债，莉比则一贫如洗。

她的妹妹们对此深感愧疚，备受煎熬——好像莉比被当作苦役一样使唤错在她们，而非父亲。"太可耻了，"伊蒂说道，"她才十七岁，父亲就逼着她养活两个孩子和一个宝宝。"但是莉比却欣然牺牲，毫不后悔。她一直很崇拜闷闷不乐、忘恩负义的老父亲，而且在她看来，能留在家照顾失去妈妈的妹妹们是件很荣幸的事情，她无比疼爱妹妹们，几乎不为自己考虑。因为她的慷慨、耐心、无怨无悔的品格，妹妹们（虽然她们都没有这样的高尚品质）都认为莉比可以称得上是位圣人了，因为很难有人能做到她这样。年轻时，她面色苍白，相貌平平（只有笑起来时还算动人）；如今，她已经八十二岁了，穿着缎面拖鞋，粉红色的绸缎睡衣，用粉红绸带锁边的安哥拉羊毛开衫，再加上她大大的蓝色眼睛和丝绸一般的白色头发，看上去有些孩子气，有些可爱。

莉比的卧室装了木制百叶窗，墙壁上的蓝色和鸭蛋壳的颜色相仿，走进她的卧室后，感觉像是溜进了一个友好的水下宫殿。屋外烈日炎炎，草坪和树木都被晒蔫了，一片了无生机的样子；晃眼的人行道让她想起那只黑鹂，想起它明亮的眼眸中尽是不可名状的恐惧。莉比的房间是很好的避难所：躲避炎热、灰尘、残忍。自哈莉特出生以来，她房间里的色调和摆设就没变过：色泽暗沉的木地板、雪尼尔簇绒面料的床罩、沾满灰尘的薄纱窗帘，还有莉比用来放发夹的透明糖果盘。壁炉架上放着一个沉甸甸的、由蓝绿色玻璃制成的蛋形镇纸——中间有气泡，在阳光照射下如同海水一般——像个活物一样不断变换着颜色。早晨，它折射出明亮的光线，十点左右时最为耀眼，到了中午则宛如一块冰凉的玉石。哈莉特童年时，在这里的地板上度过了不少幸福时光，镇纸折射出的光线时而高悬，时而变幻，时而摇曳，时而消失，投射在蓝绿色墙面上的条纹光影也来回移动。印着葡萄藤花纹的地毯是她的游戏板，是她的秘密战地。她趴在上面度过了无数个午后，手脚并用地帮助玩具士兵在蜿蜒曲折的绿色小径上前行。壁炉架上方悬挂着"苦难之栖"那张灰黑色的老照片，它震慑着整个房间，在黑压压的常青树的掩映下，照片里的白色大理石柱若隐若现。

哈莉特坐在套着印花棉布的椅子扶手上，和莉比一起玩起了填字游戏。壁炉架上的时钟百无聊赖地嘀嗒向前，一如往常充满温情，听着十分舒心。蓝色的卧室像天堂一般，散发着猫咪、雪松木、沾满灰尘的布的味道，还混杂着香根草、胡浮牌柑橘香粉和一种自哈莉特记事以来，莉比就一直在用的紫色浴盐的味道。她们几个姐妹都会把香根草缝进小布袋里，挂在衣柜里驱赶飞蛾；虽然还是个婴儿时，哈莉特就已经很熟悉香根草奇异的陈腐味道了，但它仍然有些神秘，有些悲伤和陌生，有些像陈腐的森林，或是秋日林木燃烧的味道；那是热带地区的衣柜独有的陈旧味道，是"苦难之栖"的味道，是过去的味道。

"最后一个啦！"莉比说道，"'调解（peacemaking）的艺术。'第三个字母是'C'，最后几个字母是'i-o-n'。"嗒嗒嗒，她用铅笔数了数还剩几个空格。

"是 Conciliation（调解）？"

"是的，哦，亲爱的……等等。这个单词里字母 C 的位置不对。"

她们都颇为困惑，陷入了沉静之中。

"啊！"莉比喊道，"是 Pacification（平静）！"她小心翼翼地、一个字母一个字母地将单词填了进去，铅笔笔尖已经磨圆。"全部完成，"她边开心地说，边摘了眼镜，"谢谢你，哈莉特。"

"不客气。"哈莉特冷冰冰地回答，她忍不住感到有些生气，因为是莉比想出了最后一个单词。

"我不知道为什么自己总是对这些愚蠢的填字游戏如此上心，但是我真的认为，做填字游戏能帮助我保持敏捷思维。一般我只能完成四分之三的内容。"

"莉比——"

"让我猜猜你在想什么，亲爱的。是不是在想奥登做的派有没有出锅？"

"莉比，为什么对于罗宾的去世，没有人愿意跟我说一个字？"莉比放下手中的报纸。

"那之前发生过什么奇怪的事情吗？"

"奇怪的事情，亲爱的？你到底是什么意思？"

"任何事情……"哈莉特费力地想着措辞，"一条线索。"

"我不知道什么线索，"莉比异常镇定地停顿了一下后说道，"但是如果你想听奇怪的事情，我可以给你讲讲罗宾去世前三天，发生在我身上的一件怪事。那可以算是我这辈子遇到的最怪的事情之一。你有没有听说过我曾在我的卧室里发现一个男人的帽子？"

"哦。"哈莉特大失所望。莉比床上的帽子的故事她已经听过无数遍了。

"所有人都觉得我疯了。那是一个男人的黑色礼帽！八号的！是一顶阔边高顶的斯泰森毡帽！那帽子还挺好看的，饰带一点汗渍都没有。它就那样在大白天出现在我的床尾上。"

"你的意思是，你没看到它是怎么出现的。"哈莉特百无聊赖地说。这个帽子故事，她已经听过不下百遍了。没人觉得这是什么神秘的事情，除了莉比。

"亲爱的，当时是周三下午两点——"

"是有人闯进来，把帽子留在了这里。"

"不，不是的。这是不可能的。要是他们进来，我们肯定能看见或听到声响。奥登和我一直在房间里——我刚从'苦难之栖'搬出来，在父亲去世之后——奥登两分钟前才进卧室收拾了一些干净的日用织品。当时帽子还没有出现。"

"可能是奥登放在那里的。"

"不是奥登。你进去问问她。"

"好吧，是有人溜进来了吧，"哈莉特不耐烦地说道，"你和奥登只是没听到。"奥登——通常下不爱说话——却也像莉比一样，喜欢一遍又一遍地向别人讲述神秘的黑色礼帽的故事。而且她讲的和莉比的版本大同小异（只是风格非常不同，奥登讲的时候更是神神道道，摇头晃脑的，还总是停顿很久）。

"我跟你说吧，甜心，"莉比说完，警觉地坐在椅子上，"奥登当时在屋子里忙前忙后，收拾洗干净的衣物，我正在客厅里给你外婆打电话，而且卧室的门敞开着，我是能看到的——而且，不可能是从窗户进来的。"她对哈莉特说，"当时窗户全部锁上了，外护窗也经过了加固。进入那个卧室的人逃不过我和奥登的眼睛。"

"可能有人在跟你开玩笑。"哈莉特说。那是伊蒂和其他姨婆达成的共识，伊蒂总是拐弯抹角地说莉比和奥登当时正忙着品尝雪利料酒，让莉比很是恼火，还为此抹过眼泪（奥登也曾生过闷气）。

"这算哪门子的玩笑？"她很是苦恼，"在我的床尾上放一个男人的黑色礼帽？那帽子还不便宜。我把它拿到纺织品店的时候，他们跟我说，不光是亚历山大，我们周围只要没到孟菲斯的地方，也都没人卖过这种帽子。你看——我在家里发现那顶帽子三天后，小罗宾就死了。"

哈莉特思前想后，沉默不言。"但这和罗宾有什么关联？"

"亲爱的，这个世界上到处都是我们不能理解的事情。"

"但为什么是顶帽子？"迷惑地沉默片刻后，哈莉特才又说道，"为什么要留在你家里？我看不出其中的联系。"

"再跟你说一件事吧。我还在'苦难之栖'住着的时候，"莉比边说边把双手交叉放在胸前，"有位叫维奥拉·吉布斯的女士，她人很好，在镇上当幼儿园老师。我感觉她应该是二十多岁，快三十的样子。嗯。有一天，吉布斯太太正要走进自家后门，但她的丈夫和孩子都看到她是跳着回去的，还胡乱拍打着空气，好像身后有什么东西在追她似的。结果他们紧接着就看到她摔倒在厨房的地板上。已经死了。"

"可能是一只蜘蛛咬了她。"

"被蜘蛛咬了的人不会像那样死去。"

"可能她突发心脏病了。"

"不，不，她当时还很年轻，之前从未生过病，而且对蜜蜂蜇咬不过敏，也不是动脉瘤之类的。她就是毫无缘由地倒地而亡，而她的丈夫和孩子就那么看着她死去了。"

"听起来像是中毒了，我打赌下毒的人就是她丈夫。"

"不是他。但这并不是这件事的诡异之处，亲爱的。"莉比礼貌地眨了眨眼，故作停顿，确认哈莉特想听，"是这样的，维奥拉·吉布斯有个双胞胎姐妹。它的诡异之处是，一年前，一年前的那天——"莉比用食指轻轻叩着桌面——"在佛罗里达的迈阿密，她的双胞胎姐妹正要从游泳池里出来，但却突然一脸惊恐，人们都这么说，一脸惊恐。当时有十几个人在场。然后她开始尖叫,双手拍打空气。随即大家便看到她倒在水泥地面上,死了。"

"为什么?"哈莉特困惑地想了一会儿,才说道。

"没人知道。"

"但我不能理解。"

"其他人也都不能理解。"

"人们不会被无形的东西攻击。"

"但这对孪生姐妹就被攻击了。孪生姐妹。前后相差整整一年。"

"《神探夏洛特》里有一个相似案件。就是《花斑带之谜》。"

"是的,我知道那个故事,哈莉特,但它们不同。"

"为什么?你是不是觉得有恶魔在追击她们?"

"我想说的是,世界上有很多我们无法理解的事情,亲爱的,很多看上去并不相关的事情之间有着不为人知的关联。"

"你觉得是恶魔杀死了罗宾?或者是鬼魂?"

"哎呀,"莉比说道,赶忙伸手去拿自己的眼镜,"后面发生什么事了?"

确实发生了一阵骚动:激动的说话声,奥登惊慌地叫喊声。哈莉特跟着莉比进了厨房,结果看到一位肥胖的老妇人,她是个黑人,头发已经灰白,梳着脏辫,坐在桌旁,双手捂着脸,啜泣不止。她身后的奥登明显心烦意乱得很,她往放有冰块的玻璃杯中倒了些白脱牛奶。"这是我的姨妈,"她说,看都没看莉比,"她现在有些烦恼,但过一会儿就好了。"

"怎么了?发生什么事了?需要去看医生吗?"

"不用。她没受伤。她就是有些受刺激了。有几个白人男性在河边冲着她开枪了。"

"开枪了?怎么回事——"

145

"喝点白脱牛奶吧。"奥登对胸脯猛烈起伏的姨妈说道。

"让她喝一小杯马德拉葡萄酒①可能会更好些，"莉比边说边急匆匆地向后门走去。"我家没有。我可以马上去阿德莱德家拿一些。"

"不用，"老妇人哀号道，"我不喝烈酒。"

"但是——"

"求求你了，夫人。别了，不要威士忌。"

"但马德拉不是威士忌。它只是——哦，亲爱的。"莉比不知所措地转向奥登。

"她一会儿就好了。"

"发生什么事了？"莉比说道，手摸着自己的喉咙，焦急地看着两个女人。

"我并没有妨碍别人。"

"但是为什么——"

"她说，"奥登对莉比说道，"有两个白人男性爬上桥，然后就举着手枪到处开枪。"

"有人受伤吗？要不我打电话报警？"莉比呼吸急促。但随即奥登的姨妈痛苦地尖叫了一声，搞得哈莉特也有些不安。

"到底怎么了？"莉比嚷道，她的脸上已经泛起红晕，有些近似歇斯底里。

"哦，求求你了，夫人。不要。请不要报——报警。"

"但是为什么不报警呢？"

"哦，天哪。因为我害怕警——警察。"

"她说是几个拉特利夫家的男孩，"奥登说，"他们刚刚出监狱。"

"拉特利夫？"哈莉特说，尽管厨房里本来就疑云弥漫，三位女士

---

① 马德拉葡萄酒是一种烈性甜酒。

146

还是不约而同地看向了她,因为她的声音很大,很奇怪。

——

"艾达,你了解拉特利夫吗?"哈莉特隔天问她。

"应该很愧疚。"艾达边说边恶狠狠地拧着洗碗巾。

她把已经褪色的布甩在炉灶上。窗户敞开着,哈莉特坐在宽宽的窗台上,看着她优哉游哉地擦着早上用平底煎锅煎培根和鸡蛋时溅出来的油点子。她嘴里哼着小曲,发呆似的点着头。她做这些重复而乏味的工作时——剥豌豆皮、拍打地毯、搅拌制作蛋糕的糖霜时,便喜欢沉浸在幻想当中,哈莉特从婴儿时期起就知道了,这场景像看到树枝在微风中轻轻摆动一样让人备感舒缓;但这也是艾达不想被打扰的信号。如果这时候去打扰她,可能会激怒她。哈莉特曾看到她冲夏洛特,甚至是伊蒂发脾气,她们因为一些琐事而急匆匆地找她质问,可惜时机把握得不对。但其他时候——尤其是哈莉特想问她一些比较难的问题,或秘密,或深奥的事情时——她都会语气平静地回答她,但用的尽是些晦涩难懂的简单表述,像受了催眠似的。

哈莉特挪了挪身体,膝盖抵着下巴。"你还知道别的什么吗?"她说,刻意地摆弄着凉鞋上的按扣,"就是关于拉特利夫的?"

"没什么要知道的了。你自己也见过他们。那天溜进我们院子里的就是他们。"

"这儿吗?"哈莉特迷惑不解,想了一会儿才说道。

"是呀。就在那边……就那里,你知道的,"艾达·拉伊压低了声音说道,语调抑扬顿挫,好像在跟自己说话似的,"如果那是一群老山羊来你妈妈的院子里闲逛,我敢打赌你们都会心疼它们……'看看它们,多可爱。'用不了多久,你们就会抚摸它们,跟它们玩耍。'山羊先生,来这儿,来吃我手里的糖。''山羊先生,你身上脏了,过来让我给你洗个澡。''可怜的山羊先生啊。'等你意识到,"哈莉特吓了一跳,她则继续平静地说着,"等你意识到它们有多刻薄和肮脏时,却不能用棍子赶走它们。它们会把衣服从晾衣绳上扯下来。到处践踏花坛,整夜整夜地叫唤个不停,咩咩咩……它们不吃的东西,就会踩个粉碎,随意丢弃在泥土里。'快!再给我们些吧!'你觉得它们会满意吗?不,它们不会的。但是我告诉你,"艾达说,她看向哈莉特,眼眶红红的,"我宁愿我自己是一群山羊,也不愿意像那些小拉特利夫一样跑来跑去,只知道跟别人要吃要喝。"

"但是,艾达——"

"刻薄!肮脏!"她拧干洗碗巾,做了个滑稽的怪相,"用不了多久,你们听到的就全是想要,想要,想要。'给我这个吧。''给我买那个吧。'"

"那些孩子不是拉特利夫家的,艾达。那天来的那几个。"

"你最好当心点,"艾达·拉伊无奈地说,又继续工作起来,"不管是谁在你家门前晃荡,你的妈妈总是会出去,把你们的衣服和玩具送给这个,送给那个的。过一阵子,他们甚至问都懒得问,直接进门,看见什么拿什么。"

"艾达,那是奥德姆家的孩子。那天来院子里的。"

"都是一样的货色。他们也没人知道什么是对什么是错。假如你是那些小奥德姆中的一个——"她停下来,重新叠了叠洗碗巾——"你的妈妈和爸爸却从来没动过嘴皮子,从来没告诉过你,抢、憎恨和从别人那里顺东西都是不对的。那样你就会只知道抢和偷。而且还不觉得自己做错了。"

"但是——"

"我也不是说,有色人种就一定没一个坏的。坏人中也有有色人种,但也有坏心肠的白人……我知道的是,我没时间跟那些奥德姆耗，我没时间耗在任何只想着自己得不到什么、却想从别人那里得到这些东西的人身上。不，先生，如果这东西不是我挣来的，"艾达举着湿漉漉的手，一脸严肃地说道，"那我就不要，那我就不奢望，不，女士。我真的不要。我就会这样继续生活。"

"艾达，我不关心那些奥德姆。"

"你不应该在乎他们中的任何人。"

"我一点也不在乎。"

"很好。"

"我想了解的是拉特利夫家的事情。有什么是你可以——"

"好吧，我告诉你，他们朝着我妹妹的外孙女扔过石头，她当时才一年级，正在去上学的路上，"艾达冷冰冰地说，"这个怎么样？老大不小的成年人朝着可怜的小孩扔砖头，还大喊着黑鬼，快回丛林去吧。"

哈莉特目瞪口呆，一时无言。她没有抬头看，而是继续摆弄着凉鞋上的鞋带。"黑鬼"这个词——尤其是艾达说的时候——让她感到脸红。

"砖头！"艾达摇摇头，"他们从学校捡的砖头。我看他们对自己的所作所为很是骄傲，但却不知道不论是谁，向小孩子扔砖头都是不对的。《圣经》里就从没说过要向你的邻居扔砖块。嗯？就算你找一天也找不到，因为那上面根本没有。"

哈莉特浑身不自在，打着呵欠来掩饰她的困惑和不快。她和希利都去了亚历山大私立中学，小镇上的其他白人孩子大多也都在那里。甚至连奥德姆、拉特利夫和斯柯利家宁愿吃不饱肚子，也不要把孩子送到公立学校去。很明显，像哈莉特（和希利）这样的家庭，是不会容忍朝孩子扔砖块的事情的，不论是黑人还是白人儿童（"或者紫种人"，伊蒂很喜欢突然加入各种关于肤色的讨论）。然而，哈莉特去上的还是全白人的学校。

"那些男人说自己是传道士,却在外面用唾沫星子喷人,骂那个小孩子是黑人。"艾达·拉伊神情严肃地说着,《圣经》里可是说过,谁要是侵犯了那些小——"

"他们被逮捕起来了吗?"

艾达·拉伊哼了一声。"被逮捕?"

"有时候,警察更偏袒那些犯了事儿的人,而不是受害者。"

哈莉特思考着。据她所知,拉特利夫那些人并没有因为在河边放枪而受到惩罚,似乎这些人可以为所欲为,却不用负责。

"在公共场合乱扔砖头是违法的。"她大声说道。

"这并没有什么区别。当年拉特利夫他们在传道士浸信会教堂纵火,警察也没追究,不是吗?当时你还是个婴儿。金博士来到镇上有作为吗?他居然直接开车走人了,把那个装着点燃的布条的威士忌瓶子从窗户里扔了出去。"

哈莉特从小到大经常会听人提起那场教堂火灾——还有些发生在密西西比其他城镇的关于别人的事,她的心里从来没有厘清过这些事情——但从没有人告诉过她拉特利夫家的人是幕后黑手。大家还以为(伊蒂这么说过)是因为黑人和穷白人太过憎恨对方,因为他们之间有很多相似之处——主要是都很穷。但是悲惨的穷苦白人,比如拉特利夫家的人,也只有看不起黑人的分儿。他们受不了黑人如今和他们过得一样好,更何况很多黑人还比他们更富有,活得更体面。"一个穷黑人至少可以怪自己的出身,"伊蒂说,"悲惨的白人却不能怪自己的出身,而只能怪自己品性不好。当然了,他们是不会这么想的。因为那意味着,他们要为自己的懒惰和可悲举止负一些责任。不,他们宁愿围着燃烧的十字架跺脚,把一切事情都赖在黑人身上,也不愿意出去,试着求学或是改善自身,或是其他什么。"

艾达·拉伊沉浸于自己的思绪当中，仍然继续擦着炉灶顶部，虽然那儿已经很干净了。"没错，这就是事实，"她说，"那些垃圾害死了埃特·科菲女士，跟他们朝她的心脏上扎刀没两样。"她转着小圈擦拭着炉灶上的铬合金刻度盘，时不时地咬紧嘴唇，"埃特·科菲女士已经老了，她很正直，有时候她会彻夜祷告。我的母亲看到埃特女士的房间深夜还亮着灯，就让我的爸爸起床亲自去看看，他当时敲了敲窗户，问埃特女士是不是摔倒了，是不是需要帮助。她冲着他喊道不用了，谢谢。她和耶稣还在对话！"

"伊蒂有一次告诉我——"

"是的，先生。埃特女士已经居于上帝的右手边。还有我的妈妈、爸爸，我那死于癌症的可怜弟弟卡夫。还有小罗宾，也和他们在一起。上帝为他所有的子民都留了位子。这是无疑的。"

"但是伊蒂说那位老女士并非死于火灾。伊蒂说她是心脏病犯了。"

"伊蒂说？"

艾达以这种腔调说话时最好不要挑战她。哈莉特看向自己的指甲。

"不是死于火灾。哼！"艾达随意一叠手中的湿抹布，一下甩到厨房的操作台上，"她是被烟熏死的，不是吗？所有人你推我攘，大喊大叫，拼命地往外逃。年老的科菲女士，她有一副好心肠，既不吃鹿肉，也从不要已经上钩的鱼。却碰上那帮可恶的垃圾，被他们扔进窗户的火球烧死——"

"教堂是里里外外都烧着了吗？"

"烧了个差不多。"

"伊蒂在现场吗？"

"伊蒂说——"

她的语气很差。哈莉特不敢多说一个字。艾达瞪了她几眼，然后掀起了裙子的褶边,往下卷了卷自己的长筒袜。她将厚实的棕褐色新长筒袜脱到了膝盖的位子。她的腿上有很多条疤痕,颜色比艾达那原本富有光泽的深黑色肌肤要浅。就在那不透明的尼龙袜子上方,一条六英尺长的烧伤疤痕赫然显现:粉得像一个还未炒过的维也纳香肠一样,有些闪闪发光,很是光滑,让人看着很不舒服。还有些地方坑坑洼洼的,和艾达那巴西坚果似的健康膝盖形成鲜明对比。

"伊蒂估计不觉得这算什么大伤吧?"

哈莉特哑口无言。

"对我而言,当时感觉还不错,感觉很烫。"

"疼吗?"

"当然疼了。"

"现在呢?"

"现在不疼了。不过有时候有些痒。现在,明白了吧,"她边说边把长筒袜穿了上去,"别给我找什么麻烦。有时候这些往事让我烦得要死。"

"这算是三级烧伤吗?"

"三级、四级和五级。"艾达又笑了,但这次相当不情愿,"我只记得,当时我疼得连续六个星期都睡不着觉。但可能伊蒂觉得,除非我的两条腿都烧断了,否则那算不上大火。可能法律也是这么觉得,因为他们至今也没有惩治那些纵火人。"

"他们应该惩治的。"

"谁说的?"

"法律规定,所以这是法律。"

"法律在弱者和强者面前是不一样的。"

哈莉特更加自信地说道:"不,不是的。法律适用于所有人。"

"那为什么还有人逍遥法外?"

"我觉得你应该告诉伊蒂，"哈莉特因为困惑而停顿片刻，"如果你不告诉她，我也会告诉她的。"

"伊蒂？"艾达·拉伊的嘴抽搐了一下，好像有些想笑，很是奇怪。她本想说些什么，但又改变了主意。

什么？哈莉特若有所思，心里泛起一阵凉意。难道伊蒂知道？

好像一扇窗帘啪的一下从脸前拉开似的，她的震惊与厌恶之情显而易见。艾达的表情柔和了些——是真的，哈莉特心里想，虽然仍然无法相信，她已经告诉伊蒂了，伊蒂知道了。

突然之间，艾达·拉伊又擦起了炉灶。"你为什么觉得我应该为了这些小事去打扰伊蒂女士，哈莉特？"她转过身去，过分友好的语气有些假惺惺，但并无恶意，"她已经不年轻了。你觉得她能做什么？踩他们的脚吗？"她轻声一笑，虽然笑意是发自内心的温暖，但并不能让哈莉特消除疑虑，"用她的黑手提包暴打他们的头？"

"她应该报警。"有没有可能伊蒂已经知道了，但却没有报警，这可能吗？"对你下此毒手的人理应进监狱，不论是谁。"

"监狱？"艾达突然一阵大笑，吓了哈莉特一跳，"愿上帝保佑你的心灵。他们很喜欢住监狱呢。夏天有空调，免费的豌豆和玉米面包，还有很多时间和他们的狐朋狗友闲逛鬼混。"

"是拉特利夫家的人吗？你确定吗？"

艾达翻了个白眼。"他们在镇上到处炫耀。"

哈莉特有些想哭。他们怎么能逍遥法外。"扔砖头的也是他们？"

"是的，女士。有大人也有青少年。还有那个自称传道士的——他没有扔砖头，他只是举着《圣经》吆五喝六，挑动其他人惹事。"

"拉特利夫家有个小男孩和罗宾差不多大，"哈莉特边说边小心翼翼地看着艾达，"佩姆伯顿跟我说过他。"

艾达一声不吭。她拧干洗碗巾，接着去收拾晾在滴水板上的干净盘子。

"他现在已经快二十了。"哈莉特心想,年龄已经很大了,在小河边的桥上放枪的男人中可能也有他。

艾达叹了口气,拿起滴水板上的铸铁平底煎锅,弯腰放进了橱柜里。厨房是她家目前最干净的房间了;艾达在这里建立起一段维护秩序的堡垒,使其免受落满灰尘的报纸的侵袭,房子里的其他房间则无一幸免。哈莉特的妈妈不允许扔家里的报纸——这条规矩年代久远,不容触犯,甚至连哈莉特也从未提出过异议——但她们之间似乎心照不宣,她从不往厨房里放报纸,那里是艾达的地盘。

"他叫丹尼,"哈莉特说,"丹尼·拉特利夫。跟罗宾同岁。"

艾达向身后瞥了一眼。"你怎么突然对拉特利夫他们家这么上心?"

"你记得他吗?丹尼·拉特利夫?"

"天哪,当然记得。"艾达站直了身子,点起脚尖把燕麦碗放了起来,表情有些扭曲,"就像昨天刚见过似的。"

哈莉特小心翼翼,让自己看上去一脸平静。"他来过我们家吗?在罗宾还活着的时候?"

"来过。一张小嘴嚷嚷个不停,很讨人厌,怎么赶都赶不走。他会用棒球的球棒敲前廊,天黑后偷偷溜到院子里来,有一次还顺走了罗宾的自行车。我告诉过你可怜的妈妈。我一而再,再而三地告诉过她,但她就是无动于衷。她总说他是个穷孩子。我还能说些什么,算了。"

她打开抽屉——一阵咔嗒作响——把干净的勺子放进去。"没有人关心我说的话。我跟你妈妈说过,我告诉她,拉特利夫那个小子不是好东西。他跟罗宾打架。他总是满嘴脏话、乱放烟火、朝人砸东西什么的。总有一天他会伤到别人的。虽然没有人看出这一点,但我看得明明白白。是谁天天看着罗宾?是谁天天透过窗户看着他——"她指了指水槽上方的窗户、傍晚的天空、郁郁葱葱的院子——"看着他在外面玩士兵玩具，或是和他的小猫玩？"她无奈地摇摇头，关上了银具抽屉，"你哥哥是个好孩子。闹哄哄地围在大人脚边，像个六月里的小甲虫。虽然他经常跟我顶嘴，但他知道自己不对。他从不像你那样一生气就噘嘴。有时候他还会跑过来抱住我。'我好孤单，艾达！'我告诉他不要跟那个垃圾玩儿，我跟他说过一遍又一遍，但他太孤单了，你妈妈说她不觉得有什么问题，有时候他也不听话。"

"丹尼·拉特利夫跟罗宾打架，是在我们院子里吗？"

"是的，还骂骂咧咧的，朝着他扔石头。"艾达脱下围裙，挂在钩子上，"我前脚才把他赶走，你妈妈就发现可怜的小罗宾被吊死在那棵树上了，前后不到十分钟。"

——

"我告诉你吧，警察不会对他那样的人怎样的。"哈莉特说道；接着她又讲了一遍教堂、艾达的腿，以及那位被烧死的老妇人的故事，但是希利已经听烦了。能让他激动起来的只有逍遥法外的罪犯，以及成为英雄的想法。虽然他很庆幸自己逃过了教堂夏令营，但到目前为止，这个夏天有些太过安静了。逮捕一个杀人凶手势必要比表演历史场景，或者从家逃跑，或者别的他想和哈莉特一起在夏天做的事情都更有趣。

他们在哈莉特家院子的工具棚里，自从幼儿园起，他们有什么秘密谈话都会到这里来说。工具棚里很闷热，到处都是汽油和灰尘的味道。一大卷黑色的橡皮管挂在墙上的钩子上；割草机后面有一捆西红柿的茎秆，在蜘蛛网和影子的映衬下，这些茎秆看上去更加奇异夸张。像刀刃一样的光线穿过生锈的铁皮屋顶上的孔洞照射进来，在昏暗的房间内光线纵横交错，但由于尘埃微粒太多，光束看上去跟实心似的，如果你用手掌去摸一下，指尖便会留下黄色的粉末。昏暗、闷热更加增加了工具棚中隐秘的氛围，让人兴奋之情也随之增加。切斯特总是在工具棚里偷藏库尔香烟，还会藏几瓶肯塔基酒馆的威士忌，他经常会更换偷藏的地点。希利和哈莉特还小的时候，经常会往香烟上浇水，还很以此为乐（希利有一次还一时兴起地往上面撒了一泡尿），他们还经常把威士忌酒瓶倒空，往里面灌上茶水。切斯特从未告发他们，是因为他本也不应该买威士忌和香烟，他自己理亏。

哈莉特已经把所有事情都告诉了希利。但和艾达的那次谈话过后，她便一直烦躁不安，四下踱步，不停地重复自己说过的话。"她知道是丹尼·拉特利夫。她知道。她亲口说是他。我还没告诉她你哥哥说的话。佩姆跟我说他还炫耀了很多其他事，不好的事——"

"我们往他的油箱里倒糖吧？彻底毁掉他的汽车引擎。"

她厌恶地看了他一眼，让他稍微有些不舒服；他本来觉得这是个极不错的点子。

"或者我们可以给警察写一封信，但是不留我们的名字。"

"那会有什么好处吗？"

"如果我们告诉我爸爸，我打赌他一定会打电话报警的。"

哈莉特哼了一声。希利的父亲是一所高中的校长，希利对他很是崇敬，但哈莉特不像希利那般崇敬他。

"那我们来听听你的好点子吧。"希利挖苦似的说道。

哈莉特咬了咬自己的下嘴唇。"我想杀了他。"她说。

她的表情严肃而冷漠，又在希利的心里荡起一阵激动情绪。

"我可以帮忙吗？"他脱口而出。

"不用。"

"你仅仅靠自己是杀不了他的！"

"为什么杀不了？"

她的表情让他大吃一惊。一时间他也想不到什么好理由。"因为他体型很大，"他终于说道，"他会揍你的。"

"好吧，但我肯定比他更聪明。"

"让我帮你吧。不管怎么说，你到底要如何采取行动？"他边说边用脚尖踢了踢她，"你有枪吗？"

"我爸爸有。"

"那些又笨重又老旧的猎枪吗？你拿都拿不动。"

"我可以的。"

"可能吧，但是——你看，别生气。"他说，看到她已经蹙起眉头，"我都开不了枪，我可是重九十磅啊。那些猎枪会把我震倒，可能还会把我的眼珠子震出来。如果你瞄准靶心，反冲力会立即把你的眼珠子从眼窝里弹出来的。"

"你是从哪里知道这些的？"哈莉特聚精会神地想着，过了一会儿才说道。

"在童子军里。"可他并不是从那里学来的，尽管他非常确定其真实性，但也并不知道自己到底是如何知晓的。

"要是他们也能教我们些这方面的知识，我就不会退出女童子军了。"

"但童子军也会教你很多乱七八糟的东西。交通安全之类的。"

"如果我们用手枪呢？"

"手枪效果会更好些。"希利说，故作镇定地瞥向别处，来掩饰自己的喜悦之情。

"你知道怎么用手枪吗？"

"当然了。"希利从来没有摸过枪——他的爸爸不打猎，也不允许男孩子打猎——但是他确实有把气枪。他正要主动说出自己妈妈有一把小小的黑色手枪，就放在床边的桌子上时，哈莉特问道："难吗？"

157

"开枪？对我来说不难，"希利说道，"别担心，我替你开枪。"

"不用，我想自己来做。"

"好吧，那我可以教你，"希利说，"我可以指导你。我们从今天就开始。"

"去哪儿？"

"什么意思？"

"我们不能在后院开枪。"

"不错，甜花生，你肯定不能这么干。"工具棚的门上突然闪现出一个人影，说话语气轻松愉快。

希利和哈莉特——吓坏了——他们抬眼就看到了宝丽来相机白色的闪光灯。

"妈妈！"希利嚷道，赶忙用胳膊捂住了脸，跟跟跄跄地向后退，撞到了一罐汽油。

咔嚓一声，随即传来一阵呼呼声，相片便出来了。

"你们别生气，我实在是忍不住，"希利的妈妈说道，但她的语气中透出些许困惑，显示出她根本不在意他们生不生气，"艾达·拉伊跟我说，她觉得你们两个在这里。花生——（希利的妈妈一直叫他'花生'，他自己很鄙视这个昵称）你忘了今天是你爸比的生日了吗？我希望你们兄弟两个都在家，等他打完高尔夫回来时，我们一起给他个惊喜。"

"别再像这样悄悄地靠近我了！"

"哦，别这样。我只是出来买了一堆胶卷，你们看上去特别可爱。我希望出来的……"她端详着照片，噘起她那粉色磨砂嘴唇吹气。虽然希利的妈妈和哈莉特的妈妈同岁，但她的穿着打扮、行为举止都更显年轻。她画着蓝色的眼影，皮肤晒成了深棕褐色，上面有很多斑点，这得益于她穿着比基尼在自家后院游荡（"像个时髦少女！"伊蒂

158

说道），她的发型也和很多高中女生一样。

"别这样了。"希利嘀咕道。他的妈妈让他很是难堪。学校里的孩子也曾拿他的妈妈裙子过短这件事来嘲讽他。

他的妈妈笑了笑。"我知道你不喜欢白蛋糕，希利，但这是你爸爸的生日。不过，你猜猜怎么着？"希利的妈妈总是以一种欢快、有些侮辱人的幼稚腔调跟希利说话，好像他还在上幼儿园似的，"面包店今天有巧克力纸杯蛋糕，那个怎么样？走吧。你得洗个澡，换些干净衣服……哈莉特，我很抱歉，亲爱的，但是艾达·拉伊让我告诉你该回去吃晚饭了。"

"哈莉特不能和我们一起吃吗？"

"今天不行，花生，"她轻松地说道，朝哈莉特眨了下眼睛，"哈莉特理解的，对不对？甜心？"

哈莉特——对她过分主动的行为很是不舒服——冷淡地回看了她一眼。她不认为自己要比希利更加礼貌地对待他的妈妈。

"我能确定她一定能理解，对吗，哈莉特？我们可以下次在院子里做汉堡时再邀请她过来。再说了，如果哈莉特来，我们也可能没有多余的纸杯蛋糕分给她了。"

"一个纸杯蛋糕？"希利尖叫道，"你只给我买了一个纸杯蛋糕？"

"花生，不要这么贪心。"

"一个不够！"

"对于像你这样不听话的坏男孩，一个已经足够多了……哦，你看看，这个太搞笑了。"

她弯下腰去给他们看宝丽来照片——颜色仍然很浅，但已经能看清楚了。"真好奇过一会儿它的效果会不会更好些？"她说，"你们两个看起来真像一对小火星人夫妇。"

这话的确不假：他们看上去确实很般配。但是希利和哈莉特的眼

159

睛瞪得圆圆的，眼瞳是红色的，好像无意间被车灯照到的夜间小动物一样；因为受到惊吓，他们看上去十分茫然，闪光灯则给他们的脸上渲染了一层难看的绿色光晕。

第三章 台球厅

艾达回家过夜前,有时会事先给她们预备些晚餐:炖菜、炸鸡,有时甚至有布丁或是酥皮水果馅饼。但今晚的操作台上只有些她想处理掉的剩饭:老早之前的火腿片,在塑料包装袋里放得太久,变得黏糊糊的,色泽也淡了;还有些冷的土豆泥。

哈莉特心生怒火,打开食品柜搜寻一番,但架子上干净得有些过分,瓶瓶罐罐地摆了一排,分别盛着面粉、糖、干豆、玉米面、通心粉和大米。哈莉特的妈妈晚饭吃得极少,寥寥几勺即可,很多时候只消一盘冰激凌或一捧苏打饼干,她就心满意足。艾莉森有时会炒个鸡蛋,但哈莉特一向不怎么爱吃鸡蛋。

疲惫之感犹如蜘蛛网般将她笼罩。她扯了一根意面,放在嘴里咂巴。面粉味道熟悉——像黏土——一段幼儿园时的记忆顿时蹦了出来……绿色的瓷砖地板,涂得像砖块似的木块,高高在上的窗户……

她思绪飘飞,仍嚼着干巴巴的意面——眉毛僵硬拧巴,这副表情很像伊蒂和克里夫法官——哈莉特拉了一把椅子到冰箱前,动作娴熟而小心翼翼,避免报纸堆塌陷。她爬上椅子,站起身,在冰箱中搜罗一番,仍然高兴不起来。冰箱里也没什么好吃的:只有一盒令人作呕的胡椒薄荷味冰激凌雪糕,用雪花似的锡纸包着。她的妈妈很爱吃(可以连续吃几天,尤其到了夏天,她几乎不吃别的东西)。对于负责去食品杂货店购物的艾达·拉伊来说,速食产品的概念既陌生又荒唐。她认为加热即食的冷冻快餐不健康(但碰到降价时,她有时也会买);在她看来,正餐之间的零食,只是因为电视节目而一时流行。("零嘴?有正餐还要什么零嘴?")

"告她的状啊,"希利悄声告诉闷闷不乐地回到后门廊的哈莉特,"她得听你妈妈的指挥。"

"嗯,我知道。"希利向妈妈告状说罗伯塔用梳子打了他,他的妈妈便炒了罗伯塔;鲁比因为不让希利看《家有仙妻》,也被炒了鱿鱼。

"快去,快去。"希利用脚尖踢了踢她的脚。

"之后吧。"但她说这话仅仅是为了挽回面子。哈莉特和艾莉森从没有埋怨过艾达,而且她不止一次地——即使哈莉特因为一些不公正待遇生艾达的气——撒谎,把错揽到自己身上,而不是拖艾达下水。简单来说,哈莉特家的规矩和希利家有所不同。希利——还有佩姆伯顿——都为自己难伺候而感到骄傲,以至于他们的妈妈留不住保姆,每一年或两年就要换;他和佩姆已经经历过近十二位保姆了。希利才不在意什么罗伯塔、拉蒙纳、雪莉、鲁比,抑或是被放学回家的他撞到正在看电视的埃西·李。但艾达牢牢地站在哈莉特的世界中心:慈爱、唠叨、不可替代、温柔的大手、水润的大眼,每当她的脸上挂着笑意时,哈莉特都像是第一次看到笑脸似的。哈莉特的妈妈有时候漫不经心地对待艾达,好像她只是个过客,而不是与她们的生活休戚相关的一部分,哈莉特看到时总觉得备受煎熬。她的妈妈有时会变得歇斯底里,在厨房里来回踱着步子吼叫不停,说些并非本意的话(事后她总是愧疚),说可能炒掉艾达(或者,更可能的结果是,艾达生气离开,因为她总是抱怨哈莉特的妈妈给她的工资太少),这太可怕了,哈莉特想都不敢想。

在一堆滑溜溜的锡纸方块中,哈莉特瞥见一根葡萄味的冰棒。她费力地将它解救出来，脑袋里想着希利家的冰箱，那里面填满了巧克力软糖冰棒、速冻比萨、鸡肉馅饼，还有各种你能想到的冷冻快餐。

她拿着冰棒去了门廊——没有把椅子放回原处——面朝上躺在秋千上，读起了《奇幻森林》。天色渐渐变暗。花园中鲜亮的绿色渐渐褪成了浅紫色，又渐渐暗沉成了紫黑色，蟋蟀的叫声响起，在方丹夫人家的栅栏上一块植物蔓生、黑压压的地方，三两只萤火虫忽明忽暗地闪烁着。

哈莉特心不在焉，任由冰棒的木棍从指尖掉落。一个半多小时的时间里，也许更久，她在那里一动不动。她把头抵在秋千的木把手上，角度极其不舒服，但她仍然保持着那个姿势，只是将书举得离自己的鼻子越来越近了。

很快就暗得看不清字了。哈莉特的头皮一阵刺痛，眼球后方传来一阵悸动，脖子也已经僵硬，但她仍待在原处纹丝未动。《奇幻森林》中的一些内容她已经烂熟于心：狼孩毛克利从黑豹巴希拉、黑熊巴鲁身上学到的经验教训；他与巨蟒卡奥在猴子的领地班达罗格并肩作战。到了书后面不如之前惊险刺激的地方时——也就是毛克利对森林中的生活开始不满时——她基本上都会略过。她从不爱看儿童书籍里关于长大的部分。因为那里所讲到的"成长"（现实生活与书中所写大同小异），都是角色迅速而无法解释的"退"变；男主人公或女主人公因为一些无聊的甜心而放弃了自己的探险之旅，结婚、组建家庭，通常情况下都会变得越来越蠢。

不知是谁正在室外的烧烤架上烤牛排，闻起来很香。哈莉特的脖子疼极了，但尽管如此，她仍然竭力看着渐渐暗下去的书页，就是不愿意起身去开灯。她的注意力已经从字句上转移，漫无目的地飘向别处——视线沿着街对面的树篱顶端游走，好像那是一段令人发痒的黑色羊毛织物——直到思绪被脖子召回，被押回故事当中。

丛林深处，一座城市废墟长眠：倒塌的圣殿，被藤蔓遮蔽的坦克与梯田，堆满了金银珠宝、日渐腐朽的房间，但大家都不稀罕，包括毛克利在内。在这座废墟之中，群蛇盘踞，巨蟒卡奥把它们称为歹毒之人，语气中不乏轻蔑之感。随着她继续深入，毛克利的森林悄无声息地渗入她家的后院，给她那潮湿、黑压压的属于亚热带气候区的后院染上一股野性、幽暗、险象环生的色彩：青蛙鸣唱，栖居于藤缠蔓绕的树丛中的鸟儿们也发出厉声尖叫。毛克利是个男孩，但他同时也是头狼。她就是她自己——哈莉特——但在某种程度上也是别的什么东西。

黑色的翅膀扫过她。空地。哈莉特的思绪沉淀，逐渐归为沉寂。陡然间，她竟不清楚自己在秋千上躺了多久。为什么没有躺在自己的床上？时间比她感觉上还要晚些吗？她的脑海中闪过一道黑影……黑色翅膀……冷……

她吓了一跳，猛地扭了扭身子，秋千也晃动起来——有个很油腻的东西在扇她的脸，她挣扎着，喘不上气来……

她发疯似的对着空气一阵狂拍，挣扎不断，秋千吱呀作响，上下乱晃。直到她在内心深处意识到，刚才那声"砰"其实是她从图书馆借来的书掉在了地板上。

哈莉特不再挣扎，静静地躺下。猛烈摇晃的秋千也慢慢停了下来，不再作响。门廊顶上的木板在头顶上晃动的速度也逐渐放慢，最终停了下来。四周一片安静，她躺在那里，再次陷入思考。即使她没出现，那只鸟也必死无疑。但真正将它了结的人是她，这是无法改变的事实。

那本书扣在地板上。她翻过身，肚皮趴着去捡书。一辆车在街角调转方向，朝着乔治街开了过来；车头灯扫过门廊，照亮了书上的白色眼镜蛇，像是夜间突然反光的路标，图片下方配文：

许多年前，他们曾来这里搬运宝物。

我在暗处与他们对话，他们便倒下了。

哈莉特翻了个身，又静静地躺了几分钟；她站起身，一阵吱呀作响，伸了个懒腰，一瘸一拐地走进房间，穿过亮得晃眼的用餐室，艾莉森正独自坐在桌边，吃着盛在白碗里的土豆泥。

别动，小东西，我就是死神。在作者吉卜林的另一本书中，一条眼镜蛇如此说道。他笔下的眼镜蛇冷漠无情，但擅长花言巧语，很像《旧约全书》里写到的蛇蝎国王。

哈莉特穿过厨房，朝着挂在墙上的电话走去，拨通了希利家的电话号码。响了四声。有人拿起电话。背景声音嘈杂。"不，这件衣服不好看，"希利的妈妈说完，才对着话筒说，"喂？"

"我是哈莉特，请问可以让希利接电话吗？"

"哈莉特！当然可以，甜心。"电话筒被放在一旁。哈莉特朝着用餐室里冰箱旁边的椅子眨了眨眼，还有些不适应灯光。希利的妈妈给她取的昵称和爱称总是令她感到惊奇：甜心可不是人们通常称呼哈莉特的用语。

听筒传来一阵喧闹：椅子在地上拖动的声音，佩姆伯顿不怀好意的笑声。希利恼怒的哀号声盖过了他的声音，直穿耳膜。

门被猛地关上的声音。"嘿！"他的声音有些生硬，但难掩激动，"哈莉特？"

她把听筒夹在耳朵和肩膀中间，转身面向墙面。"希利，你觉得我们能抓到一条毒蛇吗？"

他惊得一时讲不出话来，而哈莉特则高兴地发现，他已经心领神会，知道她的目的何在了。

———

"铜斑蛇？食鱼蝮？哪个毒性更强？"

几小时后，他们才摸着黑坐在哈莉特家后门的台阶上。希利迫不及待地等着庆祝生日的热闹消退，好溜出去见她。他的妈妈——看到他一下子没了食欲，感到有些疑惑——立即猜想他便秘了，接着便对他的如厕情况刨根问底，给了他通便药。等到他妈妈终于依依不舍地吻了他，道了晚安，和爸爸一起上了楼，他便盖上被子，睁着眼直挺挺地躺了一个半小时，可能更久，他十分兴奋，好像自己喝了一大瓶可口可乐，好像刚看完一部新出的詹姆斯·邦德电影，好像这是平安夜。

从家里偷偷溜出去——踮着脚尖走过门厅，轻手轻脚地打开容易嘎吱作响的后门，一次只开一寸——让他更加兴奋了。他的卧室开着空调，十分凉爽，相比之下，夜晚的空气沉闷、燥热；他的头发粘在脖子后面，他还有些喘不上气来。哈莉特坐在他下面一个台阶上，下巴抵在膝盖上，啃着他从家里带来的鸡腿。

"食鱼蝮和铜斑蛇有什么不同？"她说道，因为鸡肉的缘故，月光照得她的嘴唇油油亮亮。

"我觉得它们就他妈是一样的蛇。"希利极度兴奋。

"铜斑蛇不一样，食鱼蝮和水蝮蛇才是一类。"

"水蝮蛇会随着性子攻击人。"希利开心地说。几小时前，他问过佩姆伯顿，现在又一字不落地重复给哈莉特。希利怕蛇怕得要死，甚至不愿多看百科全书里有关蛇类的图片。"它们的攻击性很强。"

"它们是一直待在水里吗？"

"铜斑蛇大概有两英寸长，身体很薄，非常红，"希利仍然在重复佩姆伯顿告诉他的东西，因为他不知道该如何回答哈莉特的问题，

"它们不喜欢水。"

"那是不是更容易抓到?"

"哦,没错。"希利说,其实他根本不知道。希利碰到蛇时——不论其大小或颜色,只要看它是尖头还是圆头——就能知道它有没有毒性,但他所知道的也就这些了。他从小到大,把所有有毒的蛇都称为水蝮蛇,不仅如此,在他看来,所有陆栖毒蛇,只是暂时从水里出来的水蝮蛇。

哈莉特把鸡骨头扔下台阶,在光溜溜的小腿上擦了擦手,又打开纸巾,开始吃希利带来的生日蛋糕。两个孩子都歇了一会儿没说话。即使是在白天,哈莉特家的后院上方也笼罩着一团阴暗、封闭的水汽,看上去多少有些晦暗,比乔治街上的其他院子都更显冷清。等到了晚上,乱糟糟、沦为老鼠窝的草丛变暗,融作一团时,院子也随之皱缩、隐匿于世。密西西比到处都是蛇。从小到大,希利和哈莉特听了无数人被蛇咬伤的故事:有渔夫被顺着船桨缠绕而上或是从低垂的树木上翻腾着掉入独木舟的食鱼蝮咬伤;有管道工人、灭鼠人和锅炉修理工在房子下面工作时被咬伤;有滑水者不小心踩到了没入水中的水蝮蛇的蛇窝,浮出水面的他们身上斑点密布,目光呆滞,身体肿胀,像充气的泳池玩具,随着汽艇激起的水流荡起荡落。他们都知道夏天在林子里走路时要穿靴子和长裤,搬大石块或是跨过大木头时,要先看看另一面,要远离高高的草丛和灌木丛,远离沼泽水域、排水渠、供电线或水管通过的槽隙和可疑的孔洞。希利回想起妈妈曾一再警告他,要他小心哈莉特家的院子,小心那里乱七八糟的树篱、无人管理的潮湿的金鱼水池、已经开始腐烂的木材。那不是她的错,她说,她的妈妈本来应该保持院子干净整洁的,反正你别让我看见你光着脚去那里……

"树篱下面有一窝蛇——就是你说的那种红色小蛇。切斯特说它们有毒。去年冬天地面结冰的时候，我也发现了类似的蛇抱成一团——"她用手在空中比了一个垒球大小的圆圈，"身上结着冰。"

"谁怕死蛇啊？"

"它们没死，切斯特说冰一化它们就能活过来。"

"呃！"

"他把它们全部烧死了。"当时的场景留在了哈莉特的脑海里，但画面也未免太过生动。在她的脑海里，还能看到在平坦、寒冷的院子里，切斯特穿着高筒靴，伸直了举着汽油罐的胳膊，把汽油哗啦啦地倒在蛇的身上。随后，他把火柴一扔，离奇的橙色火球顺势燃起，但丝毫没有暖意，也没有照亮后面墨绿色的干枯树篱。虽然离得很远，但还是能看出那些蛇似乎突然惊恐万分地苏醒了过来，剧烈地扭动着身体。其中有一条蛇还抬起了头，从蛇球中分离出来，像汽车上的雨刮器一样盲目地来回晃着身体。在它们燃烧的过程中，还伴随着让人难以忍受的噼啪声，那是哈莉特听到的最为糟糕的声音。那个冬天接下来的时光和大半的春天里，都能看到那个地方有一小堆油乎乎的灰烬和发黑的椎骨。

她心不在焉地拿起生日蛋糕，又放下。"那种蛇，"她说，"切斯特告诉我，是没办法根除的。要是你花力气铲除它们，它们可能会消失一段时间，但一旦它们选择了一个地方定居，而且还喜欢那里，那它们迟早还是会回去的。"

希利回想起自己之前经常从树篱那里抄近道，而且还光着脚。他的音量拔高："你知道老公路边上的那家爬行动物乐园吗？就在石化林公园附近？那儿也是个加油站。老板是一个长着裂唇、相貌吓人的老男人。"

哈莉特扭过头盯着他看："你去过？"

"没错。"

"你是说你妈妈在那里停了一下车吧?"

"哎呀,不是,"希利有些尴尬,"只有佩姆和我。是在我们一场球赛结束后回家的路上。"当时佩姆伯顿也没那么想在爬行动物乐园停车,但他们的车快没油了。

"我认识的人里还从没人真的去过那里。"

"那家老板很可怕,胳膊上从上到下全是蛇文身。"在他加油的时候,希利发现他身上还有数不清的伤疤,像被蛇咬了无数次。他没有牙齿,也没安假牙——所以他的微笑毫无棱角,颇有些蛇样,让人害怕。最糟的是,有条大蟒蛇盘在他的脖子上:想摸摸它吗,孩子?他说罢便往车里探去,毫无感情流露的眼睛映射着耀眼的太阳光线,将希利锁定。

"那里是什么样,那个爬行动物乐园?"

"臭烘烘的,像鱼的味道。我摸了一下大蟒蛇,"他补充道,虽然他当时很害怕,害怕如果他不摸,养蛇人就会把蛇扔到他身上,"很凉,像冬天里的车座。"

"他有几条蛇?"

"天哪。鱼缸里养了满满一缸,还有很多放养在外面。就在那个围着栅栏的'响尾蛇牧场'?院子后面还有一座房子,墙面上到处都是涂鸦、脏话,周边堆满了垃圾。"

"那它们不会爬出来吗?"

"我不知道。它们不怎么爱动,看上去病恹恹的。"

"我不想要生了病的蛇。"

希利的心中突然闪过一个奇怪的念头。如果哈莉特的哥哥没有在她小的时候去世会怎样?如果他还活着,可能会和佩姆伯顿一个样:取笑她,给她添堵。她甚至可能没这么喜欢他。他用一只手把金黄色的头发撩起来,另一只手往背上扇着风。"我宁愿要条迟钝的蛇,也不要那些速度飞快、对你穷追不舍的蛇，"他心情愉悦地说道，声音盖过哈莉特，"它们会给你来个迎面直击。"

"他有那种蛇吗？"

"他什么蛇都有。我还忘了说，那些蛇毒性极强，十秒钟就能让人毙命。你家那只被蛇咬过的猫，根本算不上什么。"

哈莉特沉默起来的时候令人难以忍受。她的胳膊环抱着膝盖，黑色的头发落在膝盖周围，看上去像个中国海盗。

"你知道我们还需要什么吗？"她随即说道，"一辆车。"

"对！"希利有些惊讶，愣了一下才又欢快地说道，他在心里暗暗咒骂自己，不该向她吹嘘自己会开车。

他瞟了一眼她的侧脸，旋即身子后仰，两个手掌撑在地上，望向天上的星星。千万不能跟哈莉特说不能或不。他曾看到她从房顶上跳下来袭击别的孩子，那孩子顶她两个。幼儿园时，她为了不打五联疫苗，对护士们又踢又咬。

他揉了揉眼睛，不知道该说什么。困意袭来，但并非他所愿——天气炎热，皮肤刺痛，好像自己要做噩梦似的。他想起之前曾看到爬行动物乐园的栅栏桩上挂着一条剥了皮的响尾蛇：红红的、肌肉发达、青色的血管盘绕其中。

"哈莉特，"他高声说道，"直接给警察打电话会不会更容易？"

"那会变得容易得多。"她迅速接话，没有丝毫迟疑。他的心中顿时升起一阵爱慕之情，不愧是哈莉特：就算你打个响指，随即改变话题，她也能立即跟上节奏。

"那么，我觉得我们应该那么做。我们可以用市政厅那里的付费公用电话，说我们知道是谁杀死了你哥哥。我可以完美模仿老妇人的声音。"

哈莉特看了看他，好像他精神失常了似的。

"我为什么要让别人来惩罚他？"她说。

她脸上的表情让他很不舒服。希利望向别处，看到台阶上放着油滋滋的纸巾，垫着吃了一半的蛋糕。因为无论如何，不论是什么，最后的结果总是无一例外，只要她张口，他都会答应。他们对此心知肚明。

——

在离乡村俱乐部不远的奥克朗地产住宅区的一处死胡同处，希利和哈莉特看到一条长度刚过一英寸的小铜斑蛇。在短短一个小时里，他们看到了五条蛇，而这条是目前为止最小的。它静静地躺在那里，躺在一层长着稀疏青草的建筑用砂上，身体成"S"形，慵懒无力。

奥克朗地产的所有房子建成都还不到七年：模仿都铎式建筑，方方正正的牧场，富有当代风格，还有一些仿照美国战前风格的砖墙，和拍红的屁股一个颜色，墙面上还有装饰性的圆柱。房子大是大，但价格相当高，又因为太新，显得生硬、不友好。希利和哈莉特的自行车就停在后面的土地上，那里还有很多正在施工的房子——光秃秃的地面上只有画好的地界、堆了一地的沥青纸、木料、石棉水泥板、绝缘材料，和新种的黄杨树躯干融为一体，天空蓝得刺眼。

相比于建成于世纪之交、已经破败老旧的乔治街，这里几乎看不到树的影子，人行道上则干脆没有。基本上所有的植被都没能逃过电锯和推土机：黑栎、星毛栎，还有些——据州立大学的一位曾经竭力拯救过这些树木的育木专家所说——在1682年法国探险家拉萨尔到访密西西比河时，仍然挺立。它们的根系所盘固的表层土壤大部分都被冲入了溪流，沿河而下。硬土被推土机送到低洼区填平土地，而如此一来，便没什么能从这贫瘠、酸味直冒的土地上生长出来了。有也只有零零星星的青草点缀；被移栽至此的木兰和楸木迅速干枯，很快便只剩下枝干矗立，但在腐叶土中和花坛装饰的围绕下，看上去似乎还有一线生机。被烤成一片一片的土地——红得和火星一样，上面洒满了沙子和木屑——与崭新、漆黑、看上去黏糊糊的柏油马路的路沿相接。在后面朝南的地方，有一片起伏荡漾的沼泽，每年春天都会涨潮，侵蚀这片开发区。

奥克朗地产的房主大都前途光明：开发商、政治家和房地产中介，还有力求脱离佃农出身的、雄心勃勃的新婚夫妇，他们想要离开被松树林包围的小乡镇或是土山丘。好像正是因为痛恨自己是农村出身，他们才有条不紊地平整了所有地面，犄角旮旯都不放过，还将所有土生土长的树木连根拔起。

被如此无情地平整，奥克郎的地面自有报仇雪恨的方法。地面十分松软，满是嗡嗡作响的蚊子。只要在地上挖个洞，里面立马就会填满咸水。下雨时，还会出现排污不畅的问题——大块乌漆嘛黑的烂泥从崭新的坐便器中涌出，从水龙头和花哨的淋浴喷头中滴落。由于表层土所剩无几，每每到了春天，只得一卡车一卡车地往这儿送沙子，才能让房屋免遭冲刷。但这可拦不住河里的蛇和乌龟，只要它们愿意，想往内陆爬多远就爬多远。

奥克朗地产还"蛇"满为患——其中有体型大的，也有小的，有毒蛇也有无毒蛇，有喜欢泥土的，也有喜欢水的，还有喜欢在干燥的石头上沐浴阳光的。天气炎热时，整个地面都散发着蛇的味道，而在推平的地面上踩一个脚印，里面立马就会涌满污水。艾达·拉伊曾把蛇臭味形容为鱼的内脏味——水牛鱼、鲶鱼，还有靠吃垃圾活命的清道夫。伊蒂在挖坑种杜鹃花或玫瑰丛时，尤其是在参与州际公路附近的花园俱乐部城市绿化项目时，只要她看到烂土豆一样的东西，就知道自己手里的铁锹铲到蛇窝附近了。哈莉特不止一次地闻过蛇臭味（最臭的是孟菲斯动物园爬虫馆里的蛇，和科学课上被囚禁于玻璃罐内的被吓坏了的蛇），但也在泥泞的小溪边和浅湖中、在排水渠中、在八月里冒着水蒸气的干涸的泥床上闻到过——而且在天气特别炎热的时候，尤其下过雨之后，她也时不时地会在自家院中闻到。

哈莉特的牛仔裤和长袖衬衣已被汗水浸透。不论是开发区还是后面的沼泽地都几乎没有什么树木，所以哈莉特戴了顶草帽，防止自己中暑。但是阳光极端强烈，白得刺眼，犹如上帝发怒。天气炎热，再加上自己忧心忡忡，她感觉自己有些发晕。她整个早上都一直担当着坚定的前锋，而希利——不屑于戴帽子遮阳，不一会儿身上就被晒伤了——不断地更换话题，隔三岔五地绕回电影《007》的话题上，谈论电影里的贩毒团伙、算命者和剧毒无比的热带蛇。在他们骑车来的路上，她就已经被喋喋不休地讨论摩托车特技演员埃维尔·克尼维尔的希利搞得无聊透顶了。他还讨论了周六早上播出的动画片《甲壳虫威莉和摩托车邦奇》。

"你该看看，"他还在说，紧张不安地将掉落在脸前的汗涔涔的头发向后撩，"哦，詹姆斯·邦德直接把那条蛇点着了。他是拿着一罐除臭剂，还是什么来着？然后他从镜子里看到有蛇，他就像这样一喷，然后把手中的雪茄举到瓶口，砰的一声，火苗在房间里蹿了起来，呼呼直响——"

他重心不稳地倒退了几步——嘴唇发颤——而哈莉特则仔细观察着正在打盹儿的铜斑蛇，绞尽脑汁地想他们应当如何采取进一步行动。他们出发时带了希利的气枪、两根削尖了的叉形木棍、一本美国东南部爬行动物和两栖动物指南、切斯特的园艺手套、一条止血带、一把小折刀和一点零钱，以防他们被咬，还有一个艾莉森的旧铁皮饭盒（是"校园女王"系列，上面印有梳着马尾辫的啦啦队员，还有头戴钻石冠饰的俏丽参赛选手）。哈莉特用螺丝刀在饭盒的盖子上钻了几个通风孔，费了好大力气。他们的计划是偷偷溜到蛇那里——最好是在它完成攻击之后，重新警惕起来之前——从后面用木棍插进它的脑袋。接着再抓住它脑袋附近的部位（非常靠近脑袋的地方，这样它就不能扭头乱咬了），然后把它扔到饭盒里，扣紧盒盖。

但这些说起来容易，做起来难。他们最先看到的蛇——三条青年铜斑蛇，锈红色的身体闪闪发光，正在水泥板上晒太阳——看上去非常可怕，他们不敢轻易靠近。希利朝着它们中间扔了一块砖头。两条蛇朝着反方向飞蹿而逃；剩下的那条勃然大怒，开始对着砖块、空气，所有能引起它注意的东西，发起一次又一次攻击。

两个孩子都吓坏了。他们兜着圈子、伸直了胳膊朝蛇戳去，他们猛地跑向前去，但又以迅雷不及掩耳之速退了回来，因为那蛇攻势猛烈——先向一边攻击，接着向另一边，试图朝着四面八方击退他们。哈莉特害怕极了，她感觉自己可能会晕过去。希利朝着它刺去，但没瞄准；那蛇迅速转身，整个身子伸开来朝着希利扑了过来。哈莉特发出一声非常克制的尖叫，将木棍一下戳进了它的脑壳。一时间，好像自己被恶魔控制了一般，它开始猛烈地摆动着那两英尺长的身体。哈莉特又害怕又反感，向后跳了一步，免得它的尾巴拍到自己的腿上；它身体一扭，逃脱了——朝着希利的方向爬去，希利向后一跃，放声尖叫，好像自己被铁刺刺穿了似的——噌的一下窜进了干枯的草丛中。

关于奥克朗地产有一点需要说明：如果一个小孩——抑或是其他任何人——在乔治街上这样高声拼命尖叫如此之久，方丹夫人、戈弗雷夫人、艾达·拉伊、半数保姆都会立即冲到屋外。（"孩子们！放下那条蛇！离远点！"）而且她们相当严肃，不接受任何顶嘴，回家后还会透过厨房的窗户往外看，确认没事。但在奥克朗地盘上就不同了。这里的房屋好像被密封起来了，像地堡或陵墓。邻里之间也互不过问。在这里，就算你放声尖叫，就算可能有罪犯企图用带刺的铁丝将你勒死，但没人会出来查看外面有何异样。在离他们最近的房子里，传出一阵电视游戏里的怪异狂笑声：这是一座建在新地皮上的大庄园，离那些枯死的松树不远。窗户上装有百叶窗，但都拉上了。外面的停车位上铺着沙子，停放着一辆闪闪发光的新别克汽车。

"安·肯德尔？下台吧！"观众掌声雷动。

住在那个房子里的是谁？哈莉特心想，有些恍惚地用一只手挡着眼睛。是一个喝醉了酒、忘记去上班的父亲吗？还是一个马虎大意的参加了妇女联盟的妈妈，和艾莉森有时候帮忙看孩子的妈妈似的，终日躺在不见光的房间里，开着电视，脏衣物堆在一旁？

"我受不了《价格竞猜》，"希利说道，接着他呻吟一声，身子朝后踉跄了一下，但身子还没站稳，他便紧张不安地看向地面，"《乌龟传奇》竞猜节目上有猴子和汽车。"

"我喜欢的是智力竞赛节目《危险边缘》。"

但希利并没有在听，他用手中的木棍使劲儿抽打着草丛。"来自俄罗斯的爱啊……"他低声唱着，然后又唱一遍，因为他不记得剩下的词了，"来自俄罗斯的爱啊……"

他们没费多大劲儿就发现了第四条蛇，是一条水蝮蛇：身体光滑，黄得和肝脏一个颜色，没比刚才那条铜斑蛇长多少，但比哈莉特的胳膊粗些。希利——虽然有些害怕，但却坚持要冲在前面——差点踩到那蛇上。它像弹簧一样弹了起来，迅速发起攻击，差点咬到他的小腿肚；经过先前的一番战斗，希利反应更加迅速，他赶紧向后退了一步，顺势戳向它，一次命中。"哈！"他喊道。

哈莉特放声大笑，她哆嗦着双手打开"校园女王"系列午餐盒的扣锁。这条蛇比较迟钝，没那么灵活。它不耐烦地在地面上来回横扫着自己沉重的身体——令人作呕的腐黄色。但是它比铜斑蛇大多了，这个"校园女王"系列饭盒能装下吗？希利怕得要命，也歇斯底里地放声大笑着。他伸开手掌,弯腰去抓那蛇——

"抓头!"哈莉特嚷道,哐当一下把饭盒丢到地上。

希利往后跳了一下。手中的木棍掉落。水蝮蛇躺在原地一动不动。随后,它抬起脑袋,瞳孔眯成一条缝,打量了他们许久,眼神如冰,紧接着便张开大嘴(口腔内白得可怕),朝着他们冲了过去。

他们扭头就跑,跌跌撞撞的——很害怕掉进沟渠里,但又害怕得不敢往地面上看——灌木丛中不断有枝叶折损于他们脚下。被踩伤的苦草散发出一股像是恐惧的气味。

一个填满咸水的沟渠横在他们面前,里面还有些蝌蚪,挡住了他们前往沥青马路的去路。水泥制成的沟渠边滑溜溜的,长满了苔藓,而且沟渠太宽,很难一下子跳过去。他们滑了下去(搅弄起一股味道像地下污水和腐鱼的臭味,搞得他们一阵咳嗽),他们滑倒,用手撑着自己,爬到了另一边。等到他们站起身,回头——眼泪从他们的脸上流淌下来——去看他们刚走过的路,只能看到他们刚刚才出来的一条小径,开着黄花的枯草一片散乱,忧郁的彩色饭盒被远远扔在后面。

他们气喘吁吁、满脸通红、筋疲力尽,像喝醉了似的摇摇晃晃。虽然他们都觉得自己可能会晕过去,但是地面上既不舒服,又不安全,也没有能坐下来的地方。一个已经长出腿的蝌蚪跳出了水渠,但却被困在地面上,它扭动着身体,啪嗒啪嗒,黏糊糊的身体在沥青路面上来回摩擦,搞得哈莉特又很想吐。

他们两个无心顾及学校里教授的礼仪——互相之间应保持两英尺的距离,除非你推我搡,打作一团的时候——紧紧地挨在一起,为了站稳,哈莉特顾不上想自己看上去像不像懦夫,希利也没有心思去亲她或是吓唬她。他们的牛仔裤——沾满了芒刺和鹤虱——被沟渠里的水浸透了,又臭又沉,十分不舒服。希利弯下腰去,一阵干呕。

"你没事儿吧?"哈莉特说——看到他的袖子上挂着一个黄绿色的

蝌蚪内脏，又是一阵干呕。

希利——像一只试图把毛团吐出来的猫，止不住地干呕着——耸了耸肩，开始往回走，去拿掉落的木棍和饭盒。

哈莉特从后面抓住他汗涔涔的上衣，费力地说道："等等。"

他们骑坐在自行车上休息——希利的是史坦格雷牌的，山羊角的把手，形似香蕉的车座。哈莉特的是一辆西部飞人牌的自行车，那曾经是罗宾的——他们都大口喘着气，顾不上说话。等到他们的心跳渐渐变稳，他们都从希利的水壶里喝了一小口水，温热的水有股塑料味。随后他们又朝着田野走去，这次他们拿上了气枪。

没过多久希利又夸夸其谈起来。他比着夸张的手势，声音响亮地吹嘘着自己要如何抓住水蝮蛇，抓住后又要怎么处理它：他要朝它的头来一枪，然后在空中抡圈，像抽鞭子一样抽它，把它砍成两半，骑着自行车碾过它的残尸。他的脸涨得通红，呼吸急促短浅；他时不时地冲着草丛开枪，因此不得不停下来使劲儿打气——呼呼呼——把气压加上去。

他们躲开了水渠，朝着正在建设的房屋走去，如果在那里遇到危险，比较容易回到马路上。哈莉特感觉有些头痛，双手又凉又黏。希利——气枪挂在他的肩膀上晃荡着——来回踱着步子，嘴里叽叽喳喳，冲着空气挥舞着拳头，却没看到在离他脚边三英尺的那块单薄而安静的草地里，有一条在《美国东南部爬行动物和两栖动物指南》上被定义为"青年"的铜斑蛇。

"那个你一打开就能发射催泪弹的公文包？里面还有子弹，还有一个能弹出来的匕首——"

哈莉特感觉有些站不稳了。她希望每次听到希利谈论《007之俄罗斯之恋》里的那个能发射子弹和催泪弹公文包，自己都能赚上一美元。

她闭上了眼睛，说道："听我说，你抓那条蛇的位子太靠下了，它会咬到你的。"

"闭嘴！"希利嚷道，十分恼怒地停顿片刻，"都怪你。我本来已经抓住它了！如果你没有——"

"小心身后。"

"水蝮蛇？"他蹲下来，抢起枪，"在哪里？把那个贱货指给我看看。"

"那里，"哈莉特说——她恼怒地往前走了走，指给他看，"那里。"茫然的蛇扬起尖尖的蛇头——颜色最浅、满是肌肉的下颚展露无遗——稍微调整一番便又趴下了。

"哎呀，只是一条小蛇。"大失所望的希利倾身端详着它。

"没关系——希利。"她边说边尴尬地往一边跳去，铜斑蛇瞄准了她脚踝上的红色斑点。

一把煮花生飞落，随后一整袋花生从她肩头飞过，啪嗒一声掉在地上。哈莉特失去平衡，跟跟跄跄，单脚跳动着。那条铜斑蛇紧接着（她一时判断不出它的攻击目标）又向她冲了过来。

一颗BB枪子弹在她脚边砰地炸开，但毫无杀伤力；又一颗射在了她的小腿肚上，她疼得直叫，向后跳了一步，子弹在她脚边的尘土中爆裂。但蛇却兴奋了起来，虽然正受到火力袭击，但它却拼命地发起攻击；它一次又一次地朝着她的脚咬去，一次比一次猛烈，目标也越来越准确。

她爬回沥青马路，感觉头晕目眩、精神错乱。她抬起胳膊蹭了蹭脸（感觉眼前有一团透明的东西兴高采烈地跳动着，起起伏伏，像是一只泡在池塘水里被放大的变形虫），视线变得清楚些后，她发现在离她四英尺左右的地方，那条小铜斑蛇抬着头，端详着她，它一点都不惊讶，也没有丝毫情绪。

178

怒不可遏的希利在气枪里装满了子弹。他语无伦次地叫嚷着，把枪丢在一边，跑去拿木棍。

"等一下。"她摆脱了那条蛇的冰冷凝视。我怎么了？她心想，跌跌撞撞地走回马路中央，提不起精神来，是中暑了吗？

"哦，天啊。"希利的声音传来，但她不知道是从哪个方向来的，"哈莉特？"

"等一下。"哈莉特几乎不知道自己在做什么（她的膝盖没有力气，动作十分笨拙，好像膝盖是牵线木偶，而她不知道应当如何操作），她又向后走了走，重重地坐在滚烫的沥青马路上。

"你没事儿吧，老兄？"

"让我静静。"哈莉特说道。

红红的阳光照在她的眼睑上。一条蛇恶意十足地看向她：黑色的虹膜，黄色的瞳孔眯成一条线。她张嘴喘着气，被污水浸泡过的裤子臭气冲天，她感觉自己嘴里都能尝到；她突然意识到地面上并不安全；她试图站起来，但是地面却滑向一边。

"哈莉特！"希利的声音从远处传来，"出什么事儿了？你吓死我了。"

她眨了眨眼，白光十分刺眼，好像柠檬汁射进了她的眼中。而且天气太热，她眼前什么都看不到，胳膊和腿还都不听使唤，这感觉太糟糕了……

接下来她就发现自己正躺着。天空中没有一丝云朵，呈现出一片无情的蓝色。时间似乎跳了半拍，好像她先前睡着了，又在同一时间惊醒了过来。一个重重的身影遮盖了她的视线。她受到惊吓，用胳膊护住脸，但是那暗影只是移动了一下，又从另一边压了下来。

"别这样，哈莉特。喝点水。"她脑海中听到人说话，但并没有真的听进去。随后——非常出乎意料地——一个冰凉的东西触碰到了她的嘴角；哈莉特挣开，拼命地尖叫着。

———

"你们两个疯了吧，"佩姆伯顿说道，"骑自行车来这种破地方？这温度肯定有一百度[①]了。"

哈莉特平躺在佩姆那辆凯迪拉克的后座上，望着头顶的天空在树木枝干编织而成的网络中穿梭而行。这些树证明他们已经离开了毫无阴凉的奥克朗房产区，回到了美好的老县道上。

她闭上双眼。立体扬声器中传来嘈杂的摇滚音乐；光斑——零零散散，摇曳不定——游走在她泛红的眼皮上。

"球场连个人影都没有，"佩姆的声音盖过风声和音乐声，"甚至连游泳池里都没人。大家都在俱乐部看《只此一生》。"

那用来打电话的十美分最终派上了用场。希利——和哈莉特一样也中了暑，虽然他已经惊慌失措，但却异常英勇——跳上自行车，尽管自己头晕目眩，腿上一阵绞痛，还是坚持骑了半英里[②]多，在吉福快捷超市的停车场找到一个电话亭。但哈莉特却等得生不如死，她躺在柏油马路的尽头上，紧挨着到处都是蛇的死巷角落，足足等了四十分钟，炎热难耐、头晕目眩，很难对希利表示感激之情。

她稍稍往起坐了坐，看到佩姆伯顿的头发——他的头发由于游泳池里的化学物质而起翘卷曲——被风吹向了后面，像个被吹皱的黄色横幅不断地飘动着。即使是从后座上，她也能闻出他身上那股特有的成年人的刺鼻味道：汗味、由于涂抹了椰子味的防晒霜而更显浓重的男人味道，与烟味和某种焚香混杂在一起。

[①] 此处指华氏度，100 华氏度约等于 38 摄氏度。
[②] 1 英里约等于 1.6 公里。

"你们大老远地跑去奥克朗做什么?你们在那里有认识的人吗?"

"没。"希利了无生趣地说道,他和哥哥说话时一贯如此。

"那你们去那里做什么?"

"去抓蛇——停下来。"他厉声说道,一只手举了起来,因为哈莉特一把拽住了他的头发。

"好吧,如果你想抓蛇的话,确实要去那里,"佩姆伯顿慵懒地说道,"乡村俱乐部里负责维修的韦恩曾告诉我,他们在那里为几位女士设计游泳池时,杀了有五十多条蛇。就在一个院子里。"

"毒蛇?"

"谁关心那个?就算给我一百万美金,我也不会去那个鬼地方定居。"佩姆伯顿说道,他不屑地把头一甩,像个王子似的,"这个韦恩还说,除虫专家在一间破房子里发现了三百条蛇。一个房子。只要发生一场特大洪涝灾害,陆军工兵部队用沙袋封堵也无力回天的时候,那些爱拼车的妈妈们可能都会被蛇咬个粉身碎骨。"

"我抓住了一条水蝮蛇。"希利一本正经地说道。

"嗯,是嘛。那你把它怎么样了?"

"我把它放生了。"

"我想也是。"佩姆伯顿侧眼瞥了他一眼,"蛇追你了吗?"

"没有。"希利的坐姿稍稍放松了些。

"好吧,我可不信别人说的那些什么比起你怕蛇,蛇更怕你的话。水蝮蛇有毒,它们会对你紧追不舍。有一次,我和廷克·皮特蒙在奥克托巴哈湖时,曾有一条体型巨大的公水蝮蛇袭击了我们。而且我们当时离它并不近,它是从湖那边冲着我们游过来的。"佩姆学着蛇的样子,用手比了个蛇嗖嗖地游过来的动作,"你能在水上看到的只有一个张开的大白嘴。随后便听到它用头撞船,砰砰砰,像一只猛烈撞击目标的公羊,撞在独木舟的铝合金板上。人们站在码头上旁观。"

"你们怎么做的?"哈莉特坐起身,探向前面的车座。

"哎哟,你好了,小老虎。我还以为我们得带你去看医生。"哈莉特有些惊讶地看着后视镜中的佩姆:嘴唇灰白,鼻子上有白色的防晒霜,还有一道深深的晒伤,让她想起在极地被冻伤脸的斯科特和他的团队。

"你喜欢捕蛇?"他对着镜子里的哈莉特说。

"不喜欢。"哈莉特说道,她被他的困惑搞得摸不着头脑,立即唱起了反调。

"这没什么丢人的。"

"谁说我觉得丢人了?"

佩姆笑了笑。"你很坚强,哈莉特。"他说道,"你没什么事儿。但是我告诉你,你们两个用木叉抓蛇真是蠢到家了。你们应该找一段铝管,中间穿上晾衣绳,然后你只需要用绳子套住它的头,使劲拽住绳子的另一头,手到擒来。你可以把它装到敞口瓶中,带到学校的科学博览会上,大家都会为之惊叹(他突然伸出右胳膊,重重地拍了拍希利的头),是吧?"。

"闭嘴!"希利尖叫道,愤怒地揉了揉自己的耳朵。佩姆总是提起那次希利在学校举办的科学博览会项目上带去的蝶蛹。他花了整整六周照顾它,阅读资料,做记录、为它保持适宜的温度环境,做了所有他该做的事情。但当他终于将还未长成的蝶蛹带到学校时——它躺在一块放在首饰盒里的棉布上——却发现它根本不是蝶蛹,而是一坨石化了的猫屎。

"也许你只是以为自己抓到了一条水蝮蛇,"佩姆伯顿边说边笑,声音越来越高,恼羞成怒地希利向他砸去,"可能那根本就不是蛇,一坨堆在草丛里的新鲜狗屎,看起来像极了——"

"——像你!"希利嚷道,疯狂地捶着他哥哥的肩膀。

"我说,不聊这个话题了,好吗?"希利似乎已经说了不下十遍。

他和哈莉特在游泳池最里面的地方,他们趴在泳池边。下午的影子越拉越长。大约有五六个孩子在浅水区叫嚷着,拍打着水花——还有一位身形肥胖、心烦意乱的妈妈,她在旁边来回踱着步,央求他们出来。在靠近吧台的地方,有一群穿着比基尼的高中女孩,她们有说有笑地躺在长椅上,四肢舒展,肩上搭着浴巾。佩姆伯顿不当班。希利几乎不在佩姆伯顿当救生员时去泳池游泳,因为佩姆会故意找他的茬,他坐在椅子上,居高临下地叫嚣着一些侮辱人的、不公正的命令(比如,希利只是快步走而非奔跑时,他会说"不要在游泳池旁奔跑"!),所以每次去游泳池前,他都会在很仔细地核对佩姆伯顿贴在冰箱上的每周工作表。而这对他来说是极其痛苦的,因为夏天的每一天他都想泡在泳池里。

"蠢。"他想到了佩姆,咕哝道。他还在为佩姆提起科学博览会上的猫屎而生气。

哈莉特看了他一眼,露出一副茫然不解的表情。她的头发紧贴着头皮,十分光滑;她的脸上光影斑驳,显得她眼睛很小,她很丑。希利整个下午都很生她的气。但他没有意识到,他的尴尬和不适已经演变为不满,现在他觉得有股怒气冲了上来。同在场的老师们、评委们和其他参加那场科学博览会的人一样,哈莉特也嘲笑了那坨猫屎,而仅仅是想起这件事,他就能再次怒火中烧。

她仍然看着他。他回瞪了她一眼。"你在看什么呢?"他说。

哈莉特蹬了一下游泳池池壁——十分夸张地——向后翻了个跟头。真了不起,希利心想。她肯定想着去参加在水下憋气的比赛,这是个希利无法忍受的游戏,因为她很在行,而他却不行。

她再次露出水面,而他则假装没有发现她的不爽,若无其事地朝她拍水——动作精准地射到了她的眼睛里。

我正在找我的死狗罗佛,他腔调矫情地唱到,他知道她讨厌这样:

183

由于我之前的疏忽

它一条腿没了

另一条腿掉了

"明天别跟我来了,我宁愿自己去。"

还有一条腿散落在草坪上,到处都是……希利继续唱着,刚好盖过她的声音,他凝视着空中,脸上流露出一副坚定的、自命清高的表情。

"我不在乎你来不来。"

"至少我没有摔在地上,像个胖娃娃一样叫个不停。"他眨了眨眼睫毛,"'哦,希利!救我,救我!'"他音调极高地叫道,引得泳池另一边的高中女生们一阵嬉笑。

一片水打在了他的脸上。

他用拳头朝她拍水,动作熟练,还躲过了她的回击。"哈莉特。嘿,哈莉特,"他说道,声音像个小孩子,他对自己能成功激起她的怒火感到满意,"我们玩骑马游戏吧,好吗?我打前锋,你负责做自己。"

他洋洋得意地蹬了一下腿——躲过了哈莉特的反击——飞快地游到了泳池中央,水花四溅,响声很大。他脸上的晒伤闪闪发光,由于泳池里有像酸一样的化学物质,他的脸烧得发烫,但那天下午,他已经喝了五杯可口可乐(回到家后喝了三杯,那时他渴得冒烟,筋疲力尽;后来又在泳池边的小摊那里喝了两杯,加了冰块,配以带着薄荷花纹的吸管),接着他的耳中传来一阵轰鸣,糖分随着他的脉搏迅速遍及全身,他感到一阵狂喜。此前,他经常会因为哈莉特的鲁莽无畏而自惭形秽。虽然他也在上次的捕蛇行动中受挫,因为恐惧而一时精神错乱、手足无措,但她突然晕倒,仍然让他开心不已。

他兴冲冲地冲出水面,一边吐水,一边踩水。等到他把眼睛眨舒服后,才发现哈莉特已经出了泳池。他在远处找到了她,看到她正急匆匆地往女更衣间走,身后的水泥地面上留下一道歪歪扭扭的湿脚印。

"哈莉特!"他不假思索地喊道,忘了自己的头还在泳池中,一不留神灌了满嘴的水。

———

天空是浅灰色,夜晚的空气沉重但轻柔。哈莉特走在人行道上,隐约中仍然能听到从浅水区传来的孩子们的叫嚷声。一阵微风袭来,她的胳膊和腿上起了鸡皮疙瘩。她把毛巾裹得更紧了些,快步往家走。

一辆载满高中女孩的汽车刺啦一下拐过街角。车上坐着一群逛遍所有俱乐部的女孩,她们在艾莉森的高中赢得了所有选举:小丽莎·莱维特;扎着黑色马尾的帕姆·麦考密克;金杰·赫伯特,她赢了学校的选美比赛;茜茜·阿诺德,她虽然长得不如其他人,但却和她们一样受欢迎。因为长相颇似电影明星,她们广受低年级同学的崇拜,几乎在年鉴的每一页上都能看到她们的笑脸。照片中的她们在泛光灯照明的黄色草坪上搔首弄姿,身上穿着啦啦队队服、闪闪发亮的乐队指挥服,还有在校友日聚会上身穿礼服、戴着手套的她们。备受欢迎的她们在嘉年华游行中谈笑风生,又或者兴高采烈地坐在九月的干草拖车后面,人见人爱。但她们不论身着何种服装,从休闲到正式再到运动,笑容和发型却和洋娃娃似的没有一丁点改变。

她们看都没看哈莉特,在欢快的流行音乐中呼啸而过。她则站在人行道上,怒气冲冲地望着她们,脸上乌云密闭,莫名感到有些羞愧。如果希利和她一起,她们八九不离十会慢下速度来招呼一两句,因为丽莎和帕姆都喜欢佩姆伯顿。但她们可能不知道哈莉特是谁,虽然她们从幼儿园起就和艾莉森同班了。在艾莉森床边的照片墙上，贴着艾莉森、帕姆·麦考密克和丽莎·莱维特一起玩伦敦桥游戏时的合影；还有艾莉森和金杰·赫伯特拉着手在别人家凉飕飕的后院里的合影，她俩红着鼻子，脸上堆满笑容，看上去像是最好的朋友。一年级过情人节的时候，金杰用铅笔写下矫揉造作的文字："两个拥抱，两个飞吻，祝你好事成双。爱你的金杰！！！"但想想如今的艾莉森和金杰（戴着手套，嘴唇亮光闪闪，身穿雪纺面料的衣服站在假花拱门下），却很难相信她们曾如此要好。艾莉森和她们一样漂亮（比起长着一嘴和巫婆似的长牙、身材很像黄鼠狼的茜茜·阿诺德，她更是漂亮了不少）。但不知怎的，她从这些公主的童年好友或是同学渐渐退化成了一个无足轻重的人，一个只有在她们需要知道家庭作业是什么的时候才会想起的人，其他活动却一概无人邀约。她们的妈妈也是这般境地。虽然她曾经也是大学女生联谊会中很受欢迎的一员，曾获得大学班级最佳着装奖，但她也有不少断了联系的朋友。桑顿家和保尔曼特家曾经每周都要和哈莉特的父母打牌，还曾共同分享一间滨海度假小屋，但现在即使是哈莉特的父亲在镇上，他们也不再来了。在教堂撞到哈莉特的妈妈时，他们总是强装友好，而丈夫们则表现得过分热情，说话的音调尖得有些像女人，明亮且充满活力，但没人敢直视哈莉特妈妈的眼睛。金杰和其他同坐校车的女孩也会以相似的方式对待艾莉森：很是健谈，声音明亮，但眼神游移，好像艾莉森得了传染病。

哈莉特仍然站在人行道上，怔怔地凝望着远处，一阵漱口声分散了她的注意力。可怜而迟钝的柯蒂斯·拉特利夫正从对面朝着她走过来。他整个夏天都在亚历山大的街道上漫步，用手中的水枪攻击猫咪和汽车。看到她正看着自己，他便眉开眼笑起来。

"哈特！"他张开双臂向她挥手，整个身体都晃动起来，随后便双脚并拢，笨拙地上蹿下跳起来，好像要踩灭一团火，"一切都耗（好）吗？一切都耗（好）吗？"

"你好，鳄鱼。"哈莉特开玩笑地跟他说道。有很长一段时间，柯蒂斯眼中的每个人和所有东西都是鳄鱼：他的老师，他的鞋子和校车。

"一切都耗（好）吗？一切都耗（好）吗，哈特？"除非听到答案，否则他会一直追问下去。

"谢谢你，柯蒂斯。我挺好。"虽然柯蒂斯没有聋，但他听东西有些费力，你得记得提高音量。

柯蒂斯笑得更加灿烂了。他的身材圆胖，举止笨拙可爱，像个蹒跚学步的小孩，和《柳林风声》里的鼹鼠很像。

"我喜欢蛋糕。"他说。

"柯蒂斯，你还不赶紧离开马路？"

柯蒂斯怔了怔，用手捂住嘴。"啊哦！"他皱了皱眉又说道，"啊，哦！"他像个兔子一样从街对面跳了过来，然后双脚同时离地，跳下马路牙子，跳到她的面前。"啊，哦！"他又说道，紧接着用双手捂住脸咯咯地笑了起来。

"不好意思，你挡住我的路了。"哈莉特说。

他透过指缝瞄了瞄她。他笑得太开了，小小的黑色眼睛眯成了两条缝。

"蛇咬的。"他出其不意地说。

哈莉特吃了一惊。由于听力问题，柯蒂斯说话也说不太清楚。肯定是她误会了他，他想表达的肯定是别的什么：他问的是为什么？蛋糕好吃吗？再见？

但她还没来得及问，柯蒂斯便郑重其事地长舒了一口气，把水枪别在新牛仔裤的腰带上。随后他抓起她的手，在他那又大又黏的手掌

187

上比画。

"咬！"他兴高采烈地说。他指指自己，又指指对面的房子——随后便转身，迈着大步沿着街道离开了，而哈莉特则相当不安，望着他的背影眨了眨眼睛，又把搭在肩上的毛巾裹得更紧了些。

——

哈莉特不知道的是，在离自己不到三十英尺的地方，也有人讨论过毒蛇：就在街对面的一幢木制公寓的二层，那是罗伊·戴尔在亚历山大对外租赁的房产之一。

房子没什么特别之处：白色，两层，侧面接了一个直通二楼的板式楼梯，作为二楼的独立入口。楼梯是戴尔先生自己搭建的，他把屋内的楼梯堵死了，这样一来，原本的一栋房子就成了两个可出租的小单元。在戴尔先生买下这幢房子并分隔成小公寓之前，它原本属于一位名叫安妮·玛丽·阿尔弗德的老妇人，她是一名浸信会教友，曾在木材厂当记账员，已经退休。在一个下雨的周日，她在教堂的停车场摔断了髋骨。"善良的"戴尔先生（作为一名基督徒商人，他十分关爱病患与老年人，尤其是那些无依无靠的人），便开始每天特意去探望她，给她送罐装汤品，开车接送，给她读鼓舞人心的东西，送当季水果，还担当她的房产遗嘱执行人并包揽委托书，提供大公无私的服务。

因为戴尔先生总是尽数将自己的收益存入第一浸信会的银行账户中，所以他觉得自己的处世之道非常正当。毕竟是他为这些无依无靠的人带去关怀，让她们体会到基督徒之间的互相关爱。有时候"这些女士"（他这么称呼她们）被戴尔先生的好意陪伴所感动，会把自己的全部财产留给戴尔先生。但安妮·玛丽女士——毕竟当了四十年的记账员——岗位培训就是要秉持怀疑精神，而且她生性本就如此。她去世后，他震惊地发现，她狡猾地——在他看来——在他不知情的情况下，给一位孟菲斯的律师打过电话，又立了一项遗嘱，将此前戴尔先生在她的病床边拍着她的手、小心翼翼提议的非正式而简短的书面协议全盘否定了。

如果在安妮·玛丽的弥留之际，戴尔先生没能调整好自己内心的想法，而是继续认为她的房子属于自己，他可能不会买下她的房子。把上下楼分隔成两个小公寓，并将门前的山核桃树和玫瑰花丛砍掉（因为树木和灌木丛意味着维护支出）后，他立马把一楼租给了两个摩门教①的男传教士。十年过去了，一楼还是他们两人住着，尽管他们的传教极其失败，亚历山大没有一个人被转化，去信仰崇尚一夫多妻制的摩门教。

这两位摩门教的传教士相信，所有不是摩门信徒的人都要下地狱（"你们必定会落得一个游荡于地狱的结局！"每个月的一号，戴尔先生上门去收房租的时候，总是这么笑着打趣，这已经成了他们之间的玩笑话）。但他们是干净利落、彬彬有礼的人，如果不是迫不得已，他们不会直接将"地狱"这个词说出口。他们也杜绝一切酒精和烟草制品，会按时支付账单。问题更多出在二楼的公寓。在戴尔先生为再安装一个厨房所需花销而犹豫时，这个房间几乎只能短租给黑人。十年来，二层的公寓曾经几经改造，做过摄影工作室、女童子军总部、幼儿园、奖杯陈列室、还被租给过一个来自东欧的大家庭，戴尔先生前脚刚刚离开，他们就安排所有的朋友和亲戚都搬了进来，差点因为一个电炉而把整幢房子都烧着了。

尤金·拉特利夫现在就站在这间公寓的前厅，那里的油毡和壁纸

---

① 耶稣基督后期圣徒教会（The Church of Jesus Christ of Latter-day Saints），也称摩尔门教（Mormon），是后期圣徒运动之中发展规模最大，且最为人所知的一个宗派，教会总部在美国犹他州盐湖城，是美国第四大宗教团体，也是目前世界上最大的新兴宗教。

上仍然还有上次电炉事件中留下的严重焦痕。他十分紧张地挠了挠梳到后面的头发（还是少年时的混混头，油光瓦亮），望了望窗外的傻弟弟，他刚刚出去了，正和街上一些黑头发的孩子待在一起。在他身后的地板上，放着十几个装有毒蛇的炸药箱：木纹响尾蛇、东部钻石背响尾蛇、水蝮蛇和铜斑蛇，还有——单独装在一个箱子里的——眼镜王蛇，一路从印度运送至此。

墙上靠着一个尤金手写的标牌，正好挡住墙上的一处焦痕，房主戴尔先生要求他从前院中撤了下来：

在上帝的帮助下：我信奉并传播新教，且遵守全部民法。盗版者、贩毒者、好赌者、共产主义者、家庭破坏者和所有违法者：我主耶稣知你根底，全面监督你。你最好在基督大陪审团面前改邪归正。按照《罗马书》第七章第四节内容，本牧师家庭圣洁，自身洁身自好。

下面贴着一张美国国旗贴纸，下面写着：

犹太人及其市政当局是基督教反对者，他们偷盗了我们的石油和财产。《启示录》第十八章第三节，第十一节到第十五节。耶稣将使我们团结一致。《启示录》第十九章第十七节。

尤金的访客——一位瘦而结实、目不转睛的年轻男子，大约二十二或二十三岁，四肢柔软灵活，举止像个乡下人，还长了一对招风耳——和他一同站在窗前。他已经尽力将自己翘起的短发往后梳了，但它们偏偏不听管教，一撮一撮地支棱着。

"耶稣正是为了像他这样的无辜之人而牺牲了自己。"他说道。他如同受到了狂热祝福般露出了假意微笑,流露出他的殷切盼望,抑或极度愚蠢,这取决于你怎么看他。

"赞美上帝。"尤金机械地说。尤金发现不论蛇是否有毒,都让人喜欢不起来。但不知怎么的,他觉得他身后地板上的这些蛇的毒液已被剔除,或者采取了其他措施,让它们变得无害——不然像来访者这样的乡村传道士怎么会嘴对嘴亲吻这些响尾蛇,把它们贴身放在胸前,将它们在搭着白铁皮房顶的教堂中掷来掷去。尤金从未在宗教仪式中亲眼看过驭蛇(事实上,甚至在这位来访者出生的肯塔基煤炭区,驭蛇仪式也很罕见)。不过,他看到过许多常去教堂做礼拜的人说方言[①],躺倒在地,全身抽搐。他看到过在患者的脑门上拍一巴掌,污鬼化为一口血水被咳了出来,恶魔被驱逐出体外的场景。他还看到仅通过手掌触摸,瘸子双腿恢复,盲人重获光明;还有一次在密西西比的皮肯斯,在河边的举行五旬节仪式中,他看到一位名叫塞西尔·戴尔·麦卡利斯特的黑人传道士使一位身穿绿色裤子的肥胖女性起死回生。

尤金已经接受了这类现象的合理性,就像他的兄弟们已经接受了世界职业摔跤联盟比赛的规模盛大却存在长期内斗,并不在意是否有些比赛一直是固定搭配。在诸多以上帝之名创造的奇迹中的确有不少假象,众多阴险狡诈之人不停地寻找新方法来欺骗他们的同胞,对此,上帝耶稣也持反对态度——但是,如果这些传言由上帝创造的奇迹只有百分之五是真的,那百分之五难道还不够神奇吗?尤金对造物者的崇敬之情直言不讳、坚定不移、受到恐怖的驱使。毫无疑问,耶稣能够解救被囚禁的、受压制和被压迫的、酒鬼、充满怨恨之人、

---

① 说方言(speak in tongues):据《使徒行传》记载,方言的使用开始于逾越节后的五旬节,当时门徒们聚在一处,忽有大风吹过,又有如火焰的舌显现在每个人身上,于是他们便被圣灵充满,"按着圣灵所赐的口才说起别国的话来"。从此门徒便开始在各地宣讲福音。

可怜人。但是要对他绝对忠诚，因为上帝的惩罚要比他的怜悯来得更快。

尤金是一位诵经员①，尽管他并不隶属于任何教堂。像所有先知和施洗约翰那样，他也向所有长着耳朵、能听到他讲话的人布道。纵然他有着强烈的信仰，但上帝却不觉得应当赋予他个人感召力或是演讲能力；有时候他所面临的困难（即使是在温暖的家中）看上去总是无法克服的。但被迫在废弃的仓库中、在公路边进行布道，和邪恶的人世间无休无止地劳作没什么两样。

寻求乡村传道士的帮助本不是尤金的主意。安排此次会面的是他的兄弟法里什和丹尼（"为了帮助你的传道工作"），他们在厨房交头接耳、交换眼神、低声交谈，引起了尤金的猜疑。尤金对这位到访者不屑一顾。他的名字是洛亚尔·里斯，是道尔菲斯·里斯最小的弟弟，道尔菲斯是个刻薄的肯塔基电话接线员，曾与尤金一起在帕奇曼监狱的洗衣房担任受托人，当时尤金和法里什因两起发生在六十年代的偷盗案而正在服刑。道尔菲斯要蹲一辈子的牢，他因诈骗和两起一等谋杀罪而被判终身监禁，外加九十九年，但他坚称自己是冤枉的，是被人陷害的。

道尔菲斯和尤金的哥哥法里什是好朋友，他两人臭味相投——如今仍然保持着联系，尤金察觉出刑满释放的法里什似乎还会帮仍在里面的道尔菲斯做事。道尔菲斯身高一米九八，拥有和飞车名人小约翰逊比肩的开车技能，能用六种方法徒手致人死命。但与双唇紧闭、闷闷不乐的法里什不同的是，他是个喋喋不休的人。他来自一个三代都是布道者的圣洁家庭，他则是家里那匹迷失自我的害群之马。之前在

---

① 诵经员指被推选或指定在教堂礼拜时诵读《圣经》的人，诵经员不属于神职人员，可由一般在俗信徒担任，诵经员一边读经文，一边说"the word of the lord（上帝之言）"，被认为是上帝通过诵经员与会众对话。

监狱洗衣房时,尤金很爱听道尔菲斯——伴随着那些大型工业用洗衣机的轰鸣声——讲述他在肯塔基的童年轶事:在圣诞节暴风雪侵袭这座山区煤城时,他们在街角上放声高歌;他们乘坐那辆又破又旧的校车四处旅行,他爸爸的布道工作也在车里完成,一家人有时在车里一住就是数月——吃的是肉罐头,睡在车后面的玉米包皮堆上,关在笼子里的响尾蛇就在他们的脚边窃窃私语。他们总是快法律一步,开着车拜访每个小镇,在煤油喷灯的照射下,举行(复兴基督教信仰的)奋兴布道会和深夜祷告会。跟随着铃鼓和妈妈手中弹奏的西尔斯吉他,六个孩子全都手舞足蹈,爸爸则一下吸尽梅森瓶中的士的宁,将响尾蛇缠绕在他的胳膊上、脖子上、腰上,像个会动的腰带——它们鳞光闪闪的身体跟随着音乐摆动,像是腾空爬行——与此同时,他则神神道道地进行着布道,不停地跺着脚,从头到脚全身都在颤抖,不停地歌颂着永生上帝的威严,他的神迹奇事,还有他的对世人的挚爱所带给世人的恐惧与欢欣。

  来者——洛亚尔·里斯——是家中的至宝,尤金在监狱的洗衣房中便早有耳闻,听说他还是个初生婴儿时,便被献祭给了一群响尾蛇。他从十二岁起便开始驭蛇;他长得像初生牛犊一般,一副天真无邪的样子,一对乡下人的大耳朵,大背头,棕色的眼瞳中洋溢着八福[①]的光彩。据尤金所知,道尔菲斯一家人(道尔菲斯除外),还从未因为任何除了怪异的宗教仪式以外的原因而违法,惹上麻烦。但尤金确信的是,他那两位窃笑不止、不怀好意的哥哥(两位都曾参与过毒品交易)安排此次道尔菲斯家最年轻的兄弟来访,一定别有用心——但有些用心之处也给尤金带来了不便与烦恼。他懒

[①] 八福(Beatitudes),耶稣著名训言之一,论述具有进天国资格者应具备的德行和将得到的八种福分。见于"登山宝训"。

散的哥哥们就算怎么喜欢缠着尤金，把尚年轻的里斯邀请至此，还带上他所有的爬行动物，若是玩笑，也未免用力过度。至于长着一对大耳朵、皮肤状况不佳的里斯，他看上去倒是毫无疑心：因为希望和使命感而欣喜非常，只是对于尤金报以他的谨慎欢迎稍微有些困惑。

尤金透过窗户注视着自己的小弟弟柯蒂斯，看到他沿着街道跌跌撞撞地行进。他没有问候来者，对如何处理因禁于笼中、嘶嘶作响的爬行动物感到困扰。他设想过它们会被锁在汽车尾箱中，或者仓库中，而不是像客人一样住在自己的房间中。看到一个又一个盖着防水布的箱子被人费力地抬到楼上时，尤金目瞪口呆。

"你怎么事先没告诉我这些东西的毒性还没去掉？"他语气生硬。

道尔菲斯的小弟弟看上去颇有些惊讶。"因为那样不符合《圣经》，"他说道，鼻音和道尔菲斯一样重，但少了些他声音里的讽刺感和令人发笑的真诚感，"要跟随上帝的指引，我们就不能对出自上帝之手的蛇动手脚。"

尤金冷冰冰地说："我可能会被咬。"

"如果你施过涂油礼就不会被咬，我的兄弟！"

尤金不再望着窗外，整张脸都扭了过来，但撞向他那明亮的目光时，尤金稍微有些畏缩。

"读读先知的言行，兄弟！还有马克的福音书！正如在圣经时代中的描述，战胜恶魔的时候就在最后几日……对于相信的人，这些迹象将会成真：他们将会占有巨蛇，如果他们饮下任何致命的东西——"

"这些动物很危险。"

"上帝既亲手创造了羔羊，也亲手创造了蛇，兄弟。"

尤金没有回话。他本来邀请了完全信任他的柯蒂斯与他一同在公寓等待里斯的到来。因为柯蒂斯就像一条勇敢的小狗——如果认定自己爱的人受到了伤害，或是陷入危险，便会备受煎熬，笨手笨脚地展开功效不大的防卫——尤金原本想假装自己被蛇咬了，来吓吓他。

但最终是尤金自己出了洋相。他为自己试图表演的把戏感到羞愧，尤其是当盘踞于挡板之后的响尾蛇对挡板发起攻击，喷了尤金一手毒液，而他因惧怕而尖叫连连时，柯蒂斯对他报之极大的同情：抚摸着尤金的胳膊。热切地询问，"咬到了？咬到了？"

"你脸上有斑点，兄弟？"

"怎么了？"尤金很清楚自己的脸上有一道瘆人的红色烧伤疤痕，但他觉得这轮不到一个陌生人来告诉他。

"这是什么预兆吗？"

"是意外。"尤金简短回答。那道疤痕受自碱液和科瑞牌植物起酥油的混合物，监狱里的人称为安哥拉洁面乳。一个叫威姆斯的满肚子坏水的小人——来自密西西比州的卡斯锡拉，因为严重伤害罪入狱——在一包香烟争夺战中，把它泼到了尤金的脸上。在尤金从烧伤恢复的过程中，耶和华在黑夜中向尤金显现，告诉他此生的使命；尤金从医务室出来时，视线已经恢复，并且已经原谅了他的迫害者；但威姆斯已经死了。另一个心怀不满的囚犯用融入牙刷末端的剃刀片割了他的喉咙——尤金由此进一步坚定了对上帝强大的惩罚机制的新信仰。

"所有爱上帝的人，"洛亚尔说，"都会承受他的印记。"他伸出双手，其上疤痕累累，凹凸不平。一根手指上布满黑斑，指尖起满了泡。另一根手指则只剩指根了。

"是这么一回事儿，"洛亚尔说，"他当初愿意为我们而牺牲，我们也得愿意为他付出生命。我们以上帝之名捕蛇驭蛇，向他表明我们的心意，正如他已向你我明示的爱那般。"

尤金备受触动。很明显这个男孩态度诚恳——他不是在做助兴表演,而是在践行自己的信仰,将自己的生命献给上帝,就像旧时的殉教者。但就在这时,他们突然被敲门声打断,一阵急促但欢快的敲门声:砰、砰、砰、砰。

尤金用下巴示意了一下来者;他们移开彼此的目光。有那么一会儿,房间里只剩一片寂静,除了他们的呼吸声,和炸药箱里传来的干瘪的吱呀声——让人很不舒服的噪声,但声音太小,尤金先前并未意识到。

砰砰砰砰。又是一阵敲门声,一本正经、自视甚高——罗伊·戴尔先生一向如此。尤金已经按时付了租金,但生来便是地主的戴尔先生,也天生爱管闲事,他经常借着各种借口上门窥探。

年轻的里斯一只手放在尤金的胳膊上。"富兰克林县的一位县治安官手上有我的逮捕令,"他凑到尤金的耳边说。他的口气闻起来像干草似的,"前天晚上,我的父亲和其他五个人因为妨害治安罪在那儿被抓了。"

尤金举起一只手掌想让他安心,但戴尔先生使劲地扭了扭门把手。"哈啰?有人在家吗?"砰砰砰砰。片刻安静后,尤金听到钥匙在锁中鬼鬼祟祟转动的声音,令他心惊胆战。

他冲向后面的房间,正好看到链条锁绊住轻轻打开的门。

"尤金?"门把手咔嗒一声,"里面有人吗?"

"呃,很抱歉,戴尔先生,但我现在不太方便。"尤金喊道,语气随和、礼貌,与收账人和执法人员打交道时,他一贯如此。

"尤金!哈喽,兄弟!听我说,我明白你的意思,但是我希望你能跟我聊两句。"黑色翼纹鞋的鞋尖伸进了门缝,"好吗?就半秒钟。"

尤金挪到前面去,一只耳朵斜向门那边。"呃,我能为您做点什么?"

"尤金。"门把手又咔嗒一声,"就半秒钟,我就离开你的视线!"

他不当布道者真是可惜,尤金酸酸地想。他用手背擦了擦嘴,大声说道，语气尽可能不显刻意，平易近人："呃，戴尔先生！我确实也不愿意这样，但您来得确实不是时候。我现在正在研习《圣经》。"

片刻沉默之后，戴尔先生又说道："好吧，但是尤金——你不能把这些垃圾就这样扔在房子前面的路边上，下午五点前要清理干净。如果我收到了法庭的传票，你得负责。"

"戴尔先生，"尤金说道，目不转睛地盯着厨房地板上的易酷乐牌小冰箱，"虽然我很不想这么告诉你，但是我觉得外面的垃圾是那两个信摩门教的男孩扔的。"

"我不管是谁的垃圾，环境卫生部门不允许五点前丢垃圾。"

尤金晃了一眼手表。差五分钟五点，该死的浸信会恶魔。"好的，呃，我一定会留心它的。"

"多谢！尤金，我们很欣慰我们能在这点上互相帮助。顺便问一句，吉米·戴尔·拉特利夫是你的堂兄吗？"

小心翼翼地停顿片刻后，尤金回答道："是远房堂兄。"

"我找不到他的电话号码，你能给我一个吗？"

"吉米·戴尔和他们没有电话。"

"尤金，如果你碰到了他，请你告诉他让他去趟我的办公室。我和他得谈谈他所购买的汽车的资金问题。"

随之而来的是一阵沉默，尤金想到上帝曾经掀翻借贷经纪人的桌子，将在圣殿之中进行买卖的人驱逐出去。他们的商品是奶牛和肉牛——圣经时代中的轿车和卡车。

"没问题吧？"

"我务必把话带到，戴尔先生！"

尤金听着戴尔先生下楼的脚步声——起初很慢，中间停了下来，后又轻快地走了起来。他潜伏到窗户边，看到戴尔先生并没有径直去开车（一辆雪佛兰黑斑羚，上面挂着经销商的牌子），而是在前院中超出尤金视线范围的地方逗留了几分钟——也许是在研究洛亚尔的皮卡车,也是一辆雪佛兰;也许只是想看一下那两个可怜的摩门教教徒。他虽然喜欢他们,却对他们残忍无情,故意用《圣经》中激进的经文激怒他们,盘问他们对死后生活的观点,诸如此类。

直到雪佛兰启动后(对于这样一辆新车来说,启动声有些过于迟缓),尤金才去找来访者,他正单膝跪地,虔诚地做着祈祷。他浑身颤抖,拇指和食指按着眼窝,像足球比赛开赛前的基督教运动员。

尤金既不愿打扰客人,也不想加入他。他安静地回到前面的房间,从易酷乐牌小冰箱拿出一块温热、冒着水珠的奶酪——自早上买回来之后他就一直惦记着——用小折刀给自己切了一大块,没有配饼干,直接大快朵颐。他缩着双肩,背后的门敞开着,来客仍然跪在那些炸药箱中间。尤金心想为什么自己从未想过安装窗帘。他之前从未觉得这么做有必要,因为他住在二楼,虽然自己的院子里无遮无挡,但别人家院子里的树把邻居的窗户挡得严严实实,但在他看管这些蛇的期间,还是要额外注意些隐私才更明智。

——

艾达·拉伊把头探进哈莉特的房间,她的胳膊上挂满了干净的毛巾。"你不是在从那本书上剪照片吧?"她说道,眼睛盯着小地毯上的剪刀。

"没有,夫人。"哈莉特回答。隐约中,一阵嗡嗡的电锯声透过敞开的窗户飘进了房间:树木一棵接一棵地倒下。浸信会教堂的执事一天到晚就想着扩张:新娱乐室、新停车场、新青年活动中心。用不了多久,这块土地上就见不到树了。

"最好别让我逮住你。"

"遵命,夫人。"

"那剪刀为什么放在那里？"她冲着剪刀点了下头，目光逼人。

"把剪刀收起来，"她说道，"现在。"

哈莉特顺从地把剪刀放进抽屉。艾达哼了一声，慢悠悠地走了。哈莉特坐在床尾上静静等待；艾达的脚步声一消失，她便立即打开抽屉，又把剪刀拿了出来。

从一年级到现在，哈莉特共收集了七本亚历山大私立中学的年鉴。佩姆伯顿两年前毕业。她一页一页翻着他的毕业纪念册，仔细研究每一张照片。到处都能看到佩姆伯顿的身影：网球队和高尔夫球队的合影中有他；身穿格子裤，倚靠在自修室的桌子上；打着黑色领结，和其他返校节中的风云人物一起，站在闪闪发光、装饰有白色旗子的背景前；他的额头发亮，红彤彤的脸上洋溢着幸福。一脸醉相。黛安·莱维特——丽莎·莱维特的姐姐——戴着手套的手挽住他的胳膊，虽然脸上在笑，但神情中仍难掩惊讶，因为安吉·斯坦诺普刚刚被宣布为返校节女王，而不是她。

接着是他们的毕业肖像。无尾礼服、粉刺、珍珠。大下巴的乡下女孩在摄影师的幕布前局促不安。闪闪发光的安吉·斯坦诺普赢遍了当年的奖项，高中一毕业便嫁了人，哈莉特在杂货店看到她时，发现她如今已经面色苍白、容颜不再、腰围粗壮。但却丝毫没有丹尼·拉特利夫的踪影。他是没及格？辍学了吗？她向后翻，看到了毕业生儿时的照片（黛安·莱维举着一个玩具电话假装打电话；佩姆眼睛瞪得圆圆的，身上的尿不湿已经湿透，在玩具堆中大摇大摆），看到死去的哥哥的照片时，她心头一惊。

正是罗宾：他单独在另一页上，长着雀斑的脸上难掩虚弱，他面露笑容，戴着一个大大的草帽，看样子像是切斯特的。他在笑——不像是为了什么有趣的事情在笑，而是很甜蜜，似乎举着相机的人是他很爱的人。配文：**罗宾我们想念你！**照片下面，每一位即将毕业的同学们都签上了自己的名字。

她仔细端详了这张照片很久。虽然她永远也无法知道罗宾的声音是什么样的，但她一直都很喜欢他的样貌，曾通过一系列日渐褪色的快照观察过他的变化。长大以后的他会是什么样子呢？无从知晓。从照片上来看，佩姆伯顿小时候长得很丑——宽肩、罗圈腿、没脖子，一点也看不出他以后会变帅。

在佩姆班前一年的年鉴里也找不到丹尼·拉特利夫（欢乐男孩佩姆倒是又出现了），但沿着佩姆伯顿班的同学名单往下看，她突然找到了他的名字：丹尼·拉特利夫。

她的目光即刻移向与之相对的一栏。但却没看到照片，那里只有一个留着刺头的卡通男孩，他凝神注视着一张写有"作弊小抄"的纸。画的下方写着一行大字：**本人太忙——无暇提供照片**。

所以他至少留了一级。十年级之后，他就辍学了吗？

她又翻看了前一年的，终于找到了他：又厚又长的刘海挡在额头前，连眉毛也盖住了——长相帅气，但咄咄逼人，很像痞子明星。他看上去比十年级的学生要大些。他的刘海半挡着眼睛，看上去像是耷拉着眼皮，显得他很刻薄。他傲慢地噘着嘴唇，好像正要吐口香糖，或者说一声"呸"。

她仔细地看了这张照片很长时间。随后，她小心翼翼地把它剪了下来，压进了橙色的笔记本里。

"哈莉特，下来。"楼梯口传来艾达的声音。

"夫人？"哈莉特回答道，抓紧完成。

"是谁在这个午餐盒上扎了洞？"

——

希利那天下午没打电话过来，晚上也没有。第二天早上——是个雨天——他也没来，所以哈莉特决定走路去伊蒂家，看看她有没有做早饭。

"身为一名执事！"伊蒂说道，"他居然试图从一堆寡妇和老太太们组成的教友出行中牟取利润！"她身上穿着卡其色的衬衫和工装裤，帅气非常。她同园艺俱乐部的人一起，一整天都在南方公墓工作。"'好吧，'他跟我说（噘着嘴，模仿戴尔先生的声音），'换成灰狗长途巴士会收你们八十美元。''既然如此！'我说，'我觉得那很正常！我最近才听说，灰狗长途巴士公司如今还在为了赚钱做事！'"

说这番话时，她的目光越过镜框，一直盯向报纸。她的声音听起来跟女王似的，盛气凌人。她丝毫没有注意到孙女的沉默，这也让（正安静地嚼着吐司的）哈莉特愈发闷闷不乐。自从她跟艾达的那次谈话之后，她便觉得很难再和伊蒂交谈——更过分的是，因为伊蒂总是给国会议员和参议员写信，写请愿书，力争保护老地标或是濒危物种。那么，艾达的福祉难道不比那些伊蒂投注了巨大精力的密西西比水鸟之类的重要吗？

"当然，我没提那件事。"伊蒂傲慢地哼了一声，好像是说他最好对此感恩戴德。她拿起一张纸，抖了抖，"但罗伊·戴尔以那种方式将车卖给爸爸，我永远也不会原谅他。爸爸后期时，已经分不清东西了。他那样做跟把爸爸打晕在地，从钱包里偷钱无异。"

哈莉特意识到自己一直在刻意盯着后门看，便转头继续吃早饭。如果希利去了她家，但是她不在，他就会来这里找她，但这有时会让人不畅快，因为伊蒂很爱跟哈莉特开希利的玩笑，小声嘟囔些甜心和爱情之类的话，还低声哼唱小情歌，惹人厌烦。哈莉特能受得了任何形式的逗弄，但就是无法忍受别人用男孩子来挑逗她。伊蒂对此装聋作哑，极具戏剧性地回避自己的杰作，"这位女士申辩太多了！"她语气欢乐地嘲弄道，令哈莉特深恶痛绝，"一说他你就这么烦恼，说明你肯定特别喜欢那个小男孩。"

"我觉得,"伊蒂说道——将哈莉特从这些往事中惊醒——"我觉得学校应该提供热腾腾的午餐,同时一分钱也不要给家长。"她正在对报纸上的一篇文章发表看法。再早一点的时候,她还谈论了巴拿马运河,说就这样拱手让人太夸张了。

"我觉得要去读一读讣告,"她说,"爸爸以前常这么说。'可能我最好先读读讣告,看看去世的是不是我认识的人。'"

她将报纸翻过来。"我希望天能放晴,"她说,眼睛向窗外扫了一眼,似乎并未注意到哈莉特,"有很多家务事要做——园圃棚该打扫了,锅碗瓢盆该消毒了——但我敢说,人们起床后还是会先看一眼天气——"

赶巧的是,电话这时响了。

"来了,"伊蒂边说边拍拍手,从桌边站起来,"这是今早的第一个爽约电话。"

——

蒙蒙细雨中,哈莉特低着头往家走去,头顶上撑着一把从伊蒂那里借来的巨型大伞。在还小一些的时候,她经常用来玩《欢乐满人间》。排水沟里传来哗啦啦的流水声;在雨水的冲刷下,一排一排的橘黄色百合花倒向人行道,但角度奇怪,看上去像在冲着她叫嚷。她有些希望希利能穿着他的黄色雨衣,踩着地上的水坑跑过来;要是他真来了,她一定会不理他,但是蒙着水汽的街道上空空如也:没有人,没有车。

因为身边没有人阻止她在雨中嬉戏,她便大摇大摆地在从一个水洼跳到另一个水洼。她和希利是不说话了吗?他们两人不理对方最长的一次是在四年级。他们两个在学校吵了一架,当时正是二月份放冬假的时候，冻雨打在窗玻璃上，孩子们焦躁不安，因为他们已经连续三天不能去操场了。教室过度拥挤，臭气熏天：霉菌滋生、粉笔末飞扬、牛奶变质，但主要还是尿臊气，是铺满地面的地毯散发出来的。每逢潮湿的天气，大家都会被这味道逼疯，孩子们或用手捏住鼻子，或假装作呕；甚至老师也受不了。麦莉夫人在教室后面走动时，总是不停地喷着手中的佳丽牌空气清新剂——甚至在她讲解长除法或是听写时，也停不下来。所以轻柔的除臭喷雾便不停地落在孩子们的头顶上，等到他们回家后，闻起来像极了女洗手间的马桶。

麦莉夫人本不应该在教室无人监管的情况下离开：但她也和孩子们一样讨厌教室里的尿臊气，所以经常拖着步子去到走廊的对面，和五年级的老师赖德奥特夫人聊天。她总是选一个孩子看班，这一次，她选了哈莉特。

被指定"看班"并不好玩。哈莉特在门口放哨，等麦莉夫人回来的同时，其他孩子——除了要及时跑回座位之外，别无顾虑——则在臭气熏天、热气腾腾的教室里跑来跑去：嬉笑、哀号、捉迷藏、下跳棋、把笔记本的纸揉成纸球往别人脸上砸。希利和一个叫格雷格·德洛克的男孩朝着哈莉特的后脑勺扔纸球，玩得不亦乐乎。两个人都不觉得她会向老师告状。因为大家都很害怕麦莉夫人，所以没人会向她告状。但当时哈莉特心情糟糕，她很想去洗手间，而且她还很痛恨格雷格·德洛克，他总是做些诸如抠鼻子和挖鼻屎的事情。希利和他玩的时候，格雷格的性格就会传染给他。他们在一起的时候，总会朝着哈莉特扔湿纸团，或破口大骂，要是她靠近他们一些，他们就会放声尖叫。

所以麦莉夫人回来后，哈莉特向她告了格雷格的状，希利也未能幸免。而且她还添油加醋，说格雷格说她是妓女。格雷格过去的确骂过哈莉特是妓女（有一次他甚至还给她起了个神秘的名字，听起来像是"妓女—哈珀"），但这一次，他最过分的也就是骂她恶心。希利被罚多记五十个单词，但是格雷格不仅要多记单词，还挨了肯尼迪夫人九板子（英语单词 Damn（他妈的）"和"Whore（妓女）"合起来一共九个字母）。肯尼迪夫人满口黄牙，身材和男人一样高大，小学里打板子的事情都由她负责。

希利生哈莉特气的主要原因是，因为他用了三周才把这些单词记到能通过考试的地步。哈莉特则十分冷淡，和自己和谐相处，生活中没了希利也没什么大不了，生活原本就是如此，不过就是孤单一些；但是考完试两天之后，他就跑去哈莉特家的后门问她要不要一起骑车兜风。通常情况下，吵架之后，不管希利是不是犯错方，总是他来主动和好——因为他不记仇，而且他每每发现自己有空闲时间却没有人一起玩时，总是会先惊慌失措。

哈莉特抖了抖伞，把它放在后面的门廊，便穿过厨房往门厅走。但艾达·拉伊从起居室走了出来，挡住了她上楼回卧室的路。

"听我说！"她说，"那个午餐盒的事情我还没跟你算清。我知道是你扎了那些洞。"

哈莉特摇摇头。虽然她觉得自己必须和先前拒绝承认时言辞一致，但她确实没有力气再跟她说一个更加强有力的谎话。

"你是想让我相信是有人闯进了家里，然后在饭盒上扎了洞？"

"那是艾莉森的饭盒。"

"你知道你姐姐是不会在那个盒子上扎洞的，"艾达跟在她身后上了楼，"你一秒也别想骗我。"

―――

我们要开启……

我们要赐予你力量……

希利盘着腿坐在电视机前的地板上，腿上放着一碗吃了一半的盖格牌爆米花，旁边还放着战斗机器人——其中一个机器人弹簧没了弹性，胳膊肘来回晃荡。在机器人旁边，一个特种部队玩具脸朝下躺在地上，它来充当裁判。

《电力公司》虽然是一个具有教育意义的节目，但至少不像《罗杰斯先生》那样愚蠢。他又吃了一大勺盖格爆米花——已经被泡湿了，色素将牛奶染成了绿色，但里面的迷你棉花糖颜色没变，还和水族箱里的砾石一个颜色。几分钟前，他的妈妈跑下楼，探头到客厅里问他想不想帮她做饼干。他十分鄙夷地拒绝了，但她并没怎么受影响，想起来他就很生气。好吧，她回答道，兴致未减，随你便。

不：他绝不能表现出任何兴趣，不能让她因此而有满足感。烹饪是女孩子的事情。如果他的妈妈真的爱他，她会开车带他去保龄球馆。

他又吃了一大勺盖格爆米花。里面的糖都化了，味道已经不再那么好了。

——

在哈莉特那里，时间缓慢进行着。似乎没有人察觉出希利的缺席——不过非常奇怪的是，即使是飓风来袭，将屋顶掀翻，也不一定能注意到的哈莉特的妈妈却发现了。"小普赖斯去哪儿了？"那天下午她在阳台问哈莉特。她叫希利小普赖斯，那是他妈妈的娘家姓。

"不知道。"哈莉特简短地回答，走上楼去。但她很快就无聊了——烦躁不安地在床和窗边的座椅间来回切换，看雨打在窗户上——没多久又下了楼。

漫无目的地闲逛片刻，又被赶出厨房之后，她最终在门廊里一块不引人注意的地板上坐了下来，这里的地板尤其光滑，很适合玩抛接

205

球。她边玩边麻木地随着球起球落的砰砰声大声地报着数,还伴随着厨房里艾达单调的歌声:

但以理① 看到了那块造就一座山脉的石头
但以理看到了那块造就一座山脉的石头
但以理看到了那块造就一座山脉的石头……

用硬塑料制成的抛接球居然比橡胶跳得还高。如果击中了那个翘起来的钉头,抛接球便会被弹射向不可预测的角度。而这个翘起的不同寻常的黑色钉头——它向一边倒去,像一顶中国人常戴的小草帽——虽然只是一个天真无邪、没有恶意的小物件,却是混乱时间中的一个令人愉悦的静止点,能牢牢锁定住哈莉特的注意力。哈莉特记不清有多少次光着脚踩到了这个翘起的钉头上。钉头被锤子敲弯了,割不破人。但她差不多四岁的时候,有一次坐在门廊地板上往下滑,却被钉子挂破了内裤后裆:蓝色的内裤,是从基迪科纳店里买来的套装中的一件,上面绣着粉红色的星期名。

三、六、九,还有一个。这个钉头十分坚韧;从她还是个婴儿时就在那里了。不:当全世界都乱套的时候,它却一直都在那里,静静地驻扎在门后面的黑色暗影中。甚至连基迪科纳——直到近期,哈莉特所有的衣服都还是在这家店买的——也关门了。身材矮小、扑着红

---

① 本歌词节选自基督教音乐 Daniel Saw The Stone,歌曲歌颂的是幼年时被俘虏至巴比伦的犹大贵族但以理。在《圣经·旧约》的《但以理书》中,讲述了但以理为巴比伦王尼布甲尼撒王解梦的故事。解梦内容如下:"王啊,你梦见一个高大宏伟、极其明亮的塑像站在你面前,相貌可怕,有纯金的头、银的胸和臂、铜的肚腹和大腿、铁的小腿和半铁半泥的脚。在你观看的时候,有一块非人手凿出的石头打在塑像半铁半泥的脚上,砸碎了脚。铁、泥、铜、银、金随即粉碎,犹如夏天麦场上的糠秕,被风吹得无影无踪。但打碎这像的石头变成一座大山,充满整个大地。"(节选自《圣经当代译本修订版》)

206

粉的赖斯夫人把这家店卖掉后便住进了养老院。在哈莉特的儿童时期，她从未有过什么变化，总戴着一副大大的黑色眼镜和一只大大的金色吊坠手镯。哈莉特不喜欢从空置的商店前经过，虽然每次路过时，她总是会停下来，用手遮着额头，透过落满灰尘的厚板玻璃往里面望。有人把窗帘从挂环上拽下来了，展示柜空空荡荡。地板上扔着报纸，和小孩子一样大的商场模特——皮肤黝黑，通身裸体，顶着模型童花头——朝向不同地立在昏暗的空店里，眼睛盯向四面八方。

石头是耶稣的化身，是他变幻出这座山峰
石头是耶稣的化身，是他变幻出这座山峰
石头是耶稣的化身，是他变幻出这座山峰
正在推倒整个王国

连接了四个球。连接了五个球。她成了美国的抛接球冠军。她热情满满地喊出分数，为自己欢呼，为自己的表现惊喜，脚后跟点地左摇右摆。有那么一会儿，她感觉自己的紧张也变成了高兴。但是不管她如何努力尝试，都无法彻底忘记没人在意她是不是开心。

———

丹尼·拉特利夫在一阵惊吓中从午睡中醒来。他最近几周睡得都很少，因为他最大的哥哥法里什在标本制作室里搭了一个冰毒实验室，就在他们的祖母的拖车房后面。法里什不是什么化学家，但有安非他明已经足够了，而且这么做他是净赚。通过卖毒品、领残障补贴、为当地的猎人制作鹿头标本，法里什现在赚的钱是之前的五倍：以前就是入室盗窃，偷车用蓄电池。他现在无论如何也不想再做那些事情了。自从他从精神病院出来以后，法里什就拒绝使用自己的聪明才智，除非是发挥自己的咨询能力。虽然兄弟们是他一手调教出来的，但他不再参与他们那些小差事；他拒绝听他们的具体工作细节，甚至拒绝一起坐车。虽然在撬锁、热线发动、战术侦察、逃脱和交易的方方面面，他都比任何一个弟弟更有天赋，但这一不加干涉的新策略却是更为明智的；因为法里什是个能手，比起在牢房的铁栅栏后面度日，他在家里能发挥更多的用处。

制作标本的生意（一个法里什断断续续干了二十多年的合法生意）为他搭建冰毒实验室提供了便利，使他能够获得靠其他途径很难获取的化学产品；除此之外，标本制作过程中散发出的恶臭能飘很远，掩盖住病毒制作所产生的独特的猫尿味。拉特利夫家树林围绕，离公路有很大一段距离，但即使如此，味道也可能成为致命的线索；许多冰毒作坊被查封（法里什说）就是因为喧嚣的邻居或是吹向错误方向、正好吹进警车窗户里的风。

雨已经停了；太阳的光线透过窗帘照射进来。丹尼闭上眼睛，翻了个身，床板的弹簧吱呀作响，他把脸埋进了枕头里。他的活动房车——停在他祖母的移动拖车后面，她的房车更大——离冰毒作坊有差不多五十米，但恶臭在冰毒、热气、标本之间来回传播，丹尼被恶心得几乎要吐了。这股半猫尿、半甲醛、半腐半死的臭味几乎无处不在，无缝不入：衣服、家具、水、空气、祖母的塑料杯和碗碟。他哥哥身上沾的味道更大，站在离他两米远的地方都让人难以忍受，丹尼还有一两次惊恐地发现，自己的汗水里似乎也能闻到这股味道。

他僵硬地躺着，心跳加速。他已经连着几周没有睡过安稳觉了，只是偶尔打个盹。蓝色的天空、快节奏的音乐、漫长但又速度飞快的夜晚一次又一次掠过，奔向想象中的尽头。而他则踩着油门，加速驶过这些夜晚，一个接着一个，黑暗与光明交叠，像在又长又平坦的高速公路上穿过夏季的暴风雨。他并不是要去什么地方，而只是要加快前进速度。有些人（丹尼除外）跑得太快、太远、太累，以至于在尚未天亮的早上咬牙切齿，听着清晨时的鸟叫声，厉声说一句：再见。他们处于永无止境的撕裂状态，眼神凶恶，朝着四面八方呼扇拍打：他们深信蛆虫正在啃噬自己的骨髓，女友正与别人寻欢作乐，政府部门正通过电视机监视着他们，狗吼叫的都是莫尔斯电码。丹尼曾看到一位身形消瘦的怪人（叫KC·罗丁汉姆，已经去世了）不停地用缝衣针扎自己，直到把胳膊肘扎得像经过深底油炸锅一番折磨才停下来。他说有小钩虫钻进了他的皮肤。整整两周的时间，他处于几近狂喜的状态，会整日整日坐在电视机前，把自己小臂上的皮肉掀开，冲着想象中的害虫大喊"抓住啦！""哈！"法里什也曾接近这一状态（最严重的一次他手里举着拨火棍，嘴里喊着约翰·肯尼迪的名字）。但丹尼无论如何也不会到这般境地。

不：他并无大碍，只是像老虎一样热得汗流浃背，稍微有些紧张难安。眼皮上的肉跳了一下。噪声，甚至不易察觉的噪声，都开始让他紧张起来，但这周的大多数时候，他总是不断地被同一个噩梦反复折磨。噩梦似乎盘旋于他之上，等着他打瞌睡；当他躺在床上，好不容易睡着了，它就猛地扑出来，抓住他的脚踝，以迅雷不及掩耳之势将他拖拽下去。

他仰卧在床上，盯着房顶上的泳衣海报。折磨人的噩梦仍未消散，水汽蒸腾，低压而来，像宿醉一样让人不舒坦。尽管糟糕如此，但他醒来时，却从记不起任何细节，记不起任何人或是情景（虽然至少都会有一个人），他总是在诧异中陷入虚无，头晕目眩，呼吸困难：挣扎，黑暗，翅羽，恐惧。听起来似乎没那么糟糕，但他每次做噩梦就会记不起来。

黑头苍蝇聚集在吃了一半的甜甜圈上——那是他的午餐——放在床边的小桌上。丹尼站起身时，它们也嗡嗡嗡地飞起来，横冲直撞一会儿，又重新落在甜甜圈上。

他的兄弟麦克和瑞奇·李还在蹲监狱，这辆房车便归他独享。老房车的房顶不高，虽然丹尼卫生保持得很好，窗户干净，从不攒脏盘子，但仍难掩它的破烂与狭小。电风扇嗡嗡地摇着头，吹拂着轻薄的窗帘。他从搭在椅子上的牛仔布衬衫的上衣口袋中，拿出一个锡制鼻烟壶，但里面装的不是鼻烟，而是一盎司冰毒粉。

他倒在手背上，吸了好大一口。让人顿感清新的灼烧感直达嗓子眼，他的眼中涌起泪水。阴霾几乎一瞬间便被排遣掉了：色彩变得更清晰，精神更好了，生活也不再那么糟糕。不一会儿，刚吸得那口劲头还未退去，他便颤抖着双手又倒了一些出来。

哦，是啊：在彩虹绚烂、星星闪亮的乡村住了一周了。丹尼顿时感觉眼前明亮，神清气爽，洞悉一切。他把床铺得整整齐齐，把烟灰缸倒了，还在水池里洗了洗，扔掉可乐罐和剩下的甜甜圈。床边桌上放着玩了一半的拼图（黯淡的自然风景，冬天的树木，瀑布），这陪他度过了无数个飞速流转的夜晚。他应当玩一会儿吗？对啊：拼图。但他的注意力随即被电源线捕获了。电源线绕着风扇，在墙上攀爬，满屋子都是。时钟收音机，电视机，烤面包机，整机。他拍了一个在头边飞的苍蝇。也许他应该处理一下电源线——整理一下它们。世界职业摔跤联盟比赛播报员的声音穿过迷雾，从他祖母住的地方传了过来，十分清楚："死亡医生大大大发雷霆了……"

"给我走开！"丹尼大喊一声，不经意间他拍死了两只苍蝇，正盯着牛仔帽帽檐上的污迹看着。他不记得自己拿起了帽子，甚至不记得它在房间里。

"你从哪儿冒出来的？"他对着它说道。十分古怪。苍蝇们——变得躁动不安——嗡嗡嗡地绕着他的脑袋乱飞，但现下这顶帽子才是最让丹尼担心的。它为什么在里面？他把它放在汽车里了；他非常确定。他把它扔到了床上——突然之间，他不想让它碰到他——而且它孤零零地歪斜着躺在整洁的床铺上，看得他心里发毛。

去他妈的，丹尼心想。他扭了扭脖子，穿上牛仔裤，走出了房间。他发现自己的哥哥法里什正躺在他们祖母房前的铝合金躺椅上，用小刀刮着指甲壳里面的脏东西。他的周围摆满了各种各样废弃的东西：一块磨刀石、一把螺丝刀、一台拆了一半的晶体管收音机、一本封面上印着德国纳粹"卍"字饰的简装书。他们最小的弟弟柯蒂斯坐在这一堆东西之间，两条又粗又短的腿摆成 V 字，他抱着一条湿漉漉的小脏猫，把它举到脸前，嘴里哼着歌。丹尼的妈妈在四十六岁的时候怀上了柯蒂斯，她酗酒严重——虽然他们的爸爸（也是个酒鬼，也去世了）对柯蒂斯的出生十分不满，但柯蒂斯是个讨人怜爱的孩子，他喜欢吃蛋糕，听口琴音乐，还有圣诞节，他没有什么毛病，只是有些笨拙和迟钝，耳朵有些聋，看电视的时候喜欢把声音调得很高。

法里什咬着牙，朝丹尼点头示意，但是没有抬头看他。他心情不错，吸毒之后十分兴奋。他的棕色连体衣（美国联合包裹服务公司的连体工作服，胸脯上贴标签的地方被剪了一个洞），衣服的拉链几乎只拉到他的腰部，露出来一团浓密的黑色胸毛。不论是冬季还是夏季，除了要去法庭或是参加葬礼的时候，法里什只穿棕色的连体衣。他从联合包裹那里买了一打二手的连体衣。几年前，法里什曾经为邮局工作过，不过他不是开货车的，而是一名邮递员。据他所说，没有比这个差事更适合在富人区踩点了，可以知道谁离开了镇子，谁没有锁窗户，谁每个周末都任由报纸堆在外面，谁家养了会把事情搞复杂的狗。但正是这些观察，让法里什丢了邮递员的工作，还让他险些被地方检察官送到莱文沃思监狱，如果他有足够的证据证明法里什在工作时进行了入室盗窃。

每当有人在黑门酒馆取笑法里什的连体衣或询问他为什么要穿它

时，法里什总是简洁地回答，说他以前是邮局的。但这站不住脚：法里什恨透了联邦政府，对邮局也是如此。丹尼怀疑他喜欢穿连身衣的真正原因，是住精神病院的时候（这又是另外一件事了），他已经习惯穿了类似的衣服，但是丹尼或其他人都不敢跟法里什提。

他正准备去大房车上的时候，法里什把草坪椅的后背拉直，啪的一下合上了小刀。他使劲地抖着膝盖。法里什有一只眼睛坏了——变成了乳白色——尽管已经过去了许多年，但当法里什突然用这只眼睛看向他时，像现在这样，丹尼仍然会感到不自在。

"古姆和尤金在里面刚刚因为电视机拌了几句嘴，"他说道，古姆是他们的祖母——他们父亲的母亲，"尤金觉得古姆不应该看她的人。"

他说话的时候，他们没有看着彼此，而是都望着空地，看向繁茂而静谧的树林——法里什瘫坐在椅子上，丹尼站在他的旁边，像是拥挤的火车上的乘客。他们的祖母管她看的肥皂剧叫我的人。高大的草丛围绕着一辆死气沉沉的汽车，在杂草中，一个坏掉的小推车车斗朝上躺在地上。

"尤金说那个有悖基督教。哈！"法里什说，他猛地拍了一下自己的膝盖，吓了丹尼一大跳，"摔跤他就不觉得有什么不对劲的了，或者是足球也不觉得。基督徒摔什么跤啊？"

除了柯蒂斯——他热爱世间万物，甚至是蜜蜂、黄蜂和树上掉下来的树叶——拉特利夫家的其他人和尤金之间的关系都很不自在。他是家里的老二，他们的父亲去世后，他便成了法里什所经营的家庭生意（盗窃）的陆军元帅。他尽职尽责，虽然并没有那么积极主动，或是受到启发，但就在那时——六十年代时因为偷盗案被关在帕奇曼监狱时——他看到了异象，指引他向前，歌颂耶稣。自那以后，尤金和家里其他人的关系一直有些紧张。他拒绝再让所谓的恶魔的勾当脏了自己的手，不过——正如古姆尖刻地指出的那样——恶魔和他的工作所提供的食物和居所，他倒是欣然接受了。

尤金不在乎。他与他们说话时不断地引用《圣经》，时常因为鸡毛蒜皮的事情与祖母争吵，总是让大家都感到不自在。他像他们的父亲一样毫无幽默感（不过没有继承他的暴脾气——谢天谢地）；即使是在过去，在尤金又偷车又整晚在外酗酒的时候，他也从来不是个有趣的人，尽管他没有对谁怀恨在心或是怀有不满，从根本上来讲，他是个正派的人，但他的传教让他们无聊透顶了。

"尤金来这里做什么？"丹尼说道，"我以为他和那个搞蛇的男孩子一起待在布道所。"

法里什笑了——一阵令人震惊的尖声大笑。"我猜尤金会把那里留给洛亚尔和他的那些蛇。"尤金有理由怀疑洛亚尔·里斯来访的动机并非单纯为了举办奋兴布道会和基督徒团契，因为这次拜访是由洛亚尔身处监狱单人牢房的哥哥道尔菲斯一手安排的。自从道尔菲斯的运货老手在二月份，因为一张仍然有效的逮捕令被逮捕之后，法里什实验室里的安非他明就再也没有运出去过了。丹尼曾经自告奋勇可以亲自开车把毒品送到肯塔基——但是道尔菲斯不想让任何人踏入他的地盘（一位身在铁窗之后的男人的真切担忧），此外，既然他有一个叫洛亚尔的弟弟能够免费开车去那里，他何苦要费劲另找一位送货人呢？当然了，洛亚尔对此并不知情——因为洛亚尔十分虔诚，绝对不会在明知道尔菲斯在监狱里谋划了这些计划的情况下，还和他合作。他要去东田纳西参加"教友会"；他来亚历山大是为了帮道尔菲斯的老朋友法里什的弟弟（尤金）着手准备奋兴会。洛亚尔知道的只有这些。但是当洛亚尔——单纯地——开着车回到肯塔基的时候，他会在毫不知情的情况下，将一批法里什藏在他卡车引擎里的秘密包裹和那些爬行动物一起运回去。

213

"我不能理解的是,"丹尼说道,他凝望着布满灰尘的小空地周围黑压压的松树林,"他们动那玩意的出发点是什么呢?他们不会被咬吗?"

"一直都有人被咬。"法里什猛地摇了一下头,挑衅意味十足,"进去问问尤金。他肯定能告诉你不少这方面的事情。"他把脚上的机车靴甩到一边,"如果你玩蛇,却没有被咬,这是个奇迹。如果你玩它,而它咬了你,那也是个奇迹。"

"被蛇咬伤不是奇迹。"

"但如果你不去看医生,而是在地板上翻来覆去,呼救耶稣。并且活了下来,那就是奇迹。"

"如果你死了怎么办?"

"那是另一种奇迹。接受预示,升往天堂的奇迹。"

丹尼哼了一声,"嗯,妈的,"一边说一边将双臂交叉胸前,"如果到处都是奇迹,那又有什么意义?"松树上方的天空一片明亮蔚蓝,地面的水坑里也映着蓝色。他感觉自己很是兴奋,心情很好,又会回到了二十一岁。也许他待会儿要跳上车,开去黑门酒馆,或者开车去水库兜风。

"如果他们去那个灌木丛里走一圈,掀开一两块石头,也能发现一大堆奇迹。"法里什尖酸地说道。

丹尼笑着说道:"如果尤金去驭蛇了,那才算是奇迹。"尤金的布道没有什么好说的,因为尤金的宗教热情出奇的平淡和呆板。除了柯蒂斯——他每次参加时,都会笨手笨脚地挤到前排,接受救赎——据丹尼所知,他并没有成功转变过任何人的信仰。

"在我看来,你永远也等不到尤金驭蛇的那一天。尤金都不敢往鱼钩上挂虫子。你说——"法里什,正盯着空地那边道的矮松,轻快地点了点头,好像要换个话题——"你觉得昨天爬到这里的那条白色响尾蛇怎么样?"

他指的是他刚刚运过来的那批货,冰毒。或者,至少丹尼认为他是这个意思。法里什说的话,经常令人费解,尤其是他吸毒兴奋或喝醉的时候。

"你怎么说?"法里什突然抬头看了一眼丹尼,眨了眨眼睛——眼皮抽动了一下,令人难以察觉。

"还不错。"丹尼一边小心翼翼地说,一边故作轻松地抬起头,转身朝相反方向望去,动作非常流畅。如果有人敢误解法里什,他很容易就会爆发,虽然大部分人对他说的话只是一知半解。

"还不错。"法里什的眼神看上去模棱两可,但是他摇了摇头,"纯粹的粉末。它将使你穿过那该死的窗户。上周我在操作这些碘气味的产品时差点疯了。通过矿物灵,林虫药,你有的东西,东西还这么黏,我几乎不可能把它塞进我的鼻子。告诉你一件事,该死的,"他哈哈大笑,倒在椅子上,紧紧抓住扶手,好像准备起飞,"像这样的批次,不管你是怎么剪的——"突然之间,他径直坐了起来,大声嚷道,"我让你把那东西从我身上拿开!"

一记耳光,一声被勒时的叫喊;丹尼吓了一跳,从眼角余光看到小猫飞了出去。柯蒂斯皱起长满青春痘的脸,龇牙咧嘴的,既悲伤又恐惧,用一个拳头捂着眼睛,接着又绊了一下。那是最后一只小猫了,法里什的德国牧羊犬把其他的都吃了。

"我告诉他了,"法里什说道,生气地站了起来,"我几次三番告诉他,让他不要把那只猫弄到我跟前来。"

"是啊。"丹尼说罢,看向别处。

———

哈莉特家的夜晚总是过于安静,钟表的嘀嗒声格外响亮。除了桌上的台灯散发出的一圈光晕，房间内的其他地方幽暗空旷，高高的房顶似乎伸向了望不到底的阴影当中。秋冬时节，太阳五点下山以后更遭。但是醒过来，却只有艾莉森为伴，在某种程度上比独处还要更糟。她躺在沙发的一头，她的脸被电视的光映成了蓝灰色，她的脚放在哈莉特的大腿上。

哈莉特漫无目的地看向艾莉森的脚——有些潮湿，泛着火腿似的粉红色，虽然艾莉森整天光着脚走来走去，脚底却意外得干净。难怪艾莉森和维尼能相处得那么好。维尼更像人，而艾莉森则更像猫，悄无声息地独自行动，大部分时间都对身边的人视而不见，但她乐意时，却能惬意地蜷在哈莉特的身边，问也不问便把脚跷到哈莉特的腿上。

艾莉森的脚很沉。突然之间——猛然地——她的双脚抽动了一下。哈莉特瞥了一眼，看到艾莉森的眼皮也动了。她正在做梦。哈莉特赶紧抓住她的小脚趾往后扭，艾莉森尖叫一声，像只鹳一样把脚收了回去。

"你梦到了什么？"哈莉特质问。

艾莉森——脸上印着沙发上的红方格印子——转了转惺忪睡眼，好像没认出哈莉特……不，不对，哈莉特边想边敏锐冷静而客观地观察着姐姐脸上的困惑神情。她好像不只看见了我，还看见了别的什么。

艾莉森双手捂着眼睛，一动不动地在那里躺了一会儿，随后她站起身。她的两颊肿了，眼皮耷拉着，让人捉摸不透。

"你刚刚做梦了。"哈莉特说，目光紧盯着她。

艾莉森打了个哈欠。然后边揉着眼睛边拖着沉重的步子摇摇晃晃地往楼梯处走去。

"等等！"哈莉特嚷道，"你刚才做了什么梦？告诉我。"

"不行。"

"为什么不行？是你不想吧？"

艾莉森转过身来，看着她——有些奇怪，哈莉特心想。

"因为我不想让它变成现实。"她说罢便开始往楼梯上走。

"不想让什么变成现实？"

"我刚才梦到的东西。"

"是什么？是和罗宾相关的吗？"

艾莉森在第一个台阶上站住，回头看她。"不是，"她说道，"是关于你的梦。"

———

"刚才只有五十九秒而已。"哈莉特冷冷地说道，佩姆伯顿则在一旁不停地咳嗽，噗噗地吐着气。

佩姆抓住泳池边，用小臂擦了擦眼睛，喘着气说道："胡说。"他的脸变成了紫褐色，几乎和哈莉特的乐福鞋一个颜色，"是你数得太慢了。"

哈莉特气鼓鼓地长呼一口气，把肺里所有的气都吐了出来。她用力地深吸气，反复了十多次，直到她开始头晕才停下来，又满满地吸了一口气之后，她潜入水中，游开了。

去程轻而易举，但穿行于冷色调的蓝色虎纹光线返回时，一切都进入慢动作模式，变得沉重起来。她身边有其他孩子的胳膊扫过，十分梦幻，和死人的皮肤一样白；还有其他孩子的腿，白色小水泡挂在竖起的腿毛上，随着他们轻轻一蹬腿，掉落于激起的水沫中。她太阳穴里的血液猛烈跳动，接着水泡又被冲了回来，猛烈跳动，被冲回来，猛烈跳动，像海浪拍打着沙滩。她浮出水面——很难想象——咔嗒一声便回到了高温高速、阳光灿烂的生活。孩子们挤作一团，叫嚷不断，脚掌拍在滚烫的人行道上，肩膀上搭着湿透的毛巾，嘴里吸溜

217

着和泳池的水一样蓝的冰棒。炸弹冰棒,这种冰棒叫炸弹冰棒,非常流行,是当年最受欢迎的美味。小卖部的冰盒上贴着瑟瑟发抖的企鹅。蓝色的嘴唇……蓝色的舌头……哆嗦个不停,牙齿格格作响,冷……

她猛地一下冲出水面,像穿破了一块玻璃一样,响声震耳欲聋;水池虽然不深,但还没到她能在里面站起来的地步,她踮着脚尖往起跳着,气喘吁吁,佩姆伯顿看得饶有兴致,轻轻地拍打着水面,游到了她的身边。

还没等她反应过来,他便熟练地把她捧了起来,突然之间,她的耳朵贴在了他的胸前,她抬头看到他的牙齿内面已经染成了焦黄色。他身上的烟味——让哈莉特觉得他很像个大人,陌生,不怎么让人舒服——比游泳池里的化学物质味道还要刺鼻。

哈莉特翻了个身,翻出他的怀抱,他们隔开了一段距离——佩姆伯顿重重地躺在水面上,激起一大片水花,而哈莉特则哗啦哗啦地游到泳池边,爬了上去,她身上穿着黑黄条纹相间的泳衣,看上去像只蜜蜂(莉比曾这么说),相当引人注目。

"怎么?你难道不喜欢被抱吗?"

他说这话的语气傲慢,透露着爱意,好像她是一只抓了他的猫咪。哈莉特愤怒地看着他,朝着他的脸踢了一脚水。

佩姆躲开了。"怎么了?"他戏弄道。他很清楚——到了有些烦人的程度——地知道自己长得有多帅,他充满优越感地笑着,和金盏菊颜色一样的头发梳在脑后,在蓝色的泳池映衬下飘动着,像极了伊蒂那本诗人丁尼生的书上的人鱼,它笑意盈盈:

哪条人鱼勇敢如此

头戴一顶金皇冠

独自坐在深海

独自吟唱？

"嗯？"佩姆伯顿放开了她的脚踝，轻轻地朝她弹水花，随后摇摇头，水滴飞得到处都是，"我的钱呢？"

"什么钱？"哈莉特有些吃惊地说道。

"我教会了你如何换气，不是吗？和那些培训如何戴水肺潜水的昂贵课程一样。"

"不错，但你只是告诉我而已。我每天都会自己练憋气。"

佩姆退后一步，摆出一副痛苦的表情。"我以为我们已经说好了，哈莉特。"

"不，我们没有！"哈莉特说，她无法忍受被人戏弄。

佩姆笑了。"算了吧。其实是我应该付钱给你，听着——"他把头浸入水中，又伸了出来——"你姐姐还在为那只猫伤心吗？"

"我觉得是。怎么了？"哈莉特十分狐疑地说。她丝毫不能理解佩姆为何对艾莉森感兴趣。

"她应该养条狗。狗能学小把戏，但是你没法教一只猫做什么。它们什么都不在乎。"

"她也是。"

佩姆伯顿笑了。"好吧，我觉得她现在正需要一条小宠物狗。"他说道，"有个俱乐部会所最近正在低价处理松狮犬。"

"她宁愿要一只猫。"

"她养过狗吗？"

"没有。"

"好吧，那她一定不知道自己错过了什么。猫咪们虽然看上去好像什么都懂，但它们只是闲坐那里，瞪着眼看而已。"

219

"维尼不是这样,它很聪明。"

"它肯定是。"

"不,我是说真的。它能听懂我们说的每一句话。而且它还试图跟我说话。艾莉森一直教它。它已经尽力做到最好了,但是它的嘴部结构与我们差异太大,发出的声音听起来总是不对。"

"我看也是。"佩姆伯顿说罢便一个转身仰面躺在了水中,他的双瞳和泳池里的水一样蔚蓝明亮。

"它的确学了一些单词。"

"是吗?比如?"

"比如'鼻子'。"

"鼻子?教它这么一个奇怪的词。"佩姆伯顿漫不经心地说,看向天空,他的头发像扇子一样在水面上铺开。

"她想从东西的名称开始,她可以指示的东西,像莎莉文老师教海伦·凯勒那样。她会摸着维尼的鼻子,然后说:'鼻子!那是你的鼻子!你有一个鼻子!'然后她会摸摸自己的鼻子。再摸摸它的。来回反复。"

"她肯定是没什么事做。"

"不错,她的确没什么事做。他们有时就那样坐一下午。过一段时间,艾莉森只需要摸摸她的鼻子,维尼就会像这样伸出爪子,摸摸自己的鼻子——我是认真的,"她说道,佩姆伯顿大声笑着——"没错,是真的,它还会发出一声奇怪的猫叫,好像在说'鼻子。'"

佩姆伯顿面朝下浸入水中,又哗啦一下浮出水面。"算了吧。"

"是真的,你问艾莉森。"

佩姆感觉有些无聊。"它只是发出了个声响……"

"是的,但那跟之前的声音都不一样。"她清了清嗓子,想要模仿那个声音。

"你不会真以为我会相信吧。"

"她录音了！艾莉森给它录了好几个磁带！大部分声音都是些没有特色的喵喵声，但只要你听得足够仔细，真的能听到它说了几个单词。"

"哈莉特，你太搞笑了。"

"是真的，问问艾达·拉伊。它还能判断时间。每天下午两点四十五的时候，它都会准时挠后门，让艾达放它出去接艾莉森的校车。"

佩姆伯顿浸入水中，把头发梳向脑后，然后捏住鼻孔，十分聒噪地使劲儿吹着气，要把耳朵里的水排出来。"艾达·拉伊怎么会不喜欢我呢？"他兴高采烈地说道。

"我不知道。"

"她从来都不喜欢我。我以前去找罗宾玩儿的时候，她总是很凶，虽然当时我才上幼儿园。她总会从你家后面的灌木丛里折一根枝条，追得我在院子里到处乱跑。"

"她也不喜欢希利。"

佩姆伯顿打了个喷嚏，用手背擦了擦鼻子。"你和希利到底怎么了？他不是你的男朋友了吗？"

哈莉特吓了一跳。"他从来都不是我的男朋友。"

"他可不是这么说的。"

哈莉特没再说话。希利被佩姆伯顿这么捉弄时，则会被激怒，叫嚷一些违心的话。但是她不会中他的诡计。

———

希利的母亲玛莎·普赖斯·赫尔——曾和哈莉特的妈妈上过同一所高中——因为溺爱孩子而臭名昭著。她发疯似的爱着他们，任由他们为所欲为，从不把他们爸爸说的话放在心上；人们认为溺爱是导致佩姆伯顿家的孩子没出息的原因，虽然现在就对希利下定论还为时尚早。她的宠爱式教育法真是传奇。外婆和姨婆们总是会拿玛莎·普赖斯和她的儿子们举例子，让溺爱孩子的年轻妈妈们引以为戒，比如防止她们放任自己的孩子连续三年除了巧克力派之外什么都不吃，佩姆伯顿此前就是这般。从四岁到七岁，佩姆伯顿除了巧克力派之外什么都不吃；再者就是（在被逼无奈的情况下）一种特殊的巧克力派，需要炼乳和各种昂贵的原料，为此，溺爱孩子的玛莎·普赖斯不得不每天早上六点起床烤派。

姨婆们至今仍会时常谈起一个关于佩姆的插曲——当时他是罗宾的客人——他拒绝了莉比家的午餐，而是用拳头敲着桌子（"像亨利八世似的"）要求呈上巧克力派。（"你能想象吗？'妈妈给我吃巧克力派。'换成是我，会好好抽他一顿。"）佩姆伯顿长大了还能有一嘴完整的牙真是奇迹；但是他不勤劳，不做有实际收益的工作也完全能解释得通，大家都认为这是因为他早年的不幸。

人们时常猜测，佩姆的爸爸一定觉得他的大儿子令他感到难以言状的尴尬，因为他是亚历山大私立中学的校长，教育孩子们守规矩是他的工作。赫尔先生与以往亚历山大市私立中学常见的校长不同，他先前不是运动员，不会面红耳赤地冲着学生嚷嚷；他甚至称不上是教练：除了给初高中的孩子上科学课，剩下的时间他都待在办公室里，房门紧闭，在里面读航空工程方面的书籍。虽然学校在赫尔先生的严厉管控之下，学生也被他的沉默不言所震慑，但在家里，他的妻子却大大削弱了他的权威，他难以管束自己的儿子们——尤其是佩姆伯顿，拍集体合照时，他总是嘻嘻哈哈，在爸爸的脑袋上比兔子耳朵。其他家长都很同情赫尔先生；大家心里都知道，只有把那孩子揍个昏天黑地，不然无法让他闭嘴。虽然有时在公共场合他会咄咄逼人地呵斥佩姆伯顿，房间里的每个人都十分紧张，但佩姆他自己却丝毫不在意，还是会耍小聪明顶嘴，说些俏皮话。

虽然玛莎·赫尔从不介意自己的儿子们满大街乱跑，把头发留到齐肩的长度，晚餐时喝红酒，或是早餐只吃甜点，但在赫尔家还是有几条规定是不容侵犯的。虽然佩姆伯顿已经二十岁了，但不能在妈妈面前吸烟；希利则完全不能吸烟。禁止用高保真音响设备播放嘈杂的摇滚音乐（但当父母不在家时，佩姆伯顿和他的朋友们便会大声播放谁人乐队和滚石乐队的音乐，整个街区都能听到——惹得夏洛特迷惑不解，方丹夫人抱怨，伊蒂大发雷霆）。虽然现在佩姆伯顿爱去哪儿去哪儿，两位家长都管不着，但希利不论何时都被禁止去派恩希尔（小镇上一块不安宁的街区，那里有当铺和小酒吧）和台球厅。

希利现在就在台球厅——他还在生哈莉特的闷气。他把自行车停在街边的小胡同里，离市政厅不远，以防他的妈妈或爸爸碰巧开车经过。他闷闷不乐地吃着炸薯片——从落满灰尘的柜台上买来的，那里还有香烟和口香糖——浏览着门口书架上的漫画书。

虽然台球厅与城镇广场只隔了一两个街区，没有酒类营业执照，但却是亚历山大最不安宁的地方，甚至比派恩希尔的黑门或是艾斯奎尔酒吧还糟。据说台球厅里贩卖毒品；赌博猖獗；还有无数枪击、械斗和神秘火灾发生。台球厅里灯光暗淡，煤渣砖砌成的墙被涂成了和监狱一样的绿色，泡沫吊顶上的日光灯忽明忽暗，今天下午没什么人。这里共有六个台球桌，但只有两个有人。还有几个梳着油光闪闪的背头的乡下男孩在后面安静地玩着弹球游戏。

虽然散发着霉臭味和腐臭味台球厅让希利备感绝望，他也不知道如何打台球，甚至不敢走近桌旁观看，但他只要站在门口就会觉得精神焕发，不引人注意，嘴里嚼着土豆薯片，呼出的是与台球厅同样腐臭的味道。

将希利吸引到台球厅的是漫画书。这里的种类在镇上是最多的。药店里卖《小富豪里奇》和《贝蒂和维罗妮卡》；大明星杂货店里除了这些还有《超人》漫画（放漫画书的架子被安插在靠近旋转烤鸡的地方，希利不能看太长时间，不然屁股就被烤熟了）；但台球厅还有《洛克中士》《战争怪谈》《战地大兵》（真枪实弹的士兵屠杀真正的亚洲佬们）；他们的《丛林女孩丽玛》穿着黑豹皮做成的泳衣；最好的是，他们有各种各样的恐怖漫画（狼人、活埋、流着口水的腐尸拖着步子从墓穴中走出来），这些都让希利觉得难以置信，引人入胜，十分有趣：《怪谈传说》《诡秘屋》《巫术时刻》《幽灵笔记》《黑暗大厦禁忌故事》……他之前一直不知道还有如此刺激的读物——更不谈不上能在自己的小镇上买到——直到一天下午，他被迫放学后留在学校，发现一个空座位上放着一本《邪恶之家的秘密》，封面上画着一个坐在轮椅里的瘸了腿的女孩，她尖叫着，紧张忙乱地摇着轮椅，想躲开一条巨型眼镜蛇。翻开书便看到，瘸子女孩口吐白沫，浑身抽搐着死去。还有更多精彩内容——吸血鬼、被挖出来的眼珠子、自相残杀。希利看得如痴如醉。他一页一页地读了五六遍，把它带回后又读了几遍，直到他倒背如流，记得其中每个故事——"撒旦的室友""来和我共享棺材吧""特兰西瓦尼亚旅行社"。毫无疑问，这是他读过的最棒的漫画书。他认为它独一无二，是大自然的巧妙杰作，是无法获得的，几周后他在学校里看到一个叫本尼·兰德雷思的男孩正在读一本十分相似的漫画时，他异常兴奋。这本叫《黑魔法》，封面上是一个木乃伊掐着考古学家的场景。他恳求比他大一岁但很小气的本尼，求他把书卖给他；但这行不通时，他提出要给本尼两美元，随后是三美元，让他看一分钟，只看一分钟就行。

"去台球厅自己买一本。"本尼说道，卷起漫画书敲了敲希利的脑袋。

那已经是两年前的事情了。如今，恐怖漫画书已经帮希利挺过了许多艰难时光：水痘、坐汽车的无聊时间、湖边夏令营。因为他资金有限，还有严禁靠近台球厅的铁律，他冒险去买漫画书的频率不高，可能每个月一次，每次都十分期待。站在收音机旁的胖男人似乎并不在意希利在书架前面站了多久；实际上，他几乎没有注意到希利，而希利为了做出最明智的选择，有时候会研究上几个小时。

他来这里是为了忘记哈莉特，但他买了薯片之后，仅剩下三十五美分，漫画书每本卖二十美分。他心不在焉地翻着《恐怖公寓》，看到了"恶魔敲门"的部分（啊啊啊啊——我——我——放出了一个——一个可怕的恶魔……太阳升起前，它会一直捕猎！！！），但他的眼睛却止不住地瞥向另一页上由查尔斯·阿特拉斯拍摄的健身广告，"好好地认真地看看你自己。你身上有能让女性钦佩的动态张力吗？或者你是不是一个虚弱的人，骨瘦如柴，体重才九十七磅，半死不活？"

希利不知道自己有多重，但九十七磅听上去并不轻。他无精打采地看着"塑形前"的卡通形象——跟个稻草人差不多，心里想着自己是不是应该进一步咨询，或者这是不是也是劣质品，就像他之前看了《秘事怪谈》上面的广告后买的透视镜。广告说这个透视镜能够看穿肉体、墙体和女人的衣服。透视镜花了他一美元九十八美分，外加三十五美分的邮费。过了好一阵子，透视镜才邮过来，终于拿到手后，希利发现那只不过是一副塑料镜框加两个硬纸板：一个上面画着能看到骨头的卡通手，另一个上画着一个穿着透视裙和黑色比基尼的性感女秘书。

有人影落在了希利身上。他抬头瞄了一眼，看到漫画书架旁有两个人斜对着他，正在低声交谈。他们是从台球桌上移过来的。希利认出了其中一个：贫民窟房东[①] 卡特菲斯·比恩维尔，出租简陋房屋

---

① 贫民窟房东：指在治安不好的区域出租简陋房屋但收取高额租金的房东。

但收取高额租金，在当地还算个名人；他的头发是锈红色的，留着非洲式爆炸头型，开着一辆装着有色玻璃的定制老爷车。希利在台球厅见过他，也在夏季的夜晚看到过他站在洗车店外面与人交谈。虽然他的长相特征像黑人，但他的肤色并不算黑；他的眼睛是蓝色的，皮肤上有雀斑，和希利一样白。他在镇上辨识度之所以高，主要是因为穿着丝绸衬衫、喇叭裤，和沙拉碗一样大的皮带扣。人们说他是在孟菲斯的兰斯基兄弟买的，据说著名演员和摇滚歌手埃尔维斯常在那里购物。虽然现在很热，但他却穿着一件红色灯芯绒便服，白色的喇叭裤，红色漆皮厚底懒人鞋。

但说话的却不是卡特菲斯，而是另一个人：营养不良，神态凶狠，手指被咬秃。他没比青少年大多少，长得不是很高，也不怎么干净，颧骨突出，头发稀疏，留着嬉皮士的中分发型，但他邋遢刻薄的样子又有些像个摇滚明星；他挺直了身子，好像自己是个重要人物，但很显然他不是。

"他从哪儿搞到钱来逍遥的？"卡特菲斯低声说。

"估计是因为残疾。"留着嬉皮士发型的男孩说罢，抬头看了一眼。他的眼睛是不同寻常的银蓝色，眼神凝注，相当沉着。

他们似乎在聊穷鬼卡尔·奥德姆，他一直在赢球，还叫嚣着不论是谁，押多少输多少。卡尔——丧偶，给他留下九个或十个脏兮兮的孩子——才三十岁左右，但却老得像个六十岁的人：脸和脖子都晒伤了，暗淡的眼瞳周围有些泛粉。他先前在鸡蛋包装工厂的一次意外中丢了几根手指，那是在他妻子死后不久。现在他正醉着，吹嘘着自己如何能抽打房间里的任何一个人，有没有手指之类的。"这是我的宝物，"他说，举起自己伤残的手，"我需要的都在这里了。"他手掌的纹路和指甲里嵌着尘土，仅剩两根手指：食指和大拇指。

奥德姆正在台球桌旁跟一个男人说着些话。这个留着胡子的男人身形高大，看上去像头熊，他穿着一件棕色的工作服，胸口名牌的位子被剪了一个洞，边缘参差不齐。他的眼睛紧紧盯着台球桌，注意力并不在奥德姆身上。他的黑色头发长度已经过肩，掺杂着灰色头发。他体型非常大，肩膀的地方有些别扭，两条胳膊好像与肩头并不适配，僵硬地挂在肩膀上，胳膊肘处稍微有些弯，手掌处于放松状态，很像一头熊直立时，前肢放下来的样子。希利忍不住盯着他看。浓密的黑色胡子和棕色连体衣，让他看上去很像某些疯狂的南美独裁者。

"一切和台球或是打台球有关的，"奥德姆说道，"在我看来就是第二天性。"

"我们中有些人的确有天赋。"穿着棕色连体裤的大家伙说道，声音深沉但并不是不高兴。说这话时，他眼睛往上瞟了一下，看到他吓人的眼睛，希利浑身一颤：得了角膜白斑的眼睛已经变成奶白色，斜向一边。

那位看上去凶神恶煞的男孩拂走了脸前的头发，紧张地跟卡特菲斯说："二十美元一次。每次他都输。"另一只手熟练又十分巧妙地从烟盒里抖出一根烟，好像掷骰子似的。希利发现，虽然他的动作熟练，但手却像老人一样抖个不停。随后他探身向前，对着卡特菲斯的耳朵说了些悄悄话。

卡特菲斯放声大笑。"滚开。"他悠然自得地转过身去，步态优雅地朝着后面的弹球游戏机走去。

凶神恶煞的男孩点燃一支烟，朝着房间四周望去。他的眼睛在晒黑的脸上显得尤其银光闪亮，希利看到他的眼睛瞟过来时，忍不住颤抖了一下，虽然他没有注意到他。那是一双放荡不羁、炯炯有神的眼睛，让希利想到了以前见过的盟军士兵照片。

在房间另一端的台球桌旁，穿着连体衣、留着胡子的男人只有一只好眼睛，但那只眼睛同样光亮如银。希利眼睛越过漫画书的边缘端详着他们，发现他们之间居然有些相似。虽然第一眼看上去他们并不相仿（留着胡子的男人年龄很大，还比男孩胖了不少），但他们留着一样的黑色长发，肤色一样黑，一样死死盯住看到的东西。脖子一样僵硬，说话时都不会张大嘴，似乎是为了藏起来坏牙。

"你准备在他身上赌多少钱？"卡特菲斯说道，不一会儿就溜到了他的同伴身旁。

男孩咯咯地笑了起来。希利听到他的笑声后，差点弄掉手中的漫画书。他有大把的时间适应那高音调、充满嘲弄味道的笑声；在小河的桥上，就是这个笑声从他背后传了过来，在他跌跌撞撞经过灌木丛时，笑声与枪声相和，震落了岸上的泥土。

就是他。因为他没戴牛仔帽，所以希利没认出他。希利血液都涌上了脸，他低头愤怒地盯着漫画书，看着气喘吁吁的女孩死死地抓着约翰尼·普尔的肩膀（约翰尼！那个蜡像！动了！）。

"奥德姆台球打得不差，丹尼，"卡特菲斯低声说道，"不管他有没有手指。"

"嗯，他清醒的时候可能能打过法里什，但喝醉的时候就不行了。"

希利的脑海里亮起两个问题灯泡。丹尼？法里什？被乡巴佬开枪已经够惊心动魄了，但是被拉特利夫家的人开枪就是另一回事儿了。他想马上回家告诉哈莉特。眼前这位大脚野人难道就是传说中的法里什·拉特利夫？

希利只听说过一位法里什——在亚历山大，或是其他任何地方。

希利强迫自己低头看漫画书。他从来没有近距离看过法里什·拉特利夫——坐在正在行驶的车里时，有人指给他看过，或是在当地报纸模糊不清的照片上——但他从小到大听说了很多关于他的故事。曾有段时间，法里什·拉特利夫是亚历山大最臭名昭著的无赖，是他们家庭团伙的主谋，参与到了各种入室盗窃、小偷小摸当中，只要你能想象得到的，他们都参与过。这些年来，他还编写并分发了几个教育小册子，题目是《钱财或生活》(抗议联邦所得税)、《反抗的骄傲：回应批评者》和《不是我的女儿！》。然而，在几年前的一次推土机事件后，这一切戛然而止。

希利不知为何法里什会去偷推土机。报道称，工头发现位于一家制冰公司后面的建筑工地上丢了一台推土机，随后便有人看到法里什开着它破坏高速公路。当看到有人示意让他停下时，他不仅没有停下来，反而掉头用推土机的铲斗防御起来。等到警察开枪时，他慌忙冲向一个养牛场，冲破了铁丝栅栏，吓得牛群四下逃散，直到他连同推土机一起翻到水渠里才停下来。警察们追着他跑过养牛场，叫嚷着让法里什双手举过头顶从推土机上下来，坐在车上的他们突然停了下来，他们远远地看到法里什坐在推土机的驾驶室里，用一把点22口径的枪瞄准了自己太阳穴开了枪。报纸上还刊登了一张一位看上去惊魂未定的警察的照片，他站在那里一边看着法里什，一边大声指挥着看护人员。

首先，虽然法里什为何会偷推土机也是个谜团，但他为什么会开枪自杀才真正令人费解。有些人说是因为他害怕再回到监狱，但有人说不是，对于像法里什这样的人来说，监狱根本不算什么，而且他的反抗算不上太激烈，一两年就能从监狱里出来。但他受的枪伤很严重，差一点就死了。他醒来后再一次登上了新闻报道，医生本已断定他成了植物人，结果他却醒过来朝医生要土豆泥。他被判定为精神失常，而且右眼达到了法定盲的标准，出院之后便被送去了惠特菲尔德的精神疗养农场，也算得上是一个合理的处理方法。

从精神病院出来后，法里什在很多方面都改头换面，不仅仅是他的眼睛发生了改变。人们说他戒了酒；大家都知道他不会再潜入加油站，也不会再从别人的车库偷汽车或是链条锯（虽然他的弟弟们很快就补了他的空位，这些坏事一个都没落下）。他的种族观念也进步了。他不会再站在人行道上分发自己制作的反对取消种族隔离的小册子。他搞了一个制作标本的生意，再加上他的残疾补贴，以及为当地猎人制作鹿头和鲈鱼标本的收入，他变成了一个相当守法的公民——至少人们是这么说的。

现在，法里什·拉特利夫本尊就在这里——如果算上在桥上的那一次，这是一周内第二次见到。在希利经常活动的范围内，能看到的拉特利夫家的人只有柯蒂斯（他在亚历山大四处闲逛，朝着过往的车辆喷射玩具水枪）和勉强算个布道者的尤金兄弟。尤金有时会在城镇广场上布道，更多时候是在热气蒸腾的高速公路边上吸引关注，他会朝过往的车辆挥舞拳头，并高声叫嚷圣灵降临节①的故事。别人说法里什可能头脑不太对劲，但尤金干脆就是精神错乱（希利听爸爸这么说过）。他会吃别人家院子里的红土，躺在人行道上哈哈大笑，说自己在雷声中听到了上帝的真言。

卡特菲斯正悄悄和一群坐在奥德姆邻桌的中年男人说着话。其中一个人——穿着黄色运动衫的胖男人，他一脸狐疑，眼睛像猪眼睛一样小，也像面团上的葡萄干——瞥了一眼法里什和奥德姆，随后大摇大摆地走到了台球桌的另一边，戳进了一个球。他看都没看卡特菲斯，小心翼翼地把手放进了后口袋，随即他身后的三位观众中也有一人做了个同样的动作。

"嘿，"丹尼·拉特利夫在房间另一边对奥德姆说，"先别急。如

---

① 圣灵降临节（Pentecost）：也称五旬节，文中指基督教节日。据《使徒行传》第二章第一至第四节载："五旬节到了，门徒都聚集在一处。忽然，从天上有响声下来；好像一阵大风吹过，充满了他们所坐的屋子；又有舌如火焰显现出来，分开落在他们各人头上。他们都被圣灵充满，按照圣灵所赐的口才，说起别国的话来。"此节在复活节后的第七个星期日。

果要赌钱的话，法里什要加入下一场。"

法里什大声咳了一口痰，令人作呕，他把自己的重心换到了另一只脚上。

"老法里什现在只有一只眼了。"卡特菲斯说，不动声色地走过去，拍了拍法里什的背。

"当心点。"法里什用相当威胁地语气说道，生气地摇了摇头，但似乎并没有表现得过于明显。

卡特菲斯朝桌子另一边探过去，向奥德姆伸出手，说道："本人卡特菲斯·比恩维尔。"

奥德姆有些不耐烦，挥手让他离开。"我知道你是谁。"

法里什往金属滑块里丢了十几个二十五分硬币，使劲地摇了摇。球从底盘中落了出来。

"我已经打败过这个瞎子一两次了。我想跟这里能看见东西的人打台球，"奥德姆说道，身子向后倒了一下，用球杆戳着地板摆正身体，"你为什么不能退后，不要再烦我了，"他怒气冲冲地对着卡特菲斯说道，他已经悄无声息地站在他身后了，"对，你——"

卡特菲斯探身向他耳语。奥德姆浅金色的眉毛慢慢地拧成了一个结。

"不想赚点钱吗，奥德姆？"法里什稍稍停顿，接着满是讥讽地说道，他把手伸到桌子下方，开始摆球，"难道你是浸信会教堂的执事？"

"不想。"奥德姆说道。但卡特菲斯传递给他的贪婪想法在他的耳边萦绕，慢慢地蔓延到了他晒黑的脸旁，像一朵乌云飘过晴空。

"爹地。"门廊处传来一声微小但尖酸的呼唤。

是拉莎伦·奥德姆。她干瘪的屁股扭到一边，是大人才会摆的姿势，在希利看来很恶心。她的胯上骑着一个和她一样脏的宝宝，嘴上有一圈吃冰棒或是喝芬达留下的橙色印子。

"喔,是谁来了?"卡特菲斯语气做作。

"爹地,你说让我们等大指针走到三的时候来叫你。"

在一片安静中,法里什说道:"一百美元,赌就赌,不赌拉倒。"

奥德姆在球杆上擦了些巧克粉,撸了撸光光的胳膊。突然说道:"宝贝,爹地还没准备好走。给你们一人十分钱,去那边看漫画书吧。"说这话时他并没有看女儿。

"爹地,你说让提醒你——"

"我说赶紧走,你来开球。"他对法里什说道。

"我刚得分了。"

"我知道,"奥德姆挥了挥手说道,"继续,我让你一杆。"

法里什身子往前一倾,重心都压在了台球桌上。他用那只好眼睛瞄准了球杆——正对着希利——他的眼神冰冷,好像自己瞄准的是枪管。

砰。台球四下散开。奥德姆走到对面,研究了一番球桌上的情势。随后他迅速扭过脖子,俯身击球。

卡特菲斯悄悄地加入了那些从弹球机和邻桌过来围观的人群中。趁人不注意的时候,他悄悄地向穿着黄色运动衫的男人说了些什么,奥德姆则来了一个炫技跳球,一杆连进两个花色球。

现场一阵欢呼与喝彩。在旁观者困惑的交谈声中,卡特菲斯又悄悄地回到丹尼身旁。"奥德姆能一天都趴在台球桌上,"他低声说道,"只要玩的是黑八台球。"

"法里什状态好了也能打得很好。"

奥德姆又来了一个联合击法——轻轻一杆,母球击中一个全色球,全色球将另外一个球撞进了球袋。又是一阵欢呼。

"谁加入?"丹尼说道,"弹球机旁边那两个?"

"他们不感兴趣。"卡特菲斯说道,一边漫不经心地隔着肩头往后瞄着,看着希利的头顶上方,一边把手伸进皮马甲的表袋,拿出了一个小小的金属物件,大小和形状都很像高尔夫球球座。就在他用手指紧紧抓住它之前,希利看到那是一个穿着高跟鞋、留着爆炸头的裸女的青铜塑像。

"为什么?他们是谁?"

"就是几个虔诚的基督教男孩。"卡特菲斯说道,奥德姆那边又轻而易举将一个球送进了边袋。他的手半伸进夹克口袋里,暗暗地将女塑像的头从她身体上拧了下来,用大拇指把它弹进了口袋里。"那些人"——他眼睛瞄向穿着黄色运动衫的男人和他的肥胖的朋友们——"只是路过得克萨斯州。"卡特菲斯漫不经心地望了望四周,然后假装要打喷嚏,顺势把小瓶子举了起来,偷偷地迅速闻了一下。"他们在一艘捕虾船上工作。"他边说边用烟服的袖子擦了擦鼻子,接着他又一边木然地扫视着漫画书书架和希利的头顶上方,一边将手中的小瓶递给了丹尼。

丹尼打了个响亮的喷嚏,他紧紧地捏住鼻孔,眼中满是泪水。"我的天啊。"他说道。

奥德姆啪的一下又进一球。那群从捕虾船上下来的人笑声阵阵,法里什则把球杆横在脖子后面,两个胳膊肘挂在两边,双手悬空晃荡着,满眼怒火地看着球桌。

卡特菲斯如变换舞步一般滑稽地往后退了一步。他似乎突然变得异常兴奋起来。"法里什先生,"他向着房间的另一侧兴高采烈地说道——他模仿着电视上一位广受欢迎的黑人喜剧演员——"已经了解了自身的处境。"

希利又兴奋又困惑,他感觉自己的脑袋快要掉下来了。他忽略了卡特菲斯那个小瓶子的重要性,但他注意到了卡特菲斯说的下流话和可疑的举动；虽然希利不清楚到底发生了什么，但是他知道他们正在赌博，而且这是违法的。就和在桥上放枪违法是一样的，虽然没有人被杀死。他的耳朵燃烧了起来，他兴奋的时候，耳朵总是会变红——他希望没人注意到。他漫不经心地放下手中正在看的书，又从书架上拿起一本新的——《邪恶之屋的秘密》。"现在，我的证人——也就是受害者——将会指出……那个将他杀害的男人！！！"

"来啊，进球吧！"奥德姆突然喊道，八号球弹跳着滚过球桌，哐当一声掉进了对面的角袋中。

在接下来的嘈杂声中，奥德姆从他的背包中拿出一小瓶威士忌，贪婪地长饮一口，"是时候拿出来你那一百美元了，拉特利夫。"

"没问题。但我还想再来一局，"法里什悻悻地说道，他将球从集球箱中倒出，又把它们用三角框归置好，"赢了的人开球。"

奥德姆耸了耸肩膀，眯着眼看了一眼球杆——皱了皱鼻子，露出跟兔子似的门牙——接着猛地开球，不仅把母球打得不停打转，还把八号球打进了底袋中。

在捕虾船上工作的男人们哄笑、鼓掌，像发现了新大陆似的。卡特菲斯满怀自信地慢慢朝他们走去——膝盖放松，下巴高扬——准备与他们商讨生财事宜。

"这是你输得最快的一次！"丹尼在房间另一边喊道。

希利发现拉莎伦·奥德姆就站在他的正后方——不是因为她说了什么，而是因为那个小宝宝感冒非常严重，呼吸时鼻淌涕流，呼哧呼哧地，令人反感。"走开。"他嘀咕道，稍微往旁边移了移。

她不好意思地在他身后挪了挪位子，闯入了他的眼角余光范围。"借给我二十五分吧。"

比起来小宝宝的呼哧呼哧的呼吸声，她声音中的哄骗与无望更让他反感。他刻意转过身去。法里什——在捕虾船上的那些男人的一阵白眼中——又伸手去拿集球箱。

奥德姆两只手抓着下巴，咔嚓咔嚓地左右晃着脑袋：切球。"还没输够吗？"

哦，现在好了，卡特菲斯举着手指，跟着自动点唱机轻声哼唱着，宝贝我说。

"点唱机里放的是什么垃圾？"法里什吼道，手中的台球应声掉落，咔嗒一片。

卡特菲斯戏弄地扭着瘦弱的屁股，"放松，法里什。"

"再走远点。"希利对又悄悄靠近的拉莎伦说道，她几乎贴住他了，"我不想闻你满是鼻屎味的口气。"

他对她的贴近厌恶至极，说话声音比他原本想的要大很多；而当奥德姆无意间瞥过来时，他吓住了；法里什也抬头看了一眼；他尚好的眼睛像一把飞刀似的瞄准了他。

醉醺醺的奥德姆深吸一口气，放下球杆，用夸张的语气对法里什和众人说道："你们都看见那边那个小个子女孩了吧？虽然我不该说，但那个小女孩已经能和女人一样干活了。"

卡特菲斯和丹尼·拉特利夫警觉而迅速地交换了个眼神。

"我问你。你从哪里能找到这样一个甜美的女孩，能看家，照顾小辈，能把饭菜端上桌，还能跑腿，没有她可怜的爹地也照样行？"

我可一点也不想吃她端上饭桌的东西，希利心里想。

"现在的年轻人每天就想着自己必须得到什么，"法里什平淡地说道，"他们也能像你的孩子一样，能做到没有你也行。"

"我和我的兄弟们小的时候，连冰箱都没有，"奥德姆声音颤抖着说道，他状态渐渐转好，兴奋起来了，"整个夏天我都得在田里砍棉花——"

"我也得砍。"

235

"——还有我的妈妈，不瞒你说，她得跟黑鬼似的在田里干活。我——我不能去上学！妈妈和爸爸，他们需要我在家！不，我们什么都没有，但是如果我有钱，那我什么都会给自己的小孩买！他们知道老爸更愿意给他们，而不是留给自己。嗯？你们难道不知道吗？"

他无法对焦的眼睛晃过拉莎伦和那个小宝宝，还顺带看了一眼希利，又加大音量声但没那么愉快地说道："我说，你们难道不知道吗。"

他直勾勾地盯着希利。希利怔住了：天啊，他想，这位老家伙已经醉到认不出我不是他的孩子的程度了吗？他也张着嘴盯着他看。

"知道，爹地。"拉莎伦低声说道，音量刚好能听见。

眼圈泛红的奥德姆目光轻柔起来，摇摇晃晃地朝着女儿走去；而他那湿漉漉嘴唇哆嗦个不停，比希利那天下午看到的任何东西都更加让他不适。

"听到了吗？听到那个小姑娘说的了吗？过来，过来抱抱爸爸的脖子。"他边说边用指节甩掉泪水。

拉莎伦抱起骑在她瘦削的屁股上的宝宝，慢慢地朝他走去。奥德姆的拥抱中透露出占有欲，加上拉莎伦接受拥抱时的茫然无措——像一只痛苦但却要接受主人抚摸的老狗——让希利恶心的同时，还有些害怕。

"这个小姑娘爱她的老爹地，是不是？"他眼泪汪汪地把她按在自己的胸膛上。

看到卡特菲斯和丹尼·拉特利夫互相翻白眼，希利欣喜地发现，他们也和他一样，被不修边幅的奥德姆恶心到了。

"她知道她的爹地是个穷人！她没有什么旧玩具、糖和花哨的衣服！"

"但为什么她需要这些？"法里什突然说道。

奥德姆正陶醉在自己的声音当中——一脸茫然地扭过身来,双眉皱起。

"对,你没听错。为什么她需要那些?为什么任何一个孩子需要这些?我们小的时候什么都没有,是不是?"

奥德姆的脸上慢慢涌起一阵惊讶之情。"没有,兄弟!"他高兴地喊道。

"我们是为穷感到羞耻吗?我们是好得不需要工作了吗?对我们来说够好的东西,对她来说也够好了,不是吗?"

"说得太对了!"

"谁说孩子们长大就一定要认为他们要比自己的家长更好?是联邦政府,是他们!为什么他们要管闲事管到你家里去,让孩子们毫不费力就能得到粮食券、接种疫苗、通识教育。我来告诉你为什么。因为这样他们就能给孩子们洗脑,让他们认为自己需要得比自己的家人更多,让他们看不起自己的出身,认为自己比骨肉血亲要高上一等。我不知道你的情况,先生,但是我的爸爸从来没有白给过我什么。"

台球厅里的人们低声附和,表示认同。

"没有,"奥德姆沮丧地摆着头,"父母什么都没有给过我。我拥有的东西,全是靠自己挣来的。"

法里什礼貌地朝拉莎伦和小宝宝点了点头。"所以告诉我,为什么她要得到我们没有的东西?"

"只有上帝知道!宝贝,别烦爹地了。"奥德姆对女儿说道,她正无精打采地拉着他的裤腿。

"爹地,求求你了,我们走吧。"

"爹地还没准备走呢,宝贝。"

"但是爹地你不是说让我们提醒你雪佛兰汽车公司六点就关门吗?"

卡特菲斯露出紧张关切的神情，悄悄走到捕虾船上的那些男人身旁，与他们低声交谈。其中一个刚刚瞟了一眼手表。奥德姆把手伸进了脏兮兮的牛仔裤口袋中，在里面翻找了一会儿，拿出了希利见过的最厚的一叠钱。

这立即吸引了大家的注意。奥德姆把钱扔在台球桌上。

"这是我保险理赔剩下的钱，"他说道，醉醺醺地朝着钱虔诚地点了点头，"得从我手上交到雪佛兰汽车公司那里，付给那个满嘴薄荷味的混蛋罗伊·戴尔，他直接过来把我的车从我家前面——"

"他们就是这么做事的，"法里什严肃地说道，"那些税务委员会、金融公司和治安部门的混蛋。他们会直接闯入别人的家里，看到想拿的就拿走——"

"现在，"奥德姆提高音量，"我要直接过去然后把车开回来，得用这个。"

"呃，不关我的事儿，但你不应该把那些钱都花在一辆车上。"

"什么意思？"奥德姆挑衅地问道，跟跟跄跄地往后退了退。放在绿色台面的钱躺在黄色光圈中。

法里什举起一只肮脏的手。"我说，如果你用桌上的钱去向狡猾的黄鼠狼买回你的汽车，抢你钱的不光是戴尔，还有州政府和联邦政府，他们也排着队等着分自己一杯羹。我已经厌烦了一次又一次地反对消费税。征收消费税是违反宪法的。我可以一下就指出我们国家的宪法中在哪里说过这一点。"

"走吧，爹地，"拉莎伦轻声说道，使劲地拽着奥德姆的裤腿，"爹地，我们走吧。"

奥德姆正要把钱收起来。他似乎没有真正理解法里什所发表的简短讲话的精妙之处。"不，先生，"他呼吸沉重，"他们不能带走属于我的东西！我要直接去戴尔雪佛兰，把这个扔到他的脸上——"他把钱砸在台球桌上——"而且我还要跟他说，我要说：'把我的车给我，你这个满嘴薄荷味的混蛋。'"他边费劲地把钱塞回牛仔裤的右口袋，边从左边口袋中摸出了一个二十五分硬币。"但我赢了你四百零二美元，所以我还能再在一局黑八中把你打个屁滚尿流。"

一直在可乐机旁绕着小圈踱步的丹尼·拉特利夫大声呼了一口气。

"赌注真大，"法里什神情冷漠地说道，"我来开球？"

"你来开！"喝醉的奥德姆大方地挥了挥手。

法里什脸上没有丝毫表情，从屁股口袋里拿出一个大大的黑色钱包，钱包绑在一个链条上，挂在他的工作服的腰带孔里。他数了六百美元，都是二十美元的面额，把钱放在台球桌上。

"这现金可不少，我的朋友。"奥德姆说道。

"朋友？"法里什冷笑一声，"我最好的朋友只有两个，两个最好的朋友。"他举起钱包——仍然塞满了钱——仔细端详起来。"看到了吗？这是我的第一个朋友，它总是待在我的屁兜里。我的第二个朋友也一直待在我身边，那是一把点22口径的手枪。"

"爹地，"拉莎伦无望地说道，又猛地拽了一下他爸爸的裤腿，"求求你了。"

"你这个小畜生在盯着什么看呢？"

希利吓了一跳，丹尼·拉特利夫离他只有一尺远，低头俯瞰着他，眼睛亮得可怕。

"嗯？趁我好好跟你说话的时候，回答我，小混蛋。"

大家都看向他——卡特菲斯、奥德姆、法里什、从捕鱼船上下来的男人还有站在收银机旁边的胖男人。

他听到拉莎伦·奥德姆说道，她那尖酸的声音似乎是从很远的地方传过来的："他正在和我一起看漫画书，爹地。"

"是真的吗？是吗？"

希利——吓得说不出话来——点了点头。

"你叫什么名字？"一个并不友好的声音从房间对面传来。希利瞄了一眼，看到法里什·拉特利夫那只尚好的眼睛像电钻一样盯住了他。

"希利·赫尔。"希利不假思索地说道，又惊恐地用一只手捂住了嘴。

法里什干笑一声，"这才像话，小子。"他手里拿着一块蓝色的巧克粉往球杆的皮头上擦着，眼睛仍然盯着希利，"别人命令你说什么，你就说什么。"

"噢，我知道这个小臭虫是谁，"丹尼·拉特利夫对他的大哥说，随后他又用下巴对着希利说道，"所以，你叫赫尔？"

"是的，先生。"希利不情愿地说道。

丹尼发出一阵刺耳的大笑。"是的，先生。听听。别叫我先生，你这个小——"

"这小子有礼貌没什么错，"法里什突然说道，"赫尔是你的名字？"

"是的，先生。"

"开凯迪拉克敞篷车的那个是赫尔的家人。"丹尼对法里什说道。

"爹地，"在一片紧张的寂静声中，拉莎伦·奥德姆大声喊道，"爹地，我可以和罗斯提去那边看漫画书吗？"

奥德姆拍了一下她的屁股。"去吧，宝贝。"他用球杆的橡皮头敲了敲地板，以作强调，醉醺醺地对法里什说道，"看这里，我们要打台球就赶紧打。我马上就得走了。"

希利松了一口气，法里什不再盯着他的方向，已经开始摆球了。

希利把每一分注意力都放在了漫画书上。书上的字母随着他的心跳轻轻跳动。别抬头看，他跟自己说，哪怕一秒也不要看。他感觉房间里的每个人都注意到他的双手在颤抖，脸颊变得通红，像一团火焰。

法里什来了一个响亮地开球，声音大到希利哆嗦了一下。有一个球被撞到了球袋中，其他几个球又滚了一会儿之后，又有一个球落袋了。

从捕虾船上下来的人默不吭声。有人正在抽雪茄，味道臭得像有人正搬着印得花里胡哨的报纸从他面前经过，熏得希利的脑袋疼。

一阵漫长的沉默。咔嗒。又是一阵漫长沉默。希利小心翼翼地往门口挪去。

咔嗒，咔嗒。沉静烘托着紧张气氛。

"天哪！"有人喊道，"谁说那个混蛋看不见！"

困惑。希利经过收银机，马上就要走出门的时候，一只手朝他挥了过来，从身后抓住了他的短袖，是秃头收银员。他惊恐地发现，自己手里仍然拿着一本还没有付钱的《邪恶之家的秘密》。他慌忙从短裤前兜往外掏钱。虽然收银员紧紧地抓住了希利的短袖，但是他对希利并不感兴趣，甚至看都没看他。他感兴趣的是台球桌。

希利往柜台上丢了三十五分钱，那男人一放开他的衣服，他便冲出了门外。从昏暗的台球厅里出来后，下午的太阳晃得他眼睛生疼。他沿着人行道一路小跑，但他眼花缭乱得厉害，几乎看不出自己的去向。

广场上没有任何行人——已经是傍晚时分了——只停了几辆汽车。自行车——哪儿去了？他跑过邮局，跑过共济会教堂，中心大街跑了一大半，才记起他把自行车停在市政厅后面的小巷里了。

他气喘吁吁地转身往回跑。小巷路面长着苔藓，又湿又滑，光线也很暗。曾经有一次，希利更小的时候，他没注意方向就闪进去了，结果脸朝下摔进了暗影里。一个流浪汉仰面朝天地躺在那里（一团芳香四溢的破烂），有半条小巷那么长。希利啪的一声摔在他的身上，他一下弹了起来，满嘴谩骂，抓住了希利的脚踝。希利放声尖叫，好像滚烫的汽油浇在了自己身上；在惊慌逃跑的过程中，他丢了一只鞋。

但现下希利已经怕得顾不上关心他踩到了什么东西。他冲进小巷——在光滑的苔藓上打着滑——取回了自己的自行车。但是没有足够的空间骑出去，也没什么空间让他掉头。他抓着车把手，一扭一拐地把它扭出来，直到他技术熟练地将自行车前轮扭过来，推着自行车跑了出来——才惊恐地发现，拉莎伦·奥德姆和那个小宝宝就站在人行道上等他。

希利僵住了。她看着他，无精打采地把宝宝往上抱了抱。她到底想从他身上得到什么，他丝毫摸不着头脑，但是他什么都不敢说，所以他就那样站在那里，看着她，心脏狂跳。

过了好大一会儿，她重新抱了抱宝宝，说道："把那本漫画书给我。"

希利默不吭声，伸手进背包拿出了漫画书。她很平静地，丝毫没有感激之情，用一只胳膊抱住宝宝，伸出另一只手去接书，但还没等她接住，小宝宝已经伸出脏兮兮的双手抓住了漫画书。他眼神庄重，把书拉到脸前，随后他有些迟疑地把自己黏糊糊、沾着橙色污渍的嘴贴了上去。

希利感觉十分恶心；她想读漫画书是一回事儿，但她如果是为了让宝宝咬着玩，就是另一回事儿了。但拉莎伦丝毫没有将漫画书抢过来的意思，反而深情款款地看着宝宝，轻轻地上下摇着他——好像他并没有眼泪汪汪，或喘气不止，而是又干净又好看。

"为什么爹地在哭？"她用儿童的语气对他说道，眼睛直勾勾地看着他的小脸。"为什么刚才爹地哭了？嗯？"

———

"穿上些衣服，"艾达·拉伊跟哈莉特说，"你弄得满地都是水。"

"没有，我没有。回来的路上我身上就干了。"

"反正你穿件衣服吧。"

哈莉特把身上的泳衣剥了下来，穿上一条卡其短裤，还有她仅剩的一件白色的干净短袖：是爸爸送给她的生日礼物，前面画着一个让她很厌恶的黄色笑脸。虽然很不像话，但她的爸爸一定莫名觉得衣服很适合她，这比这件短袖本身更让她恼怒。

但哈莉特并不知道，印着笑脸的短袖（剪刀手形状的发夹，还有爸爸送来的其他颜色鲜亮、与她不相称的生日礼物），并不是爸爸自己挑的，挑礼物的是她爸爸在纳什维尔的情妇；要不是他的情妇（她的名字叫凯），哈莉特和艾莉森压根就收不到什么生日礼物。凯是一家小型软饮商店的女继承人，稍微有些胖，声音甜美，脸上带着浅浅的、松弛的笑，她还有一点心理问题。她也有些过度饮酒。她和哈莉特的爸爸两人经常在酒吧里泪水涟涟，因为可怜他那被疯狂的妈妈困在密西西比的女儿们。

迪克斯在纳什维尔有情妇在镇上是尽人皆知的事情，但他自己和他老婆的家人除外。没有人敢斗胆告诉伊蒂，或是有心告诉家里其他人。迪克斯银行里的同事知道，并且持反对意见——因为他有时会带她参加银行聚会；罗伊·戴尔的小姨子住在纳什维尔，她告诉戴尔夫妇，这一对爱侣实际上已经同居，虽然戴尔先生（值得赞扬）没有告诉任何人，戴尔夫人却已经把它传遍了亚历山大。甚至希利也知道。他九或十岁的时候，不小心听到妈妈谈论这件事。而当他质问她时，她却逼他发誓永远也不在哈莉特面前提起；他也从来没提过。

希利从未想过要忤逆妈妈。虽然他保守了这个秘密——这是他对她唯一的秘密——但他觉得即使哈莉特偶然知道了这件事，她也不会为此而苦恼万分。他是对的。除了自尊心极强的伊蒂，没人会在意。虽然伊蒂总是抱怨孙女们的成长过程中缺失了父亲角色，但她或是别人也都觉得即使迪克斯回来，也不能补偿他此前的亏欠。

哈莉特的心情异常不好，居然一反往常地对笑脸短袖所包含的讽刺意味产生好感。这种自鸣得意的想法让人想起哈莉特的父亲——虽然她的父亲并没什么理由会如此开心，或是希望哈莉特开心。怪不得伊蒂会鄙视他。从伊蒂说他的名字就能听得出：永远是正式名字迪克逊，而不是昵称迪克斯。

她鼻子里淌着鼻涕，眼睛被化学物质灼得生疼，坐在窗边的座位上，朝前院的远处望去，目光落在夏日繁茂生长的深绿色树叶上。游泳过后，她感觉四肢沉重、奇怪，一阵黑压压的悲伤情绪笼罩在房间内，通常只要哈莉特静坐的时间够长，总会产生这种感觉。她小的时候，有时会反复自言自语地说自己的家庭住址，好像是在跟外太空来客说。哈莉特·克里夫·迪弗雷纳，住址：银河系地球美国密西西比州亚历山大乔治街363号……广阔无垠之感，宇宙黑洞所带来的吞没之感——一小块白糖中只有最微小的颗粒能不断继续分解——有时会让她产生窒息感。

她狠狠地打了个喷嚏。唾沫飞得到处都是。她用手捏住鼻子，眼中泪水直流，跳起身，跑下楼去拿舒洁面巾纸。就在这时，电话响了；她几乎看不清路；艾达站在楼梯脚处的电话桌旁，哈莉特还未弄清状况，艾达便说道"她来了"，随后把听筒递到了她的手中。

"哈莉特，听我说。丹尼·拉特利夫现在就在台球厅，他和他的兄弟。他们就是在桥上朝我开枪的人。"

"等下。"哈莉特说道，仍然晕头转向。她又费了一番力气，才又挤出另一个喷嚏。

"但是我看见他了,哈莉特。他像地狱一样可怕。他和他的兄弟都很可怕。"

他絮絮叨叨地继续讲着,关于抢劫、猎枪、偷盗和赌博;哈莉特慢慢地明白了他所说的重点。她好奇地听着,想打喷嚏的瘙痒感消失了。她仍然在流鼻涕,但她动作笨拙地扭过身子,想把鼻涕蹭到小短袖的肩袖上,她脑袋扭动的动作,很像眼睛里进了东西,在毯子上蹭来蹭去的猫咪维尼。

"哈莉特?"希利说到一半停了下来。他太想告诉她发生了什么事情,却忘了他们两个本来在冷战。

"我在。"

随后便是一阵短暂沉默,哈莉特听到希利那里传来电视叽里呱啦的声音。

"你是什么时候从台球厅离开的?"她问道。

"大约十五分钟前。"

"他们还在那儿吧?"

"可能吧。看起来他们像是要掐架,从船上来的人很生气。"

哈莉特打了个喷嚏。"我想见他,我现在就骑车去那里。"

"哇,不行。"希利警告道,但她已经挂了电话。

——

他们没有打架,至少在丹尼看来那算不上打架。奥德姆表示不愿付钱时,法里什确实拿起一把椅子,把他砸倒在地,十分有技巧地对他施以拳脚(而他的孩子们则躲在门口),不一会儿奥德姆就鬼哭狼嚎,求着法里什把钱收下。但从捕虾船上下来的才是真正可怕的人,只要他们想,就能惹出很大的麻烦。虽然身穿黄色运动衫的胖子仍然骂骂咧咧,剩下的人虽然有些生气,却只是相互之间交头接耳,甚至还会窃笑。他们正在休假，手上有钱挥霍。

面对奥德姆可怜的哀求，法里什十分冷漠。他遵循的法则是弱肉强食，而任何他能够从他人身上掠取的东西，在他看来都是属于自己的合法财产。奥德姆一瘸一拐、手忙脚乱地乞求法里什可怜可怜他的孩子们，法里什脸上流露出聚精会神、兴高采烈的表情，让丹尼想起了法里什的两条德国牧羊犬在杀死或是正准备杀死一只猫时，脸上的表情：警觉、正经、兴奋。请别见怪，猫咪。祝你下次好运。

丹尼佩服法里什实事求是的态度，不过他自己没这样的胸怀。他又点燃一支烟，虽然他已经因为吸烟过多而有了口臭。

"别紧张。"卡特菲斯说罢，移到奥德姆身后，一只手放在他的肩膀上。卡特菲斯积极向上的劲头是取之不尽用之不竭的；无论发生了什么，他都是一样的乐观，而且他也看不出不是每个人都像他那样有韧性。

快被逼疯的奥德姆虚弱无力地咆哮一声——含有威胁的意味，却越发可悲——又傲慢地往后退了一步，继续嚷道："把你的手拿开，黑鬼。"

卡特菲斯面不改色。"兄弟，谁都能像你这样，不用惹麻烦就能赢回那笔钱。如果你愿意，之后可以来艾斯奎尔酒吧找我，也许我们能找到解决办法。"

奥德姆跌跌撞撞地靠到煤渣砖砌成的墙上。"我的车。"他说道。他的眼睛肿胀，嘴里全是血。

一段童年早期时留下的丑陋回忆不请自来，在丹尼的脑海中闪现：爸爸落在坐便器上的垂钓和野味杂志中，夹藏着女人的裸体照片。他感到兴奋，是病态的兴奋。那些女人的两腿之间，黑色与粉红色交织混于两边的画面之中：一面是一只被箭射中眼睛而鲜血直流的兔子，另一页上则是一条上钩的鱼。而所有这些——将头埋入前肢的垂死的兔子，上气不接下气的鱼——则与他记忆里噩梦中那垂死挣扎、气喘吁吁的东西交杂一起。

"停下来！"他大声说道。

"停下来什么？"卡特菲斯边心不在焉地说，边拍着衣服口袋找小瓶子。

"我耳朵里的噪声，响个不停。"

卡特菲斯迅速用鼻子吸了一下，便把小瓶子递给了丹尼。"不要被打垮了，奥德姆，"他在屋对面喊道，"上帝爱的是昂扬向上的失败者。"

"呵。"丹尼捏着鼻子说道。眼泪涌入眼眶。嗓子眼里传来一阵冰凉、消毒剂般令他感觉舒爽的味道：一切又都浮出水面了，所有东西都在光滑的水面上闪闪发光，水面翻滚时如同被雷声震动的污水池，那是他怕极了的地方：贫穷、油脂和腐物、装满屎的发青的肠子。

他把小瓶子递回给卡特菲斯。一阵凉风吹过他的头顶。乌烟瘴气的台球厅——到处都是只剩杯底的酒和污垢——突然之间变得光亮整洁，喜气洋洋。在一阵悠扬高昂的砰砰声中，他被一个好笑的画面吸引住了：哭哭啼啼的奥德姆，再加上身穿的乡巴佬衣服，巨大的粉红色南瓜脑袋，看起来就像是华纳系列动画片《乐一通》里的埃尔默·福德。身形瘦长的卡特菲斯正在自动点唱机旁边休息，很像从洞里探头而出的兔八哥。他脚大、门牙也大，甚至他手拿香烟的姿势也和兔八哥一样，它像拿雪茄一样拿着萝卜，趾高气扬得很。

感到一阵惬意、眩晕、感激之情，丹尼伸进口袋里，从一卷钱中拽了一张二十美元；他手上还有一百。"给了他的孩子们，兄弟，"他说，把钱撇到卡特菲斯手上，"我要走了。"

"你要去哪儿？"

"就是走。"丹尼自言自语道。

他慢悠悠地走到自己的车里。正是周六晚上，街道空无一人，夏夜晴朗，暖风阵阵，夜空中到处都是星星和霓虹灯。这辆车很漂亮：这是一辆豪华轿车特兰斯艾姆，配有天窗、侧面通风孔和多种换气方式。丹尼刚洗了车还打了蜡，光线照在上面熠熠生辉，看起来像是一艘即将起飞的宇宙飞船。

奥德姆的另一个孩子坐在街对面的一家五金店前面，在奥德姆的孩子中，她算是干净的，还是黑头发，可能是另一个妈妈生的。她边看书边等可怜的爸爸出来。突然间，他意识到她在盯着他看；她纹丝未动，但她的目光已经不在书上了，而是早就锁定在他身上，盯住他不放了，那样子就像有时吃了兴奋剂甲基安非他明之后，你在街上看到路标，一看就是两个小时。这把他吓坏了，早些时候床上出现的牛仔帽也吓了他一跳。安非他明兴奋剂会扰乱你的时间概念，好吧，（所以他们才给它起了"速度"这个名字！他边想，边为自己的聪明才智激动不已：瘾君子加速！时间变慢！）是的，它会像拉橡皮筋那样反复拉扯并来回折叠时间，有时候丹尼感觉万事万物似乎都在盯着自己看，甚至是猫、牛，还有杂志中的照片；但是很长一段时间过去后，天空中的云彩如自然电影中那般瞬息万变，但她仍然眼睛一眨不眨地将他的目光接住——她的眼睛是冷绿色，像来自地狱的山猫，像魔鬼一样。

但不是：她根本没盯着他看。她是在低头看书，像要一直读下去似的。商店打烊，路上一辆车也没有，长长的影子和微微反光的人行道，像噩梦里的场景。丹尼想起一周前的一个清晨，他看到太阳从水库上升起来后，便去了怀特厨房：他推开门后，店里的女服务员、警察、送奶工和邮递员全部转过头来盯着他看——他们假装只是对闪烁的门铃好奇，仍然随意走动着——但他们不是闹着玩的，他们正在看他，对，就是他，到处都是盯向他的幽幽的绿眼睛，像闪着荧光的撒旦。当时他已经七十二小时没睡了，虚弱而湿冷，怀疑自己的心脏会像装满水的气球那样在胸腔中破裂。就是在怀特厨房那里，一个奇怪的青少年女服务员与他怒目相向……

稳住，稳住，他对自己狂跳不止的心脏说道。如果那个孩子是在看他怎么办？那又怎么了？又他妈的怎么了？丹尼也在那个长椅上度过无数炎热沉闷的时光，在那里等自己的父亲。等待并没有那么糟糕，而是害怕稍有不慎，他和柯蒂斯可能会承担怎样的后果。没有理由相信奥德姆不应该以牙还牙，为自己的损失寻求安慰：这就是世界的运行方式。"只要你在我的屋檐下——"挂在厨房桌子上方的灯泡随着电线摆动，他们的祖母在炉子上搅拌着些什么，好像打骂和哭声都是从电视里传来的。

丹尼跟痉挛似的，扭了一下身体，随后伸进口袋里，想找些零钱扔给那女孩。他的爸爸之前偶尔会扔钱给别人的孩子，前提是他赢了赌局，或是心情不错。突然，一段有关奥德姆的不愉快回忆再度浮现——当时他还是一个穿着双色运动衫的骨瘦如柴的少年，黄白色的头发梳成了鸭尾发型，头发因为他向后梳头时用的发油泛黄——他蹲在小柯蒂斯旁边，手中拿着一包口香糖，告诉他不要哭……

丹尼忽地惊了一下——是有声地惊了一下，他能感受到，好像自己脑袋里发生了一场小型爆炸——他意识到自己一直在大声说话，而他一直以为自己在静静思考。的确如此吗？二十五分硬币仍然握在手中，但当他举起手想把它们丢过去时，他的大脑却又再度被震惊。那个女孩早已离开。长椅上空空如也；无论是沿街往上走还是往下走，哪里都看不到她的身影——其实，街上也看不到其他生物的踪影，连只流浪猫都没有。

"哟哒——唉——嘿——吼。"他轻声自言自语，声音比自己的呼吸声还轻。

249

一

"发生什么了?"希利急不可耐地问道。他们两人坐在铁路附近的一个废弃棉花仓库门前生锈的台阶上。这是一片被低矮的松树丛包围着的沼泽地,臭烘烘的泥浆引来不少苍蝇。仓库的大门上布满了黑点,在之前的两个夏天里,希利、哈莉特和迪克·皮洛曾一起来这里消遣娱乐,包括把泥巴做成网球砸门。不过迪克·皮洛如今已经在塞尔比湖夏令营了。

哈莉特没有回答。她安静得让他很不自在。由于情绪激动,他站起身,开始踱起步来。

片刻之后,她似乎并没有对他专家一般的踱步产生兴趣。一阵微风拂过一个由轮胎压痕在土地上形成的小水坑,吹皱了水面。

希利既害怕激怒她,又很急迫地想让她说话,便紧张不安地用手肘撞了她一下。"说嘛,"他鼓励地说,"他有没有对你做什么?"

"没有。"

"他最好没有,否则看我不踹他屁股。"

松树林——主要是火炬松,是不能用作木材的垃圾树——离得太近,令人窒息。毛茸茸的红色的树皮大片的脱落,看上去红一片白一片的,像蛇皮。在仓库的外面,蚱蜢在锯齿草丛中嗡嗡作响。

"说嘛。"希利跳起来,在空中画了一个空手道的掌劈,接着做了一个高超的脚踢,"你可以跟我说。"不远处,一只蝗虫鸣叫了起来。打拳打了一半的希利眯起眼睛:蝗虫意味着风暴正在聚集,即将下雨,但是透过黑压压的树枝望向天空,其上仍然是朗朗乾坤,蔚蓝一片,令人窒息。

他又做了一套空手道拳的拳击动作,伴随着呼吸还发出两个声音:哈,哈!但哈莉特甚至连看都没看一眼。

"你为什么一声不吭?"他咄咄逼人地说道,往后甩了甩额头前长长的头发。她全神贯注的样子让他感到奇怪的恐慌,他开始怀疑她是不是设计了一些将他排除在外的秘密计划。

她瞥了他一眼,但速度极快,有那么一瞬间他还以为她要跳起来给他一脚。但她只是说了句:"刚才我一直在回想二年级那个秋天的事情,当时我在后院挖了一个墓穴。"

"一个墓穴?"希利满是怀疑,他曾尝试在自己家的院子里挖过不少洞(地下堡垒、通往中国的穴道),但从没有一个超过两英尺的,"你是怎么爬进爬出的?"

"洞不是太深。只有——"她用手比了一英尺左右的高度——"这么深。长度够让我躺下来。"

"你为什么要做这么做?嘿,哈莉特!"他突然大声说——因为他刚刚发现一只钳子和触角长达两英寸的巨型甲虫,"看那里,你看到了吗?天啊!这是我见过的最大的虫子!"

哈莉特倾身看着它,并不好奇。"嗯,真了不起,"她说,"不管怎么说吧。你还记得我因为支气管炎住院的事吗?当时我错过了学校的万圣节派对?"

"哦,记得。"希利说道,他的目光从甲虫身上移开,艰难地抑制着自己想把它捡起来玩弄一番的冲动。

"那就是我为什么会生病的原因。地面真的很凉。我把枯叶盖在身上躺在那里,直到天黑,直到艾达叫我回去。"

"你知道吗?"希利不由自主地伸出一只脚,用脚趾抵了一下那只甲虫,"在纽约的信不信由你奇趣馆里有这样一个女人,她在自己的墓穴里装了一部电话。你打电话过去,埋在地下的电话就会响起。这是不是很疯狂?"他在她旁边坐下,"嘿,这个怎么样?听着,这个很棒。比如,博安农夫人会不会在她的棺材里放了一个电话。半夜时她会打电话跟你说，我想要我的金色假发。把我的金色假发还给我……"

"你最好停下来，"看到他的手悄悄地朝她伸过来，哈莉特厉声说道，博安农夫人是教堂的管风琴手，她因为长期患病已于一月去世，"无论如何，他们埋葬博安农夫人的时候给她戴了假发。"

"你怎么知道？"

"艾达告诉我的。她原本的头发因为癌症掉光了。"

他们静静地坐了一会儿。希利眼睛瞥向那只巨大的甲虫，但却遗憾地发现，它已经不见了。他左摇右摆，脚跟踢着台阶上的金属立板，当当当当，很有节奏……

墓穴什么的到底是怎么一回事儿——她到底在说些什么？他向来对她毫无隐瞒。他已经准备好在工具棚里与她进行一场激烈的小声讨论，关于威胁、阴谋、悬念——甚至让哈莉特打他一顿也比什么都不做要好。

最终，他夸张地叹了一口气，伸了个懒腰，站起身来。"好吧，"他煞有介事地说道，"这样吧，我们去训练场玩弹弓，一直玩到吃晚饭的时候。"所谓的"训练场"是一块位于希利家后院的菜园和他爸爸用来放割草机的工具棚之间的僻静区域，"然后，过个一两天，我们再换成弓箭——"

"我不想玩。"

"好吧，我也不想。"希利有些气愤地说道。他只有一套儿童弓箭，箭头是蓝色吸盘，虽然他觉得很丢人，但有总比没有好。

但他的计划都未能让哈莉特提起兴趣。又经过一番深思熟虑，他提议——刻意先来了句"嘿"！暗示是激动人心的事情——他们立即跑去他家，进行所谓的"武器储备"（虽然他知道自己拥有的武器也就是一把气枪、一把生锈的小折刀，还有一个他们两个都不知道怎么扔的回旋镖）。而当这个提议也被耸肩拒绝时，他已经受不了她的冷漠，几近绝望地提议一起去找一本她妈妈的《好管家》杂志，然后给丹尼·拉特利夫报名一个每月读者俱乐部。

哈莉特转过头来看他，但她的神情远远算不上振奋。

"我说，"他有点尴尬，但足够说服读书俱乐部战术是否还需继续，"这是你能对别人做的最坏的事情。学校里有一个孩子就对他的爸爸这么做了。如果我们为那些乡下人注册到一定次数……嘿，看。"哈莉特坚定不移的目光使他感到不安。"我不在乎。"整天坐在家里无所事事、无聊至极的时光他仍然记忆犹新，即使她要求他脱掉衣服，赤身裸体地躺在街上，他也欣然答应。

"听着，我累了，"她烦躁地说道，"我要去莉比那里待一会儿。"

"好吧，"希利颇有些困惑又颇为隐忍地停顿片刻才如此说道，"我骑车陪你过去。"

他们一声不吭地沿着土路向街上走去。莉比在哈莉特的生活中占据首要地位，希利虽然已经接受，但并不是完全理解。她不同于伊蒂和其他姨婆——她更和蔼，更像个妈妈。幼儿园的时候，哈莉特还告诉希利和其他孩子莉比是她的妈妈；奇怪的是，没有一个人——甚至是希利——提出质疑。莉比年事已高，没有和哈莉特家住在一栋房子里，但牵着哈莉特进入家门的第一个人是莉比；为哈莉特送去生日蛋糕的也是她，还帮忙制作《灰姑娘》的道具服（希利在其中扮演了一只有用处的老鼠；哈莉特则扮演年龄最小的——也是最刻薄的——恶毒继妹）。虽然每当哈莉特因为打架或者顶嘴而惹麻烦时，伊蒂也会在学校露面，但没有人觉得她是哈莉特的家长；她过于严厉，很像高中里刻薄的代数教师。

不巧的是，莉比不在家。"克里夫女士在墓地那边，"昏昏欲睡的奥登说道（她过了好大一会儿才打开后门），"她去墓地那里拔草了。"

"你想过去吗？"希利问哈莉特，他们正走在人行道上。"我都可以。"骑车去南方公墓会很热很难很累，要穿过高速公路，穿过问题社区，那里有很多卖墨西哥粽子的小店，街上有一起踢足球的希腊裔、意大利裔和黑人孩子们。还有肮脏但红火的杂货店，镶着金门牙的老男人坐在柜台前，售卖硬邦邦的意大利饼干、彩色意大利果汁和散装香烟，每样只收五美分。

"想去，但伊蒂也在墓地。她是花园俱乐部的主席。"

希利不假思索便接受了这个借口。他尽可能躲开伊蒂，而哈莉特想要避开她的念头在他看来也丝毫不奇怪。"我们可以去我家，"他甩了甩眼前的头发，"走吧。"

"也许我姨婆塔特在家。"

"为什么我们不在你家的门廊或我家的门廊玩会儿？"希利说道，从口袋掏出一个花生壳，朝汽车的挡风玻璃上狠狠砸去。莉比还行，但其他两个姨婆并没有比伊蒂好到哪儿去。

——

哈莉特的姨婆塔特也和花园俱乐部的其他人一起去了墓地，但是因为花粉症而不得不开车回家；她烦躁不安，眼部瘙痒不止，旋花类植物导致她的手背上起了巨大的红色水泡。她也和希利一样，不太能理解为什么哈莉特下午坚持要来她家。开门时她还穿着脏兮兮的园艺工作服：百慕大短裤和一件罩衣长短的非洲特色花褂子。伊蒂也有一件很像的衣服。这是来自尼日利亚的浸信会传教士朋友送的礼物。肯特布色彩艳丽，十分时髦，两位老太太做轻巧的园艺和跑腿的事时，都常常穿着这件富有异国情调的礼物，几乎未曾察觉在旁观者的眼中，她们的"长袍"象征着黑色力量。过往车辆里坐着的年轻黑人男子会从车窗里探出身子，举起拳头向伊蒂和塔特敬礼。口中喊着"老年黑豹[①]!""爱尔德里奇和鲍比!"

塔特柯伦不喜欢户外工作；她加入花园俱乐部项目是受伊蒂的胁迫，她只想赶紧把身上的卡其裤和"长袍"脱掉扔进洗衣机里，想吃点抗过敏的苯海拉明，想洗个澡，还想趁明天过期之前把从图书馆借来的书读完。当她打开门看到孩子们时，兴致并不高，但仍然礼貌地打了招呼，尽管语气中透着那么一丝讽刺。"希利，你也看到了，我这里很随意。"她带着他们穿过昏暗的门厅时再次说道，狭窄的过道上挤放着老律师的书柜，随后他们进到一块经过一番装饰的区域，既做餐饮区又做客厅，里面摆放着从"苦难之栖"搬来的巨大的桃花心木餐具柜和餐具架，古旧的镶了金边的镜子上满是污点，高得抵住了天花板。著名的画家、博物学家绘制的食肉猛禽在高处瞪着他们。一块巨大的马拉耶尔地毯——也来自"苦难之栖"，大到塔特的房子里没有哪个房间能放得下——被卷起来放在门口，有一英尺厚，看上去像是一段横亘在小路中间的光滑但难逃腐朽的圆木。"注意脚下，"她边说，边伸出手一个一个帮助孩子们跨过去，像童子军队长一样，指导他们跨过森林里倒下的树木，"哈莉特会告诉你，她的姨婆阿德莱德是我们家的管家，莉比和小孩子关系很好，伊蒂斯能维持家庭运转，但我并不擅长任何一件事，不过，我的爸爸总是说我是家里的档案保管员。你知道那是什么吗？"

她向后瞟了一眼，眼圈红红的，尖锐的目光中流露着喜悦。她的颧骨下面有泥点。希利低调地移开目光，他有些怕哈莉特的姨婆们，她们长着长长的鼻子，和鸟一样敏锐，活像一群女巫。

[①] 黑豹党（Black Panther Party）是一个美国黑人社团，也是美国有史以来第一个为少数民族和工人阶级解放战斗的组织，1966年由爱尔德里奇·克利弗（Eldridge Cleaver）、修伊·牛顿（Huey Newton）和鲍比·西尔（Bobby Seale）创建。黑豹党人举起紧握的拳头表示敬礼。

"不是吗？"塔特转过头，使劲打了个喷嚏，"档案保管员，"她喘着粗气地说道，"对于一名收藏癖来说，这个词有些过奖了。亲爱的哈莉特，请原谅姨婆给你可怜的玩伴扯东扯西，她并不想这么无聊，她只希望希利回家后不要告诉他那年轻漂亮的妈妈，说我这里一团糟。下一次，"她的声音变小了，因为没跟上哈莉特的脚步，"下一次，你千里迢迢地过来时，亲爱的，你要先给塔特姨婆打个电话。万一我不在家，不能给你们开门怎么办？"

她咂嘴亲了一下哈莉特的圆脸，哈莉特神情冷漠（这个孩子有些脏，不过小男孩倒是挺干净的，有些古怪，因为他还穿着长到盖住膝盖的白色短袖，好像是爷爷辈的睡衣）。她把他们放在后门廊，又匆匆赶到厨房——茶匙嗒嗒作响——在自来水中加了柠檬和一小袋从杂货店里买来的柑橘粉。塔特柯伦不是没有真柠檬和糖——但如今孩子们对货真价实的东西反而嗤之以鼻，塔特认识的有孙子孙女的朋友曾这么说。

她叫孩子们来拿喝的，（"希利，我这里可能太随意了，我希望你不介意自己动手。"）便赶紧去后面的房间洗漱。

——

在塔特后门廊上横贯着一根晾衣绳，上面挂着一条棕褐色和黑色方格相间的被子。牌桌摆在被子前面，很像舞台布景，被子上的格子和他们之间的游戏板上的小格子相映成趣。

"嘿，这个被子让你想起了什么？"希利兴高采烈地说道，踢着椅子上的横撑，"《007 之俄罗斯恋情》里的棋王大赛？记得吗？第一个场景，有个巨型棋盘？"

"如果你碰到了象，"哈莉特说，"你就必须继续并往下走一步棋。"

"我已经动过兵了。"他对国际象棋或跳棋都不感兴趣；这两种棋子让他头疼。他举起柠檬水杯，假装发现了俄罗斯人粘在棋子底部的密信，但哈莉特并没有注意到他拱起的眉毛。

哈莉特丝毫没有浪费时间，一下把黑马挪到了棋盘中间。

"恭喜，先生，"希利夸道，哪啷一下把玻璃杯放下，虽然他并没有真的去看，而且这场棋也没什么不寻常的地方，"这步棋真漂亮。"这是电影中那场棋王大赛里的一句台词，他为自己能记得而深感自豪。

他们继续下着棋。希利的象吃了哈莉特的一个兵，但哈莉特立即用马拿下了希利的象，希利对着脑门一阵拍。"你不能这样下。"他说，但他其实并不知道她能不能那么下；他一直不知道象应该怎么走，但不巧的是，哈莉特最喜欢的就是这个棋，而且也下得最好。

哈莉特盯着棋盘，一只手闷闷不乐地托着下巴，"我觉得他认识我。"她突然说道。

"你没说什么吧？"希利不安地说道。虽然他很钦佩她的胆量，但他并不认为哈莉特独自去台球厅是个好主意。

"他出来后一直盯着我看。站在那里一动不动。"

希利想都没想就又走了一步棋，只是为了有事做。他突然感到非常疲倦和烦躁。他不喜欢柠檬水——他更喜欢可口可乐——下棋在他看来并不是欢乐时光。他自己也有一副国际象棋——是副好棋，他爸爸送的——但除非哈莉特过来，他从来不玩，而且大部分被用来当他的特种部队的墓碑了。

——

热气沉重地压下来，即使风扇呼呼呼地吹着，百叶窗也半拉着，塔特的过敏反应仍然严重,搞得她有些偏头痛。而头痛药则在她的嘴里留下一股苦味。她把《玛丽女王》倒扣在雪尼尔花线床单上,闭了一会儿眼睛。

门廊上没有一点声音:孩子们玩耍时的声音虽然已经够低了,但是她还是难以入睡,因为他们在家里。居住在乔治街上的流浪儿有很多需要担心的地方,但是能为他们做的却没有多少,她一边想着一边伸手去拿床边桌上的水杯。艾莉森——对于自己的两个甥外孙女,塔特心里最为疼爱的便是她了——是塔特最为担心的。艾莉森很像她的妈妈夏洛特,太过柔弱,不利于自己。根据塔特的经验,正是像艾莉森和她的妈妈那样温柔的女孩才会受到生活的无情重击。哈莉特和她的祖母很像——太像了,所以塔特和她相处时不怎么自在;她是只眼睛炯炯有神的小老虎,虽然她小的时候很可爱,但是随着她越长越高,便越来越不可爱了。虽然哈莉特还没有长到能够照顾自己的年纪,但那天很快就会到来,那是她——像伊蒂斯一样——不论什么不幸降临到她的身上,她都能战胜它,不管是饥荒还是银行破产,抑或俄罗斯入侵。

卧室门吱呀一声,塔特被吓了一跳,手捂住胸口,"哈莉特?"

老猫爪子——塔特的黑色公猫——轻轻地跳到床上,坐下来看着她,来回扫着尾巴。

"你在这里做什么,邦博?"它说——或者说,是塔特替它说,声音尖锐,语气傲慢,抑扬顿挫,她和她的姐妹们小时候和宠物说话时就是这样。

"你吓死我了,爪子。"她回答道,声音降低了一个八度,回到了自然状态。

"我知道怎么开门,邦博。"

"嘘。"她起身将门关上。等她再躺下时,猫咪便舒服得蜷卧在她的膝盖上，不一会儿他们便都睡着了。

——

丹尼的祖母古姆，两手畏畏缩缩，却又无力从炉子上端起盛着玉米面包的铸铁煎锅。

"我来帮你吧，古姆。"法里什说道，但脚步太快，撞倒了铝制的厨房椅子。

古姆闪到炉子一旁，朝着最喜欢的孙子笑了笑，有气无力地说道："没事，法里什，我来就行。"

丹尼坐在那里，盯着方格塑胶桌布，极力希望自己不在这里。拖车房的厨房拥挤过度，几乎没有活动空间，开火做饭搞得这里又热又臭，即使是冬天坐在里面也不舒服。几分钟前，他迷迷糊糊地做了一个白日梦，关于一个女孩的梦——不是一个具象的女孩，而更像一个女孩的灵魂。黑色的头发像浅水池边缘的杂草一样打着旋儿：可能是黑色，也可能是绿色。她非常亲密地靠近，仿佛要亲吻他——但是，她却向他嘴里吹了口气，奇妙而清新，如同来自天堂一般。回味时深感甜蜜，他的身体不禁一阵战栗。他想独自一人细细品味这白日梦，因为它转瞬即逝，而他拼命想要重回梦中。

但他恰恰就在这里。"法里什，"他的祖母说道，"我的确不想麻烦你。"她紧张地将手握在一起，眼睛紧跟着法里什拿起又重重放在桌上的盐和糖浆。"请不要担心。"

"别担心，古姆。"法里什语气严厉。他们两人日常如此，每顿饭都会这样。

古姆颇为懊恼地瞟了几眼，表现出极其强烈的不情愿，一瘸一拐地走向椅子，边走边咕哝，而法里什——叮咚——则乒乒乓乓地在餐桌、炉灶和前门廊的冰箱之间来来回回，丁零当啷地摆着桌子。等到他把一个盛了过多食物的盘子推到她面前时,她轻轻地把它推到了一边。

"你们男孩们先吃,"她说,"尤金,你吃点这个吧?"

法里什瞪向尤金——他正安静地坐着,手放在膝盖上——又将盘子重重地放在古姆面前。

"给……尤金……"她颤抖着双手把盘子递给尤金,但他躲躲闪闪,不愿接受。

"古姆,你一分钟都很难撑过去,"法里什咆哮道,"最终还是得回医院住着。"

丹尼一声不吭,撩开挡在脸前的头发,拿了一块方形玉米面包。但他太热又太兴奋,本来就吃不下,而破破烂烂的实验室里传来一阵恶臭——加上变味的油脂和洋葱——足以让他觉得自己再也不需进食。

"是的,"古姆苦笑着看看桌布,"我确实喜欢为你们做饭。"

丹尼相当确定他的祖母其实并没有她嘴上说的那么爱给她的孙子们做饭。她是个身材矮小、骨瘦如柴、长得跟棕色皮革似的人,因为常年畏畏缩缩而弯腰曲背,老得看上去有一百岁了,而她的真实年纪——大概是六十岁。她的父亲是卡津人①,妈妈是纯正的契卡索族印第安人,她出生在一个佃农的棚屋里,屋里是土地面,没有水暖管道(如此贫困的生活是她每天都要提醒她的孙子们的),古姆十三岁的时候就结了婚,嫁给了一位比她大二十五岁的毛皮猎人。很难想象她当年是什么样的——在她一贫如洗的青年时期,可没有闲钱花在相机和照片那种玩意儿上——但是丹尼的父亲(非常喜爱古姆,与其说

---

① 卡津人(Cajun):法裔加拿大人后裔,通常靠饲养牲畜、种植玉蜀黍、薯蓣、甘蔗、棉花等为生。"Coon"(谐音与Cajun类似,意为浣熊)是对卡津人的蔑称。

是她的儿子，倒不如说是她的追求者），还记得她还是个小女孩时的样子，红润的脸颊，黑亮的头发。他出生的时候，她才刚刚十四岁；她是（他说）"我见过的最美的浣熊小姐"。他口中的"浣熊"即为"卡津"，但丹尼还小的时候，他还以为古姆与浣熊有些关系，她的黑眼窝深陷，脸颊瘦削，牙齿参差不齐，双手黑瘦、长满皱纹，确实和浣熊有些像。

因为古姆身材矮小的缘故，她似乎每年都在萎缩。如今她皱缩得只剩下皮包骨，两颊深陷，嘴唇很薄，像刀片似的很有杀伤力。正如她一直提醒她的孙子们的那样，她一辈子都任劳任怨，而且正是劳累的工作（她并不觉得羞愧——古姆不是这样的人）导致了她未老先衰。

柯蒂斯——兴高采烈地——咂巴着嘴，吃着他的晚餐，而法里什则继续咔嗒咔嗒地围着古姆，突然地提供食物和服务，但一身病痛的她神色难看，全都摆手拒绝了。法里什非常依赖自己的祖母；她跛行的样子，总是让人可怜的样子总能让他起身帮忙，而她则像对待他死去的父亲那样，也用同样轻柔、温顺、谄媚的语气讨好法里什。而正如她的讨好使得丹尼的父亲变得极其恶劣（自怨自艾，暗生怒火，放纵着自己的傲慢以及暴力倾向），她对法里什的讨好似乎也助长了他残酷无情的一面。

"法里什，我吃不了那么多，"她喃喃自语道（尽管已经失去了时机，她的孙子们现在都有自己的餐盘了），"把这个盘子递给尤金。"

丹尼翻了个白眼，稍微往桌子后面撤了撤。他对这个怪人的耐心已经消磨殆尽，他祖母的行为举止都是经过精心算计的（她弱弱地拒绝的样子，她饱经折磨的语气）——乘法表似的准确无误——好让法里什转身离开，冲着尤金大发雷霆。

果不其然。"他？"法里什怒气冲冲地看着坐在桌子最边上的尤金，他正弓着背狼吞虎咽地吃着东西。尤金的大胃口是家里的痛点，是一个无情的冲突之源，因为他比家里的任何人吃的都多，但对家里的开支贡献却很小。

柯蒂斯——嘴里塞得满满的——伸出一只油手去拿祖母用颤抖的手从桌子对面递过来的鸡肉。法里什眼疾手快地把它拍了下来：狠狠的一巴掌，吓得柯蒂斯张大了嘴巴。

几小块嚼了一半的食物掉在桌布上。

"哎呀，如果他想吃就随他，"古姆柔柔地说道，"给你，柯蒂斯。你想多吃点吗？"

"柯蒂斯，"丹尼不耐烦地说道，他感觉自己已经无法忍受再看晚饭时分的插曲无数次上演，"给你，吃我的。"但是柯蒂斯——他并不理解游戏的本质，永远也不会理解——笑嘻嘻地伸手去拿在自己面前晃悠的鸡腿。

"如果他要了，"法里什咆哮道，抬头望望天花板，"看我不把他从这里打到——"

"给你，柯蒂斯，"丹尼再次说道，"吃我的。"

"也可以吃我的，"来做客的传道士突然说道，他坐得离尤金不远，在桌子的尽头，"还有很多。孩子想要就给他。"

他们都忘记了他的存在。每个人都转身盯着他，丹尼则抓住机会，不经意间便将他那一盘恶心的晚餐倒在了柯蒂斯的盘子上。

看到意外收获的柯蒂斯一阵狂喜地叽里呱啦一通。"爱！"他大声说道，双手紧紧地攥在一起。

"这确实很好吃，"洛亚尔礼貌地说道。他的蓝眼睛闪光如炬，十分锐利，"感谢你们所有人。"

吃着玉米面包的法里什停了下来。"你一点也不给道尔菲斯长脸。"

"嗯，你知道，我母亲认为我很长脸。道尔菲斯和我一样，都和她的娘家人一样。"

法里什窃笑一声，开始配着豌豆往嘴里塞玉米面包：嘎嘣嘎嘣，虽然他已经明显飘飘欲仙，但古姆在时，他总是设法把毒品藏在饭菜里，以免伤害她的感情。

"告诉你杀人凶手的一个特点，道尔菲斯兄弟知道，"他嘴里塞满了东西，"在帕克曼监狱，他让你跳，你就跳。如果你不跳，那么，他就会打你。柯蒂斯，该死的，"他喊道，边把椅子往后拖，边翻着白眼，"你真让我恶心。古姆，你不能让他把手从食物盘上拿开吗？"

"他已经很不错了。"古姆说完便起身，把盘子推出柯蒂斯的范围，然后又缓缓地坐回椅子里，动作非常缓慢，仿佛是要坐进一个冰凉的浴缸里。她冲着洛亚尔点头示意，"我想上帝可能没有在这个身上花多少时间，"她说，歉疚地皱了皱眉，"但我们爱这位小怪兽，是不是，柯蒂斯？"

"爱。"柯蒂斯低声咕哝道。他递给她一块玉米面包。"不要，柯蒂斯。古姆不需要那个。"

"上帝不会犯错，"洛亚尔说道，"他慈爱的眼睛关照着我们所有人。有福的人才会与其他人有所不同。"

"好吧，你们最好还是希望你们驭蛇时，上帝不会假装看不到，"法里什说道，一边向尤金使了个狡猾的眼神，一边给自己倒了杯冰茶，"洛亚尔？是你的名字？"

"是的，先生。洛亚尔·布赖特。布赖特跟妈妈的姓。"

"好吧，洛亚尔你告诉我，如果必须把这些爬行动物关在该死的箱子里，那么将它们拖到这里意义何在？你为举办奋兴布道会操劳多少天了？"

"一天。"尤金含着一嘴食物说道，没有抬头看。

"我无法预先决定，"洛亚尔说，"上帝会赐圣恩于我们，但有时他却不会如此。我们追求的胜利便是得到他的赐予。有时考验我们的信仰能给上帝带来愉悦。"

"我觉得站在所有人面前,却看不到蛇,会让你觉得自己很愚蠢。"

"不,先生。蛇由上帝创造,服务于他的旨意。如果我们接手并驭蛇,且我们违背了他的意愿,我们就会受到惩罚。"

"好吧,洛亚尔,"法里什说毕,靠在椅子上,"你会不会认为尤金不太符合上帝的意旨?可能就是他耽搁了你。"

"好吧,告诉你一件事,"尤金突然说道,"用棍子捅蛇,朝着它们吞云吐雾,乱搞或是戏弄它们,都是没用的——"

"等一——"

"法尔什,我看到你在卡车里玩弄它们了。"

"法尔什。"法里什高声说道,语气讽刺。尤金发特定的音时特别奇怪。

"不要取笑我。"

"你们,"古姆虚弱无力地说道,"你们,现在。"

"古姆。"丹尼说道,随后又更温柔地说"古姆",因为他的声音过高而且十分突然,桌上的每个人都吓了一跳。

"怎么了,丹尼?"

"古姆,我是想问……"他太过兴奋,已经记不得大家刚刚的谈话内容和他正想说的话之间有何关联,"你有没有被选中参加陪审团?"

他的祖母把一块白面包对折,又蘸了蘸玉米糖浆。"我被选上了。"

"什么?"尤金说道,"审判什么时候开始?"

"星期三。"

"嗨,你打算开着破卡车过去吗?"

"陪审团?"法里什说道,坐直了身体,"我怎么不知道这回事儿?"

"可怜的老古姆不想打扰你,法里什……"

"卡车没有破到不能开,"尤金说道,"只是因为破旧,所以她开不了它。我几乎转不动车把手。"

"陪审团?"法里什粗暴地把椅子推回桌边,"他们为什么要找一个年迈体弱的人?似乎他们本可以找一些身强力壮的人——"

"我很乐意去。"古姆可怜兮兮地说道。

"嗯,我知道,我想说的是,看起来他们不是找不到其他人。你必须得整天坐在那里,那些椅子十分坚硬,再想想你的关节炎——"

古姆低声说道:"好吧,我跟你实话实说,我更担心的是我因为服用药物而恶心的问题。"

"我希望你告诉他们,这样把一个可怜的残疾老太太拖出家,等于把她再次送进医院——"

洛亚尔非常老道地打断:"您要参加的是什么审判,女士?"

古姆在糖浆里蘸了蘸面包。"有黑人偷了一辆拖拉机。"

法里什说道:"他们让你费这么大劲儿过去?就是为了这个?"

"好吧,我那个时候,"古姆平静地说道,"我们对大型的庭审没有这么多看法。"

——

敲门无人应,哈莉特便自己推开了塔特的卧室门。一片昏暗中,她看到姨婆塔特正在白色的夏季床罩上打瞌睡,眼镜耷拉在脸上,嘴巴微张。

"塔特?"她不知所措地说道。房间里弥漫着药水味,格兰迪水、香根草油和曼秀雷敦,还有灰尘的味道。风扇咕噜咕噜地打着圈,薄薄的窗帘被吹得左右摇摆。

塔特睡着。房间里安静凉爽。五斗橱上放着银框照片:克里夫法官和哈莉特的曾祖母——脖子上戴着浮雕宝石——在新世纪来临前的留影;二十世纪五十年代时,哈莉特的妈妈首次进入社交界时的留影,她戴着长款手套,顶着花哨的发型;一张塔特的丈夫平克先生年轻时的照片,比例为五比四,还有一张是他后来接受商会颁发的奖项的照片,神采奕奕,发表在报纸上。沉甸甸的梳妆台上摆着塔特的东西:旁氏面霜、放在果冻罐的发夹、针垫、胶木梳子、刷子套装,还有一支口红——组成了一个朴实、低调的小家庭,排列整齐划一,像要拍合照似的。

哈莉特感觉自己要哭出来了。她重重地摔在床上。

塔特惊醒。"哎呀。哈莉特?"她在一片模糊中挣扎起身,摸索着找到眼镜,"怎么了?你的小伙伴呢?"

"他回家了。塔特,你爱我吗?"

"怎么了?现在几点了,亲爱的?"她说道,眯着眼睛看向床头的钟表,"你不是在哭吧?"她俯身用手摸了摸哈莉特的额头,潮湿冰凉,"究竟怎么了?"

"我可以在这儿过夜吗?"

塔特的心沉了下去。"哦,亲爱的。可怜的塔特已经被过敏折磨得半死……告诉我出了什么问题吧,亲爱的?你不舒服吗?"

"我不会惹任何麻烦。"

"哦,亲爱的。你对我来说从来都不是麻烦,艾莉森也不是,可是——"

"为什么你或者莉比或阿德莱德从来没有留我过夜?"

塔特被搞得晕头转向。"现在哈莉特，"她说道，伸手旋开阅读台灯，"你知道这不是真的。"

"你从来没问过我！"

"好吧，哈莉特，这样吧。我去拿日历。我们一起在下周选一天，到时候我也好多了，然后……"

她的音量渐渐降低。哈莉特哭了。

"看这儿。"她语气明快地说道。虽然朋友们大肆夸赞自己的孙子孙女时，塔特会试图表现出兴趣，但她并不会因为自己没有孩子而感到伤感。孩子让她感到无聊、烦躁——这是她一直以来不遗余力地对她的甥孙女们隐藏的事实。"我去拿块毛巾马上回来。你会感觉好些，如果……算了，你跟我来吧。哈莉特，站起来。"

她牵着哈莉特脏兮兮的手，领着她穿过漆黑的大厅去洗手间。她把水槽里的两个水龙头都打开，递给哈莉特一块粉红色的香皂。"给你，亲爱的。洗洗你的手和脸……先洗手吧。现在，先用凉水洗洗脸，这会让你感觉舒服些……"

她把毛巾湿了水，慌忙地而轻柔地给哈莉特擦脸颊，然后又把毛巾递给她。"那里，亲爱的。现在，你能听我的话，用凉凉的毛巾擦擦脖子和胳膊吗？"

哈莉特机械地擦了擦——只在脖子上擦了一下，然后伸到衣服下面稍微擦了几下。

"听话，我知道你可以做得更好。艾达没有督促你洗吗？"

"督促了，女士。"哈莉特无奈地说道。

"那你怎么这么脏？她每天都让你进浴缸洗了吗？"

"是的，女士。"

"她会让你把头伸到水龙头下面洗吗，你洗完之后她会检查肥皂湿水了没吗？哈莉特，如果你爬进一缸热水里却只是坐在那里，对你是没有任何好处的。艾达·拉伊如果知道的话，就应该——"

"这不是艾达的错！为什么每个人都把一切都怪到艾达头上？"

"没有人怪她。我知道你爱艾达，亲爱的，但我觉得你的外婆可能需要和她谈一谈。艾达没有做错任何事，只是有色人种想法不同——哦，哈莉特。请，"塔特说道，双手绞扭，"别这样。请你不要再这样了。"

——

晚餐后，尤金相当焦急地跟着洛亚尔出了门。洛亚尔一副与世无争的样子，已经准备好来一场悠闲的餐后散步，但是尤金（晚餐后便换上了不舒服的黑色讲道服）却十分焦虑，汗水涔涔。他往洛亚尔卡车的后视镜中望了一眼，快速地理了理油腻的鸭尾发型。前一晚的奋兴会（在离某个农场不远的地方，县城的另一边）并不成功。那些猎奇的人在灌木搭成的凉亭中窃笑不停，朝他们丢瓶盖，还有些碎石头，他们不理睬捐赠盘，仪式尚未结束，便站起身来，推挤着离开了——但谁又能怪他们呢？年轻的里斯——蓝色的眼睛如天然气火焰一般，头发被吹到脑后，好像他刚见到了天使似的——可能对自己的小指都比对那些窃笑不止的人加在一起的信心要多，但是没有一条蛇从盒子里爬出来，一条也没有；虽然尤金被这一点搞得很尴尬，但他也不愿意亲手把它们抓出来。洛亚尔向他保证今晚在沸泉那里反响会更好——但尤金并不在乎沸泉。当然，那里的确是有信众定期聚会，但那是别人的地盘。后天，他们要试着去广场上聚集一群人——然而他们最大的吸睛物——那些蛇——却是被法律禁止的，他们要如何才能做到呢？

洛亚尔似乎完全没有受到任何影响。"我来这里做神圣的工作，"他说，"神圣的工作就是与死亡做斗争。"前一天晚上他被群众嘲笑，却不为所动;虽然尤金害怕蛇,并且知道自己无法亲手抓起它们,但他可不想再过一个被当众羞辱的夜晚。

他们站在被照亮的水泥厚板上,他们都称这里为"停车棚",水泥板的一边是燃气烧烤炉,一边是篮球筐。尤金紧张地瞄着洛亚尔的卡车——看着帆布,下面盖着一箱一箱的蛇,堆在卡车的后面,又看看保险杠贴纸,上面用斜体写着极端标语:这世界非我家!柯蒂斯正在里面安全地看着电视(如果他看到他们离开,肯定会央求带上他),尤金正要提议他们直接坐上卡车离开时,纱门吱呀一声打开了,古姆拖着脚步朝着他们走了过来。

"您好,女士!"洛亚尔热情地喊道。

尤金半将身子转过去。最近他总是要不停地与他对祖母的痛恨抗争,他得不停地提醒他自己古姆只是一位老太太——常年体弱多病。他想起很久之前的一天,他和法里什还小的时候,他的爸爸下午跌跌撞撞地回到家中,把他们从房车里猛地拖到了院子里,似乎要抽他们。他的脸涨得通红,咬牙切齿地说着话。但是他并不生气:他正在哭。哦主啊,仁慈的上帝啊,我自从今早听说可怜的古姆只剩下不到一两个月的时间,就止不住地难过。医生们说她的癌症已经病入膏肓了。

那是二十年前的事情了。他们兄弟四个都出生了——或是长大成人,或是离家出走,或是身体残疾,或是住进了监狱;他们的父亲和母亲——还有一位胎死腹中的妹妹——都入土为安了。然而古姆却活下来了。来自各色医生和卫生部门官员的死亡判决仍然时常回来,横贯尤金的童年和青少年时期,直到现在,古姆每隔六个月就会收到一次。他们的父亲死后,现在都是她自己带着歉疚来传递这些坏消息了。她的脾脏增大了,即将破裂;她的肝脏,或者说是胰腺,或者甲状腺都已经衰竭了;她患上了这种癌症,或者那种癌症——种类多到她的骨头已经黑成了木炭,像是柴炉里被烧焦的鸡骨头。确实如此:古姆看上去确实病得不轻。癌症没有能够杀死她,但在她的身体里住了下来,把她当作了自己舒服的家——在她的胸腔里筑巢,深深地扎根,把它们的触角伸到了她的肌肤表面,变成一个又一个的黑痣——因而(在尤金看来)如果有人现在把古姆劈开,她的身体里很可能一点血都没有了,而只剩下一大块海绵。

"女士,如果你不介意我问的话,"尤金的拜访者礼貌地说,"我想问下,你的孩子们怎么都叫你古姆?"

"我们没人知道为什么,就是叫习惯了。"法里什咯咯笑道,从他的标本制作棚屋中冒了出来,伴随着一束照射在锯齿草上的灯光。他走在她的身后,用胳膊环抱着她,挠着她的痒,像一对恋人似的。"想让我把你放到那个卡车后面和那些蛇一起吗,古姆?"

"一边去。"古姆无精打采地说。她感觉表现出自己对这种关注感兴趣是件不光彩的事情,但是她仍然很享受;虽然她表面上不动声色,但是她小小的黑色眼睛则因为喜悦而炯炯有神。

尤金的访客狐疑地盯着敞开门的标本制作/冰毒实验室棚屋,那里没有窗户,房顶上的一个电灯泡将里面照亮:烧杯、铜管,还有由真空泵、管子、煤气炉和旧浴室水龙头组成的极其复杂却粗制滥造的装置网络。标本制作剩下的令人作呕的东西——像是一只被保存在甲醛溶液中美洲狮的胚胎,还有一个装满了各种玻璃眼球的透明塑料渔具箱——给人一种《科学怪人》里弗兰肯斯坦的实验室的感觉。

"来吧,进来看看。"法里什说罢,突然转过身来,他放开古姆,抓住了洛亚尔后背的衣衫,半推半就地把他扔进了实验室的门。

尤金紧张地跟在后面。他的访客——可能他的哥哥道尔菲斯也是如此粗犷,他已经习惯了——看上去并不紧张,但是尤金太熟悉法里什了,他知道法里什幽默风趣的时候要尤其当心。

"法里什，"他尖声说道，"法里什。"

威士忌酒瓶，瓶身上的标签已经撕掉，里面装的是一些法里什做实验用的黑色液体。丹尼戴着一双橡胶洗碗手套，坐在一个倒扣着的塑料水桶上面，手里拿着一个厨具，一会儿动动这个，一会儿动动那个。他的身后，一个玻璃过滤烧瓶正冒着泡泡；一只被做成标本的张着双翅的雏鹰，在暗处的房椽上怒目而视，似乎要横扫而下，袭击目标似的。还有被安装在原木陈列架上的大嘴鲈鱼；有火鸡鸡爪、狐狸脑袋、家猫——从成年公猫到刚生下来的小猫咪都有；还有啄木鸟、蛇鹈鸟，和一只缝了一半的臭烘烘的白鹭。

"告诉你吧，洛亚尔。之前有人给我送了一条这么大的水蝮蛇，真希望它还在我这里，这样就能让你看一下了，我感觉它比你卡车上的任何一条蛇都要大……"

尤金咬着自己的拇指，慢慢地挪了进去，隔着洛亚尔的肩头往里望，从洛亚尔的角度出发，像第一次似的看着幼猫的标本，看着弯着脖子的白鹭，起皱的眼窝像宝螺壳似的。"那是他制作标本时用的东西。"他感觉洛亚尔的目光在那排威士忌酒瓶上徘徊，大声说道。

"主要我们爱他的国度，守护它，不作声色地引领它，"洛亚尔说着，凝视着昏暗的墙面，在恶臭、动物尸体和阴影之中，那面墙本身似乎就是地狱的一面，"请原谅我，我不知道这是否意味着我们可以安装它们，把它们制作成标本。"

尤金看到角落有一摞色情杂志《皮条客》，最上面一本的封面照片令人作呕。他把一条胳膊搭在洛亚尔的胳膊上。"走吧，我们走吧。"他说道，因为他不知道洛亚尔看到那照片后会说什么或者做什么，而在法里什周围，类似不可预测的举动是非常不明智的。

"好吧，"法里什说道，"我不知道你说的对不对，洛亚尔。"令尤金感到恐怖的是，法里什俯身弯向自己的铝制工作台——把他的头发甩到了肩后——用一张卷起来的一美元纸币吸起了一条白色的东西，尤金猜测那是毒品。"很抱歉，也许我猜错了，但是洛亚尔，你和我的弟弟吃T骨牛排时的速度一样快吧？"

"那是什么？"洛亚尔问道。

"头痛粉。"

"法里什是残疾人。"丹尼赶紧补充道。

"天啊，"洛亚尔柔声对古姆说道——她以蜗牛的速度，才刚刚从车厢那里挪到门口，"你的孩子们真的遭受了不少痛苦。"

法里什把他的头发往后一甩，站直了身子，大声打了个喷嚏。不论如何，他是家里唯一一个能够领取残疾补贴的人。他不在意自己的不幸是否能与尤金脸上的缺陷以及有更多问题的柯蒂斯相提并论。

"谁说不是呢，洛亚尔，"古姆说道，她悲伤地摇着脑袋，"仁慈的主让我得了癌症、关节炎、糖尿病，还有这里这个……"她指了指脖子上的一块硬币大小的黑紫的伤疤，看上去有些腐烂，"那是可怜的老古姆被迫刮血管的地方，"她热情地说着，把头歪向一边，好让洛亚尔看得更清楚些，"他们就是从这里把导管插进去的，就是从那里，你看……"

"你们今晚要怎么拯救那些人呢？"丹尼欢快地说道，他也吸了一些头痛粉，站直身体后，用手指抠了抠鼻孔。

"我们该走了，"尤金对洛亚尔说，"走吧。"

"然后呢，"古姆对洛亚尔说，"然后他们把所谓的球囊插入了我脖子上的血管里，他们——"

"古姆，他得走了。"

古姆咯咯地笑着，用一只长满黑斑的干枯的手抓住洛亚尔白色长衫的衣袖。她很高兴能找到这样一位体贴的倾听者，不愿意轻易让他离开。

一

哈莉特从塔特家离开，步行往家走去。宽敞的人行道两边长满了山核桃树和木兰树，路上到处都是紫薇的碎花瓣；隐约中还能听到从第一浸礼会教堂传来的钟声在温暖的空气中回荡着。中心大街上的房子比乔治街上那些乔治亚风格的房子和木匠哥特式的小木屋要富丽堂皇些——多是希腊复兴式、意大利风情、维多利亚第二帝国式，是棉花经济破产后遗留下来的产物，其中少数的房子目前还归当时建造它们的家族所有，但也有不少已经卖给了镇上的其他富人。但碍眼的东西也越来越多，比如院子里多了三轮脚踏车，多利安式圆柱之间绑上了晾衣绳。

天色越来越暗。街道的尽头，有只萤火虫一闪一闪的，还有两只几乎就在她的鼻尖上快速地闪着光，忽明忽暗。

她还不想回家——至少现在还不想——尽管中心大街上已经没多少人了，远处还有一点吓人，但她告诉自己她要再走一会儿，走到亚历山大旅店那里。虽然哈莉特从未见过那里有什么旅店，但大家仍然称那里是亚历山大旅店——甚至连伊蒂也没有见过。一九七九年爆发黄热病时，许多从北边的纳齐兹和新奥尔良来的病人和惊慌失措的异乡人拥到了这座同样被疾病侵袭的镇子上。濒死的人像沙丁鱼一样被堆在人满为患的旅店门廊和阳台上——尖叫着、发着疯、哭喊着要水喝——而死去的人则堆在旅店前面的人行道上。

大概每隔五年，就有人想要重新经营亚历山大酒店，想把它用作干货店，会议室或者其他的什么；但从未有哪一次的尝试坚持长久的。仅仅是从这里经过就让人们感到不舒服。几年前，有几个从别的镇子来的人想把旅店的大厅改成茶馆，但现在已经关门大吉。

哈莉特在人行道上停了下来。旅店在空荡荡的街道尽头若隐若现——一幢白色的、令人惊恐的破烂不堪的房子立在黄昏之中,形影模糊。突然之间,她感觉自己看到楼上窗户那里有什么东西动了一下——像一块布似的在飘动——她随即转过身去,拔腿就跑,她的心怦怦直跳,一直沿着渐渐暗下去的街道跑着,好像有一堆鬼魂在身后追着她。

她一口气跑回了家里,啪嗒一声打开前门回到家里——气喘吁吁,筋疲力尽,眼冒金星。艾莉森在楼下,正坐在电视机前。

哈莉特刚走到楼梯的中间,妈妈就朝着她冲了过来,脚上的卧室拖鞋啪啪啪地踩在地上。"你去哪儿了?马上回答我!"她的脸涨红了,富有光泽;她在自己的睡衣外面套了一件哈莉特父亲皱巴巴的旧白色衬衫。她抓住哈莉特的肩膀,摇晃着她,然后——令人难以置信的——把她推到了墙上,哈莉特的头则撞上了装有著名歌唱家珍妮·林德的画框。

哈莉特十分困惑。"怎么了?"她说道,眨眨眼睛。

"你知道我有多担心吗?"妈妈的声音出奇的高,"我一直在想你去哪儿了。心里……一直……在想……"

"妈妈?"哈莉特不知如何是好地用胳膊蹭了蹭脸。她喝醉了吗?她的爸爸在家过感恩节时偶尔也会这样,因为喝得太多了。

"我还以为你死了。你怎么敢——"

"怎么了?"头顶的灯很刺眼,哈莉特只想赶紧上楼回卧室,"我只是在塔特那里待了一下。"

"胡说,跟我说实话。"

"真的,"哈莉特不耐烦地说,再次试图绕过她的妈妈,"如果你不相信我,请打电话给她。"

"我当然会,这是我早上的第一件事。现在,你告诉我你去哪儿了。"

"去打吧,"哈莉特说道,因为路被挡住而十分恼怒,"给她打电话。"

哈莉特的妈妈气势汹汹地朝着她走了过去,而哈莉特则同样迅速地向后退了两步。她沮丧地望着母亲线条柔和的肖像画(眼睛炯炯有神,十分有趣,穿着驼毛外套,梳着靓丽光泽的马尾辫),是她大三出国期间在巴黎的大街上画的。肖像的眼睛里用白色粉笔填满了夸张的白色圆点,看到哈莉特身陷困境,愈发像是同情她一般睁大了眼睛。

"你为什么要像这样折磨我?"

哈莉特的注意力从粉笔画像转移到同一张脸上,只是这张脸更老,稍微有些不自然,经历过糟糕的事故后,被重塑如此。

"为什么?"她妈妈尖叫道,"你想把我逼疯吗?"

哈莉特的头皮一阵刺痛。她的妈妈偶尔是会举止奇怪,或是感到困惑不安,但不曾出现过类似情况。才刚刚七点钟;夏天的时候,哈莉特经常在外面玩到十点多,而她的妈妈甚至都不曾注意到。

艾莉森站在楼梯脚处,一只手放在中心柱的郁金香形状的球形突起上。

"艾莉森?"哈莉特粗暴地问道,"妈妈怎么了?"

哈莉特的妈妈甩了她一巴掌。虽然没有多疼,但声响很大。哈莉特一只手捂住脸,眼睛盯着呼吸急促、气喘吁吁的妈妈。

"妈妈?我做错了什么?"她被吓得不轻,顾不上哭,"如果你担心,你为什么不打电话给希利?"

"我不能大早上就打电话,把赫尔一家人都叫醒!"

艾莉森站在楼梯脚处,和哈莉特一样目瞪口呆。不知为何,哈莉特怀疑这场误解由她而起,不管原因究竟是什么。

"你做了些什么,"她咆哮道,"你跟她说什么了?"

但艾莉森的眼睛仍然——瞪得圆圆的,不敢相信——紧紧瞪着妈妈。"妈妈?"她说,"你说'早上',是什么意思?"

夏洛特一只手扶住栏杆,看起来很震惊。

"现在是晚上,星期二的晚上。"艾莉森说。

夏洛特怔在原地,眼睛圆睁,嘴巴微微张开。随后她跑下楼梯——无跟拖鞋拍在地面上啪啪作响——从前门的窗户往外望去。

"哦,天啊。"她说,向窗外探着身子,双手放在窗台上。她打开了门闩,在暮色中走向前廊。走得非常慢——像在做梦——她走到摇椅那边,坐了下来。

"天哪,"她说,"你是对的。我睡醒看到是六点半,想当然以为那是早上六点。"

有那么一会儿,除了蟋蟀和街上传来的声音之外,一点其他声音也没有。戈弗雷家有人做客:一辆陌生的白色汽车停在车道上,还有一辆旅行车停在马路牙子前面。后门廊亮着黄色灯光,烧烤架上烟雾升腾。

夏洛特抬头看着哈莉特。她满头大汗,脸色惨白,黑色的瞳孔无限放大,几乎将虹膜吞没,堪比月食遮挡太阳时,日冕散发出的蓝色光线。

"哈莉特,我以为你一整晚都不在……"她感到一阵湿冷,喘不过气来,像差点被淹死似的,"哦,宝贝。我以为你被绑架或被害死了。妈妈做了噩梦——哦,天啊。我居然打了你。"她用手捂住脸,哭了起来。

"进来吧,妈妈,"艾莉森小声说,"拜托。"不能让戈弗雷一家和方丹夫人看到她们的妈妈穿着睡衣坐在前廊上哭泣。

"哈莉特,过来。你还能原谅我吗?妈妈发疯了,"她湿漉漉的脸埋进哈莉特的头发里,"对不起……"

哈莉特抵在妈妈胸前，角度极不舒服，但她努力不扭动。她感觉喘不上气。头顶上方一段距离处，她的妈妈哭泣着，伴随着不断的干咳声，像是一位被冲上水面的沉船受害者。睡衣的粉红色面料压在哈莉特的脸上，放大到看上去已经不像布料了，倒像是一捆粗粗的劣质交叉排线。很有意思。哈莉特闭上眼睛，靠着妈妈的胸部。粉红色消失。睁开眼睛：画面又映入眼帘。她又试着一睁一闭，视错觉导致画面前后跳跃，直到一大滴眼泪——异常大——落在布上，绽放出一块深红色的污渍。

她的妈妈突然抓住她的肩膀。她的脸上闪着光泽，闻起来有冷霜的味道；墨黑色的眼瞳异域感十足，和哈莉特在墨西哥湾的水族馆看到的护士鲨的眼睛一样。

"你不知道那是什么感觉。"她说。

再一次地，哈莉特发现自己又抵在了妈妈的睡衣上。集中精神，她告诉自己。如果她的意志力够强，她可以转移到其他地方。

一束平行四边形的光线斜照在前廊上。前门半开着。"妈妈？"她听到艾莉森异常轻声地说，"请……"

等到她们的妈妈终于肯让别人牵着自己的手，并听劝地进入房间，艾莉森才小心翼翼地把她扶到沙发上坐下，头后面给她垫上了垫子，然后打开电视机——正在喋喋不休地，伴随着动感的背景音，画外音毫无感情。

随后她便慢条斯理地进进出出，给她们的妈妈拿舒洁纸巾、头疼药、烟和烟灰缸、冰镇茶，还有冰袋——透明塑料袋，泳池蓝，形状像格拉斯——鼻窦不舒服或她所谓的头疼时，便用冰袋敷眼。

她们的妈妈接过了舒洁纸巾和茶水，一边心不在焉地喃喃自语，一边把蓝色的冰块敷在自己的额头上。"你们会怎么想我啊？我真是太羞愧了……"哈莉特坐在对面的扶手椅上，透过冰袋端详着她。她有几次看到她的爸爸,在宿醉的早上,僵硬地坐在他的桌后,一边用蓝色的冰块敷着额头,一边打着电话或是愤怒地翻着文件。但是她妈妈的呼吸中没有任何酒精的味道。在走廊上,被压在她妈妈的胸口的时候,哈莉特什么都没有闻到。实际上,她的妈妈并不喝酒——不像爸爸那样喝酒。她会时不时地给自己调一杯加波旁威士忌的可乐,但通常她会整晚都拿在手边,直到冰块融化,纸巾被浸湿,而且还没喝完便会睡着。

艾莉森重新出现在门口。她迅速瞥了一眼妈妈,确保她没有看向这边,然后用口型悄悄对哈莉特说:今天是他的生日。

哈莉特眨了眨眼睛。当然了:她怎么会忘记?五月份他的忌日来临时,她们的妈妈总是会情绪失控:大哭,令人费解的恐慌。几年前,她的情况严重到无法迈出家门去参加艾莉森的八年级毕业典礼。但是今年五月份却过得毫无波澜。

艾莉森清了清嗓子。"妈妈,我帮你洗个澡,"她说,她的声音出奇清脆,像个大人,"如果你不想来,也不用勉强自己。"

哈莉特站起来往楼上走,她的母亲却闪电般慌忙甩出一只胳膊,仿佛她正要朝一辆汽车走去。

"孩子们!我的两个可爱的女孩!"她拍了拍两边的沙发,虽然她的脸因哭泣而肿胀,但她的声音却让人捉摸不定——虚弱但明亮——

"哈莉特,你为什么不说?"她说,"你在塔特那儿玩得开心吗?你们聊什么了?"

哈莉特发现自己又一次被怒目看着自己的妈妈搞得不知所措。不知怎的,她能想到的只有小时候曾去过的一次嘉年华,她记得黑暗中有一个鬼影沿着一根渔线平静地前后飘动着,记得它是如何——出其不意地——跳下来,径直跳到了她的脸前。直到现在,她在仍能在睡梦中看到白色的形状从黑暗中飞向她,而她仍然会惊坐起来。

"你在塔特的家里做什么了?"

"下国际象棋了。"在随即而来的沉默中,哈莉特试图再想一些有趣或看到的趣事来进一步回答这个问题。

妈妈一只手环着艾莉森,让她感觉自己也被包括在内。"你为什么没去,亲爱的?你吃过晚餐了吗?"

"接下来为您播放本周电影,"电视里传来声音,"《我是娜塔莉》,由帕蒂·杜克、詹姆斯·法兰蒂诺和马丁·鲍尔萨姆主演。"

电影的开场期间,哈莉特站起身,往她的卧室走去,她的妈妈跟着她走上楼梯。

"妈妈举止这么疯狂让你讨厌了吧?"她问道,凄凉地站在哈莉特敞开的房间门口,"为什么你不和我们一起看电影了?就我们三个人一起?"

"不了,谢谢你。"哈莉特礼貌地回答。她的母亲正盯着地毯——哈莉特发现她盯着的地方十分危险,地毯上的沥青污渍就在附近。床的附近也还能看到一些污渍。

"我……"她妈妈的喉咙里似有根弦要弹出,备感无助,她瞥了一眼艾莉森的毛绒玩具和哈莉特床边座椅上的一摞书,"你一定很恨我。"她说道,声音生了锈一般。

哈莉特看着地板。她的妈妈每每如此戏剧化时,她都难以忍受。"不,女士,"她说,"我只是不想看那部电影。"

"哦,哈莉特。我做了一个极其糟糕的梦,醒来发现找不到你就觉得更加可怕。你知道妈妈爱你,对吧,哈莉特?"

哈莉特回答得煎熬难耐。她觉得自己有点麻木,像在水下似的:长长的影子,怪异的绿色灯光,微风拂过窗帘。

"你不知道我爱你吗？"

"知道。"哈莉特说，但是她的声音听起来很微弱，像是从远方传来一般，又像是别人的声音。

第四章　布道所

哈莉特觉得奇怪，自己虽然已经对柯蒂斯的一些家庭情况有所了解，却并没有因此痛恨他。在街道深处——她最近一次见到他的地方——柯蒂斯正笨拙地沿着路边来回踏步，他双手紧握水枪，表情坚定，肥胖的身体左右摇摆。

柯蒂斯正在守卫一幢颇像廉租房的破房子，纱门砰的一响，两个男人抬着一个盖着防水布的大箱子走了出来。面对哈莉特的年轻男人行动笨拙，额头发亮，头发直立，双目圆睁，神情惊慌，像刚从一场爆炸中跑出来。另一个男人则匆匆忙忙，跌跌撞撞地倒退着下台阶。防水布十分光滑，似乎随时可能滑落，绊住他们。但他们一刻没停，抬着笨重的箱子，沿着狭窄的楼梯龇牙咧嘴地冲了下来。

柯蒂斯像牛似的"哞哞"大叫一声，把水枪对准了他们，摇摇晃晃地朝他们走去。他们转过身来，侧身抬着箱子，朝停在路边的小货车慢慢走去。货车车斗上还铺着一张防水布，年纪较大、块头也更大的男人（他身穿白衬衫，黑裤子和黑色开衫马甲）用胳膊肘把防水布推到一边，把他那一头抬上了车斗。

"小心点！"头发蓬乱的年轻男人喊道，板条箱重重地落进了货箱。

另一个人——仍然背对着哈莉特，灰白色的头发梳成油亮的鸭尾式——拿出手帕擦了擦额头。两人重新盖了盖防水布，又返回了楼上。

哈莉特观察着他们的神秘举动，但并不怎么好奇。希利可以连续几个小时、毫不厌烦地盯着街上的工人干活，有时还会缠着他们问关于货物、工人和设备的问题——这些对哈莉特来说无聊至极。哈莉特感兴趣的是柯蒂斯。如果一直以来哈莉特听到的传言都是真的，柯蒂斯的哥哥们对他并不好。柯蒂斯有时候胳膊和腿上带着可怕的红色瘀青便去了学校——那是专属于柯蒂斯的颜色，蔓越莓酱的颜色。人们说他没有看上去那么强壮，他的身上很容易留下瘀伤，正如他比其他孩子更容易感冒一样。有时候老师会把他叫到办公室，问他那些瘀伤是怎么回事——对于老师和柯蒂斯的具体谈话内容，哈莉特不得而知。但孩子们之间虽然没说透，却都相信柯蒂斯在家里受到了虐待。柯蒂斯无父无母，只有两个哥哥和年迈的祖母，祖母称自己太虚弱，无法照顾柯蒂斯。柯蒂斯经常冬天不穿外套就去了学校，经常不带午饭钱，也不带午饭（或者带一些果冻之类的垃圾食品，通常会被老师没收）。柯蒂斯的祖母不断找借口搪塞，这令老师们都十分诧异。毕竟亚历山大中学是一所私立学校，如果柯蒂斯的家人可以承担得起学费——一年一千美元，又怎么会没钱给孩子买午饭和一件外套呢？

哈莉特为柯蒂斯感到难过——但也只是远远地看着。柯蒂斯尽管天性善良，但动作笨拙，搞得周围的人都很紧张不安。小孩子们害怕他；在校车上，女孩子们会尽量避免坐在他旁边，怕柯蒂斯会去摸她们的脸、头发或者衣服。虽然柯蒂斯还没有注意到哈莉特，但她并不敢想他看到后会发生什么。她盯着地面，为自己感到羞愧，几乎没有意识地走到了街对面。

纱门又砰地响了一声，两个男人又抬着一个木箱走了出来。这时恰好有一辆车身流畅、光滑的长款珍珠灰色林肯大陆轿车转过街角,戴尔先生的侧影一闪而过,而让哈莉特着实吃惊的是,他转进了车道。

两个男人将最后一个木箱抬上货车,拉上防水布,又悠闲、惬意地爬上咯吱作响的楼梯。车门咔嗒一下打开。"尤金?"戴尔边说边从车里爬了出来,正好与柯蒂斯擦身而过,但显然并没有注意到他,"尤金,等一下。"

那位将灰白的头发梳成鸭尾式的男人僵在原地。他转过身来,哈莉特看到他的脸上有一个令人毛骨悚然的红印子,像用红漆按的手印,不由得浑身战栗。

"真高兴能在这里碰到你!你可真难找,尤金,"虽然并没有受到邀请,戴尔先生还是一边说话,一边跟着他们上了楼,看到那位年轻、身材结实的男人——转着眼珠,像要逃跑似的——他伸出手,"罗伊·戴尔,戴尔雪佛兰公司负责人。"

"这是……这是洛亚尔·里斯。"年长一些的男人摸着脸颊上的红色印记,局促不安地说道。

"里斯?"戴尔先生兴致勃勃地打量了一下这位陌生人,"你不是本地人吧?"

年轻人结结巴巴地回应,哈莉特听不清,但他的乡下口音非常明显:鼻音重,嗓门大。

"啊!很高兴见到你,洛亚尔。你只是来做客的,对吗?因为,"戴尔先生说道,举起一只手来阻止任何反驳,"因为租约规定单人入住,你也看到了,对吗?尤金。"他双臂交叉,和他在主日学校上课时一个样,"对了,我新装的纱窗你还满意吗?"

尤金挤出一个微笑,"纱窗不错,戴尔先生,比之前好多了。"他脸上的疤痕和微笑让他看起来像是恐怖电影里善良的食尸鬼。

"还有热水器,你觉得怎么样?"戴尔先生两只手拧在一起,"现

283

在洗热水澡或是其他什么的要快多了。热水现在够用了,对不对?哈哈哈!"

"嗯,先生,戴尔先生……"

"尤金,你不介意的话,我就开门见山了,"戴尔先生说道,舒服地把头歪向一边,"保持沟通对你我双方都好,你说是吗?"

尤金满脸迷惑。

"前两次我来看你,你都不让我进门。我实在不明白,尤金,"他娴熟地举起一只手,阻止尤金插话,"这到底怎么回事?我们怎么才能改善这一情况呢?"

"戴尔先生,我实在是不明白您何出此言。"

"尤金,这点你肯定心知肚明,作为房东,我有权在我认为合适的情况下进入我出租的房屋。我们应该互相配合来解决问题,不是吗?"戴尔先生继续往楼上走去。年轻的洛亚尔·里斯——露出了更加吃惊的表情——悄悄地朝着公寓门后退而去。

"我实在不明白,戴尔先生!如果我做错了什么——"

"尤金,那就恕我直言。有租户向我举报称公寓里有股异味,我上次来也闻到了。"

"您愿意进来一下吗,戴尔先生?"

"当然了,尤金,如果你不介意的话。你看,我对我的租户都要负责的。"

"哈特!"

哈莉特吓了一跳。柯蒂斯闭着双眼,左摇右摆地朝她挥着手。

"看不见。"他朝哈莉特大喊。

戴尔先生转过身。"嗨,柯蒂斯!小心点。"他边轻快地说道,边站到一边,脸上流露出些许厌恶。

柯蒂斯突然迈着大大的正步转过身来,朝着哈莉特走去,他手臂向前平伸，双手晃来晃去，活像《科学怪人》里的怪物。

怪物，他咯咯笑着说道，哦哦哦，怪物。

哈莉特十分尴尬，但戴尔先生并没有看到她。他转过身——继续说道（"不，等一下，尤金，我真心希望你能理解我的立场。"）——他坚定地往楼上走去，他面前的两个男人紧张地往后退。

柯蒂斯在哈莉特面前站定，还没等哈莉特开口，他突然一下子睁开眼睛，要求道："给我系鞋带。"

"系好了，柯蒂斯。"这是一个习惯性的对话。柯蒂斯不会系鞋带，因此总是去操场上找孩子们帮忙。现在不管他需不需要系鞋带，这已经成为他开始一段对话的习惯用语。

柯蒂斯毫无征兆地一把抓住哈莉特的手腕。"抓到你了。"他开心地嘟囔道。

等哈莉特回过神来，柯蒂斯正拉扯着她往马路对面走。"停下来，"哈莉特生气地说道，试图挣脱，"放开我！"

但柯蒂斯无动于衷。他非常强壮，哈莉特跌跌撞撞地跟在他后面。停下来，她一边大叫，一边使劲踢他的小腿。

柯蒂斯停了下来，松开了抓着哈莉特手腕的湿乎乎的胖手。他神情空洞，非常可怕。但紧接着他伸出手，拍了拍她的头：他的手掌又大又平，五指张开，拍着她的头，动作并不连贯，像婴儿在试探着拍一只小猫。"你坚强，哈特。"他说。

哈莉特走到一旁，揉了揉手腕。"以后别再抓着别人乱跑了。"她嘟哝着说道。

"我一个好怪物，哈特！"柯蒂斯用他那怪物的声音低声吼道，他拍拍自己的肚子，"只吃饼干！"

柯蒂斯又拽着哈莉特往马路对面走，一直走到小货车后面的车道上。他学着《芝麻街》里饼干怪兽的样子，双手在下巴前晃来晃去，

285

笨拙地走到车后,掀开防水布,说道:"看!哈特!"

"我不想看。"哈莉特没好气地回答。但正当她要转过身去时,货车的车斗里传来一阵冰冷、狂暴的嗡嗡声。

蛇。哈莉特惊讶地眨着眼睛。车上堆满了罩着铁纱网的木箱,箱子里是响尾蛇、水蝮蛇、铜斑蛇,还有其他大小不一的蛇,它们纠结缠绕,拧成一个巨大而颜色杂乱的结。它们朝四面八方伸着长满鳞片的白色下颚,像火焰一般,碰撞着板条箱。它们往后缩着尖尖的脑袋,盘绕一团,朝着铁纱网、木板、同伴发起攻击,又突然消停下来,毫无情绪地瞪着双眼,白色的下颚也落到地面上,摆成一个优雅的S型……嘀嗒嘀嗒嘀嗒……直到又撞到箱子内壁,嘶嘶声不断地退回蛇群。

"不友好,哈特,"她听见身后传来柯蒂斯浓重的声音,"不要摸。"

这些箱子顶部有铰链和铁纱网,四端都有把手。大部分箱子上涂了漆:白色、黑色、乡下谷仓的砖红色;一些箱子上有用细小、扭曲的印刷字体书写的《圣经》经文,黄铜钉钉帽上刻着十字架、头骨、大卫王之星、太阳、月亮和鱼的图案。其他箱子上则装饰着瓶盖、纽扣、碎玻璃,甚至照片:褪色的宝丽来照片,照片上是棺材、神情严肃的一家人、站在暗处的乡村男孩双眼圆睁,手里举着响尾蛇,背后是一团篝火。还有一张褪色的照片,照片上是一位美丽的女孩儿,她头发后梳,双眼紧闭,可爱的脸庞棱角分明;她仰面朝天,直冲天堂。她的指尖放在太阳穴上,一条响尾蛇盘踞在她的头顶,尾巴半绕着她的脖子。照片上方有一串揭示其寓意的黄色字母(从报纸上剪下来的):

与耶稣同眠
里斯·福特

1935-52

柯蒂斯在她身后发出一阵若有若无的呻吟，听起来像是"幽灵"。

在众多闪闪发亮、各式各样的箱子中——充斥着众多信息——一幅惊人的景象吸引住了哈莉特。有那么一瞬间，她几乎无法相信自己的眼睛。在一个立式木箱里，一条眼镜蛇正在它的方寸之地大摇大摆。在铰链下面，铁丝网和木箱的连接处，是用红色钉子拼出的"我主耶稣"的字样。它不是白色的，不像毛克利在《冷血骗子》中遇到的那种，而是黑色的，就像动画片《瑞奇-提奇-塔喂》里的眼镜蛇夫妇，纳吉和他的妻子纳甘娜，主角瑞奇-提奇-塔喂曾在赛科利营地平房前的花园里为了男孩泰迪，与它们进行过殊死搏斗。

接下来是一阵沉默。眼镜蛇张着宽扁的颈部，上身直挺，平静地盯着哈莉特，它的身体来回摇摆，与哈莉特的呼吸声一般轻柔。哈莉特盯着它，内心充满恐惧。它那双红色的小眼睛像是神的眼睛：眼中是丛林，残酷，反抗，仪式，智慧。哈莉特知道，在它那张开的颈部背面，是伟大的梵天①赐予它的眼镜标志，那是世界上第一条眼镜蛇立起身体，展开颈部来庇护睡梦中的梵天时，被梵天赐予的。

房子里隐隐传来关门声。哈莉特抬头一看，才注意到二楼的窗户闪烁着银白和金属的光泽：上面贴着一层锡箔，像镀银了似的。正当她盯着看时（因为这一画面也非常怪异，像那些蛇一样令人备感不安），柯蒂斯双手指尖攥在一起，学着蛇的样子七扭八拐地伸到哈莉特面前，而后又慢慢地张开，像正在张开的嘴巴。"怪物。"他低声说，合上手指头，如此重复了两次：咔嚓咔嚓。咬。

楼上的门已经关上了。哈莉特从货车旁走开，仔细听楼上的动静。一个声音——模糊不清，但充满了反驳的语气——刚刚打断另一

---

① 在印度教中，三位最高主神分别是梵天（Brahma）、湿婆（Shiva）和毗湿奴（Vishnu）。梵天是创造之神，宇宙之主；湿婆是三只眼的破坏之神（鬼眼王）；湿奴是宇宙与生命的守护神。

个人的讲话：戴尔先生还在楼上，在那些镀银的窗户后面，哈莉特人生中还是第一次为听到他的声音而感到高兴。

柯蒂斯又一下猛地抓住哈莉特的胳膊，准备拉她上楼。哈莉特吓了一跳，等她反应过来，明白了柯蒂斯的意图，便开始反抗——她挣脱着、踢打着，努力把脚钉在原地。"不，柯蒂斯，"她尖叫道，"我不想上去，停下来，求求你……"

哈莉特差点要朝着柯蒂斯的胳膊咬一口时，看到了他的白色大网球鞋，她突然眼前一亮。

"柯蒂斯，嘿！柯蒂斯，你的鞋带开了。"她说道。

柯蒂斯停了下来；他用手捂住嘴。"呃……哦！"他慌乱地弯下腰，哈莉特赶忙跑开。

——

"他们是在为嘉年华做准备。"希利一副自己无所不知的样子，说话时的语调令人生厌。希利和哈莉特一起坐在双层床的下铺，房门关着。希利卧室里的东西几乎全部是黑色或者金色的，是为了向他最喜欢的橄榄球队新奥尔良圣徒队致敬。

"我不这么想。"哈莉特用拇指指甲来回划着黑色床罩上凸起的花纹。立体音响发出的男低音穿透佩姆伯顿的房间，一直传到客厅。

"如果你去响尾蛇饲养场的话，能看到那儿的建筑墙上有画，还涂着其他东西。"

"没错。"哈莉特不情愿地说道。她不知道如何用语言来表达，但她在卡车货箱上看到的板条箱——装饰着头骨、星星、新月的图案——和响尾蛇饲养场上华丽的旧广告牌相去甚远：一条亮闪闪的灰绿色蛇缠绕在一个身穿两件套泳衣的俗气女人身上。

"嗯，那些蛇是谁的？"希利问道，他正在整理一叠泡泡糖卡片，

"肯定是那些摩门教徒的。他们租下了那儿的房间。"

"嗯……"住在戴尔先生公寓楼底层的两个摩门教徒是无聊的人。他们似乎与世隔绝,甚至连正儿八经的工作也没有。

希利说:"我爷爷曾经说摩门教徒相信他们死后会生活在自己的小星球上,他们还认为一个男人可以有多个妻子。"

"住在戴尔先生家的那两个人根本没有老婆。"一天下午,他们来拜访伊蒂,恰巧哈莉特也在那里。伊蒂让他们进屋,接受了他们带来的文学作品,甚至还在他们拒绝了可口可乐之后端来柠檬水。伊蒂告诉这两个人,他们看起来是不错的年轻人,但他们所信奉的只是一派胡言。

"嘿,我们给戴尔先生打电话吧。"希利出乎意料地说道。

"嗯,好啊。"

"我的意思是,我们假装成别人给他打电话,问他那儿发生了什么。"

"假装成谁呢?"

"我不知道——你想要这个吗?"希利扔给哈莉特一张古怪包装牌贴纸:一只眼睛充满血丝的绿色怪物正在开沙滩车,"我有两张。"

"不用了,谢谢。"黑色和金色相间的窗帘和窗户上的贴纸——古怪包装、STP、哈雷戴维森——几乎挡住了所有照进希利房间的阳光;让人感觉沉闷,像在地下室一样。

"他是他们的房东,"希利说道,"快点,给他打电话。"

"说什么呢?"

"那给伊蒂打电话,毕竟她那么了解摩门教徒。"

哈莉特突然意识到希利为什么对打电话如此感兴趣:床头柜上放着一台无线固式电话机,底座是圣徒球队的头盔。

"如果他们认为可以生活在只属于自己的星球,还有别的什么,"

希利边说,边对着电话点头,"谁知道他们还会想别的什么?或许蛇和他们的宗教有关系。"

希利一直盯着电话,哈莉特也没有其他想法,便把电话拉过来,拨了伊蒂的号码。

电话响了两声。"喂?"电话那头传来伊蒂尖锐的声音。

"伊蒂,"哈莉特对着橄榄球头盔说道,"摩门教和蛇有什么关系吗?"

"哈莉特?"

"比如说,他们会把蛇当宠物养吗,还是……我也不知道,会在家里养很多蛇?"

"你怎么会这么想?"

哈莉特停顿片刻,说道:"从电视里。"

"电视?"伊蒂半信半疑地问道,"什么节目?"

"国家地理。"

"我以为你不喜欢蛇,哈莉特。我记得你每次在院子里看到皁蛇,都会大叫救命啊!救命啊!"

哈莉特没有吭声,想不动声色地略过这一部分。

"我们小的时候听说过传道士在森林里驭蛇的故事,但不是摩门教徒,而是田纳西州的没文化的乡下人。哦,对了,哈莉特,你看过亚瑟·柯南·道尔爵士的《血字研究》吗?那里面有很多关于摩门教的信息。"

"嗯,我知道。"哈莉特说道。伊蒂曾对她的摩门教徒访客提过这个故事。

"那套旧福尔摩斯全集应该在塔特家里。她可能有《摩门经》的复印本,就放在我父亲的那个盒子里,你知道的,还放着《论语》《古兰经》,还有一些其他宗教的……"

"是的,但是哪本书上讲过驭蛇的人?"

"抱歉,我没听清你说了什么。哪儿来的回声?你在哪儿打电话呢?"

"希利家。"

"听起来你像在卫生间。"

"没有,只是因为这部电话的形状非常有意思……是这样的,伊蒂,"她说道——希利在她眼前挥动着双臂,吸引她的注意——"那些驭蛇人,他们在哪儿?"

"在荒山老林里,还有偏远孤僻的地区,我只知道这些。"伊蒂装模作样地说道。

哈莉特一挂电话,希利立马说道:"那座房子楼上以前有个奖杯陈列室,那两个摩门教徒好像就住在奖杯陈列室下面一层。"

"现在是谁租了那层?"

希利兴奋地用手指戳了戳电话,但哈莉特摇了摇头,她不打算再给伊蒂打回去。

"货车呢?你记住车牌号了吗?"

"老天,"哈莉特说道,"没有。"她这才想起来,那两个摩门教徒是不开车的。

"你有没有注意到,车牌是不是亚历山大的?好好想想,哈莉特,仔细想想!"希利激动地说道,"你一定要想起来!"

"嗯,要不我们干脆骑车过去看看?如果我们现在去的话——别这样,停下来。"她恼火地把头扭向一边,因为希利正假装拿着催眠师的手表在她眼前晃来晃去。

"你会感觉越来越困,"希利用浓重的特兰西瓦尼亚口音说道,"越来越……越来越……"

哈莉特推开他,希利绕到另一边,继续拿手指在她眼前晃来晃

291

去。"越来越……越来越……"

哈莉特扭过头去。希利继续纠缠着哈莉特,直到她使劲推了他一把。"天啊!"希利叫到。他抓着手臂,倒在床上。

"我说了停下来。"

"上帝啊,哈莉特!"他坐起来,揉着胳膊,面目狰狞,"你打到我麻筋了!"

"嗯,别缠着我了!"

突然响起一阵急促的敲门声。"希利?你朋友也在里面吗?马上把门打开。"

"埃西!"希利喊道,愠怒地倒在床上,"我们什么都没有做。"

"开门,开门。"

"你自己开!"

埃西·李推门而入,她是希利家的新管家,还不知道哈莉特的名字——哈莉特怀疑她是假装不知道。她四十五岁左右,比艾达年轻多了,脸颊胖乎乎的,头发拉直过,发梢因为分叉变得十分纤细。

"你们在干什么,平白喊主的名字?你们关着门在房间里玩儿,"她喊道,"应该为自己感到羞耻,不能再关门了,听见了吗?"

"佩姆总是关着他的门。"

"他的朋友可不是女孩儿。"埃西转过身来,盯着哈莉特,好像她是地毯上的一坨猫屎,"也没有不停地大喊大叫,说脏话。"

"你最好不要这样和我的朋友说话,"希利尖声叫道,"你不能这样做。我要告诉妈妈。"

"我要告诉妈妈,"埃西·李仰起脸,模仿着他的语气说道,"赶紧去吧,每次你和妈妈告我的状,都是无中生有,就像上次你说是我吃了巧克力薯条?明明是你自己吃的。"

"出去!"

哈莉特不安地盯着地毯。她始终不能适应希利父母上班时，家里公然爆发的戏剧性事件：希利和佩姆互相攻击（撬开对方房门的锁，撕掉对方房间墙上的海报，偷走对方的作业并撕成碎片），或者希利和佩姆攻击家里换来换去的管家：鲁比，她总是把白面包对折起来吃，在《综合医院》播出的时间段霸占电视；贝尔修女，参加了异端组织"耶和华见证人"；雪莉，嘴上抹着棕色口红，手上戴着很多戒指，总是在和别人通电话；多恩太太，一位忧郁的老妇人，因为害怕有人入室抢劫，总是坐在窗边，腿上放着切肉刀；拉蒙纳性情越来越狂暴，还曾拿着梳子追着希利跑。她们都不怎么友好善良，但考虑到她们需要同时忍受希利和佩姆，也情有可原。

"听听你都说了什么。"埃西轻蔑地说道。"真难看。"她大致指了指难看的窗帘、挡住窗户的贴纸，"我要把这些难看的东西撕下来烧了……"

"她威胁说要烧掉我家！"希利嚷道，脸涨得通红，"你听到她说的话了，哈莉特。我有证人。她刚刚威胁说要烧掉……"

"我没有一个字是关于你家的。你最好不要……"

"不，你说了。她说了，对吗，哈莉特？我要去告诉妈妈，"他没等哈莉特回答，就大声叫道，哈莉特一时语塞，不知所措，"到时候她会给工作介绍所打电话，告诉他们你疯了，不要派去别人家工作。"

佩姆出现在走廊里，站在埃西身后。他像婴儿一样噘起下嘴唇，对着希利振振有词。看看谁有麻烦了，他捏着嗓子，不怀好意地说道。

但这恰恰是火上浇油。埃西·李转过身来，双目圆睁。"你为什么这么和我说话！"她尖声叫道。

佩姆眉头紧皱，对着她迷迷糊糊地眨了眨眼睛。

"可悲的家伙！整天躺在床上，一辈子没干过一天活！我还要挣

293

钱养家糊口。我的孩子……"

"她怎么了?"佩姆问希利。

"埃西威胁说要放火烧掉我们家,"希利沾沾自喜地说道,"哈莉特是我的证人。"

"我没有说过那样的话!"埃西圆胖的脸因为太激动颤抖起来,"你在说谎!"

佩姆伯顿——还在大厅里,但已经不见踪影——清了清嗓子。在埃西上下起伏的肩膀背后,佩姆突然举起手,随后示意道:一路畅通。又用大拇指猛地指了一下楼梯。

希利毫无预兆地抓住哈莉特的手,拖着她进了连接他和佩姆房间的浴室,猛地拉上门闩。"快点!"他朝佩姆伯顿大喊道——他此时在自己房间的另一头,正试图打开房门——希利和哈莉特冲进佩姆伯顿的房间(哈莉特在昏暗中还被网球拍绊了一跤),从他身后跑了出去,跑下了楼。

————

"这太疯狂了。"佩姆伯顿说道。从家里出来好一会儿,这是他们说的第一句话。当下,三个人正坐在珍宝汽车餐厅后面唯一的野餐桌旁,桌子下面铺着混凝土板,旁边有两个无人问津的儿童摇摇车:马戏团大象和褪色的黄色鸭子。在此之前,他们已经开着凯迪拉克毫无目的地闲逛了十分钟左右——三个人都坐在前排,车上没有装空调,头顶都快要烤熟了,直到佩姆伯顿在珍宝停了下来。

"或许我们应该停在网球场旁边,然后去跟妈妈告状。"希利说道。因为和埃西的争吵两兄弟团结在一起,比平常要友好得多,虽然有些微妙。

佩姆伯顿吸光最后一口奶昔,把杯子扔到垃圾桶里。"伙计,刚刚是你提议停到这儿的。"下午强烈的阳光从厚厚的玻璃窗反射过来,把他卷曲的头发边缘染成了白色,"她就是个疯子。我怕她会伤害你们。"

"嘿,"希利伸直腰板,"有鸣笛声。"他们都侧耳听了片刻,声音是从远处传来的。

"很可能是消防车的声音,"希利愤愤地说道,"正开去咱们家。"

"再跟我说一遍,发生了什么?"佩姆问道,"她无端无故就抓狂了?"

"完全疯了。给我一根烟。"他漫不经心地说道,佩姆从短裤口袋里掏出一包万宝路甩到桌子上,手又伸到另一个口袋里掏火柴。

佩姆点着烟,把烟和火柴挪到希利够不到的地方。地上的混凝土被太阳晒得炙热,公路上飘来汽车尾气的味道,异常刺鼻。"我必须说,我早就看出来了。"希利摇摇头说道,"我告诉过妈妈,这个女人是个疯子。她很有可能是从惠特菲尔德逃出来的。"

"没那么糟。"哈莉特脱口而出,自从他们逃出来后,她还一句话没说。

佩姆和希利转过头盯着哈莉特,好像她疯了一样。"哈?"佩姆说道。

"你和谁是一伙儿的?"希利愤愤不平地说。

"她没说要把烧掉你们家。"

"不,她说了!"

"没有!她只说了'烧掉',没说'你们家的房子',她说的是希利的海报、贴纸这些。"

"噢,是吗?"佩姆伯顿理智地说道,"烧了希利的海报?我看你认为这没什么大不了。"

"我还以为你喜欢我,哈莉特。"希利悻悻地说。

"但她没有说要烧掉你们家,"哈莉特说道,"她只说了……我的意思是，"她说道，"事情没有那么严重。"佩姆伯顿狡黠地朝希利翻了个白眼。

希利动作十分夸张地从长条椅上挪开，远离了哈莉特。

"但事实不是那样，"哈莉特说道，她也越来越不确信自己了，"她只是……太生气了。"

佩姆翻了个白眼，吐出一口烟。"别开玩笑了，哈莉特。"

"但是……你表现得好像，她拿着切肉刀追我们一样。"

希利愤怒地哼了一声。"哼！下次，她可能就会这么干。我再也不会单独和她待在一起，"他盯着脚下的混凝土，自怜地重复道，"我再也无法忍受她的死亡威胁了。"

——

开车穿过亚历山大用不了多久，且就其新奇和多样性而言，不比学校里的效忠宣言强多少。霍马河沿小镇东部一直流淌到南部，将整个亚历山大的三分之二揽入怀中。霍马在乔克托语中意为红色，但霍马河却是黄色的：体态臃肿，行动迟缓，泛着从管子里挤出来的赭色油漆一般的光泽。从小镇南部出发，可以追溯到富兰克林执政时期的双轨铁桥，穿过霍马河便来到了游客称为历史街区的地方。一条宽广、平坦、荒凉的公路——痛苦地匍匐在烈日下——通向小镇广场，广场上孤零零地立着一座雕像——一位联邦士兵懒洋洋地倚在一把支在地上的步枪上。这里曾有一片橡树为它遮阳，但一两年前因为要在此地修建纪念性市政建筑群而被砍光了，这是一项令人迷惑又充满热情的市政建设项目，钟楼、凉亭、灯杆、演奏台，立在这块如今完全暴露在烈日下的方寸之地，活脱脱像是一个摆放不得体的玩具堆。

中心大街两旁，一直到第一浸信会教堂，房子大多又大又旧。向东走，经过边街和大街，就能看到火车轨道，废弃的轧棉机，希利和哈莉特曾在那儿玩耍过的仓库。朝着堤街和霍马河再往前走,便是一片荒凉:垃圾场、打捞场、门廊下垂的铁皮棚屋、在地上抓抓挠挠的鸡。

中心大街的尽头与5号公路相接,旁边就是亚历山大旅馆。州际公路也经过了亚历山大。如今,5号公路也落得和广场上惨遭废弃的店铺一样的下场:停止运转的杂货铺和停车场全被丢在炽热的毒霾中烘烤;棋盘饲料店和老南部加油站被人用木板封了起来(加油站的标志也褪了色:一只穿着白色围兜和丝袜的漂亮小黑猫,正用爪子拍打着棉铃)。他们向北拐,进入县道,途经奥克郎地产,废弃的高架桥,牧牛场和尘土飞扬的小型佃户农场,那是在贫瘠的红色土地上艰难地开拓出来的。哈莉特和希利的学校——亚历山大私立中学——就在这里,从镇子上开车需要十五分钟:学校建筑不高,由水泥砖建成,上铺瓦楞状铁屋顶,坐落在尘土飞扬的中心地带,像飞机库似的。再往北走十英里,便可看到松树林完全取代了牧场,如一堵黑暗、高大、幽闭的墙般耸立在路两侧,几乎延伸到了田纳西州的边界。

然而,他们没有一路开到乡下,而是停在了珍宝旁边的交通灯路口,后腿直立的马戏团大象用它晒得黝黑的躯干高举着一个霓虹灯广告:

蛋卷冰激凌

奶昔

汉堡

然后,他们经过坐落在山上、如同舞台背景一般的小镇墓地(黑色的铁栅栏,优雅的石雕天使守卫着东西南北四面的大理石门柱),又绕着小镇转了一圈。

哈莉特小的时候,住在纳齐兹大街东头的都是白人。现如今,那里黑人和白人都有,大部分居民能够和谐相处。黑人家庭年轻、富裕，家里还有孩子；绝大多数的白人——比如艾莉森的钢琴老师、莉比的朋友纽曼·麦克莱默夫人——都是独居守寡的老妇人。

"嘿，佩姆，经过摩门教徒的房子前时慢点。"希利说道。

佩姆朝他眨了眨眼睛。"怎么了？"他问道，还是放慢了车速。

柯蒂斯已经不见踪影，戴尔先生的车消失不见了，取而代之的是一辆小型货车，哈莉特可以看出那和之前的不是同一辆。货车的货箱门开着，里面只有一个金属工具箱。

"他们在那里面？"希利暂时停止了对埃西·李的抱怨。

"伙计，那上面是什么？"佩姆伯顿在街中央停下来，问道，"窗户上的贴着的锡纸吗？"

"哈莉特，告诉他你之前看到了什么。她说她看到了……"

"我不想知道上面到底发生了什么。他们在拍下流的电影吗，还是别的什么？天啊，"佩姆伯顿说道，他把车子停到路边，用手遮住阳光，向上望去，"什么样的怪人会用锡纸把窗户都包起来啊？"

"哦，天哪。"希利在座位上挣扎了一下，直勾勾地盯着前方。

"你怎么了？"

"佩姆，快点，我们走吧。"

"怎么了？"

大家着了迷似的沉默片刻。"看。"哈莉特说道。中间的窗户出现了一个黑色的三角形，不知是哪位技巧娴熟地从里面将窗户上的锡纸剥开了。

———

汽车急速离开了，尤金哆哆嗦嗦地重新用锡纸包住窗户。他感到头痛欲裂，眼泪不住地往下流。内心带着一丝疑惑，他转过身，在黑暗中撞上了一个装着汽水瓶的箱子，球拍在他左脸上留下的锯齿状伤痕仍然隐隐作痛。

偏头痛是拉特利夫家的家族性疾病。据说，尤金的祖父——很久前去世的拉特利夫爷爷——受到他称之为"难以忍受的头痛"的折磨时，曾用两英寸宽四英寸长①的木头把牛的一只眼睛打了出来。尤金的父亲也有偏头痛的毛病，很久之前的一个平安夜，他打了丹尼一耳光，丹尼一头撞到冰箱上，撞碎了一颗恒牙。

到了尤金这里，这种头痛来得更是猝不及防。这些蛇已经足够让人恶心了，更别提不速之客罗伊·戴尔的突然来访；但无论是警察，还是戴尔，都不可能开一辆那样浮夸的老式车，像刚才停在门前的那辆车，来窥探他的秘密。

尤金走进一个更凉爽的房间，坐在牌桌旁，把头埋进双手。他嘴里还有中午吃的火腿三明治的味道。尤金素来不喜欢火腿三明治，现在阿司匹林的苦味更加重了他的讨厌。

头痛使尤金对噪声更加敏感。他听到门前发动机空转的声音，便立刻来到窗前，以为会看到克莱县的治安官，或者，至少会是一辆警车。但意料之外的敞篷车更使他感到焦虑不安。他顾不上做进一步的判断，便把电话拉到身边，拨了法里什的号码——尽管他不喜欢给法里什打电话，但当下他对这样一件事实在是力不从心。那是一辆浅色车；当时阳光刺眼，再加上他头痛难忍，便没能看清楚确切的车型：可能是林肯或者凯迪拉克，也有可能是克莱斯勒的大篷车。至于车里坐着什么人，他清楚地看到其中一个人指了指他的窗户，但除了他们都是白人，别的尤金一无所知。如此复古的一辆车，停在布道所前，究竟所为何事？法里什在监狱里遇到过各路货色——有的比警察还难缠。

尤金（闭着眼睛）举着电话筒，不让它碰到自己的脸，试图向法

---

① 一种用于建筑的成品木材的标准尺寸。

里什解释刚才发生了什么,法里什正嘎吱嘎吱地大声吃着东西,听上去像是在嚼玉米片。尤金说完后好一会儿,听筒那头只有法里什咀嚼和吞咽的声音。

尤金——捂着左眼——说道:"法里什?"

"嗯,有一样你说的是对的。警察和债主不会开那么显眼的车,"法里什说,"可能是墨西哥海湾那边的团伙。道尔菲斯兄弟以前在那做过小生意。"

法里什端起碗,喝光剩下的牛奶——从声音判断——碗撞到了听筒上。尤金耐心地等他继续说,但法里什只是咂咂嘴,叹了口气。隔着老远传来勺子碰到瓷器的当啷声。

"墨西哥湾的团伙想从我这儿得到什么?"他最后问道。

"见鬼,我怎么会知道。你背着人做了什么?"

"我行事一向光明磊落,哥,"尤金僵硬地回应,"我只是开了布道所,并且热爱着基督徒的生活方式。"

"嗯。假设你说的都是真的。兴许他们是来找里斯的。谁知道他给自己惹了什么麻烦。"

"跟我说实话,法里什。你把我拖下了水,我知道,我知道,"他不顾法里什的抗议,"一定和毒品有关系。这就是那个男孩儿从肯塔基来这里的原因。不要问我怎么知道的,我就是知道。我本希望你继续说下去,告诉我你为什么叫他到这儿来。"

法里什大笑。"我没有叫他来。道尔菲斯告诉我他只是回来参加教友会的……"

"在东田纳西。"

"我知道,我知道,但他从没有来过这儿。我以为你和这个男孩会合得来,你的布道事业刚开始,而这个男孩有他自己所属的大型会众,向上帝发誓,我知道的只有这些。"

接下来又是一大段沉默。从法里什的呼吸声中，尤金感觉眼前浮现出一幅清晰的画面，画面里法里什正得意地笑。

"但有一件事你是对的，"法里什耐心地说道，"我之前没告诉你那个洛亚尔是干什么的。对此我向你道歉。你说的这些事老道尔菲斯都参与其中了。"

"但洛亚尔不是幕后推手。你，丹尼，还有道尔菲斯，你们策划了这一切。"

"你听起来状态很差，"法里什说道，"你是不是头痛又犯了？"

"我感觉不太舒服。"

"听着，如果我是你的话，我会躺下来休息。今晚你要和他去布道吗？"

"为什么这么问？"尤金不放心地问。在戴尔眼前侥幸脱险后——他们在他出现前已经把蛇转移到了皮卡货箱里，这真是万幸——洛亚尔为他所造成的麻烦道了歉（"我有点不太明白现在的情况，你住在这里"），并且自愿把那些蛇运送到一处隐蔽的地点。

"我们会去听你布道，"法里什豪爽地说，"我和丹尼。"

尤金一只手捂住眼睛。"我希望你们不要来。"

"洛亚尔什么时候回家？"

"明天。听着，我知道你有自己的计划，法里什。我不希望你给这个男孩找麻烦。"

"你为什么这么担心他？"

"我不知道。"尤金说，他确实不知道。

"好吧，那么，今晚见。"法里什说道，不等尤金回应便赶紧挂了电话。

———

"那上面是什么情况，亲爱的，我一点儿思路也没有，"佩姆伯顿说道,"但我可以告诉你们是谁租了那个地方——丹尼·拉特利夫和柯蒂斯·拉特利夫的大哥,他是一个传道士。"

听到这些,希利满心疑惑地盯着哈莉特。

"他是个十足的疯子,"佩姆说道,"他的脸出了点儿问题。他经常在公路上举着《圣经》,对来往的车辆大喊大叫。"

"是不是上次爸爸停在十字路口时,过来敲我们车窗的那个人?"希利问道,"脸很奇怪的那个人?"

"或许他没有疯,他只是在表演,"佩姆说道,"那些乡下传道士,一会儿大喊大叫,一会儿晕过去,一会儿跳上椅子,一会儿又在走廊里跑来跑去——他们只是想出风头,都是演的,不过是宗教狂热一类的表演。"

"哈莉特,哈莉特,你知道吗?"希利抑制不住自己的激动,在座位上扭来扭去,"我知道这个人。他每周六在广场上布道,他有一个连着扩音器的黑盒子……"他转过头来看向佩姆伯顿,"你觉得他会驭蛇吗?哈莉特,告诉佩姆你之前在那儿看到了什么。"

哈莉特拧了他一下。

"哈?蛇?如果他驭蛇,"佩姆伯顿说道,"那他比我想的还要傻。"

"那些蛇可能已经被驯服了。"希利说道。

"傻瓜,蛇是不会被驯服的。"

——

告知法里什那辆车是个错误。对此,尤金后悔不已。半小时后,尤金好不容易睡着,法里什却打电话过来,十分钟后又打了一次。"你那条街上有没有穿着制服的可疑人物?"

"没有。"

"有人跟踪你吗?"

"听着，法里什，我想休息一会儿。"

"你可以故意闯红灯或者在一条单行街上逆行，看有没有人跟着你。这是判断有没有跟踪者的好办法。或者……或许我应该亲自过去看看。"

尤金费了好一番力气才终于说服法里什放弃来布道所"侦查"。他躺在豆袋椅上，打算小憩一会儿。正当他终于进入半睡半醒的状态时，突然发现洛亚尔就站在他身旁。

"洛亚尔？"他不知所措地说道。

"我有一些坏消息。"洛亚尔说道。

"呃，什么坏消息？"

"锁坏了。我没能进去。"

尤金静静地坐着，试图弄清楚洛亚尔在说什么。他还处在半睡半醒、迷迷糊糊的状态；他梦到自己丢了钥匙，车钥匙。某个夜晚，在不知哪里的一条泥泞的路上，路边有一家丑陋的酒吧，里面的点唱机十分吵闹，他被困在酒吧，无法回家。

洛亚尔说道："本来有人说我可以把蛇放到韦伯斯特县的一个狩猎小屋。但锁里卡了一个钥匙，我进不去。"

"啊。"尤金晃晃头，环顾四周，试图让自己更清醒一点儿，"所以你的意思是……"

"蛇在楼下我的货车里。"

两个人沉默了好一会儿。

"洛亚尔，说实话，我偏头痛的毛病又犯了。"

"我可以自己把那些蛇搬进来。你不用帮忙。我可以自己抬上来。"

尤金揉了揉太阳穴。

"听着，我现在实在没有办法。这么热的天，把它们放在大太阳底下太残酷了。"

"是的。"尤金无精打采地说。他并非担心那些蛇的福祉,而是怕放在外面会被戴尔先生或者敞篷车里的神秘刺探发现,谁知道呢。他猛地想起,梦里也有一条危险的蛇在人群中四处爬行。

"好吧,"他叹了口气,"把它们抬进来吧。"

"我保证明天早上之前送走它们。我知道,我给你添麻烦了。"洛亚尔说道。他的蓝色眼睛注视着尤金,目光坦诚,表示理解。

"这不是你的错。"

洛亚尔一只手捋了捋头发。"我想让你知道,我很享受与你休戚与共的感觉。虽然上帝还没有赋予你驭蛇的力量——嗯,也许他有他的理由。有时候他也不会给予我这样的力量。"

"我明白。"尤金觉得应该再说点儿什么,但他此刻既无法厘清思绪,也羞于说出自己的真实感受:他的心灵枯燥而空洞;他不是天生的好人,头脑和心灵都并非天生向善;他流着邪恶的血,出生于邪恶的血统;上帝瞧不起他,鄙视他的天赋,正如鄙视该隐的天赋一样。

"有一天上帝会召唤我的,"他假装欢快地说道,"上帝可能现在还没准备好。"

"上帝给予的天赋还有其他很多种,"洛亚尔说道,"祈祷、布道、预言、预见、抚慰病患、慈善和其他,甚至在你自己的家人中……"他谨慎地停顿了一下,"也有善事可做。"

尤金感到疲倦不堪,他抬起头,看着来访者善良率直的眼睛。

"那不取决于你想要什么,"洛亚尔说道,"而完全取决于上帝的意志。"

——

哈莉特从后门进来,厨房地板是湿的,台面也擦过了,但看不到艾达。房子里一片寂静:听不到收音机或者电风扇的声音,也没有脚步声，只有北极牌冰箱一成不变的嗡嗡声。哈莉特突然听到身后有什么东西抓挠一下，她跳着转过身去，一只灰色小蜥蜴正试图爬上敞开着的窗户玻璃。

夏日高温持续，通用清洁剂的味道使哈莉特感到头疼。从"苦难之栖"搬来的大型瓷器柜立在用餐室里，周围堆了好几叠报纸。两个椭圆形的雕花盘直直地立在顶层的架子上，看上去像两个瞪大的眼睛；它矮小的柜腿绷紧，略微弯曲，使柜子从墙向外侧微微倾斜，像落伍的骑兵摆好了姿势，正准备跳过眼前这几叠报纸似的。哈莉特走过时，用手爱抚着柜子；老瓷器柜则挺直肩膀，站直身子，紧贴着墙壁，殷勤地给她让路。

艾达·拉伊在客厅，坐在她最喜欢的椅子上。她平时总是坐在这里，或者吃午饭，或者缝扣子，或者一边剥豆子一边看肥皂剧。这张椅子——松软、舒适、铺着陈旧的花呢衬垫，里面的填充物凹凸不平——变得有点儿像艾达，就像狗会和自己的主人有几分相像；哈莉特有时晚上睡不着，就会下楼，蜷缩在这把椅子上，脸颊贴着它的棕色花呢外衬，嘴里哼着奇特而悲伤的老歌。这些歌如同时间一样古老而神秘，只有艾达会唱，哈莉特从婴儿时期听到现在，有些歌唱游魂，有些唱心碎，还有些纪念去世的亲人：

> 你会时常想念自己的母亲吗？
> 你会时常想念自己的母亲吗？
> 花儿永远盛开，
> 太阳永不落下。

艾莉森俯卧在椅子边，脚踝交叉着。她和艾达正盯着对面的窗户看。太阳西斜，电视天线直直地立在方丹夫人家的屋顶上，一切笼罩在耀眼的橙色光芒中。

她是多么爱艾达啊！一时涌上心头的情绪使哈莉特感到眩晕。她轻快地跳向艾达，满怀激情地用双臂围住她的脖子，完全忽视了艾莉森。

艾达惊叫道："哎呀，你从哪儿冒出来的？"

哈莉特闭上眼睛，脸埋进艾达温暖潮湿的脖子里，她闻到了丁香、茶叶、木头燃烧冒出的烟的味道，还有别的又苦又甜、羽毛般柔软的味道，这对哈莉特来说就是爱的味道。

艾达拿开哈莉特的手。"你是要勒死我吗？"她说道，"看那儿。我们正在看屋顶上的那只鸟。"

艾莉森头也不扭地说："它每天都来。"

哈莉特抬起一只手遮挡阳光。在方丹夫人家的烟囱上，在两个砖头之间，站着一只红翼黑鹂鸟：它外表整洁，身姿英武，眼神锐利，两只翅膀上各有一道猩红色的裂痕，像是军人的肩章。

"这只鸟非常滑稽，"艾达说，"它的叫声是这样的。"她熟练地噘起嘴，模仿红翼黑鹂鸟的叫声：不像画眉鸟清脆细长的叫声——先是低到像是蟋蟀的唧唧声，然后转到狂乱的鸣咽般的颤音；不是山雀清晰的三和旋啭鸣声；不是冠蓝鸦粗糙的叫声——如同生锈的大门发出的嘎吱声。那是一声突然的、奇特的嗡嗡作响的尖叫声，像是对同伴的警告——朋友！那抑扬顿挫的低音使它自己都快要窒息了。

艾莉森大笑。"看！"她跪在地上说道，那只鸟突然振作起来，它光滑、精巧的头敏捷地侧向一边，"它听到你说话了！"

"再来一次！"哈莉特说道。艾达以前是不会在她们面前学鸟叫的；只有在她处于特定情绪中的时候才行。

"对啊，艾达，请再来一次！"

但艾达只是摇摇头大笑。"你们还记得吗？"她说道，"关于黑鹂鸟是如何得到红色翅膀的老故事。"

"不记得了。"哈莉特和艾莉森立刻回答道,尽管事实恰恰相反。现在她们长大了,艾达讲的故事越来越少,这着实糟糕,因为艾达的故事通常离奇而恐怖:溺水的孩子、森林里的鬼魂、秃鹰的狩猎派对;镶了金牙的浣熊啃咬襁褓里的婴儿,在夜里施魔法把茶杯里的牛奶变成鲜血。

"好吧,从前,在很久以前,"艾达讲道,"有一个丑陋、矮小的驼背男人,他对一切都感到非常愤怒,于是决定一把火烧掉这个世界。他手里拿起一个火把,发了疯似的跑向大河,动物们都住在这条大河边上。在那个时候,没有现在的支流或者小溪,那个时候只有一条河。"

站在方丹夫人家的烟囱上的黑鹂鸟麻利而快速拍了拍翅膀,飞走了。

"哦,看。它飞走了。它不想听我的故事。"艾达深深叹一口气,瞥了一眼时钟,伸了伸腰,站起身来,"我该回家了。"哈莉特感到十分失望。

"继续讲吧!"

"我明天再给你们讲。"

艾达叹口气,打破紧随其后的、两个女孩都感到满意的沉默,慢慢向门口走去,好像腿疼似的:可怜的艾达。"艾达,不要走!"哈莉特大喊,"求求你。"

"哦,我明天会再来的,"艾达头也没有回,面无表情地说道,把她的牛皮纸杂货袋夹在胳膊下,步履蹒跚地离开了,"你放心。"

———

"听着,丹尼,"法里什说道,"里斯就要走了,所以我们必须到广场上去听尤金关于……"他心不在焉地朝空中挥着手,"你知道的,宗教方面的胡扯。"

"为什么?"丹尼问道,往后挪了挪他的椅子,"我们为什么要去听?"

"那个男孩儿明天就要走了。明天一大早,你知道他。"

"嘿,别这样,我们只要去布道所,然后把东西装上他的卡车。"

"不行,他去别的地方了。"

"该死。"丹尼坐着沉思了一会儿,"你打算把它藏在哪儿?发动机里?"

"我知道一个地方,就算联邦调查局的人来把车拆了,也找不到。"

"得用多长时间?我说,得用多长时间,"丹尼看到法里什眼里突然充满敌意,又重复了一遍他的话,"才能把东西藏好。"法里什因为受过枪伤,一只耳朵有点儿聋;他有时候非常多疑,尤其是磕了药的时候,对事情的理解会非常扭曲,你只是让他关门或者递一下盐,他会理解成你说让他去死。

"你说多久?"法里什举起五个手指。

"那么,好吧。下面是我们要做的。我们为什么不略过布道,等结束了直接去布道所呢?我会在楼上缠住他们,然后你下去放包裹,不管你放哪儿,我们只要做到这里就够了。"

法里什突然说,"告诉你,有件事让我觉得很困扰。"他在丹尼身旁坐下,开始用一把随身折刀清理他的指甲,"那天有一辆车停在了尤金家楼下。他给我打电话说了这件事。"

"车?什么样的车?"

"他也没注意,就停在门口。"法里什闷闷不乐地叹了口气,"看见尤金从窗户往外看他们后,他们就开走了。"

"可能没什么事儿。"

"什么?"法里什挺直后背,眨了眨眼睛,"不要小声嘀咕,我受不了人家对着我小声嘀咕。"

"我说那没什么。"丹尼聚精会神地看着法里什,摇了摇头,"谁会对尤金感兴趣?"

"他们不是对尤金感兴趣,"法里什不快地说,"是我。我告诉你,政府机构有这么厚一沓关于我的资料。"

"法里什。"你不会想听法里什谈联邦政府,至少不是在他像现在这样怒气冲冲的时候。他会咆哮一整晚,一直持续到第二天。

"听我说,"他说道,"如果你缴税——"

法里什怒气冲冲地快速瞪了他一眼。

"几天前我收到一封信。如果你不缴税的话,法里什,他们会来找你的。"

"这不是税的问题,"法里什说道,"政府已经监督我二十年了。"

——

哈莉特坐在厨房,把头埋进双手,趴在桌子上。这时,她的母亲推开门走进来。哈莉特把头放得更低,希望妈妈可以问问自己发生了什么。但她并没有注意到哈莉特,而是径直走向冰箱,拿出装薄荷味冰激凌的条纹加仑桶。

哈莉特看着她踮起脚尖从橱柜顶层拿出一个红酒杯,费力地挖了几勺冰激凌进去。她身上的睡衣已经穿了很多年了——一条薄薄的冰蓝色裙子,颈部装饰着穗带。哈莉特小时候对这条裙子非常着迷,因为它看起来像是《匹诺曹》里的蓝仙女的睡衣。但现在,它看起来非常旧:略微缩水,接缝处稍稍发灰。

哈莉特的母亲把冰激凌桶放回冰箱,看到无精打采地坐在桌前的哈莉特。"你怎么了?"她问道,冰箱门啪的一声关上了。

"首先,"哈莉特大声说道,"我快要饿死了。"

哈莉特的母亲微微皱了皱眉,然后(不,别说出来,哈莉特心想)问了哈莉特预料中的问题。"为什么不吃点儿冰激凌呢?"

"我……讨……厌……那……种……冰……激……凌。"这句话她说过多少遍?

"啊?"

"妈妈,我讨厌薄荷味的冰激凌。"她突然感觉到非常绝望,没人听过她说话吗?"我受不了,我从没喜欢过,没人喜欢薄荷味冰激凌,除了你!"

哈莉特看到母亲脸上沮丧的表情,感到一丝满意。"抱歉……我只是以为,我们都会喜欢吃一些清凉、好消化的东西,毕竟现在晚上这么热……"

"我不喜欢。"

"好吧,那让艾达给你弄点儿吃的……"

"艾达已经走了!"

"她没给你留点儿什么吃的吗?"

"没有!"反正没给哈莉特留下她想吃的东西,只有金枪鱼。

"好吧,你想吃什么?现在这么热,你应该不想吃油腻的食物。"她怀疑地说道。

"不,我想吃!"不管天气多热,希利一家人每天晚上总会在闷热的厨房坐下来吃一顿真正的晚餐,一顿丰盛油腻、热气腾腾的晚餐:烤牛肉、意大利面、炸虾。

但她的母亲并没有听她说话。"或许一些烤面包。"她一边重新把冰激凌桶拿出冰箱,一边轻快地说。

"烤面包?"

"怎么了，这有什么问题吗？"

"没有人把烤面包当晚餐！我们为什么不能像其他人那样吃饭呢？"在学校的健康课上，老师让孩子们记录两周的饮食，哈莉特对于她写在纸上的饮食看起来有多糟糕感到非常震惊，尤其是艾达不做饭的晚上：冰棍、黑橄榄、烤面包和黄油。于是她撕掉真正的食物清单，尽心尽责地从母亲结婚时收到的一本菜谱（《取悦家人的一千种方法》）中抄了一份中规中矩的均衡菜单：柠檬香煎鸡排、奶油烤西葫芦、田园沙拉、香露苹果。

"这是艾达的责任，"妈妈突然语气尖锐起来，"她应该给你们做饭。我付她工资来给你们做饭。如果她没能履行自己的职责，那我们必须另请他人了。"

"别说了！"哈莉特大声叫道，为母亲如此不公正的处理感到愤怒。

"你爸爸经常跟我抱怨艾达。他说艾达做的家务不够多。我知道你喜欢艾达，但是……"

"这不是她的错！"

"……如果她没有做好分内事，那我就要和她谈一谈，"妈妈说道，"明天……"

她带着一杯薄荷冰激凌离开了厨房。哈莉特——对她们之间的对话感到茫然又困惑——一头趴在桌子上。

不一会儿，哈莉特听到有人走进厨房。她无精打采地抬起头，看到艾莉森站在门口。

"你不应该说那样的话。"艾莉森说道。

"别管我！"

电话恰好响了。艾莉森拿起电话筒，"你好？"然后她面无表情地扔下电话筒，任由它在电话线的牵引下晃来晃去。

"找你的。"她对哈莉特说道，走了出去。

她刚说出你好，希利赶忙说："哈莉特？听我说……"

"我能去你们家吃晚饭吗？"

"不行，"希利若有所思了一会儿才说，希利家的晚饭已经结束了，他太激动，没有吃多少，"听我说，埃西确实疯了。她打碎了厨房里的几个杯子，然后就离开了，爸爸开车去她家，埃西的男朋友出现在门廊上，他们大吵了一架，爸爸让他告诉埃西，她不用回来了，她被解雇了。耶！但这不是我打电话来的原因。"他快速地说；哈莉特听到这里，已经吓得有点儿口吃了。"听我说，哈莉特，时间不多了。那个脸上有疤的传道士现在就在广场上。他们有两个人。我和爸爸从埃西家回来的时候，我亲眼看到的，但我不知道他们会在那待多久。他们拿着一个喇叭，我从家里都能听到他们的声音。"

哈莉特把电话筒放到柜子上，朝后门走去。没错，哈莉特站在藤蔓纠缠不清的葡萄藤掩映下的门廊，听到扩音器微弱的回声：有人在大喊大叫，听不清楚具体说什么，夹杂着劣质麦克风的嘶嘶声和噼啪声。

她重新拿起电话筒，电话那头传来希利杂乱又鬼鬼祟祟的呼吸声。

"你能出来吗？"她说道，"我们街角见。"

已经七点多了，但是天还亮着。哈莉特在厨房水槽往脸上泼了点儿水，到工具房去取自行车。她窜向马路，车轮压过碎石，砰的一声：她骑上了马路，飞奔而去。

希利坐在自行车上，在街角等着哈莉特。他远远地看到哈莉特，便起身出发。哈莉特猛蹬自行车，很快就赶上了他。街灯还没有亮起来；空气里弥漫着像是刚修剪过的绿篱的味道，像是杀虫剂的味道，又像是金银花的味道。昏暗的光线下，玫瑰花丛闪耀着洋红、胭脂红和纯果乐橙的光芒。他们飞驰过昏昏欲睡的房子，嘶嘶作响的洒水器，一只小猎犬冲他们叫，两条短腿飞奔着跟在他们后面追了一两条街，然后消失不见了。

他们急转直下，拐过沃尔索尔街。利利先生家维多利亚风的房子上宽阔的三角墙以四十五度角朝他们飞来，像一艘游艇斜着搁浅在绿色的堤岸上。哈莉特停下脚，借着自行车的冲力流畅地滑过街角，穿过芳香扑鼻的攀援玫瑰——花团锦簇，如同粉色的云朵，在搭着棚架的门廊上翻腾起舞——香味浓烈，却也转瞬即逝，哈莉特随即继续猛蹬自行车，绕过中心大街：一座灯火通明的礼堂，由镜面、白色正墙和石柱构成，以宏大的视角朝着广场倒退而去。远处，天空一片蔚蓝，围着露天音乐台和露台的格子状和尖桩式篱笆依稀可见，一片静谧，就像高中戏剧表演（《我们的小镇》）的舞台布景，只不过现在站在台上的是两个身穿白衬衫、黑长裤的男人，他们来回踱着步，挥舞着手臂，时不时点头示意、高声吼叫。两人的走位路线呈"X"形，交会于舞台中心。他们像一对拍卖商，一唱一和，言语夸张，十分虚伪。尤金·拉特利夫的声音低沉，含糊不清，而年轻人则歇斯底里，有内陆山区人特有的鼻音，总是把字母"i"和"e"发得尖锐高昂：

"——你的妈妈——"

"——你的爸爸——"

"——你那埋在地下的可怜婴儿——"

"你要告诉我，他们即将苏醒？"

"我要告诉你，他们即将苏醒。"

"你要告诉我，他们将死而复生？"

我要告诉你，他们将死而复生。

《圣经》要告诉你，他们将死而复生。

救世主要告诉你，他们将死而复生。

先知要告诉你,他们将死而复生。

尤金·拉特利夫又跺脚又拍手,梳成鸭尾式的发型随之凌乱,一束油腻的头发掉在脸前,他在空中挥舞着双手,最后干脆跳起舞了。他浑身颤抖,苍白的双手不停抽动,似乎他的眼睛、发梢进出了电流,刺激着他,攻击着他,使他在台上肆意抽搐。

——我要像《圣经》时代的人们那样大喊——

——我要像以利亚那样大喊——

"——大声喊出来,让魔鬼发疯——"

来吧,孩子们,让魔鬼发疯!

广场上几乎没什么人。街对面站着几个十几岁的女孩,不自在地咯咯笑。米雷尔·艾伯特夫人站在珠宝店门口;五金店旁边停着一辆车,车里的一家人摇开车窗看着广场上的一切。拉特利夫布道士拿着和铅笔一样细的麦克风,小指(微微翘起,好像正握着茶壶的手柄)上的红宝石在夕阳下闪着深红色的光。

"——在我们活着的最后的日子里——"

"——我们齐聚一堂,宣扬《圣经》中的真理——"

"——我们同昔日一般宣扬《圣经》——"

"——我们同先知一般宣扬《圣经》——"

哈莉特看到了那辆小型货车,(我不属于这个世界!)但失望地发现货箱是空的,只有一个带乙烯基塑料边的放大镜,看起来像一个廉价公文包。

"哦,如今,你们中有些人很久没有——"

"——读过《圣经》——"

"——没有去教堂做过礼拜——"

"——没有虔诚地下跪——"

哈莉特震惊地发现尤金·拉特利夫正直勾勾地看着她。

"……因为有对情欲的渴望就是死亡——"

"——有复仇的念头就是死亡——"

"——有弱念淫欲就是死亡——"

"肉念。"哈莉特机械地说道。

"什么?"希利问道。

"肉念,不是弱念。"

"——因为罪恶的报应即是生命终结——"

"——因为魔鬼的谎言是地狱和死亡——"

哈莉特突然意识到,他们犯了一个错误,他们靠得太近,有点儿冒险,但现在已无计可施。希利站在那里,张着嘴盯着台上。哈莉特用胳膊肘轻推了一下他的肋部。"快点。"她低声说道。

"什么?"希利用前臂擦了一下黏糊糊的额头。

哈莉特向希利使了个我们走吧的眼色,他们默默转过身,礼貌地推着自行车走开了,一直到他们转过街角,离开人们的视线。

"但那些蛇在哪儿?"希利哀声怨气地问道,"我记得你说过它们在货车里。"

"他们一定是在戴尔先生离开后,把蛇搬回房间了。"

"快,"希利说,"我们骑车过去。快点,赶在他们结束之前。"

他们跳上自行车,以最快的速度赶向这两个摩门教徒的居所。傍晚的阴影变得越来越锐利,越来越复杂。中心大街的中央分隔带上点缀着修剪整齐的球形黄杨树,在落日余晖中闪闪发光,像一轮新月,虽然四分之三的月表已经暗下去了,但肉眼仍然可见。蟋蟀和青蛙开始在路旁黑暗的灌木丛中鸣叫。最后直到两个人已经气喘吁吁,吃力地踩着踏板,那栋框架式房子才终于出现在眼前,门廊处一片漆黑,车道空空如也。一整条街上只有一个颧骨突出发亮、上了年纪的黑人,他面部紧绷,腋下夹着一个纸袋子,像木乃伊似的从容地走在人

315

行道上。

希利和哈莉特把自行车藏在中央分隔带一片杂乱的桤叶山柳丛中。他们在灌木丛后小心翼翼地观察，等到老人蹒跚着转过街角，消失不见，他们才飞奔过街道，蹲在隔壁院子里无花果树低矮杂乱的树枝丛里——框架房前的院子里没有可藏身之处，一个灌木丛都没有，只有一簇令人恶心的猴子草，绕在锯开的树干上。

"我们怎么上去？"哈莉特边说，边观察着从一楼通向二楼的排水槽。

"等一下。"希利气喘吁吁地说道，窜出无花果树的隐蔽处，匆忙地沿着楼梯跑上楼，又以同样的速度跑了下来。他飞奔过院子里的空地，重新回到哈莉特旁边。"锁了。"他说道，像漫画里的人物那样傻乎乎地耸了耸肩。

他们透过摇晃的叶子注视着眼前这栋房子。朝向他们的这一面已经暗了下来。朝向太阳的另一面光线很强，窗户在落日下闪着淡紫色的光。

"上面，"哈莉特一边用手指着，一边说道，"屋顶是平的那个地方，看到了吗？"斜屋顶的窗台上方是一面小三角墙。墙上有一面小小的磨砂玻璃窗户，底部开了一两英尺。希利正要问她打算怎么上去——那足足有十五英尺高。哈莉特便说："你抬我一把，我可以爬上排水槽。"

"不行！"希利说；那扇排水槽已经差不多锈成两半了。

那是一扇不足一英尺宽的小窗。"我敢打赌，那是卫生间的窗户。"哈莉特说道。她又指着中间一扇黑漆漆的窗户，问道："那儿是什么房间？"

"通向摩门教徒的房间，我刚才看了。"

"里面是什么情况？"

"楼梯。那儿有一个楼梯平台,一个公告板和一些海报。"

"也许——拍死了。"哈莉特拍了一下胳膊,检查手掌上血淋淋的蚊子,得意扬扬地说道。

"或许里面的楼上和楼下是连通的,"她对希利说道。"你没看到里面有人吧?"

"听着,哈莉特,现在里面没人。如果他们回来抓到我们,我们就说我们在探险,但我们动作得快,不然就干脆不干。我可不想整晚都待在这儿。"

"好……"哈莉特深吸一口气,冲进光秃秃的院子,希利跟在她身后。他们踮着脚飞奔上楼。希利盯着街上,哈莉特透过玻璃往里看:废弃的楼梯间堆着折叠椅;对面一扇窗户透着摇摆不定的光,照在阴郁的黄褐色墙壁上。再远一点儿有一台饮水机,一个钉着海报的公告板(不要和陌生人说话!高危儿童处方)。

窗户紧闭,没有纱窗。他们两个人肩并肩,把手伸进金属窗框中,使劲儿地拽着,但怎么也拽不开——

车,希利发出嘘声。他们紧贴墙壁,心怦怦直跳,那辆车很快开过去了。

车一开走,两个人赶紧从阴影中出来,继续探索。"这是什么?"希利低声说,他踮起脚,伸长脖子,盯着窗户中间,上窗格和下窗格在这里相接,表面齐平。

哈莉特明白他的意思。窗上没有锁,也没有空间可让两块玻璃实现滑动重叠。她用手指摸了摸窗格。

"嘿。"希利突然低声说道,做了一个示意她帮忙的动作。

两个人一起向内推窗格的顶部;有什么东西卡住了,吱吱作响,然后嘎吱一声,窗户底部水平向上翻起。希利最后又审视了一眼越来越暗的街道——竖起大拇指,一切安全——不一会儿,他们又肩并肩扭着身体爬进了窗户。

希利头朝下,手撑在地板上,他看到地板油毡上的灰色斑点离他越来越近,好像这仿花岗岩的花纹是一颗外星星球的表面,正以每小时一百万英里的速度冲向他——啪,希利的头撞到地板上,整个人也跌了进去,哈莉特跌倒在他身旁。

他们发现自己在一个老式楼梯的楼梯平台,向上三级台阶的位置就另一个长长的楼梯平台。哈莉特和希利站起来,窜上楼梯,他们太激动了,但仍努力克制着不发出太大的呼吸声——转过拐角,差点一头撞上一扇沉重的门,门的锁搭上锁着一把大扣锁。

这里还有一扇窗户——是一扇老式的木制窗户,有窗锁和纱窗。哈莉特沮丧地盯着挂锁,而希利则走过去研究那扇老式窗户,突然开始疯狂地打手势,激动得龇牙咧嘴:屋顶上的平台就在这扇窗户下面,直接通向三角墙上的窗户。

两个人使劲往上拉窗格,脸涨得通红,最后将窗格往上拽了八英寸左右。哈莉特首先扭着爬出了窗户(希利拉着她的腿,像是在操纵一把犁,直到哈莉特无意中踢了他一脚,希利咒骂一声,跳着闪开了)。屋顶摸上去很热,哈莉特手上沾满沙砾,她小心翼翼地站了起来,左手握着窗框,双眼紧闭,希利也爬了出来,哈莉特用右手拉住他。

微风渐渐凉爽起来。飞机的两条轨迹线在天空中划出一条对角线,像是广阔的湖面上细长的白色划水轨道。哈莉特呼吸急促,不敢往下看,下面飘来淡淡的花香:紫罗兰,或者甜烟草。她抬头看看天空,大片的云层下方闪烁着粉红色的亮光,就像《圣经》故事画里的云彩。两个人背靠着墙,激动不已但又小心翼翼地沿着不平坦的墙角缓慢前行,不一会儿便发现院子里的无花果树就在他们下方。

他们两个人指尖钩着铝墙板的下面,一点一点地向三角墙挪去,铝墙板由于白天吸收了许多热量，摸起来热乎乎的。哈莉特率先到达后，一点一点挪过去给希利腾地方。这个窗户其实没有多大，跟鞋盒差不多大小，他们只拉开了两英尺左右。两个人小心翼翼地把手从墙板移到窗框上，开始一起拉窗格：他们起初有些胆怯，怕窗格突然向外滑动，把他们撞倒。他们顺利地拉起了四五英寸，但随后窗格又紧紧卡住，虽然他们的手臂已经开始颤抖，窗格还是纹丝不动。

哈莉特的手掌湿漉漉的，心脏像网球一样在胸腔里上蹿下跳。随后，她听到街上有一辆汽车驶来。

他们瞬间僵住。汽车呼啸而过，没有停下来。

"伙计，"她听到希利低声说道，"别往下看。"他离她几英寸远，他并没有碰她，但哈莉特感觉希利身上的湿气和热气像力场一样从头到脚向外散发着。

她扭过头；在阴森森的淡紫色的薄暮中，希利兴冲冲地竖起大拇指，头和前臂伸过窗户，以蛙泳的姿势开始往进爬。

但缝隙窄得很。希利爬到一半，腰就死死卡住了。哈莉特左手抓住铝墙板，右手使劲拉窗格，同时尽力躲开希利胡乱踢着的脚。三角墙上的斜坡并不宽，哈莉特滑了一跤，差点摔倒，好不容易站稳，还没来得及喘口气，只听见砰的一声，希利上半身掉进了公寓，运动鞋卡在窗户上。希利回过神来，把两只脚也抽了进去。"耶！"哈莉特听到希利的声音——和他每次爬过硬纸板堡垒进到黑暗阁楼里后的狂喜的声音一样熟悉，悠远，欢快。

哈莉特紧接着把头伸进窗子，在昏暗中辨识出希利：他蜷缩成一团，正在检查自己受伤的膝盖。希利笨拙地站起来，向前抓住哈莉特的胳膊，往后拽。哈莉特深吸一口气，尽自己的全力扭动着，双脚在空中瞪着，哎哟，像维尼熊卡在了兔子洞里似的。

哈莉特不停地扭动身体，终于一下子跌了进来——身体一部分压

319

在了希利身上,一部分压在潮湿、发霉的地毯上,地毯闻起来像刚从一艘船的船舱中拿出来似的。她翻过身,头又撞到了墙上,砰的一声。他们确实是在卫生间里,但它很小:有洗脸池和马桶,但没有浴缸,墙上是压制成瓷砖状的刨花板。

希利站起来,拉了哈莉特一把。哈莉特闻到一股酸涩的鱼腥味——刺鼻、强烈、难闻,不单单是发霉的味道。哈莉特忍受着冲进喉咙里的恶臭,内心的恐慌感不断增加,于是集中注意力研究起一扇紧闭的门(风琴式塑料推拉门,表面喷了一层木纹路的油漆)。

门猛然打开,他俩摔在一起,眼前这间屋子同样闷热,虽然大些,但光线更暗。离他们不远处,有一面发黑的墙,墙面外凸,看得出之前被烟熏过,墙体因为受潮有些变形。希利十分激动地喘着气,像只小猎犬一样,顾不上理会房间里的气味。过了一会儿,他突然感到一阵恐惧袭上心头,舌头冒出一股金属味儿,这在一定程度上是因为罗宾的遭遇,希利的父母从小就警告过他,并非所有大人都是好人;有些人——不是很多,但也有一些——会把小孩从他们的父母身边偷走,然后折磨甚至杀死。这些听闻第一次对希利产生了如此强有力的震慑作用,如同给他的胸口来了沉重一击。空气中臭烘烘的味道,以及令人作呕的凸起的墙面,让他有种晕船的感觉,父母之前讲过的恐怖故事(孩子被塞住嘴,绑在废弃的房子里,吊在绳子上或者锁在柜子里饿死)一下子全都变得鲜活起来,变成锐利的黄色眼睛盯着他,龇牙咧嘴地露出鲨鱼般的牙齿:咔嚓咔嚓。

没人知道他们在哪儿。没人——没有邻居或者路人——看到他们爬进来;如果他们没有回家,没人会知道发生了什么。哈莉特信心十足地走向另一个房间,希利跟在她后面,被一根电线绊倒了,差点尖叫起来。

"哈莉特?"希利的声音听起来很奇怪。他站在昏暗处,盯着眼前唯一的光源，等待着哈莉特的回答。太阳的余晖照射在三扇贴着锡纸的窗户上，沿着窗边勾勒出三个犹如笼罩在火焰中的矩形，在黑暗中诡异地浮动着。突然，他脚下的地板沉陷了。也许这是陷阱。他们怎么能确定没人在家？

"哈莉特！"他大叫道。希利突然急切地想要尿尿，这大概是他一生中最尿急的时候——他笨拙地摸索着裤子拉链，脑子里一片空白——最后他在门口转过身，直接尿在了地毯上：快点，快点，快点，希利痛苦不堪，几乎是上蹿下跳，完全顾不上哈莉特；希利的父母乐此不疲地警告他小心坏人，同时不经意间在他心中植入了一些奇怪的想法，其中首要一条就是，被绑架的孩子无论被关在哪里，都不能使用卫生间：绑在脏垫子上，锁在卡车货箱里，插着呼吸管被关在棺材里……最后都只得被迫尿裤子。

好啦，他松了一口气，神经有些游离。无论那些乡下人如何折磨他（无论是用折叠刀、钉枪，还是别的什么），他都不会让他们看到自己尿裤子。随即，他听到身后有些动静，他的心脏随即一沉，像在冰道上行驶的车开始打滑。

但那其实是哈莉特的声音——她的眼睛又大又黑，但在门框的衬托下显得非常小。希利看到是她后非常开心，甚至没想过她是不是看到了他尿尿那一幕。

"过来看这个。"哈莉特淡淡地说道。

看到哈莉特如此平静，希利的恐惧也随之消失，跟着她进了隔壁的房间。他一进去，便闻到一阵迎面扑来的腐烂的、麝香一般的恶臭，味道浓到了他可以在嘴里品尝的地步。他怎么能没闻出来这是什么呢？

"天啊！"他说道，一只手捂住了鼻子。

"我跟你说了吧。"哈莉特淡淡地说。

多到几乎足以覆盖整个地板的箱子在微弱的光线下闪闪发光；珍珠似的纽扣、镜子碎片、钉头、莱茵石、玻璃碴，都在昏暗中小心翼翼地闪烁着，像一处藏着海盗宝藏的洞穴，粗糙的储物箱里凌乱地摆放着大量钻石、银器和红宝石。

希利低头看向地面，在离他脚边只有几英寸的板条箱里有一条响尾蛇正盘着身子，摆着尾巴，嘶嘶不停。他本能地往后跳了一步，眼角余光瞥见另一条盘成 S 形的花斑蛇隔着铁纱网悄悄地向自己扑来。它的头撞到了网上，它猛地后退，嘴里嘶嘶作响，身体猛地一摆（它的动作难度极高，像电影画面倒带，一摊洒落的牛奶回变成刚掉出瓶子时的绳状，向上跳跃，重新回到罐子中）。希利又不由自主地跳起来，又撞到了另一个箱子上，箱子里又是一片嘶嘶作响。

希利注意到，哈莉特正把一个倒置的箱子朝那扇关着的门的方向推。她停下来，拂去眼前的头发。"我想要这个，"她说，"帮我一把。"

希利一时不知所措。尽管他还没有意识到，直到此刻，他还不相信哈莉特真的会这么做；恐慌如同冷冰冰的泡沫从他心中涌起，刺痛、致命、又带有一丝愉悦感，就像冰冷的绿色海水从船底的洞中涌了进来。

哈莉特——嘴唇紧闭——把板条箱在空地上推了几英尺远，然后把它横了过来。"我们要把它带走……"她说道，停下来搓了搓手，"我们先把它搬下楼。"

"我们不能抬着这个箱子在大街上走。"

"你只要帮我就行了，好吗？"她倒吸一口气，把板条箱从狭窄的地方扭了过来。

希利开始帮忙。在这些板条箱中穿梭不是件易事；他发现，这些箱子上的铁纱网不比窗户上纱窗的密，脚很容易伸进去。在这些铁纱网后面,他隐隐约约能感到其中的蛇在暗处移动着:它们缠成一团,展开,又相互叠在一起,如黑钻石般沉默又不怀好意地在彼此身上穿行。希利感觉自己的脑子里充满了空气。这不是真的,他告诉自己,不是真的,只是一个梦。而在其后很多年里——一直到他成年——他总会梦到这个黑暗、充满恶臭的地方,以及那些嘶嘶作响的宝箱。

希利没有注意到箱子里眼镜蛇的异常——尊贵的神态,上身笔直,独来独往,随着板条箱的颠簸躁动地摇摆着;它在箱子里滑来滑去,让希利有种奇怪的不舒服感,他必须把手放在远离网格的位置,除了这些,他现在什么也顾不上去想。他们认真地把箱子推到后门,哈莉特开了锁,把门敞开。然后,他们纵向抬起箱子,抬到门外,(眼镜蛇失去了平衡,愤怒地摆动、抽打着。)放在地上。

天已经黑下来了。街灯亮着,街对面门廊上的灯光也照了过来。两个人都有些头晕,愤怒发狂的蛇不停地撞击着箱子内壁,两个人十分害怕,看也不敢看,一路把箱子踢了下来。

晚风有些冷。哈莉特手臂上起满了尖锐的鸡皮疙瘩,她感到一阵刺痛。楼上拐角处的纱窗门猛地打开,又砰的一声关上了——但两个人都没看见。"等一下。"希利说。他直立起半蹲的身子,再次冲上楼梯。他用颤抖、已经没有力气的手摸索着球形把手和锁。他的手上汗涔涔的;他感到一种奇怪的梦幻般的轻盈感,黑暗、无边无际的世界在他周围翻腾,仿佛他正高高地坐在某艘噩梦般的海盗船的索具上,摇摆不定,夜风席卷海面。

快,他对自己说,快点,赶紧离开这里。但他的手不听使唤,握在门把手上不停地打滑,好像不是他自己的……

楼下传来哈莉特的尖叫声,充满了惊恐和绝望,但叫了一半就戛然而止。

接下来是一阵沉默。"哈莉特?"他喊道,不确定发生了什么。他的语气听起来平淡且异常的随意。紧接着,他听到汽车轮胎压到碎石上的声音。车前大灯明晃晃地照进后院。在接下来的几年里,每当希利想起这个夜晚,不知什么原因,出现在他脑海里最清晰的画面总是这一幕:泛黄的、直挺挺的草淹没在突然亮起的车灯刺眼的光线中;散乱的杂草——约翰逊草,鹤虱属草——颤抖着,闪闪发亮。

希利还没来得及思考,甚至还没来得及喘上一口气,高处的光线便转向低处,随即传来噼啪一声,又噼啪响了一声,草地随之变暗。接着车门打开,大概有六七个穿着靴子的人走上了楼梯。

希利惊慌不已。之后,他会想自己为什么没有在惊慌失措中跳下去,摔断腿,或者扭断脖子,但是听到这些重重的脚步声,他唯一想到的就是那个传道士,他那张带疤的脸正在黑暗中朝他走来,他只能重新回到房间里。

希利冲进房间,在一片昏暗中,他的心沉了下去。牌桌、折叠椅、冰箱:躲在哪里呢?他跑进里屋,不小心踢到一个柳条箱(箱子哐的一声回应了他,里面一阵沙沙作响,伴随着一片嘶嘶声),希利一下子意识到了自己犯了严重的错误,但为时已晚。前门嘎吱一声推开了。我把门关上了吗?希利心想,感到毛骨悚然。

没有了动静,这是希利所经历的最长的一次煎熬。漫长的煎熬之后,终于响起钥匙在锁里转动的轻微的咔嗒声,随之是两次快速转动。

"怎么了,"一个嘶哑的男音说道,"打不开吗?"

隔壁房间的灯突然亮了。光从门口照进来,希利看到自己被困在这里:没有东西可以作为掩护,也无处可逃。除了一箱箱的蛇,这间屋子里几乎什么都没有:报纸、工具箱、靠墙放着的手绘招牌(在上帝的帮助下:支持新教和所有民法……),稍远的角落里还有一个塑料豆袋椅。希利急匆匆地穿过板条箱,朝豆袋椅走去(外面的人只要从敞开的门朝里瞥一眼,就能看到他)。

又一声咔嗒声:"嗯,开了。"希利隐隐约约地听到一个嘶哑的声音回答道,他跪在地上,扭动着身子,尽力用豆袋椅盖住全身。

他们又说了很多话,但希利现在听不到了。豆袋椅很重;他的脸背对着门,双腿紧紧地蜷曲在身下。右脸颊贴着的地毯闻上去像是汗湿的袜子。随后——令他十分惊恐——头顶的灯亮了。

他们在说什么?希利尽可能地缩紧身子。他没办法移动,所以要么闭上眼睛,要么就只能盯着五六条在离他鼻子两英尺远的一个花哨的箱子里来回移动的蛇。希利盯着它们,他感觉自己恍恍惚惚,肌肉因为恐惧而变得僵硬,一条小蛇从其他蛇身上滑过,爬到铁纱网半腰。它喉咙的凹陷处呈白色,腹部长长的鳞片横向排列,颜色像棕褐色的炉甘石洗剂。

希利盯了好一会儿,就像有时候他发现自己呆呆地看着高速公路上被轧得跟意大利式面酱似的动物内脏,他闭上了眼睛,感觉眼前有橙黄底色的黑色圆圈漂浮着,它们像是鱼缸里的气泡,一个接一个的,越飘越高,越来越模糊,直至消失不见。

地板颤动着:有人在走动。停下来;又开始,脚步更重,也更快,进来,突然停下。

万一我的鞋露出来了怎么办?希利惊慌失措地想到。

一切都停了下来。脚步又往回走了一两步。

传来更多沉闷的说话声。他感觉好像有人走到了窗边,断断续续地踱来踱去,然后又走了回去。希利听不出有多少人在说话,但其中一个声音的辨识度很高:含糊不清,但抑扬顿挫,他和哈莉特有时在泳池里轮流在水下说话,让对方猜自己说了什么的时候,声音就是这样。与此同时,他还隐约听到箱子里传来一阵轻微的咔嚓,咔嚓,咔嚓,声音非常微弱,他以为是自己的幻觉。他睁开眼睛。窝在豆袋椅和臭烘烘的地毯之间的狭窄缝隙中,他斜着眼睛,在对面箱子里看到一截八英寸长的蛇肚,它趴在铁纱网上,既像某些海洋生物的触须,又像挡风玻璃上的雨刮器,盲目地来回摆动,它是在摩擦自己,希利惊恐地发现,咔嚓……咔嚓……咔嚓……

突然,头顶上的灯出乎意料地熄灭了。脚步声和说话声都越来越远。

咔嚓……咔嚓……咔嚓……咔嚓……

希利——身体僵硬,手掌压在膝盖之间——绝望地看着昏暗的房间。透过铁纱网,仍然可以模糊地看到蛇的腹部。如果他不得不在这里过夜怎么办?他的思绪在绝望和疯狂的混乱中上蹿下跳,左右碰撞,以至于他感到有些恶心。想想出口,他默念道;这是健康手册里的提示,以防遇到火灾或紧急意外,但他没有留意,他所记得的出口也毫无用处:后门,无法进入……室内楼梯,被那两个摩门教徒锁上了……卫生间的窗户——是的,这是可能的——但进来已经够困难了,更别想要试着在黑暗中不发出任何声响地挤出去了……

他想到哈莉特,这是他进来后第一次想到她。她在哪里?他试图思考如果他们的处境互换,他会怎么做。她会想到去找人帮忙吗?在其他任何情况下,希利宁愿她往他背后泼热煤,也不愿她给他父亲打电话,但是现在——正是生死存亡的时刻——他别无选择。希利的父亲秃顶,腰部柔软,身材既不高大也不威武;虽然身高略低于平均身高,但长年累月在高中做管理人员,使他有了一种威严的目光,他沉默时表现出来的冷酷,甚至连成年人都会感到一丝畏惧。

哈莉特?在一片慌乱中,他想到了父母卧室里的白色公主手机。如果父亲知道发生了什么,他会毫不畏惧地径直到这里来,拽住希利的肩膀,把他拖出来,带到车上,拿鞭子抽他一顿,在回家的路上给他上一课,让他的耳朵涨得通红,而传道士则蜷缩在他的蛇中间,疑惑不解，喃喃地说道"是的，先生。谢谢您，先生"，完全束手无策。

他感觉脖子有些疼。他什么都听不到，甚至连蛇的声音也听不到。他突然感觉哈莉特可能已经死了：被勒死了，开枪射死了，被传道士的卡车撞死了，据他猜测，可能是直接从她身上压过去了。

没有人知道我在哪儿。他的腿抽筋了，他稍稍伸了一下腿。没人。没人。没人。

他感觉小腿上一阵刺痛。他一动不动地躺在那里——紧张极了，感觉传道士随时会扑向他。但什么都没有发生，他翻了个身，缩紧的四肢感到一阵刺痛，他扭动着脚趾；左右晃了晃脑袋。他等待着。最后，他实在受不了了，从豆袋椅下探出头来。

这些箱子在黑暗中闪闪发光。倾斜的长方形光线从门口洒到黄褐色地毯上。远一点的地方——希利用胳膊肘往前一点儿一点儿挪——是一个昏黄脏乱的房间，天花板上的灯泡光线十分强烈。一个操着一口乡下口音的人正在说话，他的声音急促但含糊不清。

另一个咆哮的声音突然打断了他。"耶稣从来没有为我做过一件事，法律肯定也没有。"然后，一个巨大的影子突然挡住了门口。

希利紧紧抓住地毯；他惊恐万分，一动不动地趴在地上，尽力屏住呼吸。接着，另一个冷漠而不耐烦的声音说道："这些爬行动物和上帝一点儿关系都没有。它们只是肮脏可恶。"

门口的影子发出一阵怪异、尖锐的笑声，希利一下子僵住了。法里什·拉特利夫。他坏掉的那只眼睛——苍白得像煮熟的梭子鱼的眼睛，他站在门口，眼睛像灯塔上的探照灯似的一样扫过暗处。

"我告诉你应该怎么做……"沉重的脚步声走远了，希利如释重负。隔壁房间传来一阵吱呀作响的声音，像是橱柜打开的声音。终于，他睁开了眼睛，明亮的门口已经空无一人。

327

"……如果你厌倦了四处拖着它们，你应该把它们带到树林里，打开箱门，开枪把它们全部杀掉，最后放火烧掉，"他不顾传道士的反对，大声说道，"或者把它们扔进河里，都行。然后你就没有任何麻烦了。"

一阵充满敌意的沉默。"蛇会游泳。"另一个声音说道——也是个男性的声音，但更年轻一些。

"关在破箱子里的它们游不了多远，不是吗？"嘎吱一声，法里什好像咬了一口什么东西，他继续用一种打趣、清脆的语调说道，"听着，尤金，如果你不想继续浪费时间，我有一把点38口径手枪，就放在车里的杂货箱里。你只需要给我十美分，我就去把它们全部干掉。"

希利的心一下子沉了下去。哈莉特！他心情十分紧张。你在哪儿？就是这些人杀了她的哥哥；如果他们发现他（他们会发现他的，他对此确信无疑），他也难逃一死。

他有什么武器？如何自卫？又一条蛇在铁纱网前直立起来，吻部正好在第一条蛇下颌的下面；它们看起来像是医院的"蛇绕拐杖"标志。希利之前从不觉得这个司空见惯的标志——印刷在母亲收集的肺脏协会的信封上——居然如此恶心。他突然感到天旋地旋。他伸出颤抖着的双手，抬起面前箱子上的门闩，他几乎没有意识到自己在做什么。

好了，这也许能让他们慢下来，他想。希利翻过身，盯着天花板上的泡沫镶板。接下来可能会发生一些混乱，他或许可以趁乱逃跑。即使他被咬了，那他或许可以被送去医院……

他伸手去拉门闩时，一条蛇摆出攻势。现在他感觉一只手掌上有黏糊糊的——有毒的？——东西。那条蛇瞄准他发起了攻击，毒液透过铁纱网喷到了他的手上。他赶紧在短裤后面擦了擦，希望手上没有旧伤口或者抓痕。

过了一会儿,箱子里的蛇才发现箱门已经开了。趴在铁纱网上的两条蛇立刻跌了出来;它们趴在地上,一动不动,直到其他蛇从它们背后探出来侦查周围的情况。突然——好像是接收到了什么信号——它们似乎理解了目前的情况,愉快地溜了出来,向各个方向爬去。

汗流浃背的希利从豆袋椅下扭动着爬出来,借着从隔壁房间洒进来的光线,以最快的速度冲出了敞开着的门。他感到极度恐惧,他不敢往里看,他眼睛朝下看着,生怕他们会发现自己正在看他们。

他安全地通过那扇门——不管怎样,暂时是安全的——然后瘫倒在对面墙壁的阴影中,他的心怦怦直跳,浑身颤抖无力,一时不知所措。如果有人决定再回来,进来打开灯,马上就会看见蜷缩在碎料板前的毫无遮挡的他。

他真的把那些蛇放走了吗?从他现在站的地方,他看到有两条爬在地板上;另一条兴致昂扬地朝亮光爬去。一分钟前,他还认为这是个不错的计划,但现在,他发自内心地感到后悔:求求你,上帝,求求你不要让他们爬过来……这几条蛇背后的纹路和铜斑蛇的纹路相似,只是它们的线条更加锋利。他这才看出那条十分大胆的蛇——它正明目张胆地爬向另一个房间——尾巴上长着两英尺长的响环。

但真正让他感到紧张的是那些他看不到的蛇。那个箱子里至少有五六条蛇,很可能还有更多。剩下的在哪里?

从前面的窗户可以跳到街道上,但窗户离地面有些远。他唯一的希望是卫生间。一旦他上了屋顶,就可以挂在房檐上,然后跳下来。他以前从差不多高的树枝上跳下来过。

但令他沮丧的是,卫生间的门并不在他以为的地方。他沿着墙壁缓慢前进——回到他把蛇放出来的黑暗区域,这完全不符合他的行事风格——但他以为的门也根本不是门,而只是一块靠在墙上的塑料板。

希利感到不知所措。他可以确定，卫生间的门在左边；他在想是继续往前走，还是往回走。突然，随着自己的心猛地一颤，他意识到卫生间其实在另一个房间的左侧。

他一下子呆在原地。有一瞬间，整间屋子都在下降（无底的深渊，无声的墙壁，他的瞳孔不断地扩张），而后又急剧回升，过了一会儿，希利才弄清楚身处何地。他把头靠在墙上，用头敲着墙。他怎么会这么蠢？他总是弄不清楚方向，左右混淆；他看书时，如果他的视线从书页上移开再回去时，就会发现字母和数字交换了位置，从不同的地方对着他咧嘴发笑；有时候他在学校里甚至会无意识地坐错座。在他的读书报告、数学试卷和破损的活页试题纸上，总是有愤怒的红色评语：粗心！粗心！

——

灯光打到车道上时，哈莉特完全猝不及防。她赶紧躺到地上，朝着房子下面滚去，正好撞到了关着眼镜蛇的箱子，里面的眼镜蛇愤怒地甩动着身体。哈莉特还没喘过气来，就听到地上的碎石噼啪作响，汽车轮胎便从她的脸前飞驰而过，留下一阵风和一道蓝光在参差不齐的草地上荡漾开来。

哈莉特——脸埋在了灰尘粉末当中——闻到一股令人作呕的刺激性气味，像是什么东西死去的味道。亚历山大的所有房子下面都有一个低矮的架空层，以应对洪水，但这栋房子的架空层高度还不到一英尺，不比墓穴宽敞多少。

这条眼镜蛇——并不喜欢被如此裹挟着下楼，它立在尾巴上——使劲击打着箱子，哈莉特隔着木板都能感觉到它可怕又单调的拍打。但比起蛇或者死老鼠的臭味，更糟糕的是灰尘，哈莉特的鼻子奇痒难忍。她扭过头去。车后灯的红色圆形光圈斜着照进房子下面的架空层，照得杂乱的蚯蚓粪、蚁冢和脏兮兮的碎玻璃片闪闪发亮。

一切突然变黑了。车门砰的一声关上。"……那是汽车起火的原因，"一个声音咆哮着说，但不是那个传道士，"'好吧，'我对他说——他们让我趴在地上——'先生，我对你实话实说吧，你现在就可以把我关进监狱，但旁边这个人的逮捕令和你的胳膊一样长。'哈！好吧，他就那么逃开了。"

"我想，这就是全部。"笑声，听上去并不友善，"你是对的。"

有脚步朝着她走来。哈莉特拼命忍住不打喷嚏，她屏住呼吸，一只手捏住鼻子。踩在楼梯上的脚步声在她上方响起。一只踌躇的带刺动物刺痛了哈莉特，发现没有阻力，便刺得更深了。哈莉特全身颤抖，强忍着拍打它的冲动。

又一处刺痛，这次是在她的小腿上。是火蚁。厉害了。

"好吧，等他回到家，"咆哮的声音说——不过声音变得更微弱了，而且距离也越来越远——"他们都等着看谁能从他那得到真实的故事呢。"

随后，这声音停止了。楼上一切都很安静，但是她还没有听到开门的声音，她发觉到他们还没有进去，而是警惕地在楼梯口徘徊。她躺在那里，全身僵硬，全神贯注地听着。

几分钟过去了。火蚁——活力满满且数量众多——刺痛了她的手臂和双腿。她的背部仍然压在箱子上，眼镜蛇不时地透过木板，愤愤地撞在她的脊椎上。在令人窒息的安静中，她似乎又听到了说话声音和脚步声——然而，当她试图听清楚时，这些声音忽隐忽现，又完全消失了。

哈莉特非常害怕，她侧身躺着，全身僵硬，凝视着漆黑的车道。她还要在这里躺多久？如果他们来抓她，她别无选择，只能继续往深

331

处爬，火蚁不算什么；黄蜂在房子下面筑巢、臭鼬、蜘蛛以及各种啮齿动物和爬行动物也是如此；生病的猫和患狂犬病的负鼠躲在那里自生自灭；一个名叫萨姆·贝布斯的黑人最近登上了报纸的头版，他靠给人修火炉为生，有天他在中心大街上的一座希腊复兴式房子下面工作时发现了人骨，那儿离这里只有几个街区远。

突然之间，月亮从云层中飘了出来，把房子四周杂乱的草染成了银色。哈莉特无视火蚁，在灰尘中抬起脸颊，仔细听着。女巫草高高的叶片——月光把它的边缘照成了白色——在与她眼睛齐平的高度颤抖着，风把它们吹得趴在了地上，不一会儿，它们又自己伸展开来，这些凌乱的草全部都战战兢兢地颤抖着。哈莉特等待着。她屏住呼吸，沉默许久，最后用胳膊肘慢慢往外挪了挪，把头从房子下面伸了出来。

"希利？"她低声道。院子里死一般的静。矮小的野草长得像麦秆似的，伏在车道闪闪发光的碎石上。在黑暗的车道尽头，那辆货车显得异常高大，车尾正对着她。

哈莉特吹了一声口哨；她等待着。似乎过了很长时间，哈莉特从房子下爬出来，站了起来。她用沾满沙砾的手擦去脸上感觉像被压碎的虫壳似的东西，掸去胳膊和腿上的蚂蚁。稀薄的棕色云像汽油蒸汽一样，在月亮上方乱糟糟地飘过，接着，它们完全飘散了，整个院子沐浴在一片清澈的灰白月光中。

哈莉特飞快地窜到房子周围的暗影中。没有树的草坪像白天一样明亮。她终于想起来，其实自己并没有听到希利下楼的声音。

她躲在角落里向外看。隔壁的院子里，草地上叶影纷乱，空荡荡的，一个人也没有。哈莉特越来越感到不安，她沿着房子一侧缓缓移动。发现自己正通过链条围栏盯着隔壁如镜面一般静止的院子，院中的草地被月光照亮，中央有一个孤零零的儿童游泳池。

哈莉特背靠着墙壁，在阴影中围着房子转圈，但丝毫没有发现希利的踪迹。他十有八九已经丢下她，自己跑回家了。哈莉特不情愿地走到草坪上，伸长脖子向二楼望去。楼梯平台上没有人；卫生间的窗户——仍然开着一部分——也黑着。楼上亮着灯，但动静和说话声都隐隐约约，无法分辨。

哈莉特鼓足勇气，向光线明亮的街道跑去。但当她到达他们丢下自行车的灌木丛时，她的心咯噔一下，跌到了谷底。她在台阶中间站定，不敢相信眼前的一切。在开着白花的树枝下，两辆自行车纹丝不动地躺在地上。

她僵在原地，过了一会儿才恢复意识，她扎进灌木丛，跪在地上。希利的自行车又贵又新，他对这辆自行车的重视程度已经到了令人发笑的地步。哈莉特双手捧着头，盯着自行车，试图冷静下来。接着她离开灌木丛，观察着对面摩门教徒的房子，观察着亮着灯的二楼。

房子里十分安静，顶楼的窗户泛着诡异的银光，这令哈莉特感到异常恐惧，整件事情的重量一下子压在了她身上。她可以确定，希利被困在里面了。她需要帮助；但来不及了，只能靠她自己。有那么一会儿，她迷迷糊糊地坐在了自己的脚后跟上，四下张望，试图做出决定。那儿是二楼的卫生间，窗户仍半开着——但这又有什么用呢？在《波西米亚丑闻》中，夏洛克·福尔摩斯为了把艾琳·阿德勒救出来，向窗户里扔了一枚烟幕弹——那真是个好主意，但哈莉特没有烟幕弹，除了木棍和碎石，她手上什么都没有。

她坐在那儿又思考片刻，随后她又在皎洁的月光中跑回了街对面，去了隔壁院子，来到他们曾藏身的、种着无花果树的院子。在山核桃树下，杂乱无章地躺着一些耐阴性植物（贝母、白鲜），四周围着一圈粉刷过的石块。

哈莉特跪在地上，试图搬起一块石头，但它们都粘在一起。这家侧窗旁的空调机吐着热气，有一只狗尖锐而不知疲倦地叫着。她把手伸进蔓生的草丛中，盲目地摸来摸去，像一只浣熊在河底抓鱼似的，直到手里抓到一块光滑的石头。她用双手把它举了起来。那只狗还在狂吠。"潘乔！"一个刺耳的北方口音尖叫道——是一个老妇人的声音，像砂纸一样粗糙。听起来像是生病了。"闭嘴！"

石头重得让哈莉特直不起腰来，她一路跑回摩门教徒的框架房的车道上。她看到车道尽头有两辆货车。一辆挂着密西西比州亚历山大的牌照，但另一辆挂着肯塔基州的牌照。尽管石头很重，哈莉特还是停下脚步，花了一点儿时间来记车牌号。罗宾被杀害的时候，并没有人想起来要记什么车牌号。

很快，她躲到第一辆货车后面——肯塔基州那辆，她搬起混凝土块（她现在才注意到，这可不是一个普通的混凝土块，而是一个蜷缩着的小猫形状的草坪装饰），砸到车大灯上。

车灯砰的一声碎了——像闪光灯似的，一下就爆了；嘭！嘭！随后她又跑回来，砸碎了拉特利夫货车上的所有车灯。虽然她感觉自己好像使尽了浑身解数，但其实她还是有所收敛的，她害怕声音太大会引起邻居注意。巧妙地重重敲一下——就像打碎鸡蛋壳似的——就可以使这些车灯粉碎，大块的三角形玻璃散落在碎石上。

她捡起尾灯掉落下来的最大、最尖的碎片，在不割伤手的前提下，使劲把它们插进了车后轮的轮胎。然后她绕到货车前面，故技重施。她的心脏怦怦直跳，做了两三次深呼吸。最后，她用尽全力，双手尽可能高地举起猫咪形状的混凝土，把它砸到了挡风玻璃上。

随着清脆的哗啦声，挡风玻璃碎了。碎玻璃啪嗒啪嗒地落到了仪表盘上。街对面，门廊上的灯突然亮了，紧接着隔壁的灯也亮了。月光下的车道——碎玻璃闪闪发光——空无一人，哈莉特爬上楼梯已经走上了一半。"什么声音?"

沉默。突然——吓了希利一跳——头顶上的灯泡光线强烈,一下子倾泻在了他的身上。希利惊慌失色,炫目的灯光下,他感到眼前一片漆黑,他畏畏缩缩地靠在平面板上,还没来得及眨一下眼(地毯上有很多蛇),便听到有人咒骂一声,屋子又暗了下来。

一个体积庞大的家伙穿过房门,进入黑漆漆的屋子。他的身形庞大,但举止轻盈,轻轻滑过希利,朝前面的窗去了。

希利一下僵在原地:血液飞快地从头部冲向脚踝,整间屋子开始前后摇晃,前厅爆发出一阵骚乱。虽然激烈但听不清楚的说话声,椅子往后拉的声音。"不,别。"一个人说道,声音很清楚。

压低了音量的激烈说话声。在黑暗中,只离希利几英尺远的地方,法里什·拉特利夫站在阴影中听人说话——他一动不动,仰着下巴,粗短的双腿分开,像一只摆好姿势准备进攻的熊。

隔壁房间的门咯吱一声打开。"法里什?"一个男人说道。让希利吃惊的是,那是一个孩子的声音:嘀嘀咕咕,上气不接下气,模糊不清。

紧接着,法里什厉声问道:"是谁?"

一阵骚乱。法里什——离希利只有几步远——怒气冲冲地深吸一口气,突然转身,气势汹汹地冲进了亮着灯的房间,那架势好像要掐死谁。

一个男人清了清嗓子,说道:"法里什,过来——""楼下……过来看看……"楼下传来一个新的声音——是那个孩子——带着几分乡音,含糊不清;希利意识到,这声音太过含糊不清了,他满腹狐疑,却又充满希望。

"法里什,她说货车——"

"有人打破了你的车窗,"一个微弱、带着几分刻薄的声音说道,

335

"如果你动作快点……"

外面一片混乱,然后传来一声吼叫,声音大到足以把墙震倒。

"……如果快点儿的话,你还可以抓住他。"哈莉特说道,口音变样了,声音——又高又呆板——能听出来是她的声音,但在一阵狂躁的结巴和咒骂中,似乎没人注意到这一点。

"该死的!"外面有人尖叫道。

下面传来一阵咒骂声和叫喊声。希利小心翼翼地移到门口。有好一会儿,他就站在那儿专注地听着外面的声响,太过专注以至于他没有发现,在离他的脚边不到十或十二英尺的地方,一条盘绕着身体的小响尾蛇正准备对他发起攻击。

"哈莉特?"他终于开口小声说道——或者是他试图说,因为他几乎发不出声音了。希利这才意识到,自己口渴难耐。楼下的车道传来混乱的叫喊声,一只拳头打在金属上——响声沉闷,还有回声,像在中学生表演戏剧和舞蹈时,用来模仿雷鸣声的镀锌洗衣盆的声音。

他小心翼翼地向门外张望。椅子都歪歪扭扭地摆放着,牌桌上放着几杯冰水、一个烟灰缸、两包烟。通往楼梯平台的门半开着。另一条小蛇爬进了这间屋子,躲在隐蔽的柱形散热器下,但希利已经全然不记得蛇的事情了。他一刻也没停留,甚至也没有看一眼脚下,就溜到厨房,找后门去了。

———

传道士将双手交叉放在胸前,朝车道探着身子,低头往下看,好像是在等火车。他脸上没有疤的那一面侧对着哈莉特,但即使只看到侧面,也足以让人感到紧张,他时不时地伸出舌头放在唇间,露出鬼鬼祟祟的样子,让人感到不安。哈莉特尽可能在合理范围内站得离他远一些,侧过脸,这样他和其他人(站在车道上,仍在咒骂)都看不到她的脸。她极度想逃跑；为此，她已经走到了人行道上；但那个传道士已经从迷惑中脱离出来，慢慢跟在她身后，她不确定自己是否可以跑过他。在楼上亮堂堂的门口，这几个人耸立在她面前：体型巨大、晒黑的皮肤、疤痕、文身、油腻，用他们冷酷的浅色眼睛盯着她，哈莉特内心因为恐惧而战栗。他们中最脏、体型也最大的一个——满脸胡须，留着浓密的黑发，一双惨白的鱼眼，就像《金银岛》中的瞎子皮尤——拳头猛地打到门框上，他流利地咒骂着，语言下流、激烈，哈莉特惊慌地往后退；现在，他那夹杂着灰白条纹的浓发有条不紊地飘在半空中，他正试图把一个尾灯残留的玻璃踢碎。由于他强壮的躯干和短小的双腿，他看起来就像是胆小狮，但是邪恶的胆小狮。

"所以他们没有开车？"传道士问道，他转过头审视着哈莉特。

哈莉特沉默地低下眼睛，摇摇头。那个养着吉娃娃的女士——面色憔悴，穿着无袖睡裙和人字拖凉鞋，手腕上带着粉色的塑料医院手环——正拖着脚步往自己的房子走。她刚刚带着狗，装了香烟和打火机的压花皮盒出来，站在院子边上看发生了什么。她肩上的吉娃娃——仍在狂吠——直直地盯着哈莉特的眼睛，不停扭动，似乎一心要挣脱女主人的束缚，过去把哈莉特撕成碎片。

"他是白人？"传道士问道，他在白色短袖衬衣外穿了一件皮马甲，灰白的头发后梳，形成高高的波浪状庞帕多发型，"你确定？"

哈莉特点头；她拉出一缕头发盖住脸，表现出害羞的样子。

"已经很晚了，你还在这里乱转。我早些时候是不是在广场上见过你？"

哈莉特摇摇头，仔细地回头看了看房子，她看到希利，脸白得像床单一样，飞快地下了楼。他没有看见哈莉特或是其他人，一路跑下来，撞上了那个独眼男人，这个人嘴里嘟嘟囔囔，低着头大步往房子里走，速度非常快。

希利摇晃着后退了两步，喘息着发出一声恐怖的低声尖叫。但法里什只是推开他，踩着重重的脚步声上了楼梯。他的头猝然一动，愤怒而清晰地说道："……最好不要尝试，最好不要……"好像是对某个三英尺高、跟在他身后、无形但确定的生物说话。突然，他伸出手臂，用力拍打着空气，好像在和一个真实存在的物体接触——某个追赶他的驼背魔鬼。

希利已经消失了。突然一个阴影落在哈莉特身上，"你是谁？"

哈莉特大吃一惊，抬起头来，看到丹尼·拉特利夫站在她面前。

"只是碰巧看到的吗？"他说道，手放在屁股上，把头发从脸上甩出去。"事情发生的时候你在哪里？她从哪儿来的？"他问哥哥。

哈莉特目瞪口呆地盯着他。从丹尼·拉特利夫因为惊讶而突然扩张的鼻孔中，她知道她的厌恶之情已经溢于言表。

"别那样看着我，"他厉声说道。从近处看，他的肤色是狼一样的棕色，他的身形瘦削，穿着牛仔裤和一件难看的长袖T恤衫；他的眉毛浓黑，耷拉着眼皮，他的目光刻薄、游离，让哈莉特十分紧张，"你怎么回事儿？"

传道士看起来很是不安，眼睛来回扫视着街道，双臂交叉在胸前，手夹在腋下。"别担心，"他用尖锐、过分友好的声音说道，"我们不会伤害你的。"

尽管哈莉特很害怕，她还是忍不住地瞄着他前臂上的蓝色斑点文身，在心里猜测那是代表了什么。什么样的传道士手臂上会有文身？

"怎么了？"传道士问道，"你害怕我的脸，是吗？"他的声音和蔼可亲；随后，他突然毫无预兆地抓住了哈莉特的肩膀，把自己的脸凑到她的脸前，好像他的脸确实是个令人害怕的存在。

哈莉特僵在原地，与他脸上的伤疤（光滑的红色，纤维状和带着血色光泽的新生薄膜）相比，他把手放到了她的肩膀上才更令人恐惧。在他光滑、没长睫毛的眼皮底下，眼睛闪闪发光，色彩绚烂，像一块蓝色的玻璃碎片。他突然抬起手，像是要打她，但正当她要躲开时，他的眼睛又亮了起来："呃呃呃！"他得意扬扬地说道，用指关节拂过她的脸颊，挑衅地轻轻碰了她一下，手在她眼前滑过，意外地出现一条捏弯的口香糖，他用大拇指和中指捻着。

"现在没什么好说的了，是吗？"丹尼说，"一分钟前你还在上面说得很溜。"

哈莉特使劲盯着他的双手。尽管它们瘦骨嶙峋，看起来非常孩子气，但上面伤痕累累，咬过的指甲边缘都是黑色的，手指上戴着丑陋的大戒指（一个银色的头骨；一个摩托车徽章），摇滚明星经常戴的那种。

"不管是谁干的，跑得可真快。"

哈莉特抬头看了一眼他的侧脸。很难猜测出他在想什么。他打量着街道，眼睛飞快地四处跳跃，紧张不安，神情犹疑，像操场上的一个恶霸，想在拖走并殴打某个人之前确保没有老师看到。

"不是吗？"传道士说，拿着口香糖在哈莉特面前晃来晃去。"不用，谢谢。"哈莉特说道，但刚说出口就后悔了。

"你到底在这里做什么？"丹尼·拉特利夫语气突然转变，好像她的话冒犯到他了。

"玛丽。"哈莉特低声说道。她的心怦怦直跳。不用，谢谢，真的。尽管她身上脏兮兮的（头发上挂着叶子，手臂和腿上沾了灰尘），但谁会相信她是个乡下小女孩儿呢？没人，至少不会是乡下女孩儿。

"呼！"丹尼·拉特利夫咯咯的高声笑起来，既刺耳又令人吃惊，"听不清你说什么。"他说得很快，但嘴唇没怎么动，"大点声。"

"玛丽。"

"玛丽？"他的靴子很大，看起来很吓人，上面有许多鞋扣，"哪个玛丽？你是谁家的？"

一阵凉风吹过，院子里的树随风摆动，人不由得浑身战栗。月光下的人行道上，叶影摇曳。

"约翰——约翰逊……"哈莉特虚弱地说。天哪，她心想，我难道不能做得更好一点吗？

"约翰逊？"传道士问道，"哪个约翰逊？"

"有意思，我看你像是奥德姆家的。"丹尼暗暗咬着他的脸颊内侧，"你怎么一个人在这里？我是不是在台球房见过你？"

"妈妈……"哈莉特咽了口唾沫，决定从头开始，"妈妈，她不……"

她发现丹尼·拉特利夫正盯着她脚上的新鹿皮软皮鞋看，那是伊蒂从著名户外用品品牌里昂比恩那里给她买的，价格不菲。

"妈妈不让我去那儿。"她局促不安地小声说道。

"你妈妈是谁？"

"奥德姆的老婆已经死了。"传道士淡淡地说道，双手叠在胸前。

"我不是问你，我是在问她。"丹尼一边啃着他拇指指甲的一侧，一边冷酷地盯着哈莉特，这让她感到非常不舒服，"看她的眼睛，尤金。"他一边对哥哥说，一边不安地仰了一下头。

传道士心照不宣，也弯下腰端详哈莉特的脸。"好吧，如果不是绿色的就真该死。你的绿眼睛是从哪里来的？"

"看她，她盯着我看呢，"丹尼尖声说道，"像那样盯着。你哪根筋出错了，姑娘？"

吉娃娃还在吠叫。哈莉特听到远处传来了类似警笛的声音。这些男人听到后都怔住了。就在这时，楼上传来一声可怕的尖叫。

丹尼和他的哥哥面面相觑，丹尼随即向楼梯跑去。尤金怔在原

340

地,满脑子都是戴尔先生(因为如果刚才的嚎叫声还没有把戴尔先生和警长招来的话,那就没什么能把他们招来了),他一只手捂住了嘴,听到身后人行道上传来脚步声;他转过身去,看见女孩儿跑开了。

"站住!"他喊道,"你,站住!"他正要追上她时,窗户砰的一声开了,一条蛇飞了出来,蛇腹在夜空的映衬下显得尤其白。

尤金往后跳了一步,目瞪口呆。尽管蛇的中间部分已经被踩平了,头也成了血淋淋的一团糨糊,但它仍然在草地上抽搐着。

洛亚尔·里斯突然出现在他身后。"这是不对的。"他低头看着那条死蛇,对尤金说道。但法里什已经握紧拳头,眼睛里充满了杀意,在洛亚尔——像婴儿一样眨着眼睛——开口之前,便一把他拽到了面前,一拳打在他的嘴上,打得洛亚尔一个趔趄。

"你是谁的人?"他大吼道。

洛亚尔向后趔趄几步,他张开湿漉漉的渗着血的嘴,但过了一会儿,他还没说出什么,法里什便飞快地扫了一眼他的肩膀,又给了他一拳,这次洛亚尔倒在了地上。

"是谁派你来的?"他尖叫道。洛亚尔的嘴流着血,法里什抓住他的衬衫前襟,猛地把他拉起来,"这是谁的主意?你和道尔菲斯,你们以为可以骗得了我,赚些不义之财,但你们找错人了——"

"法里什,"丹尼喊道,他脸色刷白,两步并作一步跑下楼去,"车里那把点 38 口径手枪你拿了吗?"

"等一下,"尤金惊慌失措地说道,戴尔先生的出租公寓里有枪?一具尸体?"你们弄错了,"他挥舞着双手喊道,"大家冷静一下。"

法里什把洛亚尔推倒在地。"我没弄错,"他说道,"混蛋。敢背叛我,我要打爆你的牙,朝你的胸口放一枪。"

丹尼抓住法里什的手臂。"别管他了,法里什,赶快,楼上需要用枪。"

地上的洛亚尔用胳膊肘撑着站了起来。"它们爬出去了吗？"他问道，他的声音里充满了无辜的惊讶之情，法里什甚至都没那么冷漠了。

丹尼踩着机车靴，步伐不稳地往回走，他用一条脏兮兮的胳膊擦了擦额头。他神色慌张。"它们爬得哪儿都是。"他说道。

——

"还有一条没有找到。"十分钟后，洛亚尔边说边用指关节擦了擦他嘴里带着血的唾沫。他的左眼发紫，肿成了一条缝。

丹尼说道："我闻到一股奇怪的味道。这地方闻起来像小便的味道。你闻到了吗，尤金？"

"在这里！"法里什突然叫道，他猛地冲向一个坏了的加热记录器，里面露出一截六英尺长的蛇尾巴。

它的尾巴抖动了一下，嘎啦嘎啦，随后便像鞭绳一甩便消失不见了。

"退后！"洛亚尔对法里什说道。法里什正用机车靴的鞋尖踢着记录器。洛亚尔飞快地走到加热记录器旁，毫无畏惧地弯下腰（尤金、丹尼，甚至法里什都停了下来，老实地后退了）。他噘起嘴，开始吹口哨，哨声诡异尖锐：咻咻咻，介于烧开的水壶和湿手指在气球上摩擦的声音。

没有动静。洛亚尔又吹起口哨，他肿胀的嘴唇还流着血——呼呼呼，这口哨声能让人脖子后面的汗毛都竖起来。然后他趴在地上侧耳听着。至少五分钟过后，他痛苦地站起来，在大腿上擦了擦手心。

"它已经走了。"他宣布道。

"走了？"尤金叫道，"去哪儿了？"

洛亚尔用手背擦了擦嘴，沮丧地说："它去了另一间公寓。"

"你应该去马戏团,"法里什说道,他对洛亚尔萌生了新的敬意,"这也是项技能。这口哨是谁教你的?"

"蛇会听我的话。"他们都站在那儿盯着他,洛亚尔谦虚地说道。

"嗨!"法里什伸出手拍了拍他,洛亚尔的哨声给他留下了深刻印象,以至于他忘记了生气的事,"你能教我吗?"

丹尼盯着窗外,咕哝道:"这里有个蹊跷之处。"

"什么?"法里什转向他,厉声问道,"你有话想对我说,丹尼,看着我说。"

"我说这里有些蹊跷。今晚我们回来的时候,门是开着的。"

"尤金,"洛亚尔清了清嗓子,说道,"你得找一下楼下的住户。我知道那个家伙具体在哪儿。它顺着记录器爬了下去,现在正在热水管道里舒服着呢。"

"它为什么不回来?"法里什说道。他噘起嘴唇,试着模仿洛亚尔的神秘口哨,洛亚尔就是用它一条一条地引诱四散在房间里的六条森林响尾蛇的,"它没有其他蛇训练得好吗?"

"它们都没有受到过训练。它们不喜欢叫嚷声和噔噔噔的脚步声。不,"洛亚尔边说,边低头看着记录器,还一边挠着头,"它已经走了。"

"嗨!你要把它弄回来吗?"

"听着,我得去找医生!"尤金哭喊道,搓着手腕。

他的手肿得像一只充了气的橡胶手套。"见鬼,"法里什干脆地说道,"你被咬了。"

"我跟你说了我被咬了!这里,这里,还有这里!"

洛亚尔走过来看了看,说道:"它不会一次释放所有的毒液。"

"那东西挂在我身上!"房间边缘开始变黑;尤金的手上有灼伤感,他感觉神魂恍惚,没有任何不愉快,就像他在六十年代曾有过的感觉一样,在他还没有被救赎、还在蹲监狱时,他在洗衣房里喷着清

343

洗液，感觉心荡神驰，潮湿的煤渣砖走廊把他包围起来，直到他看到的一切都围在一个狭窄但令人感到心情异常愉悦的圆环里，像是通过空卫生纸卷筒看东西似的。

"我之前被咬得更严重，"法里什说道，他确实被咬了，几年前，他从一片自己霸占的灌木丛里抬石头时被咬了，"洛亚尔，你有什么口哨可以解决这个吗？"

洛亚尔抱起尤金肿胀的手。"噢，天哪！"他颇为担忧地说道。

"来吧！"法里什高兴地说，"为他祈祷吧，传道士！为我们呼唤上帝！履行你的职责！"

"不是那样的。天哪，那个小家伙咬得可真狠啊！"洛亚尔对尤金说道，"正好咬在血管上。"

丹尼不安地用手拂了一下头发，转过头去。他的肾上腺素大量分泌，全身僵硬疼痛，肌肉像高压线一样紧绷着；他希望有人再砸一次车；他想离开这栋该死的房子；他不在乎尤金的手臂，他对法里什很好，同时也很讨厌他。法里什把他一路拖到了镇上，但是，法里什抓住时机把毒品藏到洛亚尔的货车里了吗？没有。他在这儿坐了将近半个小时，舒舒服服地仰躺在椅子上，享受这位彬彬有礼的小传道士充当的听众角色，不断吹嘘夸耀自己，滔滔不绝地讲述他的兄弟们已经听过无数次的故事。尽管丹尼给出了很明显的暗示，但他还是坐在原地，并没有把毒品从军用包里转移到他先前计划藏毒品的地方。不，他现在对洛亚尔·里斯和捕捉响尾蛇那一套太感兴趣了。而且，他对里斯太客气了：客气得有些过分了。有时候，法里什会因为吸毒而神情恍惚，他会陷入自己的想法和幻想中，无法自拔，你永远不知道什么会吸引他的注意力。任何不相关的东西——一个笑话，一台电视上的卡通人物，都可能分散他的注意力，像分散婴儿的注意力那样。他们的父亲也是这样。他可能会因为一些小事就把丹尼、迈克或瑞奇·李打个半死，但是如果他无意中听到什么不相关的新闻，他就会中途停下来（撇下蜷缩在地板上痛哭流涕的儿子），跑进隔壁房间打开收音机。牛的价格涨了！诸如此类。

他大声说道："告诉你们我想知道什么。"他从没相信过道尔菲斯，也不信任眼前的洛亚尔。"首先，这些蛇是怎么从箱子里面跑出来的？"

"妈的。"法里什说道，冲向窗户。几分钟后，丹尼意识到，他耳朵里闪烁的微弱的砰砰声不是想象，而是一辆汽车停在了外面的碎石上。

炽热的钉头——像一只点燃的扁虱——嘶嘶作响，在他视线范围内闪闪发光。丹尼接下来知道的是：洛亚尔已经消失在里面的房间里，法里什站在门边，说道："过来。告诉他们刚刚的骚动是怎么回事，尤金，告诉他们你在院子里被蛇咬了……"

"告诉他，"尤金说道，他目光呆滞，在头顶灯泡刺眼的光下摇摇晃晃——"告诉他收拾好他那该死的爬行动物。告诉他我早上醒过来之后他最好已经离开了。"

"对不起，先生。"法里什说道，站出来阻止这个愤怒、语无伦次的人，他正试图回到房间。

"这里发生了什么？这是什么派对……"

"没有派对，先生，不，不要进来，"法里什边说，边用他高大的身躯挡住了警长的去路，"没有时间参观了。我们这里需要一些帮助，我的弟弟被蛇咬了，他现在已经神志不清了，看到了吗？帮我把他带到车上。"

"你这个该死的家伙。"尤金对着幻想中面色涨红的罗伊·戴尔说道——在逐渐缩小的光线范围中，可以看到他穿着格子短裤和淡黄色高尔夫衬衫，在黑色隧道的尽头摇摇晃晃。

———

夜里，尤金扑到自己那张病床似的床上，鼻孔里有一股烧焦的衣服的味道。梦中，一位手上戴着戒指的淫荡女人在人群和鲜花中泪流不止，她的脸投射在闪烁的黑白屏幕上，方便挤在大门口、从马路上蜂拥而来的人群观看。他辗转反侧，脑海中一会儿是白色窗帘，一会儿是众人为淫荡女人欢呼"和撒哪"①，一会儿是遥远而漆黑的河岸上风暴狂起。不同的画面来回切换，像是预言：肮脏的白鸽；用蛇身上蜕下来的皮搭成的鸟巢；一条长长的黑蛇从洞里爬出来，它刚吞了几只活鸟，肚子上鼓起来一块一块的，还在动着，鸟们还在挣扎着……

布道所中，洛亚尔正蜷缩在他的睡袋里，尽管眼睛被打得发青，身上还带着其他伤，他却睡得很香，不受噩梦和蛇一类的爬行动物的困扰。第二天，天还没亮他就醒了，他感到精力充沛，做了祷告，洗了脸，喝了一杯水，迅速把他的蛇装上车，回到楼上，坐在厨房里，费力地在一张加油站收据的背面给尤金写感谢信，然后连同一个带流苏装饰的人造皮书签，一本名为《约伯箴言》的小册子和一沓一美元钞票，一共有三十七张，一起放在桌子上。太阳还没有升起来，他已经坐在货车里，行驶在高速公路上，不管碎了的车灯以及其他发生的一切，他赶向东田纳西州，去参加教堂组织的归乡聚会。一直到诺克斯维尔，洛亚尔才发现一条眼镜蛇不见了（他的优等蛇，唯一一条他花钱买来的蛇）；他给尤金打电话，但没有人接。布道所里没有人听到那些摩门男孩儿的尖叫，他们起床晚了（早上八点，这是因为前一天晚上从孟菲斯回来的时候，已经很晚了），早期祷告的时候吃惊地看到，在一筐洗干净的衬衫上，一条响尾蛇正盯着他们。

---

① 和撒哪（Hosanna）：此词原意为"求你拯救"，后用为赞叹语或欢呼语。据《圣经》记载，耶稣受难前，骑驴进耶路撒冷时，民众夹道高呼"和撒哪"。

第五章　红手套

哈莉特第二天早上很晚才睡醒。她没有洗澡就上床了，现在躺在散落着泥沙的床上，浑身发痒，她的指甲里还保留着从低矮的架空层里带来的臭味。装饰有钉头的五彩斑斓的箱子，亮着灯的门廊上拉得老长的影子，连同她的折扣商店版《瑞奇-提奇-塔喂》里的插画——大眼泰迪，猫鼬，甚至上面的蛇也被描绘得活泼可爱，交织在她的梦里。书页底部捆着一个上蹿下跳的动物，十分可怜，看上去像是故事书结尾处的插图。它很痛苦，需要哈莉特的帮助，但哈莉特不知道如何帮助它，但它的存在本身即是警醒，它令哈莉特为自己的为所欲为和不公平感到羞耻，哈莉特十分反感，她甚至看都不愿看它。

别管它，哈莉特！伊蒂高声说。在她的卧室里的衣柜旁，伊蒂和那位传道士正一起安装着一个类似牙科椅的酷刑装置，椅子的把手和靠背枕上都有针头冒出来。两个人眉毛上挑，充满仰慕地看着彼此，伊蒂用纤细的指尖触摸着针头，传道士则站在她身后，手臂交叉于胸前，双手夹在腋下，脸上笑意吟吟。他们看起来像是恋人，令人感到不适。

一边是哈莉特再一次陷入噩梦的泥潭中，越发地焦躁不安；另一边，希利一睁眼便直直地坐了起来，速度太快，头一下子撞到了天花板上，他火急火燎地把腿伸过去够梯子，结果差点儿摔下来。他忘了自己前一晚因为害怕会有东西从梯子上爬上来，便把梯子从床上撤了下来，推到了地毯上。

希利不自然地挺直身子，跳到地上，好像他在操场上，在万众瞩目下绊了一跤似的。他走出自己漆黑的、开了空调的小房间，走下楼去。希利站在楼梯中间，突然意识到整栋房子一片寂静。他蹑手蹑脚地下了楼，发现家里没人，车道上空空如也，母亲的车钥匙也不见了。希利走进厨房，冲了一碗盖格麦片，然后来到起居室，打开电视，电视上正播着某个游戏竞赛类节目。希利嘎吱嘎吱地吃起来，牛奶很凉，又硬又脆的麦片硌得他上颚疼；麦片吃起来出奇的无味，甚至连一点甜味也没有。

安静的家里让希利十分不安。这让他回忆起之前的一个糟糕清晨。前一天，他和表哥托德从一辆停在乡村俱乐部前面、没有上锁的林肯车前座的纸袋里偷了一瓶朗姆酒，两个人喝了半瓶便都醉了。当时泳池边正举办派对，他们的父母站在池边闲聊，小口吃着插在牙签上的小香肠。他和托德则开着一辆借来的高尔夫球车，把车开到了松树上，虽然希利对此没什么印象了。令他印象深刻的是，他横躺着从高尔夫球场后面一个陡峭的小坡上一遍遍地滚下来，直到后来他开始胃痛，托德告诉他，到自助餐区以最快的速度吃足够多的小香肠，胃就不疼了。后来，他跪在停车场里的一辆凯迪拉克后面呕吐，而托德在一旁大笑，他那张刻薄的、长满雀斑的脸涨成了和番茄一样的红色。他也不清楚自己是如何走回了家，躺到了床上，然后进入梦乡的。他只记得自己第二天早上醒过来，家里只剩他一个人：他们都去孟菲斯送托德和他的父母去机场了。

那是希利有史以来度过的最漫长的一天。他一个人在家里晃悠了几个小时：孤独，百无聊赖，试图拼接起前一天发生的事，害怕父母回来后会严厉地惩罚他——他们确实这样做了。他被迫上交所有生日时收到的钱，来抵偿高尔夫球车的维修费用（大部分还是父母付的）；被迫给车主写一封道歉信；暂时性地失去看电视的特权，虽然在他看来是永远。最为糟糕的是，希利的母亲惊讶地大声质问他，是从哪里学会的偷东西。"比起喝酒，更严重的是他偷了东西。"这些话她一定对丈夫说了上千遍。希利的父亲对这两件事一视同仁；他表现得好像希利抢了银行似的。很长一段时间，除了"把盐递过来"之类的话，他几乎没和希利说过其他话，也不看希利，家里的生活再也没能恢复如初。托德——这位音乐天才，伊利诺伊州初中乐队首席单簧管演奏者——把一切都怪在了希利头上。这是他们童年时期典型的相处模式，但值得庆幸的是，他们的相处时间加起来并不长。

节目中，一位明星嘉宾说了一句脏话（他们在玩押韵游戏，参赛者必须想出一个押韵的词来完成谜语）。主持人像狗狗的发声玩具似的，哔掉了那句脏话，并对着那位嘉宾摇了摇手指，嘉宾一边手捂住嘴，一边翻了个白眼。

他的爸爸妈妈到底去哪儿了？为什么他们不直接回家来了结这一切？淘气，淘气！主持人大笑着说道。另一位明星已经坐回椅子上，由衷地鼓着掌。

希利试图不再想前一天晚上。那晚的记忆如同噩梦初醒时的余味，令整个早晨阴云密布，令人心情低落；他试图告诉自己，他没有做错任何事，没有伤害任何人，也没有毁坏或者带走任何不属于他的东西。那条蛇，但他们并没有真的带走它，它还在房子底下。他从箱子里放出来几条蛇，但那又怎样呢？这里是密西西比，本来就蛇虫遍布，谁会注意到多了几条？他只是拉开了门闩，就一个门闩而已。这有什么大不了的呢？这又不像他从市议员那偷走了高尔夫球车，还撞坏了它……

叮的一声铃响：决胜时刻到了！参赛者们瞪大眼睛，站在显示板前大口吸气。他们有什么好担心的？希利悻悻地想。自从他逃回家后

349

还没有和哈莉特说过话,甚至不确定她有没有安全到家,希利不禁开始担心起来。他从那个院子里冲出来之后,就径直冲到了街对面,越过栅栏,穿过后院,一路跑回了家。在黑暗中,他感觉四面八方都是狗叫声。

希利脸颊绯红,气喘吁吁,蹑手蹑脚地走进后门,火炉上方的时钟显示九点,时间还早。他听到父母正在起居室里看电视。而现在,他希望自己昨天探头看了看起居室,跟他们打了招呼,从楼梯上喊了一声"晚安",或别的什么;但他却没有勇气面对他们,一声不吭便匆匆上床睡觉去了。

希利也不想见到哈莉特。光是她的名字就能让他想起一些他不愿意想起的事。起居室里的棕褐色地毯和灯芯绒沙发,还有小酒台后面的、放在盒子里的网球奖杯,看起来都十分陌生,不安全。电视里的明星们正欢快地讨论着谜语,希利坐姿僵硬——似乎某个不怀好意的人正站在门廊阴森森地盯着他的后背。希利试图摆脱心中的烦恼:不去想哈莉特,不去想那些蛇,也不去想父亲即将要惩罚他。希利可以确信,那些可怕的大块头乡下人都没有认出他。但万一他们来找他爸爸怎么办?或者,更糟的是,偷偷跟踪他?谁知道像法里什·拉特利夫这样的疯子会做出什么事来?

一辆汽车停在了希利家的车道上。他差点叫出声来。他向窗外看去,不是拉特利夫兄弟,是他的爸爸。他试图舒展一阵一阵抽搐的身体,试图放松下来,让自己更舒服一些,但他根本做不到,他畏畏缩缩地等待着门砰的一声关上,等着父亲急促的脚步声穿过门厅,他生气时一贯如此,这表明他真的发火了……

希利浑身颤抖,尽力避免过于僵硬。他抑制不住好奇心,偷偷瞥了一眼,他的爸爸正不慌不忙地从车里出来。他看上去若无其事——甚至还有些生无可恋,虽然透过灰色的遮阳篷很难看清他脸上的确切表情。

希利无法挪开视线,他的爸爸绕到车后,打开后备厢,在阳光下一个接一个地卸下货物,把它们放在混凝土地上:一加仑油漆、几个塑料桶、一卷绿色水管。

希利轻手轻脚地起身把碗拿到厨房,冲洗干净,上楼回到他的房间,关上门。他躺在床上,双眼盯着上铺床板的木板条,试图克制自己过于急促的呼吸,尽量让自己不要太注意自己的心跳。不一会儿,门外传来脚步声,爸爸喊道:"希利?"

"先生?"为什么我的声音这么尖?

"我应该跟你说过,看完电视要记得关。"

"好的,先生。"

"你出来帮我给你妈妈的花园浇浇水。我原以为今天早上会下雨,但似乎乌云又散了。"

希利不敢争辩。妈妈用花园里的花来插花。但他讨厌妈妈的花园,在埃西·李之前,女仆露比也总是躲得花园远远的。"蛇喜欢花。"她总是这样说。

希利穿上网球鞋,走到室外。头顶高悬的太阳灼烤着大地。热气使希利感到有些眩晕,他瞪着眼睛,把水管拖过花坛,他故意离松脆的黄色草地七八英尺远,也尽可能地远离水管。

"你的自行车放哪儿了?"父亲从车库回来,问道。

"我……"希利的心沉了下去。他的自行车还在原地:框架房前的中央分隔带上。

"我跟你说了多少次了?把自行车放回车库才能进家。我已经厌倦了总要提醒你不要放在院子里。"

———

哈莉特下楼后发现有些不对劲。她的母亲穿着去教堂时才穿的棉布衬衫裙,在厨房里来回走动。"来。"她说道,给哈莉特端上冷面包和一杯牛奶。艾达背对着哈莉特,正在打扫炉子前的地板。

"我们要去哪儿吗?"哈莉特说道。

"不,亲爱的……"她虽然声音很欢快,但嘴巴有些紧张,光亮的珊瑚色口红衬得她的脸很白,"我只是想今天早上起床帮你做点早餐,可以吗?"

哈莉特回头看了一眼艾达,艾达没有转身。她肩膀的姿势看起来很奇怪。伊蒂出事了,哈莉特感到不知所措,伊蒂住院了……她还没来得及消化这一切,艾达——没有看哈莉特——弯腰拿起簸箕,哈莉特吃惊地发现她正在哭泣。

过去二十四小时经历的所有恐惧同时向哈莉特袭来,她感到一种难以名状的恐惧。哈莉特胆怯地问:"伊蒂在哪里?"

哈莉特的母亲一脸困惑。"在家,"她说,"怎么了?"

吐司是凉的,但哈莉特还是吃了下去。她的母亲坐在桌子旁,手肘放在桌面,双手托着下巴看着她。过了一会儿,她问道:"好吃吗?"

"好吃,妈妈。"哈莉特有些莫名其妙,不知所措,只好把注意力全部放在烤面包上。妈妈叹了口气,哈莉特抬起头,正好看到她无精打采地站起来,慢慢从厨房走了出去。

"艾达?"等到厨房只剩她们两个人,哈莉特低声唤道。

艾达摇摇头,什么也没说。她的脸上毫无表情,但是她的眼中涌满了大滴大滴闪亮的眼泪。艾达猛地扭过头去。

哈莉特不知如何是好。她盯着艾达的后背,围裙带系在她的棉布裙后。哈莉特能听到各种细微的声音,清晰而危险:冰箱嗡嗡作响,一只苍蝇闹哄哄地飞过厨房水槽。

艾达把簸箕里的垃圾倒进水槽下面的桶里,关上柜子。"你为什么背地里告我的状?"她头也不扭地说道。

"背地里告状?"

"我一直对你很好。"艾达从哈莉特身旁走过,把簸箕放回热水器旁,和拖把、扫帚挨在一起。

"告你什么状?我没有!"

"你确实告了。你知道还有什么吗?"艾达注视着她的目光和充满血丝的眼睛令哈莉特感到恐惧,"你害得那个可怜的女人被克劳德·赫尔先生解雇了。是的,都是你干的,"她说道,哈莉特惊讶得说不出话来,"克劳德先生昨晚开车去找她,你应该听听他是怎么和那个可怜的女人说话的,好像她是一条狗。我听说了这整件事情,还有查理·T,他也听说了。"

"我没有!我——"

"听听你都在说什么!"艾达愤怒地低声说,"你应该感到羞耻。告诉克劳德先生那个女人要放火烧了他的房子。然后呢?你回到家里又惹你妈妈生气,告诉你妈妈我没有好好给你做饭。"

"我没有告状!是希利!"

"我不是在说他,我是在说你。"

"但我跟希利说过不要这样!我们当时在希利的房间里,她使劲敲门,然后开始叫喊——"

"是的,然后你做了什么,回家打我的小报告。我昨天离开的时候,你生我的气了,因为我不想下班后还留在这里给你们讲故事。别说你没有。"

"艾达!你知道妈妈总是混淆不清!我只说了——"

"我来告诉你,你为什么那样做了。你对我又气又恨,因为我没有整晚留在这里,给你做炸鸡,讲故事,因为给你们打扫了一整天之后,我还要回家干我自己的活儿。"

哈莉特来到室外。天气很热,太阳炙烤着一切,但周围十分安静。哈莉特感觉自己好像刚从牙医那里补了一颗牙回来，疼痛在她的后臼齿上绽放出李子般的黑色，她穿过玻璃门，来到停车场，这里光线刺眼、炎热不堪。哈莉特，有人在等着接你吗？是的，女士。无论有没有人在等她，她总是这样回复接待员。

厨房里一片寂静。母亲房间的百叶窗关上了。艾达被解雇了吗？不知何故——令人难以置信——这个问题并没有给她带来痛苦或焦虑，就像她注射了普鲁卡因后，使劲咬脸颊内侧也感觉不到疼。

我帮她摘一些番茄做晚饭吧，哈莉特自言自语道。迎面日光刺眼，哈莉特把眼睛眯成一条缝，来到房子一侧艾达的小蔬菜园：十二英尺见方，没有围栏，急需清除杂草。艾达家没有地方种菜。她每天都给她们做番茄三明治，然后把其他大部分蔬菜都带回家。艾达几乎每天都会向哈莉特献上某种好意，以换取她来菜园里帮自己干活儿——一场跳棋游戏，一个故事——但哈莉特总是拒绝她；哈莉特讨厌在院子里干活儿，她受不了满手泥土、炎热天气、甲虫遍地、南瓜藤上又扎人又让人双腿发痒的绒毛。

现在，哈莉特对自己的自私感到厌恶。痛苦的想法交织在一起，不停地刺痛她。艾达必须不停地干活……无论是在这里，还是回到自己家后。哈莉特又何时必须要做什么呢？

一些番茄。她会喜欢的。哈莉特还摘了一些甜椒和秋葵，一个深紫色的大茄子：这是今年夏天长出来的第一个茄子。她把这些沾满泥土的蔬菜放进一个小纸箱，接着咬紧牙关拔起杂草。对哈莉特来说，之所以把蔬菜作物留下，仅仅是为了日后有的吃，但蔬菜看起来枝叶蔓生，且并不美观，看起来和生长过剩的杂草没什么两样。哈莉特略过它们，只拔掉那些自己确定的：三叶草、蒲公英以及长着细长枝叶的约翰逊草。艾达可以巧妙地折叠约翰逊草的叶子，夹在唇间，吹出一种尖锐、神秘的哨声。

但约翰逊草叶片锋利；不一会儿，一道红口子出现在哈莉特的拇指根部，和纸划伤的伤口差不多。哈莉特汗流浃背，屁股坐在自己沾满泥土的脚踝上。去年夏天，艾达·拉伊在五金店买给哈莉特一双儿童尺码的红色园艺手套，但哈莉特想到这双手套就会难受。艾达没有多少钱，更别说买礼物的钱了；更糟糕的是，哈莉特不喜欢那双手套，她一次也没戴过，一次都没有。一天下午，她们正坐在门廊上，艾达非常难过地问她，你不喜欢我送你的小手套吗？面对哈莉特的否认，艾达摇了摇头。

我喜欢，真的。我戴着它们玩儿……

亲爱的，你不用编故事。我只是感到遗憾，你不喜欢它们。

哈莉特脸颊发烫。那双红手套花了三美元，对可怜的艾达来说，得干一整天的活儿才能挣三美元。想到这里，哈莉特意识到那是艾达送给她的唯一一份礼物。但让她给弄丢了！她怎么会这么粗心？冬天里很长一段时间，那双手套就被遗弃在工具房一个表面镀锌的桶里，和修枝剪、树篱剪以及切斯特的其他工具放在一起。

她放下手中的活儿，匆匆走向工具房，连根拔起的杂草散落在泥土里。但那双红手套不在镀锌的桶里。切斯特的工具台上没有；放花盆和废料的架子上没有；一罐罐凡立水、抹墙粉和建筑用漆的后面也没有。

哈莉特看到架子上有羽毛球拍、修枝剪、手锯、好多根电线延长线、一顶建筑工人常戴的黄色安全帽，以及其他形形色色的园艺工具：树剪、玫瑰剪、草叉、除草叉、灌木耙、三种不同尺寸的泥铲，还有切斯特自己的手套，但不是艾达送给她的手套。哈莉特感觉到自己正变得歇斯底里。她告诉自己，切斯特知道手套在哪儿，我去问问他。切斯特每周一来这里工作；其他时间，他要么为县里工作——在墓地除草、割草，要么到镇上打零工。

昏暗中弥漫着灰尘和汽油味，哈莉特感到呼吸困难，她盯着油乎乎的地板上摆放凌乱的工具，想着接下来要去哪儿找——她下定决心要找到那双红手套。我一定要找到，她的眼睛在一团脏乱中搜索着，如果找不到，我会死的，她想到。这时，希利跑过来，在门口往里探头。"哈莉特！"他倚在门框上，大口喘着气，"我们得去把自行车骑回来！"

"自行车？"哈莉特迷惑地沉默了一会儿，说道。

"它们还在那儿！我爸爸发现我的自行车不见了，如果弄丢了，他会拿鞭子抽我的！走吧！"

哈莉特试图把注意力集中到自行车上，但她脑子里只有那双红手套。"我等会儿去。"她最后说道。

"不！现在！我不想自己去！"

"好吧，等一小会儿，我要……"

"不行！"希利哀号着说，"我们必须现在去！"

"嘿，我得进去洗下手。帮我把这些杂物放回架子上，好吗？"

希利盯着地板上杂乱的一堆。"全部吗？"

"你记不记得我之前有双红手套？以前放在这个桶里。"

希利一脸恐惧地看着她，好像她疯了。

"园艺手套。红色布料，手腕处有松紧带。"

"哈莉特，我是认真的。那两辆自行车一整晚都放在外面。现在可能已经不在那里了。"

"如果你找到了，告诉我一声，好吗？"

哈莉特跑回菜畦，把刚刚拔的草散乱地堆在一起。没关系，她对自己说道，我过会儿再来清理。她一把抓起装着蔬菜的箱子，跑进屋子。

艾达不在厨房。哈莉特快速用清水冲洗干净手上的泥土。她把箱子搬到客厅，艾达正坐在她的花呢布椅子上，双膝分开，头埋进双手。

"艾达？"哈莉特胆怯地说道。

艾达·拉伊生硬地扭过头。她依然红着眼眶。

"我……我给你带了些东西。"哈莉特结结巴巴地说道，把纸板箱放到艾达脚旁。

艾达呆呆地盯着箱子里的菜。"我要怎么办？"她说道，接着摇摇头，"要去哪儿呢？"

"如果你想的话，你可以把这些带回家。"哈莉特热情地说道，她拿出茄子展示给艾达看。

"你妈妈说我活儿干得不好。她把报纸和垃圾都堆在墙边，我怎么打扫呢？"艾达捡起围裙一角，擦了擦眼睛，"她一周只付我二十美元。这不合理。莉比小姐家的奥丁拿三十五美元，但她不用应付这样一团乱，也不用受两个孩子的戏弄。"

哈莉特的两只手晃来晃去，无处安放。她想要拥抱艾达，吻她的脸颊，趴在她的膝盖上号啕大哭——然而，艾达的声音，艾达紧绷、不自然的坐姿，都让哈莉特怯于靠近她。

"你妈妈说……她说你现在大了，不需要人照顾了。你们俩现在都上学，放了学也可以自己照顾自己。"

两个人的视线相交了片刻——艾达的眼睛发红，泛着泪花；哈莉特眼睛圆睁，满是惊恐，哈莉特直到死都会记得这个场景。艾达首先挪开了眼睛。

"她是对的，"艾达用更顺从的语气说道，"艾莉森上高中了，你……你也不需要有人在家整天守着你了。今年你大部分时间也都在学校。"

"我已经上了七年学了！"

357

"哦，她是这么跟我说的。"

哈莉特冲上楼，没敲门就跑进她母亲的房间。母亲正坐在床边，艾莉森跪在地上，脸埋进床单里哭泣。她抬头看了哈莉特一眼，艾莉森双眼浮肿，看起来极度痛苦，让哈莉特吓了一跳。

"你不会也来烦我了吧。"她的母亲说道，她的声音模糊不清，眼睛昏昏欲睡，"别烦我，姑娘们。我想躺一会儿……"

"你不能解雇艾达。"

"唉，我也喜欢艾达，姑娘们，但她不是免费干活儿的，而且最近她好像对这份工作也不满意。"

这些话原本是哈莉特爸爸的惯用词；她语速缓慢，表达机械，好像在背诵一篇演讲。

"你不能解雇她！"哈莉特尖声重复道。

"你们的父亲说……"

"那又怎么样？他不住在这里。"

"唉，姑娘们，你们得自己和她谈谈。艾达也对现在的情况不满意。"

接下来是长时间的沉默。

"你为什么跟艾达说我告她的状了？"哈莉特说道，"你说了什么？"

"我们一会儿再谈这个。"夏洛特扭身躺在床上。

"不！现在！"

"别担心，哈莉特，"夏洛特闭上眼睛说道，"别哭了，艾莉森，求求你别哭了，我受不了，"她断断续续地说道，声音越来越小，"一切都会好起来的。我保证……"

尖叫、啐吐沫、抓挠、撕咬，这些都不足以平息哈莉特心中激起的愤怒。她盯着母亲平静的脸。她的胸部从容地一起一伏，上嘴唇泛着潮光，珊瑚色的口红已经褪了色，唇部细小的褶皱凸现出来；她的眼皮有些油，看起来像是瘀伤，内角有两个深深的拇指印一般的凹痕。

  哈莉特走下楼去，边下楼边用手重重地拍打着楼梯护栏，艾莉森还待在母亲床边。艾达仍旧坐在那里，双手捧着脸，凝视着窗外。哈莉特停在门口，难过地看着艾达。她似乎跳脱出了周围的环境，冷酷地旁观现实。她似乎从未如此真实，如此确定，如此坚定，如此不可动摇。她的胸部在褪了色的棉布灰裙下，随着呼吸有力地起伏着。哈莉特兴冲冲地走向她，但艾达——脸上仍旧闪烁着泪水——转过头看了她一眼，哈莉特一下子停下了脚步。

  两个人对视许久。从哈莉特很小的时候，她们就开始比赛对视——一种考验意志力、让人开怀大笑的游戏，但这次不是游戏；一切都不对，糟透了，也没有人笑。最后，哈莉特忍不住羞愧地低下了头，默默走开了，一双充满爱和悲伤的眼睛在背后望着她。

——

  "怎么了？"希利看到哈莉特呆滞、迷茫的眼神后问道。等她等了这么久，他正要给哈莉特一点颜色看看，但从她脸上的表情，希利得出结论，他们俩都遇到了非常、非常严重的麻烦：一生中最大的麻烦。

  "妈妈想要解雇艾达。"

  "糟糕。"希利语气温和地说。

  哈莉特看着地面，试图记起自己平常的表情和声音。

  "我们之后再去取车子吧。"她说道，对自己听起来十分平常的音调感到满意。

  "不行！我爸爸会杀了我的！"

  "告诉他你把车子放在我家了。"

  "我不能继续把车留在那儿，会被偷的……喂，你说过会……"

希利绝望地说道,"就跟我一起过去……"

"好吧。但你首先得答应我……"

"哈莉特,求你了。我把那一堆杂物都帮你放好了。"

"答应我今晚和我一起去把那个箱子搬回来。"

"把它放哪儿呢?"希利停顿了一下,"不能藏在我家。"

哈莉特举起双手:十指伸直。

"好吧。"希利说道,举起双手——这是两个人的秘密手势,和口头承诺一样有效。接着他转身大步走出哈莉特家的院子,哈莉特跟在他后面。

———

他们紧贴着灌木丛,冲到树后,离那座框架房只有不到四十英尺。希利抓住哈莉特的手腕,手指向中央分隔带,冗长繁杂的桤叶山柳丛中,一条铬合金链条闪闪发亮。

他们小心翼翼地前进。车道前空无一物。隔壁的房前停着一辆白色乡村汽车,这栋房子属于那只叫潘乔的狗和它的女主人,哈莉特认出那是多里耶夫人的车。每周二的三点四十五分,多里耶夫人都会开着她的白色轿车缓缓驶进莉比家,她穿着蓝色的医疗服务制服,来给莉比量血压:她把血压带紧紧地围在莉比瘦弱的手臂上,用她那块又大又阳刚的手表计时,而莉比——她对和药物、疾病或者医生有关的一切都感到一种无可言喻的痛苦——仰头凝视天花板,手压在胸前,嘴巴微微颤抖,眼镜后的一双眼睛噙着泪水。

"开始行动吧。"希利看了一眼身旁的哈莉特,说道。

哈莉特朝着轿车点头示意。"护士还在里面,"她低语道,"等她离开了再过去。"

他们在树后等待着。几分钟过后,希利说道:"为什么这么长时间？"

"不知道。"哈莉特说道，她也在想这个问题；整个县里到处都有多里耶夫人的病人，她每次来莉比家都是进出匆匆，从不站着闲聊或坐下来喝杯咖啡。

"我不能在这儿等一天。"希利低语道。这时，街对面的纱窗门开了，头戴白色护士帽，身穿蓝色制服的多里耶夫人走出来，后面跟着一位饱经日晒的北方女人，她穿着脏兮兮的拖鞋，鹦鹉绿家居服，手里抱着潘乔。"一个药片两美元！"她大声抱怨，"我一天得吃十四片药！我跟药店的小伙子说……"

"现在药确实很贵。"多里耶夫人礼貌地说道，转身要走；她又高又瘦，大约五十岁，黑色头发上夹杂着几缕白色，姿态非常得体。

"'我说，孩子，我有肺气肿、胆结石、关节炎，还有……'你怎么了，潘乔。"潘乔上身绷直，一双大耳朵直直翘起。即使哈莉特藏在树后，它似乎还是看到她了。它对着哈莉特龇牙咧嘴，继而开始狂叫，试图挣脱主人的束缚。

北方女人在它的头顶上重重地拍了一巴掌。"闭嘴！"

多里耶夫人笑着——感觉有些不舒服——拿起她的包，走下台阶。"那就下周二见吧。"

"它太激动了，"她说道，继续使劲地拽住潘乔，"昨晚我们这里跑来一个偷窥者，警察去了一趟隔壁。"

"祝您一天好心情！"多里耶夫人停在轿车门口，"应该没事儿的！"

潘乔仍在狂叫。多里耶夫人上了车，缓慢掉头开走了。那个女人站在人行道上，又打了潘乔一下，然后抱着它往回走，砰的一声关上了门。

希利和哈莉特屏住呼吸，又等了一两秒，确定路上没有其他车来往,他们穿过长满草的中央分隔带,跪在自行车旁。

哈莉特头猛地扭向传教所的私家车道。"那里面没人。"不知怎的,她胸口的石头消失了,她现在感觉自己更加轻盈、平稳、敏捷。

希利咕哝一声,把自行车拉了出来。

"我得去那儿把那条蛇弄出来。"

她声音里的粗鲁让希利莫名其妙为她感到难过。他把自行车扶起来。哈莉特跨上自行车,盯着希利。

"我们会再回来的。"希利避开她的目光,说道。他跳上车,两个人一起顺着街道骑走了。

哈莉特追上希利,气势汹汹地在街角把他截住。希利想,哈莉特好像刚被打过一样,她弓腰骑在自行车上,疯狂踩踏板,看起来就像丹尼斯·皮特或汤米·斯科格斯,他们殴打年纪比自己小的孩子,之后又会被比他们更大的孩子教训。每当哈莉特表现出这种邪恶、无所畏惧的情绪时,希利都会感到兴奋,或许是因为她是女孩子。想起那条眼镜蛇也让希利感到兴奋。他不知道怎么向哈莉特解释——至少现在还不行,自己当时把六七条响尾蛇从箱子里放了出来。希利又突然想起,那栋房子现在是空的,可能会空一阵子呢。

———

"你觉得它一天要吃几顿?"哈莉特说道,她正弓着腰推一辆小手推车,希利在前面用力拉着——他们速度不是很快,天太黑了,几乎什么都看不清,"或许我们应该喂它一只青蛙。"

希利抬起手推车,越过路缘,来到街上。他从家里拿出一块大浴巾,搭在箱子上。"我才不会喂它青蛙。"他说道。

希利的直觉是对的,摩门教徒的房子已经空空如也。当时那只是预感,仅限于此:因为他确信,换成是他,他宁愿在卡车货箱里待上一个晚上,也不愿意待在响尾蛇到处爬的房子里。他还没有向哈莉特提起自己的所作所为,但已经想好了足够的理由来证明自己如何无辜。他不知道那些摩门教徒现在正在假日酒店的房间,和盐城的一位房地产律师讨论,出租房内出现有毒生物是否属于违约行为。

希利希望没有人开车经过,没有人发现他们。他和哈莉特现在本应该在电影院,希利的父亲给了他买电影票的钱。但哈莉特整个下午都待在希利的房间,这一点儿都不像她(平时哈莉特会很快就对希利感到厌烦,然后不顾希利的请求,早早回家去)。几个小时过去了,两个人仍盘腿坐在希利卧室的地板上,一边玩弹塑料片的游戏,一边小声谈论要怎么处理偷来的眼镜蛇。那个箱子体积过于庞大,不能放在哈莉特家,也不能放在希利家。最后,他们决定把箱子藏在镇子西面的那座废弃的高架桥上,这座桥将县道公路引到了一片非常荒凉的地方,越过了城市的边界线。

不过把危险的箱子从房子底部拉出,搬上希利的红色旧儿童推车,比他们想象中要简单;他们一个路人都没看见。晚上雾蒙蒙的,十分闷热,远处雷声轰隆。门廊上的靠垫都收起来了,洒水装置关着,猫也被叫进屋里。

他们哐当哐当地走在通往火车站的开放式人行道上,这里和主大街仅两条街之隔,越往东走,离货运场和河边越近,周围的灯光越少。疏于照看的院子里杂草丛生,贴着出售和禁止非法进入的标语。

每天只有两辆客运列车停在亚历山大车站。早上 7:14,从芝加哥开往新奥尔良的新奥尔良号经停亚历山大站;晚上 8:47,新奥尔良号在返回途中再次停在这里。其余时间,这座车站或多或少像是被遗弃一般。小售票处屋顶陡峭,房身油漆剥落,摇摇晃晃,漆黑一片,一般是提前一个小时营业。车站后面,几条闲置的碎石路连接着转运站和货运场,货运站又连着杜松子酒厂、木材厂、霍马河。

希利和哈莉特一起把推车拖出人行道,来到碎石地上。狗的叫声传来——大狗,但离他们很远。火车站南边的木材厂亮着灯,再往南,是他们街区温馨的路灯。他们背对文明的最后一丝微光,坚定地朝着前方走去——进入一片黑暗;进入广阔平坦、无人居住、一直向北延伸的荒地;经过废弃的货运场,经过敞开的货运车厢和空荡荡的棉花车;朝着一条通往黑松林的狭窄的碎石路走去。

希利和哈莉特过去偶尔会在这条偏僻的道路上玩耍,这条路上有一个废弃的棉花仓库。黑松林寂静恐怖;即使在大白天,阴暗的小径——被挤成一条细线——也总是漆黑一片,其间臭椿、松树、矮小的枫香树、藤蔓缠绕,形成了浓密的树冠。这里空气潮湿,充斥着蚊子的嗡嗡声,令人生厌;偶尔一只兔子猛地窜过灌木丛,或者空中传来鸟儿的尖声啼叫,才会打破这里的寂静。几年前,一群越狱的链锁囚犯躲到了这里。在此之前,他们从来没在这一片荒地上见过什么人——除了有一次,一个穿着红色内裤的黑人小男孩弓着腿悄悄靠近,拿石头砸了他们,然后一边尖叫一边踉跄着退回灌木丛。虽然他们从不承认,但哈莉特和希利都不喜欢在这个偏僻的地方玩耍。

推车的轮胎在碎石上噼啪作响。这里潮湿、不通风,成群的小虫——它们没有被哈莉特和希利身上从头到脚的驱虫剂的气味所吓倒——漂浮在他们周围。在阴影和昏暗中,两个人的视线范围仅限于眼前。希利带了手电筒,但在这里拿手电筒四处照似乎并不是明智之举。

他们越往前走,小路越窄,两边的灌木丛不断压过来,像两面不断向中间挤压的墙。他们不得不放慢速度,弯下腰前行,并时不时地停下来,在蓝色的薄暮中拨开眼前的树枝。"唷!"希利在前面说道。他们一直往前走,苍蝇的嗡嗡声越来越响,哈莉特感到一股潮湿、腐烂的恶臭迎面扑来。

"真恶心!"她听见希利大叫道。

"怎么了?"天越来越暗,除了希利橄榄球衫背面的白色宽条纹,哈莉特几乎什么都看不清。希利抬起推车的车头,使劲往左拉,嘎吱嘎吱。

"那是什么?"空气中的恶臭令人无法忍受。

"一只负鼠。"

路面上一团黑色隆起物,无明显形状,周围苍蝇盘旋。哈莉特顾不上刮在脸上的树枝,扭着头走过去了。

直到苍蝇刺耳的嗡嗡声逐渐减弱,恶臭也远远消失在身后,他们才停下来。哈莉特打开手电筒,用大拇指和食指掀起沙滩浴巾的一角。眼镜蛇的小眼睛恶狠狠地盯着哈莉特,闪闪发亮,它对着哈莉特吐着舌头,嘶嘶作响,咧开的嘴巴像是邪魅一笑。

"它怎么样?"希利双手扶在膝盖上,粗声问道。

"很好。"哈莉特说,眼镜蛇开始击打铁纱网,哈莉特往后跳了一步(手电筒的光线在树顶疯狂摆动)。

"怎么了?"

"没什么,"哈莉特说罢,关掉了手电筒,"它一定不介意长时间待在箱子里。"在一片寂静中,她的声音尤其响亮,"我想它一定一直待在这个箱子里。他们不可能放它出来,让它到处爬,不是吗?"

沉默了一会儿,他们有些不情愿地继续出发了。

"我猜它不怕热,"哈莉特说,"它来自印度。那里更热。"

黑暗中,希利尽量小心地往前走着。路两旁的黑松树上,树蛙此起彼伏地叫着,它们的歌声在左耳和右耳之间来回跳动,令人眩晕。

小路通向棉花仓库前的空地,仓库在月光的照射下显出骨灰色。装货台的凹陷处在漆黑的阴影中显得非常可怕,他们曾坐在这里,边晃腿边聊天,度过许多午后时光。他们往仓库大门上砸网球时留下的圆圆的泥印在月光下清晰可见。

他们两个一起小心翼翼地将推车抬过水沟。最糟糕的部分已经过去了。从希利家骑自行车到县道需要四十五分钟,但仓库后面有一条近道。紧接着就是铁路轨道,再骑一两分钟后,就能看到这条小路神奇地出现在县道上,刚刚过了5号高速公路。

在仓库后面,他们可以看到铁轨。在耀眼的紫色天空映衬下,黑乎乎的电线杆赫然矗立,杆子上垂着忍冬的枝蔓。希利扭过头,月光下的哈莉特正紧张地四处张望,脚下的锯齿草没过她的膝盖。

"怎么了?"希利说道,"丢东西了吗?"

"我被蜇了一下。"

希利用前臂擦了一下汗涔涔的额头。"火车要一个小时后才通过。"他说道。

他们一起将推车抬过火车轨道。虽然去往芝加哥的客运列车暂时不会进站,两个人都知道,但货运列车有时会让人措手不及。当地的货运列车一旦进站,行驶非常缓慢,差不多步行就可以赶上,但开往新奥尔良的快捷货运列车速度飞快,希利之前在五号高速公路路口和他母亲一起等车,车快到几乎看不清车厢上写了什么字。

离开灌木丛后,两个人加快了脚步,推车和铁轨横木剧烈地碰撞着。希利感到一阵牙疼。周围不会有人听到他们的声音,但希利却担心推车发出的嘈杂声,加上青蛙的叫声,可能会盖过货运列车的声音,等他们听到时已经为时已晚。希利跑的时候眼睛一直盯着铁轨,沉迷于脚下一排排的枕木和自己急促的呼吸声。他刚想着是否要放慢速度、打开手电筒,就听到哈莉特夸张地叹了一口气。希利抬头看到了远处闪烁的红灯,也长舒一口气。

高速公路两旁杂草丛生,他们凑在推车旁,向铁路交叉口望去,标志牌上写着"一停,二看,三听"。一阵清新凉爽的微风吹过,仿佛刚下过雨。如果他们顺着高速公路向左看——南面,朝着家的方向——就能看到远处的德士古石油公司标志和珍宝兔下车餐馆粉绿相间的霓虹灯。但这里灯光稀少:没有商店,也没有交通灯或停车场,只有杂草丛生的田野和波纹金属棚。

一辆汽车呼啸而过,吓了他们一跳。他们确定两边都没有车后,便猛地冲过铁轨,接着穿过寂静的高速公路。小推车在黑暗中夹在他们之间颠簸前行。他们径直穿过一片连接县道的牧牛场。过了乡村俱乐部之后,到这里的县道变得十分荒凉:围着栅栏的牧场中夹杂着大片被推土机推平的裸露土地。

希利闻到一股刺鼻的粪臭味。不一会儿,他感到运动鞋底部有些恶心的滑溜溜的东西。他停了下来。

"怎么了?"

"等一下。"希利痛苦地说,脚使劲往草地上蹭了蹭。虽然这里没有任何灯,但月光足够明亮,他们可以清晰地看到自己的位置。一条独立的柏油路与县道平行,它大约三十码[①]长,尽头是一条建到一半的临街道路——公路委员会决定绕过亚历山大,在霍马河对面建州际公路。野草从变形的沥青中钻了出来。不远处,隐隐约约可以看见废弃的拱形高架桥横跨在县道上空。

他们又继续前进。他们本想把蛇藏在树林里,但在奥克郎地产的经历仍然历历在目,一想到天黑后踩进浓密的灌木丛——挤过盘根错节的树丛,盲目地踩在腐烂的木头上——还要被一个五十磅重的箱子拖累,两个人都支支吾吾,知难而退了。他们也想过把蛇藏在仓库或者仓库四周,但这些仓库即使已经废弃(窗户上钉着胶合板),却仍属于私人财产。

---

① 1 码约等于 0.9 米。

混凝土高架桥可以规避所有风险。从纳齐兹街出发，抄近路可以轻松到达；它横跨县道，视野开阔；但实际上并未投入交通运营，离城镇也远得很，所以工人、爱管闲事的老人或其他孩子发现的概率几乎为零。

高架桥不够稳固，无法承担汽车的重量，即使可以，除了吉普车，其他车辆也开不上去。但是他们的红色小推车上坡却很容易，哈莉特从后面推着它。桥面两边各有一堵三英尺高的混凝土挡墙——桥下的路面有车辆通过时，便可以躲在墙后。哈莉特抬起头，路两边一片漆黑。远处，广阔的低地渐渐陷入黑暗，小镇的方向则白光闪烁。

他们到达桥顶时，风更大了：新鲜、危险、令人兴奋。苍白色的尘土覆盖着路面和挡墙。希利在短裤上蹭了蹭沾满白色灰尘的手，打开了手电筒，在桥上跳着前进：他跳过一个装满皱巴巴废纸的金属槽、一块歪斜的煤渣砖、一堆水泥袋和一个盛着半英寸高的橙色苏打水的玻璃瓶。哈莉特将身子探出护墙向下看，仿佛她站在远洋船的栏杆前。风把她的头发吹向脑后，希利发现，这一整天，哈莉特只有现在看起来情绪稍好些。

他们听到远处传来火车长长的、诡异的汽笛声。"天哪，"哈莉特说，"还不到八点，是吗？"

希利感到膝盖发软。"嗯。"他说道。希利可以听到货运列车快速驶过时的咔嗒声，在黑暗中，列车沿着铁轨朝5号高速公路的十字路口驶去。咔嗒声越来越响，越来越响，越来越响……

汽笛声响起，这次距离他们更近。希利和哈莉特站在桥上，看货运列车在他们不到十五分钟前经过的轨道上飞驰而过。远处警铃的回声十分响亮。在河上方靠东边的厚厚的云层中，出现一道无声的银蓝色闪电。

"我们应该多来这里几次。"哈莉特说。她没有看天空，而是盯着在他们脚下通道上流淌着的黏稠的黑色沥青；虽然希利就在她身后，但她似乎没有盼着他能听到她的话，就好像她正倚在大坝的溢洪道上，水沫不停地溅在她的脸上，除了水的声音什么都听不到。

蛇开始拍打箱子，把两个人吓了一跳。

"好吧，"哈莉特用愚蠢但深情的声音说，"现在，安静下来……"

他们一起把箱子抬起来，塞在挡墙和堆叠的水泥袋之间。地上是工人留下的碎杯子碴和香烟滤嘴，哈莉特跪下来，试图拽出一个空水泥袋出来。

"我们得加快速度。"希利说道。高温让他感觉自己身上像盖着一条潮湿的毯子，搞得他浑身发痒。而水泥粉尘、田野里的干草和带静电的空气，也使他的鼻子很痒。

哈莉特成功拽出一个空袋子，它一下子飘进夜空中，像一面来自月球探险队的诡异旗帜，但很快又被哈莉特扯了回来。两个人瘫坐在水泥路障后。他们用袋子盖住蛇箱，边缘压上水泥块，防止它被吹走。

希利思忖着，那些镇上的大人们回到家后，会做什么：结算支票簿、看电视、给他们的可卡犬梳理毛发？这里晚风清爽怡人，但也非常落寞；他从未感到离熟悉的世界如此之远。荒芜的星球上遇难的船只……飘扬的旗帜，为遇难者举行的军事葬礼……尘土中自制的十字架。回到地平线上，一个外星人定居点的稀疏灯光：充满敌意，可能是联邦政府的对头。远离居民，他脑海中一个严厉的声音说道，否则你和这个女孩都难逃一死……

"它在这里会没事的。"哈莉特站起来说道。

"它会没事的。"希利用他那太空指挥官一般的低沉嗓音说道。

"蛇不是每天都必须吃东西，我只是希望它在出发之前已经喝了足够多的水。"

一道闪电划过——这次很亮，似一道尖锐的裂缝。雷的轰鸣声几乎同时响起。

"我们回去走那条远路吧。"希利一边说,一边把眼前的头发往后捋。

"为什么?从芝加哥来的火车暂时不会进站。"哈莉特说,希利没有回答。

她的目光强烈,使希利有些惊慌。"半个小时后就开过来了。"

"我们能避开的。"

"随便你,"希利说,他很高兴自己的声音听起来比他感觉要更强硬,"我要走大路。"

沉默。"推车怎么办?"她问道。

希利想了一会儿。"就留在这儿吧。"

"在空地上?"

"谁在意呢,"希利说道,"我已经不玩它了。"

"可能会有人发现它。"

"没人会上这里来的。"

他们沿着混凝土坡道跑下去——风吹拂着他们的头发,很好玩——靠着下坡的冲力跑过半个漆黑的牧场,然后气喘吁吁地放慢速度。

"马上要下雨了。"哈莉特说道。

"那又怎样。"希利说道。他感到自己不可战胜,感觉自己是高级军官,是地球的征服者。"嘿,哈莉特——"他指着一个立在荒凉的土堆上、泛着柔光但十分花哨的标志牌,土堆是用推土机从对面牧场运来的。标牌上面写着:

赫里蒂奇·格罗夫斯　未来之家

"未来一定很糟糕,哈?"希利说道。

他们借着灯柱和垃圾桶的掩护，沿着5号高速公路的路急匆匆地跑着（希利格外小心；据他所知，他的母亲想要冰激凌，她让爸爸在珍宝结束营业前赶过去买）。他们瞄准机会，潜入黑暗的街道，一路走到广场，去往皮克斯电影院。

"电影已经演了一半了。"售票窗口油光满面的女孩儿隔着手里的粉饼盒瞥了他们一眼，说道。

"没关系。"希利把两块钱推过玻璃窗，退后一步——他双臂摆动，双腿紧张地颤抖着。看一部关于一辆会说话的大众汽车的电影的下半场，是他最不想做的事情。售票女孩儿啪地合上粉饼盒，伸手去拿钥匙圈，给他们开门，就在这时远处传来汽笛声：八点四十七分开往新奥尔良的列车马上要抵达亚历山大车站了。

希利敲了一下哈莉特的肩膀。"我们应该选个晚上跳上那趟车，去下新奥尔良。"

哈莉特双臂交叉在胸前，她转过身，看着街道。远处雷声轰鸣。对面五金店的遮阳篷在风中飘动着，人行道上有一些纸片在打着滚。

希利看着天空，伸出一个手掌。售票女孩儿正转动插在玻璃门锁里的钥匙，一滴雨水打在了希利的额头上。

——

"古姆，你会开那辆特兰斯艾姆吗？"丹尼问。他很高，像天空中的风筝一样高，他的祖母穿着红色印花家居服，看起来像一株老仙人掌：印花衣服，他坐在椅子上盯着她说道，红色纸花。

古姆——像一颗仙人掌——停顿良久才喘着气用她那带刺的声音回应道："开不是问题。就是太低了。我有关节炎。"

"嗯，我不能——"丹尼不得不停下来重新考虑——"如果你愿意，我可以开车送你去陪审团，但这不能解决汽车太低的问题。"对他祖母来说，什么高度都不对。之前开皮卡的时候，她还抱怨皮卡车太高了。

"哦，"祖母平静地说，"我不介意你开车送我，孩子。你最好还是利用一下你花大价钱学会的卡车驾驶技能。"

她一只手搭在丹尼的胳膊上，蹒跚着缓慢穿过充满灰尘的院子，朝汽车走去。法里什坐在草坪躺椅上，正在拆一部电话，丹尼突然想到（灵光一现，但思路非常清晰，人的思绪有时的确如此），他的所有兄弟，包括他自己，都有看到事物深层本质的能力。

柯蒂斯看到人内心的善良；尤金看到上帝在尘世的存在，万事万物都有自己的职责和归属；丹尼洞察人们的思想和行事原则，有时——毒品促使他思考这些——他甚至把目光放到未来。法里什——在他遭遇意外之前——看事情已经比其他几个兄弟都更为透彻。法里什了解权力和潜在的可能性；他明白事物运转背后的原因——无论是引擎，还是动物标本棚里的动物。但是现在，他如果对某样东西感兴趣，他会把它切碎，摊在地上，确保里面没什么特别之处。

因为古姆不喜欢听收音机，两个人便一路安静地开去了镇上，丹尼可以感觉到黄褐色车身上的每一块金属的活动，它们同时发出嗡嗡的声响。

"嗯，"她平静地说，"我从一开始就担心卡车司机的工作发展前途不好。"

丹尼什么也没说。在他第二次被重罪逮捕之前，开卡车的日子是他一生中最快乐的时光。他一直在四处奔波，晚上弹吉他，对组建乐队抱有些许期待，与他为自己设想的未来相比，开卡车显得相当无聊和普通。但是现在，当他回忆起往事——仅仅几年前，尽管看起来好像有一辈子那么长——他怀念的不是在酒吧里的夜晚，而是开卡车的白天。

古姆叹了口气。"我想这也没什么，"她的嗓音纤细苍老，"你本来就是要一辈子开那辆旧卡车。"

丹尼想，这也总比被困在家里好。他的祖母总让他觉得喜欢做卡车司机是件很愚蠢的事。卡车公司雇用了丹尼后，她到处跟人家说："丹尼对生活期望不高。""丹尼，你对生活期望不高，这很好，因为这样你就不会失望。"这是她反复灌输给孙子们的经验教训：不要对这个世界抱有太大期望。这个世界是个龌龊的地方，是个人吃人的地方（引用她最喜欢的另一句谚语）。如果任何一个孙子对生活期望过高，或者超过自己的现实情况，他们的希望就会遭到破灭。但在丹尼看来，这算不上什么经验教训。

"就像我告诉瑞奇·李，"她得意扬扬地把遍布疥疮、溃疡、萎缩的黑色血管的手叠在膝盖上，"如果他接受德尔塔州立大学的篮球奖学金，以后就必须晚上工作挣学费，还要为了付书费而练球。我说'瑞奇，我不愿意看到你比其他人加倍努力，却换来的是被更多的家庭富裕的孩子的嘲笑'。"

"嗯。"丹尼意识到祖母正等着他接话。瑞奇·李没有接受奖学金；祖母和法里什想方设法地取笑他，所以他拒绝了那份奖学金。瑞奇现在在哪儿？监狱里。

"所有这些。去学校，上夜班。只是为了打球。"

丹尼暗暗发誓，明天古姆得自己开车去法院了。

———

哈莉特早上醒来后，先盯着天花板望了一会儿，后来才想起自己身在何处。她又是穿着衣服，脚也没洗就睡着了，她坐起身来，径直下楼去了。

艾达·拉伊正在院子里晾衣服。哈莉特站在那里看着她。她想去洗澡——没有人要求——以取悦艾达，但她决定不去：没有洗澡，穿着昨天脏兮兮的衣服，肯定会让艾达明白她留下来有多重要。艾达哼着歌，嘴里塞满了衣夹，手伸进篮子里。她看起来并不烦恼或悲伤，只是非常专注。

"你被解雇了吗？"哈莉特紧盯着她看。

艾达吃了一惊，把衣夹从嘴里拿出来。"哦，早上好，哈莉特！"她带着一丝真挚，但十分冷淡的欢快情绪说道，这令哈莉特非常沮丧，"你身上怎么这么脏？进去洗一洗。"

"你被解雇了吗？"

"不，我没有被解雇。我已经决定，"艾达说道，手里继续干着活儿，"我已经决定搬去哈蒂斯堡和我的女儿一起生活。"

头顶上的麻雀叽叽喳喳。艾达拿出一个湿漉漉的枕套抖了抖，用夹子固定在晾衣绳上。"这是我的决定，"她说，"是时候了。"

哈莉特感觉自己口干舌燥。"哈蒂斯堡有多远？"哈莉特问道，尽管她知道哈蒂斯堡在墨西哥湾附近——数百英里之外。

"从这里一直往南，他们那里长着古老的长针松树！你不再需要我了，"艾达漫不经心地说，好像她在告诉哈莉特她不再需要甜点或可口可乐，"我比你大几岁时就结婚了。当时已经怀了孩子。"

哈莉特有些震惊，感觉受到了冒犯。她讨厌婴儿——艾达非常清楚这一点。

"是的，女士。"艾达心不在焉地把另一件衣服夹在绳子上，"一切都会改变。我嫁给查理·T时，才十五岁。过不了多久，你也会结婚。"

没有必要和她继续争论下去。"查理·T也和你一起去吗？"

"当然了。"

"他愿意去吗?"

"我想是的。"

"你到了那儿干什么呢?"

"什么?我还是查理?"

"你。"

"我不知道。我猜还是给别人干活儿,照顾孩子或者婴儿。"

想想艾达——艾达!——为了一个邋遢的孩子而抛弃她!

"你什么时候走?"她冷冷地问艾达。

"下周。"

没什么好说的了。艾达的举止表明了不想再深入谈话。哈莉特站着看了她一会儿——她弯腰从盛衣筐拿起衣服,起身挂好衣服,又弯下腰——然后在空旷、虚幻的阳光下走到院子对面去了。哈莉特进屋时,她的妈妈——身穿蓝色仙女睡衣,焦虑地徘徊着——走进厨房,试图吻一下哈莉特,但哈莉特挣脱开,踢踢踏踏地出了后门。

"哈莉特?怎么了,亲爱的?"她母亲走出后门,可怜巴巴地喊道,"你好像在生我的气?哈莉特?"

艾达一脸狐疑地看着哈莉特怒气冲冲地走过她的身旁,她从嘴里拿出晾衣夹。"回答你妈妈的问题。"她说道,往常她这样说话时总能让哈莉特定在原地。

"我已经不用再听你的话了。"哈莉特说完,便径直离开了。

————

"如果让艾达离开是你妈妈的意思,"伊蒂说,"我也不能多说什么。"

哈莉特试图吸引伊蒂的注意,但以失败告终。等伊蒂回到她的本子和铅笔旁,她终于问道:"为什么不能呢?伊蒂,为什么?"

"因为我不能。"伊蒂说道,她正在想去查尔斯顿旅行需要带什么。她的深蓝色平底便鞋最舒服,但和她的淡色夏季套装不搭。而且到底是解雇还是继续雇用艾达这样的重要决定,夏洛特居然没有咨询她的意见,也让她有点恼火。

过了一会儿,哈莉特又问:"但到底是为什么?"

伊蒂放下铅笔。"哈莉特,因为我说了不算。"

"不算?"

"你妈妈没有问我。别担心,小姑娘,"伊蒂用更轻快的语调说道,她起身又给自己倒了一杯咖啡,一只手心不在焉地搭在哈莉特的肩膀上,"一切都会好起来的!放心吧!"

轻而易举就把话说清楚了,伊蒂很是开心,她手中端着咖啡重新坐了下来,自认为天下太平,过了一会儿,她说道:"我真希望能带几件漂亮的免烫套装。我的都有些磨损了,而且亚麻布也不适合旅行。我可以在汽车后面挂一个服装袋……"她又陷入了沉思,她看着哈莉特头顶上方,并没有看哈莉特,也没有注意到哈莉特涨得通红的脸,或是她充满敌意和挑衅的目光。

过了一会儿——对伊蒂来说,是她全神贯注的思考片刻后——后门廊上的台阶吱吱呀呀地响了起来。"嗨!"一个模糊的身影透过纱门往里看着,她的手搭在眉前,向里张望着,"伊蒂斯?"

"哦,天啊!"尖细、欢快的说话声再次传来,"哈莉特也在你这儿吗?"

伊蒂还没来得及从桌子后面站起身来,哈莉特就先跳了起来,快步走到后门,经过塔特,来到门廊上的莉比面前。

"阿德莱德没来?"伊蒂问塔特,塔特正扭头微笑看着哈莉特。

塔特翻了个白眼。"她半路在杂货店停下来去买闪卡咖啡了。"

"哦,哎呀,"莉比站在门廊上说道,她的声音略有些含糊不清,

"哈莉特,我的天啊!你的欢迎仪式太欢乐啦……"

"哈莉特,"伊蒂尖声叫道,"别老缠着莉比。"

她边等边竖着耳朵听她们说话。她听到莉比说:"我的天使,你没事吧?"

"天哪,"塔特说,"这孩子是哭了吗?"

"莉比,你一周给奥登多少钱?"

"天哪!你为什么会问这样的问题?"

伊蒂起身大步走向纱门。"那不关你的事,哈莉特,"她厉声说道,"进屋去。"

"哦,哈莉特没有烦到我。"莉比松开胳膊,调整了一下眼镜,一脸天真无邪又充满困惑地注视着哈莉特。

"你祖母的意思是——"塔特说着,跟着伊蒂进了门廊——从小到大,婉转地重述伊蒂尖锐的意见和命令一直是塔特的任务——"哈莉特,她是说,向人们询问有关金钱的问题是不礼貌的。"

"我不介意,"莉比诚实地说,"哈莉特,我每周付给奥登三十五美元。"

"妈妈只付给艾达二十美元。那不合理,是吗?"

"嗯,"莉比显然是因为惊愕而停顿了一下,眨着眼睛说道,"我不知道。我的意思是,你的妈妈没有错,但是……"

伊蒂决心不能把整个上午都浪费在讨论一个被解雇的仆人身上,她打断哈莉特的话:"莉比,你的头发看起来很漂亮。不是吗?是谁帮你收拾的?"

"瑞安太太。"莉比说道,手指慌乱地在她的太阳穴上晃了几下。

"我们的头发现在都是灰白的,"塔特愉快地说,"分辨不出谁是谁。"

"你不喜欢莉比的头发?"伊蒂严厉地问道,"哈莉特?"快要哭出来的哈莉特愤怒地望向别处。

"我认识一位可以给自己剪头发的小女孩,"塔特开玩笑道,"哈莉特,你妈妈还会带你去理发店,或者美容店吗?"

"我猜利伯蒂先生也能做这样的发型,收费还要低一半,"伊蒂说道,"塔特,你应该告诉阿德莱德不要去杂货店。我告诉过她,我已经给她用小信封包好了一些热巧克力。"

"伊蒂斯,我告诉她了,但她说她不能吃糖。"

伊蒂淘气地后退一步,假装惊讶。"为什么不呢?糖也让她发狂吗?"阿德莱德最近开始拒绝咖啡,称咖啡让她变得疯狂。

"如果她想要闪卡咖啡,我想不出有什么理由阻止她。"伊蒂哼了一声,"我也是。我当然不希望阿德莱德发狂。"

"什么?这和发狂有什么关系?"莉比吃惊地问道。

"哦,你不知道吗?阿德莱德不能喝咖啡,因为咖啡让她变得疯狂。"自从阿德莱德愚蠢的唱诗班朋友皮特科克夫人到处这么说,阿德莱德也开始说同样的话。

"嗯,我偶尔也喜欢喝一杯闪卡咖啡,"塔特说道,"但不是必须要喝。没有它我也能过得很好。"

"嗯,我们又不是要去比利时刚果!他们在查尔斯顿也卖闪卡咖啡,她没有理由在手提箱里装一大罐。"

"我不明白为什么不行。你给自己带热巧克力。"

"伊蒂斯,你知道艾迪起床有多早,"莉比焦虑地插话,"她担心房间服务要等到七八点……"

"所以我包了这种美味的热巧克力!一杯热巧克力一点也不会伤害到阿德莱德。"

"我不介意带什么,热巧克力听起来非常棒!想想看,"莉比拍着手说道,她转向哈莉特,"下周这个时候我们会在南卡罗来纳!我太兴奋了!"

"是的,"塔特愉快地说,"你外婆非常聪明,她开车送我们去那里。"

"我不知道什么聪明不聪明的,我只希望能把大家安全送达,再完好无损地带回来。"

"莉比,艾达·拉伊辞职了,"哈莉特慌忙说道,"她要离开镇上了……"

"辞职?"莉比问道,她听力不好,恳求地看了伊蒂斯一眼,伊蒂斯比大多数人说话更大声、更清楚,"哈莉特,恐怕你得说慢一点。"

"她说的是为她们工作的艾达·拉伊,"伊蒂说道,她双臂交叉在胸前,"她要走了,哈莉特为此很苦恼。我告诉她,事情总会改变,人们还要继续生活,这就是世界的运转方式。"

莉比的脸一下子阴沉下来。她带着充满同情地看着哈莉特。

"哦,那太糟了,"塔特说道,"你会想念艾达的,我知道你会的,亲爱的,她照顾你很久了。"

"啊,"莉比说,"但是这个孩子爱艾达!你爱艾达,不是吗,亲爱的,"她对哈莉特说,"就像我爱奥登一样。"

塔特和伊蒂互相翻了个白眼,伊蒂说:"你爱奥登爱得有些过了,莉比。"奥登爱偷懒是几个姐妹心照不宣的老笑话了,她会坐在房子里,据说是因为身体不适,让莉比给她端上冷饮,并且清洗餐具。

"但是奥登已经在我们家干了五十年了,"莉比说,"她是我的家人。她和我一起在'苦难之栖'生活过,看在上帝的分上,她身体不好。"

塔特说:"她利用了你,莉比。"

"亲爱的,"莉比的脸已经变成了粉色,"我告诉你,当我在乡下患肺炎时,是奥登把我带出了家门。是她把我从'苦难之栖'一路背到了齐波克斯!"

伊蒂淡淡地说:"好吧,她现在肯定干不了多少活儿。"

莉比默默地转向哈莉特,看了她很长一段时间,她那双水汪汪的老眼睛沉着而富有同情心。

"当孩子真糟糕,"她淡淡地说道,"只能任凭他人摆布。"

"那就等你长大吧,"塔特用胳膊搂住哈莉特的肩膀,鼓励道,"到时候你会有自己的家,可以让艾达·拉伊和你住在一起。怎么样?"

"胡说,"伊蒂说,"她很快就会忘了这件事。女仆不都是换来换去的吗……"

"我永远也不会忘记的!"哈莉特尖叫道,吓了她们一跳。

没等她们说什么,哈莉特便挣脱塔特的胳膊,转身跑开了。伊蒂扬起眉毛,无可奈何地说:我已经忍了她一上午了。

"我的天啊!"塔特终于说道,她用手捂住了额头。

"说实话,"伊蒂说,"我认为夏洛特做得不对,但是我已经厌倦了多管闲事。"

"你总是什么都替夏洛特做了,伊蒂。"

"是的。这就是为什么她不知道怎么做事。现在也许是她开始承担更多责任的时候了。"

"但是女孩们怎么办?"莉比说,"你觉得她们能挺过去吗?"

"莉比,你管理'苦难之栖',同时照顾爸爸和我们几个姐妹时,也没比她大多少。"伊蒂边说,边朝哈莉特消失的方向点了点头。

"那倒不假。但是这些孩子不像我们,伊蒂。她们更敏感。"

"嗯,但也没人管过我们是否敏感啊。因为我们别无选择。"

"那孩子怎么回事儿?"阿德莱德走上门廊,她搽了粉,涂了口红,头发烫了新卷,"我看见她像一道霹雳一样在街上跑,身上脏兮分的,也不和我说话。"

"我们进去吧,"伊蒂说,早上越来越热了,"我正煮着一壶咖啡,能喝的来喝咖啡吧。"

"天啊,"阿德莱德说,停下来欣赏门前的粉色百合花,"这些花可真是盛放啊!"

"那些西风百合?那是我从外面移过来的。冬天的时候,我把那些被冻死的花挖了出来,栽进了花盆里,但第二年夏天只有一棵发了新芽。"

"看现在!"阿德莱德俯下身来。

"妈妈过去常把它们,"莉比从门廊的栏杆向外看去,"妈妈过去常把它们叫作她的粉红雨百合。"

"西风是它们的真名。"

"妈妈叫它们粉红雨。我们在她的葬礼上放了一些,还有晚香玉。她去世时天气太热了——"

"我得进去了,"伊蒂说,"我马上就要中暑了,我进去边喝咖啡边等你们。"

"给我烧一壶水会不会太麻烦?"阿德莱德说,"我不能喝咖啡,它让我……"

"发狂?"伊蒂朝她扬了扬眉毛,"好吧,我们当然不希望你发狂,阿德莱德。"

——

希利骑着自行车在附近转了一圈,仍然找不到哈莉特。她家里气氛奇怪(即使对哈莉特来说也很奇怪),令人担忧。没有人给他开门。他就自作主张进去了,结果看到艾莉森趴在厨房的桌子上哭泣,艾达正忙着打扫地板,好像她既没听到,也没看到似的。她们谁也没说话。这让他不寒而栗。

他决定去图书馆找找。他一推开玻璃门,一股冷气扑面而来——无论冬天还是夏天,图书馆里总是很冷。结账台前的福西特太太坐在椅子上转过身来,向他挥了挥手,手镯叮当作响。

希利挥手回礼,在她抓住他、让他参加暑期阅读项目之前,希利尽可能快且礼貌地走进了资料室。哈莉特手肘搁在桌子上,坐在一幅托马斯·杰斐逊的画像下面。她的面前摆着一本他有史以来见过的最大的书。

"嘿,"他说,坐在哈莉特旁边的椅子上,希利激动到难以压低自己的声音,"猜怎么着。丹尼·拉特利夫的车现在就停在法院门口。"

他的目光落在那本大书上——那是一本装订成册的报纸——他吃惊地看到黄色报纸上有一张粗糙、可怕的哈莉特妈妈的照片,照片上,她站在哈莉特的家门前,张着嘴,头发乱七八糟。标题是"母亲节悲剧"。在她面前,一个模糊的男性身影正把担架推进救护车,但看不出担架上有什么。

"嘿,"他得意地大声说道,"那是你家。"哈莉特合上书,随后指了指图书馆里"禁止喧哗"的标志。

"哈莉特。"希利小声说道,示意哈莉特跟他走。

哈莉特一言不发,推开椅子,跟着他出去了。

希利和哈莉特走上人行道,室外的酷热和炫目的强光迎面扑来。"听着,那是丹尼·拉特利夫的车,我认识他的车,"希利用手遮住阳光,"镇上只有一辆特兰斯艾姆。如果不是因为车停在法院门前,我就往轮胎下面放一块玻璃。"

哈莉特想起了艾达·拉伊和艾莉森:她们现在正在家,拉着窗帘,一起看那部关于和幽灵和吸血鬼的愚蠢的肥皂剧。"我们去把那条蛇带过来,放进他的车里。"她说道。

"不行,"希利突然清醒过来,"我们不能用推车把它一路带到这里。所有人都会看见的。"

"如果我们不能让蛇咬他,"哈莉特痛苦地说,"那把它藏起来还有什么意义?"

他们一声不吭地在图书馆的台阶上站了一会儿。最后,哈莉特叹了口气,说道:"我要进去了。"

"等一下!"

她转过身。

"我是这么想的。"他其实什么也没想,但是为了保全面子,他觉得不得不说些什么,"我在想……他那辆特兰斯艾姆有一个移动天窗。车顶可以打开,"他看到哈莉特茫然的表情,补充道,"我跟你赌一百万,他一定会沿着县道回家。所有那些乡下人都住在河那边。"

"他确实住在那里,"哈莉特说,"我查过电话簿。"

"哇,太棒了。因为蛇已经在高架桥上了。"

哈莉特露出轻蔑的神情。

"不是吧,"希利说,"前几天你没在新闻上看到吗,孟菲斯的那些孩子在高架桥上用石头砸汽车?"

哈莉特皱起眉头。她家里没人看新闻。

"那可是个大新闻。死了两个人。警察警告说,如果看到孩子从高架桥上盯着你,就改变车道。来吧,"他边说,边满怀希望地用鞋尖轻推哈莉特的脚,"你现在也没事可做。至少我们去看看那条蛇。我想再看看它,你不想吗?你的自行车在哪儿?"

"我是走过来的。"

"没关系。跳到车把上来,我载你过去,但回来的时候得你载我。"

━━

如果生活中没有艾达。如果艾达不存在，哈莉特心想——她盘腿坐在尘土飞扬、阳光暴晒的高架桥上——那我现在心情就不会这么糟糕。我要做的就是假装从来不认识她。这很简单。

艾达离开后，房子本身和之前不会有任何区别。她存在的痕迹一直很模糊：食品柜里一瓶深色的卡罗糖浆，她总拿来倒在饼干上；一个喝水用的红色塑料水杯，夏天的早晨，她会在里面装满冰块，然后随身带着（哈莉特的父母不喜欢艾达用厨房里的玻璃杯喝水；想到这个哈莉特就感到羞愧）。一条围裙，艾达放在后面的门廊外；那里有栽着番茄苗的烟草罐和一片菜地。

仅此而已。艾达在哈莉特家工作了一辈子。但是如果她那几样东西——塑料杯、鼻烟罐、糖浆瓶——消失不见了，便没有迹象能证明她曾经在这里工作过了。想到这里，哈莉特感到糟糕透顶。她的脑海中浮现出菜地杂草丛生、惨遭遗弃的场景。

她对自己说，我会打理菜地的，我会从杂志背面的广告里订购一些种子。她想象自己头戴草帽，身穿和伊蒂那件棕色工作服一样的工作服，使劲踩着铁锹。伊蒂会种花，蔬菜又能有多不一样呢？伊蒂可以告诉她该怎么做，伊蒂可能还会为此感到高兴，她总是对有用的东西感兴趣……

那双红手套突然跳进她的脑海中，一想到它，恐惧、困惑和空虚便像激浪扑来，将哈莉特淹没。她弄丢了艾达送给她的唯一一件礼物……不，她告诉自己，你会找到那双手套的，现在不要想了，想点儿别的什么……

想什么呢？她将来会成为一名获奖的知名植物学家。她想象自己像美国教育家、农业化学家、植物学家乔治·华盛顿·卡弗那样，穿着白色的实验室外套,在一排排花中漫步。她将会是一位才华横溢但又十分谦虚的科学家,免费贡献出她的许多天才发明。

白天时,高架桥附近的景色有些不同。牧场不是绿色,而是棕色的,且线条卷曲,夹杂着一块块被牛踩秃的红色区域。茂盛的忍冬和毒常春藤沿着铁丝网围栏生长,也相互交织在一起。再往前,除了一个板条仓——灰色的木板,生锈的铁皮,什么也没有,它就像海滩上一艘失事的船只。

水泥袋堆的阴影出奇的长,也出奇的凉,哈莉特背后的水泥也是凉的。她想,自己一辈子都不会忘记这一天。在山的另一面,在他们看不见的地方,一台农业机械嗡嗡作响。三只秃鹰在上方盘旋,像黑色的纸风筝。在她失去艾达这一天的回忆中,将永远有空旷的牧场,玻璃般透明的空气,以及那些在万里无云的天空中滑翔的黑色翅膀。

希利盘腿坐在对面的白色灰尘中,背对着挡墙,读一本漫画书,书的封面上画着一个正在墓地里爬行的、身穿条纹西装的罪犯。希利看上去半睡半醒,尽管有一段时间——大约一个小时——他一直跪在地上警觉地看着下面的马路,每次有车经过,他都朝哈莉特示意:"嘘!嘘!"

她努力把思绪转回菜园。这将是世界上最美丽的菜园,有果树、装饰性的树篱、卷心菜按照某种图案来种植——它最终会占据整个庭院,以及方丹夫人的院子。开车经过的人都会停下来,请求过来参观。"艾达·拉伊·布朗利纪念花园"……不,不是纪念,她慌忙地想,因为这听起来好像艾达已经死了。

突然,一只秃鹰冲下去,剩下两只紧随其后,像被同一根风筝线牵引着,它们要去吃掉被拖拉机轧死的田鼠或土拨鼠。远处,一辆汽车正开过来,在波浪般的空气中无法清晰辨认。哈莉特用双手挡住眼前的阳光。过了一会儿，她说："希利！"

漫画书啪一下合上了。"你确定吗？"他边说边忙不迭地看过去。哈莉特已经弄错两次了。

"是他。"她说，然后不顾灰白的尘土，跪着爬向对面，装蛇的箱子就放在四袋水泥上。

希利眯起眼睛盯着马路。远处一辆汽车在汽油烟雾和飞扬的尘土中闪着微光，但它的速度看上去不像特兰斯艾姆。希利正要说些什么，便看到车盖上黄褐色的金属光泽在太阳的照射下熠熠生辉，咆哮着的金属格栅冲出了高温蒸腾的蜃景：闪闪发亮、状似鲨鱼脸，清晰无误。

他赶紧躲到墙后（不知怎么的，他这时才想起来，拉特利夫兄弟会随身带枪），他爬过去给哈莉特帮忙。他们一起把箱子斜着抬到了护墙上，铁纱窗朝向路面。第一次误报时，两个人手忙脚乱地把手伸到铁纱网前去乱抓一气，插销还没打开，底下的汽车已经飞驰而过；现在，他们提前打开了闩锁，插了一根冰糕棍儿进去，一切准备就绪，车一来他们一下就把它拽出来，一秒也不耽误。

希利回头瞥了一眼。特兰斯艾姆正向他们驶来——缓慢得令人不安。他一定看到我们了，他一定看到了。但车没有停下来。他紧张地抬头看了看他们头顶上方的箱子。

哈莉特像得了哮喘般费力地喘着气，她回头看了一眼。"好了……"她说，"准备，一、二……"

汽车消失在桥下；哈莉特拉开门闩；他们只推了一下，箱子倾倒，一切进入慢动作。眼镜蛇翻滚着滑出箱子，它甩动着尾巴，试图调整自己的位置。希利的脑海中立即同时闪过几个念头：其中最重要的是，他们要如何逃脱，他们能跑得过他吗？因为他肯定会停下来——一条眼镜蛇掉在了车顶上，任何傻瓜都会停下来——然后他就

386

会来抓他们。

眼镜蛇滑出箱子,在空气中自由下落,他们脚下的混凝土也隆隆作响,哈莉特站起来,双手放在栏杆上,她的脸和任何八年级男孩的脸一样冷酷和凶狠。"投弹完毕。"她说道。

他们靠在栏杆上往下看。希利感觉头晕眼花。眼镜蛇在空中扭动,朝着下面的柏油路飞去。他低头看着空旷的道路,心想,没有击中,就在这时,车篷敞开的特兰斯艾姆冲出了他们脚下的桥面,冲到坠落的蛇下方……

几年前,佩姆和希利常常在祖母家门口的大街上打棒球,祖母的房子坐落于孟菲斯公园大道上,是一座老房子了,房子的扩建部分——大部分是玻璃结构——颇具现代风格。"如果你能把它射进那扇窗户,"佩姆说,"我就给你一百万美元。""没问题。"希利回答,他甚至连看都没看就不假思索地挥了球棒,球啪的一声飞了出去,射程之远超佩姆预期,他目瞪口呆地看着它飞过自己的头顶,砰的一声破窗而入,不偏不倚,最后几乎撞到了祖母的腿上,她正在给希利的爸爸打电话。这只有百万分之一的概率,几乎不可能发生:希利根本不擅长打棒球;除去同性恋和弱智儿童,他总是最后一个被选入棒球队;他从来没有打过这么高、这么有力、这么精准的球。他一脸惊奇地看着球在空中划过一道完美的弧线,朝着祖母门廊上镶嵌的玻璃房上最中心的一块玻璃径直飞去,手里的球棒哐当一声掉在地上……

他早已知道球会打碎祖母的窗户,在球棒与球接触的那一刻,他就知道了。球像导弹一样射向中心窗格时,他感受到的尽是振奋人心的喜悦之情。就在球击中玻璃之前,就在不可能即将成为可能之时,他似乎忘记了呼吸,感觉自己和棒球融为一体,感觉是自己的意志在指引它,他感觉上帝决定在这一刻赐予他对这个球绝对控制的精神力量,让球以最快速度冲向必然要被击中的目标,玻璃应声震落,成功打击目标,万岁……

尽管事后他挨了一顿抽,痛哭流涕,但这仍然是他人生中的高光时刻。此时,同样的不敢相信、恐惧、兴奋、对宇宙中不可见力量的敬畏之情在他心中升腾而起,也一起投注于这个不可能的时刻:希利看着这条五英尺长的眼镜蛇正好落在汽车天窗对角线上的位置,它的尾巴刚滑进车里,身体其余部分也随之落了进去。

希利情不自禁地跳起来,挥了挥拳头:"耶!"他欢呼雀跃,像魔鬼一样尖叫道,他抓住哈莉特的胳膊左右摇晃,一只手兴奋地指向那辆紧急刹车、车头转向另一边的特兰斯艾姆,它在一团灰尘中滑行到了卵石路肩上,轮胎轧得碎石噼啪作响。

随后车停了下来。哈莉特和希利还没来得及移动或者说话,车门已经打开了,但从车里爬出来的不是丹尼·拉特利夫,而是一个瘦弱、干瘪的家伙:脆弱,看不出性别,穿着防水的芥末色裤子。

那人无力地抓挠着自己,跌跌撞撞地走上高速公路,然后停下来,又朝相反方向摇摇晃晃地走了几英尺。哎呀呀呀呀呀,那人哀号着,声音既单薄又无力,因为眼镜蛇就缠在那人的肩膀上:长达五英尺的黑色蛇身牢牢地垂在它宽扁的颈部下面(颈部邪恶的眼镜标记清晰可见),它的黑色尾巴细长且极其灵活,拍起了一团团红色尘土。

哈莉特目瞪口呆地站在原地。虽然这一场景已在她脑海中清晰呈现过,但不知怎的,眼下的情况有些不符合预期。在她的设想中——叫喊声歇斯底里且无比绝望,被袭击之人毫无应对之力,惊恐非常。但现在反悔为时已晚,这不像玩具能收回来,不像棋盘可以推倒重来。

她转过身,撒腿就跑。一阵当啷声和一阵急风从她身后追了上来。紧接着希利便骑着自行车超过了她,自行车在坡道上颠簸着,不一会儿就飞下坡道,飞上高速公路了,希利像《绿野仙踪》里长了翅膀的猴子一样弓着背,疯狂地蹬着踏板。现在,大家都是"泥菩萨过江,自身难保"。

哈莉特跑的时候心怦怦直跳。那人微弱的叫喊声(哎哟……哎哟……)在远处回响着,对她来说毫无意义。天空耀眼,充满杀气。这些都已被她抛在身后……她现在跑到了草地上,经过了挂着"禁止入内"标志的栅栏柱,她跑过了半个牧场……他们在反射着刺眼光芒的桥上瞄准并击中的,与其说是汽车本身,不如说是一个不可返回的节点:时间变成了后视镜,过往全部倒回至消失不见。往前跑意味着她能前进,能回家;但是时光仍无法倒流——无法回到十分钟、十小时、十天,抑或十年前。正如希利所说,这十分残忍,因为她想要回到过去,因为过去是她唯一想去的地方。

———

令人高兴的是,眼镜蛇溜进了牧牛场高高的杂草中,钻进了一片和它的故乡相差不多的炙热和植被中,也钻进了小镇的寓言和传说。在印度时,它在农舍和耕种区狩猎(黄昏时溜进粮仓吃老鼠),并且会快速适应新家的谷仓、角落和垃圾堆。在未来几年里,农民、狩猎者和醉汉都有机会看到这条眼镜蛇;好奇者还会试图寻找它,拍摄或杀死它;众多离奇死亡事件会与它的行踪联系在一起。

———

"你为什么没有和她在一起?"法里什在重症监护病房的候诊室里问道,"我想知道原因。我还以为你会开车送她回家。"

"我怎么知道她提前出来了?她应该给我打电话,我当时在台球厅。我五点钟回到法院时,她已经走了。"是她把我丢在了那儿才是丹尼想说但没说出口的。他不得不走到洗车店,让卡特菲斯送他回家。"

法里什鼻子里喘着粗气,他快发脾气了。"那你应该在原地等她。"

"在法院?坐在车里?一整天?"

法里什骂骂咧咧。"我应该亲自带她去,"他转过脸去,"我应该预料到会发生这样的事情。"

"法里什。"丹尼欲言又止。现在不是提醒法里什不会开车的时候。

"你为什么没有开卡车送她过去?"法里什声色俱厉地说,"告诉我为什么。"

"她说卡车太高了,她爬不进去。太高了。"看到法里什一脸狐疑,丹尼重复道。

"我听见了。"法里什说。他盯着丹尼看了很长一会儿,看得他浑身不自在。

古姆躺在重症监护室,吊着两瓶静脉点滴,一台心肺监护仪实时监控她的状况。一个路过的卡车司机把她送进了医院。他刚好开车经过,居然看到一位肩上缠着一条眼镜王蛇的老妇人在高速公路上踉踉跄跄地走着。他停下车,从卡车后面拿出一根六英尺长的柔性塑料灌溉管,朝眼镜蛇打过去,蛇被打下来之后立即钻进了杂草中——他送古姆来的时候,告诉急诊室的医生,他确定那是一条眼镜王蛇,它有宽扁的颈部、眼镜标记,等等。他说他知道眼镜蛇长什么样子,因为自己在装气枪的盒子上见过它的照片。

"它就和犰狳及杀人蜂一样,"卡车司机——身材矮胖,面色红润,富有光彩——说道,"从得克萨斯一路爬了过来,很难控制。"而布里德洛夫医生则匆忙翻阅着自己的内科学教科书,寻找有毒类爬行动物的章节。

"如果真的如你所说,"布里德洛夫医生说,"它其实来自比得克萨斯更远的地方。"

布里德洛夫医生在急诊室时就认识了拉特利夫夫人，她是急诊室的常客。一名年轻的护理人员曾模仿过她：她紧紧捂着胸口，一边步履蹒跚地走向救护车，一边气喘吁吁地向她的孙子们下指示。眼镜蛇的故事听起来很像胡扯，很不可思议，但这位老妇人的症状与眼镜蛇咬伤相一致，且不同于被任何本地爬行动物咬伤的症状。她眼皮低垂，血压很低，称自己胸痛和呼吸困难。穿刺点周围没有像响尾蛇咬伤那样明显的肿胀。伤口似乎不是很深，多亏她的长裤套装，它的獠牙才没能咬得太深。

布林德洛夫医生洗了洗他那双粉红色的大手，走出去和古姆的一群孙子说话，他们闷闷不乐地站在重症监护病房外面。

"她表现出神经中毒的症状，"他说，"上睑下垂，呼吸困难，血压下降，没有局部水肿。我们还在密切监视，可能需要给她插呼吸机。"

他们吓了一跳，怀疑地看着医生，那个看上去弱智的孩子热情地同布林德洛夫医生挥手。"嗨！"

法里什走上前去，表明自己说了算。"她在哪里？"他推开医生，"让我和她说句话。"

"先生。先生。恐怕这是不行的。先生？请你现在回大厅去。"

"她在哪里？"法里什说道，他困惑不解地站在导管、机器和其他嘟嘟作响的设备之间。

布里德洛夫医生挡在他前面。"先生，她现在正在休息。"他在两个护理员的帮助下，熟练地把法里什赶进了大厅，"现在不能打扰她。你帮不了她。看，下面有一个等候区，你可以坐在那里。那里。"

法里什耸了耸肩。"你们都做了什么？"他说道，好像不管是什么，都是不够的。

布里德洛夫医生又熟练地回顾了一遍他关于心肺监护仪、上睑下垂和无局部水肿的演讲。他没有说医院没有眼镜蛇抗毒素，也没有办法获得。布里德洛夫医生也才看了内科教科书几分钟,对这个医学院课程没有涉及的科目知之甚少。对于眼镜蛇咬伤,只有特定的抗毒素才能起作用。但是只有大型动物园和医疗中心才有,且必须在几个小时内给药,否则也无济于事。这位老太太只能靠她自己了。书里还说,眼镜蛇咬伤致死率在百分之十到百分之五十之间,差异巨大,但没有说明该存活率是经过治疗的还是未治疗的病患。此外,她已经老了,除了毒蛇咬伤,她还有很多毛病。她的病历记录有一英寸厚。如果有人问老太太能否挺过今晚,甚至一个小时,布里德洛夫医生都无法给出定论。

———

哈莉特挂了电话,上楼去了她妈妈的卧室——没有敲门——站在床脚。"我明天要去塞尔比湖夏令营。"她宣布道。

听到哈莉特的声音,她眼睛向上瞄了一眼。哈莉特的妈妈正在看一本叫作《奥莱小姐》的校友杂志。她迷迷糊糊地看着一位老同学的简介,她在国会山有一份复杂的工作,夏洛特不太明白其中的要点。

"我给伊蒂打了电话,她开车送我去。"

"什么?"

"第二期已经开始了,他们告诉伊蒂这是违反规定的,但还是接受了我。他们甚至给了伊蒂折扣。"

她面无表情地等待着。她妈妈什么也没说;但即使她说什么也都无济于事,因为这件事现在完全掌握在伊蒂手中。哈莉特讨厌塞尔比湖夏令营,但它毕竟也没有教改所或监狱那么糟糕。

哈莉特给祖母打电话完全是出于恐慌。她沿着纳齐兹街一直跑,还没到家就听到警笛声——她不知道是救护车还是警车。她气喘吁吁,一瘸一拐地回到家,她双腿抽筋,肺部火辣辣地疼。她把自己锁在楼下的浴室里,脱下衣服,扔进篮子里,洗了个澡。有几次——她僵硬地坐在浴缸里,盯着透过百叶窗落入昏暗房间的狭窄光线——她似乎听到前门传来的声音。如果是警察,她该怎么办?

哈莉特吓得不轻,感觉随时会有人敲浴室的门,她坐在浴缸里,一直到水变冷。洗完澡穿好衣服后,她踮着脚尖走到前厅,透过蕾丝窗帘偷偷地向外看,但是街上没有人。艾达已经回家了,家里弥漫着不祥的安静。似乎很多年已经过去了,但实际上只有四十五分钟。

哈莉特站在前厅,紧张地盯着窗户。过了一会儿,她感到有些厌倦,但还是不敢上楼,她在前厅和客厅之间来回踱步,时不时地从前窗往外瞄着。警笛声再次传来;有一瞬间,她感觉警车已经开到了乔治街,她的心跳都停止了。她站在客厅中央,吓得动弹不得,过了一会儿,她感觉神经稍稍恢复了一些,气喘吁吁地拨通了伊蒂的电话——她把电话拿到挂着花边窗帘的窗边,以便边打电话边观察情况。

伊蒂以令人满意的速度立即行动起来,这一点值得称赞,哈莉特感觉自己对她的敬爱之情几乎重燃了。哈莉特结结巴巴地说她已经改变了对教堂营地的看法,并希望尽快参加时,伊蒂没有提出任何疑问。她立即拨通了塞尔比湖夏令营的电话;办公室里的女孩起初拐弯抹角,不想答应她,她便要求直接和万斯博士通话,并搞定了一切,不到十分钟便给哈莉特回了电话,安排好了行李单、滑水许可证、山雀棚屋的上铺,并计划第二天早上六点来接哈莉特。她没有(正如哈莉特所相信的)忘记露营的事;一方面,她厌倦了与哈莉特的斗争,另一方面,哈莉特的妈妈在这些事情上从没有支持过她。伊蒂深信,哈莉特的问题在于和其他孩子——尤其是那些可爱的小浸信会教徒——相处不够;她在电话中兴高采烈地告诉哈莉特,她将会度过一段无比美好的时光,一点纪律和基督教的体育精神会对她产生奇迹般的影响，而哈莉特则尽力保持着沉默。

她妈妈的卧室里一片死寂。"好吧，"夏洛特说，她把杂志放在一边，"不过太突然了。我还以为你去年在那个营地过得很糟糕。"

"我们在你起床前就会离开，伊蒂想早点上路。我感觉应该跟你说一下。"

"为什么改变主意了？"夏洛特问道。

哈莉特傲慢地耸耸肩。

"好吧……我为你感到骄傲。"夏洛特想不出还有什么可说的。她注意到哈莉特晒得又黑又瘦；她长得像谁？黑色直发，下巴一侧突出？

"我想问一下，"她大声问道，"家里那本写童年时期的海华沙[①]的书去哪儿了？"

哈莉特向窗外瞥了一眼，好像她在等什么人。

"这很重要……"夏洛特坚定地说道，尝试重新理清思路。她想，双臂要交叉在胸前，还有发型。"我的意思是，你参与一些……一些事情，对你有好处。"

艾莉森在母亲卧室门外徘徊——哈莉特猜想她是在偷听。她跟着哈莉特下了楼，站在她们房间的门口，哈莉特打开梳妆台抽屉，拿出网球袜、内衣和她去年夏天穿过的营服。

"你做了什么？"她问道。

哈莉特停下来。"没什么，"她说，"你为什么这么问？"

"你看上去像是惹了什么麻烦事儿。"

哈莉特愣了好长一会儿，脸火辣辣的，又继续整理行李。

[①] 海华沙（Hiawatha）是美洲易洛魁联盟的酋长，奥农多加部落印第安人的传奇领袖。根据易洛魁人的传说故事，海华沙教会了他的族人农业、航海、医学和艺术，他拥有强大的魔法，可以征服所有自然和超自然的敌人。

艾莉森说:"等你回来就看不到艾达了。"

"我不在乎。"

"这是她在这里的最后一周。如果你离开,你就再也见不到她了。"

"那又怎样?"哈莉特把网球鞋塞进背包,"她又不是真的爱我们。"

"我知道。"

"那我为什么要在乎呢?"哈莉特平静地回答,但她的心跳突然加速了。

"因为我们爱她。"

"我不爱。"哈莉特迅速说道。她拉上背包的拉链,把它扔到了床上。

——

哈莉特从前厅的桌子上拿了一张信纸,在昏暗的灯光下,坐下来写下了一个便条:

亲爱的希利:

我明天要去夏令营了。希望你余下的夏日时光过得精彩。明年你就七年级了,到时也许我们会分到同一个年级教室。

你的朋友哈莉特 C. 迪弗雷纳

她刚写完,电话铃就响了。哈莉特本来不想接,但响了三四下后,哈莉特情绪缓和了一些,小心翼翼地拿起听筒。

"伙计,"希利说道,他的声音通过足球头盔电话传过来时,断断续续的,声音也很微弱,"你刚才听到那些警笛声了吗?"

"我刚刚给你写了一封信。"哈莉特说道。前厅给人一种冬天的感觉，而不是八月。阳光穿过藤蔓缠绕的门廊，穿过门两边拉着窗帘的窗户，以及门顶部的扇形气窗照射进来，光束呈灰白色，素净而黯淡。"明天伊蒂就要送我去夏令营了。"

"怎么可能！"他的声音像是从海底传来的，"别走！你疯了！"

"我不会待在这里的。"

"那我们一起逃走！"

"我不行。"桌子的红木底座上落满了灰尘，哈莉特用脚趾在上面画出一道闪亮的黑色标记，像擦干净的蒙了灰尘的黑李子，闪闪发亮。

"如果有人看见了我们怎么办？哈莉特？"

"我在这里。"哈莉特说。

"我的推车呢？"

"我不知道。"哈莉特说。她一直在想希利的推车，它还放在高架桥上，空箱子也是。

"我应该回去拿吗？"

"不，有人可能会看到你。上面没有你的名字，对吧？"

"没有。我从来没用过它。哈莉特，你说，那个人是谁啊？"

"不知道。"

"那个人看起来很老。"

随后是成年人式的紧张的沉默——往常他们没有话可说时，便友好地等待另一个人发言。

"我得挂电话了，"希利最后说，"我妈妈正在做玉米卷。"

"嗯。"

电话两端，他们安静地坐着：哈莉特在高高的发霉的前厅，希利在他的上铺床上。

"你之前说的那些孩子最后怎么样了?"哈莉特问。

"什么?"

"孟菲斯新闻上的那些从高架桥上往下扔石头的孩子。"

"哦,他们。他们被抓了。"

"抓起来之后呢?"

"我不知道,我猜他们进了监狱。"

接着是持久的沉默。

"我会给你寄明信片。这样邮件点名的时候,你有东西可读,"希利说,"如果发生了什么事,我也会告诉你。"

"不,不要,不要写任何东西。不要写关于这件事的。"

"我不会告诉别人的!"

"我知道你不会告诉别人,"哈莉特烦躁地说,"就是不要聊这件事。"

"嗯,任何人都不说。"

"任何人都不能说。听着,你不能到处说,告诉像……像格雷格·德洛克这样的人。我是认真的,希利,"她不顾他的抗议,继续说道,"答应我你不会告诉他。"

"格雷格的家太偏了,在希科里社区。我只有在学校才能看到他。而且,格雷格不会告发我们的,我知道他不会。"

"反正不要告诉他。因为如果你告诉一个人——"

"我希望我能和你一起去。我真希望我能离开这里,"希利痛苦地说,"我很害怕。我感觉那可能是柯蒂斯的祖母,我们把蛇扔在了她的身上。"

"听我说。我要你向我保证,保证不会告诉任何人。因为……"

"如果是柯蒂斯的祖母,那也是其他几个人的,丹尼、法里什和那位传道士。"令哈莉特惊讶的是,他爆发出尖锐、歇斯底里的笑声,

397

"那些家伙会杀了我。"

"是的,"哈莉特严肃地说,"这就是为什么你永远不能告诉任何人,如果你不说,我也不说……"

她察觉到了什么,抬起头来,惊讶地发现艾莉森正站在客厅门口,离客厅只有几英尺远。

"真难过,你马上就要走了。"希利的声音听起来很微弱,"我还是不能相信你居然要去那个该死的浸信会夏令营。"

哈莉特转身,刻意背对着她姐姐,嘴里含糊了几句,示意他自己现在不方便说话,但是希利没有听懂。

"我希望我也能去别的地方。今年我们本来要去烟雾山度假,但是爸爸说他开车去太远了。嗯,你能留给我几个硬币吗,必要的情况下,我就可以给你打电话了?"

"我没有钱。"希利经常这么干,他才是那个能从父母那里领到零花钱的人,却试图从她身上骗钱。艾莉森离开了。

"上帝啊,我希望那不是他祖母,拜托了,拜托了,希望那个人不是他的祖母。"

"我得挂了。"为什么房间里的光线如此悲伤?哈莉特感觉自己的心仿佛碎了。在对面的镜子里,可以看到她头顶上方的墙壁晦暗(开裂的灰泥、变暗的照片、损坏的木制涂金壁灯),墙上还有一团螺旋形的霉斑。

她仍然能听到电话那头希利急促的呼吸声。希利家里没有什么是悲伤的——一切都是愉快、新鲜的,电视里总是开着——但是当他的呼吸声通过电话线传到哈莉特家的房子,听起来就变味了,变得悲惨。

"我妈妈请了埃尔里克森小姐做我的家教,今年秋天辅导我七年级的功课,"希利说,"所以开学以后我们不能经常见面了。"

哈莉特冷漠地哼了一声，掩饰她为背叛而感到的痛心。伊蒂的老朋友克拉伦斯·哈克尼夫人（绰号"斧头"）在哈莉特七年级的时候教过她，八年级还会继续教她。如果希利选了埃尔里克森小姐（年轻、金发，是学校新来的老师），那么希利和哈莉特就不在同个教学楼上课了，午餐时间、教室都不同，一切都将不同。

"埃尔里克森小姐很酷。妈妈说她绝不会强迫我跟着哈克尼太太。埃尔里克森小姐会让你根据自己读的书写读书报告——来了，"电话那头有人喊希利，他对哈莉特说，"我该吃晚饭了。再见。"

哈莉特仍旧举着重重的黑色听筒坐在原地，直到电话另一端响起拨号音。她轻轻地把它放回听筒架上。希利——他那微弱、欢快的声音，他准备去埃尔里克森小姐班上的计划——她感觉自己连希利也失去了，或者即将失去，他像萤火虫和夏天一样短暂。狭窄走廊里的光线消失殆尽。希利的声音消失了，虽然他的声音尖细而微弱，但没了他来打破这晦暗，她的悲伤像瀑布一般一拥而上。

希利！他生活在一个热闹、友好、多彩的世界里，一切都是现代的、明亮的：玉米薯片、乒乓球、立体音响、苏打水，他的妈妈穿着短袖和牛仔短裤，赤脚跑在地毯上。就连他们家的气味也是新鲜的柠檬味——不像她自己昏暗的家，带着沉重、恶臭的回忆，都是旧衣服和灰尘的"香味"。而希利——他正在吃墨西哥玉米卷，秋天还能去埃尔里克森小姐的班上课——他会在乎寒冷和孤独吗？他对她的世界了解多少？

后来，当哈莉特回想往事时，这一天似乎是她的生活陷入痛苦的起点，确切、清晰、合乎逻辑的起点。确切地说，她从未开心过，也从未满足过，她尚未准备好迎接即将到来的黑暗生活。在哈莉特的余生中，每当她回忆起这段不安的记忆时都会懊悔不已，后悔她没有鼓足勇气在家里再多待半天——最后半天！——在坐在椅子上的艾达的脚边坐下,把头靠在艾达的膝盖上。她们会谈论什么?她永远不会知道。艾达在她家的最后一周工作尚未结束,她却胆怯地逃跑了;整个误会归根结底其实都是她的错;她没能跟艾达告别,这些都令她痛苦不已;但最令她痛心疾首的还是,她太过骄傲,无法告诉艾达她爱她。由于她的愤怒和傲慢,她没有意识到自己与艾达一别即是永远。就当哈莉特站在黑暗的门厅里,站在电话桌旁时,全然不同、极尽丑态的生活正在拉开帷幕,虽然这对她来说是陌生的,但接下来的几周她熟悉得不得了。

第六章　葬礼

"热情友好曾经是主旋律。"伊蒂说，她的声音清晰、激昂，轻而易举就盖过了车窗外呼啸而过的热风，她直接把车开上左车道，懒得提前给个信号，直接超车到一辆运材汽车的前面。

奥兹莫比尔轿车华丽，曲线优美，在汽车中算是体型庞大的。二十世纪五十年代时，伊蒂从上校奇普·迪伊在维克斯堡市开的车行把它买了下来。伊蒂坐在驾驶位上，她和哈莉特之间隔着一大块车座，哈莉特紧贴着车门，懒洋洋地坐在副驾驶的位子上。她们之间，是伊蒂带木制把手的草编手提包，一个装着咖啡的格子花纹保温瓶，还有一盒甜甜圈。

"以前，我们在'苦难之栖'的时候，妈妈的堂兄妹总是会突然来访，而且没人觉得不正常。"伊蒂说着。虽然车速限制是五十五迈，但是伊蒂还是像往常一样悠闲地开着：每小时四十五迈。

哈莉特可以从后视镜中看到运材汽车的司机，拍着脑门，伸着手掌，不耐烦地比画着。

"嗯，我说的不是孟菲斯市的亲戚，"伊蒂说，"我说的是巴顿鲁治市的亲戚，奥莉小姐，朱尔斯，玛丽·威拉德，还有胖球小姨！"

哈莉特沮丧地望着窗外的锯木厂和松树林，在晨光的照射下它们泛着离奇的粉色。夹杂着灰尘的暖风把头发吹到了她的脸前，不停地抽打着车顶上一块松垮的内饰,还钻进了甜甜圈盒子里,吹得玻璃纸沙沙作响。她又渴又饿,但除了咖啡,没什么能喝的。甜甜圈又易碎又不新鲜,伊蒂总是买前一天的甜甜圈,虽然它们只比刚刚出炉的便宜了几分钱。

"妈妈的叔叔在卡温顿市附近有一座种植园——叫安杰文种植园。"伊蒂边说,边用闲着的手扯了一张餐巾纸。她的动作跟国王似的,像一位习惯了用手吃东西的国王,她咬了一大口甜甜圈。"莉比过去经常带我们三个去那儿,坐四号火车。一去就待几周!奥莉小姐有一座小木屋,里面有火炉、桌子和椅子,我们最爱在那里玩儿了!"

哈莉特的腿紧紧贴在车座上。她不耐烦地动了一下,想舒服一些。她们已经开了三个小时了,而外面日头很大,气温很高。伊蒂偶尔也会想把这辆老奥兹莫比尔轿车卖了,换一辆空调正常运转、能听广播的汽车,但她总是在最后一分钟的时候改变主意,主要是因为看到戴尔先生搓着手腕,急得跺脚,让她暗自窃喜。但是戴尔先生每每看到像伊蒂这样一位家境优渥的浸信会女士,居然开着一辆车龄有二十多年的车在镇上晃悠,就很抓狂。有时候,新车推出时,他会在傍晚时分开着新车到伊蒂家,不请自来地留下一辆"体验款",通常是一辆凯迪拉克高配车型。"你先开几天,"他常常这么说,手在空中挥舞着,"看看你有什么感觉。"但伊蒂把他耍得团团转,她先是假装对拱手送来的车爱不释手,然而就在戴尔先生正准备起草文件时,她再果断把车还回去:突然之间不喜欢车的颜色,或是电动窗户,抑或是吹毛求疵,比如仪表盘里有响声、开关黏手等。

"虽然密西西比的汽车牌照上还印着'热情友好之州',但是要我说,真正的热情友好早在本世纪的头五十年就消磨殆尽了。我的曾祖父是在内战爆发前,死在旧亚历山大旅店前的,"伊蒂提高音量,后面的卡车喇叭声轰鸣不断,"他自己还说,他十分乐意为来镇上的体面游客提供住宿。"

"伊蒂,后面那个人在冲你按喇叭。"

"别管他。"伊蒂说,她已经适应了自己的车速。

"我觉得他想超车。"

"他开得慢点又不会怎样,他那么火急火燎的能把那些木材送到哪里?"

车窗外的风景——砂质黏土山丘、无边无际的松树林——太过原始,看起来十分奇特,看得哈莉特胃疼。她眼中看到的一切都在提醒她离家越来越远了。甚至连相近的车里的人看起来都很陌生:被太阳晒红的脸又大又平,身穿农场的衣服,和她镇上的人不一样。

她们经过一小片凄凉的商业区:弗里龙喷雾公司、图恩三A汽车变速器、新迪克西石料。一位上了年纪的黑人男性在路肩上颤颤悠悠地走着。他穿着连体工作服,戴着橙色的鸭舌帽,手里拿着一个棕色的杂货袋。艾达去家里干活时发现她已经走了,会怎样?她现在应该到家里了;哈莉特想到这里,呼吸加快了一些。

松垮的电话线;种着羽衣甘蓝和玉米的田地;摇摇欲坠的房子,前院是夯实的土路面。哈莉特把额头贴在玻璃窗上。也许,艾达会意识到,她把哈莉特的心伤得有多重。也许她会意识到,她不能每次一生气,就威胁要收拾东西走人……一位戴着眼镜的中年黑人男性正拿着一个科瑞牌起酥油的罐子给一些红色的鸡撒着饲料;他庄重地朝着汽车举手示意,哈莉特也挥手回应,但挥得太用力,她感觉有些尴尬。

她也不放心希利。虽然他看上去很确定小推车上没有他的名字,但是她无法想象推车还在那里,等着被人发现,想到他们如果追踪到希利头上,她就觉得浑身难受。别想了,别想了。她告诉自己。

她们继续往前开着。棚屋后是更多的树林,偶尔能看到冒着农药

403

味儿的平地。在一小片凄凉的空地上,一位身穿褐红色衬衫和短裤的肥胖白人女性正往晾衣绳上挂着湿衣服,她的一只脚裹在医用助行鞋里;她瞥了一眼她们的汽车,但是没有挥手。

突然之间,伴随着一阵刺耳的刹车声和一个急转弯,哈莉特一下被甩到了车门上,她被从思绪中震了出来,装着甜甜圈的盒子也被打翻。伊蒂别过车流,转弯了,开进了崎岖不平的乡间小道,开向夏令营。

"抱歉了,亲爱的,"伊蒂轻快地说,她斜过身来摆正手提袋,"为什么他们非要把这些路标做得小到让人看不见,除非你贴着看才能看见……"

她们一声不吭地在石子路上颠簸着。一支银色的口红滚到了车座的另一边。哈莉特在它掉下去之前抓住了它——口红管底部的标签上写着"雪地樱桃"——又把它丢进伊蒂的草编手提包里。

"我们一定是到了琼斯县了!"伊蒂高兴地说。阳光下,她侧脸的剪影十分尖锐,又十分像个少女。不过,她喉咙的轮廓、放在方向盘上的双手——指节突出,老年斑遍布——暴露了她的年龄;她穿着崭新的白衬衫,格子裙,双色牛津鞋,看上去像一位从二十世纪四十年代来的激情满满的报社记者,正要出去报道特大新闻。"哈莉特,你还记得在密西西比历史上学到的纽顿·奈特吗?那个逃兵?他还自称是劫富济贫的绿林好汉!他和他的人穷困潦倒,但他们不想为富人而战,所以他们躲到了穷乡僻壤的地方,不想和同盟军有任何瓜葛。他们自封琼斯之国!骑兵派了巨型猎犬追击他们,那些女人就用红辣椒把那些狗噎死了!琼斯县的绅士就是这样的人。"

"伊蒂,"哈莉特说——边说边看着祖母的脸——"可能你应该去检查一下眼睛了。"

"我的眼睛没问题。是的,女士。"伊蒂庄重地说道,"这些穷乡僻壤的地方曾经一度被那些联邦叛徒所占有。他们穷得买不起奴隶，又看不惯那些买得起的人。于是他们索性退出！在松林里种了一小片玉米地！当然了，他们并不知道当时的战争其实就是为了争取州的权利。"

在她们的左边，是一片林中空地。一看到那幅景象——又小又破的露天看台、足球网、参差不齐的草地——哈莉特的心便沉了下去。在清晨的一片静寂中，有些长相凶狠的年龄大一些的女孩正在玩绳球，她们的拍球声和哎哟声格外响亮。在记分牌上，有两行手写字：

塞尔比湖一年级！
永无止境！

哈莉特感觉自己喉咙一紧。突然之间她发现自己犯了个严重错误。

"如今，虽然内森·贝福德·福瑞斯特的家庭既不是最有钱的，也不是最有教养的，但他确实是战争中最伟大的将军！"伊蒂说着，"是的，女士！福瑞斯特是最伟大的！身手最好加上最伟大，这就是福瑞斯特！"

"伊蒂，"哈莉特小声快速说道，"我不想留在这里。我们回家吧。"

"回家？"伊蒂被逗乐了，但并不吃惊，"胡说！你要在这里度过你人生中一段重要时光。"

"不要，求求你了，我讨厌这里。"

"那你之前为什么想过来？"

哈莉特一时语塞。再次来到山脚下这个熟悉的小地方，一段不愉快的经历又浮现在她眼前。参差不齐的草地、落满灰尘的枫树林、看上去像生鸡肝的红黄交杂的石子路——她怎么能忘记自己有多痛恨这个地方，怎么能忘了她在这里的每一分钟都备受煎熬？前面左手边是大门；再往前就是坐落在背阴处的总辅导员的小木屋，看上去就让人害怕。木屋的门上挂着一个画有鸽子的手工布条，上面用粗胖、嬉皮士的字体写着：喜悦！

"伊蒂，求求你了，"哈莉特赶紧说道，"我改变主意了，我们走吧。"

伊蒂手里握着方向盘，扭头瞪着她——浅色的眼瞳，像要捕杀动物一般，眼神冰冷，切斯特称为"瞄准了的眼神"，因为她就像看着枪管一样。哈莉特的眼睛（"小瞄准的眼神"，切斯特有时候会这么说她）也同样是浅色的，也很冷酷；但是，对伊蒂来说，自己的缩小版这样目不转睛地看着自己，让她感到不适。她并没有察觉到外孙女僵硬的表情之下是如何悲伤抑或焦虑；那在她看来，仅仅是无礼，而且还很有攻击性。

"别犯傻了，"她冷漠地说道，回头看了一眼马路——及时避开了一个沟渠，"你会爱上这里的。不用一周的时间，你就会叫叫嚷嚷，说个不停，说你不想回家了。"

哈莉特一脸震惊地看着她。

"伊蒂，"她说，"你自己都不会喜欢这里。就算给你一百万你都不愿意和这些人待在一起。"

"'噢，伊蒂！'"伊蒂用假声模仿着哈莉特的声音，"'送我回去！送我回夏令营！'等到了要离开的时候你就该这么说了。"

哈莉特目瞪口呆，惊得说不出话来。"我不会，"她终于说了出来，"我不会那么说。"

"不，你会的！"伊蒂大声说道，她高高地仰起下巴，自鸣得意，语气欢快，哈莉特厌恶极了。"不，你会的！"——这次声音更大，看都没看她一眼。

突然之间，响起一阵单簧管的声音，一段震颤的调子，有点像谷仓院子前的驴叫声，也有点像是乡村的招呼声：万斯博士吹着单簧管，宣布了她们的到来。万斯博士不是医生[①]，充其量只是一个徒有其名的基督教乐队指挥；他是个北方人，眉毛浓厚，牙齿和骡子一样大。他是浸信会青年夏令营的主要推动人物。阿德莱德发现——而且十分形象——他长得和英国漫画家和插图画家坦尼尔为《爱丽丝梦游仙境》所作插画中的疯帽匠一模一样。

"欢迎，女士们，"他欢快地说道，把头探进伊蒂摇下来的车窗，"赞美主啊！"

"是啊，是啊，"伊蒂回答道，她不想再多听万斯博士和人说话时的福音教派腔调，"我们的小营员来了。她在这里登记之后，我就走了。"

万斯博士——把他的下巴抵进车窗——冲着哈莉特咧嘴笑了笑。他脸上的皮肤十分粗糙，脸是暗红色。哈莉特冷冷地看着他，注意到了他鼻孔里的鼻毛，他又大又宽的牙齿上还残留着污渍。

万斯博士夸张地往后一退，像受到哈莉特表情的支配似的。"哟！"他举起一个胳膊；闻了闻自己的腋窝，又看向伊蒂。"我还以为早上的时候忘了喷除臭剂。"

哈莉特盯着自己的膝盖。就算我不得不留在这里，她告诉自己，我也没必要假装自己喜欢这里。万斯博士希望他的营员们亢奋、外向、活力四射，而那些没有自然而然地融入营地精神里的人，都躲不过他的追问、嘲弄、强势改造。怎么了？不能跟你开个玩笑吗？你不知道怎么开自己的玩笑吗？如果哪个孩子太过安静——不论原因是什么——万斯博士一定会确保他们被水气球砸中、像鸡仔一样当众跳

[①] 因在英文中"博士"和"医生"均为 doctor，所以在原文中解释了 Dr. Vance 不是 a medical doctor。

舞、在泥坑里追肥腻的猪，或者戴一顶滑稽的帽子。

"哈莉特！"伊蒂尴尬片刻后说道。不管伊蒂嘴上说了什么，万斯博士其实也让她很不舒服，哈莉特对这一点心知肚明。

万斯博士用单簧管吹了一段酸味十足的调子，而当这个举动也没能引起哈莉特的注意时，他把头伸进车窗，朝她吐起了舌头。

我身边都是敌人，哈莉特告诉自己。她得坚定心智，记住自己为什么会来这里。虽然她痛恨塞尔比湖夏令营，但毕竟现下这里是最安全的地方。

万斯博士吹起了口哨：嘲弄意味十足，有些侮辱人。哈莉特不满地看了他一眼（因为抵抗行不通，他只会继续对她穷追不舍），随即他便像悲伤的小丑一样耷拉着眉毛，噘起下嘴唇。"同情聚会算不上聚会，"他说，"知道为什么吗？嗯？因为只有一个房间。"

哈莉特面露愠色，眼睛悄悄地瞄向窗外。松树林瘦瘦高高。一排穿着泳衣的女孩踮着脚尖小心翼翼地走过，她们的腿和脚上溅满了红色的泥点。老庄主的威力已经不再，她告诉自己，我离开了家乡，来到了这片长满石楠的地方。①

"……在家里不听话了？"她听到万斯博士相当做作地问。

"当然没有。她只是——哈莉特就是有点太傲慢了。"伊蒂大声说，声音传得很远。

哈莉特想起一段极其不愉快的回忆：万斯博士曾经让她套着呼啦圈站在台上，参加转呼啦圈比赛，台下的营员们笑声一片。

"嗯——"万斯博士轻笑一声——"我们这里最擅长整治的就是傲慢了！"

"你听见了吗，哈莉特？哈莉特，我，"伊蒂叹了一口气，"我不

---

① 此处引用自《呼啸山庄》。

知道她脑袋里在想什么。"

"哦,参加一两次短剧之夜表演,玩一两次烫手山芋,她就找到状态了。"

短剧之夜!一段混乱的回忆重新闪现:被偷的内裤,床上被人倒了水(看哪,哈莉特尿床了!)一个女孩高声嚷道:你不能坐在这里!

看哪,书生小姐来了!

"哟,嘿!"说话人是万斯博士的妻子,她的声音调很高,土里土气的,她穿着涤纶短裤,愉快地朝他们走过来。万斯夫人(或者"帕齐女士",她喜欢营员这么称呼她)负责营地的女孩子们,她和万斯博士一样坏,但坏的方法不同:她多愁善感、烦人、喜欢问特别私人的问题(比如男朋友和大小便之类的问题)。虽然帕齐女士才是她的官方昵称,但女孩们都叫她"那个护士"。

"嘿,亲爱的!"她探进车窗,捏了一下哈莉特的胳膊。"你怎么样,姑娘!"又轻轻拧了她两下,"看看你!"

"嗯,哈喽,万斯夫人,"伊蒂说道,"您一切可好?"伊蒂向来喜欢万斯夫人这样的人,因为他们让她能够显摆自己。

"哎呀,快来吧,你们!咱们去办公室吧!"万斯夫人不论说什么,语气中都有一种刻意为之的热情,既像密西西比小姐选美比赛的选手,又像韦克秀里面的女人。"天啊,姑娘,你已经长大了!"她对哈莉特说道,"你这次不会再跟人动手打架了吧,对不对?"

万斯博士回过身来,狠狠地看了哈莉特一眼,让她很不舒服。

——

在医院里,法里什一次又一次地在心里再现着祖母遭遇意外时的场景,他不断地猜测、推理了一整晚,一直到第二天,搞得他的兄弟们已经听得不耐烦了。他们眼睛通红,疲惫不堪,感觉枯燥乏味,无

409

精打采地坐在重症监护室外的候诊室，半听着法里什讲话，半看着一部讲述一条狗如何解决迷案的动画片。

"如果你动了，它就会咬你，"法里什对着空气说道，好像自己在跟不在场的古姆说话，"你不应该动，我不管它是不是爬到了你的腿上。"

他站定——用手指梳着头发——又开始踱步，挡住了他们眼前的电视。"法里什，"尤金大声说道，重新跷了跷二郎腿，"古姆得开车，不是吗？"

"但她没必要把车开到沟里。"丹尼说。

法里什耷拉下眉毛。"换成是我，我是绝对不会从驾驶位上下来的，"他挑衅地说道，"我会纹丝不动。如果动了——"他张开手掌，做了个流畅的滑行的动作——"就会威胁到它，它就会展开自卫。"

"那她他妈的能怎么办，法里什？一条蛇他妈的从车顶上掉下来了？"

柯蒂斯突然拍着双手，指着电视机喊道："古姆！"

法里什转过身来。过了一会儿，尤金和丹尼爆发出一阵狂笑。动画片里的那条狗和一群年轻人正经过一座阴森恐怖的城堡。墙上挂着一具咧嘴微笑的骷髅，旁边还挂了一些喇叭和斧头，奇怪的是，那骷髅看上去很像古姆。突然，骷髅从墙上飞了下来，朝着那条狗飞去，那条狗哀号着跑开了。

"那，"尤金说道——他好不容易才说出口——"她被蛇追的时候，就是那幅场景。"

法里什疲惫而又失望地扭过头看着他们，一声不吭。柯蒂斯——意识到自己做错了什么——立即住嘴不笑了，不安地望着法里什。就在这时，布里德洛夫医生出现在门口，他们一下子都陷入了沉默。

"你们的祖母恢复意识了，"他说道，"看样子她能挺过去。我们已经给她拔了管子。"

法里什用手捂住了脸。

410

"给她拔了呼吸管,不管怎么样吧。她还在输液,因为心跳还没有稳定下来。你们想看看她吗?"

他们神情严肃,全部跟在他的身后排成一队(除了柯蒂斯,他还在高兴地看《史酷比》),穿过一大堆机器和神秘的设备,走到一个用围布将古姆围起来的区域。虽然她一动不动地躺着,非常吓人,但她看上去并不比平常糟糕多少,只是眼睑因为肌肉麻痹的原因,往下耷拉着,半闭着眼睛。

"嗯,给你们一分钟单独相处的时间,"医生边说,边使劲地搓着手,"但就一分钟,别累着她了。"

法里什第一个走到了病床前。"是我。"他说道,倾身向前。

她的眼皮动了一下;慢慢地举起放在床罩上的手,法里什用双手握住了她的手。

"是谁把你害成了这样?"他问道,声音十分严厉,随后把头凑到她的嘴边,听她说话。

过了一会儿,她说:"我不知道。"她的声音干涩,非常虚弱,"我只看到远处有孩子。"

法里什——摇着头——站起身,朝掌心砸着拳头。他走到窗边,站在那里望着停车场。

"肯定不是小孩,"尤金说,"你知道我听到这件事,想到了谁吗?波顿·斯泰尔斯。"他那挨了蛇咬的胳膊上仍然挂着吊腕带,"或者是巴迪·勒贝尔。他们总是说巴迪有一个袭击名单。他会在某一天找名单上的人算账。"

"不是这些人,"法里什说道,他抬头看了一眼,眼中突然闪现出尖刻的明智之感,"这一切都是从布道所那天晚上发生的事情开始的。"

尤金说:"不要这样看我。那又不是我的错。"

"你觉得是洛亚尔做的?"丹尼问法里什。

"怎么会是他?"尤金说道,"他一周前就走了。"

"嗯,我们能确定的事情有一点。蛇是他的。这点毫无疑问。"法里什说。

"好吧,但是把他和他的蛇招来的人是你,"尤金愤愤不平地说,"可不是我,我想说的是,我现在回自己的地方都觉得害怕——"

"我说那是他的蛇,"法里什激动得直跺脚,"我没说就是他扔的蛇。"

"你看,法里什,这点一直困扰着我,"丹尼说道,"是谁把挡风玻璃砸破的?如果他们是在找毒品——"

丹尼注意到尤金奇怪地看着自己;他停止说话,把手塞进口袋里。没有必要在古姆和尤金面前讨论毒品。

"你感觉是道尔菲斯家的人干的?"他对法里什说,"或者也许是道尔菲斯的人?"

法里什思忖片刻。"不是,"他说,"弄蛇这些不符合道尔菲斯的做事风格。他只会找个人来打你个屁滚尿流。"

"你知道我一直在想什么吗?"丹尼说,"我一直在想那个跑到门前的女孩。"

"我也一直在想她,"法里什说,"但我没看清她。她是哪里来的?她为什么在房子周围晃荡?"

丹尼耸耸肩。

"你没问她?"

"老兄,你看,"丹尼尽力平静地说道,"那天晚上发生了很多事情。"

"你就那样让她走了?你说你看见一个小孩,"法里什对古姆说道。"是白人还是黑人?男孩还是女孩?"

"对啊,古姆,"丹尼说道,"你看到的是什么?"

"嗯,说实话,"他们的祖母轻轻地说道,"我没看清楚,你知道我的眼睛不好了。"

"是一个人吗？还是好几个？"

"我没看到很多人，我跑下马路的时候，听见有一个孩子在高架桥上边尖叫着边大笑。"

"那个女孩，"尤金对法里什说道，"那天晚上去广场上看我和洛亚尔讲道了。我记得她，她当时骑了一辆自行车。"

"她那天来布道所时没有骑自行车，"丹尼说，"她是跑来的。"

"我只是告诉你我看见什么了。"

"我感觉自己看见了一辆自行车，仔细一想，"古姆说，"我也不能确定。"

"我想跟那个女孩谈谈，"法里什说，"你们都不知道她是谁？"

"她告诉了我们她的名字，但是她当时说得很不确定。一开始是玛丽·琼斯，后来又编成了玛丽·约翰逊。"

"你再见到她的时候能认出她吗？"

"我能认出她，"尤金说，"我当时跟她在一起站了十分钟，在近处看清楚了她的长相。"

"我也能认出。"丹尼说。

法里什咬紧了嘴唇。"警察知道这件事吗？"他立即问祖母，"他们问你什么问题了吗？"

"我什么也没对他们说。"

"那就好，"法里什僵硬地拍了拍祖母的肩膀，"我会找出是谁害了你，"他说道，"等我找到他们，一定会让他们付出代价。"

——

艾达来家里上班的最后几天和维尼即将死去的前几日很像：总是躺在厨房地板上的盒子旁边，它的一部分还在这里，但是它的大部分——最好的部分——已经走了。盒子上印着"勒格罗斯豌豆"的字样。艾莉森一想到这些字母就会感到窒息般的绝望。她在盒子边躺下时，有时鼻尖离这些字母只有几英尺远，试图和它痛苦而短促的呼吸保持一致，仿佛她的肺能够帮助它振作起来。在夜晚时躺在厨房的地面上，发现厨房是如此宽敞，而又阴影遍布。甚至现在，在伊蒂家厨房的油毡上，还能看到维尼死去时留下的光滑印记。安了玻璃门的橱柜给人一种十分拥挤的感觉（坐在前排的观众是一些盘子，它们忍俊不禁，开怀大笑）。红色的洗碗布和樱桃花纹的窗帘欢呼着。这些默不作声的善意的物品——硬纸箱、樱桃图案的窗帘和纷乱的菲斯塔牌的餐具——都加入了艾莉森，一起悲伤着，一起和艾莉森坐在那里，在糟糕而漫长的夜晚里怔怔地望着。如今，艾达即将离开，家里再没有什么能分担或反映出艾莉森的忧伤，相反却让她越发悲伤了：沮丧的地毯、阴云密布的镜子、扶手椅缩头弓身，悲痛欲绝，甚至连悲惨的落地钟的站姿也十分僵硬，似乎马上就忍不住要哭出来。放在瓷器柜里的维也纳风琴手、穿着蓬蓬裙的陶瓷娃娃全都摆出一副恳求的姿态：它们神色慌张，小小的黑色眼睛里尽是无助和不知所措。

艾达还有事情要做。她清理了冰箱，把所有东西都从橱柜里拿了出来，全部擦了一遍。她做了香蕉面包，还做了一两个炖菜，把它们用锡纸包起来之后放进冰箱。她自言自语着，甚至还哼着歌；她忙里忙外的时候看上去似乎还挺高兴，但她拒绝和艾莉森对视。有一次艾莉森似乎看到她在哭。她小心翼翼地站在门口。"你在哭吗？"她问。

艾达·拉伊吓了一跳——用一只手捂住胸口，笑了笑。"没有！"她嚷道。

"艾达，你伤心吗？"

但艾达只是摇了摇头，便又重新投入了工作；艾莉森则回到自己的房间，开始哭。但她事后总是后悔自己把和艾达相处的珍贵时间浪费在了回卧室哭上。但是，当下，站在厨房里，站在艾达的背后看着她清理橱柜，实在是令她难以忍受，甚至当艾莉森回想起来的时候，还会觉得惊慌失措、呼吸困难、如鲠在喉。艾达在某种程度上已经离开了；虽然她还是如此温暖，如此真切，但她已经变成了记忆，一个幽灵，虽然她仍站在光线充足的厨房里，脚上穿着白色的护士鞋。

艾莉森步行去杂货店给艾达买了一个硬纸盒，这样她就能把扦插苗放进去，避免路上颠簸坏了。她用自己所有的积蓄——三十二美元，圣诞节留下来的钱——给艾达买了所有她觉得艾达可能想要或是需要的东西：几罐三文鱼——艾达喜欢中午的时候就着薄脆饼干一起吃、枫糖浆、及膝长袜和一块高档英式薰衣草香皂；还有无花果酥、一盒罗赛尔斯托福巧克力、一本邮票、一个漂亮的红色牙刷和一管条纹牙膏，甚至还有一大罐每日片的维生素。

艾莉森一路把它们拎回了家，晚上又花了很长一段时间，在后门廊上打包艾达收集的扦插苗，把每一个鼻烟壶和塑料杯子都用时尚的湿报纸精心包好。阁楼里有一个装圣诞节装饰灯的漂亮的红色盒子。艾莉森把它们都倒在了地板上，把盒子拿到了自己的卧室里重新打包那些礼物，她的妈妈这时从走廊里啪嗒啪嗒地走了过来（她的步伐很轻，漫不经心），探头进了艾莉森的房间。

"哈莉特不在有些冷清，不是吗？"她欢快地问道，她脸上的面霜闪着光，"你想来我的房间和我一起看电视吗？"

艾莉森摇了摇头。她有些不安：这很不像她的妈妈，晚上十点了还能提起兴趣，在家里走来走去，对别人发出邀请。

"你在干什么？我觉得你应该和我一起去看电视。"妈妈看到艾莉森没有答话，又问道。

"好吧。"艾莉森说罢，站了起来。

妈妈用奇怪的眼神打量着她。艾莉森感觉极其尴尬，眼睛瞟向别处。有时候，尤其是当她们两个单独在一起的时候，她能明显感受到她的妈妈对她是艾莉森，而不是罗宾而感到失望。她的妈妈控制不了这一点——实际上，她确实尽力掩盖——但艾莉森知道自己的存在本身就会让人想起所失去的。为了照顾妈妈的情绪，艾莉森已经尽力表现得不碍事儿，把自己在家里的存在感降到最低。但接下来的几周应该会比较困难，因为艾达离开了，哈莉特又不在家。

"你不用勉强来看电视，"她妈妈终于说道，"我只是觉得你可能想看。"

艾莉森感觉她的脸变红了，她躲开妈妈的目光。房间里的所有颜色——包括那个盒子的颜色——看起来都酸味十足，过于明亮。

妈妈离开后，艾莉森完成了打包，随后把剩下的钱装到了信封里，里面还放着一本邮票，一张她的学校肖像照，还有一张精美的信纸，上面印着她家的地址。然后她用一根绿色的丝带绑住了盒子。

很晚的时候，在午夜时分，艾莉森在惊吓中醒了过来，她做噩梦了——之前她做过一样的梦，她站在一堵近在咫尺的白墙前，梦中的她动弹不得，好像她剩下的时光都要用来盯着那面空空如也的墙了。

她在漆黑中静静地躺着，盯着放在床边地板上的盒子，一直到街灯熄灭，黎明的微光照进房间，她终于从床上爬起来，光着脚下了床；她从衣柜里拿出一个大头针来，盘腿坐在盒子旁，又花了一个小时，辛辛苦苦地往硬纸盒子上扎了一些隐蔽的秘密信息，一直到太阳升起，房间明亮起来才弄完：艾达在家的最后一天。盒子上留下的信息是：**艾达，我们爱你，艾达·布朗利，记得回来。请不要忘记我，艾达。爱你。**

———

虽然丹尼觉得有些愧疚，但其实他很享受祖母住院的时光。她不在家的时候，法里什就会消停下来。虽然法里什吸了不少毒（古姆不在身边，他拿着剃须刀和镜子在电视机前面一坐就是一整晚，没人能管住他），但除非是为了给古姆准备一日三餐而召集兄弟们在厨房会合，他一般不会冲他们发脾气。

丹尼自己也吸了不少，但是他没关系，因为他即将戒毒，只是现在还没到时候。而且毒品让他有足够的精力来打扫整个房车。他光着脚，浑身出着汗，光着膀子，只穿着牛仔裤，他清洗了窗户、墙壁和地板；他扔了所有装在臭烘烘的咖啡罐里的已经变质的实用油脂和培根油，那是古姆偷偷藏在厨房里的；他把洗手间刷洗一番，他一遍一遍地打磨油毡，直到它闪闪发光，他漂白了所有的旧内衣和短袖（他们的祖母一直到现在也没用惯法里什给她买的洗衣机；她总是把白衣服和有颜色的衣服混着洗，把白衣服都染成了灰色）。

打扫卫生让丹尼心情舒畅：让他感觉一切都在掌控之中。修长的船形房车，像船上的厨房，甚至连法里什也称赞了房间的干净整洁。不过丹尼知道碰不得法里什的"东西"（组装了一半的机器、坏掉的割草机、汽化机和台灯），好在他可以绕着它们打扫，而且把那些没用的乱七八糟的东西丢掉之后，还能给他帮不少忙。他每天要往垃圾场跑两趟。他每次给柯蒂斯煮完字母花片汤或是煎完培根和鸡蛋之后，都会立即把盘子洗了，沥干，而不是丢在那里。他甚至把碗橱里的东西重新摆放了一番，这样它们就没那么占地方了。

他在夜里和法里什一起坐着。毒品的另一个好处就在于此：它能让你的时间加倍。让你有时间工作、聊天、思考。

要思考的事情还真不少。最近他们受到的袭击——布道所、古姆——让法里什的注意力集中到了一个点。过去的时候，在法里什头上还没有受伤的时候，他很擅长推理出一些现实问题和运筹难题的合理解释，而当他和丹尼一起出现在废弃的高架桥上，检查事发现场时,他在计算方面的精明之处又发挥了出来:装眼镜王蛇的炸药箱,空空如也;一辆红色儿童推车;水泥灰上一堆跑来跑去的小脚印。

"如果这都是她干的,"法里什说,"我一定要把这个小贱货给弄死。"

他的手放在胯上,盯着水泥灰看着,陷入沉默。

"你在想什么?"丹尼问。

"我在想一个孩子是怎么能抬起这么重的箱子的。"

"用那个推车。"

"但她从布道所搬下来没用拖车。"法里什咬着自己的下嘴唇,"再说了,如果她要偷蛇,又何必敲门,然后露面呢?"

丹尼耸耸肩。"孩子们,"他边说边点了一支烟,烟从他的鼻孔里冒了出来,然后啪的一下合上了大大的芝宝打火机,"他们都是蠢货。"

"但做这个事情的人可不蠢,整这么一出既需要胆量,又需要瞄准时机。"

"或者运气。"

"不管怎么说。"法里什说,他的双手交叉胸前——身穿棕色连体衣,像个军人——突然开始盯着丹尼的侧脸看,搞得他很不自在。

"你无论如何都不会伤害古姆,对吧?"他问。

丹尼眨了眨眼睛。"不会!"他惊得差点说不出话来,"天啊!"

"她已经老了。"

"我知道!"丹尼边说,边愤怒地把脸前的头发甩开。

"我只是在想那天还有谁知道开着那辆特兰斯艾姆的人是她,而不是你。"

"为什么?"丹尼震惊片刻后说道,高速公路上的反光晃到了他的眼睛,让他越发困惑了,"这难道有什么区别吗?她那天就说了一句不想往卡车上爬。我跟你说过了，你可以自己问她。"

"或者我。"

"什么？"

"或者是我，"法里什说道，他喘着粗气，有些生气，"你不会做什么事来伤害我，对吗？"

"不会。"在紧张而漫长的停顿过后，丹尼终于说道，他尽力让自己的声音平静。但他想说却不敢说出口的是去你妈的。他和法里什吸了一样多的毒品，还要到处跑腿，在冰毒实验室里工作——他还他妈的要给法里什当司机，不论他去哪儿都得开车送他——但法里什从来没有给过他相应的分成，实际上他从来就什么都没给过他，只是偶尔扔给他十块二十块的零钱。确实，有一段时间他死也不想工作。一天一天就在往池塘里开枪或者开着车送法里什，听音乐或是整夜整夜地不睡觉而去寻欢作乐或者吸毒。但是每天早上都看太阳升起开始变得有些怪异，有些乏味，而且最近变得十分可怕了。他已经厌恶了生活，厌恶了兴奋，而法里什会不会把自己实际上欠丹尼的都给他补上，好让他离开这个小镇，去一个没有人认识他的地方（因为只要你姓拉特利夫，在这个镇上就没什么人会给你机会了），在那里找一份体面的工作，改头换面？不会。法里什为什么要付钱给丹尼？他还有一大堆事情要跟自己无偿的奴隶一起做。

法里什突然说道："找到那个女孩。这是你的第一要务。我要你找到那个女孩，弄清楚她都知道些什么。我不管你用什么办法，扭断他妈的她的脖子也没关系。"

——

"她已经看过殖民地威廉斯堡了，她可不在意我看过没有。"阿德莱德说罢，小孩子似的扭头看向汽车的后车窗。

伊蒂用鼻子深深地吸了一口气。把哈莉特送到营地后,她已经开了很长一段时间车,有些累了。而莉比(返回去两次才确定好自己已经关了所有东西)、阿德莱德(直到最后一分钟才决定好要带哪条裙子,让她们在车里等她熨好)、塔特(她们还差一半路程就开出镇上了,她才想起来自己把手表落在水池边上了),因为她们极其没有组织纪律,她们已经晚了两小时才上路,即使是圣人也要发疯,而现在——她们还没能开出小镇——阿德莱德就提出要绕道去另一个州。

"哦,我们不会想念弗吉尼亚的,我们接下来要看到的景色太多了。"塔特说道——她涂了腮红,十分清新,让人想到了薰衣草香皂和阿卡尔发胶,还有勿忘我花露水的味道?她正在自己的黄色手提包里翻找哮喘吸入器。"虽然有些可惜……但是既然我们都要……"

阿德莱德拿起一份《小众密西西比》杂志给自己扇风,那是她带来在车里看的。

"如果你觉得闷得慌,"伊蒂说,"为什么不把车窗往下摇一摇?"

"我不想弄乱头发,我刚弄好发型。"

"好吧,"塔特说着向她斜过身子,"如果你就开一个缝……"

"不!住手!那是开门的!"

"不对,阿德莱德,那个才是开门的,这个是开车窗的。"

"求求你别费心了,我这样就挺好。"

伊蒂说:"艾迪,换成是我,我就不会这么在意发型,一会儿后面就会巨热无比。"

"嗯,反正其他窗户都开着,"阿德莱德生硬地说,"我已经被吹得四分五裂了。"

塔特笑了起来。"好吧,反正我是不会关我这边的窗户的!"

"哼,"阿德莱德一本正经地说,"反正我不开我这边的窗户。"

莉比——坐在伊蒂旁边的副驾驶位上——懒洋洋又不耐烦地哼了一声,好像她还不够舒服似的。她身上的粉状古龙香水本来并不惹人讨厌,但是在高温环境中,再加上浓烈的娇兰一千零一夜和勿忘我花露水?它们一起在汽车后部慢慢融合,搞得伊蒂的鼻窦炎又要发作。

突然之间,塔特尖叫道:"我的手提包去哪儿了?"

"什么?什么?"大家立即齐声说道。

"我找不到手提包了!"

"伊蒂斯,现在马上掉头!"莉比说道,"她忘记拿手提包了!"

"我没有忘记,刚才还在我手上!"

伊蒂说:"好吧,我也不能在半道上掉头。"

"它去哪儿了?刚才还在我手上!我——"

"哦,塔特!"阿德莱德欢笑起来,"在那儿!你坐在上面了。"

"她说什么?她找到了吗?"莉比问,慌张地看着她,"你找到手提包了吗?塔特?"

"嗯,我找到了。"

"哦,谢天谢地。你可不能丢那个手提包。你要是丢了手提包可怎么办啊?"

阿德莱德像广播里的播音员似的宣布道:"这让我想起了七月四号的那个疯狂的周末,我们一起开车去纳齐兹那次。我永远也不会忘记的。"

"不,我也不会忘记的。"伊蒂说道。那是五十年代的事情了,阿德莱德戒烟之前。阿德莱德当时光顾着说话,把车上的烟灰缸给点着了,伊蒂正开在高速公路上。

"天啊,真是又热又远啊。"

伊蒂刻薄地说道:"没错,我的手都觉得很烫了。"伊蒂当时一边开车,一边扑火,一滴融化了的塑料液体滴到了她的手背上,那是艾迪烟盒的塑料包装纸（艾迪坐在副驾驶上，除了尖叫和紧张，什么都没干）；伊蒂的烧伤很严重，留了疤，她当时差点因为疼痛和惊吓把车开出马路。她把右手塞进装满冰水的纸杯里，泪流满面地在八月的热浪里开了两百英里，还得忍受阿德莱德一刻不停的牢骚和抱怨。

"还记得那年八月我们一起开车去新奥尔良吗？"阿德莱德说，她动作滑稽地用手拍着胸脯，"我还以为我要中暑暴毙了，伊蒂斯。我当时想着等你扭过头来看副驾驶的时候，结果看到我已经死了。"

你！伊蒂心里想，谁让你一直关着车窗！怪谁啊？

"是啊！"塔特说道，"多棒的一次旅行！那次——"

"你当时没和我们一起去。"

"我去了！"

"她的确去了，我永远也忘不了。"阿德莱德傲慢地说。

"你不记得了吗，伊蒂斯，那次你还去了杰克逊市的'免下车'麦当劳，还试图告诉停车场上的一个垃圾桶，我们要点什么？"

一阵哄然大笑。伊蒂咬牙切齿，把注意力集中在开车上。

"哦，真是一群疯狂的老太太，"塔特说，"那些人肯定这么想。"

"我只希望我能记得所有东西，"莉比咕哝道，"昨晚，我开始想我是不是把长筒袜掉在家里了，我是不是把钱都弄丢了……"

"我猜你一夜没合眼吧，是不是，亲爱的？"塔特说道，她往前倾了倾身子，把一只手放在了莉比又瘦又小的肩膀上。

"胡说！我好得很！我——"

"你知道她睡不好！她担心了一晚上！你需要的，"阿德莱德说，"是吃点早餐。"

"你知道的，"塔特边说边拍了拍手，"这个主意太棒了！"

"我们停车吧，伊蒂斯。"

"听我说！我本来想早上六点就出发的！如果我们现在停下来，

我们得到中午才能上路了！你们走之前都没吃吗？"

"好吧，我们上路之后，我的胃才有了感觉。"阿德莱德说。

"我们连镇子都还没开出去！"

"别担心我，亲爱的，"莉比说，"我激动得吃不下东西。"

"给你，塔特，"伊蒂边说边摸索着保温瓶，"要不你给她倒一小杯咖啡吧。"

"如果她没睡觉，"塔特一本正经地说，"咖啡可能会让她心悸。"

伊蒂哼了一声。"你们都怎么了？你们之前不都在我家喝咖啡吗？也没见你们谁说心悸啊之类的。现在怎么说得它跟有毒似的，能把你们毒疯了。"

突然之间，阿德莱德说道："哦，亲爱的。掉头吧，伊蒂斯。"

塔特用手捂着嘴巴笑道："我们今天都是七零八落的，是不是。"

伊蒂应道："又怎么了？"

"不好意思，"阿德莱德紧张地说，"我得回去一趟。"

"你忘了拿什么了？"

阿德莱德直勾勾地看着前方。"闪卡咖啡。"

"嗯，那你再买些就行了。"

"嗯，"塔特咕哝道，"但是如果她家里已经有一罐了，再买一罐可不怎么好——"

"再说了，"莉比说道——她用手捂着脸，眼珠子惊慌地转动着——"万一她找不到怎么办？万一他们那里不卖怎么办？"

"你在哪儿都能买到闪卡咖啡。"

"伊蒂斯，求你了，"阿德莱德没好气地说，"我不想听你说了，如果你不想送我回去，那就停车，让我下去。"

突然之间，伊蒂没有任何预兆地拐进了高速公路银行的车道上，在停车场里掉了个头。

423

"我们都怎么了？今天早上我还以为只有我丢三落四的。"塔特兴高采烈地说，随着伊蒂猛地转弯，她滑到了阿德莱德的那一边——一只手抓住了艾迪的胳膊；而正当她准备向大家宣布她现在感觉自己把手表落在家里没有那么糟糕的时候，前排传来莉比的失声尖叫和嘭的一声：奥兹莫比尔老轿车副驾驶的位子被狠狠地撞了一下，一阵天旋地转之后，接下来她们知道的事情就是喇叭响个不停，鲜血从伊蒂的鼻子上淌下来，她们到了高速公路的另一边，透过破碎的汽车前窗玻璃盯着迎面而来的车流。

——

"哦，哈——莉特！"

笑声。让哈莉特痛苦的是，那位腹语表演者把她从人群当中单拎了出来。她和其他五十名不同年龄的女孩，都坐在林间空地的木椅上，夏令营的辅导员称这里为"小教堂"。

两个坐在前排的女孩扭头瞪了哈莉特一眼，她们和哈莉特住同一间小木屋，早上一直在和哈莉特吵架，直到被教堂的钟声打断。

"嘿！别这么激动，老男孩小奇！"那位腹语表演者窃笑道，他叫扎奇，是负责夏令营男生部的辅导员。万斯博士和夫人不止一次提到小奇（腹语玩偶）和扎奇同享一间卧室已经十二年了；还说小奇跟着扎奇去了包伯琼斯大学，是他的"室友"。哈莉特已经听了无数遍，虽然她并没有那么感兴趣。玩偶打扮得像个电影《死路》里出来的男孩，穿着中长短裤，戴着平顶毛毡帽，红色的嘴巴十分吓人，脸上的雀斑跟麻疹似的。它现在正瞪着眼珠子，脑袋转了个圈——似乎在模仿哈莉特。

"嘿，老大！他们都说我是个蠢货！"它挑衅地尖笑道。

更多的笑声——杰达和道恩的笑声尤其大，她们坐在前排，满意地鼓着掌。哈莉特的脸上火辣辣的，她傲慢地盯着坐在前面的女孩的后背：那女孩比她年龄大些，背已经被汗水湿透了，肩带周围的肥肉鼓着。我希望我永远也不会这样，她心想。我肯定会先把自己饿死。

她在营地待了十天，却觉得像是待了一辈子。她猜伊蒂跟万斯博士和他的妻子打过招呼了，因为辅导员们建立了一种对她尤其关照的模式，但一部分原因是因为她没办法毫不引人注意地融入集体当中——哈莉特对此心知肚明，但却无能为力。出于原则问题，哈莉特在上交资料袋时，没有填写和上交"营地守则卡片"。那上面是一系列所有营员都要遵守的庄严承诺：保证不看限制级电影，不听硬摇滚或是酸性摇滚音乐；不喝酒，婚前不进行性行为，不吸食大麻或是烟草，不滥用上帝的名义。哈莉特并不是真的想做以上列出的事情（不过——偶尔会去看电影），但她就是决定不签名。

"嘿，亲爱的！你是不是落了什么东西？"万斯护士欢快地说道，她用胳膊揽住哈莉特（她立即僵住了），友好地捏了她一下。

"没有。"

"我没收到你的守则卡片。"

哈莉特一言不发。

万斯护士又有些冒犯地轻轻抱了抱她。"亲爱的，上帝只给了我们两个选择！不是对就是错！你不是捍卫基督就是与他为敌！"她从口袋里拿出一张空白的守则卡片。

"现在，哈莉特，以这个来做祷告吧。做主指引你做的事情。"

哈莉特盯着万斯护士圆鼓鼓的白色网球鞋。

她握住哈莉特的双手。"你想让我和你一起祷告吗，亲爱的？"她悄悄地问她，好像要给她什么极大的好处似的。

"不用。"

"好吧，我知道主会帮助你做出正确决定，"万斯护士说，她的眼里闪烁热情的光芒,"哦,我就是知道!"

和哈莉特同住一间棚屋的女孩们在她来之前已经组好了队,她们大部分时间对她都是不理不睬,虽然有天夜里醒来时,她发现自己的手在一摊温水里,别的女孩站在暗处窃窃私语,站在她的床尾咯咯地笑着(那是一个恶作剧,把睡着的人的手放在温水里,她就会尿床)。她们似乎并不是针对哈莉特;虽然不出意料,她们还在坐便器的坐垫下面放了保鲜膜。洗手间外面传来模糊的笑声,"嘿,你怎么还不出来!"等她穿着湿了的短裤,阴沉着脸走出来时,十几个女孩一起哈哈大笑——但那个恶作剧肯定不是针对她的,一定是因为她运气不好?然而,其他人似乎都参与其中:贝丝和斯蒂芬妮、贝弗莉和米歇尔,玛西、黛茜和萨拉·林恩,柯里丝特、杰达和李桉,德文和道恩。她们大部分是从图珀洛和哥伦布来的(从亚历山大来的女孩住在黄鹂屋和黄雀屋,她也不怎么喜欢她们);她们都比哈莉特高一些,打扮更成熟一些;她们涂着香喷喷的唇彩,穿着破洞牛仔裤,在滑水码头上涂椰子身体乳;她们的聊天话题(湾市狂飙者乐队、欧斯蒙德家庭组合乐队,还有她们学校的一个叫杰伊·杰克逊的男孩)对她来说既无聊又烦人。

而哈莉特对这些早有预料,她预料到要签"守则"卡片,她知道没有了图书馆的书籍,生活将是一片晦暗,她知道营地会有她痛恨的团队活动,有短剧之夜,还有故作威严的《圣经》课,她也预料到在酷热而无风的下午,坐在独木舟上,听那些讨论戴夫是不是一个忠诚的基督教信徒,韦恩和李桉有没有亲热过,又或者杰伊·杰克逊有没有喝醉的愚蠢八卦,会让人既不舒服又感乏味。

但更糟的还在后面。哈莉特明年就要上八年级了,而她没有预料到的恐怖之事,是她将被归为——人生中第一次——"青春期女孩":从她收到的宣传册来看,那是一个没有头脑的生物,全凭隆起的部位和排泄出来的液体来判断。她没料到幻灯片上会出现让人觉得十分羞辱的不堪入目的医学信息；她也没有料到在被强制参加的"座谈会"上，女孩子不仅会被问到各种私人问题——哈莉特心里觉得有些问题极其露骨——而且还需要回答那些问题。

参加这些座谈会时，哈莉特满脸都是痛恨和羞辱。她感觉自己被小看了，万斯护士想当然地认为她和那些愚蠢的图珀洛市女孩一样：她们的心思全在腋臭、生殖系统和约会上。每个房间都是除臭剂和"卫生"喷雾；扎人的腿毛，油腻的唇彩：什么都能跟"青春期"沾边，都能淫秽起来，连热狗上流出的汁液也是如此。更糟的是：哈莉特感觉"身体正在发育"的令人厌恶的尽人皆知的特点，在她可怜的身体上也有体现——子宫、阴道、乳房；好像大家看她的时候只能看到器官、外阴和淫秽部位生长的毛发，即使她穿了衣服也无济于事。知道这是不可避免的（"只是成长过程中的一个自然过程"），不比知道她终有一天会死要好到哪儿去。至少死亡还有尊严可言：可与耻辱和悲伤作别。

和她同住的一些女孩的确很有幽默感，尤其是柯里丝特和玛西。但更有女人味儿的室友（李桉、黛茜、杰达和道恩）却相当粗俗，让人大跌眼镜。她们热衷于给自己贴上赤裸裸的生理词汇标签，比如谁有"奶头"，谁没有，令哈莉特感到恶心。她们讨论着"种草莓"和"姨妈来了"；她们用的都是低级表达，她们都猥琐无比。这样做，哈莉特对正在摆弄着救生衣的李桉说道，你就这样把它插进去，像这样——

所有女孩——连同忘恩负义的李桉——齐声哈哈大笑起来。干什么？哈莉特？

插进去，哈莉特战战兢兢地说道，插是很正常的一个字……

哦，是吗？一阵傻笑——她们都很淫荡，她们这一群大汗淋漓、月经来潮、痴迷于男孩的人，她们聊着身上的汗水和阴毛，交换着眼神,踢着对方的脚踝。再说一遍,哈莉特?那是什么意思?她应该做什么?

扎奇和小奇聊到了喝啤酒的话题。"告诉我,小奇,你会喝既难喝又对你身体不好的东西吗?"

"哟!绝对不会!"

"好吧,信不信由你,但是好多成年人和孩子都会!"

小奇目瞪口呆,审视着观众:"老板,这里的孩子吗?"

"也许有。因为总是有几个傻孩子认为喝啤酒很酷,老兄!"扎奇比了个胜利的手势。一阵不安的笑声。

哈莉特——坐在太阳底下,被晒得头疼——斜着眼瞥见胳膊上被蚊子叮了好几个包。这次集会之后(感谢上天,十分钟就完事儿了)有四十五分钟的游泳时间,然后是《圣经》测试,然后就是午饭了。

游泳是哈莉特唯一喜欢或者盼着做的事情。她听着自己的心跳声,独自穿梭于昏暗宁静的湖水当中,穿梭于湖水中摇曳不定的微弱光束之间。靠近湖面的水温和洗澡水一样温暖;而随着她越游越深,冰冷的泉水迎面而来,一股股浊水伴着她的每一次划水和蹬腿翻腾着,像从湖底污泥中升腾而起的绿色烟雾。

女孩们每周只能游泳两次:周二和周四。今天正好是周四,这点让她备感欣慰,虽然她仍然感到心烦意乱,早上信件点名时她被意外点到了。信是希利寄来的。她打开后,惊讶地发现里面有一张从亚历山大的《鹰报》上剪下来的文章片段,是一篇题为《女性遭异域爬行动物攻击》的新闻。

还有一封用学校的蓝线纸写的信。"哦哦哦,那是你男朋友写的吗?"道恩一下子把信夺了过去。"'嘿,哈莉特,'"她对着所有人大声读道,"'最近怎么样?'"

剪报掉到了地上。哈莉特颤抖着双手赶紧把它抓了起来,揉成纸球,塞进了口袋里。

"'感觉你会想看看这个。看一看……'看什么?这是什么?"道恩说着。

哈莉特的手放在口袋里,正用手指头把报纸捣碎。

"在她的口袋里,"杰达说道,"她往自己的口袋里放了个什么东西。"

"拿过来!拿过来!"

杰达幸灾乐祸地扑向哈莉特,哈莉特则朝她脸上来了一拳。

杰达尖叫一声。"天啊!她居然挠我!你挠了我的眼皮,你这个贱货!"

"大家冷静,"有人低声说道,"梅兰会听到的。"她说的是梅兰妮,负责她们棚屋的辅导员。

"我流血了!"杰达尖叫道,"她想把我的眼珠子挖出来!妈的!"

道恩呆在原地,涂有亮唇膏的嘴唇张着。哈莉特见机行事,赶紧从她手中将希利的信夺过来,放进了口袋。

"你看!"杰达举着手说道,她的手指和眼皮上都有血,虽然不多,但有些血,"看看她对我做了什么!"

"你们给我闭嘴,"有人厉声说道,"否则我们就要被记过。"

"如果我们再被记一次过,"又有一个人愤愤不平地说,"我们就不能和男孩子们一起烤棉花糖了。"

"是啊,就是这样,闭嘴吧。"

杰达夸张地挥舞着拳头,朝哈莉特走去。"你最好给我小心点,"她说,"你最好——"

"别说了!梅兰过来了!"

接着响起了教堂的铃声。所以扎奇和他的木偶救了哈莉特,至少暂时是这样。如果杰达决定去告状,她还是会有麻烦,但这并不是什么新鲜事；哈莉特已经习惯了因为打架而陷入麻烦。

让她担心的是剪报。希利把它寄过来真是蠢过头了，还好没人看见。这点很重要。她自己也是除了标题也什么都没看到；她已经把它撕得粉碎，连同希利的信一起，然后把这些碎纸一起塞进了口袋。

她意识到空地的气氛有些不对劲。扎奇不再说话，突然之间，所有的女孩都一动不动安静地坐着。在安静之中，哈莉特突然感到一阵恐慌，她感觉所有的人都会一起转过来看她。扎奇清了清嗓子，哈莉特明白了情况，好像从梦中醒来一般，大家这么安静并不是因为她，而是正在祈祷。她也赶紧闭上眼睛，低下头。

———

祈祷仪式一结束，女孩子们都伸展身体，嬉笑起来，又开始聚在一起聊天（杰达、道尔和黛茜明显正在聊哈莉特，她们双手抱在胸前，充满敌意的目光穿过空地朝她的方向看着）。梅兰（头戴遮阳网球帽，鼻子上涂着氧化锌软膏）抓住了哈莉特。"别游泳了，万斯夫妇想见你。"

哈莉特努力掩饰着自己的沮丧。

"起来去办公室吧。"梅兰说道，用舌头舔了舔牙箍。她正看着哈莉特的头顶上方——看着神采奕奕的扎奇，无疑，她很担心他不跟她说几句话就溜回男孩子的营地。

哈莉特点点头，想表现得冷漠些。他们能如何惩罚她呢？让她独自在棚屋里坐一整天？

"嘿，"梅兰在她身后喊道——她已经看到了扎奇，她举起一只手，穿过那些女孩子，朝他走去——"如果《圣经》学习之前，万斯夫妇和你也做完了工作，你就过来网球场和十点钟的小组一起做练习，可以吗？"

松树林很黑——她很开心能从被太阳晒得发白的"教堂"离开——林子里的小路又软又黏。哈莉特低头走着。这状告得也太快了，她心里想。虽然杰达是一个恶棍，是一个恃强凌弱者，但是哈莉特还不知道她会打小报告。

谁知道呢？也可能什么事儿都没有。可能万斯博士只是想要拉她参加所谓的"会议"（其间他会背很多《圣经》中关于"服从"的诗歌，然后问哈莉特是否接受耶稣作为她人生的救世主）。又或者，他可能只是想问问她《星球大战》雕像的事儿（两天前，他把所有营员召集到了一起，男孩女孩子一起，然后尖声训斥了他们一个小时之久，因为他们中有一个人——据他所说——偷了布兰特利《星球大战》的雕像，布兰特利是他尚且说不清话的正上幼儿园的儿子）。

也许是有人给她打电话了。电话在万斯博士的办公室，但是谁会给她打电话呢？希利？

也许是警察，她不安地想着，也许他们发现了推车。她想把这个念头从脑海中撇出去。

她小心翼翼地走出树林。在办公室的外面，万斯博士的客货两用车旁边，停着一辆挂着戴尔雪佛兰经销商牌子的车。哈莉特还没来得及想明白这和她有什么关系，办公室的门便在一阵悦耳的风铃声中打开了，万斯博士走出门，身后跟着伊蒂。

哈莉特惊得呆在原地。伊蒂看上去有些不同——疲惫、闷闷不乐——有那么一刻哈莉特还以为自己看错了，但她没看错，的确是伊蒂：只是她戴了一副哈莉特不熟悉的旧眼镜，是男人常戴的黑框眼镜，在她的脸上显得很重，还显得她很苍白。

万斯博士看到了哈莉特，朝她挥挥手——他像是隔着人头涌动的体育场似的，把双手都举了起来。哈莉特不情愿地往前走着。她感觉自己真的摊上麻烦事了，而且是大麻烦——但随之伊蒂也看到了她，朝她笑了笑：不知怎的，（也许是眼镜的原因？）那是旧时的伊蒂，是心形盒子里的照片上的伊蒂，是在柯达克罗姆胶片里的天空下，冲着罗宾吹口哨、扔棒球的伊蒂。

"哈特特。"她喊道。

万斯博士站在一旁，沉着的面容中透露出慈爱之情，哈莉特一听到已经不常用的小时候的昵称——赶紧跑过铺着碎石的空地，跑向伊蒂；而伊蒂则像军人一般迅速弯下腰，轻轻地亲了一下她的脸颊。

"是的，女士！看到外婆非常开心吧！"万斯博士喊道，他向上翻着眼睛，踮着脚晃着身体。他的语调格外温暖，但是听起来又好像他心里在想着其他事情。

"哈莉特，"伊蒂说，"这些是你的全部东西了吗？"哈莉特看到伊蒂的脚边放着她的行李箱、背包和网球拍。

哈莉特微微感到一些困惑，不过不是因为放在地上的东西，过了一会儿，她说道："你换了新眼镜。"

"是旧眼镜，车是新的。"伊蒂朝着停在万斯博士的车旁边的车点了点头，"如果你还有什么落在了房间里，最好现在跑回去拿。"

"你的车呢？"

"别问了，快走吧。"

哈莉特丝毫不敢质疑，赶紧跑开了。她一直觉得这是不可能发生的事情；或多或少可能是因为她已经做好了躺在伊蒂的脚边央求她，或者大喊大叫，让她把自己带回去的准备。

除了一些她并不想要的手工作品（一块脏兮兮的防烫垫，一个还没晒干的剪纸铅笔盒），哈莉特唯一想带上的东西就是她的淋浴拖鞋和毛巾。有人拿了一条她的毛巾去游泳了，所以她就拿了另一条，跑回了万斯博士的小木屋。

万斯博士正帮伊蒂往新车的后备厢里放东西。这时哈莉特才发现伊蒂的动作有些僵硬。

可能是因为艾达。哈莉特突然想到。可能艾达决定不离开了，或者是她要见我最后一面才离开。但是哈莉特知道这些都是不可能的。

伊蒂狐疑地打量着她："我记得你有两条毛巾。"

"不是，女士。"她看到伊蒂的鼻毛根部有一些黑色的块状物，是鼻烟吗？切斯特吸鼻烟。

她还没来得及爬上车，万斯博士便走了过来，站在她和副驾驶的车门中间——他弯下腰，伸出一只手和哈莉特握手。

"哈莉特，上帝自有安排。"他像告诉她一个小秘密似的说道，"但是这说明了我们都会喜欢他的安排吗？没有。那说明了我们总能理解他吗？没有。那这说明我们要哀号和抱怨他的安排吗？更没有！"

哈莉特两颊滚烫，十分尴尬，她盯着万斯博士冷漠的灰色眼瞳。在万斯护士的讨论小组里讨论过"发育中的身体"之后，又有很多关于上帝的安排的讨论，讨论为什么幻灯片上放的管状器官、荷尔蒙和令人羞耻的排泄物都是上帝对女孩的安排。

"为什么呢？为什么上帝要考验我们？为什么我们要下定决心接受他的考验？为什么我们必须对大家普遍面临的挑战进行反思？"万斯博士打量着她的脸，"这能对我们基督徒的为人做事产生什么启迪？"

沉默。哈莉特震惊得忘记抽回自己的手。高高的松树林中传来一只冠蓝鸦的尖叫。

"哈莉特，我们所面临的挑战的一部分就是接受，接受上帝的安排总是最好的安排。什么是接受？就是我们必须服从他的意志！我们必须心悦诚服！这就是我们作为基督徒所面临的挑战！"

他的脸离哈莉特的脸只有几英尺，让她突然感到非常害怕。她全神贯注地盯着他脸上坑洼处红色的胡子茬，那是剃刀刮漏的地方。

"让我们一起祈祷吧,"万斯博士突然说道,捏了捏她的手,"亲爱的耶稣,"他说道,将自己的大拇指和食指按在紧闭的眼睛上,"能站在您的面前是一件无比荣幸的事情!能与您共同祈祷是多么幸福啊!让我们快乐吧,在您的见证下!"

他在说些什么?哈莉特恍惚地想着。蚊子叮咬过的地方有些痒,但她不敢去挠。她半闭着眼睛,盯着他的脚看着。

"哦,主啊。请在未来的日子保佑哈莉特和她的家人,照看他们,引领他们,帮助他们明白,上帝,"万斯博士一字一顿地说道——"明白这些悲伤和考验仅仅是他们身为基督徒的一部分……"

伊蒂去哪儿了?哈莉特闭着眼睛,在心里想。她在车里?万斯博士的双手很黏,摸上去很不舒服。如果玛西还有别的和她住一间木屋的女孩,看到她站在停车场上和万斯博士握着手,该有多尴尬啊。

"哦,主啊。帮助他们,让他们不要背叛于你。帮助他们臣服于你。帮助他们没有怨言地走下去,勿让他们忘记遵从,或者反抗,而是要接受您的安排,遵守与您的契约……"

遵从什么?哈莉特心想,微微有些震惊。

"……以我主基督耶稣之名,阿门。"万斯博士大声说道,吓了哈莉特一跳。她看向四周,伊蒂站在驾驶室那边,手搭在引擎盖上——不过她到底是一直站在那里呢,还是在他们祈祷的时候,悄悄地移过去了呢?谁都不知道。

万斯护士不知从哪里冒了出来,她猛地弯下身,给了哈莉特一个贴胸拥抱,抱得她喘不过来气。

"上帝爱你!"她的声音含有笑意,"你一定要记住这一点!"

她拍了拍哈莉特的屁股,满脸笑意地扭向伊蒂,似乎要开始一段日常对话。"嗨!"但是伊蒂的心情,并不像她当时送哈莉特来营地那样,没有那么包容,也没有社交的心思。她礼貌地朝护士万斯点点头,仅此而已。

她们都坐上了车;伊蒂架着眼镜琢磨了一会儿她还不熟悉的仪表盘之后,终于发动了车子,扬长而去。

万斯夫妇站在空地中间,他们搂着彼此的腰,向伊蒂挥手致意,直到伊蒂转弯。

新车有空调,所以车里变得非常、非常安静。哈莉特仔细地观察着——新的广播播放器、电动窗户——同时十分不安地坐在座位上。在密闭的凉爽车厢里,她们的呼吸声相互伴随,汽车驶过树荫遮蔽下的湿漉漉的石子马路,路面上闪闪发光的高高低低的坑洼曾经颠得那辆奥兹莫比尔轿车的车架都跟着晃。直到她们开出了黑漆漆的马路,转向阳光普照的高速公路,哈莉特才偷偷瞄了外婆一眼。

但伊蒂的心思似乎不在这里。她们往前开着。宽阔的马路空空荡荡:没有车,天空万里无云,远处的锈红色尘土汇集成一个点;突然之间,伊蒂清了清嗓子——大声而尴尬地说了一声阿门。

哈莉特——吓了一跳——眼神从窗户瞟向伊蒂,她说:"小姑娘,我很抱歉。"

有那么一刻,哈莉特屏住了呼吸。一切突然定格:影子、她的心、仪表盘上的红色指针。"怎么了?"她问道。

但伊蒂仍然看着路面,神情僵硬。

空调开得太大了。哈莉特抱住自己光秃秃的胳膊。妈妈死了?她心想。或者艾莉森?或者是爸爸?但与此同时,她从心底里知道自己能应付得了这些情形。她大声问道:"发生了什么?"

"是莉比。"

———

事故发生后的混乱过程中,没有人停下来想过这几位上了年纪的老太太有没有什么严重问题。大家身上虽然有一些伤口和瘀青——还有伊蒂血淋淋的鼻子，不过只是看上去比较严重而已——但主要还是受到了惊吓。而且急救人员对她们进行了详尽而烦人的检查之后才让她们离开。"这位身上一点刮伤都没有。"自以为是的救护车随员说道，她帮着莉比从撞瘪的车上下来，莉比满头白发，戴着珍珠首饰，穿着柔粉色的裙子。

莉比当时看上去吓坏了，撞得最严重的地方就是她那边。虽然她忍不住地用指尖小心翼翼地按着脖子，像是在找脉搏似的，但当她看到伊蒂不顾急救人员的阻拦，爬出救护车看自己的姐妹们时，她还是挥了挥手，说道："哦，别担心我！"

所有人都觉得脖子僵硬。伊蒂感觉自己的脖子像一条开裂的长鞭。阿德莱德围着那辆旧奥兹莫比尔轿车踱着步，不停地用手摸着耳朵，看两个耳环是不是都在，她还喊着："我们真是大难不死！伊蒂斯，你没把我们都害死真是奇迹！"

但是当所有人都接受完脑震荡和是否骨折的检查后（伊蒂心想，为什么自己没有坚持让那些蠢货给莉比量一下血压？伊蒂是一名受过专业培训的护士，她知道这些的），最后，急救人员想带走的只有伊蒂：而这让人很是愤怒，因为伊蒂没有受伤——没有骨折，没有内伤，她知道这一点。她与他们争吵一番。她只是撞在方向盘上时把肋骨上撞出了裂缝，此外什么事儿也没有。而且从她当军队护士的经历，伊蒂知道如果士兵肋骨发生了裂缝骨折，除了用胶布固定一下，把他们再次送上战场，没有别的法子。

"但是你的肋骨裂了，女士。"另一位救护人员说道——不是自以为聪明的那位，是另一位脑袋和南瓜一样大的医护人员。

"是的，我自己知道！"伊蒂几乎是尖叫着对他说道。

"但是，女士……"让人感觉被冒犯的手伸向她，"您最好跟我们去医院，女士……"

"为什么？他们充其量就是给我绑上胶带，然后收我一百美元！有那一百美元，我自己就能给自己绑胶带！"

"去一趟急诊室要花得可远不止一百美元，"自以为是的救护人员说道，她靠在伊蒂那辆撞烂的车的引擎罩上（车啊！车啊！她每每看到那辆车都感觉心里一沉），"拍个X光片就要花你七十五了。"

当时，已经有一小群人聚了过来：看热闹的人主要是从银行分行过来，她们咯咯笑个不停，嚼着口香糖，头发梳得非常蓬松，涂着棕色的口红。塔特——摇晃着手中的黄色手提包，示意警车停下来——爬上被撞坏的奥兹莫比尔轿车的后座（尽管汽车喇叭仍在轰鸣），和莉比一起与警察和另外一位司机处理事件，这一过程耗时良久。他是一位精力充沛、十分烦人、自以为无所不知的小老头，名叫莱尔·佩蒂特·里克希：非常瘦弱，穿着修长的尖头鞋，鹰钩鼻和玩偶匣似的，走路的时候，总是小心翼翼地把膝盖抬得很高。他似乎对于自己是阿塔拉县人的事实引以为豪；对自己的名字也是如此，十分乐意重复自己的全名。他不停地用瘦骨嶙峋的手指着伊蒂，发牢骚地说："那边那个女人。"他说得好像伊蒂喝醉了，或是个酒鬼，"那个女人直接冲到了我的前面。那个女人不能再开车了。"伊蒂则傲慢地转过身去，背对着他，回答警察的问题。

这次事故是她的错，她没有让路；而她所能做的就是承认错误。她的眼镜撞坏了，在蒸腾的热气中（"那个女人可真是选了炎热的一天冲到了我的面前。"里克希先生对急救人员抱怨道），坐在撞坏的奥兹莫比尔轿车后座上的莉比和塔特就是一小团粉色和黄色的模糊身影。伊蒂用湿巾擦了擦额头。在"苦难之栖"的时候，每一个圣诞节都会在圣诞树下放四条不同颜色的裙子——粉色给莉比，蓝色给伊蒂，黄色给塔特，紫色给宝贝阿德莱德。彩色的拭笔具、丝带和信纸……一模一样的金色瓷娃娃，但每个人的裙子都不相同……

"你是，"警察说道，"你是不是没有按照交通规则掉头。"

"我没有。我直接在停车场转了弯。"伊蒂的余光感到一辆汽车镜子的闪光，让她有些分神，与此同时，一段童年时期令人费解的回忆跳上她的心头：塔特的旧铁皮娃娃——套着脏兮兮的黄色长裙——腿像风车似的敞开，躺在"苦难之栖"落满灰尘的厨房院子里，躺在时不时有鸡跑去啄食的无花果树下。伊蒂自己从来不玩洋娃娃——对它们从来一点兴趣都没有——但是她现在却能异常清晰地看到它：它的身上裹着一块棕色的布，鼻子上的漆被摸没了，闪着银色的金属光泽。塔特拖着那个破破烂烂的死东西在院子里玩了多久？而那个丢了鼻子的怪异小脸娃娃又在伊蒂心里萦绕了多久？

警察审讯了伊蒂半个小时。他的声音嗡嗡作响，他的墨镜像个镜子，好像正在审讯她的是文森特·普莱斯的恐怖电影《变蝇人》里的蝇头人。伊蒂，用手遮着眼睛，尽力将自己的注意力放在他的问题上，但是她的眼睛不停地瞟向刺眼的高速公路上飞速闪过的汽车，她能想到的只有塔特那个阴森可怖的娃娃和它的银色鼻子。那个东西到底叫什么来着？她从来都记不住。塔特直到去了学校说话才清楚；她给自己的娃娃起的都是些听起来很奇怪的名字，她编出来的名字，比如格瑞斯和里列姆和阿提莫……

那些从银行分行来的小女孩们感觉无聊了，她们——检查着自己的指甲，用手指绕着头发——慢慢地回去了。阿德莱德——伊蒂愤愤地将整件事的错归在她身上（她和她的闪卡！）——看上去非常烦躁，站得离现场很远，好像自己没有遭遇事故，她正在跟一位唱诗班的八卦的朋友加特利夫人聊天。她停下来看发生了什么。不知道什么时候，她已经跳上加特利夫人的车离开了，甚至都没有告诉伊蒂。"我们去麦当劳买香肠和饼干。"她冲塔特和可怜的莉比喊了一句。麦当劳!而且——更糟糕的是——等到苍蝇脸的警察终于允许伊蒂离开后,她可怜而破旧的汽车当然仍然发动不起来,她迫不得已挺直肩膀,重新走进可怕的阴冷的银行分行,走到那些粗鲁的银行出纳员面前,问是否能够借用电话。与此同时,莉比和塔特则在可怕的炎热当中,毫无怨言地坐在奥兹莫比尔轿车的后面。

她们的车没过多久就来了。伊蒂站在大堂经理的桌旁,正跟一位汽车修理厂的男人通电话,透过平板玻璃,她看着她们走向出租车:挽着胳膊,穿着精美的鞋子小心地走在石子路上。她敲了敲玻璃;走到一半的塔特在刺眼的强光中转过身来,她举起一只胳膊,突然之间,伊蒂想起了塔特旧娃娃的名字,她大声笑了出来。"什么?"修理厂的男人问道;那位经理——在厚实的玻璃后面翻着白眼——抬头看了伊蒂一眼,好像她疯了似的,但是她并不在意。力克巴斯。可不是嘛。这就是那个铁皮娃娃的名字。淘气的跟妈妈顶嘴的力克巴斯;邀请阿德莱德的洋娃娃参加茶话会的力克巴斯,却只用水和小萝卜招待了它们。

等拖吊车终于到了之后,伊蒂坐着司机的车回了家。第二次世界大战之后,她还是第一次坐卡车;驾驶室很高,而带着破裂的肋骨爬上去并不好玩儿:但是,正如克里夫法官一直教导他女儿们的那样,乞丐不能挑三拣四。

她回到家已经将近下午一点了。伊蒂把她的衣服挂起来(知道她开始脱衣服的时候,才记起来行李箱还在奥兹莫比尔轿车的后备厢里),随后又洗了个凉水澡;她坐在床边,穿着胸罩和一直都到腰上内裤,吸了口气,尽力往自己的肋骨上绑着绷带。随后,她喝了一杯水,吃了一片阿司匹林和看牙时留下的可待因,之后便穿上一件和风睡衣,躺在床上。

过了很久之后,她被电话铃声叫醒。有一瞬间,她以为电话另一

439

头的微弱的声音是孩子妈妈的声音。"夏洛特？"她大声嚷道；接着，听到那里没有回应："是谁，请问？"

"我是艾莉森。我现在在莉比家，她……她有些心烦意乱。"

"我不怪她，"伊蒂说，突然坐起来让她冷不防地感到一阵疼痛，她急促地吸了一口气，"现在不是她享受陪伴的时候。你不应该去那里打扰她，艾莉森。"

"她看起来并不累。她——她说她要腌一些甜菜。"

"腌甜菜！"伊蒂哼了一声，"如果让我今天下午腌甜菜我也会非常烦躁。"

"但是她说——"

"你赶紧回家吧，让莉比休息一下。"伊蒂说道。她吃了止疼片，脑袋有些昏昏沉沉；而且她还怕被问起车祸的事情（警察暗示可能是她的视力问题；有人提议进行测试，吊销驾驶证），急于把话题切断。

背景音里传来一阵烦躁的咕哝声。

"那是什么？"

"她有些担心，她让我给你打个电话。伊蒂，我不知道该怎么办，请你过来看看吧——"

"到底是怎么回事儿？"伊蒂说道，"让她接电话。"

"她在隔壁房间。"听不清的说话声，随后又传来了艾莉森的声音，"她说她得去镇上一趟，但是她不知道她的鞋和长筒袜在哪儿。"

"告诉她别担心，行李箱在汽车后备厢里。她睡了一会儿没？"

电话那头传来更多咕咕哝哝的说话声，伊蒂已经忍耐到了极限。

"喂？"她大声说道。

"她说她没事儿，伊蒂，但是——"

（莉比总是说她没事儿。莉比患上猩红热的时候，也说自己没事儿。）

"——但是她不肯坐下来,"艾莉森说道,她的声音似乎从很远的地方传来,好像她没有对准听筒,"她现在站在客厅里……"

虽然艾莉森仍在说话,伊蒂仍然在听,但是伊蒂感觉她一句话还没说完,另一句便又开始了——突然之间——她发现自己一个词也没听懂。

"很抱歉,"她礼貌地说,"你得大点声说话。"然后她还没来得及责骂艾莉森说话含糊不清,便听到前门突然传来一阵吵闹声:咚咚咚咚咚,一阵清脆的敲门声。伊蒂重新裹了裹身上的和风睡衣,系牢了腰带,朝着走廊望去。罗伊·戴尔站在门外,露着灰色的尖牙利齿,像一只负鼠似的笑着,欢快地朝伊蒂挥了挥手。

伊蒂迅速把头扭回卧室。趁火打劫的人,她心想。我真想一枪崩了他。但他看上去真是心花怒放。艾莉森又说了一些别的。

"听着,我得挂电话了,"她干脆地说道,"我的门廊上有人,我得穿件衣服。"

"她说她得去火车站见一位新娘。"艾莉森说道,声音明亮。

过了一会儿,伊蒂——不愿承认自己听力不好,而是习惯于直接根据谈话内容推断——深吸了一口气(肋骨随之一疼),说道:"告诉莉比,说我让她躺下来。如果她想见我,我会步行过去,给她量一下血压,然后给她一片安定药,等我——"

咚咚咚咚咚咚!

"等我把他赶走。"她说道,接着说了再见。

她往肩上搭了一条披巾,穿上拖鞋,向门厅走去。透过门上镶着铅框的玻璃窗,她看到戴尔先生——嘴巴大张,夸张地笑着——举起一个用黄色的玻璃纸包着的水果篮似的东西。当他看到她穿着睡衣时,他表现出一副又沮丧又歉疚的样子(眉毛的中间拱起,像个倒V字),他夸张地动着嘴唇,指了指篮子,用唇语说道:不好意思打扰你了！就是一点小东西！我就放在这里了……

伊蒂迟疑片刻后喊道："等一下！我马上就出去！"她的语调变得十分轻快。而她一转身，笑脸就拉下来了。她迅速回到自己的房间，关上房门，从衣橱里扯了一件家居服。

拉上背后的拉链，两颊上轻轻擦上腮红，鼻子上扑一些粉，开门前匆匆看了一眼镜子里的自己，她才走下楼去见他。

"哎呀，我真没想到。"看到戴尔先生向她展示水果篮，她僵硬地说道。

"我希望没有打扰到你，"戴尔先生边说边自然地扭过头去，用另一只眼镜看着她，"多莉丝在杂货店碰见了苏茜·加特利，她把整个事故都告诉了她……我已经连续好几年"——他把一只手放到她的胳膊上，以示强调——"说他们应该在那个交叉口安一个红绿灯。好几年了！我给医院打了电话，但他们说你没去住院，谢天谢地。"他一只手放在胸脯上，充满感激地朝天空望了望。

"是啊，天啊，"伊蒂语气缓和地说，"谢谢你。"

"我说，那是县里最危险的交叉口！我来告诉你会发生什么。虽然很让人羞愧，但恐怕只有那里出了人命，县议会的人才会有所察觉。闹出人命了。"

伊蒂惊讶地发现自己对戴尔先生的态度居然缓和了——认为他非常和气，尤其是他似乎确信这次事故无论如何也不可能是她的错。而当他朝着停在马路边上的新凯迪拉克示意的时候，（"就是出于礼貌……想着你可能需要个替代品开几天……"）相比之前，甚至是几分钟之前，她态度大变，对这位狡诈之人已经没有什么敌意了，她主动跟着他一起走出去，听他将所有产品特色都介绍了一遍：皮革座椅、磁带机、动力转换系统。（"这位美人刚在停车场上放了两天，而我不得不说的是，在我看到它的第一眼，我就想：这辆车对于伊蒂斯小姐来说非常完美！"）看到他展示自动车窗，等等，居然让人有种满足感，想想就在不久之前，有些自以为是的人还说伊蒂根本不应该开车。

他继续说着。但是伊蒂的止疼药的药劲儿正在消退。她试图让他快点说完，但是戴尔先生——抓紧时机（因为他从拖吊车司机那里得知，那辆奥兹莫比尔轿车注定要被扔到垃圾场了）——开始说起了优惠措施：在定价基础上直降五百美元——为什么？他伸开手掌："不是因为我好心。女士，不是的，伊蒂斯小姐。我来告诉你为什么。因为我是一个好商人，因为戴尔·雪佛兰想与您做成生意。"在充足的夏日阳光中，他解释着为什么他要再延长一下保修期，伊蒂——胸骨上传来一阵疼痛——眼前突然闪过一段尖锐、可怕、噩梦般的即将到来的晚年生活的影像。疼痛的关节、模糊的视线、嗓子眼儿里不断冒出来的阿司匹林的味道。剥落的漆面、漏水的房顶、滴水的水龙头、在地毯上撒尿的猫、从未修建的草坪。还有时间：站在门前的院子里听一些突然出现的骗子或者奸诈之人，或者"乐于助人"的陌生人说话的时间已经够多了。她经常在开车去"苦难之栖"看父亲的时候，发现他正在车道上跟一些推销员，或是不择手段的承包商，还有一些笑哈哈的修剪树枝的吉卜赛人，总是在之后才说报价是按每个大树枝算，而不是每棵树；穿着富勒绅牌鞋子的伪善的叛徒向他提供裸女杂志和少量的威士忌，其间还有各种各样给刚刚起步的公司投资的机会和令人难以置信的重要性；采矿权、保护地，各种毫无风险的投资，各种能够将这位可怜的老人从他所拥有的东西中解放出来的千载难逢的机会，包括他的出生地……

伊蒂听着，但越来越觉得眼前发黑，感到绝望。反抗有什么用呢？她——像她的父亲一样——是个坚定的异教徒；虽然她为了市民和社交责任会去教堂，但是她实际上并不相信那里的任何一句话。到处都是绿色墓园的味道：割过的草地，百合和被翻开的泥土；她每吸一口气，肋骨的位置都会刺痛，她不停地想着妈妈留给她的缟玛瑙和镶钻石胸针：像位愚蠢的老太太，她把它们放在了没有锁上的行李箱里，放在被撞坏的车后备厢里，车厢也没上锁，现在在镇子另一边。我的一生，她想，我被抢劫了。所有我曾经爱过的东西如今都被从我身边抢走了。

不知怎的，戴尔先生和善的样子，却让人感到奇怪的安慰：他那涨红的脸庞，须后水成熟的味道，他嘶嘶嘶的鼠海豚般的笑声。他那紧张不安的举止——与上过浆的衬衫之下坚实而成熟的胸膛形成对比——却有种说不清的让人安心的感觉。我一直觉得他长得好看，伊蒂想。罗伊·戴尔有他的缺点，但是至少他没有无理到说伊蒂没有能力开车……"我要开车，"就在一周前，她冲着一位无足轻重的眼科医生怒吼道，"我不关心我会不会撞死密西西比的什么人……"而她听着戴尔先生说着汽车，把手掌放在她的胳膊上（再跟她说一件事，然后再说一件，然后，终于等她完全听烦之后，他问道：我要怎么做你才能变成我的消费者？立即？告诉我我说什么你才能跟我成交……）；而伊蒂却难得有一次无力让自己摆脱他，站在那里继续听他竭力推销。莉比泡澡时感到有些不舒服之后，就去床上躺下了，她用一块凉爽的布盖着自己的额头，然后便陷入了昏迷状态，再也没有醒来。

———

中风。原来如此。她第一次中风时，没有人知道。往常的时候，奥登第二天本应该去家里工作——但是她那周休息，因为她们外出旅行。等到莉比终于开门时——她花了好一会儿才去开门，久到艾莉森以为她可能睡着了——她没有戴眼镜，视线有些模糊。她看着艾莉森，但似乎在等待着别的什么人。

"你没事儿吧?"艾莉森问。她听说了整个事故。

"嗯,没事儿。"莉比心烦意乱地回答。

她让艾莉森进去,随后走到了房子后面,好像在找什么放错了地方的东西。除了脸上有几块葡萄果冻色的浅色瘀青之外,她看起来没什么问题,再有就是她的头发不似往常那般整洁。

艾莉森瞟了一眼四周,说道:"你找不到报纸了吗?"房间内非常整洁:地板刚刚擦过,所有物品都一尘不染,甚至连沙发垫都被拍打蓬松,摆放整齐;然而正是过分整洁的房屋让艾莉森察觉到了异样。在她自己的家中,异样与无序有关:脏兮兮的窗帘、沾着沙砾的床单,敞开的抽屉和桌子上的面包屑。

简单寻找了一番之后,艾莉森在莉比椅子旁边的地上找到了报纸,她把报纸折到填字游戏那里,把莉比的眼镜放在上面一起带进了厨房,莉比坐在桌边,一只手紧张而反复地平整着桌布。

"这是你的填字游戏。"艾莉森说。厨房明亮得让人不舒服。虽然阳光透过窗帘倾泻而入,房间的灯不知为何也打开了,好像当下不是仲夏时节,而是黑漆漆的冬季午后。"你需要我把铅笔给你吗?"

"不用了,我现在没法做那个蠢游戏,"莉比烦躁地说,把报纸推到一边,"字母不停地往下滑……我需要做的,是开始弄甜菜。"

"甜菜?"

"除非我现在就开始,不然就不能及时做好了。那位小新娘十一月四号就要来镇上了……"

"什么新娘?"艾莉森稍稍停顿了一会儿后问道。她从没听说过十一月四号什么的,不知这个日期代表了什么。房间里的一切都过于明亮且不真实。艾达·拉伊一个小时前刚刚离开——和以往的任何一个周五一样,只是她周一和今后都再也不会回来了。她什么都没有带走,除了她用来喝水的红色塑料杯;出去时,她在走廊上拒绝了那些小心翼翼包装好的扦插苗和一盒子的礼物,说太重了拿不动。"我不需要那些东西!"她直视着艾莉森的眼睛,用欢快地语气说道;她的语气好像是有人给了她一个纽扣,或是一个蹒跚学步的儿童递给她一根棒棒糖,"你觉得我要拿这些没用的东西去干吗?"

目瞪口呆的艾莉森努力抑制着泪水。"艾达,我爱你。"她说道。

"嗯,"艾达若有所思地说道,"我也爱你。"

真是太糟糕了。发生这样的事情真是糟糕透顶。然而,她们就这样站在前门那里。艾达小心翼翼地将放在门厅桌子上的绿色钞票叠好——都是二十美元,没有一百美元——确认两边都对齐且平整了,又用大拇指和食指将钱折了起来,然后打开黑色的小钱包,把钱放进去。艾莉森看到这一幕,感觉一股悲伤之情涌入喉咙。

"每周二十美元已经不够支撑我的生活了。"她说道,她的声音很轻很自然,但同时也不对劲。她们怎么能像这样站在门厅里,这样的时刻怎么能是现实呢?"我爱你们所有人,但这就是生活。我也越来越老了。"她摸了摸艾莉森的脸颊,"你们都要好好的。告诉小丑我爱她。"小丑——是说丑八怪——哈莉特做错事的时候艾达就会这样叫她。随后门便关上了,她也离开了。

"我想,"莉比说道——艾莉森略微警觉地注意到莉比十分慌张地看着厨房的地板,好像她看到脚边有一只飞蛾似的——"她到了之后会找不到他们。"

"什么?"艾莉森说。

"甜菜。腌甜菜。哦,我希望有个人能来帮一下我。"莉比说完,悲伤地转了转眼珠子,有些好笑。

"你需要我做些什么吗?"

"伊蒂斯去哪儿了?"莉比说,她的声音异常短促和清脆,"她要帮我做些事情。"

艾莉森在厨房的桌边坐下,努力引起她的注意。"你必须今天腌甜菜吗?"她说道,"莉比?"

"我只知道他们是这么告诉我的。"

艾莉森点了点头,又在明亮过度的厨房中坐了一会儿,思考接下来该做些什么。有时候莉比会从教会带回一些奇怪但十分具体的需求:绿色的邮票、旧眼镜框,或者坎贝尔汤罐的商标(洪都拉斯的浸信会家庭用这些商标换取现金);还有冰棒的木棍或者力士洗涤剂的瓶子(教堂集市的手工品会用到)。

"告诉我给谁打电话,"她终于说道,"我会给他们打电话,告诉他们你今天早上遭遇了事故,让别人带甜菜。"

莉比突然说道:"伊蒂斯会帮我做一些事情。"她站起来,走进了隔壁房间。

"你需要我给她打电话吗?"艾莉森说,在她身后望着她,"莉比?"她从来没听莉比这样说话。

"伊蒂斯会解决好所有事情。"莉比声音微弱而充满气恼地说道,很不像她。

艾莉森朝电话走去。但她还在为艾达的离开心烦意乱,而她没能向伊蒂清楚传达莉比发生了什么样的变化,她的表达是如此的支离破碎和让人困惑,她不停地扯着裙子的一边,一脸羞愧的样子。艾莉森十分不安,她一边把电源线拉到最长,伸长了脖子探头去看隔壁房间,一边咕咕哝哝地打着电话。莉比稀疏的白发似乎爆发出了红色——她的头发单薄,艾莉森能透过头发看到她硕大的耳朵。

艾莉森还没说完,伊蒂便打断了她。"你快回家吧,让莉比休息一下。"

"等等,"艾莉森说,随后又朝隔壁房间喊了一声,"莉比?伊蒂在电话上,你要过来跟她说话吗?"

"什么?"伊蒂说道,"喂?"

阳光洒在用餐室的桌子上,形成一片片感伤的金色水洼。枝形吊灯折射出水波一般的光线,在屋顶上闪烁摇曳。整个地方看起来都十分炫目,像是一个灯火通明的舞厅。莉比身体的轮廓闪烁着火热的红色光辉,像燃烧着的余烬;午后阳光倾泻在她的周围,像日冕一般,中间的黑色阴影给人一种东西在燃烧的感觉。

"她——我很担心她,"艾莉森绝望地说道,"请你过来,我不明白她在说些什么。"

"听着,我得挂电话了,"伊蒂说道,"有人敲门,我没穿衣服。"

她不得不挂了电话。艾莉森在电话旁站了一会儿,试图整理自己的思绪,然后又赶紧走到隔壁房间去看莉比,她转过身来,目不转睛地看着她,表情僵硬。

"我们有一对小马驹,"她说,"棕红色的小马驹。"

"我要给医生打电话。"

"你不准打电话,"莉比说道——她的语气十分坚定,成年人特有的权威语气让艾莉森的气势立即弱了下去,"你不准做这样的事情。"

"你生病了。"艾莉森哭了起来。

"不,我没事儿,我没事儿。只是现在他们应该过来接我了,"莉比说,"他们在哪儿?下午就要开始了。"她用手握住艾莉森的手——干燥的、纸一样薄的小手——看着她,好像她在等着别人接她去什么地方。

——

殡仪馆里弥漫着百合和晚香玉的气味,风扇每每往哈莉特的方向吹过来时,她就感觉自己的胃里一阵翻江倒海的恶心。她穿着最好的衣服——带雏菊图案的白色裙子,无精打采地坐在长椅上。凳子上雕刻的图案戳到了她的肩胛骨。连衣裙的上身特别紧，进一步加剧了她胸脯里的压迫感，空气中的沉闷窒息感，让人感觉在呼吸外太空的大气，不是氧气，而是一些空荡荡的气体。她没吃晚饭也没吃早饭，夜里的大部分时间，她都醒着，把脸埋在枕头里哭泣；第二天早上她在自己的卧室里睡醒后，便静静地躺在那里，惊讶地看着熟悉的物品（窗帘、穿衣镜里的树叶、地板上还放着过期的图书馆书籍）。一切都保持着她离开家、去营地时的样子，接着这所有的一切——艾达离开，莉比去世，所有的事情都糟糕无比——像一块沉重的石头一般朝她压了过来。

伊蒂——穿着黑色的衣服，戴着一大串珍珠项链；她站在门旁边的迎宾处，手里拿着宾客簿，看起来真是威严。她向每一位走进房间的人都说了一模一样的话。"棺木在房间后面。"她说道，她这样同一位穿着发霉的棕色衣服、脸颊通红的男士打着招呼，他紧紧握住了她的双手；随后——越过他的肩膀，看着骨瘦如柴的福西特夫人，礼貌地走上前来，等着伊蒂和她打招呼——"棺木在房间后面。不好意思，遗容不可观看，不过这不是我的决定。"

有一瞬间，福西特夫人看上去有些困惑；接着她也握住了伊蒂的手。她看上去像快哭了的样子。"节哀顺变，"她说道，"我们图书馆的人都很爱戴克里夫小姐。今天早上我进来看到我给她留的书，没有比这更让人难过的事情了。"

福西特夫人！哈莉特心想，绝望中涌起一股爱戴的情绪。在一群穿着黑色套装的人群中，身穿夏季印花裙、红色帆布便鞋的她，带来了一点令人宽慰的色调。她似乎是工作完直接过来的。

伊蒂拍了拍她的手，说道："是啊，她也对你们图书馆十分着迷。"过分友好的腔调让哈莉特感到恶心。

阿德莱德和塔特站在哈莉特对面的长靠椅上，她们正和一对看起来像姐妹似的结实的老太太聊着天。她们正在讨论殡仪馆的鲜花，因为殡仪馆的疏忽，这些花一夜之间就枯萎了。因为这一点，这对结实的老太太哀伤地大声哭了起来。

"看样子有女仆什么的给它们浇过水了！"两位体格更大的人愤愤地说——脸颊红润、身材圆胖，像圣诞奶奶似的白鬈发。

"噢，"阿德莱德淡淡地说道，轻蔑地甩了甩下巴，"他们忙得顾不上浇水，"哈莉特被一股无法忍受的厌恶刺痛——因为艾迪、伊蒂，还有所有的老太太——厌恶她们对丧事礼仪的精通。

哈莉特的旁边还站着一些别的正在聊天的女士。除了教堂的管风琴手怀尔德·惠特菲尔德夫人，哈莉特不认识她们中的任何一个人。她们有那么一瞬间大声地笑了起来，好像自己在牌场上，但现在她们又聚在一起小声说着话。"奥莉维亚·范德普尔，"一位无聊、面容光滑的女士说道，"哎呀，奥莉维亚挺了好多年。她最后只有七十五磅，不能吃固体食物。"

"可怜的奥莉维亚，她摔了第二跤以后就不行了。"

"他们说骨癌是最糟糕的。"

"的确如此。我只能说克里夫女士这么快就走了倒是件好事，她身边没有任何人。"

没有任何人？哈莉特心想，莉比？惠特菲尔德夫人注意到了哈莉特愤怒的目光，朝她微笑示意，但哈莉特一把扭过脸去，盯向地毯，哭红的眼睛中再次盈满泪水。从营地回来的路上，她已经撕心裂肺地痛哭了一场，以至于现在已经麻木、感到恶心了：已经不能吞咽了。前一天晚上，她终于睡着以后，梦到了昆虫：在某个人的房子里，一大群黑压压的、暴怒的昆虫一下子从烤箱中蜂拥而出。

"那是谁的孩子？"皮肤光滑的女人假意低问惠特菲尔德夫人。

"噢——"惠特菲尔德夫人回答道，随即降低了音量。昏暗中，马灯的灯光在哈莉特的泪水中飞溅、闪烁着。一切看起来都雾蒙蒙的，都要融化一般。蜡烛的火焰在她的泪水中消融成棱柱的形状跳跃着，而她身体中冷漠、愤怒的部分则分离出来，嘲笑正泪流满面的她。

殡仪馆在一幢高大的塔楼和尖顶耸立的维多利亚风格的房子里面——位于中心大街，离浸信会教堂不远。哈莉特骑自行车从那里经过时，总是会好奇塔楼里面，也就是那圆屋顶之下，蒙上的窗户之后，正在进行着什么？有时候——夜里，有人去世时——脏兮兮的窗户后面会有神秘的光闪烁，那光让她想起在一本旧《国家地理》中读过的一篇关于木乃伊的文章。配图（夜色中的卡纳克神庙中亮着阴森恐怖的光）下面的文字说明写着：负责对尸体进行防腐处理的神职人员一直忙碌至深夜，为法老前往另一个世界的漫长旅途做准备。每当塔楼中有火光燃烧时，哈莉特都感觉自己的后背一阵发凉，于是脚蹬得更快，又或者——在天色刚刚暗下来的时候，坐在伊蒂后车座上时，会坐得低些，把外套裹得紧些：

叮咚，教堂的钟声

唱诗班的女孩们在教堂前的草坪上一边跳绳，一边唱着，

向我的妈妈道别
把我葬在墓地
葬在哥哥身边……

不论楼上在进行着何种夜间仪式——不论是对挚爱之人的劈砍、沥干、填充，还是什么——楼下总是笼罩在一团维多利亚式的令人毛

骨悚然的静谧之中。客厅和接待室过于宏大，非常阴暗；地毯厚重陈旧；家具（线轴形车枳椅、过时的鸳鸯椅）破旧古板。一段丝绒绳在楼梯口阻挡宾客：红色地毯一点点向恐怖电影一般的黑暗中延伸而去。

葬礼承办人是一位名叫梅克皮斯的态度友好的小个子男人，他的胳膊很长，长着精致而细长的鼻子，一条腿因为小儿麻痹症而拖着走路。他十分欢快，很爱说话，尽管他的工作如此，但还是很受人欢迎。他在房间里从一个闲聊人群一瘸一拐地转移到另一个闲聊人群，他像是一位发育畸形的权贵，与大家握着手，总是面带微笑，总是很受欢迎：人们为他让开地方，礼貌地欢迎他加入谈话。与众不同的身形、他拖拽那条腿的角度，还有他那条不正常的腿卡住之后，他（时不时地）用两只手抓住大腿猛地往前一拽的习惯——所有这一切让哈莉特想起了之前在希利的恐怖漫画书上看到过的一个图片，图上画着一个正用两只手用力地拽自己胳膊的缩头弓身的仆人——一个恶魔的骷髅手从地面冒出来拽住了他。

伊蒂整个早上都在夸梅克皮斯的工作是"多么的出色"。她原本想办一场能够瞻仰遗容的葬礼，虽然莉比生前曾反复强调不希望死后有人瞻仰她的遗体。莉比活着的时候，伊蒂曾经嘲弄过她的这些恐惧；莉比死后，她无视了莉比的遗愿，无论是棺木还是衣着都是以遗体瞻仰为目的来选择的——因为在外地的亲戚希望看看她，因为这是风俗，是惯例。这天早上，在殡仪馆后面的房间里，阿德莱德和塔特歇斯底里地大闹了一场，伊蒂才终于悻悻地说了一句："噢，看在上帝的分儿上！"然后让梅克皮斯盖上了棺木。

哈莉特注意到百合花强烈的香味中还掺杂着一种不同的味道，是一种化学物品的味道，像樟脑球，但更加让人反胃：防腐液？想这些事情没有什么用处，最好干脆别想。莉比从来没有向哈莉特解释过她为什么如此反对能够瞻仰逝者遗容的葬礼,但是哈莉特曾不小心听到塔特说是因为她们小的时候发生的事情,"镇上承办丧葬的人有时候工作做得特别差。之前没有电力制冷技术。我们的妈妈是夏天去世的,你知道的。"

伊蒂的声音从宾客簿的位子传来,十分清晰,盖过了其他声音:"那些人当时还不认识父亲。他从来不管这些事情。"

白色手套。小心翼翼地低声交谈,像美国革命女儿会开会。空气——散发着霉味,十分呛人——堵在哈莉特的肺中。塔特——胳膊交叠在胸前,摇着头——正在跟一位哈莉特不认识的小个子秃头男人说话;虽然她有黑眼圈,也没有涂口红,但她的举止却好像正在办公事,异常冷漠。"不对,"她说道,"不对,是霍尔特·勒费夫尔老先生,在他们还都是小男孩的时候,给爸爸取了那个绰号。霍尔特先生当时正跟自己的保姆走在街上,然后他甩开保姆,跳到了爸爸身上,爸爸当然反抗了,然后霍尔特先生——身材是爸爸的三倍——摔在了地上,大哭起来。'天啊,你就是一个老坏蛋!'"

"我经常听到我的父亲这么称呼法官。坏蛋。"

"好吧,不过这个绰号并不适合我父亲。他的身材并不高大。虽然他最后那几年的确胖了。因为他的静脉炎,脚踝肿胀,他不能像先前那样来回走动了。"

哈莉特鼓着自己的腮。

"霍尔特先生糊涂了之后,"塔特说道,"在他最后的日子里,维奥莱特告诉我,他时不时会清醒过来,然后问:'我想知道老坏蛋去哪儿了?我有一阵子没见到他了。'当然,父亲已经去世多年了。有一天下午,他不停地问这个题,为见不到我父亲烦恼,奇怪他为什么这么长时间都不来找他。最后维奥莱特只好告诉他:'老坏蛋来过了,霍尔特,他想见你,但你睡着了。'"

"上帝保佑他。"秃头男士说道,他隔着塔特的肩膀看到一对走进房间的夫妻。哈莉特坐在那里一动不动。莉比!她想大喊一声,就像她从噩梦中醒来时,那样大声叫喊着"莉比",直到现在都是如此。坐在医生办公室里噙着泪水的莉比,害怕蜜蜂的莉比!

她的目光与艾莉森交汇——她也哭红了眼睛,眼中满是痛苦之情。哈莉特紧紧地闭着嘴巴,用指甲抠着手掌,双眼怒视地毯,屏住呼吸,极其专注。

五天前——在莉比去世五天前——她住进了医院。在她去世前的一小段时间,她看上去似乎还能醒过来:在睡梦中喃喃低语,比画着翻书页的动作,后来她变得语无伦次到让人难以理解,随后她便陷入了一片药物组成的白雾之中,陷入了昏迷的状态。她的生命体征一直在降,最后一天早上来查看的护士说道,伊蒂当时正在她病床旁边的折叠床上睡着。时间刚好够阿德莱德和塔特赶到医院——之后,快到八点的时候,她的三位妹妹都围在病床前,她的呼吸越来越慢,"然后",塔特有些哭笑不得地说道,"然后她就停止了呼吸。"她的手肿得厉害,她们只得把她的戒指裁了下来……莉比的小手,白得似纸一般,十分脆弱!令她们深爱的布满斑点的小手啊!那双折了纸船,放进洗碗池里游荡的双手啊!肿得像西柚似的,她们是这么形容的,糟糕的选词,伊蒂在过去的几天重复了不止一次。肿得像西柚似的。不得不给珠宝店打电话,让他们把戒指从她的手上割下来。

你为什么不给我打电话?终于能说出话的哈莉特问道——她吓了一跳,目瞪口呆。她的声音——坐在伊蒂开着空调的、凉爽的新车里——变得尖利、违和,这一噩耗给她的打击巨大,以至于再听到莉比去世的话语时,她几乎没了感觉。

嗯,伊蒂泰然自若地说道,我想,在万不得已之前,为什么要坏了你的好时光呢?

"可怜的小女孩。"一个熟悉的声音——是塔特的声音——盖住了别的声音。

艾莉森——脸埋在手里——开始抽噎。哈莉特咬紧了牙关。在这个房间里,她是唯一一个比我还难过的人,她心想,是唯一的另一个真正感到伤心的人。

"别哭了。"塔特像学校里的老师一样把手放在艾莉森的肩膀上,"莉比不想看到你这样。"

她听起来也难过——只是有些难过,哈莉特注意到,她心中冷漠的那一部分站在一旁,冷眼旁观,不受悲伤侵扰。但是塔特不够悲伤。为什么,哈莉特心想,正在哭泣的她看不见东西,浑身酸痛,头昏脑涨,为什么莉比在床上躺着命不久矣的时候,他们居然让我在糟糕的营地待着。

伊蒂在车上跟哈莉特道过歉了——勉强算是。我们以为她会没事儿,她刚开始这么说,之后又改口说我感觉你宁愿记住她原来的样子,最后是我当时没想清楚。

"女孩们?"塔特说,"你们记得我们在孟菲斯的亲戚戴勒和露辛达吗?"

两位垂头丧气的老太太走上前来:一位身材高大,皮肤黝黑;另一位身材圆胖,是个黑人,手里拿着一个带珠宝装饰的黑天鹅绒钱包。

"嘿!"身材高大,皮肤黝黑的人说道,她看起来像个男人,穿着又大又扁的鞋子,手插在卡其色的衬衫式连衣裙的口袋里。

"上帝保佑她们。"身材矮小肥胖的黑人咕哝道,她用粉红色的纸巾轻轻擦着眼睛(画着一圈黑色眼线,像默片里的电影明星)。

哈莉特盯着她们,心里想着乡村俱乐部的游泳池:蓝色的光线,当她深吸一口气,潜入水底之后,世界是多么的安静。你现在就可以去那里,她告诉自己,只要你足够想,就能去到那里。

"哈莉特,你可以跟我过来一下吗?"阿德莱德——黑色的丧服搭配白色的领子,让她看起来很精神——抓住了她的手,把她拉了起来。

"只要你承诺会立马把她带回来!"那位矮小圆胖的女士边说边摆了摆戴着戒指的大手。

你可以离开这里。在你的意识里离开。走吧。彼得·潘是怎么跟温迪说的?"只要闭上你的眼睛,想美好的事情就行。"

"哦!"阿德莱德突然在房间的中央停下来,闭上了眼睛。人们与她们擦肩而过。不远处正在播放管风琴的音乐,冗长乏味(《更近我主》——不是什么激动人心的歌,但哈莉特不知到底是什么让这些老太太觉得激动)。

"晚香玉!"阿德莱德舒了一口气;她的侧脸,她鼻子的线条太像莉比了,哈莉特心里一紧。"闻闻这味道!"她抓住哈莉特的手,把她拉到一大束插在瓷罐里的花前。

管风琴奏乐不是现场演奏的。在一个挂着天鹅绒帘子的壁龛上,哈莉特瞥见一个正在运转的盘式磁带录音机。

"我最喜欢的花!"阿德莱德往前推了推她,"看,那些小花朵。闻闻这味道,亲爱的!"

哈莉特感觉胃里一阵翻涌。房间闷热,花朵的香味越发显得浓重,要死的甜腻。

"它们是不是非常美丽?"阿德莱德说着,"我结婚时的捧花里也有这种花。"

不知什么东西从哈莉特眼前一闪而过,随之一切都陷入了黑暗。接下来她只知道,灯在旋转,有一双大手——是一位男士的手——抓住了她的胳膊肘。

"我不知道自己是不是会晕倒，但是密闭的房间会让我头疼。"有人说。

"让她呼吸点新鲜空气，"那位扶起她的陌生人说道：一位身材出奇高大的老先生，他长着一头白发，茂密的黑色眉毛。尽管天气炎热，他却仍在衬衫外面穿了一件V领毛衣背心，还打了领带。

伊蒂不知从哪里冒了出来，一下子扑到了哈莉特的面前——她穿了一身黑衣服，像女巫似的。冰冷的绿色眼眸冷漠地打量了她一会儿。随后她站了起来（起身，起身又起），说道："把她带到外面的车上去。"

"我去送她。"阿德莱德说道。她走了过来，扶起哈莉特的左胳膊，那位老先生（他八十多岁了，甚至可能是九十多岁，年迈苍老）则扶着她的右胳膊，他们一起扶着哈莉特走出门外，走进了刺目的阳光下：虽然哈莉特感觉自己头昏脑涨，但他们走得也太慢了，与其说是为了照顾哈莉特，不如说是按照老先生的步调来走的。

"哈莉特，"阿德莱德做作地说道，还捏了捏她的手，"我猜你不认识这位是谁！这是J.罗兹·萨姆纳先生，我小时候和他住在同一条街上！"

"的确如此，奇波克斯。就在'苦难之栖'的那条路上。你已经听我们说过萨姆纳先生和驻外事务处一起前往埃及的事情了，对吗，哈莉特？"

"我认识你的姨婆艾迪时，她还是个小宝宝。"

阿德莱德有些挑逗似的笑着，"没那么小，哈莉特，你是不是想和萨姆纳先生聊一下，你对法老图坦卡蒙和相关的一切都那么感兴趣。"

"我没在开罗待多长时间，"萨姆纳先生说，"只是在战争期间去过。大家还有他的哥哥当时都在开罗。"他拖着脚走到了一辆黑色的凯迪拉克加长版豪华驾车旁——这是殡仪馆的车,副驾驶的车窗开着,他微微弯下腰跟司机说话,"你能帮忙照看一下这位小姑娘吗?她要去后面的座位上躺一会儿。"

司机的脸虽然长得和哈莉特一样白,但却长着一头非洲人的爆炸头,他吓了一跳,关掉了收音机。"什么?"他说道,眼睛来回瞟着,不知道应该先看谁——是看探进车窗的步履蹒跚的老年白人先生,还是正往车后面爬的哈莉特,"她不舒服?"

"跟你说!"萨姆纳先生跟在哈莉特身后,弯腰探进车里,"看起来这辆车里可能有吧台!"

司机似乎抖了一下身体,振作了起来。"没有,先生,老板,吧台在我另一辆车上!"他用一种像开玩笑一般、充满溺爱、故作友好的语气说道。

萨姆纳先生赏识地拍着车顶,和司机一起笑着。"好吧!"他说。他的双手颤抖着;虽然他看上去很机敏,但他却是哈莉特见过和相处过的最年老、身体最弱的老人之一。"好!你自己过得不错吧,是吗?"

"还算不错。"

"听你这么说,我很高兴。现在,姑娘,"他对哈莉特说,"你需要什么吗?你想喝一杯可口可乐吗?"

"哦,约翰,"她听到阿德莱德咕哝道,"她不需要那个。"约翰!哈莉特直勾勾地看着前方。

"我只是想告诉你,你的姨婆莉比是我在这世界上最爱的人,"她听到萨姆纳先生说,他的声音苍老,气息不稳,而且有很重的南方口音,"如果我知道她也愿意和我在一起,我肯定会请求她嫁给我的!"

哈莉特的眼中胀满了泪水。她紧紧地咬着牙,憋着眼泪。车内让人感到窒息。

萨姆纳先生说:"你的曾祖父去世之后,我确实曾请求莉比跟我一起离开,嫁给我。当时我们都已经老了。"他轻笑一声。"你知道她说什么吗?"看不到哈莉特的眼睛,他轻轻地敲了敲车门,"嗯?知道她说了什么吗?亲爱的?她觉得如果不用坐飞机的话,她应该没问题。哈哈哈!只是给你大致讲讲,小姑娘,我当时正在委内瑞拉工作。"

阿德莱德站在他的身后说了些什么。老先生压低声音说道:"她别和伊蒂斯一样吧!"

阿德莱德笑得很是卖弄风情——而听到这里,哈莉特的肩膀不由自主地开始起伏,抑制不住地哭了起来。

"啊!"萨姆纳先生痛苦地喊了一声,他的身影——透过车窗——再次罩在她的身上,"上帝保佑你!"

"别,别,别,"阿德莱德语气坚定地说道,把他引开了,"让她自己待会儿,她会没事儿的,约翰。"

车门仍然开着。一片寂静中,哈莉特的哭声又大又烦人。轿车的司机坐在前面,眼神越过一本名为《爱情信号》的药店简装书(封面上画着星座盘)往上瞟,从后视镜中观察着她。不一会儿,他问:"你的妈妈死了?"

哈莉特摇了摇头。镜子里的司机挑起了一边的眉毛。"我问你,你妈妈死了?"

"没有。"

"好吧,那么,"他拍了一下点烟器,"你没有什么好哭的。"

点烟器弹出来,司机点着自己的烟,往窗外吐了一口长长的烟雾。"只有到了那天,"他说,"你才知道什么是悲伤。"他随即打开杂物箱,伸手递给她几张纸巾。

"那么,是谁去世了?"他问,"你的爸爸?"

"我的姨婆。"哈莉特勉强说道。

"你什么?"

"我的姨婆。"

"哦!你的姨婆啊!"安静,"你和她一起生活?"

耐心地等待片刻之后,司机耸了耸肩,把头扭回前面,他安静地坐着,胳膊肘伸出窗外,继续吸着烟。书放在他的右腿边,他时不时地一边用一只手翻书,一边低头看看。

"你什么时候出生?"过了一会儿,他问哈莉特,"哪个月?"

"十二月。"正当他要问她第二遍时,她说道。

"十二月?"他隔着座位瞟了她一眼,他的脸上满是怀疑,"你是射手座?"

"摩羯座。"

"摩羯座!"他颇有些不愉快和意味深长地笑着,"那你就是一只小山羊。哈哈哈!"

街道对面,浸信会教堂的午时钟声响起;冰冷、机械的钟声带回了哈莉特的一段最早的记忆:莉比(秋日午后,天空明亮,排水沟里都是红色和黄色的落叶)俯身站在哈莉特的身旁,她穿着派克大衣,她的双手抱着哈莉特的腰。"听!"就这样,在寒冷、明亮的空气中,她们一起听着:是小调——同十年后的现在一样,寒冷、悲伤,像是敲击儿童钢琴的声音,即使正值夏季,听起来却让人想起光秃秃的树枝,冬日的天空和丢失的东西。

"你介意我打开收音机吗?"司机问。而当哈莉特泣不成声,无法回答时,他便自顾自地打开了。

"你有男朋友吗?"他问。

街道上传来一声汽车喇叭的鸣笛声。"哟!"轿车司机喊道,快速朝那辆车挥了挥手——哈莉特浑身中了电一般,直直地僵坐在那里,丹尼·拉特利夫与她四目相对，认出了她；从他的脸上，她也看出了震惊。下一秒他就不见了，她则继续盯着特兰斯艾姆翘起的车尾。

"说，我说，"司机重复道，发现他正探过车座看着她，哈莉特吓了一跳，"你交男朋友了吗？"

哈莉特试图继续追踪那辆特兰斯艾姆，但不想太明显——她看到它在前面几个街区的地方左转，朝着火车站和旧货运场开去了。街道上的教堂钟声——播放到了圣歌的最后几个音节——突然开始报时：咚咚咚咚咚……

"你很傲慢，"司机说道，他的声音中满是戏谑和嘲弄，"不是吗？"

突然之间，哈莉特想到他可能会掉头，回来找她。她瞥了一眼殡仪馆门前的台阶。有几个人正在那里晃悠——一群正在吸烟的老男人；阿德莱德和萨姆纳先生站在一边，萨姆纳先生弯腰探向她——十分关切的样子，他是要给她点烟吗？艾迪已经不吸烟很多年了。但是她现在双臂报在胸前，像个陌生人似的仰起头，吐出一缕烟。

"男孩子不喜欢傲慢的女孩。"司机说着。

哈莉特下了车——车门仍然开着——走上殡仪馆的台阶，速度飞快。

———

丹尼加速经过殡仪馆的时候，感觉脖颈处一阵哆嗦。如同吸完冰毒后的清醒突然同时从四面八方向他涌来。他花了无数个小时寻找这个女孩，哪里都找过了，在镇上展开搜寻、在住宅区街道上巡逻，一而再再而三地开车兜着圈子。现在，就在他下定决心要将法里什的命令抛之脑后，不再搜寻时，恰好看到了她。

竟然和卡特菲斯在一起：简直糟糕透顶。当然，你永远也无法确切地预测卡特菲斯可能会出现在什么地方，他的叔叔是镇上最富有的人，白人和黑人都算在其中。他掌管着庞大的商业帝国，包括挖掘坟墓、修剪树枝、修盖房屋、处理树桩、兜揽彩票、汽车和小家电维修，还有五六样其他生意。你永远不知道卡特菲斯会出现在什么地方：在黑人聚居区替叔叔收取租金，在梯子上清洗法院大楼的窗户，坐在出租车或是灵车的方向盘后面开车。

但是如何解释现下的情况：这种令人恐怖的连环追尾事件似的事情。因为，在那么多人中，和卡特菲斯一起坐在豪华灵车上面的却偏偏是这个女孩，也未免太巧。卡特菲斯知道有一大批毒品正等着运出去。他总是故作漫不经心地打探丹尼和法里什把毒品藏在哪里了。是的，他好奇过了头，他借着随和健谈的性格，两次开着他的老爷车不请自来，而他则藏在黑色的车窗后面，假装"路过"他们的拖挂式房车。还有一次，他在卫生间里待了特别长的时间，他把水管开到最大，到处敲打；丹尼从外面回来撞见他正在查看特兰斯艾姆的车底时，他便迅速站了起来，说是车胎瘪了。老兄，我以为你的车胎瘪了。但是轮胎并没有问题，他们对此心知肚明。

不，卡特菲斯和这个女孩对他来说算不上问题——他一边思索着，带着无望的不可避免之感，一边在去往水塔的石子路上颠簸前行；他好像总是颠簸在这条路上，在床上睡觉的时候，在梦里，他每天要撞进同样的水坑里无数次。不，这种被人监视的感觉不只是毒品的作用。尤金的住所遭人闯入，古姆遭人袭击，导致他们时不时就扭头，隔着肩头查看身后的情况，听见轻微的声响都会跳起来，但是现在最令丹尼担心的人是法里什，他已经到了一触即发的程度。

古姆住院时，法里什不必再假装上床睡觉。他会整晚整晚地坐着不睡，还会强迫丹尼陪他一起坐着：踱步、谋划，拉上窗帘遮挡晨光，在镜子上分食毒品，说到声音嘶哑。而如今古姆回来之后（她睡眼惺忪，不以为然地拖着步子往洗手间走去）也没能打破这一模式，反而使法里什的焦虑加剧，到了他几乎无法忍受的程度。他把一把点38口径的手枪放在咖啡桌上，放在镜子和剃须刀片的旁边。政党——险恶的政党——正在前来捉拿他。他们祖母的安全受到威胁。的确，丹尼可能会对法里什的某些理论摇头质疑，但是谁知道呢？道尔菲斯·里斯（自从眼镜蛇事件之后，便成了不招待见的人）常常吹嘘他和一个有组织的犯罪团伙有关系。而自从肯尼迪被谋害之后，负责毒品派单工作的犯罪团伙便和中央情报局串通一气了。

"不是我，"法里什说道，他捏捏鼻子，往椅子后面坐了坐，"噔，我担心的不是我自己，而是可怜的古姆。我们要应对的是什么样的王八蛋？我才不关心自己的性命，见鬼，我曾经在丛林中被人追杀，我曾经在布满淤泥的水稻田里藏了整整一周，就靠着一根竹竿呼吸。他们没办法拿我怎么样。你听到了吗？"法里什边说边朝正显示侧视图的电视屏幕挥舞他的折刀。"你他妈不能拿我怎么样。"

丹尼跷起二郎腿，抑制住颤抖的膝盖，什么都没说。丹尼烦躁是因为，法里什总是反复提起他参加越南战争的经历，但是他大部分的越南时光恰恰是他在惠特菲尔德精神病院的时候。通常情况下，法里什会把自己的越南故事留在台球厅的时候讲。丹尼一直觉得他是胡扯。直到最近法里什才告诉他，政府会在夜深人静时，把一些囚犯和有心理疾病的患者从床上摇醒——强奸犯、疯子、能被牺牲的人——然后把他们派去执行绝密军事行动，往往一去不回。直升机在夜里停落在监狱的棉花田中，警戒塔里空无一人，一股大风扫过干枯的秸秆。头戴盔式大绒帽，手里举着AK-47自动步枪的男人。"告诉你吧，"法里什说道，他隔着肩头往后面瞥了一眼，又往随身携带的罐子里吐了一口唾沫，"他们并不都是讲英语的人。"

让丹尼担心的是仍然在他们地盘上的冰毒（虽然法里什已经把它

藏了起来,因为强迫症每天还要重新再藏几次)。听法里什说,他得"拖延一会儿"才能把它运出去,但正是往外运(丹尼知道)才是问题所在,因为如今道尔菲斯已经不再参与了。卡特菲斯曾提议要帮他们和某个人搭线,是他在南路易斯安那的什么亲戚,但那是在法里什看到他窥探车底,拿着刀冲出去威胁要把卡特菲斯的头砍下来之前。

之后卡特菲斯——颇为明智地——再也没有来过了,甚至连电话也没打过,但不幸的是,法里什的疑虑并没有就此停止。他也在监视丹尼,而且他希望丹尼知道这一点。有时候,他会说些含沙射影的话,或者会狡猾和神秘起来,假装要告诉丹尼一些他编造的秘密;有时候他会靠在椅子上,装作弄明白了什么事情的样子,然后大笑着说"你这个狗娘养的。你这个狗娘养的。"还有的时候,他会突然暴跳如雷,咆哮起来,给丹尼安上莫须有的罪名,撒谎、背叛。而丹尼避免法里什真的失去理智,把他揍个屁滚尿流的唯一方法,是不论何时都保持理智,不论法里什说了什么,或是做了什么。他耐心十足地忍受着法里什时不时地指控(出其不意、一触即发、令人费解):小心翼翼而十分礼貌地回答,用语平实,不会轻举妄动,和下车时双手举过头顶是同一个心理状态。

有一天清晨,太阳尚未升起,小鸟们已经开始鸣叫的时候,法里什又一跃而起。他咆哮着,嘀咕着,不停地用一个染了血的手帕擤着鼻涕。他拿出一个背包,命令丹尼开车送他到镇上。一到了那里,他就命令丹尼把他放在镇子中心,然后开车回家,等他的电话。

但是丹尼(在忍受了那么多辱骂和莫须有的指控之后,终于生气了)并没有照他的话做。相反,他把车开到了街角,停到了长老会教堂附近的一个空停车场上——接着——步行,保持着一定距离——跟踪背着空背包在人行道跺脚前行的法里什。

原来他把毒品藏在了火车道后面的旧水塔里。丹尼之所以非常确定是因为——在杂草丛生的转运站跟丢法里什之后——他看到法里什正十分艰难地爬着远处的水塔的梯子，他已经爬得很高了，嘴里咬着背包，肥胖的身影置身于清晨不真切的粉红色天空中。

他原本要扭头离开，走回停车的地方，然后直接开回家：表面看上去平静，但他的大脑中却嗡嗡一片。那儿就是他藏毒品的地方，藏在塔里，仍然藏在那里：价值五千美元的冰毒，等倒手之后就会变成一万美元。但那是法里什的钱，不是他的钱。他能得到几百美元——取决于法里什给他多少——只要它被卖出去之后。但是几百美元不足以让他搬到什里夫波特市，或者巴顿鲁治市，不够让他找一间公寓，找一个女朋友，再开始经营长途货车生意。一离开这个乡村，他就要开始听八轨道磁带上的重金属音乐，再也不听乡村音乐。他会开着铬合金大货车（车窗被熏成了黑色，驾驶室里开着空调）在州际公路上一路向西，呼啸而去。离开古姆，离开柯蒂斯和他那开始爆青春痘的脸。也离开挂在古姆房车里的、已经褪色的他的学校肖像照：照片中，他骨瘦如柴，贼眉鼠眼，留着长长的黑色刘海。

丹尼停下车，抽了一支烟，坐着。水箱在离地面大概四十五英尺的地方，是一个配了尖顶盖子的木制水桶，支撑水桶的是细长的金属支架，通往水箱顶部的梯子摇摇欲坠，打开一个活板门便可看到蓄水池。

不论是白天还是黑夜，背包的画面在丹尼的脑海中挥之不去，像是一个放在高高的架子上的圣诞节礼物，而他本不应该爬到高处去看。但只要他坐进车里，水箱就如磁铁一般深深吸引着他。他已经有两次单独开车去过水箱那里了，只是坐在那里，望着它，做着白日梦。那里是宝藏，能让他逃离此地。

如果那是他的，但并不是。他不敢爬上去拿，很害怕法里什锯开了上面的某个梯蹬，或者在活板门后面放了一把弹簧枪，或是在水塔里设置了陷阱——法里什曾经教过他怎么制作铁管炸弹；法里什的实验室周围布满了自制尖钉陷阱，陷阱由木板和生锈的钉子制作而成，用隐藏在青草中的绊脚线紧紧系住；法里什最近还刚刚从杂志《雇佣兵》背面的广告里预定了一款装备，用以组装弹道刀。"触碰一下这个可爱的开关，然后——嗖的一下！"他说道，从乱七八糟的地板上一跃而起，而丹尼——目瞪口呆——看到硬纸盒的后面写着，三十五英尺范围内的袭击者都将被击倒。

谁知道他会在水塔设置什么机关？如果确实有机关，也只会让人残疾而不致命的那种（按照法里什的为人），但丹尼可不想断一根手指或是瞎一只眼睛。然而，一个挥之不去的声音却一直小声地跟他说法里什可能根本没在水塔里设置陷阱。二十分钟前，他开车去邮局给祖母邮寄电费单时，丹尼突然被一阵荒唐的乐观情绪所笼罩，令人向往的无忧无虑的生活就在南路易斯安那等着他。他要改道往中心大街开，开到转运站那里，径直爬上水塔，把袋子钓出来，藏到卡车里，然后头也不回地开出镇子。

但他到了那里之后却迟迟不敢下车。细小的银色闪光——像电线——在水塔底部的草丛中闪烁着，令人紧张不安。丹尼的手因为这个想法而颤抖着，他点燃一支烟，怔怔地望着水塔。炸掉一根手指或是一个脚趾，也好过让法里什知道一丝丹尼心里的算盘。

在那么多地方中，法里什居然选了水箱来藏毒品，从他的选址就能解读出颇多意味：他是故意在打丹尼的脸。法里什知道丹尼怕水——大约四五岁的时候，他们的爸爸教过他们游泳，直接把他从凸堤上扔进了湖里。但他并没有学会游泳——不像法里什和麦克还有他的其他兄弟，爸爸也是这样教他们的——他淹进了水里。整件事情他都记得非常清楚，淹水时的恐惧，对喝了掺杂沙砾的浑水又要吐出来、父亲对他咆哮不止（因为不得不穿着衣服跳进水里而暴跳如雷）

466

的恐惧。等到丹尼从破旧的堤岸回来之后，再没有什么意愿去深水处游泳了。

在一个如此潮湿的地方保存这些晶体，会有什么样的害处，法里什居然也忽视了。三月的一个雨天，丹尼曾经和法里什一起去了实验室，而当时的原材料就是因为潮湿的缘故而无法结晶，无论他们怎么折腾，手指下的它仍然处于结块状态，黏糊糊又很结实——毫无用处。

丹尼——感觉很伤感——稍微平复了一下心情之后把烟扔出窗外，启动了汽车。但他一开到街上，就忘记了自己真正的差事（给祖母寄账单），而是又绕着殡仪馆开了一圈。虽然卡特菲斯还坐在轿车里，但那个女孩已经不见了，而在殡仪馆门前晃悠的人多得可怕。

也许我应该再围着那个街区转一圈，他心想。

亚历山大：平坦而荒凉，一个街道标识不断重复的圈，一个巨大的火车模型套装。不真实感不久就会向你袭来。空气凝固的街道，没有颜色的天空，空荡荡的建筑，只是空壳和假象。如果你开了足够长的时间，他想，你总是能绕回原点。

———

格雷丝·方丹，浑身不自在地站在伊蒂家门前的台阶上。她循着说话声和欢快的碰杯声，走过被一个配有玻璃柜门的巨型书柜挤窄的门廊，进到了拥挤的客厅。风扇呼呼地扇着。房间里挤满了人：男人们都把夹克衫脱了下来，女士们都一脸绯红。铺着蕾丝桌布的桌上放着一碗宾治酒，几盘松脆饼干和火腿；裹着银霜的花生蜜饯、杏仁糖；一摞红色的纸巾（俗气，方丹夫人心想），纸巾上面还印着伊蒂的金色花押字。

方丹夫人手里紧握着钱包，站在门口，等着有人跟她打招呼。

467

伊蒂的房子（真是间平房）比她的房子要小，但是方丹夫人是乡下人——"优秀的基督教徒"，她总喜欢这么说自己，但和没文化的乡巴佬也没什么区别——因而她被盛放宾治酒的碗、金色的丝绸织品、巨大的用餐桌吓到了——虽然活动桌板已经拆掉了，但还是至少能坐十二个人——她还被法官克里夫的父亲盛气凌人的肖像吓到了，一旁的小壁炉架相形见绌。房间的四周挤放着二十四把餐桌椅，椅背是李尔琴型，座椅是纳纱工艺；虽然房间有点小，房顶有点低，但因为放着如此之大的巨型黑色家具，方丹夫人仍然觉得自己的气势也弱了下去。

伊蒂斯——在自己的黑色裙子外面套了一件白色的鸡尾酒围裙——看到了方丹夫人，她放下手中的饼干盘子，朝方丹夫人走去。"嗨，格雷丝，谢谢你过来。"她戴着沉重的黑色眼睛——男式眼镜，和方丹夫人已故的丈夫波特的眼镜很像。女士戴着不怎么漂亮，方丹夫人心想；她也喝着酒，手里拿一个平底玻璃杯，被子底部包着一张潮湿的圣诞节餐巾纸，看上去像是加了冰的威士忌。

方丹夫人——无法抑制自己——评论道："看起来你们像是举办了一个大型派对，庆祝葬礼结束。"

"是啊，人又不能往那儿一躺下来，然后就死掉，"伊蒂没好气地说，"快去那边拿些点心，趁热吃吧。"

方丹夫人陷入困惑，静静地站在那里，茫然地看着远处的东西。终于，她心不在焉地回了一句："谢谢你。"然后僵硬地朝自助餐桌走去。

伊蒂把冰凉的杯子放在太阳穴上。在这天之前，伊蒂喝到微醺的状态不超过六次——而且都是三十岁之前，在更加开心的情况下。

"伊蒂斯，亲爱的，需要我帮你做什么吗？"说话的人来自浸信会教堂——身材短小、脸盘圆润、性格温和，举止略微紧张，和小熊维尼很像——但是伊蒂从来都叫不出她的名字。

"不用了，谢谢你！"她说道，从人群中挤过去的时候拍了拍那人的背。她的肋骨疼得厉害，但奇怪的是，她十分感激，因为疼痛帮助她集中注意力——关注宾客、宾客簿、干净的杯子，还有热腾腾的点心；重新补满放薄脆饼干的盘子，往宾治酒碗里加新鲜的姜汁啤酒；操心这些事情让她顾不上去想，顾不上去感受莉比的去世。在过去的几天里——一群紧张忙乱的怪医生的身影、鲜花、丧葬承办人、等待签字的文件，还有从镇外过来的人们——她一滴泪也没有流。葬礼之后，她又集中精力组织团聚（需要把银器擦亮、把宾治酒杯从阁楼上丁零当啷地拿下来，然后洗干净），主要是为了那些从镇外赶来的人，有些人已经好多年没见过面了。有一个原因能让她保持忙碌、保持微笑、不断地给蜜饯杏仁里加糖渍水果，伊蒂很是感激。前一天晚上，伊蒂用一根碎布绑住头发，手里拿着簸箕、家具亮光剂、地毯清扫器忙东忙西：拍垫子、擦镜子、挪家具、抖毯子、洗地板，一直忙到半夜。她把花重新摆了摆，把瓷器柜里的盘子重新放了放，然后进到一尘不染的厨房里，接了一大池满是肥皂泡的水，然后——手因为疲惫而颤抖着——一个接一个地清洗沾满灰尘的、原本十分精致的宾治酒杯：总共有一百个。一直到凌晨三点，她才终于爬上床，安稳地睡下了。

莉比的猫咪小花，长着粉嫩的鼻子——成了伊蒂家里的新成员——惊恐地躲进伊蒂的卧室，藏到了床下。在书架顶上和瓷器柜上，蹲坐着伊蒂自己的五条小猫：多特、萨兰勃、拉美西斯、汉尼拔和斯利姆——它们相隔很远坐着，摇晃着尾巴，瞪着巫师一般的黄色眼瞳，怒目看着下面的动静。一般情况下，伊蒂和这些猫一样不喜欢被打扰，但今天她却非常感激众人的到来：能让她从家人身上转移注意力，她们的举止让她很不舒服，让她感到烦躁。她已经受够了她们

469

所有人——尤其是艾迪，她和糟糕的萨姆纳先生走在一起——净会说好话和打情骂俏的萨姆纳先生，被她们的父亲所鄙视的萨姆纳先生。她站在那里一边摸着他的袖子，朝着他挤眉弄眼，一边啜饮着宾治酒，但她既没有帮忙调酒，也没有帮忙洗餐具；艾迪在莉比住院期间，甚至都没有抽出一个下午来陪她坐坐，因为她担心自己错过午睡。她也受够了夏洛特，她也没有去医院看过莉比，因为她正忙着躺在床上，被想象中的水汽折磨着。她受够了塔特——她经常来医院，但只是来说些伊蒂如何能避免车祸，如何能更好地将艾莉森语无伦次的电话当回事，等等，让人不想听的话。她受够了孩子们，受够了她们在殡仪馆和墓地时夸张的哭泣。回到门廊上之后，她们坐在那里，仍然哭着，和那条猫死去时一个样：都一样，伊蒂愤愤地想着，哪里都一样。同样让她反感的是亲戚戴勒掉下的鳄鱼的眼泪，她已经好多年没有来探望过莉比了。"好像又一次失去了母亲。"塔特如是说。但对伊蒂来说，莉比既是妈妈，又是姐姐。不仅如此：在这个世界上，不论是男人还是女人，不论是生者还是亡者，只有她的看法能对伊蒂产生些许影响。

六十多年前，在"苦难之栖"晦暗的一楼客厅中，她们妈妈的棺材曾经放在两把李尔琴餐桌椅的上面。这些椅子是灾难后留下的老朋友，如今挤在一个小房间的墙边。主持仪式的是一位巡回布道者——是上帝教会的人，而不是浸信会的人——他朗诵了一段《圣经》：一首赞美诗，关于金子和玛瑙的，不过他将玛瑙读成了"玛冒"。从此之后那便成了家里的笑话："玛冒"。可怜的正处于青少年时期的莉比，长得苍白、瘦弱，穿着妈妈留下的旧的黑色碎花裙，裙子的褶边和胸部都用别针别着；她的脸白得像瓷器一样（她天生脸上就没有血色，和过去那些没有晒黑和涂胭脂的金发女孩一样），她的脸色因为失眠和悲伤的缘故而愈发苍白，像一支白粉笔。伊蒂记得最清楚的是她的手握在莉比的手里，感觉又湿又热；还有她一直盯着布道者的脚看；虽然他尝试着吸引伊蒂的注意，但是她太害羞了，不敢看他的脸，如今半个世纪过去了，她仍然能清楚地记得他的绑带鞋上的皮革裂纹，铁锈色的光线照射在他的黑色裤脚上。

她的父亲去世——法官——是大家说的那种受到保佑的去世：葬礼出奇的欢乐，在"苦难之栖"楼下的起居室里，许多红着脸的"同胞"（法官和他的朋友们彼此间这么称呼，都是他的钓友和律师协会的好友）背对壁炉站着，一边喝着威士忌，一边互相讲着"老痞子"青年时期和男孩时期的故事。"老痞子"是他们给他起的外号。几乎不到半年的时间，小罗宾——甚至到现在她都不忍心想起，就躺在了还不到五英尺长的小棺材里；她是如何才挺过那一天的呢？满满的一针丙氯拉嗪……刻骨铭心的悲痛像食物中毒而恶心呕吐一般打击着她……吐出所有的红茶和煮鸡蛋奶油布丁。

她回过神来，抬头望了一眼，顿时不知所措，她看到一个很像罗宾的小身影，他穿着网球鞋和破洞牛仔裤，鬼鬼祟祟站在她的门廊上：赫尔家的男孩，震惊片刻之后，她反应了过来，是哈莉特的朋友。到底是谁让他进来的？伊蒂迅速走到门廊那里，悄悄地走到他的身后，抓住了他的肩膀，他吓了一跳，尖叫起来——气喘吁吁、极度惊恐的低声尖叫——像老鼠躲老鹰一般从她身边躲开。

"我能帮你做什么吗？"

"哈莉特——我是——"

"我不是哈莉特，哈莉特是我的外孙女。"伊蒂说道，她叉着胳膊，看热闹似的看着浑身不自在的他，希利很鄙视她这一点。

希利又试了一次。"我——我——"

"继续，赶紧说。"

"她在这里吗？"

"是的,她在这儿,现在你赶紧回去家吧。"她抓住他的肩膀,把他扭向门的方向。

男孩甩开了她。"她还要回营地吗?"

"现在不是玩的时候,"伊蒂没好气地说,男孩的妈妈——自小就是一个卖弄风情、讲话粗俗的人——懒得出席席莉比的葬礼,也没有送花,甚至连个电话都没打,"跑回家告诉你的妈妈,让她告诉你如果别人家有人去世了,就不要去打扰。赶紧走。"看到他仍然站在那里目不转睛地看着她,她喊道。

她站在门口看着他慢慢悠悠地走下台阶,在拐角处徘徊,然后走出视线。随后她回到厨房里,从水槽下的柜子里拿出一瓶威士忌,续好热甜酒,又回到起居室招待她的客人。客人在逐渐减少。夏洛特(十分凌乱,看上去潮乎乎的,粉红色的脸庞,像是刚干了什么非常耗费精力的活儿)站在宾治酒旁边一脸茫然地笑着,花店的查芬女士,长着一张哈巴狗似的脸,一边啜饮着宾治酒,一边和善地跟她聊天。"我的建议是,"她说着——或者喊着,和许多听障人士一样,她总是把自己的音量提得很高,而不是让其他人提高音量,"再生几个孩子。失去一个孩子很糟糕,但是我在工作中见过许多死亡,而最好的办法就是忙起来,再多生几个孩子。"

伊蒂注意到她女儿的长筒袜后面有一道长长的脱线。负责宾治酒碗并不是什么高难度的差事——哈莉特或是艾莉森都能做,如果不是伊蒂觉得她站在接待处悲伤地发呆不合适,她就会把这个差事分配给她们任何一个了。伊蒂走到她身边,把长柄勺啪地扔到她的手里,"但是我不知道做什么。"她有些受到惊吓地尖声说道。

"给他们往杯里续酒,如果他们想多要就多给。"

夏洛特愁眉苦脸地看了一眼自己的妈妈,好像长柄勺是一个扳手,而宾治酒碗是一台复杂的机器。从唱诗班来的几位女士——不知所措地笑着——在杯碟附近礼貌地徘徊着。

伊蒂把夏洛特手中的长柄勺抓了过来,伸进酒碗中,舀了一杯酒,放在铺着桌布的桌上,然后又把勺子交回给夏洛特。桌子另一头,小个子的迪加藤夫人(穿了一身绿色,像一只充满活力的树蛙,张着大大的嘴巴,两只眼睛水汪汪的)夸张地转过身来,布满雀斑的手摸着胸脯。"天哪!"她喊道,"那是给我的吗?"

"当然了!"伊蒂说道,声音响亮而做作,而女士们则——一个个眉开眼笑——开始往她们的方向挪过来。

夏洛特摸了摸她妈妈的衣袖,十分紧张。"但是我应该给她们说些什么?"

"真是清爽,"迪加藤夫人大声说,"里面放了姜汁啤酒吗?"

"我觉得你不需要说什么。"伊蒂低声告诉夏洛特。然后又大声对聚过来的人说:"是的,就是一些不含酒精的普通宾治酒,不是什么特殊的东西,就是过圣诞节会喝的饮料。玛丽·格蕾丝!凯瑟琳!你们要喝点什么吗?"

"哦,伊蒂斯……"靠过来的唱诗班女士中有人说道,"真是太不错了……你怎么有时间……"

"伊蒂就是这么能干的女主人,她轻而易举就能把所有都布置好。"说话的人是的表姐露辛达,她大步走过来,手放在裙子的口袋里。

"哦,对伊蒂来说非常容易,"阿德莱德尖细的声音传来,"她有冰箱。"

伊蒂没有理会站着说话不腰疼的阿德莱德,做了必要的介绍之后,就离开了,留下夏洛特照看酒碗。夏洛特需要的就是别人告诉她应该做什么,只要不需独立思考或是做什么决定,她就不会有什么问

473

题。罗宾去世其实带走了两个人,因为她连夏洛特也失去了——她忙碌而活泼的女儿变得如此悲惨,完全被毁了。人们的确是承受不住这样的打击,但是已经过去了十年。人们会想办法振作起来,继续生活。伊蒂伤怀地回想起童年时期的夏洛特,她曾经宣布自己想成为大型百货商店的时尚买手。

查芬夫人把她的宾治酒酒杯放在了杯托里,左手稳稳地托着。"你知道的,"她对夏洛特说,"如果是圣诞节期间举办葬礼,摆一品红更好看。到了那个时候,教堂里光线会特别暗。"

伊蒂双臂叠在胸前,站在那里看着他们。她在等待时机,找查芬本人谈一些事情。虽然迪克斯没有办法——在这么短的时间里,夏洛特这么解释——从纳什维尔开车赶回来,但他送来的山梅花和藤蔓月季冰山花束(装饰繁多、太有品位,不知怎的有些女人味)引起了伊蒂的注意。花束确实比查芬夫人平常插的花要更加精美。在殡仪馆的时候,她走进一间房间时,正好撞上哈特菲尔德·基恩夫人把花递给查芬夫人,听到基恩夫人说——语气僵硬,像是在回应一个不光彩的秘密:"嗯,她可能是迪克斯的秘书。"

查芬夫人摆弄完一束剑兰,动作敏捷地把头歪向一边。"嗯,我接了电话,亲自接了订单,"她说着——往后退了一步,欣赏自己的作品,"我感觉她听起来真不是一个秘书。"

——

希利没有回家,他只是走进了拐角,绕到了伊蒂院子的侧门,看到哈莉特坐在后院的秋千上。他走上前去,开门见山地说:"嘿,你什么时候回的家?"

他原本以为他的到来能让她立即开心起来,但看到事与愿违,他便烦躁了起来。"你收到我的信了吗?"他说。

"收到了,"哈莉特说,她在自助餐上吃了太多杏仁糖,感觉有些恶心,糖在她嘴里的余味也让她很不舒服,"你不应该寄的。"

希利在她旁边的秋千上坐下来。"我当时吓坏了,我——"

哈莉特突然点了一下头,示意二十英尺远的门廊那里,有四五个手里端着宾治杯的大人正站在朦胧的纱门后面聊天。

希利深吸一口气,用更轻的声音说道:"这里很可怕。他开着车绕着整个镇子转悠。开得非常慢,好像正在找我们。我跟我妈妈一起坐在车上,也看到过他把车停在桥下面的通道,好像在监视那里。"

他们两个虽然并排坐在一起,但却都看着前方,看着门廊上的大人们,而没有看彼此。哈莉特说:"你没有去那里拿推车吧?"

"没有!"希利说道,吓了一大跳,"你觉得我是疯了吗?有一段时间他每天都去那里。最近他都是去铁路附近的货运场。"

"为什么?"

"我怎么会知道?几天前我觉得无聊就去了仓库,去扔网球。然后我就听到一辆车开过来了,幸亏我藏了起来,因为来的人正是他。我从来没有那么害怕过。他把车停在那里,坐了一会儿。然后他又起来来回走着,可能他在跟踪我,我也不知道。"

哈莉特揉了揉眼睛,说道:"我不久前也看到他那样开车了,就是今天。"

"开到火车道了?"

"可能是,我好奇他去哪儿了。"

"幸亏他没有看到我,"希利说,"他从车上下来的时候,我差点犯心脏病。我在灌木丛里藏了将近一个小时。"

"我们应该开展一次特殊行动,弄清楚他到底在那里干什么。"

她本以为特殊行动这个词会让希利无法抗拒,而看到他竟然如此坚定,她有些惊讶,他迅速说道:"我不参加。我不会再去那里了。

你没有明白——"

他的声音突然拔高。门廊上一位面无表情的大人朝他们的方向看过来。哈莉特捅了他一下。

他委屈地看着她。"但是你不明白，"他说道，降低了音量，"你应该自己去看看，他如果看到了我，一定会杀了我。从他看四周的样子就能看出来。"希利模仿着他的表情：面部扭曲，眼睛疯狂地扫视着地面。

"他在看什么？"

"我不知道，说真的，我不会再招惹他了，哈莉特，你最好也不要再招惹他。如果他或者他的任何一个兄弟发现扔蛇的是我们，我们就死定了。你没看我寄给你的报纸里的新闻吗？"

"我没来得及。"

"好吧，那是他的祖母，"希利严肃地说道，"她差点死了。"

伊蒂花园的门吱呀一下打开了。哈莉特突然一跃而起。"奥登！"她喊道。但是身材矮小的黑人女士——头戴草帽，身穿系着腰带的棉料裙——只是瞥了一眼哈莉特，头也没回，也没有理她。她嘴唇紧闭，表情严肃。慢慢地走到后门，走上台阶，急促地敲门。

"伊蒂斯小姐在吗？"她把手遮在眉毛上，透过纱门往里看。被冷落的哈莉特愣了一会儿——目瞪口呆，脸颊滚烫——又重新坐到了秋千上。虽然奥登上了年纪，脾气不好，哈莉特和她的关系一直以来也不怎么好，但没人比她和莉比更亲近；她们两个像是一对老夫妻——不光是闹别扭的时候（大部分时候是因为莉比的猫，奥登不喜欢），还有她们相互之间，不以苦乐为意、彼此体恤的情谊——所以哈莉特一看到她，心里瞬间激动起来。

事件发生后她一直没想到奥登。她们两人还都很年轻的时候，奥登就跟着莉比了，当时还在"苦难之栖"。她接下来要去哪里，要做什么？奥登上了年纪，步履蹒跚，身体也不好；而且（伊蒂常常抱怨）她在家里也没多大用处了。

门廊上一阵困惑。"那里。"里面有人说道，移到一边让开路，塔特从旁边走上来，"奥登！"她说，"你认识我，对吗？伊蒂斯的妹妹？"

"为什么没人跟我说莉比小姐的事情？"

"哦，亲爱的……我，奥登。"她往后瞟了一眼，看向门廊，既困惑又惭愧，"我真的很抱歉。你要进来吗？"

"为麦克莱默夫人工作的梅·海伦告诉了我这件事，但你们没有人来找我，却已经把她埋葬了。"

"哦，奥登！我们不知道你有电话……"

在接下来的沉默中，一只山雀叫了起来：四声清脆、活力、交流似的啼叫。

"你们本可以找我。"奥登有些破音，紫铜色的脸上毫无波澜，"去我家找我，我住在派恩希尔，你们都知道。你们本来可以麻烦一趟的……"

"奥登……哦，天啊，"塔特绝望地说道，她深吸一口气，她到处张望着，"你要不进来，坐一会儿吧？"

"不了，"奥登冷冷地说，"谢谢你。"

"奥登，太抱歉了，我们没想到……"

奥登甩了一滴眼泪。"我为莉比小姐工作了五十五年，居然没有人告诉我她住院了。"

塔特闭了一会儿眼睛。"奥登。"一段令人不快的沉默，"哦，太糟糕了。你如何才能原谅我们？"

"这一周以来我都以为你们在南卡罗来纳，我应该在周一的时候回来上班。结果她已经埋到地里了。"

477

"请你。"塔特把一只手放在奥登的胳膊上,"在这里稍等一下,我去找伊蒂斯过来,你可以在这里等一小会儿吗?"

她慌慌张张地走进去。门廊上重新又响起了不太清楚的谈话声。奥登面无表情地转身,看着不远处。一个男人假装低声说道:"我猜她是想要点钱。"

血液涌上哈莉特的脸颊。奥登——没精打采的,眼睛一眨不眨——站在原地。在一群穿着靓丽、身材高大的白人人群中,她显得尤其矮小,死气沉沉,鸡立鹤群。希利站起身来,站在秋千后面饶有兴趣地看着这一切。

哈莉特不知所措。她感觉自己应该过去和奥登站在一起——莉比会希望她这么做的——但是奥登看上去不怎么友好也不怎么热情;实际上,她的态度有点让人害怕,吓到了哈莉特。突然之间,没有丝毫预兆的,门廊上传来一阵动静,艾莉森冲出门,冲进了奥登的臂弯,这位老太太——突如其来的攻击让她目瞪口呆——不得不抓住门廊上的扶手,才没有摔倒。

艾莉森激动地呜咽着,连哈莉特都吓了一跳。奥登瞪着艾莉森的肩膀,并没有回抱她,也不欢迎艾莉森的拥抱。

伊蒂穿过人群,走到外面的台阶上。"艾莉森,进去,"她说道,然后——抓住了艾莉森的肩膀,把她扭了过去,"马上!"

艾莉森——大叫一声——猛地挣开,跑到了院子另一边:跑过秋千,经过希利和哈莉特,跑进了伊蒂的工具棚,随着她猛地甩上门,里面传来一小阵动静,墙上的一个耙子震到了地上。

希利一边转头过去盯着艾莉森看,一边直截了当地说:"天啊,你的姐姐疯了。"

门廊上传来伊蒂的声音——清晰、传得很远——像公共演讲的气势:虽然非常正式,但其后情感暗涌,还显示出了紧急感。"奥登!

感谢你过来！你不进来待会儿吗？"

"不了，我不想打扰任何人。"

"别这样！我们看到你特别开心！"

希利踢了踢哈莉特的脚。"你说，"他冲着工具棚点点头，"她怎么回事儿？"

"上帝保佑你！"伊蒂责骂起了奥登——她仍然一动不动地站在那里，"够了！你现在立即进来！"

哈莉特说不出话来。破旧的工具棚里：一阵奇怪、干燥的抽噎，像是呛着的动物。哈莉特绷紧了脸：不是因为恶心或是尴尬，而是因为一些陌生、可怕的情绪，希利往后退了一步，好像她得了传染病似的。

"呃，"他冷酷地说道，望着她的头顶上方——云朵，一架飞机飞过天空——"我感觉该走了。"

他等着她说些什么，但她什么也没说。他便散着步走了——不像往常那样急匆匆地，而是很不自在地，甩着胳膊走了。

大门啪的一下关上。哈莉特愤怒地看着地面。门廊上的争吵加剧了。在隐隐的痛苦之中，哈莉特明白了她们在争论什么：莉比的遗嘱。"在哪儿？"奥登说着。

"别担心，我们很快就会处理，"伊蒂说道，她抓住奥登的胳膊，想把她往里面引，"遗嘱在她的保险箱里。周一早上我会去找律师——"

"我不信任什么律师，"奥登愤怒地说，"莉比小姐跟我许过诺。她告诉我，她说，奥登，如果发生了什么事情，就去我的雪松木箱子那里看看。我在那里给你留了一个信封。你只管去拿，谁都不用问。"

"奥登，她的东西我们都没动过，周一的时候——"

"上帝知道发生了什么，"奥登傲慢地说道，"他知道，我也知道，

479

是的，女士，我肯定知道莉比女士跟我说了什么。"

"你认识比利·文特沃斯，是吗？"伊蒂用逗乐的语气说道，像在跟一个小孩子说话，但沙哑的声音又预示着要说什么恐怖的事情，"别跟我说你不信任比利先生，奥登！就是在广场那边，和自己的女婿一起开律师事务所的那位？"

"我想要的就是我应得的部分。"

花园的秋千生锈了，开裂的砖块里长满了光滑的苔藓。哈莉特几近绝望地咬紧牙关，努力将注意力集中在花园水盆边上的一个破旧的海螺壳上。

伊蒂说："奥登，我不质疑这一点，法律上判定是你的，都会给你，只要——"

"我不知道什么是合法的，我只知道什么是正确的。"

海螺壳历经年月，变得粉白，纹理结构变得像易碎的石膏；它的尖端已经破碎，珍珠质感的内面褪成了潮红色，像伊蒂以前种的闪闪发光的娇柔的粉色玫瑰。在哈莉特出生前，全家每年都会去海湾地区度假；罗宾死后，他们再也没有去过了。在之前的旅途中捡回来的灰色小贝壳装在罐子中，放在姨婆家高高的壁橱上。"它们离开水一段时间之后，就会失去自己的光彩，"莉比说。然后她就会在洗手间的水槽里放满水，把贝壳倒进去，拉一个踏凳过来，让哈莉特踩上去，（她当时还很小，三岁左右，那时水槽看上去是那么大那么亮！）而看到那些清一色的灰色贝壳被洗得明亮、光滑、美妙，变换成了无数种不同的颜色闪闪发光，她是多么惊讶：这里变成了紫色，那里浸湿后变成了蚌壳似的黑色，用手一搅拌就显出了螺纹，变成了精美的彩色旋涡旋转着：银色、大理石蓝色、珊瑚色、珍珠似的绿色和玫瑰色！水是多么清澈、冰凉：她的双手柔软，手腕以下都冻僵冻红了！"闻一下！"莉比边说边深吸一口气，"这就是大海的味道！"哈莉特把脸凑到水面，闻着她从未见过的大海的浓烈味道。闻着《金银岛》里的主角吉姆·霍金斯曾提到过的咸味。浪花拍岸，不知名的鸟叽叽喳喳，还有海地岛的白帆——像白色的书页——在万里无云的炎热天空下翩翩起舞。

人们都说，死亡是快乐的彼岸。在旧的海边相片里，她的家人又年轻了起来，罗宾也在其中：船只和白色的手帕，海鸟飞进光里。在那个梦里，每个人都得到了救赎。

但这是过往的梦，无关乎未来。当下的生活：木兰树叶腐朽、花盆上附着地衣、炎热的下午，蜜蜂嗡嗡个不停，参加葬礼的宾客低声交谈着。开裂的花园砖块被她踢到一边，砖下面沾着泥和黏糊糊的青草。哈莉特极其专注地研究着地上的一个丑陋的黑点，好像那是世界上唯一真实的东西——在一定程度上，确实如此。

第七章 塔

时间被打断了。哈莉特借以衡量时间的尺度消失了。曾经,艾达就是标刻时间的行星,而她一贯可靠的日程(周一清洗衣物,周二缝缝补补,夏季三明治,冬季炖汤)影响着哈莉特生活的方方面面。每周的生活按部就班,每天都有一系列事情按序进行。每逢周四,艾达都会支起板子,在水槽边熨衣服,巨大的熨斗上冒着水蒸气。冬天和夏天时,她会在周四下午把毯子抖一抖、拍一拍,然后挂到外面,所以每当门廊的栏杆上挂着红色的土耳其地毯,那就是周四。无数个夏季的周四,十月份凉爽的周四,还有上一年级时遥远而昏暗的周四,当时哈莉特的扁桃体炎时好时坏,盖着热烘烘的毯子昏昏欲睡;毛毯棍敲毛毯的声音,蒸汽熨斗发出的嘶嘶声和汩汩声构成了哈莉特如今生活中栩栩如生的一部分,而且还将哈莉特之前的生活轨迹连接了起来,一直到遥远的婴孩时期。每天以艾达在后门廊换下围裙,也就是五点时结束,每天以艾达在前门的吱呀声中走进门厅开始。吸尘器的嗡嗡声从远处的房间飘来。艾达上上下下,脚上的橡胶底鞋吱呀作响,让人昏昏欲睡,有时候还能听到她像巫婆一样咯咯的干笑声。时光就这样溜走了。房门开开合合,影子起起落落,每当哈莉特光着脚跑过敞开的门口时,艾达会迅速瞥她一眼,眼神敏锐,暖意洋洋:是情不自禁的爱。艾达!她最喜欢的零食(糖棒、糖浆配冷玉米面包),

她的"节目";玩笑和责骂,一大勺雪花一样的糖落入冰镇茶饮的底部;从厨房传来的不知名的伤心歌;(难道你不会时不时地想念母亲吗,时不时地?)白色衬衫被一下子甩上晾衣绳;鸟叫声随即从后院传来,叽叽喳喳,嘀啾不停,伴随着洗碗盆里的银器叮当作响;这便是生活本身的喧闹和多姿。

但如此种种皆已消逝。艾达离开后,时间膨胀起来,陷入闪烁不定的庞大的虚无当中。时间与时光,光明与黑暗,不经意间相互交织;早饭与晚饭,周末与周中,清晨与黄昏再也没有区别;好像生活在亮着人工光源的悠悠洞穴当中。

与艾达一同离开的还有诸多舒适,其中便包括睡眠。在阴冷的山雀棚屋时,哈莉特躺在沾了沙砾的床铺上,夜复一夜地失眠,她眼含泪水——因为只有艾达知道怎么给哈莉特铺床,而哈莉特(住在汽车旅馆,甚至有时在伊蒂家时)深夜里睁着眼躺在床上,因为想家而感到痛苦,越发觉得床铺的质地奇怪,气味生疏(香水味、樟脑丸味、洗衣粉味,艾达从来不用这些东西),便越发渴望艾达触摸过的东西,不知为何,但她总能让哈莉特在独自醒来时、害怕时感到安心,而且尤其是在失去之后,变得越发美好了。

但哈莉特回去的是回声荡漾的寂静的家:一座魔咒纠缠、周围荆棘密布的房屋。卧室里属于哈莉特的那边一切都完美如初,保持着艾达离开时的原貌:床铺整洁,白色的褶边,落着像霜一样的灰尘。

如今仍然保持着原样。床罩下面的床单仍然平展如初。这是艾达亲手洗净,亲手铺平的;这是艾达在家里留下的最后一丝印记,虽然哈莉特也十分渴望爬上床去,想要把脸埋进柔软的枕头里,想把衣服脱下来,但她没有办法去打乱这最后的一小片天堂。夜晚时,床的倒影漂浮在黑色的玻璃窗上,光芒四射,清晰可辨,像一个带着荷叶边的白色甜点,像结婚蛋糕一样松软。但是哈莉特只能望梅止渴,只能在内心渴望着：因为一旦她躺到了床上，连睡觉的希望也会失去。

所以她就躺在床罩上面睡觉。她晚上睡得断断续续。蚊子在她腿上叮了一口，在耳边嗡嗡作响。清晨十分凉爽，有时候哈莉特会毫无头绪地坐起来，伸手去接幻想中的床单被褥，而当她只摸到空气时，她便砰的一下又躺到床罩上，像小猎犬睡觉时那样抽搐一下——她做梦了。她梦见了结着冰的黑色沼泽地，她跑过一条又一条乡间小路，一根刺扎进了光着的脚丫；梦到她想要游出漆黑的湖水，结果一头撞上了一块金属，她就此被困在水中，无法触及水面的空气；梦到她藏在伊蒂家的床板下面，躲避一个可怕的东西——看不到模样——那东西低声向她喊话："小姐，你留下什么东西了吗？你给我留下什么了吗？"早上她很晚才醒来，精疲力竭，床罩上的花纹在她的脸颊上留下了深深的红印。甚至她还没睁开眼睛，就已经开始害怕移动身体了，她就一动不动地躺着，气喘吁吁，感觉有什么地方不对劲。

她就这么躺着。昏暗的家里寂静无声。她起床后，踮起脚尖走到窗前，撩开窗帘往外看时，感觉自己是一场重大灾难中唯一的幸存者。周一：晾衣绳上空空如也。周一怎么能没有床单和衬衫啪嗒一下挂在晾衣绳上呢？光秃秃的晾衣绳的影子在干草地上晃悠着。她悄悄地下了楼，走到阴暗的门厅——艾达走后，便没有人会在早上时把窗帘拉开（或者煮好咖啡，或者喊一句"早上好，宝贝！"或者其他艾达做过的让人感到心安的小事）。一天中的大部分时间，房子都处于昏暗状态，阳光隐约照进来，如在水下一般。

在了无生趣的寂静之下——可怕的寂静，好像世界末日来临，而大部分人都死去了一般——是她痛苦地意识到，在几条街远的地方，莉比的房子大门紧闭，无人使用。草坪没有修剪、花坛枯黄，长满杂草；家中的镜子空空如也，无人去照，阳光和月光冷漠地扫过各个房间。哈莉特曾经多么了解莉比的家啊，不论是什么时间，不论是什么氛围，不论是什么季节——冬季时沉闷的样子，门厅昏暗，煤气取暖器低烧着；风雨日夜交加的样子（雨水沿着紫色的窗户玻璃流下来，影子从对面的墙上流下来），还有炎热的秋季午后，放学后的哈莉特筋疲力尽，无精打采地坐在莉比家的厨房里，听莉比的闲聊振作起精神，享受着她亲切的提问。每天放学后，莉比都会大声读书给她，每天一个篇章：《雾都孤儿》《金银岛》《艾凡赫》。十月的下午，有时从西面窗户射进来的阳光会突然变得耀眼，光辉绚烂中含有冷艳与恐怖，灿烂与冷峻似乎预兆了某件令人不堪忍受的事情，比如濒死之人回忆起可怕的往事，所有的梦境与骇人的送别派对。但当莉比穿梭于昏暗的房间时，她自身总是光彩照人，白色的头发如牡丹飘动，即使光线极其晦暗也是如此（座钟乏味的嘀嗒声，从图书馆借来的书倒扣在沙发上）。有时候，她会给自己唱歌，尖细的声音回荡在铺了地砖、落着大片阴影的厨房里，伴随着北极牌冰箱运行时的嗡嗡声，十分温馨。

猫头鹰和小猫咪
乘着浅绿色的小船去海里
它们带了一些蜂蜜和很多钱币
包在一张五英镑的钞票里

看啊，她正在做刺绣，绑着粉红色缎带的银色小剪刀挂在她的脖子上，她正在做填字游戏或是正在读蓬帕杜夫人[①]的传记，跟她的白色小猫聊天……嗒嗒嗒，哈莉特能听出她独特的脚步声，她穿着

---

① 蓬帕杜夫人（法语：Madame de Pompadour），是法国皇帝路易十五的著名情妇、社交名媛。她是一位颇具争议的历史人物，她凭借自己的才色，影响到了路易十五的统治和法国的艺术，与其弟共同规划路易十五广场（现协和广场）等许多宫廷建筑。

三十五码的鞋子,嗒嗒嗒地走到长长的门廊去接电话。莉比!哈莉特打电话给她的时候,她总是很开心——即使在深夜也是如此——好像这是这个世界上她最想听到的声音!"哦!是我的宝贝儿啊!"她喊道,"你能给可怜的姨婆打电话可真是太好了!"她声音中的愉悦和温暖令哈莉特激动不已(即使黑漆漆的厨房里,只有她一个人站在电话墙前面),她闭上眼睛,摇晃着脑袋,像个正在摇摆的钟表,浑身都觉得温暖和开心。还有人接到哈莉特的电话会这么开心吗?没有了,再没有别人。现在她也可以拨打那个号码,只要她愿意,可以尽情拨打,每时每刻都打,打到世界末日,但她永远也听不到莉比在电话另一头喊话:亲爱的!我的宝贝!不会,因为房子已经空无一人,寂静无声。紧闭的房间内散发着雪松木和香根草的味道。不久之后,家具也会被清空,但目前一切都还是莉比出游前布置的模样:整齐的床铺、搁在晾干架上的干净茶杯。时光不留痕迹地扫过房间。太阳升起时,莉比的壁炉架上的气泡玻璃镇纸会苏醒过来,闪耀光芒,但它闪闪发光的生命只有三个小时,中午阳光过去后,便又黯然失色,重新陷入沉睡。繁花簇簇的地毯——哈莉特童年时的巨幅游戏毯,随着黄昏时分透过木制百叶窗射进房间的黄色光束,一会儿这里闪光,一会儿那里闪光。光线在四周的墙面上滑行,长长的触手扭曲变形,滑过镶了相框的照片:莉比还是小女孩的样子,身材瘦弱,一脸惊恐地抓着伊蒂的手;老房子"苦难之栖"笼罩在暴风雨之中,整个都是深棕色调,藤缠蔓绕,雷电欲来。那晚的光也会消退、消散,直到所有光都消失,只剩散发着冷冷的蓝光的昏暗街灯——刚好能让人看清的程度——一直亮到黎明。帽盒;手套叠放整齐,在衣柜抽屉里沉睡着。衣服挂在黑漆漆的衣柜里,再也感受不到莉比的触摸。不久它们就会被装进盒子里,送到非洲和中国的浸信会布道所——可能用不了多久,某些住在粉刷了的房子里的,身材矮小的中国女人就会和一位穿着莉比的粉色主日学校校裙的传教士，一同坐在黄金树和远处的天空下共同饮茶。世界是如何按照它的方式运转的：人们种植花草、打牌、去主日学校、把旧衣服捐给中国的教会，与此同时，却一路走向了黑暗中的一座即将倒塌之桥？

　　哈莉特沉思着。她双手捧着脑袋，一个人坐在台阶上、门厅里，或是厨房的桌子旁；她坐在卧室的飘窗上，望着街道。往事抓挠着她，刺痛着她：生闷气，不领情，她永远不能收回的话。她一次又一次地想起自己从花园里抓了黑甲虫，把它们插进了一块椰子蛋糕的上面，那是莉比花了一整天才做好的蛋糕，她尖叫着，像一个小女孩，双手捂着脸尖叫着。莉比也哭过，哈莉特八岁生日的时候火冒三丈，告诉莉比她讨厌她送的礼物：一个挂在幸运手链上的心形饰物。"玩具！我想要一个玩具！"后来，她的妈妈把她拉到一旁，告诉她那个装饰很贵，莉比花了很多钱。还有更糟的事情：她上一次看到莉比的时候，也就是人生中最后一次，哈莉特甩开了她的双手，头也没回地跑向人行道。有时候，在百无聊赖的白天（昏昏欲睡地坐在沙发上，无聊地翻着《大英百科全书》），这些想法会在哈莉特的脑海中挥之不去，十分鲜活，以至于她会爬进衣柜里，关上门，然后哭啊哭啊，脸埋在她妈妈落满灰尘的旧派对裙装中的塔夫绸短裙上，感觉自己再也得不到任何东西，而且还会更糟，因此难过不已。

　　距离开学还有两周。希利正在参加一个叫诊所乐队的活动，每天都要在令人窒息热浪中，去足球场上来来回回地练习齐步走。足球队队员练习的时候，他们便列队走到一个搭着铁皮房顶的破烂体育馆，围坐在折叠椅上练习乐器。之后乐队指挥会生起篝火烤热狗，或是组一队人玩垒球，或是让一些大孩子来一场"即兴演奏会"。有的晚上，

希利可以早点回家，他说，但吃完晚饭后，他还要练习长号。

在某种程度上，哈莉特很庆幸希利的缺席。她为自己无法掩饰的悲伤，还有一团糟的家里感到难堪。艾达离开后，哈莉特的妈妈变得更加活跃了，让人想起孟菲斯公园里的某些夜行动物：眼睛圆圆的有袋动物——被照亮玻璃柜的紫外线灯所欺骗——它们偷食着，互相梳理着毛发，又优雅地溜回草丛中，错以为在夜色的掩护下，它们自己安全地藏好了。神秘的痕迹一夜之间便冒了出来，在房间中纵横交错，显现于纸巾、哮喘吸入器、各种瓶瓶罐罐之上：药物、护手霜、指甲油、装着融化了的冰块的杯子，桌上印着一圈白水印。一个便携式画架出现在厨房一个极其拥挤脏乱的角落——而在其之上，逐渐的，日复一日的——是几朵淡紫色的三色堇（不过装花的花瓶她一直也没画完，只停留于铅笔草稿阶段）。甚至连她的头发也换上了新的深褐色色调（哈莉特在楼下洗手间的柳条垃圾桶中，发现一个瓶子上写着"巧克力之吻"——上面还附着黑色的黏稠水滴）。她不在意未经清扫的地毯、黏糊糊的地板、浴室里酸臭的毛巾，却在一些细枝末节上花了不少工夫，令人费解。一天下午，哈莉特发现她把一堆杂乱的东西左推过来右推过去的，就是为了能跪下来用特殊的亮光剂和特殊的抹布擦亮黄铜门把手。还有一天下午——她看不到厨房的操作台上洒落的面包屑、油脂粒、洒出来的糖，看不到脏兮兮的桌布和堆成山的碗碟，它们泡在浑浊的水中摇摇欲坠，察觉不到食物变质散发出的特定甜味，那味道从四面八方传来，最后变得到处都是——她居然花了整整一个小时的时间发疯似的擦着一台旧的铬合金烤面包机，一直擦到它和豪华轿车的保险杠一样光亮了才停下，然后又花了十分钟欣赏自己的杰作。"我们过得还不错，不是吗？"她说完，又接着说，"艾达从来没把东西彻底洗干净过，不是吗？没有像这样干净过？"（凝望着铬合金烤面包机）又说道，"很有趣，是不是吗？就我们三个生活在一起？"

　　这并不是一件趣事。她仍然在尽力尝试着。有一天，快到八月末的时候，她起了床，洗了个泡泡浴，穿好衣服，涂了口红，在厨房的梯蹬上坐下，快速翻阅一本《詹姆斯·比尔德烹饪》书籍，找到一个叫戴安娜牛排的食谱之后，她走路去杂货店买了所有的食材。回到家后，她在自己的裙子外面套了一个荷叶边鸡尾酒围裙（一个从未用过的圣诞节礼物）；她点了一支烟，还给自己倒了一杯加冰、加波旁威士忌的可乐，一边喝着一边做饭。做好后，她把盘子高高举过头顶，她们排成一列走进用餐室。哈莉特在桌子上收拾出一块地方；艾莉森点燃一对蜡烛，蜡烛长长的影子映在房顶上，轻轻晃动着。那顿晚餐是哈莉特很长一段时间以来吃的最好的一次——不过，那天吃饭的盘子三天后仍然堆在水槽里。

　　之前未能预料到的是，艾达在这方面尤其发挥着重要作用：她限制了妈妈在某些方面的活动范围——事到如今，哈莉特才意识到。哈莉特之前常常渴望妈妈的陪伴，希望她能起来，从卧室出来，到处走走？如今——转眼之间——愿望成真；之前哈莉特孤单的时候，总被常年关闭的卧室门阻挡住，现在她却永远无法预料，那扇门什么时候就会吱呀一声打开，接着妈妈悄无声息地走出来，伤感地徘徊在哈莉特的头顶上方，似乎在等哈莉特先说话，来打破这片安静，让她们的相处变得随意、舒服。哈莉特很乐意帮助她的妈妈——前提是她有哪怕一丁点自己应该说些什么的线索——艾莉森知道如何一句话也不说，便让她们的妈妈安心，她只要冷静地出现在那里就行——但是到了哈莉特身上，就不同了，她似乎应该做些什么，或是说些什么，虽然她不知道那是什么，但是那期待的眼神带给她的压力，让她不知该说些什么，还很难为情，有时候——如果那眼神过于绝望或是停留的时间过长——还会让她感到沮丧和愤怒。她故意目不转睛地盯着自己的双手,盯着地板,或者面前的墙,盯着一切能够躲开她妈妈那双充满哀求的眼睛的东西。

哈莉特的妈妈很少提莉比——她几乎还没将莉比的名字说出口,就会掉眼泪——但她大部分时候都在想念莉比,她的思念之情显而易见,无异于大声说出来的效果。到处都是莉比。聊天时话题会转向她,即使并没有提到她的名字。橙子?大家都记得莉比喜欢在圣诞节的宾治酒里泡橙子片,记得莉比偶尔会做的橙子蛋糕(不受欢迎的甜点,是照着二战时的一本配给食谱做的)。梨?梨也和她有很多联系:莉比的姜腌梨;莉比唱的那首写小梨树的歌;世纪之交时,莉比在州立大学为女性所画的静物写生,画的重点就是梨。不知怎的——尽管讨论的全部是物品——却能够连续讨论莉比几个小时,而不提她的名字。每一段对话的言外之意中都有莉比;每一个国家或颜色,每一颗蔬菜或树木,每一个勺子和门把手和糖果盘不是充满了就是沾染着关于她的回忆——虽然哈莉特没有质疑过这样的爱意,然而有时还是会觉得不舒服,好像莉比从一个人变成了无处不在的、令人作呕的毒气,会透过钥匙孔和门缝渗透进来。

这样的说话方式很是奇特,而更奇怪的是,她们的妈妈虽然没有明说,却无数次用鲜明的态度表明她们不可以提艾达。甚至连她们间接地提到,她也会明显地不高兴起来。看到哈莉特(不假思索)地用同样悲伤的口吻提到莉比和艾达时,她立马僵住了,喝了一半的东西含在嘴里。

"你怎么敢这样!"她喊道,好像哈莉特说了什么对莉比不忠的话——不知廉耻,不可原谅——然后又对哈莉特说,"别这样看我。"她抓住受到惊吓的艾莉森的手;她松开手,逃出房间。

虽然哈莉特不被允许表达自己的悲伤,但她的妈妈却一直因为伤心而自责,哈莉特隐隐觉得这是自己的错。有时候——尤其是晚上的时候——那情绪会变得显而易见,像雾气似的,弥漫到整个房子;厚重的雾气游荡在她妈妈耷拉着的头上,在她垂着的肩头上,和哈莉特爸爸喝醉的时候,身上的威士忌味一样重。哈莉特蹑手蹑脚地走到门口,一声不吭地看着她的妈妈,她坐在厨房的桌旁,台灯散发着黄光,她双手捧着头,指间夹着一支烟。

然而,当她的妈妈转过身来,试图挤出笑容,或者闲聊时,哈莉特总会逃走。她讨厌妈妈害羞似的、像小女孩一样在家里踮着脚尖走路,在角落偷看,往柜子里瞄,好像艾达是个她很庆幸自己能摆脱的暴君。不论她何时慢慢挪近——害羞地笑着,用那样独特的怯生生的方式,意味着她想"聊天"的时候,哈莉特总感觉自己僵成了冰块。当她妈妈在她旁边的沙发上坐下时,当她妈妈不自然地伸出手,轻拍她的手掌时,她仍然僵硬得像石头一样。

"你的一生还很长。"她的声音很大,听起来像个演员。

哈莉特一声不吭,闷闷不乐地盯着放在大腿上的《大英百科全书》,书页翻到了一篇关于豚鼠文章,属于南美啮齿动物科,其中还包括荷兰猪。

"最重要的是——"她的妈妈笑了笑,一小声被噎住的夸张的笑——"我希望你永远不要经历我经过的那些痛苦。"

哈莉特仔细查看着一张水豚的黑白照片,豚鼠科中体型最大的成员。它是现存豚鼠科中体型最大的。

"你还小,亲爱的。我已经尽我所能保护你了。我只是希望你不要重复我犯过的错误。"

她等待着。她坐得太近了。虽然哈莉特觉得不舒服,但她一动不动,不肯抬头看。她下定决心绝对不给她任何开口的机会。她妈妈想要的就是她表现出兴趣(不是真的有兴趣,而是只是一个表现),而哈莉特深知这样能够让她开心:把百科全书倒扣在一边,把她的手放在大腿上,而当她妈妈说话的时候,则充满同情地皱起眉毛。可怜的妈妈。那就足够了,那就可以了。

而这并不过分。但这样做的不公平性让哈莉特气得发抖。在她想要倾诉的时候,她的妈妈倾听过吗?在安静中,她定定地看着百科全书,(这样保持坚定,不理睬人是多难的一件事啊!)她回想起自己跌跌撞撞地走进妈妈的卧室,因为艾达哭得昏天黑地的时候,她妈妈却像女王似的慢慢地扬了扬指尖,一根手指头,仅此而已……

突然之间,哈莉特意识到妈妈已经站了起来,正俯身看着她。她的笑容很浅,像鱼钩上的倒刺。"你读书的时候,我就不打扰你了。"她说。

哈莉特立即感到一阵后悔。"妈妈,什么?"她把百科全书推到一边。

"算了。"她妈妈的眼睛看向别处,拽了拽浴袍上的腰带。

"妈妈?"哈莉特在走廊里喊着她,而卧室门——有些过于礼貌地——咔嗒一声关上了,"妈妈,对不起……"

她为什么如此可恶?她为什么不能顺着别人的想法行动?哈莉特坐在沙发上自责着。她从沙发上站起来,拖着步子走到床边,很久之后,剧烈的不愉快的想法仍然在她心中翻腾着。她的焦虑和愧疚并不仅是针对她的妈妈——甚至不是因为刚才的情况——而是遥远而广泛的东西,其中最折磨人的部分围绕着艾达。如果艾达中风了怎么办?或者被车撞了怎么办?这样的事情会发生:而现在哈莉特对此十分了解:人们会一头倒在地上就一命呜呼,就那样死掉。艾达的女儿会送信过来吗?或者——更有可能的是——她会觉得哈莉特家没人在乎吗?

哈莉特——头上蒙着粗糙的针织软毛毯——在睡梦中翻来覆去,喊着指控,下着命令。八月份的热闪电时不时地闪着蓝光扫过房间。她永远也不会忘记妈妈是如何对待艾达的:永远不会忘记,永远不会原谅她,永远。然而,尽管她很愤怒,但看到妈妈扭绞双手的悲伤,她仍然无法下定决心——无法完全下定决心。

而最令人感到痛苦的是,她的妈妈试图假装这一情况并不存在。她穿着睡衣,跌跌撞撞地走下楼梯,重重地坐在沙发上,像个愚蠢的保姆似的坐在默不吭声的女儿们面前,提议"有趣"的事情,好像她们只是一群坐在一起的好朋友。她的脸色红润,眼睛明亮,但在她的乐观之中,却有些不知所措,令人可惜的紧张之感,搞得哈莉特很想哭。她想打纸牌。她想做太妃糖——太妃糖!她想看电视。她想让她们去乡村俱乐部买一份牛排——而这是不可能的,乡村俱乐部的餐厅周一甚至不开门,她在想什么呢?她还有一堆可怕的问题。"你想要一个文胸吗?"她问哈莉特;还有:"你不想邀请朋友过来玩儿吗?"和"你想坐车去纳什维尔看看爸爸吗?"

"我感觉你应该开一个派对。"她对哈莉特说。

"派对?"哈莉特小心翼翼地问。

"哦,你知道的,邀请你学校班上的女孩子,搞一个小型可口可乐或冰激凌派对。"

哈莉特惊得说不出话来。

"你需要……见见人。把她们邀请过来,和你一个年龄阶段的女孩子。"

"为什么?"

哈莉特的妈妈不屑一顾地挥了挥手。"你马上就要上高中了,"她说,"用不了多久,你就会开始想参加联谊舞会。你知道的,还有啦啦队和模特队。"

模特队?哈莉特吃惊地在心里想。

"你生命中最美好的时光还在前面。我觉得高中时光,才是真正的属于你的时光,哈莉特。"

哈莉特不知道应该如何回话。

"是因为你的衣服,是吗,亲爱的?"她的妈妈恳切地看着她,"是因为这个你才不想邀请你的小伙伴们过来?"

"不是!"

"我们一起去孟菲斯的年轻人乐园给你买一些漂亮衣服吧,让爸爸付钱。"

她们妈妈的起起伏伏让艾莉森也失去了耐心,或者说看上去大约是这样,因为艾莉森开始不打一个招呼就在外面待一下午或是一晚上。电话响得更频繁了,哈莉特一周内连续两次接到一个说自己是"特鲁迪"的女孩的电话,她找艾莉森。哈莉特没问"特鲁迪"是谁,她来接光着脚等在马路牙子上的艾莉森时,哈莉特隔着窗户偷看过她(她开着一辆棕色的克莱斯勒汽车,看不清长相)。

其他时候,佩姆伯顿会开着浅蓝色的凯迪拉克来接她,他们不和哈莉特打招呼,也不邀请她加入他们,就开走了。他们唪哐唪哐地开到街上后,哈莉特便坐在楼上的飘窗上,卧室里渐渐暗了下去,她望向火车道那边阴沉的天空。她看到远处的棒球场上和珍宝汽车餐厅的灯都亮着。他们去了哪里,佩姆伯顿和艾莉森,他们开到黑漆漆的地方,和彼此说什么呢?下午的暴风雨过后,地面仍然湿滑,月光穿过分布不均的雷雨云照射下来,给翻滚着的云层边缘镶了一圈明亮、华丽的光圈。在云层之外——天空中的空白区域——一切都清晰可见:冰凉的星星,无边无际的远处。那感觉似乎是在盯着一个看上去并不深的清水池,可能只有几英尺深,但如果你扔一个硬币到那明亮如镜的水中,它会掉啊掉啊,永不停歇的旋转下落,永远也触不到底。

——

"艾达的地址是什么?"一天早上,哈莉特问艾莉森,"我想给她写一封信,告诉她莉比的事情。"

房间内闷热、安静，洗衣机顶上堆着一大堆脏兮兮的垂挂装饰，上面还堆着脏衣物。正在吃玉米片的艾莉森面无表情地抬头看了一眼。

"没有。"不敢置信的艾莉森过了好一会儿才说道。

艾莉森看向别处。她最近开始化暗色系的眼妆，让她看上去有些躲躲闪闪、不好交流的感觉。

"别跟我说你没有！你怎么回事？"

"她没有给我留地址。"

"你没有问吗？"

沉默。

"哎呀，你问了吗？你怎么了？"

"如果她想写信，"艾莉森说道，"她知道我们住在哪里。"

"亲爱的？"她们妈妈的声音从隔壁的房间传来；想提供帮助，却很烦人，"你在找什么吗？"

过了很长一会儿之后，艾莉森——垂下眼——又吃起了东西。她吭哧吭哧地嚼脆玉米片的声音很大，像是自然节目里某些昆虫吃树叶的声音的放大版，听着很烦人。哈莉特把椅子往后一推，徒劳而慌张地扫视着房间：艾达提过的那个镇子？到底是哪个来着，她女儿结婚后的姓氏是？就算哈莉特知道，会有什么不同吗？艾达住在亚历山大的时候，连电话都没有，她们需要联系艾达时，伊蒂都得开着车去她家找她——那甚至称不上一幢房子，只是一个倾斜的棕色棚屋，院子里都是土，没有草也没有人行道，只有泥土。一年冬天的夜里，伊蒂开车带着哈莉特来送水果蛋糕和红橘给艾达当作圣诞礼物时，房顶上生了锈的铁烟囱正冒着烟。记忆中，艾达出现在门口——在车头灯的照射下，十分惊讶，在脏兮兮的围裙上擦着手——哈莉特突然被一阵强烈的悲伤噎住了。艾达没有邀请她们进去，但从开着的门那里匆匆一瞥，哈莉特便被疑惑不解和悲伤所淹没了：旧咖啡罐、一张盖着油布的桌子、钩子上挂着一件破破烂烂的冒着烟味的旧毛衣——一件男式毛衣——艾达冬天时会穿。

哈莉特伸开左手的手指，偷偷地查看着手上的伤口，那是在莉比葬礼之后的一天，她用瑞士军刀在手上扎的。在令人感到窒息的寂静的房间里，割伤居然使她大声叫了出来。刀咔嗒一声掉在浴室的地板上。又有眼泪涌上她的眼睛，而她的眼睛早就哭得又酸又烫了。哈莉特攥紧了手，紧紧地咬着嘴唇，硬币大小的黑色血液滴在阴暗的地板上。她一圈又一圈地看着房顶的四角，似乎期待着上方能给她什么帮助。疼痛奇怪地让她感到了解脱——冰凉而令人神清气爽，而这样残酷的方式令她冷静了下来，让她集中了心智。等到这个伤口不再疼的时候，她对自己说，等到它痊愈的时候，我就不会再为莉比难过了。

那个伤口好多了，除非她用特定的方式握拳，不然已经不怎么疼了。一个凸起的深红色伤疤组织在她的小伤口上冒了出来；看上去很有趣，像一个粉红色胶水的斑点，让她想起了阿拉伯的劳伦斯，他用火柴烤过自己。显然，正是这类事情才能塑造出军人气概。"关键在于，"他在电影中如是说，"不要在意它所引起的疼痛。"在浩瀚而巧妙的痛苦忍耐领域中，正如哈莉特现在开始慢慢理解的那般，这是一个非常值得学习的技能。

———

八月就这样过去了。在莉比的葬礼上，传道士读了《诗篇》[①]里的一段话："我儆醒不睡。我像房顶上孤单的麻雀。"时间能治愈一切

[①]《诗篇》(Psalms)是《旧约圣经》的一卷，其希伯来书名意为"赞美的诗歌"，《诗篇》为汉译本的名称，全书共集录一百五十篇诗章。

伤痕。但要等到什么时候？

哈莉特想到了希利，他正在骄阳似火的足球场上吹着长号，这也让她想到了《诗篇》："要用角声赞美他，鼓瑟弹琴赞美他。"希利的情感没有这么深刻；他的生活一片明媚，被温暖与光明所围绕。他已经见证过十多位管家来了又走。他也不理解她对莉比去世的悲伤情绪。希利不喜欢老人，他害怕他们；他甚至不喜欢生活在另一个镇上的自己的祖父母。

哈莉特想念自己的外婆和姨婆们，但她们忙得顾不上理她。塔特正忙着整理莉比的东西：把她的家用织品叠起来，擦亮银器，卷起毯子，爬上梯子把窗帘摘下来，思考如何处理莉比的橱柜，雪松木箱子和衣橱里的东西。"亲爱的，你真是个天使。"塔特说，哈莉特打电话给她并提出要帮忙。虽然哈莉特曾冒险经过，但她却没办法勉强自己踏上莉比门前的走道，她被莉比房子周围大变的氛围吓到了：花坛杂草丛生，草坪一片蓬乱，一种无人照看的悲凉之感油然而生。莉比房子前面的窗帘撤了下来，它们的缺失令人震惊：房间里面，客厅起居室里曾经挂镜子的地方，现在只剩下一块巨大的堵孔板。

哈莉特目瞪口呆地站在人行道上，她转身往家跑去。那天晚上——为自己感到羞愧——她给塔特打电话道了歉。

"嗯，"塔特说，声音不像哈莉特喜欢的那般，不怎么和蔼，"我还在想发生了什么。"

"我——我——"

"亲爱的，我累了。"塔特说道，听上去她的确筋疲力尽了，"你找我有什么事？"

"房子看起来不一样了。"

"的确不一样了。去到那里让人很难过，昨天我坐在她厨房里摆满盒子的小桌子旁边，哭啊哭啊。"

"塔特，我——"哈莉特也哭了起来。

"听我说，亲爱的。你能想着塔特是非常贴心的，但是我只有自己待着，才能快点好起来。可怜的小天使。"塔特也哭了起来，"等我弄完之后我们再一起做些有趣的事情，好吗？"

甚至连伊蒂——像硬币上清晰的肖像，容颜常年不变——也变了。莉比去世后，她变得瘦了些；她的脸颊凹陷，不知怎的身材也矮小了。自从葬礼之后，哈莉特几乎从未见过她。她差不多每天都要开着新车去广场上见银行家或者律师或者会计。因为克里夫法官，莉比的遗产一团糟，主要是由于他的破产，还有他临终时，为了分割和掩盖仅剩的财产所做的糊涂事儿，大部分问题出在他留给莉比的那些微不足道的、正在使用的遗产。雪上加霜的是，那位车被她撞到的里克希先生，以"忧虑和精神创伤"为由对伊蒂提起了诉讼。他不愿和解，看样子一场庭审在所难免。虽然伊蒂闭口不谈，不以为然，但她显然心急如焚。

"嗯，那本来就是你的错，亲爱的。"阿德莱德说。

阿德莱德说自从那场事件后，她开始头疼了；她没有精力去莉比那里"折腾那些盒子"；她不在状态。下午她打完盹之后（"打盹！"塔特说，好像她自己不享受打盹似的），会走路去莉比家，用吸尘器吸地毯和坐垫椅套（其实根本没有必要），重新整理一下塔特已经装好的盒子，但她担心的是莉比的遗产；她公然而且强烈地怀疑伊蒂，怀疑她和律师们合起伙来欺诈她阿德莱德，想要骗走所谓的她的"那份"，这同时激怒了塔特和伊蒂。每晚她都会打电话质问伊蒂，问许多烦人的细节，当天在律师办公室都发生了些什么（律师费太贵了，她抱怨道，她是害怕她的"那份"被法律费用"给吞了"）；她还要把萨姆纳先生关于金融事务的建议传达给伊蒂。

"阿德莱德，"伊蒂已经是第五次或是第六次这样大喊了，"我希望你不要跟那个老男人说我们的事情！"

"为什么不行？他是我们家族的朋友。"

"他不是我的朋友！"

阿德莱德用一种极其欢乐的语气说："我喜欢别人真正从心里在乎我的权益的感觉。"

"我看你是觉得我不在乎。"

"我没这么说。"

"你就是这么说的。"

这并不是什么新鲜事。阿德莱德和伊蒂一向合不来——甚至从儿童时期就开始了——但情形从未严重到公开对彼此充满敌意的地步。如果莉比还活着，她会在关系陷入僵局之前就让她两人和好；她会请求阿德莱德耐心和谨慎，还会——用一些老生常谈的论点——请求伊蒂克制。（"她还小……从小没有妈妈……爸爸宠坏了艾迪，所以……"）

但是莉比去世了。而且——由于无人在中间调解——伊蒂和阿德莱德之间的裂痕日渐严峻，变得愈发显著，到了哈莉特（她毕竟是伊蒂的外孙女）看到阿德莱德，都不自在地打冷战的地步。哈莉特更加敏锐地察觉到了这一切的不公平，是因为之前，只要艾迪和伊蒂吵架，哈莉特总是倾向于站在艾迪那边。伊蒂有时会非常霸道：哈莉特非常了解这一点。但现在，她第一次理解了争吵双方中的伊蒂的一方，而且真真切切明白了伊蒂所说的"小题大做"是什么。

萨姆纳先生已经回了家——在南卡罗来纳，反正就是他住的地方——但他和阿德莱德开始频繁通信，阿德莱德总是挂在嘴边。"山茶花街，"她一边向哈莉特展示他寄来的一封回信，一边说着，"这个名字是不是很可爱？这里的街道就没有这样的名字。我多想住在一个名字如此优雅的街道上啊。"

她把信举到面前一臂的距离,然后——眼镜耷拉在鼻子上——喜爱地看着它。"作为一个男人,他写的字很漂亮,不是吗?"她问哈莉特,"秀气。我觉得是这样,你呢?哦,爸爸曾经觉得世界上都是像萨姆纳先生这样的人。"

哈莉特什么都没说。据伊蒂所说,法官克里夫认为萨姆纳先生"朝三暮四",就是这个意思。塔特——具有决定性意见的人——闭口不提萨姆纳先生;但她的态度表明她也没什么好话。

"你肯定有很多可以和萨姆纳先生聊的事情,"阿德莱德说着,她把卡片从信封中拿出来,扫了一眼,正面和反面都看了一遍,"他见多识广,他曾经在埃及生活过,你知道吗?"

她一边说一边盯着卡片上的图画——正面是一个查尔斯顿旧时的场景;背面是优雅、过时的钢笔字体,写的话多是对我来说和亲爱的女士之类的话。

"我感觉你会对这个感兴趣,哈莉特,"阿德莱德说道,她伸直了举着卡片的胳膊,把头歪向一边审视着卡片,"那些木乃伊和猫那类的东西。"

哈莉特脱口而出:"你和萨姆纳先生要订婚了吗?"

阿德莱德——有些心烦意乱地——摸了一下耳环:"是你外婆让你这么问我的吗?"

她是觉得我傻吗?

"不是的,女士。"

"我希望,"阿德莱德说着,冷笑了一声,"我希望在你心里,我看上去没那么老。"接着,她站起身把哈莉特往门口送的时候,瞥了一眼窗户玻璃里自己的身影,看得哈莉特心里一沉。

——

每天都很喧闹。三个街区外,重型机器——推土机、电锯——在远处咆哮着。浸信会的人把教堂周围的树砍了下来，把土地推平，因为他们需要更多的停车位；从远处传来的轰隆声十分可怕，像坦克，像一支在安静的街道上行进的军队。

图书馆闭馆了，油漆匠正在儿童馆忙活。他们要把那里粉刷成亮黄色，光滑闪亮的瓷质黄色，看上去像出租车的外漆。这非常糟糕。哈莉特喜欢具有学术氛围的木镶板，她记忆中那里一直是这个样子的：他们怎么能在漂亮的、漆黑的木头上涂颜料？夏季阅读比赛也结束了，而哈莉特没有赢得比赛。

没有人能说话，没有事情可做，除了泳池外也没有地方可去。每天下午一点的时候，她都会把毛巾夹在胳肢窝下面，走路过去。八月即将结束；足球队和啦啦队的训练已经开始，甚至连幼儿园也开始了，而——除了高尔夫球场上的退休人员和一些仍然躺在折叠椅上晒太阳的年轻家庭主妇——乡村俱乐部也无人问津了。大多数时候，空气仍然炙热，静止得像玻璃似的。阳光时不时地穿过云层照射下来，一阵热风席卷而来，吹皱了泳池表面，吹得小货摊的遮阳布咯咯作响。在水下的时候，哈莉特享受着抗争和踢蹬水的压力的感觉，享受着跳跃在泳池内壁上的，类似于《科学怪人》中——从某种巨型发电机中产生的——闪电似的白光。她就那样悬浮于水中——在闪闪发亮的光线和斑驳光点之中，在弯弯曲曲的池底上方十英尺的位置——有时她这样一待就是一分钟，沉迷于回响与寂静，还有如梯子般的蓝色光线。

她像死人似的头朝下浮在水里，恍恍惚惚地盯着自己的影子看了很长一段时间。胡迪尼从水下逃脱时，速度相当之快，当警察瞟着手表，拉着衣领，他的助手喊着拿斧头来，他的妻子尖叫着，假装晕过去时，他通常早已逃脱束缚，而且——在视线之外——在水下静静地漂浮着。

501

这个夏天，至少在这方面，哈莉特取得了进展。她可以不费力气地憋气一分钟以上——如果她能保持纹丝不动——她能咬牙坚持将近两分钟（虽然不怎么舒服）。有时候她会计时，但更多情况下她会忘记：让她着迷的是过程，是神情恍惚。她的影子——在水下十英尺的地方——在水池的底部晃动着，大小抵得上一位成年人。船沉没了，她告诉自己——想象着自己遭遇了海难，漂流在温暖的浩瀚无际当中。奇怪的是，这个想法让人很舒服。没有人会来救我。

在水中漂浮了很久之后——除了呼吸之外，几乎一动不动——她隐约听到有人在喊她的名字。一个蛙泳动作，双腿一蹬，她浮出了水面：回到了炎热、刺眼、俱乐部房子外面的冷却装置嘈杂的嗡嗡声当中。模糊中，她看到佩姆伯顿（她来的时候不是他值班）正坐在救生椅上挥着手，然后跳进了水里。

哈莉特避开飞溅的水花，接着——因为莫名的恐慌——她又翻到了水中，往浅水区游去，但是他速度飞快，把她截住了。

"嘿！"看到她浮出水面，他一边说一边夸张地甩了甩头，水花飞得到处都是，"你在夏令营练得不错！说真的，你能憋多长时间的气？"他说，哈莉特没有回答。"让我来给你计个时吧。我有一块秒表。"

哈莉特感觉自己脸红了。

"来吧。你肯定也想吧？"

哈莉特不知所措。在水下的蓝色地板上，她的脚——映着淡蓝色、不断晃动着的老虎纹——显得非常白，比平常胖了两倍。

"随你的便。"佩姆原地站了一会儿，把头发捋到了后面，然后又坐进了水里，这样他们的头就在同一高度了，"就那样躺在水里，你不会觉得无聊吗？克里斯有点生气了。"

"克里斯？"哈莉特顿了顿才说道。她听到自己的声音时，更加震惊了：非常干涩，锈住了一般，好像她几天没说过话似的。

"我来解放他时，他一直说：'看那个孩子，像木头似的躺在水里。'那些蹒跚学步的孩子们的妈妈一直烦着他，好像他会看着一个死孩子在水里泡一下午而放任不管似的。"他笑了笑，当哈莉特的目光看向别处时，他便游到她的视线中。

"你想要杯可乐吗？"他问，他的声音中有种兴高采烈的感觉，让她想起了希利，"免费的？克里斯把冷藏柜的钥匙留给我了。"

"不用了，谢谢。"

"说说看，为什么那天我打电话的时候，你告诉我艾莉森不在家？"

哈莉特看着他——一脸茫然，看到这个表情，佩姆伯顿的眉毛皱了起来——接着她就一下子钻进了泳池底部，游开了。的确有这么一回事儿：她告诉他艾莉森不在家，然后挂了电话，尽管艾莉森就在隔壁房间。不仅如此：她还不知道为什么自己会这么做，她想不出理由。

他紧跟着她钻进了水里；她能听到他在身后拍水的声音。他为什么不能让我自己待着？她绝望地想着。

"嘿，"她听到他喊话。"我听说艾达·拉伊不干了。"紧接着她就发现，他已经游到了她的面前。

"说说看，"他说——接着又惊讶地多看了她一眼，"你哭了吗？"

哈莉特潜入水中——溅到他脸上一大片水花——冲进了水下：呼哧呼哧。浅水区的水很热，像浴缸里的水。

"哈莉特？"她在扶梯处浮出水面的时候听他喊道。她匆匆忙忙地爬了出去——低着头——接着，小跑着往更衣室去了，身后留下一排歪歪扭扭的黑色脚印。

"嘿！"他喊道，"不要这样。你想装死就装死吧，没事儿，哈莉特?"他又喊道,哈莉特跑进了水泥遮挡后面,跑进了女士更衣室,她的耳朵热辣辣的。

——

唯一能让哈莉特有目的感的就是丹尼·拉特利夫。一想到他,她就心里发痒。一次又一次地——几次三番地,像在舔一颗烂牙似的——她通过想他来测试自己。而她的愤怒则一而再再而三地在意料之中爆发,从痛点开始发作的怒火。

在光线逐渐暗淡的卧室里,她躺在地毯上,盯着她从年鉴中剪下来的脆弱的黑白照片。它随意而古怪的质感——起初令她感到震惊——早已燃烧殆尽,如今她再看到照片时,看到的不是男孩甚至不是一个人,而是恶魔的化身。在她眼中,他的脸的毒性也日益强烈,到了她甚至不愿触摸照片的地步,而是捏着边缘拿起照片。她家中如此绝望的境地正是他一手造成的。他应该去死。

把蛇扔在他祖母的身上并没有让她感到丝毫释怀。她想要的是他。在殡仪馆外她瞥见了他的表情,而且她现在对一点非常确信:他认出了她。他们目光相撞,并且锁定了对方——而他看到她的时候,布满血丝的眼睛瞬间闪出了凶悍而奇异的光芒,每每想到这里,她的心都会怦怦直跳。他们有种对彼此心知肚明的感觉,某种程度上算是一种认可,虽然哈莉特无法确定这意味着什么,但不知为何,她感觉自己也扰乱了丹尼·拉特利夫的思绪,正如他扰乱了她的思绪那般。

哈莉特十分反感地思考着生活是如何击败了她所认识的成年人,每一位成年人。随着年龄的增长,不知什么东西将他们紧紧勒住,让他们怀疑自己的力量——懒惰?习惯?他们紧握的双手放松了;他们停止了战斗,屈服于所发生的事情。"这就是生活。"他们会这么说,"这就是生活,哈莉特,就是这样,你会明白的。"

然而，哈莉特不会明白。她年龄尚小，脚踝上的链条还没有变紧。多年来，她一直害怕九岁的到来——罗宾九岁时死去了——但她的九岁生日来了又走了，现在的她已经无所畏惧。无论要做什么，她都会去做。她现在就会采取行动——趁着她还能这么做，趁着她还没有神经崩溃、精神失控——虽然除了她自己庞大的孤独之外，便没有什么能支撑她。

她把注意力转向手头的问题。丹尼·拉特利夫为什么要去货运场？那没有什么能偷的东西。大部分仓库都被长条木板封上了，而那些没有被封上的，哈莉特也曾爬上去，透过窗户看过：大部分都是空的，只有一些破旧的棉包，老化的机器和散落在角落里沾满灰尘的农药罐。疯狂的想法穿过她的脑海：囚犯被锁在火车车厢里。尸体被埋于此；粗麻布袋里装着被盗的钱财。骷髅，谋杀武器，秘密集会。

弄清楚他的真实勾当的唯一方法，就是自己亲自去货运场一探究竟，她下定了决心。

——

她很久没和希利说过话了。因为他是诊所乐队中唯一一个七年级学生，他现在觉得哈莉特已经不够资格和自己联系了。虽然他被邀请只是因为他们缺少长号手。她和希利最后一次说话是她给他打的电话，他聊的全部是乐队的事，主动说着那些大孩子的八卦，好像他真的认识他们一样，对鼓手队长和铜管独奏高手都是直呼其名。他十分健谈却又有些疏远——好像她是一位老师，或是他父母的朋友——他跟她说了许多他们正在研究的中场音乐的技术细节：他们会演奏披头士的串烧，以《黄色潜水艇》结束，他们会在结束时一边演奏，一边在足球场上组成一个巨大的潜艇（不断旋转着的指挥棒象征着螺旋桨）。哈莉特静静地听着。听到希利突然热情地说起高中乐队的里的

505

孩子有多"疯狂"时,她也没有说话。"足球运动员一点乐趣都没有。天还没亮他们就得起床跑步,科格威尔教练不停地训斥着他们,像国民警卫队之类的一样。但是恰克、弗兰克和罗斯提,还有其他负责吹小号的二年级学生,他们比足球队的任何球员都野得多。"

"嗯。"

"他们整天就是怼人,说些超级疯狂的笑话,而且他们整天都戴着墨镜。伍本先生根本不管,他并不在意,像昨天——等等,等等——"他对哈莉特说着,随后背景里传来一阵恼火的声音:"什么?"

他们聊了一会儿。哈莉特等着。过了一会儿,希利回来了。

"抱歉。我得去练习了,"他得意地说道,"爸爸说我每天都需要练习,因为我的新长号很贵。"在安静而昏暗的走廊里——哈莉特挂了电话,胳膊肘撑在电话桌上,思考着。他已经忘记了丹尼·拉特利夫吗?或者他只是不在乎?令她感到意外的是,她并不太在意希利的疏远,他对她态度冷淡并没有给她带来什么痛苦,她不由得感到高兴。

—

前一天晚上下了雨;虽然地面潮湿,但哈莉特看不出最近是否有车辆经过了宽阔的砾石拓宽区(是棉花货车的装载区,不算是马路),这条拓宽区将转运站与货运场、货场与河水相连。她把背包和橙色笔记本夹在胳膊下面,以防有需要写下来的线索。她站在广阔的机械造就的黑色平原的边上,凝望着轨道的交叉渡线、会让线、开始与结束点,白色的叉形警告标志和红色的危险信号灯,远处生了锈的货运车,它们之后是高高耸立的水塔,细长的支架支撑着巨大的圆形水箱,尖尖的箱顶像《绿野仙踪》里铁皮人的帽子。早在童年时期,她就对水塔形成了一种模糊的依恋,也许正是因为这一相似之处;它看上去像是某种愚蠢而友善的守护者;而当她睡觉时,她总觉得它独自在某个黑暗的角落呆站着,不受重视。后来,哈莉特六岁的时候,一些坏男孩在万圣节时爬上了水塔,在水箱外面画了一个可怕的鬼脸南瓜,眼睛细长,牙齿如锯——那之后的很多个晚上,哈莉特醒着躺在床上,感到焦躁不安,因为她一想到坚定的伙伴(露着尖牙利齿,充满敌意)正一脸不悦地俯视着安静的屋顶,便无法入睡。

可怕的鬼脸很久以前就消退了。又有人在水箱上用金漆喷了"70级"的字样,在阳光暴晒和经年累月的雨水冲刷之下,现在也已褪色。水箱表面分布着一道道的忧郁的黑色水痕——虽然那张鬼脸已经不复存在,但就像刚刚暗下来的房间里仍有光线闪烁,它仍然在哈莉特的记忆中燃烧着。

天空泛着白,万里无云。她想,如果希利在,至少有人可以和她聊聊天。罗宾来这里玩耍过吗,他跨站在自行车上望过火车轨道吗?她试着想象自己是在通过他的眼睛看周遭。一切都没有太大变化:也许电报线更松垮了些,也许树上的爬藤和旋花蔓更密了些。一百年之后,在她死去之后,这里会变成什么样?

她穿过货场——一边在轨道上跳着,一边自己哼着歌——向树林走去。在寂静中,她的声音显得非常响亮;她还从未独自冒险如此深入这片荒废的区域。如果亚历山大突然暴发传染病?她想,但除了我,每个人都死了怎么办?

我想我会去图书馆生活,她对自己说。这个想法很鼓舞人心。她看到自己正在烛光下读书,影子在迷宫似的书架上方的天花板上摇摇晃晃。她可以从家里拿一个行李箱——花生酱和薄脆饼干、一条毯子、换洗衣物——睡觉时就把阅览室里的两把大扶手椅拉到一起。

她走上一条小路,走进了阴凉的树林(茂密的植被,在死寂的城市废墟中噼啪作响,使人行道变形,蜿蜒穿过房屋)时,从温暖走到凉爽的过程就像在湖水中游泳时,游进了一股凉爽的泉水旁一样。聚成团的飞虫从她身边飞开,像绿色的池塘中,因为突然的动静而游开的生物。白天的小路比她想象中更黑更窄,更有窒息感;一簇簇的狐尾草和女巫草竖着倒刺,土地上的车辙印里盖着一层黏糊糊的绿藻。

头顶上,一阵喧闹的尖叫吓了她一跳:一只乌鸦而已。路两边的树木被巨大的藤蔓压弯,夹道而生的野葛长得很高,像腐烂的海怪。她慢慢地走着——凝望着黑压压的树冠——没有注意到苍蝇响亮的嗡嗡声,直到声音越来越大,她闻到了一股臭味,才低头看向地面。一条闪闪发光的绿蛇——没有毒,因为它不是尖头,但是她从没有见过的蛇——躺在她前面的路上,已经死了。它大约三英尺长,中间被人踩扁了,露出一团黑色的内脏,但不同寻常的是它的颜色:闪闪发光的黄绿色,鳞片色彩斑斓,和哈莉特还是婴儿时就有的一本老童话故事书里的蛇王的插画颜色相同。"很好,"蛇王对老实的牧羊人说,"我向你嘴里吐三口口水,然后你就能听懂野兽的语言了。但要注意,不要让别人知道你的秘密,否则他们会愤怒并杀害你。"

哈莉特看到路边有一个脊状的靴子鞋印——靴子很大——十分醒目地印在泥里;与此同时,死蛇的臭味从她的嗓子眼里又冒了出来,她开始跑起来,心怦怦直跳,仿佛魔鬼正在追她,而她则不知所以地跑着。笔记本的纸张在寂静中啪啪作响。藤蔓上的水滴被震落,噼噼啪啪地掉在她身上;在地面上的灌木丛中,隐隐有一些参差不齐、发育不良的香椿木(有高有低,像是洞穴里的石笋)摇摇晃晃的,蜥蜴皮似的树干在远处散发着淡淡的光芒。

她跑进了阳光里——突然之间,感觉到自己并不孤单,然后停了下来。漆树上的蚱蜢近似疯狂;她用笔记本遮住眼睛,扫视着明亮的、被阳光烘烤的拓宽区——

她的眼角余光察觉到一道银白色的光——似乎是从天空中来的——哈莉特在惊慌中看到一个黑色的身影正徒手爬水塔的梯子，在约三十英尺高的地方，离她六十英尺远。那光再次闪了过来：一块金属手表，像信号镜一样闪闪发光。

　　哈莉特心跳加速，她走回树林，透过滴着水珠、相互缠绕的树叶眯着眼往外看。就是他：黑头发，非常瘦，紧身短袖，看不清背上的文字。她身体中的一部分感到激动不已，但另一部分，较冷静的部分则退后一步，惊叹于当下的微小和平淡。他在那里，她告诉自己（用这一想法刺激着自己，试图激发起应有的兴奋感），是他，是他……

　　一个树枝挡在了她的脸前，她躲开以便看清他。他现在正在爬梯子的最后一梯。他一爬上去之后，便低着头站在狭窄的过道上，双手放在屁股上，一动不动站在炎热、无云的天空下。随后——眼神锐利地向后一瞥——他弯下腰，把一只手放在金属栏杆上（它非常低，他不得不朝侧面斜过身子），然后一瘸一拐地沿着栏杆朝左走去，速度飞快，脚步很轻，走出了哈莉特的视线。

　　哈莉特等着。过了一会儿，他从另一边出来了。就在这时，一只蚱蜢突然跳到了哈莉特的脸上，她向后退了一步，响起一阵沙沙声。她踩断了一根棍子。丹尼·拉特利夫（因为是他；她能清楚地看清他的侧脸，即使他像动物似的蹲伏着）朝她的方向转过头来。声音这么小又这么远，他本不可能听到，但不知为何他居然听到了，因为他的视线停住了，他的眼中发着光，有些奇怪，没有移动……

　　哈莉特一动不动地站着。一个藤蔓的卷须落在了她的脸上，伴随着她的呼吸轻轻地颤抖着。他的眼睛——正扫视着地面，冰冷的眼神掠过她——闪烁着奇异、没有意识的、大理石一般的光芒，哈莉特在联盟军的老照片上看到过：饱经日晒的男孩，眯着的眼睛，直勾勾地盯向巨大的空无之中。

509

然后他看向了别处。令她感到恐惧的是,他开始往梯子下面爬:速度飞快,一边爬一边隔着肩头望着。

在哈莉特清醒过来之前,他已经往下爬了一大半,哈莉特转过身,奋力往前跑,沿着潮湿、嗡嗡作响的小路往回跑。她的笔记本掉了,她慌张地跑回去捡起来。绿蛇像鱼钩一样横躺在地上,在昏暗中闪闪发光。她跳过它——用双手打着飞到脸上的嗡嗡作响的苍蝇——继续奔跑。

她跑到了棉花仓库前的空地上:铁皮屋顶,被封上的窗户,看上去死气沉沉。她听到了灌木丛断裂的声音从她身后很远的地方传来;她惊慌失措,愣了一下,为自己的犹豫不决感到绝望。她知道,仓库里面有很多可以藏身的好地方——堆起来的草垛,空车皮——但如果他在那里把她截住,她就再也出不来了。

她听到他在远处叫喊。哈莉特一边痛苦地呼吸着,一边抓着岔气的肋部,跑到了仓库后面(锡制标志已经褪色:普瑞纳饲料,通用磨坊),跑到一条石子路上:这条路更宽,能容得下一辆汽车,光秃秃的路面上是由黑白沙和红色黏土混合铺就的,花纹如同大理石一般,高大的悬铃木斑驳的树影落在其上。她的血脉偾张,她的思绪在脑海中哐里哐当的,像装在摇摇晃晃的猪猪存钱罐里的硬币。她的腿很重,像在噩梦中穿梭于泥浆或糖蜜之中,她无法迈开步伐,无法加快脚步,她无法判断树枝的断裂声和咔嚓声(声音离奇得大,像枪声)到底是来自她自己的脚步,还是她身后追来的脚步。

这是一条陡峭的下山路。她跑得越来越快,越来越快,害怕摔倒,但更害怕速度放慢,她的脚咚咚咚地跑着,好像并没有长在她的身上,而是推动她前进的粗制滥造的机器,一直到路面突然凹了下去,又升了起来——突然之间——到了高高的土堤上:防洪堤。

防洪堤,防洪堤!她放慢了速度,越来越慢,拖着自己爬到了陡

510

坡的中间,直到她在草地上摔倒——气喘吁吁,疲惫不堪——又用手和膝盖撑着自己爬到了上面。

在她看到水之前,已经听到了水声……等到她终于站起来,膝盖摇摇晃晃,凉爽的微风吹拂着她汗涔涔的脸颊,她才终于看到了黄色的河水在陡峭的河岸边打着旋。河流上下游都是——人。白人和黑人,年轻人和老年人,一边聊天一边吃着三明治一边钓鱼的人。远处,摩托艇呜呜作响。"好吧,告诉你我喜欢哪个,"一个响亮的乡下声音说道——一个男人的声音,十分独特——"那个取了西班牙名字的人,我感觉他讲道时讲得不错。"

"马尔迪博士?马尔迪不是西班牙名字。"

"好吧,不管怎么说。如果让我说,我觉得他是最好的。"

夹杂着泥土气息的空气十分清新。头晕目眩、浑身颤抖的哈莉特把笔记本塞进了背包,然后从堤坝往下走,一直走到在她的正下方钓鱼的四个男人那里(他们正聊着狂欢节,讨论这个节日是起源于西班牙还是法国),接着——她的腿变得轻盈——她走到了河岸上,路过一对狡猾的老渔民(看样子他们是兄弟,百慕大短裤提得很高,圆滚滚的腰上系着腰带),路过一位躺在草坪椅上晒太阳的女士,像一只涂了粉红色口红的海龟,还带了配套的头巾;路过了带着晶体管收音机的一家人,和一个装满了鱼的冰箱,还有各种脏兮兮的、腿上有划伤的孩子,他们乱作一团,满地打滚,跑来跑去,挑衅着彼此,看谁敢把手伸进诱饵桶里,尖叫着再次跑开……

她继续走着。她注意到,当她走近时,所有人似乎都停止了说话——也许这是她的想象。他肯定不能在这里伤害她——太多人了——但就在这时,她的脖子上痛了一下,好像有人正盯着她看。她紧张地向身后瞥了一眼——当她看到一个穿着牛仔裤的邋遢男人时,便停住了目光,他留着黑色的长发,离她只有几英尺远。但他不是丹尼·拉特利夫，只是看起来像他的人。

这一天——人们、冰箱、孩子们的尖叫声——这一天本身便自带鲜明的危险气氛。哈莉特走得快了些。阳光从河对面的一个肥胖的男人（噘着嘴，正在嚼烟草，很让人反感）的太阳镜上反射过来，他的脸上丝毫没有表情；哈莉特很快将瞥向了别处，好像他要冲她做鬼脸似的。

现在到处都很危险。如果他在街上的什么地方等着她怎么办？如果他是个聪明人，就会这么做：他会原路返回，兜圈子，等着她，从停着汽车的地方或树后面跳出来。她得走回家了，不是吗？她得睁大眼睛，坚持走大路，穿过偏僻的地方时，绝对不抄近道。太糟糕了：镇上的老城区有太多偏僻的地方。等她一走上纳齐兹大街，在浸信会教堂周围的推土机的闹哄哄的声音中，即使她尖叫，又有谁会听到呢？如果她尖叫的时机不对：更没有人能听到。谁听到罗宾了？而且他还和他的妹妹们一起在自家的前院。

河岸变得狭窄，石头多了起来，有点冷清。她陷入沉思，爬上了通往街道的石阶（已经开裂，上面长着一簇簇如针垫大小的青草）拐到了浅桥上，差点被一个刚学会走路的脏孩子绊倒，他的腿上还坐着一个更脏的宝宝。拉莎伦·奥德姆跪在他们面前，身下是一件男人的旧衬衫，像野餐毯似的铺在她的身下，她正忙着在一片毛茸茸的巨大叶子上分一块碎掉的方形巧克力。在她身旁放了三个装满黄水的塑料杯子，像是从河里舀起来的。三个孩子的身上都布满了伤口结痂和蚊子包，但哈莉特注意到的主要是那双红色手套——她的手套，艾达送给她的手套，如今变得又脏又破——正戴在拉莎伦的手上。拉莎伦眼睛向上看着，还没来得及说话，哈莉特就一下把叶子拍出了她的手掌，巧克力方块飞了起来，哈莉特跳到她的身上，把她撞到了路面上。手套很大，指尖的地方松松垮垮，哈莉特没费多大劲就把她左手上的手套扯了下来，但拉莎伦一明白她的目的，便开始反抗了。

"给我！那是我的！"哈莉特咆哮道，拉莎伦闭上眼睛摇了摇头——她抓住了一缕拉莎伦的头发。拉莎伦尖叫一声；她的手飞到了太阳穴上，哈莉特立刻剥下手套，塞进了口袋。

"这是我的，"她压低了嗓音说道，"小偷。"

"我的！"拉莎伦尖叫道，声音里带着困惑与愤怒，"她把它们给了我！"

给？哈莉特吃了一惊。她开始问是谁给了她手套（艾莉森？她们的妈妈？）然后又好好想了想。蹒跚学步的孩子和婴儿眼睛睁得圆圆的，眼中尽是恐惧之情。

"她把它给了——"

"闭嘴！"哈莉特喊道，她对自己刚才一下子就暴怒的样子感到一些尴尬，"再也不要来我家乞讨！"

在随之而来的短暂而混乱的停歇中，她转过身——心跳疯狂加速——迅速往台阶上走去。这件事令她极度烦恼，以至于她一时忘记了丹尼·拉特利夫。至少，她告诉自己——看到街上有一辆旅行车从她身边呼啸而过，她赶紧回到了街沿上；她需要注意自己去的地方——至少我拿回了手套。我的手套。这是艾达留给她的唯一的东西。

然而哈莉特并不觉得光彩，确切地说，她只感到了叛逆和一些不安。阳光照得她的脸很不舒服。就在她准备再次看也不看就往街上走的时候，她停了下来，用手遮住眼睛，朝两边都看了看，然后冲了过去。

——

"哦，你会用什么来交换你的灵魂？"法里什说，他正用螺丝刀拧着古姆的电动开罐器的底座。他的心情很好。丹尼的心情可没这么好，焦虑、惊恐、不好的预感让他坐立难安。他坐在房车的铝质台阶

513

上，摸着一个血淋淋的指甲，法里什——在一堆闪闪发光的凌乱的汽缸、卡环和落在厚厚的灰尘里的垫圈中——一边哼着歌，一边忙着手头的工作。他穿着连体棕色工作服，像个精神失常的水管工，他正有条不紊地检查着祖母的房车，检查车棚，检查棚屋，打开保险丝盒，撕开地板的各个部分，撬开（成功时，又是深呼吸又是喘粗气）各种吸引了他注意的小家电，没完没了地找着截断丝、错位的部件和暗藏的晶体管，以及任何家用电器被破坏的蛛丝马迹。"马上，"他厉声说道，朝身后挥了挥胳膊，"我说了马上，"每当古姆慢慢吞吞地走过来，似乎有什么要说的时候，"我会去处理的，好吗？"但他到现在也没去；前院到处都是螺栓、管道、插头、电线、开关、金属薄板、各种零件和金属碎片，好像这里有颗炸弹爆炸了，炸得三十英尺范围内都是散落的垃圾。

在满是灰尘的地面上，一个收音机闹钟上显示着两个数字——是两个零，黑底白字——像一对圆睁的卡通人物的眼睛盯着丹尼。法里什正在鼓捣着开罐器，在垃圾堆里骂骂咧咧，东翻西找，好像他的心里什么事都没有。虽然他并没有看着丹尼，但他脸上露出了非常怪异的笑容。最好不要理会法里什，不管他狡猾的暗示，他鬼鬼祟祟的瘾君子游戏——但是，法里什显然心里有事，而这让丹尼很是烦恼，因为他不太清楚那到底是什么。因为他怀疑法里什精心策划的反间谍活动是为了自身利益而上演的。

他盯着哥哥的侧脸。他告诉自己，我什么也没做。只是上去看了看。什么也没带走。

但他知道我想拿走。此外还有别的事。有人一直在监视他。在塔后面的漆树和葛根灌木丛中，有什么东西动了一下。白色的反光，像一张脸。一张小脸。落满浮渣、阴暗的土路上的脚印是小孩的脚印，踩得很深，四面八方哪儿都有，这已经够令人毛骨悚然了，接着——

在小路上的一条死蛇的旁边——他发现了一张薄薄的自己小时候的黑白照片。是他自己！是一张从年鉴上剪下来的小小的校园肖像照，他正在上初中。他把照片捡起来，不敢相信自己的眼睛。所有旧时的记忆和当时的恐惧全部涌了上来，与斑驳的影子、红色的黏土、死蛇的恶臭混合在一起……难以名状的怪异之感，看到穿着新衬衫的年幼时的自己在地面上朝着他微笑，像乡村公墓里泥泞的新墓上，贴着的充满希望的照片，他差点晕过去。

而且这是真的，不是他的想象，因为那张照片现在就在他的钱包里，而且他已经把它拿出来看了大约有二十或三十遍了，仍然难以置信。可能是法里什把它放在那里的吗？是对他的警告？或者是恶作剧？等丹尼不小心踩到了地雷或是撞上了挂在暗处的鱼钩时，借此在心理上压倒丹尼？

它的诡异之处困扰着他。让他的心重复而徒劳地兜着一样的圈子（就像他卧室门的门把手一样，毫不费力地转了又转，却无法把门打开），而现在唯一能让他克制住，不把学校肖像照从钱包里拿出来再看一遍的，是法里什正站在他的面前。

丹尼看着前方，然后（这是常事，因为他已经放弃了睡眠）做起了白日梦：风吹拂着雪地或是沙地什么的，远处有一个模糊的身影。他以为是她，然后朝着她越走越近，越走越近，直到他意识到那不是她，实际上他的面前只是一块空地，根本什么都没有。这该死的女孩是谁？就在前一天，古姆厨房的桌子中央一直放着一盒儿童麦片——是一种柯蒂斯喜欢的麦片，盒子颜色鲜艳——正要去洗手间的丹尼一下子便停了下来，盯着盒子看，因为她的脸在盒子上。她的！脸色苍白，留着黑色的锅盖头，俯身探向一碗麦片，一股神奇的光照亮了她的脸。她的头周围围满了仙女和星光，他跑上前去，一把抓起盒子——困惑地发现照片上根本不是她（不再是她），而是一个别的孩子，一个他在电视上见过的孩子。

他的眼角里似有微小的爆炸一般，到处都是闪光灯。突然之间，他突然想到——他在震惊中回过神来，回到汗涔涔的肉体当中，再次坐在他的房车的台阶上——不论她从哪个维度潜入他的思绪，那个女孩，她已经通过一扇敞开的门和一阵透过门吹进来的明亮的旋涡，先行占据了他的心思。闪光点，闪闪发光的微小斑点，像显微镜下的生物——冰毒虫，这就是给你的科学解释，因为每一次发痒，每一次起鸡皮疙瘩，每一个微小的斑点和每一粒漂浮在你疲惫的眼球上的沙粒，都像一条活生生的虫子。知道了它的科学原理并没有减轻它的真实感。最后，虫子会爬到任何一个想象之中的表面，跟随着滚落在地板上的谷物，爬到你的肌肤上，但擦破了皮也擦不下来，爬到你的食物里，爬到你的肺里、眼球里、你那不安地跳动着的心脏里。最近，法里什喝加冰的茶时，会在杯边放一张纸巾（上面用吸管打了孔），来驱赶那些他不断地从脸和头上拍下来的隐形的蜜蜂。

丹尼也能看见虫子——不过，谢天谢地，他的虫子不是蟑螂、爬虫、蛆虫和吞噬灵魂的白蚁——而是萤火虫。即使是现在，在大白天，它们仍然在他的眼角余光中闪烁着。灰尘颗粒像电子光点一般老练：一闪一闪的，到处都是；化学品已控制住了他，它们现在占了上风；是化学品——完全的、金属的、准确的——使蒸汽涌出地面，是它控制了他的所想、所说，现在连他的所见也控制了。

这就是为什么我要像化学家一样思考，他想，接着又为这一简单命题如此明晰而感到茫然。

顿悟之后，他正在火花迸裂之后的一片雪白中休息着，突然吓了一跳，他意识到法里什正在和他说话——实际上，他已经和他说了有一段时间了。

"什么？"他突然有些愧疚地说道。

"我说,你确实知道'Radar(雷达)'中间的'D'代表了什么。"法里什说。虽然他在微笑,但他的脸却是冷冰冰的红色,涨满了血。

丹尼——为这一怪异挑衅而感到吃惊,为恐惧情绪居然已经深入到与自己人之间最无害的交流中而感到震惊——坐了起来,时不时地往外扭着身子,手伸进口袋里摸着不存在的香烟。

"Detection(侦察),无线电探测和测距。"法里什从开罐器上拧下一个空心部件,把它举到亮处,透过光查看一番,随后扔到了一边,"这是目前最先进的监视工具——是每一辆执法车的标配——警察会用它来抓捕超速驾驶的人,任何这样告诉你的人都是胡扯。"

侦察?丹尼心想。他要干什么?

"雷达是战时的产物,是用于军事目的最高机密——而现在,在和平时期,国家的每个该死的警察部门却用它来监视美国平民的一举一动。所有的那些费用?所有的那些训练?你告诉我那只是用来监控谁超过了五英里的限速?"法里什哼了一声。"狗屁。"

那是他的错觉,还是法里什确实极其犀利地看了他一眼?丹尼心想,他在耍我。想看看我会说些什么。糟糕的是:他想告诉法里什这个女孩的事情,但他不能说他曾经去过水塔。他有什么理由去那里呢?不管怎么说,他很想告诉他这个女孩,尽管他知道自己不应该说;无论他提起时多么谨慎,法里什都会起疑。

不,他必须闭嘴。也许法里什知道他打算偷毒品。也许——丹尼想不太明白,但只是也许——法里什也许和那个女孩有什么关系。

"那些小短波发出回响——"法里什扇着自己的手指——"然后扩散回来,报告你的确切位置。这都是为了提供信息。"

这是考验,丹尼心想,暗暗有些亢奋。法里什就是这样做事的。在过去的几天里,法里什往实验室里扔了大量的毒品和现金,无人看

517

管,丹尼当然没去碰。但这些事都是一个更复杂的考验的一部分。难道那个女孩出现在布道所的门前和法里什当晚坚持要去那里只是巧合?蛇被放走的那晚?从她出现在门前开始,就有些可疑之处。但法里什实际上并没有怎么注意她,不是吗?

"我的意思是,"法里什说,随着开罐器里一大堆机械零件叮叮当当地掉在地上,他使劲儿地往鼻孔里吸着气,"如果他们把这些波都朝着我们发射过来,在另一头就必须有人,对吧?"他的胡子上面——湿漉漉的——粘着一块豌豆大小的安非他明。"如果没有人接收,所有这些信息都毫无价值,得有一个受过教育、受过培训的人,对吗?我说得对吗?"

"对。"短暂的停顿之后,丹尼说道,他极力想说得恰到好处,但还是有些平淡了。法里什到底想干什么,没完没了地说着监视和情报收集相关的事情,难道他是想用这个来隐藏自己的真实疑虑?

除非他什么都不知道,丹尼突然惊慌失措地想到。他不可能知道。法里什甚至连车都不开。

法里什扭了扭脖子,狡猾地说道:"见鬼,你知道的。"

"什么?"丹尼环顾着四周说道;有那么一瞬间,他以为自己不小心说出了声。但在他还没来得及跳起来为自己的清白辩解,法里什便开始围着一个小圈踱步,眼睛盯着地面。

"美国人民通常不知道这些波在军事方面的应用,"他说,"而且我告诉你,他妈的除此之外还有什么。他妈的五角大楼也不知道这些波到底是什么。哦,他们可以生产它们,追踪它们"——他笑了笑,一声短促、尖锐的笑声——"但他们不知道它们他妈的是什么制成的。"

我必须结束现状。我要做的就是,丹尼告诉自己——他惊恐地发现有一只苍蝇一直在他耳边嗡嗡地飞着,像是该死的噩梦里无线循环的磁带——我要做的就是行动起来,洗漱干净,睡上一两天。我可以趁他还坐在地上颠三倒四地谈论着无线电波，用螺丝刀拆着烤面包机的时候，启动汽车，开出镇子……

"电子会损害大脑。"法里什说。他说这话的时候，直勾勾地看着丹尼，好像他怀疑丹尼在某些点上不同意他的观点似的。

丹尼感觉有些发晕。每隔一小时嗑一次药，这会儿药劲已经过去了。用不了多久——没有了毒品——他就得去睡觉了，因为超负荷工作的心脏怦怦直跳，因为血压降到了危险境地，害怕它会完全停下来，怕到疯狂的地步，因为当你一点觉都不睡的时候，睡眠就不再是睡眠了；它积压着，直到你终于无法抗拒，再将你彻底击垮，让你失去知觉，像是一堵黑色的高墙，更像是死去一般。

"什么是无线电波？"法里什问道。

法里什之前和丹尼一起讨论过这个问题了。"电子。"

"完完全全，白痴！"法里什非常激动，有些像连环杀手查尔斯·曼森，他探着身子，用力捶着自己的头，"电子！电子！"

螺丝刀闪了一下：梆，丹尼看到了，在一个巨大的电影屏幕上，像一阵从未来吹过来的冷风……看到他躺在被汗水湿透的小床上，他晕过去了，毫无防备，虚弱得没有力气移动。钟表嘀嗒，窗帘轻轻拂动。接着是房车的衬垫门的吱呀声，法里什非常缓慢地，轻轻地挪到了他的床边，手里握着一把切肉刀。

"不！"他喊道，然后睁开眼睛，看到法里什那只尚好的眼睛像电钻一样俯视着他。

在一段在漫长而奇特的时间里，他们互相盯着对方。随后法里什厉声说道："看看你的手。你做了什么？"

丹尼十分困惑地把颤抖着的双手举到眼前，看到他的拇指上都是血，他刚才一直在撕那里的倒刺。

"好好照顾你自己吧，兄弟。"法里什说。

——

早上的时候，伊蒂——穿着海军蓝色衣服，十分朴素——去哈莉特家接她的妈妈，这样她们两个就能在伊蒂十点与会计见面之前，一起出去吃个早饭了。她三天前就打电话安排了这次见面，哈莉特——接了电话，又让妈妈接电话之后——听完她们对话的第一部分之后，才把听筒放下。伊蒂说有些私事需要谈谈，非常重要，但她不想在电话里聊。现在，她站在门廊里，不愿进去坐下，一直看着自己的手表，瞥着门前最上面的台阶。

"等我们到了那里，他们都已经没有早餐提供了。"她说着，又不耐烦地重新把胳膊交叉叠在胸前，伴随着一小声不耐烦的咂嘴声：啧啧啧。她的脸上擦了粉，显得苍白，她的嘴唇（唇形勾画成尖锐的丘比特弓唇，用的口红是她去教堂才会涂的光滑的鲜红色口红）不像是一位女士的嘴唇，反而更像是哈莉特密西西比历史书上的法国探险家伊贝维尔先生，像他噘起来的薄薄的嘴唇。她的套装——收腰设计，七分袖——非常简朴，虽然过时了，看上去仍然时髦，这件套装（莉比说）令伊蒂看上去很像那位嫁给了英国国王的辛普森夫人。

哈莉特瘫坐在最下面的一层台阶上，瞪着地毯，接着抬头脱口问道："但是为什么我不能去？"

"首先，"伊蒂说道——眼睛没有看着哈莉特，而是她的头顶上方——"你的妈妈和我有些事情要讨论。"

"我会保持安静的！"

"我们要私下聊聊。第二，"伊蒂说着，冰冷而明亮的眼睛犀利地看着哈莉特，"你现在穿的衣服去哪儿都不合适，要不你上楼去浴缸泡个澡吧？"

"如果我照你说的做，你能给我带些煎饼回来吗？"

"哦,妈妈,"夏洛特说道,她穿着一条皱巴巴的裙子急匆匆地走下楼梯,刚洗过的头发还湿着,"抱歉,我——"

"哦!没问题!"伊蒂说道,但是她的语气摆明了有问题,很有问题。

她们出了门。哈莉特——生着闷气——透过沾满灰尘的薄纱窗帘,看着她们开走了。

艾莉森还在楼上,在睡觉。她前天晚上回来得很晚。除了一些机器运转的声音——钟表嘀嗒声,筋疲力尽的风扇转动的呼呼声,还有热水器的嗡嗡声——家里安静得像一艘潜水艇。

厨房的操作台上放着一罐椒盐薄脆饼干,那是艾达离开和莉比去世之前买的。哈莉特蜷缩在艾达的椅子里,吃了一点。如果她闭上眼睛,深吸一口气,还能闻到椅子上的艾达的味道,但这个味道难以捉摸,如果她用力过度,味道又会消失。今天是自从她从塞尔比湖夏令营回来之后,第一次没有哭着醒过来——或者一醒过来就想哭,虽然她的双眼干燥,她的头脑清晰,但她仍然感觉坐立难安;整个房子里都非常安静,好像正等着什么事情的发生。

哈莉特吃完了剩下的薄脆饼干,抖了抖手上的残渣,然后——爬上沙发——踮着脚尖查看着枪柜最上面一层的手枪。在充满异域风情的赌徒常用手枪当中(握把上装饰着珍珠母的大口径短筒手枪,帅气的决斗枪),选择了最大最丑的一把——双动击发柯尔特左轮手枪,这把和她在电视上看到的警察用的手枪最像。

她跳下来,关上了柜门——小心翼翼地把手枪放在地毯上,两只手都用上了(实际比看上去要重)——跑到用餐室的餐桌那里找《大英百科全书》。

枪支。看到了:**枪械**。

她把F卷带到了客厅,一边用手枪把书拨开,一边盘腿坐在地毯上，一头雾水地看着那些示意图和说明。专业词汇令她感到困惑；大约半个小时之后，她走回书架那里拿了词典过来，但是并没有帮到她多少。

她一次又一次地看着示意图，趴在地上看着。扳机护环。摆出式转轮……但是朝哪个方向转呢？图片上的枪和她面前的枪对不上：弹筒吊杆闩、弹筒吊杆组装、顶出杆……

突然之间什么东西咔嗒响了一声；弹筒弹出来了：没有子弹。她尝试往里塞的第一颗子弹，转不进去，第二颗也装不进去，但是盒子里还混着一些其他子弹，看上去似乎放进去没问题。

她还没来得及开始往左轮手枪里装子弹，就听到前面传来开门的声音，她的妈妈走了进来。她手脚麻利地一下把所有东西都推进了艾达的扶手椅下面——枪，子弹，百科全书还有别的——随即站起身来。

"你给我带煎饼了吗？"她喊道。

没有回应。哈莉特等着，非常紧张地盯着地毯（如果是为了早餐，她肯定会匆匆来去），听到了她妈妈匆忙上楼的脚步声——十分惊讶地听到她打嗝似的喘了一口气，好像她的妈妈噎住了，或者在哭。

哈莉特——皱着眉头，双手放在屁股上——站在原地听着。她什么都听不到时，就小心翼翼地走过去，偷偷朝门廊上望去，正好听到她妈妈的卧室门打开又关上。

似乎许多年过去了。哈莉特瞥见了百科全书的书角，它的边缘从艾达的扶手椅下微微凸了出来。不一会儿——伴随着客厅里的钟表嘀嗒声，仍然没有任何动静——她弯下身去，把百科全书从隐藏的地方中拉了出来——她趴在地上，双手托着下巴——她又从头到尾把"枪械"这一部分读了一遍。

如穿针引线一般，时间一分钟一分钟地过去。哈莉特在地板上伸展了四肢，掀开椅子的粗花椅套，望了望黑暗中的枪，还有静静地躺在旁边的装子弹的硬纸盒——接着，她受到周遭一片安静的鼓励，伸手到椅子底下，把它们拉了出来。她太过于专注，没听到妈妈下楼的声音，直到她突然在走廊里说了一句话，已经离得她非常近了："宝贝？"

哈莉特吓了一跳。有些子弹从盒子里滚了出来。哈莉特把它们抓了起来——有些迟疑地——把它们一把塞进了自己口袋。

"你在哪儿？"

哈莉特几乎没有时间把所有东西再塞回椅子底下，赶在妈妈出现在门口之前，站了起来。她已经卸了妆，鼻头红着，眼睛湿润；令哈莉特惊讶的是，她手里拿着罗宾的小黑鸟戏服——挂在包布衣架上，看上去颜色很深，很小，软塌塌的，脏兮兮的，很像彼得·潘想用香皂粘起来的影子。

她的妈妈似乎有话要说，却欲言又止，她奇怪地打量着哈莉特，"你在做什么？"她问。

哈莉特有些担心地看着那件小戏服。"为什么——"她说道，但无法说完整句话，她冲着它点了点头。

妈妈瞥了一眼戏服，吓了一跳，好像她忘了自己手上还拿着它。"哦，"她说道，用一张纸巾擦了擦眼角，"汤姆·弗伦奇问伊蒂能不能让他的孩子借一下这个衣服。第一场球赛的对手是一个叫什么乌鸦的队，汤姆的妻子觉得，如果有一个孩子穿得像小鸟一样，从啦啦队员中跑出来，应该会很有趣。"

"如果你不想借给他们，你应该告诉他们。"

哈莉特的妈妈有些震惊。在一段长长的奇怪的时间里，她们两个就那么看着对方。

妈妈清了清嗓子。"你想什么时候去孟菲斯买上学穿的衣服?"她问道。

"谁来改衣服?"

"你说什么?"

"以前总是艾达给我改学校的衣服。"

妈妈本想说些什么,可又摇了摇头,好像要把不愉快的想法清除。"你什么时候才能让这件事过去?"

哈莉特愤怒地盯着地毯。永远也不会。她心想。

"宝贝……我知道你爱艾达——或许我不知道有多爱……"

安静。

"但是……亲爱的,是艾达想要离开。"

"如果你请求她的话,她会留下来的。"

妈妈清了清嗓子。"亲爱的,我和你一样感觉很糟糕,但是艾达不想留下了。你的爸爸总是抱怨她,说她干不了多少工作。他和我在电话上总是因为这个吵架,你知道吗?"她抬头望着天花板,"他觉得她的工作做得不到位,与我们付给她的工资不对等——"

"你根本什么都没有付给她。"

"哈莉特,我觉得艾达在这里也不快乐……有很长一段时间了。她能再找一个薪资更高的地方……而且我已经不再需要她了,不像你和艾莉森都还很小的时候……"

哈莉特冷冷地听着。

"艾达和我们在一起这么多年了,我感觉我有些说服了自己,告诉自己没有她我就撑不下去了,但是……我们过得还不错,不是吗?"

哈莉特咬着自己的下嘴唇,执拗地盯着房间的角落——到处都是乱七八糟的,角落的桌子上零落着钢笔、信纸、玻璃杯垫、旧纸巾、一个放在一堆杂志上的满满的烟灰缸。

"我们不是还好吗？艾达——"她的妈妈绝望地环视四周——"艾达就是想让我为难，你没看出来吗？"

很长的一段时间，她们两人都保持着沉默——在她的眼角余光中——哈莉特看到一个她漏捡的子弹正躺在桌子下面的地毯上。

"不要误解我的意思，你们还小的时候，没有艾达我应付不过来。她给了我巨大的帮助。尤其是……"哈莉特的妈妈叹了口气，"但是在过去的几年里，她对这里的一切都感到不高兴。我猜她对你们没有意见，只是对我有意见，她的怨气太重了，总是站在那里，把胳膊交叉在胸前，评判着我……"

哈莉特目不转睛地盯着子弹。她有些无聊了，听着她妈妈的声音，但并没有真正地听她说话，眼睛一直看着地面，很快就飘进了自己最喜欢的白日梦中。时光机正准备启程；她带着应急物资去参加斯科特在极地举办的派对；一切都靠她了。行李清单，行李清单，他带去的东西都用不上。必须坚持战斗到最后一刻……她会把他们全部救回来，带着从未来运过去的物资：速溶可可粉、维生素C药片、罐装肉、花生酱、给雪橇用的汽油、从花园摘的新鲜蔬菜，还有装电池的手电筒……

突然之间，她注意到妈妈的声音从不同的方向传了过来。哈莉特抬头看。妈妈站在了门口。

"我看，我是做什么都不对，是吗？"她说。

她转身离开了房间。还没到十点。起居室仍然阴暗凉爽；出了起居室，便是令人压抑的走廊深处。满是尘埃的空气当中，仍然残留着妈妈淡淡的果香香水的味道。

衣架哐当作响，在衣柜里发出刮擦的声音。哈莉特仍然站在原地，过了几分钟之后，她听到妈妈仍然在厅里寻找着什么，她挪到子弹掉落的地方，把它踢到了沙发下面。她在艾达的椅子边上坐下，等待着。最终,很长一段时间过去以后,她冒险进入了厅里,看到妈妈站在敞开的衣柜前面,重新叠着——不是特别整齐——一些她从衣柜顶层上拉下来的亚麻制品。

好像什么事情都没发生似的,她的妈妈笑了笑。她滑稽地叹了一口气,从杂乱中退了出来,说道:"天啊。有时候我觉得我们应该收拾一下,坐辆车搬去和你父亲一起住。"

她看了一眼哈莉特。"嗯?"她说着,声音明亮,好像她提议了一件很棒的事情,"你觉得怎么样?"

不管我说什么,她都会按照自己的意愿做事,哈莉特绝望地想着。

"我不知道你怎么想,"妈妈说道,又重新开始整理亚麻织品,"但是我觉得我们是时候得像一家人一样生活了。"

"为什么?"哈莉特有些困惑,顿了顿才说道。她妈妈的用语有些警告意味。通常情况下,当哈莉特的爸爸准备下达一些不合理的命令时,他会说:我们需要更像一家人一些。

"嗯,就是负担太重了,"妈妈心不在焉地说,"独自养两个女孩。"

哈莉特回到了楼上,坐在飘窗上,透过卧室的窗户往外望着。酷热的街道上空无一人。云一整天都飘来飘去的。下午四点钟的时候,她走到伊蒂的家,坐在前门的台阶上,双手捧着下巴,直到五点钟的时候,伊蒂的车在拐角处出现。

哈莉特跑着去迎接她。伊蒂敲了敲车窗,冲着她笑了笑。她海军蓝的衣服没有先前那么锐利了,高温使衣服有些起皱。她在吱呀声中爬出了汽车,动作有些缓慢。哈莉特在她旁边跑着,跑上台阶,跑到门廊跟前,气喘吁吁地跟她解释着妈妈提议搬到纳什维尔的事情——看到伊蒂只是深吸了一口气,又摇了摇头,她感到十分震惊。

"嗯,"她说,"也许这个主意没有那么糟。"

哈莉特继续听着。

"如果你的妈妈还想保持结婚状态,她必须做出一些努力,我感觉,"伊蒂静静地站了一会儿,叹了口气——然后转身把钥匙插进门里,"恐怕事情不能再像这样下去了。"

"但是,为什么呢?"哈莉特哀号道。

伊蒂停了下来,闭上了眼睛,好像她感觉头痛似的。"他是你的爸爸,哈莉特。"

"但是我不喜欢他。"

"我也不喜欢他,"伊蒂厉声说道,"但是如果他们要保持结婚状态,我认为他们应该生活在同一个州才行,你不觉得吗?"

"爸爸不在意,"哈莉特惊恐地怔了一会儿才说道,"他喜欢本来的样子。"

伊蒂哼了一声。"是的,我也觉得他喜欢这样。"

"你不会想我吗?如果我们搬走了?"

"生活有时候不会顺着我们的心意发展,"伊蒂说,好像说的是什么兴高采烈但鲜为人知的事实,"等开学了……"

哪里?哈莉特心想,是这里,还是田纳西州。

"……你应该专心去学习,这能转移你的注意力。"

她很快也会死去,哈莉特心想,她盯着伊蒂的双手,指节处肿胀着,手上布满了巧克力棕色的斑点,像鸟蛋的蛋壳。莉比的手——虽然形状相似——要更白更细些,手背上能看到青色的血管。

她从幻想中回到现实,抬头看了一眼,有些震惊地发现,伊蒂的眼睛正冷冰冰地、揣测似的端详着她。

"你不应该放弃钢琴课。"她说。

"那是艾莉森!"每当伊蒂犯类似错误的时候,哈莉特总是会勃然大怒,"我从没上过钢琴课。"

"好吧,你应该开始上了。你有一多半的精力都没处用,所以你才有问题,哈莉特。我像你这么大的时候,"伊蒂说,"我骑车,拉小提琴,而且所有的衣服都是我自己做的。如果你学会了怎么缝衣服,你可能也会对自己的穿着打扮感兴趣一些了。"

"你愿意带我去'苦难之栖'看看吗?"哈莉特突然说道。

伊蒂有些震惊。"那里没有什么好看的。"

"但是你能带我去看看吗?求你了?它在哪儿?"

伊蒂没有回答。她盯着哈莉特的肩头上方,脸上表情空洞。听到一辆汽车呼啸着加速驶过街道,哈莉特扭过头隔着肩头望了一眼,刚好看到一道金属色的闪光消失在街角的地方。

"弄错了,"伊蒂说道,接着打了个喷嚏:阿嚏。"天啊。不,"她眨着眼睛说道,伸手进钱包里拿纸巾,"'苦难之栖'那里已经没什么能再看的了,拥有那块土地人是一个养鸡户,他可能都不会让我们上去看房子的原址了。"

"为什么不行呢?"

"因为他是一个又老又胖的无赖。那里所有的东西都不再完整了。"她拍着哈莉特的背,心不在焉,"现在你快回家去吧,让伊蒂脱了这双高跟鞋。"

"如果他们搬去了纳什维尔,我能留下来和你一起生活吗?"

"哈莉特,为什么!"伊蒂怔了一下说道,"你不想和妈妈还有艾莉森在一起吗?"

"不想,女士。"哈莉特补充道,仔细地观察着伊蒂。

但是伊蒂只是挑起了眉毛,好像被逗乐了似的。她有些恼火又有些哭笑不得地说:"哦,我猜你过一两周就会改变心意了!"

眼泪涌上哈莉特的眼睛。"不!"她闷闷不乐、十分不满地停顿片刻后喊道,"为什么你总是这样说?我知道自己想要什么,我从来没有改变过我的——"

"船到桥头自然直,是吧,"伊蒂说道,"前几天,我刚读了一些托马斯·杰斐逊①年老时写给约翰·亚当斯②的信,信中说他一生中担心的大部分事情都始终没有发生。'那些从未发生的坏事曾经让我们多么痛苦。'或者类似的事情。"伊蒂瞥了一眼手表,"不知道这样说能否让你好受些,我觉得一颗鱼雷才能把你妈妈炸出那个房子,我是这么看。现在快回去吧。"她对恶狠狠地看着自己、双眼通红的哈莉特说道。

——

他们一拐过街角,丹尼就在长老会教堂前停了下来。"全能的上帝啊,"法里什说道,他的鼻孔里喘着粗气,"那是她吗?"

丹尼——既兴奋又惊吓,说不出话来——点了点头。他似乎听到了各种微小而恐怖的声音:树木婆娑、电线歌唱,青草破土而出的声音。

法里什转过身往后车窗望去。"妈的,我告诉你去找那个孩子。你告诉我,这是你第一次看到她吗?"

"是的。"丹尼语气尖锐地说道。他被突然跳进他的眼角余光的女孩吓到了,就像在水塔那里一样(不过他不能告诉法里什水塔的事

---

① 托马斯·杰斐逊(Thomas Jefferson,1743年4月13日—1826年7月4日),美国第三任总统(1801年—1809年),《美国独立宣言》主要起草人,美国开国元勋之一,与华盛顿、本杰明·富兰克林并称为"开国三杰"。1800年竞选总统时,托马斯·杰斐逊击败约翰·亚当斯当选美国第三任总统。

② 约翰·亚当斯(John Adams,1735年10月30日—1826年7月4日),美国第一任副总统(1789年—1797年),其后接替乔治·华盛顿成为美国第二任总统(1797年—1801年),约翰·亚当斯是《独立宣言》起草委员会的五个成员之一和签署者之一,被誉为"美国独立的巨人"。托马斯·杰斐逊与托马斯·杰斐逊既是政治,又是多年老友。

情；他不应该去水塔那里）。如今，他正在环形路线上漫无目的地开着（改变你的路线，法里什说，改变你的出行时间，注意留心查看后视镜），他转弯，然后居然看到了——这个女孩？她正站在门廊上。

各种各样的回音。呼吸着，闪亮着，搅动着。一千面镜子在树冠上闪闪发光。那位老太太是谁？随着汽车减速，她与丹尼目光相遇，一闪而过的眼中尽是困惑和好奇，她的眼睛和那个女孩一模一样……有那么一瞬间，一切都慢慢安静了下来。

"走。"法里什说道，使劲拍着仪表盘；丹尼感觉自己过于兴奋，一开到街角就停了下来，发生了奇怪的事情，由于毒品而在多个层面产生的巨大心灵感应（电梯不停地往上升，每一层都有迪厅的球灯旋转着）；他们都感受到了，无须多言，丹尼几乎不敢看法里什，因为他知道他们都在回忆着那天早上六点发生的一件令人匪夷所思的事情：法里什（一晚没睡）穿着短裤走进了起居室，内裤上画着一个卡通牛奶，与此同时，电视机里有一个长着胡子的卡通形象走了出来，它正举着一杯卡通牛奶。法里什停住；那个卡通形象也停住了。

你看到了吗？法里什问。

看到了，丹尼说。他正在冒汗，他的眼睛与法里什相交片刻。当他们再看向电视机时，画面已经变成了别的东西。

他们一起坐进酷热的汽车里，他们的心跳声大得几乎能听得见。

"你有没有注意到，"法里什突然说，"我们在这条路上见到的每一辆车怎么都是黑色的呢？"

"什么？"

"他们正在搬什么东西。妈的，如果我知道是什么就好了。"

丹尼什么都没说。他的一部分知道那都是胡扯，是法里什妄想时的言语，但他的另一部分又知道那是有所意味的。前一天晚上，电话响了三次，每次相隔整整一个小时；有人一句话不说便挂了电话。随后，法里什便在实验室的窗沿上发现了用过的步枪壳。那是怎么回事儿？

现在：又看到了这个女孩，这个女孩。长老会教堂前刚浇过水的茂盛草坪，在观赏云杉的阴影里闪着蓝绿色的光芒；弯弯曲曲的砖砌小道，修剪整齐的黄杨木，一切都十分整洁，闪闪发亮，像一个玩具火车套装。

"我想不出她是谁，"法里什说着，手伸进口袋里去摸索曲柄，"你不应该让她跑掉的。"

"是尤金把她放走的，不是我。"丹尼咬了一口自己的腮部。不，那不是他的想象：自从古姆出事以后，那个女孩便像从地球上消失了一般，他之前开着车大街小巷地找她，但是现在：想着她，提到她，便看到她，站在不远处，留着中式发型，眼中尽是恶意。

他们每人都按了一下喇叭，在一定程度上稳定了下来。

"有人，"丹尼说罢，吸了一口气，"有人让派那孩子来监视我们。"虽然他很兴奋，但一说出口他就后悔了。

法里什的眉毛乌云密布。"你说什么？如果有人，"他低声吼道，用手背蹭了蹭湿润的鼻孔，"如果有人让那个小女孩来监视我，看我不把她撕烂。"

"她知道些什么事情。"丹尼说道。为什么？因为她透过灵车的窗户望过他。因为她进入了他的梦里。因为她在追击他，追击他，扰乱他的大脑。

"好吧，我想弄清楚她去尤金那里干什么了。如果是那个小贱货把我的车尾灯打碎了……"

他夸张的举止让丹尼起了疑心。"如果是她打碎了车尾灯，"他说，小心翼翼地避开法里什的眼睛，"那你觉得她为什么会敲门，然后告诉我们呢？"

法里什耸了耸肩膀。他突然之间非常专注地拽着裤腿上一块坚硬的地方。丹尼——陡然间——更加确信法里什比嘴上说的,要更了解那个女孩(甚至十分了解)。

不,这说不通,但这其中仍然有蹊跷。

远处有狗叫声传来。

"有人,"法里什突然说道——重新调整身体的重心——"有人爬上了尤金的楼,把蛇放了出来。那些窗户原本都是关上的,除了洗手间里的那扇。除了孩子,没有人能从那里钻过去。"

"我会找她谈谈。"丹尼说道。有很多事情要问她。比如为什么我之前从来没有见过你,但现在却在哪儿都能看到你。比如你为什么晚上的时候在我的窗户上飘过来扫过去,像个鬼脸天蛾?

他已经太长时间没有睡过觉了,现在他一闭上眼睛,就感觉自己正置身于一个由杂草、乌黑的湖水、失事的船只和飘满浮渣的水面构成的世界当中。她也在那里,和蛾子一样白的脸,和乌鸦一样黑的头发,在潮湿而令人忧郁的蝉鸣声中,低声对他说了些什么,一些他几乎明白却又不怎么明白的话……

我听不见你说了什么,他说。

"听不见什么?"

砰:黑色的仪表盘,长老会的蓝色的云杉,法里什坐在副驾驶上盯着他。"听不到什么?"他重复道。

丹尼眨了眨眼睛,又擦了擦额头。"算了。"他说。他大汗淋漓。

"越南的那些小个子工程兵女孩都是狗娘养的,"法里什兴高采烈地说,"她们带着点燃的手榴弹跑,对她们来说就跟玩游戏似的。你可以让小孩子来捣乱,但只有疯了的人会这样做。"

"是的。"丹尼说。这是法里什钟爱的理论之一。在丹尼小时候,他就是用这个理论来为自己辩解的,他让丹尼、尤金、麦克和瑞奇·李替他做了所有的坏事，让他们爬进窗户里，而他，法里什，则坐在车里吃着蜂蜜面包，吸着毒。

"孩子被抓到了？那又如何？少管所？妈的——"法里什笑道——"你们都还是小男孩的时候，我就训练你们做这些事情了。瑞奇刚学会如何在我的肩膀站立，我就让他钻窗户了。如果有警察过来了——"

"全能的主啊！"丹尼说道，他清醒了过来，坐直了身子；因为他刚刚在后视镜里看到那个女孩——独自——走过了街角。

——

哈莉特——正低着头思考事情，眉头布满阴云——走在通往长老会教堂方向的人行道上（隔着三条街的距离，就是她凄凉的家），直到一辆停在离她二十英尺的地方的汽车车突然吱呀一声打开。

正是那辆特兰斯艾姆。她来不及多想，赶紧原路返回，冲进了潮湿、长满青苔的长老会教堂的院子，然后一直向前跑。

教堂侧边的院子通往克莱本夫人的花园（绣球花灌木丛，微型温室），穿过那里直接就能到伊蒂的后院——但被六英尺长的木板栅栏挡住了去路。哈莉特跑过黑漆漆的过道（伊蒂的栅栏就在一边；隔壁的院子围着一排长满了刺，让人无法进入的金钟柏），接着她又撞进了别的栅栏：是达文波特夫人家的钢丝网眼栅栏。慌乱中，哈莉特爬了上去；一根钢丝钩住了她的短裤，她浑身扭了一下，挣脱了，接着她跳了下去，气喘吁吁。

巨大的脚步声从她身后枝繁叶茂的通道上传来。达文波特夫人的院子里能掩护她的地方不多，她绝望地四处望了望，便跑过院子，打开大门，跑到了车道上。她本来想原路返回伊蒂的家，但是她到了人行道上之后，不知怎的停了下来，（那些脚步声是从哪里来的？）然后，她故意稍作停顿，接着径直朝着奥布莱恩特的房子跑去。令她震惊的是，她跑到街道上时，恰好看到那辆特兰斯艾姆轿车拐过了街角。

所以他们分头行动了。很聪明。哈莉特跑着——在高大的松树之下，在铺满了松针的地面上，在十分阴暗的奥布莱恩特的前院——一直跑到小房子的后面，奥布莱恩特先生放置台球桌的地方。她抓住门把手，摇了摇：锁上了。哈莉特，上气不接下气，向淡黄色松树镶板的墙里望去——看向空荡荡的书架，只有几本亚历山大私立中学的年鉴；看向一盏写着可口可乐字样的玻璃灯，悬挂在一个黑色的桌子上方左摇右晃——然后冲向了右边。

不妙：又是栅栏。隔壁院子里的狗吠叫着。如果她继续待在街上，特兰斯艾姆轿车里的人明显抓不了她，但是她需要小心那个下来追她的人，他可能会把她逼到死角。或者把她从隐蔽处赶出来。

心跳加速，肺部疼痛，她突然又转向左边。她听到身后传来粗重的喘气声、沉重的脚步声。她左一拐右一拐地跑着，穿过迷宫般的灌木丛，当她前面的路行不通的时候，她跨过或再跨回来，或者在合适的角度及时转弯：穿过奇怪的花园，跨过栅栏，走上一个令人感到困惑的草坪，上面分散着露台和石板，经过秋千架和晾衣架和烧烤架，经过一个双眼圆睁的宝宝，他惊恐地盯着她，猛地坐在了自己的游戏围栏里。在更远一点的地方——一个长着一张斗牛犬的脸似的又丑又老的男人，从自己门廊上的椅子上半站起身子，喊道"走开"，哈莉特才感觉如释重负（因为他是她见到的第一个成年人），放慢速度，喘了口气。

他说的话像是警告；虽然她很害怕，吓人的话语让她停了一拍，她惊讶地眨了眨眼，看到一双红肿的眼睛怒视着她，看到他举起长有斑点的、肿胀的拳头，似乎要给她一拳。"说的就是你！"他喊道，"离

534

开这里!"

哈莉特跑开了。虽然她听说过住在这条街上的一些人的名字（赖特家、莫特利家、普莱斯先生和夫人），但她只是面熟，并没有好到可以气喘吁吁地跑过去，砰砰砰地敲门的地步：为什么她让自己在这样一个不熟悉的地带被人追逐？思考，思考，她告诉自己。在前面的几个房子——就在那个老男人冲她挥拳头之前——她经过了一辆雪佛兰埃尔卡米诺汽车，旁边堆着油料罐，底下铺着塑料布；那是一个藏身的完美之地……

她弓着身子跑到了一个丙烷箱后面，然后——弓着身子，手放在膝盖上——大口大口地吸气。她甩掉他们了吗？没有：街区尽头那只被关起来的艾尔谷犬又吠叫了起来，她跑过的时候，它使劲儿地撞着自己的栅栏。

她摸着黑转身，继续前进。她从一个女贞树篱的缝隙挤了过去——几乎是迎面摔在了一脸讶异的切斯特身上，他正跪在盖着厚厚的腐料的花坛上，摆弄着一根放在里面的渗水管。

他甩开自己的手臂，好像发生了爆炸似的。"当心！"切斯特为各种各样的人做各种各样奇怪的工作，但是她不知道他在这里工作，"究竟是怎么回事——"

"——哪里能让我藏起来？"

"藏起来？这里不是你能玩耍的地方。"他咽了口唾沫，朝她挥了挥满是泥土的手，"走吧，快去。"

哈莉特惊慌失措地向四周望了望：玻璃蜂鸟喂食器、玻璃门廊、崭新的野餐桌。院子的对面围了一排厚厚的冬青，后面是一排挡住退路的玫瑰花丛。

"我说让你走开。看看你在树篱上撞得这个洞。"

一条两边种着金盏菊的石板路通向了一个如同玩具小屋的完美无

瑕的工具棚，外面涂着与房子相衬的颜色：姜饼屋檐，绿色的门微微开着。哈莉特走投无路，冲向了那条小路，跑了进去（"嘿！"切斯特喊道），猛地藏在了一堆木柴和一大卷玻璃纤维绝缘材料之间。

那里面空气浑浊，尘土飞扬。哈莉特捏住了鼻子。昏暗中——胸脯起伏着，头皮上又一阵刺痛——她一会儿盯着木材堆旁边地板上的一个破损的羽毛球，一会儿看着一摞五颜六色的金属罐，上面写着汽油、齿轮油和百适通防冻液。

说话声：男人。哈莉特全身僵住。很长一段时间过去了，哈莉特感觉那些写着汽油、齿轮油和百适通防冻液的罐子好像是宇宙间最后三个人工制品。当着切斯特的面，他们能对我怎么样？她疯狂地想着。虽然她尽力地听着，但在她的呼吸声下，她仿佛聋了一般。只管尖叫，她告诉自己，如果他们抓住了你，你就尖叫，然后跑开，尖叫然后跑……不知为什么，她最怕的是那辆车。虽然她说不出原因，但她感觉如果他们把她抓进了车里，一切完蛋了。

她没有想过切斯特会让他们带走她。但是他们有两个人，切斯特只有一个人。而且切斯特的话可能比不过两个白人。

时间一分一秒地过去。他们在说什么？什么耗费了他们这么长的时间？哈莉特专心致志地盯着工作台下面的一个已经干瘪的蜂巢。接着，突然之间，她感觉有个人影走过来了。

门吱呀一声打开。一片三角形的黯淡的光照在尘土飞扬的地面上。所有的血液都冲上了哈莉特的头，有那么一瞬间她以为自己要晕过去了，但来人只是切斯特，只有切斯特在说话："出来，现在。"

好像一层玻璃屏障被打碎了一般，所有的噪声都重新回来了：鸟儿叽叽喳喳，一只蟋蟀在油罐后面的地板上尖利地叫着。

"你在里面吗？"

哈莉特咽了口唾沫，她说话的时候声音微弱而沙哑。"他们走了吗?"

"你对那些男人做了什么?"光在他的身后,她看不到他的脸,但这的确是切斯特,没错:切斯特砂纸一般的声音,他松弛的剪影,"他们搞得好像你偷了他们的钱包似的。"

"他们走了吗?"

"是的,他们走了,"切斯特不耐烦地说,"从这里出来吧。"

哈莉特从绝缘材料后站了起来,用胳膊的背面擦了擦额头。她身上到处都是沙粒,一边的脸颊上还粘着蜘蛛网。

"你没有打翻这里的什么东西吧?"切斯特说道,仔细看了看工具棚里的暗处,然后又低头看向她,"你可真是糟透了。"他给她打开了门。"他们为什么追你?"

哈莉特——仍然上气不接下气——摇了摇头。

"像那样的男人不会无缘无故地追小孩子,"切斯特说,他瞟着肩头,从胸前的口袋里拿出一支烟,"你做了什么?你朝他们的车扔了石头?"

哈莉特伸长了脖子,望了望他的四周。隔着厚厚的灌木丛(女贞和冬青),她根本看不见街上的情况。

"告诉你吧。"切斯特用鼻子使劲呼着气,"今天我在这里工作是你走运。如果不是穆勒希尔夫人在唱诗班练习的话,她就会叫警察过来,抓走在这里搞破坏的你。上一周,她让我把水管对准一些跑到院子里的可怜的老流浪狗。"

他吸着烟。哈莉特的耳中仍然能感受到心怦怦直跳。

"不论是为什么,你把人家的灌木丛都扯开,这是在做什么?我应该告诉你的外婆。"

"他们对你说什么了?"

"说?他们什么都没说。他们中有一个人把汽车停在了街上。还

537

有一个把头伸到树篱里到处看,像是正在找电表的电工。"切斯特假装拨开树枝,模仿着他的动作,还配上了古怪的翻白眼的动作,"还穿着一件和密西西比电力照明公司的人一样的工作服。"

头顶上方的树枝晃动了一下;只是一只松鼠而已,但哈莉特吓了一大跳。

"你还是不准备告诉我你为什么躲着那些那人?"

"我——我在……"

"什么?"

"我在玩儿。"哈莉特弱弱地说。

"你不应该把自己搞得这么紧张。"切斯特隔着烟雾敏锐地观察着哈莉特,"你在那边看到什么让你这么害怕的东西了?你想让我把你送回家吗?"

"不用。"哈莉特说道,但她说这话的时候,切斯特笑了,她才意识到自己在点头说是。

切斯特摸了摸她的肩膀。"你已经完全混乱了,"他说;尽管他的语气欢快,但脸上却是担心的表情,"告诉你吧,我回家要经过你家。等我一分钟,让我去消防水龙头那里洗一洗,然后我就陪着你走过去。"

———

"黑色卡车,"他们拐到通往家那边的高速公路时,法里什突然说道,他十分亢奋,哮喘似的大声喘着气,"我这辈子从来没见过这么多黑色卡车。"

丹尼含糊地吱了一声,用手摸了摸脸。他的肌肉颤抖着,他感觉自己仍然站不稳。如果抓到了那个女孩,他们会对她做什么?

"妈的,"他说道,"刚才那里可能有人已经打电话报警了。"他有过——如今更是经常有——正在做荒唐的走钢丝表演的梦时,感到自己要清醒过来了的感觉。他们疯了吗?大白天在居民区那样追一个孩子?在密西西比,绑架小孩是死罪。

"真是疯了。"他大声说道。

但是法里什正激动地指着窗外,他那又大又重的戒指(戴在小指上,形状像一个骰子)在下午的阳光中折射着奇异的光芒。"那里,"他说,"还有那里。"

"什么?"丹尼问,"什么?"到处都是汽车,棉花田地里的阳光倾泻,十分密集,像是水面上的阳光。

"黑色卡车。"

"在哪里?"行驶中的汽车让他感觉自己好像忘了什么,或是把什么重要的东西丢掉了。

"那里,那里,那里。"

"那辆卡车是绿色的。"

"不,不是——是那辆!"法里什洋洋得意地说道。

丹尼——心脏怦怦直跳,脑袋里的压力越来越大——想说些那他妈又怎样的话,但是——因为害怕惹怒法里什——还是忍住了。跨过栅栏,穿过放着烧烤架的整洁的城镇院落:真是愚蠢。

这一举动的疯狂之感让他感到眩晕。故事进行到这里,主人公往往该一下子清醒过来,坐直身子:突然停下来,掉转车头,永远改变自己的生活,但这一部分往往是丹尼从来不怎么相信的。

"看那里。"法里什一巴掌拍在仪表盘上,声音大得差点把丹尼的魂震出来,"我知道你看到那辆了。那些卡车正在集结。做好了出发的准备。"

到处都是光:光线过多。日斑,分子。汽车成了陌生的概念。"我得停一下车。"丹尼说道。

539

"什么?"法里什说。

"我开不了车了。"他感觉自己的声音越来越高,越来越歇斯底里;别的汽车嗖的一下开过去,彩色的光轨,拥挤的梦境。

在怀特厨房的停车场上,他把头抵在方向盘上,一边深呼吸一边听着法里什解释;接着,他又一边用拳头砸着手掌,一边说并不是冰毒击垮了你,而是因为没吃饭。他——法里什——就是这样吸毒成瘾的。他会按时吃饭,不论他想不想吃。"但是你,你就和古姆一样,"他说,用食指戳了戳丹尼上臂的肱二头肌,"你忘了吃饭了。所以你才瘦得只剩骨头。"

丹尼盯着仪表盘。一氧化碳水汽和呕吐感。想到他自己和古姆哪怕有一点相像之处,并不是一件让人开心的事情,然而,他的肌肤黝黑,双颊凹陷,身材尖利、瘦削、虚弱,他的确是所有孙子中与古姆长得最像的。但他之前从没想过这一点。

"给你,"法里什说道,向上抬了抬屁股,着急地摸索着自己的钱包:很开心能够服务,很开心能够指导,"我知道你需要什么。一杯可乐,一个热烘烘的火腿三明治。这能让你好起来。"

他吃力地打开车门,撑着身体下了车(十分费力,他的腿僵住了,像一位老船长一样摇摇晃晃),走到店里去买可乐和热红腿三明治。

丹尼静静地坐着。压抑的汽车里充斥着法里什的味道,十分浓烈。他最不想吃的就是热火腿三明治;但不知为何,他必须把它咽下去。

那女孩的样貌仍然在他心中奔跑着,像喷气式飞机的机尾:一个模糊的黑色人头,一个移动中的目标。但是门廊上那位老夫人的脸却一直留在他的脑海里。他开车经过那个房子的时候(是她的房子?),像是进入了慢动作模式,那位老夫人的眼睛(非常有力,炯炯有神)从他身上闪过去了,但没有看到他,他感到一种模糊的、让人不安的、震惊的似曾相识之感。好像他认识这位老夫人——非常亲密却又十分遥远,像在很久之前做过的梦里见过。

透过厚厚的玻璃窗,他看到法里什靠在柜台上,正开心地跟一位他喜欢的骨瘦如柴、身材矮小的女服务员闲聊着。可能是因为他们害怕他,或许是因为他们为了做生意,又或许他们只是非常和蔼,怀特厨房的人十分有礼貌地听着法里什的荒诞故事,看上去并没有被他的打扮,或者他那只瞎了的眼睛,或者他自以为无所不知的盛气凌人的性格所惹恼。就算他提高了音量,就算他烦躁起来,开始挥舞手臂或是打翻咖啡,他们也会保持冷静和礼貌。反过来,法里什在他们面前则会避免使用粗言秽语,甚至在他精神错乱的时候也是如此。情人节的时候,他甚至送一束花给这家餐厅。

眼睛仍然看着自己的兄弟,丹尼下了汽车,走到了饭店的旁边,经过一片干瘪的灌木丛,走进了电话亭。通讯录里有一半页面已经破损了,但幸运的是,剩下的一半还好。他颤抖的指尖顺着"C"那一列往下划。信箱上的名字是克里夫。果然,白纸黑字上赫然写着:边街,E. 克里夫。

接着——非常奇怪的——他回忆起来了。丹尼站在热得令人感到窒息的电话亭里,慢慢思索着。他之前曾经见过那位老夫人,但是很久之前,让人觉得好像那是别的人生里的事情。镇上的人都知道她——倒不是因为她自己,而是因为她的父亲,他是政治界的大人物,还因为她家之前的那座叫"苦难之栖"的房子。但那座房子——过去时非常有名——早就消失了,如今只留下了名字。在州际公路上,离那座房子的旧址不远的地方,开了一家小饭馆(广告板上画着一个带白柱子的房子),就给自己起名叫"苦难之栖牛排餐厅"。那个广告牌还在那里,但如今甚至那个饭店也封上了木条,看上去像闹鬼似的,写有"禁止闯入"的标牌上满是涂鸦,前院的花坛上长满了杂草,好像是这块土地本身的什么东西把建筑里所有崭新的东西都吸光了,让它看起来很破旧。

他还是个孩子的时候(他不记得是几年级了,学校对他来说只是沉闷而模糊的记忆),曾去"苦难之栖"参加过一次生日派对。他还记得:巨大的房间里有深褐色的墙纸和枝形吊灯,阴森恐怖、光线昏暗、很有年代感。身为这座房屋所有者的老夫人正是罗宾的祖母,罗宾是丹尼的同学。罗宾生活在镇上,丹尼——法里什在台球厅的时候,他经常在街上游荡——在一个刮风的秋天的傍晚,看到他一个人在家门前玩耍。他们站在那里对视了一会儿——丹尼在街上,罗宾在他家的院子里——像警惕的小动物。然后罗宾说:"我喜欢蝙蝠侠。"

"我也喜欢蝙蝠侠。"丹尼说。然后他们一起跑到人行道上,一直玩到天黑。

因为罗宾几乎邀请了班上的每一个人来参加派对(举手就能参加,在人群中走来走去,给每个孩子都发了一个信封),所以丹尼很容易就能搭上便车,而不被他的爸爸或是古姆发现。像丹尼一样的孩子是没有生日派对的,即使他受到了邀请(而通常没人会邀请他),丹尼的爸爸也不想让他参加,因为他不会让儿子为没用的东西花钱,比如礼物之类,更不要说是给有钱人的儿子或是女儿买礼物。吉米·乔治·拉特利夫不会为这种荒唐事提供资金。他们的祖母古姆则有不同理由。如果丹尼去了派对,他就会欠主人人情:"欠人情。"为什么要接受镇上人的邀请?他们邀请丹尼只是为了取笑他:取笑他穿的是别人脱下来的旧衣服,取笑他的农村人举止?丹尼家境贫穷;他们是"平民"。精致的蛋糕和派对服装不属于他们。古姆一直在提醒她的孙子们记住这一点,这样他们就不会得意忘形,忘了这一点。

丹尼一直以为派对会在罗宾家举办(他的家已经很好了),但是当他坐着一辆由某位他不认识的女孩的妈妈所驾驶、载满了人的客货两用车,开出市区范围,开过棉花田,开进一条林荫道,开到由石柱支撑的房前时，他被眼前之景惊呆了。他不属于这样的地方。更糟的是，他没有带礼物。在学校的时候，他试着用笔记本的纸把一个捡来的火柴盒汽车包装起来，但是他没有胶带，而且那看上去根本不像个礼物，而是一个团成一团的家庭作业。

但是，似乎并没有人注意到他没带礼物；至少没人说什么；走近之后，其实房子没有远处看上去那么富丽堂皇——实际上，它正在瓦解，地毯上有虫蛀，灰泥开裂，房顶上有裂缝。那位老夫人——罗宾的祖母——主持着派对，她身形过于高大，过于正式，非常吓人；她打开前门的时候，把他吓得半死，她僵硬地俯身看他，她黑色的衣服看上去十分昂贵，她的眉毛好像生气了似的皱着。她的声音尖锐，她的脚步声也是如此，在回声阵阵的房间里，咔嗒咔嗒地飞速走着，她的脚步声也很清脆，像巫婆似的，所以她一走到他们中间，孩子们就不说话了。但是她给了他一块放在玻璃盘子上的漂亮的白色蛋糕：上面有一个大大的糖衣玫瑰花，还有字，是一个大大的粉色"H"，是"Happy（快乐）"的首字母。她看了看挤在漂亮的桌子周围的其他孩子；然后她举过他们的头顶，把这块特殊的上面有粉红玫瑰的蛋糕递给了丹尼（他站在后面），好像在这个房间里，她就想让丹尼吃这块蛋糕。

所以那位老夫人就是 E. 克里夫。他已经很多年没有见到她或者想起过她了。"苦难之栖"着火的时候——那次火灾把几英里外的夜空都照亮了——丹尼的爸爸和祖母摇了摇头，严肃中暗带狡黠，似乎他们早就知道，像这样的房子迟早要着火。他们无法控制地欣赏着"位高权重"的人被降级的盛况。古姆尤其痛恨"苦难之栖"，从她小的时候在棉花田里摘棉花的时候就开始了。白人中有一群自认为高人一等的人——他们是种族的背叛者，丹尼的父亲如是说——他们竟然认为不走运的白人比那些在院子里干活儿的黑人好不到哪儿去。

543

是的：那位老夫人境况不如从前了；她所沦落的境地对她而言是陌生的、悲伤的和神秘的。丹尼自己的家已经没有什么下滑的空间了。而罗宾（一位慷慨友好的朋友）死了——如今已经死了很多年了——被某个途经此地的变态杀害，或者是某个从火车道那边晃荡过来的肮脏的流浪汉杀死了，没人知道。一个周一的早上，马特尔夫人（一个梳着蜂窝头的刻薄的大屁股女人，她强迫丹尼在学校戴了一个星期的黄色女式假发，是为了惩罚他什么的，他记不起来了）在大厅里和其他老师悄悄地说着话，她的眼睛红红的，像是哭过。上课铃响了之后，她在桌子后面坐下，说道："同学们，我要说一个非常悲伤的消息。"

镇上的大部分孩子已经听说了——但丹尼还没有。起初，他以为马特尔夫人是胡说八道，但是当她让他们用彩色铅笔和彩色硬纸，做卡牌寄给罗宾的家人时，他意识到她不是在胡说。他仔细地在卡片上画了蝙蝠侠、蜘蛛侠和无敌浩克，它们在罗宾家的房子前站成一排。他本想把它们画成动画——解救罗宾，击败坏人——但他还不是一个好画家，他只好把它们画成了站成一排的样子，眼睛直勾勾地盯着前方。后来，他把自己也画在了旁边。他感觉自己让罗宾失望了。通常情况下，女仆周六是不在的，但那天她在。如果那天下午早些的时候，他没有被她赶跑，罗宾可能不会死。

实际上，丹尼感觉自己也很危险。他和柯蒂斯经常被他们父亲丢在街边独自闲逛——经常是晚上的时候——如果他们被某些变态瞄上了，他们也没有家能跑回去或者友好的邻居可以求助。虽然柯蒂斯很愿意藏起来，但他不理解为什么他不能说话，需要不停地提醒他不要出声——但丹尼仍然很开心有他的陪伴，就算柯蒂斯害怕了，或是突然爆发出一阵猛咳。最糟糕的，是丹尼独自一人的时候。他像老鼠一样安静地藏进工具棚里、别人家的树篱背后，在黑暗中急促而浅浅地呼吸着，一直等到台球厅晚上十二点关门。他蹑手蹑脚地从藏身之地走出来；迅速跑下黑暗的街道，一路跑到亮着灯的台球厅，哪怕有一丁点声响他都会扭过头隔着肩头望一下。而他晚上在外面闲逛时从未遇到任何特别可怕的人，不知怎的，这一点让他更加害怕了，好像罗宾的谋杀犯是隐形的，或者有秘密力量。他开始做有关蝙蝠侠的噩梦，梦里的蝙蝠侠会变出一块空地，然后朝着他走过来，速度飞快，眼神中尽是凶狠。

丹尼本来不爱哭——他的爸爸不允许，甚至连柯蒂斯也不行——但是有一天，在他全家人面前，丹尼突然开始抽噎，他自己和每个人一样震惊。而他哭得停不下来的时候，他的爸爸一把拽住他的胳膊，把他拽起来，给了他一些哭鼻子的理由。被腰带抽了一顿之后，瑞奇·李把他堵在了房车狭窄的走廊里。"猜他是你的男朋友。"

"猜你宁愿那是自己。"他的祖母亲切地说道。

紧接着第二天，丹尼就去学校吹嘘着自己从没做过的事情。有些奇怪的是，他本来只是想挽回面子——他什么都不怕，因为凶手不是他——但他想到时还是会感觉不安。悲伤是如何演化成了谎言和自鸣得意，其中有一部分是对罗宾的嫉妒，好像罗宾的生活全部都是派对和礼物与蛋糕。因为可以肯定的是：虽然丹尼的生活并不如意，但他至少还活着。

门上的铃铛叮当作响，法里什迈着大步走到了停车场上，手里拿着一个沾了油渍的纸袋。看到空荡荡的汽车，他一下子停了下来。

丹尼平静地走出电话亭：没有任何突然的动作。因为在过去的几天里，法里什的行为已经不稳定到了一种丹尼感觉自己像是人质的地步。

法里什转身去看丹尼，他的眼神呆滞。"你在那儿做什么？"他问。

"哦，没事儿，我就是看了看电话簿。"丹尼一边说一边快速移到汽车旁，同时确保自己脸上的表情平淡。这些天，任何不同往常的小事都能惹恼法里什；前一天晚上，他因为在电视上看到的一些东西而烦恼，他狠狠地把一杯牛奶放在了桌子上，力度大到盛牛奶的玻璃杯直接碎在了他的手里。

法里什挑衅地盯着他，眼睛跟踪着他。"你不是我的弟弟。"

丹尼停下来，他的手放在车门上。"什么？"

丝毫没有预兆地，法里什冲上来，把丹尼打倒在地。

——

哈莉特回到家之后，她的妈妈正在楼上跟爸爸打电话。这意味着什么，哈莉特不知道，但这可能是不好的预兆。她坐在台阶上，双手捧着下巴，等着。但很长一段时间过去之后——大约一个小时——她的妈妈还没有出现，她倒退着又往上面坐了一层，接着又是一层，后来她干脆这样一层一层地往上挪，终于挪到了台阶最上面的一层，背对着透过她妈妈卧室的房门射出来的一道光。她小心翼翼地听着，虽然她妈妈说话（声音沙哑，压低了声音）的语调十分清晰，但却听不清楚。

最终她放弃了，走到了楼下的厨房。她的呼吸仍然很浅，而且她的胸口上的肌肉时不时地抽搐一下，很疼。落日余晖透过水池上方的窗户照进厨房，颜色又红又紫，十分绚烂，像是夏末时飓风天气的样子。幸亏我没有跑回伊蒂的家，她一边想，一边快速地眨着眼睛。慌乱中，她差点把他们直接带到伊蒂的前门了。伊蒂很强悍；但是她毕竟是位老太太了，而且肋骨上还有伤。

家里的锁：都是旧锁，箱体式锁子，很容易撬开。前门和后门上面都有派不上用场的过时插销，哈莉特她自己有一次打不开后门的锁，她以为它堵住了，就从外面用自己的身体撞门；如今，数月过去了，那个配件仍然挂在一个钉子上晃过来晃过去。

一阵凉爽的微风透过敞开的窗户，拂过了哈莉特的脸颊。楼上和楼下：在风扇的吹拂下，到处都开着窗户，几乎每个房间的窗户都开着。想到这一点，她产生了一种毛骨悚然的没有受到保护、暴露在外的感觉。怎样才能阻止他找到这栋房子？而他又为什么要通过窗户进来，他几乎是想打开哪扇门就打开哪扇门。

艾莉森光着脚跑进了厨房，拿起电话，好像正要给谁打电话——然后她听了几秒，脸上露出了奇怪的表情，之后她按下了接听键，然后小心翼翼地，挂上了电话。

"她在跟谁说话？"哈莉特问。

"爸爸。"

"还在说？"

艾莉森耸了耸肩——但她看上去很烦恼，低着头赶紧离开了房间。哈莉特在厨房里站了一会儿，眉毛拧在一起，然后走到电话旁，轻轻拿起了听筒。

哈莉特听到背景里有电视机的声音。"——不能怪你。"她的妈妈不满地说。

"别犯傻了。"她爸爸的厌倦和不耐烦从呼吸声中便可听出，"如果你不相信我，为什么不直接过来这里？"

"我不希望你说任何不是你本意的话。"

哈莉特静静地按下按钮，然后放下了电话。她本来害怕他们两个正在讨论她，但这个更糟。他爸爸回来的时候已经够糟了，有了他的家里变得嘈杂、粗暴和紧张，但他在意别人怎么看他，伊蒂和其他姨婆在时，他会表现得好一些。知道她们就在几个街区之外让哈莉特感觉更安全。而且这个房子足够大，所以她可以踮着脚尖来回走，大部分时间都能避开他。但是他在纳什维尔的公寓很小——只有五个房间。去了那里肯定躲不开他。

好像是回应她脑子里的这些想法，砰，她身后传来一声巨响，接着她用手捂着喉咙跳了起来。窗扇掉了下来，一些让人困惑的东西（杂志，黏土罐里的红色天竺葵）滚落在厨房的地板上。在可怕的、真空封闭的时间里（窗帘平展了，微风也停了），她盯着裂开的罐子，黑色的土渣洒落在油毡地面上，然后抬起头看向房间里四个阴暗的角落。落日照射在房顶上的光线有些骇人，令人毛骨悚然。

"有人吗？"她终于低声说道，对通过房间的鬼神说道（不论是否友好）。因为她感觉自己被人监视了。但是什么声音都没有；过了一会儿之后，哈莉特转身，赶紧离开了这里，好像恶魔就跟在她的身后。

——

夏日暮色中，尤金戴着从药店买来的阅读镜，静静地坐在古姆厨房的桌子旁边。他正在读一本镇推广办公室的宣传册，叫《家庭花园：水果和装饰》。被蛇咬伤的那只手，虽然早就去掉了绷带，看上去仍然有种不中用的感觉，手指僵硬，像镇纸似的撑着书。

尤金从医院回来之后像变了个人似的。他顿悟了，他醒着躺在床上，听着从走廊里飘来的电视里的愚蠢笑声——光亮的黑白方格地板，笔直的线条与白色的双开门相交，门朝着永无止境的内侧打开。

他整晚都在祈祷，一直到拂晓时分，他抬头盯着照射在房顶上的冷冷的光线，在消过毒的死寂的房间里瑟瑟发抖：拍 X 光片时的嗡嗡声、心脏检测机器的哔哔声、穿着橡胶鞋的护士们神秘的脚步声，还有躺在隔壁病床上的男人痛苦的呼吸声。

尤金的顿悟有三个层次。一，因为他还没有做好驭蛇的精神准备，也没有接受过上帝的涂油礼，所以怜悯和正义兼具的上帝狠狠地抽打了他；二，世界上不是每一个人——每一个基督徒，每一个信众——都注定会成为诵经员；而尤金不该认为成为牧师（他身上几乎没有一点符合要求的）是正义的人通往天堂的唯一的阶梯。上帝似乎对尤金早有不同的安排——因为尤金不擅于演讲；他没有接受过教育，没有语言天赋，和他的同胞关系也不和睦，甚至连他脸上的疤痕也使他不太可能成为一名信使，因为人们看到现世神的脸上有这样明显的印记会害怕和畏缩。

但如果尤金不适合去预言或是宣传福音：那么他适合什么？给我一个预兆吧，他祈祷着，清醒着躺在医院的病床上，躺在凉爽的灰色阴影里……而当他祈祷时，他的眼睛时不时地瞄向隔壁病床旁边放着的一瓶红色康乃馨，花瓶上绑着丝带——老先生体形巨大，皮肤黝黑，脸上皱纹如沟壑一般，他的嘴巴一张一合，像是上了钩的鱼，他用和姜饼一样黄的干枯的双手——长着一簇一簇黑色的汗毛——绝望地拉拽着晦暗的床单，让人不敢直视。

那束花是房间里唯一的彩色点缀。古姆住院的时候，尤金曾回来这里从门口望了望他可怜的病友，虽然他从未和他说过一句话。病床上空无一人，但花还在那里，立在床头柜上闪着红光，仿佛在同情着他被咬伤的手臂，同情那深红色的、在手臂上跳动着的隐隐作痛的伤口，突然之间，如面纱掉落一般，尤金发觉这些花本身就是他所祈求的预兆。这些花都是小小的生命，和他的心脏一样是由上帝创造的：柔嫩细长的美丽事物，它们有茎叶支脉，吸吮着铆钉花瓶里的水，虽然已经身在死荫的幽谷[①]，但仍然散发着清香。他在思考这些事的时候，主亲自与尤金对话了，他在安静的午后站在那里，说道：去为我种植花园吧。

[①] 死荫的幽谷（Valley of the Shadow of Death）：《圣经》中语词，出自《诗篇》第二十三篇四节，在当今西方语言中，"死荫的幽谷"比喻极其险恶的境地，笼罩着死亡威胁的处境。

这便是他的顿悟的第三个层面。就在当天下午，尤金在后门廊上找到了种子，在一块潮湿、乌黑的土地上种了一排羽衣甘蓝和一排冬季芜菁。那块土地上原本堆着一堆垫在黑色塑料布上的旧拖拉机轮胎。他还从饲料商店买了两株打折的玫瑰灌木，把它们栽在了他祖母的房车前参差不齐的草丛里。古姆一如往常，怀疑这些花是捉弄她的诡计；尤金有好几次看到她站在前院，盯着那些可怜的灌木，好像它们是危险的入侵者、吃白食的东西、寄生虫，会把他们洗劫一空。"我想知道的是，"看到尤金拿着杀虫剂和喷水壶浇花时，她一瘸一拐地跟在尤金身后说道，"谁要来照顾这些东西？谁要为花哨的喷壶和肥料花钱？谁要坚持给它们浇水、撒花粉、打理、修剪呢？谁要一直摆弄它们呢？"她用模糊的双眼可怜兮兮地看了尤金一眼，似乎在说她知道这些照料它们的无聊的事情最终还是会落到她的肩上。

房车的门吱呀一声打开——声音大得吓了尤金一跳——丹尼拖着沉重的脚步走了进来：浑身脏兮兮的，没有刮胡子，双眼凹陷，看上去有些脱水，像在荒漠里游荡了好多天似的。他过于瘦弱，牛仔裤不停地从胯上往下掉。

尤金说："你看上去糟透了。"

丹尼狠狠地看了他一眼，随后捂着头瘫坐在桌前。

"是你自己的错。你应该不要再吸那些东西了。"

丹尼抬起头。他空洞的眼神看上去非常恐怖。突然，他说："你还记得那个在你被咬的那一晚来到布道所后门的黑头发女孩吗？"

"嗯，记得，"尤金说罢，合上了手头的书，"是，我记得。法里什到处说自己想说的疯话，没人能质疑——"

"那么，你记得她。"

"是的，其实挺有意思。"尤金思索着从何说起，"甚至是在那些蛇从窗户上掉下来之前，"他说，"那个女孩就从我身边跑开了。她和我站在人行道上的时候非常紧张,而且上面一传来叫喊声,她就跑了。"尤金把小册子放到一边。"我还想告诉你另外一件事。我走的时候锁上了门。我不管法里什怎么说。我们回来的时候,门是开着的。而且——"

他往后扯了扯脖子,眨着眼睛看着丹尼突然推到他眼前的小照片。

"天啊,是你。"他说。

"我——"丹尼打了个冷战,红着的眼睛看向天花板。

"这是从哪儿来的?"

"她掉的。"

"掉在哪里了?"尤金问,接着又问,"那是什么声音?"

外面,有个人大声哀号着。"那是柯蒂斯吗?"他边说边站了起来。

"不是——"丹尼疲惫地深吸一口气——"是法里什。"

"法里什?"

丹尼把椅子往后一挫;他疯狂地扫视着房间。从嗓子眼里传出来的啜泣声断断续续,像小孩子的啜泣声,但要更加剧烈,好像法里什正在吐,却被自己的心脏噎住了。

"我的天,"尤金说,他十分震惊,"听啊。"

"我刚才跟他闹了些不愉快,在怀特厨房的停车场上。"丹尼说。他举起自己的双手,上面脏兮兮的,有擦伤。

"发生了什么?"尤金问。他走到窗户边往外望着,"柯蒂斯呢?"柯蒂斯有支气管和呼吸问题,他烦恼时——或是别人烦恼的时候,会让他更加烦恼——通常会猛烈咳嗽起来。

丹尼摇了摇头。"我不知道,"他说,他的声音粗哑而疲惫,好像使用过度似的,"我厌倦了总是担惊受怕。"令尤金吃惊的是,他从靴子里拽出一把带着杀气的钩刀——他的表情恍惚而又别有意味——咔嗒一下把刀放在桌子上。

"这是我的保护器,"他说,"不受他的伤害。"接着他像鱿鱼似的翻了下眼珠子——露出了眼白——尤金只看到过法里什这样。

让人不舒服的叫喊声慢慢停了下来。尤金从窗边回来,在丹尼身边坐下。"你这是在自杀,"他说,"你需要睡个觉。"

"睡个觉。"丹尼重复道。他站起来,好像他要发表演讲似的,然后又坐下了。

"我小的时候,"古姆一边说,一边靠着助行架缓慢地走进来,每走一步往前晃一英寸,咔嗒咔嗒,咔嗒咔嗒,"我的爹地说任何一个坐在椅子里,手里拿着书看的人都有毛病。"

小册子放在桌子上。她伸出颤抖的老手,把小册子拿了起来。伸直了胳膊,她看了看它的前面,然后翻过来看了看后面。"上帝保佑你,金。"

尤金的眼睛越过镜框,往上瞟着。"怎么了?"

"哦,"古姆忍了一会儿之后说道,"好吧。我只是讨厌看到你们燃起希望。那个世界对我们来说很艰难。我也非常恨那些大学里的年轻教授,他们抢了你们的工作。"

"亲爱的?我就不能看一眼这鬼东西吗?"诚然,他的祖母没有任何恶意:她只是一位穷困潦倒的老太太,努力工作了一辈子,从来没有拥有过什么,从来没有过机会,也从来不知道机会是什么。但为什么这意味着她的孙子们也没有机会?尤金对此也不是很确定。

"这个只是我从宣传办公室拿来的而已,亲爱的,"他说,"免费的,你偶尔也应该去那里看看。他们那里有指导如何种植每种作物和蔬菜还有树木的东西。"

丹尼——他一直静静地坐着,发着呆——有些突然地站起身来。

他神情呆滞,脚步不稳。尤金和古姆都看向他。他往后退了一步。

"你戴这个眼镜很好看。"他对尤金说。

"谢谢。"尤金说,刻意地举起手扶了扶镜框。

"好看,"丹尼说,他的双眼呆滞,眼神中是令人不安的着迷,"你以后都应该戴着。"

他转过身。而他转身时,他的双膝一软,随后就倒在了地板上。

——

过去两周里丹尼一直与之抗争的那些梦境轰隆一下又全部出击,像瀑布从溃坝上一泻而出,他此前的各个成长时期也如同失事船只和掉落水中的废物一般,被裹在水中奔流向前——他又变回了十三岁,躺在一张折叠床上,那是他在少管所的第一夜(棕色的煤渣砌砖、立在水泥地板上的工业风扇轰隆隆地转过来转过去,好像要起飞,飞走似的)。还有五岁的时候——正在上一年级——还有九岁的时候,他的妈妈住进了医院,他非常想念她,非常害怕她会死去,还很害怕坐在隔壁房间的醉醺醺的爸爸,他醒着躺在床上,恍惚中惊恐地想起了当时挂在他的房间里的印花窗帘上的每一种味道。那曾是厨房的窗帘,丹尼仍然不知道什么是香菜,或者肉豆蔻干皮,但是他仍然能看到棕色的字母在芥末黄色的棉布上跳跃着(肉豆蔻干皮、肉豆蔻、香菜、丁香),而这些名字组成一首韵文,召来了笑意吟吟的噩梦,它戴着一顶高顶窄边礼帽来到他的床前。

丹尼在床上翻来覆去,他再次重回这些年纪,还有他现在,二十岁的时候——有了案底,有了毒瘾,还有哥哥的毒品这一虚拟财富,它正隐藏在镇子的高处召唤着他,声音尖利恐怖——他的心中将一棵树与水塔弄混了。小的时候,他曾经爬上一棵树,把一只还是幼犬的捕鸟猎犬从树上扔了下去,想看看会发生什么(它摔死了)。他想要偷法里什的心思和他小时候撒过的丢人的谎话，如开过赛车、暴打过人、杀过人，塞在一起搅和着；还与学校、法院、监狱和他爸爸要他扔掉的吉他的记忆混在一起，因为他爸爸说那个太费时间了（那个吉他哪儿去了？他需要找到，人们坐在车上在外面等着他，如果他不抓紧的话，他们就会对他失去兴趣，离他远去）。所有这些相互矛盾的时间和地点搅和在一起，让他不知所措地在枕头上扭过来扭过去。他看到了他的妈妈——他的妈妈！——她正透过窗户看着他，她肿起来的和善的脸上露出担心的表情，让他想掉眼泪；而别人的脸则吓得他往后退。如何区分活人与死人？有些友好，有些则相反。他们都在同他和彼此说着话，虽然他们在现实生活中并不认识彼此，他们聚成一大群，表情严肃地进进出出，很难分清谁属于哪里，他们都聚在他的房间里干什么？他们不属于这里，他们的声音和敲打在房车的铁房顶上的雨滴混合在一起，他们和雨一样灰暗、模糊不清。

尤金——戴着奇怪的、学术气的药店眼镜——坐在他的床边。在偶尔的热闪电的照射下，他和他坐着的椅子是让人晕头转向的千变万化的人群中，唯一静止不动的。房间里时不时地会清静一下，丹尼笔直地坐起来，害怕自己就要死去，害怕他的脉搏停止，他的血液变凉，甚至那些鬼魂也离他远去……

"别紧张，别。"尤金说。尤金：非常古怪，但是——除了柯蒂斯之外——他是所有兄弟中最为温和的。法里什在很大程度上继承了父亲的刻薄——但也没有很多，毕竟他朝自己的头上开了一枪。这件事使他的脾性有所改善。瑞奇·李的坏脾气可能是与父亲最像的，这点在安哥拉监狱十分受用。

但是牙上粘着烟渍的山羊眼尤金和爸爸不怎么像，他更像他们可怜的酒鬼妈妈，她说着耶和华的使者正光脚站在烟囱上的胡话死去了。她相貌平平，上帝保佑她，尤金——也相貌平平，眼间距狭窄，鼻子的表面凹凸不平——和她长得像极了。眼镜对他丑陋的伤疤起到了一定柔和作用。噗的一下：他身后的阳光透过窗户将他照成蓝色；一抹红星星似的阳光照在他的左眼上、眼镜下的地方。"问题是，"他说着话，双手合十夹在两膝中间，"我不认为你无法将缓慢前爬的蛇与其他所有物种区别开来。如果你分不清，哦，天啊，它会咬你的。"丹尼奇怪地看着他。他脸上的眼镜让他有一种格格不入的博学之感，像是梦里的老师。尤金从监狱回来之后，养成了一个说大段的前言不搭后语的话的习惯——像对着墙自言自语的人，没人会听——而这一点也和他们的妈妈相像，她会在床上打着滚，和不存在的来访者聊天，还叫喊着第一夫人安娜·埃莉诺·罗斯福、以赛亚和耶稣的名字。

"你看，"尤金说着，"蛇是主的仆人，也是他由亲手所创造，诺亚也把它和其他动物一起带上了挪亚方舟。你不能简单地说'哦，响尾蛇是恶魔'，因为这都是上帝创造的。它们都是好的。上帝之手创造了蛇，正如他创造了羔羊一般。"他的眼睛看向房间的一个角落，一个太阳没有照射到的角落，丹尼——异常惊恐的——攥着拳头，忍着一声尖叫，他看到了噩梦里的一个气喘吁吁的小小的黑色生灵，正在尤金脚边的地板上颤抖着，拉拽着，挣扎着，十分狂躁……虽然这个东西比起可怕，更让人可怜，不值得被提起或重复说，但对丹尼来说，它带给他的紧张与害怕超出了杀戮或形容范围，超出了他们在河岸上引发的恐慌和爆炸，黑鸟，黑人男人和黑人女人还有儿童连滚带爬地往安全的岸边逃去，他的嘴里有难闻的汽油味，他的身体颤抖着，似乎就要四分五裂：抽搐的肌肉，啪地断开的肌腱，溶解成黑色的羽毛和被冲刷过的骨头。

———

哈莉特也是一样——在同一个清晨,天刚蒙蒙亮的时候——在床上惊醒过来。她被什么东西吓到了,做了什么梦,都记不起来了。天亮了,但只是蒙蒙亮。雨停了,昏暗的房间里寂静无声。艾莉森的床上:杂乱堆放的泰迪熊、斜着眼的袋鼠坐在一堆床铺上目不转睛地盯着她,但一点都看不到艾莉森,除了她那一缕长长的在枕头上飘动的头发,像是浮在水面上的被淹死的女孩的头发。

衣柜里一件干净衣服都没有了。她轻轻地打开艾莉森的衣柜抽屉——很开心能在一大堆绞在一起的脏衣服里找到一件熨过而且叠放整齐的衣服:一件旧女童子军短袖。哈莉特把衣服举到脸前,出神地闻了很长一段时间:衣服上还有淡淡的艾达洗过的味道。

哈莉特穿上鞋子,踮着脚尖走下楼去。房间里到处都很安静,除了钟表的嘀嗒声;大片的晨光照射在楼梯的扶手和落满灰尘的桃心花木桌面上,不知怎的,杂乱无章的家里也显得没有那么肮脏了。妈妈上学时期的华丽肖像画在楼梯井里微笑着:嘴唇粉嫩,牙齿洁白,一双大眼睛炯炯有神,闪闪发亮的瞳孔里画着白色星光。哈莉特悄悄地走了过去——像是一个经过运动探测器的小偷,她弯着腰——走进起居室,俯下身子把枪从艾达的椅子下面拿了出来。

她在门厅的壁橱里搜寻着,找一个能放枪的东西,然后找到了一个厚厚的塑料拉绳袋。她发现枪的形状在塑料袋上清晰可见,于是又把它拿了出来,用厚厚的报纸包了几层,然后学着故事书《迪克·惠廷顿和他的猫》里追寻宝藏的迪克·惠廷顿,把包裹甩到了肩膀上。

她一走出门,一只鸟就啼叫起来,似乎就在她的耳边:一段甜美清脆且悠扬婉转的啼叫,先是高声啼叫,然后低吟,然后又提高了声

556

音。虽然八月尚未结束,然而清晨的空气中,已经掺杂了一些落着灰尘的凉爽的东西,如同秋天一般;方丹夫人院子里的百日菊——爆竹似的红色,火热的橙色和金色——已经有点往下耷拉了,它们残缺的花朵上长了斑点,开始褪色了。

除了鸟儿们之外——还在十分刺耳地高声啼叫着,有些像警报,透出古怪的乐观之感——街道上空旷静谧。有一个喷头呼呼地转着,往空空的草坪上喷着水;一眼望去,街灯和亮着灯的门廊在空荡荡的街道上闪烁着,甚至她微小的脚步声似乎都在人行道上回响着,往远处传去。

挂着露珠的青草,宽阔的黑色街道仍然湿滑,向前延伸着,似乎永无尽头。她离货运场越来越近,草坪也越变越小,房屋越来越破败,挤得越来越紧。几条街区的前面——通往意大利镇的方向——一辆汽车呼啸而过。啦啦队排练很快就要开始了,就在几个街区外,旧医院前面的背阴空地上。哈莉特前几天早上听到过她们在那里喊叫。

过了纳齐兹街之后,人行道就变得弯曲起来,路面上有裂缝,还特别窄,不到一英尺宽。哈莉特经过用木板封上的建筑,房屋的门廊已经弯曲,院子里扔着生了锈的丙烷汽缸,草坪接连数周没有修剪。一条皮毛都黏结在一起的红色松狮犬,哐哐哐地撞着铁丝网围栏,牙齿从黑青色的嘴里露出来:哐哐。虽然松狮犬恶意十足,哈莉特仍替它感到难过。它看上去像从未洗过澡,冬天主人就把它扔在外面,只给它留了一个银质烤盘,里面盛着冻住了的水。

她经过了食物券办公室;经过被烧毁的杂货店(被闪电击中了,再也没有重建起来),她转向了通往货运场和火车道上的水塔的石子路。她对自己到底要做什么,或者前方有什么在等待着她,并没有清楚概念——而且她最好不要想太多。她小心地盯着湿漉漉的石子路,上面散落着黑色的木棍和被昨夜的暴风雪吹下来的带着树叶的树枝。

很久之前，水塔是用来给蒸汽发动机供水的，但她不知道现在它有没有被使用。几年前，哈莉特和一个叫迪克·皮洛的男孩曾经一起爬上去过，他们想知道从那里能看多远——能看很远，基本上能看到州际公路那里。她被上面的风景迷住了：房屋的线条如波浪一般闪闪发光，尖尖的屋顶像是一片片折纸方舟，房顶有红色的、绿色的、黑色的和银色的，有木屋顶、铜屋顶、沥青顶、铁皮顶，从他们的脚下一直延伸到通透而梦幻的远处，像是望进了另一个国家。眼前的景观有股离奇和玩具制品之感，让她想起了之前看过的有关东方的图片——中国和日本。河流蜿蜒向前，黄色的水面起着皱纹，闪闪发光，而看上去相隔万里，很容易让人相信一个闪闪发光的装着发条的亚洲就在地平线那里，在泥泞的河尾处，无数迷你铃铛在敲打下叮叮当当，嗡嗡一片。

她完全被风景吸引住了，几乎没有注意到水箱。她使劲地想着，但仍然想不起塔上面到底是什么样子，或者是如何建造的，只记得是木制的，顶上嵌着一扇门。在哈莉特的记忆里，它大概有两平方英尺大小，上面有铰链和一个门把手，像厨房的壁橱。虽然她的想象如此生动，但她从来无法确定她记忆里的什么是真实存在的，什么是她用想象填补的。她越是想着丹尼·拉特利夫蹲在塔上的样子（他紧张的姿势，他一直不安地扭头往肩后瞄的样子），就越是觉得他正在藏什么东西，或是企图隐藏自己。但是在她心中一遍又一遍翻腾而起的，是当他的目光扫过她时，那种烦躁的、古怪的不安之感，而后又突然加剧，像打在反光镜上的光束：好像他在做回应，一个暗码、一个危险警报、一个已经识别的信号。不知为何，他知道她在那里。她进入了他的感知区域。奇怪的是（哈莉特意识到后打了个冷战），丹尼·拉特利夫是唯一一个盯着她看了那么长时间的人。

被阳光照射的轨道像黑色的水印一样闪闪发光，主轨道泛着银光一直延伸至道岔处；老旧的电线杆上缠绕着野葛和五叶地锦，在那之上，便是高耸的水塔，塔的表面久经日晒，褪去了颜色。哈莉特小心翼翼地走向长满杂草的空地。在离水塔大约十英尺的地方，她一圈又一圈地围着生了锈的金属支腿转着。

随后，她紧张地扭头往肩后扫了一眼（没有车，没有车的声音，什么声音都没有，只有鸟叫声），她走上前去查看梯子。最底部的横档比她记忆中要高。个子很高的男人可能才不需要跳就能上去，但是其他人都得跳。两年前和迪克来的时候，她是踩着他的肩膀上去的，而他是爬上自己自行车的香蕉形车座，摇摇晃晃地跟着她上去的。

石子路上长着蒲公英，一簇一簇死去的青草。蟋蟀发狂似的叫个不停，它们似乎知道夏季即将过去，它们很快也会死去，而它们紧迫的鸣叫声中给清晨染上了一种躁动不安、飘忽不定之感。哈莉特检查着水箱的支腿：H形钢梁微微向水箱倾斜着，钢梁上大约每隔两英尺就有一个椭圆形孔。在更高的地方，呈对角线的金属杆支撑着水箱的下部。如果她能从前面的支腿上一扭一扭地爬上去（那是一段很长的距离；哈莉特不擅长预估距离），也许可以从较低的横梁上一点一点挪到梯子上面去。

她勇敢地开始往上爬。虽然伤口愈合了，但她的左手仍有痛感，这让她更加依赖右手。横梁上的孔仅仅够她把手指和脚尖伸进去。

她往上爬着，喘着气。爬得很慢。钢梁上起了一层厚厚的锈，染红了她的手。虽然她不恐高——高处让她兴奋；她喜欢攀爬——但她没什么能抓住的东西，而且每往上一英尺都不好爬。

即使我摔下去了，她告诉自己，也死不了。哈莉特从一些很高的地方摔下来过（或者跳下来过）——工具棚的棚顶，伊蒂院子里的山核桃树上，长老会教堂前的脚手架上——而她从未摔断过一根骨头。但与此同时，她感觉爬得这么高会把自己暴露在窥探的眼睛中，下面每传来一个声响，每有一声噼啪声，每有一次鸟叫声，都让她想要从眼前的生了锈的钢梁上移开视线，扭头去看。在钢梁的上面，是一个只属于自身的世界，是一个尚未被人踏足的红色星球的荒凉的表面。

她的手越来越麻。有时候，在操场上——玩拔河比赛时，挂在绳子上或是攀爬架上最上面的时候——哈莉特会产生一种松开双手，任由自己摔下去的奇怪冲动，而她现在正在对抗着这一冲动。她往上拉着自己，咬着牙齿，把所有的力量都集中在她疼痛的指尖，脑海中回荡着一首从一本旧的婴儿书上看来的押韵短诗：

老张老张，
头顶破筐，
剪子两把，
筷子四双。

她靠着最后一股意志力，抓住最底下的横梁，把自己拉了上去。老张！小时候，故事书上的画像把哈莉特吓得不轻：老张戴着尖尖的中式帽子，长着细线一样的胡子，眼睛细长狡黠，但最让她感到害怕的是他举起来的细长的剪刀，更为微妙的是，他的长脸上挂着刻薄且嘲弄意味十足的笑容……

哈莉特暂停下来，估摸了一下自己的情况。接着——这个部分很难——她需要把腿伸到空中去够横梁。她深吸一口气，把自己吊到了空中。

她余光瞥了一下地面，感觉地面倾斜着朝她而来，有那么一瞬间，哈莉特感觉自己正在往下掉。紧接着她就发现自己已经跨坐在横梁上了，像树懒似的抱着横梁。她现在爬到很高的地方，到了会摔断脖子的程度。她闭上眼睛，休息了一会儿，脸贴在粗糙的铁杆上。

老张老张，
头顶破筐，
剪子两把，
筷子四双。

哈莉特小心翼翼地睁开眼睛——整个身体都趴在横梁——然后坐了起来。她现在离地面有多远啊！她之前也曾到过这么高的地方——跨坐在一个树枝上，内裤上沾满泥土，蚂蚁叮着她的双腿——当时她爬上了一棵树，但是下不来了。那是一年级的暑假。她闲逛着——假期圣经学校放学之后，是这样吗？她往上爬着，毫无畏惧，"像只该死的松鼠！"那位老先生惊呼道，他碰巧听到了哈莉特在高处的小声求救，她底气不足，有些尴尬。

哈莉特慢慢地站了起来，手紧紧地抓着横梁，双膝颤抖不止。她双手顺势握住头顶上的横杆，然后一步一换手——往下面走去。她仍然能看到那位驼着背的老先生，看到他面无表情、沾满血污的脸，透过荒凉的树枝看向她。"你是谁的孩子？"他冲她喊道，声音嘶哑。他之前曾住在浸信会教堂旁的一座灰色墙的房子里，这位老先生独自生活在那里。如今他已经死了；门前院子里曾经种山核桃树的地方，如今只剩下树桩。他是如何听到她那毫无情感的求助的（"救命……救命……"），求助声不知从哪里传来——看上面，下面，周围，到处都看了，好像有鬼魂拍了他的肩膀！

叉形梁的角度越来越小，她站不下了。哈莉特又在横梁上跨坐下来，抓着另一边的横杆。这个角度难度很高；她的手已经没有什么感觉了，她的心脏剧烈地跳动着，胳膊因为疲乏而颤抖着，她把自己甩到空中，甩到了另一边……

现在安全了。她往下滑，滑到叉形杆左边低一点的地方，像从自己家的楼梯栏杆上往下滑似的。那位老先生，他死得很惨，哈莉特几乎想都不能想。强盗闯进了他家，逼着他躺在床边的地板上，用一根棒球棍把他打得不省人事；等到他的邻居开始担心，去他家看他时，他已经躺在血泊中死去了。

她靠在对面的横梁上休息着，梯子就在那里。这段路没有那么难，但是她很累，而且越来越大意——而当她因为脚下打滑而紧握梯子的时候，她才浑身打了个冷战，直到最后一刻她才抓稳。现在危险时刻已经结束了，虽然她不知道真正的危险还在后面。

她闭上眼睛，紧紧地抓着梯子，一直等到呼吸平稳下来。她再睁开眼睛的时候，感觉自己正挂在热气球的绳梯上。整个地球似乎在她的视角下铺展开来，像是她在那本老故事书《塔楼窗景》里看到的城堡的景观：

城堡四壁洒满绚烂的光辉，
映照着故事里古老的雪峰；
长光悠影摇漾一湖湖莹水，
瀑布恣意欢跃，壮丽辉煌。

但已经没有时间遐想了。一阵作物喷粉机轰隆隆的声音传来——她一时间以为那是一辆汽车——吓坏了她；她回过头来，以最快的速度爬上了梯子。

———

丹尼静静地仰面躺着，盯着房顶。光线刺眼，让人不舒服；他感觉虚弱，好像自己刚退了烧，突然之间他意识到自己盯着同一道光束看了好长一段时间。他听到柯蒂斯在外面唱歌，有一个听上去很像

"橡皮糖"的歌词重复了一遍又一遍；他躺在那里，逐渐发觉砰砰作响的陌生的声响，好像一只狗在挠自己似的，就在他床边的地板上。

丹尼挣扎着用胳膊肘撑起自己——又猛地往后一缩，他看到法里什（胳膊交叉放在胸前，脚尖一点一点地）正坐在尤金先前坐的椅子上，眼睛黏在他的身上似的，审视着他。他的膝盖抖动着；他嘴边的胡子湿漉漉的，还滴着水，好像他把什么东西溢出来了，不然就是他一边流着口水，一边咬自己的嘴唇。

一只鸟——一只蓝色知更鸟还是什么的，像电视里甜美的鸟叫声——在窗外叽叽喳喳地叫着。丹尼调整姿势，正准备坐起来，就在这时法里什扑了过来，在他胸上打了一拳。

"哦，你不要。"他那充满安非他明的口气又热又臭，扑在丹尼的脸上。

"我来跟你算账了。"

"别这样，"丹尼疲倦地说，把他的脸扭到一边，"让我起来。"

法里什往后一撤；有那么一瞬间他们死去的父亲闪现了——胳膊交叉胸前——走出了地狱，透过法里什的眼睛蔑视地看着他。

"闭嘴，"他窝着火气说道，又把丹尼推到了枕头上，"什么都不要说，你听我命令，你现在向我汇报。"

丹尼困惑地躺在那里，一动不动。

"我见过审讯，"法里什说，"我看到过被下药的人。粗心大意。这会让我们都被弄死。睡眠波是有磁性的，"他说，用两根手指轻轻地敲着自己的脑门，"明白了吗？明白了吗？他们可以抹掉你的所有的思考方法。你会像那些毁坏、摧毁你的整个忠诚体系的电磁设备敞开心扉，就像那样。"

他已经精神不正常了，丹尼想。法里什的鼻孔快速地喘着气，用一只手理了理头发——然后又皱眉蹙额，然后伸开手掌把它从身上抖落,好像他摸到了什么黏糊糊的,或者脏兮兮的东西。

"别跟我耍聪明!"看到丹尼正在看他,他咆哮道。

丹尼垂下眼睛——看到了柯蒂斯,他的下巴和门槛齐平,正从敞开的门往房车里面望。他的嘴上有一圈橙色,好像他拿着祖母的口红玩儿了,他脸上的表情神秘而滑稽。

丹尼冲他笑了笑,很开心能转移一下注意力。"嘿,鳄鱼。"他说,但他还没顾上问他嘴上的橙色是怎么回事儿,法里什已经起身,挥舞着一只胳膊——像一名乐队指挥似的,某些歇斯底里的长着胡子的俄罗斯人——尖叫道:"出去出去出去!"

柯蒂斯瞬间就消失了:砰砰砰地走下房车的金属台阶。丹尼慢慢地坐了起来,想悄悄地从床上爬起来,但法里什一下子扭过身来,用一根手指指着他。

"我说让你起来了吗?说了吗?"他的脸几乎涨成了紫色,"让我解释一下。"

丹尼坐住,欣然同意。

"我们的行动是带有军队意识的,收到了吗?收到了吗?"

"收到。"丹尼一意识到自己应该回答什么之后,就如此回答了。

"好了。在系统内你有四个级别——"法里什数着手指头——"编号绿色。编号黄色。编号橙色。编号红色。现在。"法里什举起一根颤抖着的食指,"你也许可以从以往开机动车的经历中猜出编号绿色是什么意思了吧。"

"就绪?"在长长的奇怪而困倦停顿之后,丹尼说道。

"是的。是的。一切就绪。编码绿色时,你保持放松,无须警惕,周围没有任何威胁。现在,听着,"法里什咬着牙齿说道,"并没有编号绿色。编号绿色不存在。"

丹尼盯着地板上的一团橙色和黑色的延长电线。

"编码绿色无法使用,原因如下。我只说一遍。"他踱着步子——法里什踱步从不是好兆头,"如果你在编码绿色的级别被攻击了,你就将被摧毁。"

丹尼透过自己的眼角余光,看到了柯蒂斯伸出了自己圆滚滚的小手,往他床边打开的窗户的窗沿上放了一包甜馅饼。丹尼一声不吭地挪过去,拿住了礼物。柯蒂斯开心地摆了摆手指,表示知道了,然后又悄悄地从视线内消失不见了。

"我们现在正在执行橙色编码,"法里什说,"橙色编码意味着危险迫在眉睫,你要集中全部注意力。重复:全部集中。"

丹尼把那包甜馅饼塞到枕头底下。"轻松点,兄弟,"他说,"你这是自寻烦恼。"他原本以为这听上去会……好吧,会轻松,但实际并非如此。法里什突然转过身来。他的脸拧在一起,因为愤怒而颤抖着,脸上还带着瘀伤,看上去又肿又紫。

"告诉你吧,"他突然说道,"你要开车跟我去溜一圈。我能读懂你的心思,笨蛋!"他尖叫道,用拳头使劲捶着自己一边的脑袋,丹尼吃惊地盯着他,"别以为你能糊弄得了我!"

丹尼闭上了眼睛,过了一会儿又睁开。他需要撒尿。"听着,兄弟,"他乞求地说道,法里什咬着自己的嘴唇,瞪着地板,"冷静一会儿,放轻松。"他说罢,随即手心向上翻转过来,因为他看到法里什眼睛向上看了——动作过快,眼神过于不安和涣散。

他还没反应过来,法里什已经猛地拽起了他的衣领,朝着他的嘴上来了一拳。"看看你,"他压低了声音吼道,然后又拽住了他的衬衫前襟,"我对你了如指掌。浑蛋。"

"法里什——"在迷迷糊糊的痛苦之中,丹尼感觉自己的下巴前前后后地动着。这是你最不希望出现的情节。法里什至少比丹尼重一百斤。

法里什把他扔到床上。"穿上鞋。你来开车。"

"好,"丹尼说,用手指摸着下巴,"去哪儿?"如果他的说话声听上去有些烦躁(确实如此),部分原因在于总是丹尼来开车,不管他们想去什么地方。

"你别想跟我耍聪明。"法里什又在他的脸上反手打了一巴掌,"如果毒品里少了半两——别动,坐下,我让你起来了吗?"

丹尼坐着,一声不吭,使劲把机车靴往自己光着的黏糊糊的脚上拽。

"这就对了。就看着你正在看的方向。"

古姆房车上的纱门嘎吱作响,不一会儿,丹尼就听到她穿着居家鞋,拖着脚步嚓嚓地走着。

"法里什?"她喊道,声音又细又干涩,"没事儿吧,法里什?"永远都是这样,丹尼心想,法里什才是她担心的那一个。

"起来。"法里什说道。他抓住丹尼的胳膊肘,抓着他走到门口,猛地把他推了出去。

丹尼——头朝前摔下台阶——脸朝下摔在泥里。他站起身,拍了拍身上的尘土,站在一旁的古姆面无表情:骨瘦如柴,皮肤粗糙,穿着居家便衣,像一只蜥蜴。慢慢地,慢慢地,她扭过头去。看着法里什,说道:"他怎么了?"

法里什听到这话,往门廊里面退了一步。"哦,他出毛病了,好吧!"他尖叫道,"她也看出来了!哦,你以为你能骗过我——"法里什笑了,高亢而不自然的笑声——"但你甚至连你自己的祖母都骗不过!"

古姆盯了法里什很长一段时间,接着又看向丹尼,眼皮半耷拉着,因为眼镜蛇的毒液的原因,她永远是一副瞌睡的样子。随后她伸出自己的手,用食指和大拇指掐住丹尼的上臂,拧了起来——非常用力,但她是暗中用力,看上去动作很轻,所以她的脸和她那小小的明亮的眼睛并无波动。

"哦,法里什,"她说,"你不应该这么为难他。"但是她的语气却透露出她认为法里什如此为难丹尼,如此恶劣的对待他,是有充分理由的。

"哈!"法里什喊道,"是他们,"他说,好像是对着藏在林线里的摄像机说话,"他们控制了他。我自己的弟弟。"

"你在说什么?"在接下来的紧张的沉默当中,丹尼问道,然后被自己声音的微弱和不诚实感吓到了。

困惑中,他慢慢地,慢慢地往后退着,古姆则慢慢地走上丹尼房车的台阶,走到法里什站着的地方,眼中都是怒火,鼻子快速地呼吸着:情绪糟糕,怒气冲冲。丹尼不得不扭头,他甚至没办法直视她,因为他只能痛苦地看到她的缓慢有多让法里什恼火,让法里什发疯,让他即使站在那里也变得精神失常,眼珠子都快瞪出来了:脚一直他妈的点着地。她他妈的怎么能这么他妈的慢?大家都能看出来(但法里什除外),和她待在同一个房间里(嚓……嚓……),是如何让法里什不耐烦地浑身颤抖,让他勃然大怒,变得暴躁,快要发疯——但当然了,法里什从来不会对古姆发脾气,他只是把自己的沮丧撒到其他所有人的身上。

等到她终于走上最后一个台阶,法里什的脸已经涨红了,像一个即将爆炸的机器似的浑身颤抖。轻轻地,轻轻地,她畏畏缩缩地走到法里什的跟前,拍了拍他的袖子。

"那真的很重要吗?"她问,语调温和,不知怎的有种肯定意味,是的,那的确非常重要。

"当然了!"法里什咆哮道,"我不能被监视!我不能被偷!我不能被蒙骗——不能,不能!"他说道,猛地扭了扭头,回应放在他的

567

胳膊上的像纸一样轻薄的小手。

"哦,天啊。古姆看到你们这些男孩合不来,感到很遗憾。"但她说这话时,看着丹尼。

"别为我遗憾!"法里什尖叫道。他夸张地站在祖母前面,好像丹尼会冲上去,把他们都杀了似的。"他才是你应该感到遗憾的人!"

"我没有对你们中的任何一个感到遗憾。"她慢慢地走过法里什,慢慢地走进了开着门的丹尼的房车。

"古姆,请你,"丹尼绝望地说,尽可能地往前走了走,探头看着,正好看到她已经褪色的粉红色的居家裙消失在昏暗之中,"古姆,请你不要进去。"

"晚安,"他隐隐听到她说,"让我来整理一下这个床铺……"

"你不用操心这个!"法里什一边喊,一边怒目瞪着丹尼,好像那都是他的错。

丹尼冲过法里什,冲进房车里。"古姆,别,"他极其痛苦地说道,"求你了。"没有什么能比古姆心血来潮地"清理"更能让法里什暴跳如雷了,即使丹尼或是尤金都不想让她打扫。几年前的一天(丹尼永远也忘不了,永远),他走进去发现她正用雷达牌的杀虫剂有条不紊地喷着他的枕头和床铺。

"天啊,这些窗帘脏死了。"古姆说道,拖着脚走进了丹尼的卧室。

一道长长的斜影从门槛的方向落过来。"我正在跟你说话,"法里什声音低沉可怕,"你他妈的过来,听命令。"他突然从后面抓住丹尼的衬衫,把他重新摔在台阶上,摔在落满灰尘、垃圾满地的院子里(坏掉的草坪椅、空啤酒罐、空苏打汽水罐、WD-40多用途防锈润滑剂的罐子,还有一大片螺丝钉、晶体管、齿轮和被拆开的机器),而丹尼还没能站起来——法里什便跳下来，狠毒地踢着他的肋骨。

"你自己开着车的时候去哪儿了？"他喊道，"哈？哈？"

丹尼的心沉了下去。他睡着的时候说梦话了吗？

"你说你要去给古姆寄账单。但是你没有寄走它们。你回来两天之后，它们还放在车座上，你车胎上的泥点有两英尺高，你没开车去中心大街上的邮局，对吧？"

他又踢了丹尼一脚。丹尼滚作一团，侧躺着，双手紧紧抱着膝盖。

"卡特菲斯和你是一伙儿的吗？"

丹尼摇了摇头。他感觉嘴里有血。

"因为我会。我会弄死那个黑人。我要把你们两个都弄死。"法里什打开特兰斯艾姆副驾驶的车门，揪着丹尼的脖子把他甩了进去。

"你来开车。"他喊道。

丹尼——好奇他应该怎么从错误的座位上开车——伸手摸了摸流着血的鼻子。谢天谢地，我不是吸毒吸得兴奋了，他心想，用手背擦了擦嘴，嘴唇破了，谢天谢地，我没有兴奋，不然我会疯的……

"走了？"柯蒂斯语气欢快地说道，摇摇摆摆地走到打开的车窗处；他用脏兮兮的橙色嘴唇，发着呜呜的声音。接着吓住了，他注意到了丹尼脸上的血迹。

"不，亲爱的，"丹尼说，"你哪儿也不去。"但柯蒂斯的脸一下子就耷拉下来了，接着——喘不上气来——他转身，赶紧跑开，就在这时法里什打开车门坐到了驾驶位上：咔嗒。口哨声。"进来。"他说；丹尼还没弄明白情况，法里什的两条德国牧羊犬就跳到了后车座上。那条叫万森特的狗对着他的耳朵大声喘着气；它的呼吸很烫，有一股烂肉味。

丹尼胃里一紧。这不是好预兆。这两条狗是专门用来攻击的。有一次,那个婊子刨了个坑从围栏中跑了出来,隔着柯蒂斯的蓝色牛仔裤咬破了他的腿,严重到了要去医院缝针的地步。

"法里什,别这样。"他说,法里什则把座位调整好,坐到了方向盘后面。

"闭上你的嘴。"法里什直勾勾地盯着前面,他的眼睛异常冷漠,"狗要一起去。"

丹尼装模作样地摸了摸自己的口袋。"如果我要开车的话,我需要带上钱包。"实际上,他真正需要的是个武器,一把刀也行。

汽车里面热辣辣的。丹尼咽了口唾沫。"法里什?"他说,"如果我要开车的话,我需要驾驶证。我现在就进去拿一下。"

法里什靠在座位上,闭着眼睛,像这样待了一会儿——一动不动,眼皮颤动着,好像在试图击退马上就犯的心脏病。然后,非常突然的,他坐起来,用尽力气吼道:"尤金!"

"嘿,"丹尼说,敏锐地往后座上望了望,"不用把他从后面喊过来,我自己去拿就行,可以吗?"

他伸手去摸车把手。"呵,我见过!"法里什喊道!

"法里什——"

"我也见过那个!"法里什的手猛地伸到靴子上。他在靴子里藏了一把刀吗?丹尼心想,好极了。

他热得有些喘不过来气,浑身疼得颤抖,他静静地坐了一会儿,思索着。如何采取最佳行动,才能让法里什不再跳到他的身上?

"我坐在这边没法开车,"他终于说,"我进去拿一下钱包,然后我们换一下位子。"

丹尼小心地看着他的哥哥。但法里什的思绪暂时飘到别处了。他扭向后座,让德国牧羊犬舔着他的脸。

"这些狗,"他威胁地说道,面对它们的狂热,他扬起了下巴,

"这些狗对我来说比任何人都重要。比起世上的任何人,我更在意这两条狗。"

丹尼等待着。法里什亲吻着、抚摸着那两条狗,用听不清的儿语对它们咕哝着。过了一会儿之后(美国联合包裹服务公司的连体工作服虽然非常丑,但丹尼能替它们说句话的是:即使不说不可能,但这个衣服使法里什很难在身上藏一把枪),他轻轻地打开车门,走下特兰斯艾姆,向院子里走去。

古姆房车的车门吱呀一声打开了,伴随着微弱的冰箱的声音。尤金探出头来。"告诉他我不愿意搭理他。"

汽车那边传来喇叭刺耳的鸣响,搞得那些牧羊犬又开始新的一波吠叫。尤金把眼镜拉到鼻子上,越过丹尼的肩头望着。

"如果我是你,我就不会让动物坐到车里。"他说。

法里什扭过头,大声喝道:"回到这里!现在!"

尤金深吸一口气,用手揉了揉自己的脖后颈。几乎没动嘴唇地说道:"如果不把他送进惠特菲尔德精神病院,他就是要杀人了。他今天早上过来的时候,像要把我一把烧着一样。"

"什么?"

"你还睡着,"尤金说,越过丹尼的肩膀看着特兰斯艾姆,面带愁容;不论法里什还是车,都让他感觉非常紧张,"他拿出了他的打火机,说他要把我的脸烧掉。不要跟他一起坐车。更不要带他的狗。不知道他会做出什么。"

法里什从车里喊道:"不要让我去找你!"

"听着,"丹尼说,紧张地回头望了一眼那辆车,"你会照顾柯蒂斯吗?能向我保证吗?"

"怎么了?你要去哪儿?"尤金说,眼神敏锐地看着他。接着他又把头扭了过去。

571

"不,"他说完,眨了眨眼睛,"不,不要告诉我,一个字也别说了——"

"我数到三。"法里什尖叫道。

"答应我?"

"我答应你,也向上帝起誓。"

"一。"

"不要听古姆的,"丹尼说,伴随着又一声汽车喇叭的轰鸣声,"她除了让你泄气之外什么都不会做。"

"二!"

丹尼用手拍了拍尤金的肩膀,快速看了一眼特兰斯艾姆(他唯一能看到的在动的东西就是那两条狗,它们的尾巴扫在车窗上),他说:"帮我个忙。在这里站一会儿,不要让他进来。"他飞速溜进房车内,从电视机后面的架子上拿走了古姆那把小型点22手枪,拉起裤腿,枪口朝下塞进了靴子里。古姆一般会给枪装上子弹,他祈祷着枪里仍然有子弹;他没有时间装子弹了。

外面传来沉重的脚步声。他听到尤金受了惊吓似的高声说道:"你别对着我舞拳头。"

丹尼抻直了裤腿,打开门。他正要脱口而出说自己的理由("我的钱包"),法里什就一把拽住了他的衣领。"别想从我这里逃跑,小子。"

他把丹尼拖下台阶,还有一半路程走到车那边的时候,柯蒂斯小跑过来,想要用双臂抱住丹尼的腰。他在哭——或者,他在咳嗽着,呛得喘不上气,和他以往烦恼的时候一样。丹尼跟在法里什身后跟跟跄跄地走着,设法扭过身来,拍了拍他的脑袋。

"回去吧,宝贝,"他对柯蒂斯说,"听话……"尤金在房车的门后紧张地看着;可怜的柯蒂斯正在哭,使劲地哭着。柯蒂斯的嘴压在了丹尼的手腕上，丹尼发现自己的手腕上沾上了橙色的口红。

颜色非常俗艳，令人震惊；有那么一瞬间，丹尼冷冷地停在那里。我累得做不了这些了，他想，太累了。随后，接下来的事情就是法里什已经把特兰斯艾姆的车门打开了，把他甩了进去。"开车。"他说。

——

水箱的顶部比哈莉特记忆中更不牢固：生了水垢的灰色木板，有些地方的钉子已经冒了出来，还有些地方的木头萎缩、开裂，有了黑色的裂缝。上面布满了圆滚滚的白色鱼钩和弯弯曲曲的鸟屎。

哈莉特站在梯子上，审视着水箱上与眼睛齐平的地方。随后她小心翼翼地走上去，开始往中间爬——随着脚下的一块木板嘎吱一声，像按下去的钢琴键似的狠狠往下一陷，她感觉胸口上有什么东西也往下一沉。

小心翼翼，又小心翼翼地，她往后退了一大步。木板吱的一声翘了起来。僵住，心跳加速，她慢慢地移到了水箱边缘，在靠近围栏的地方，那里的木板更加坚固——为什么高处的空气会如此的稀薄和奇怪？高空病，飞行员和登山者会受这种病的折磨，不管这个词到底意味着什么，反正正好说明了她的感受，胃里感觉恶心，眼角感觉有星光。朦胧的远处，铁房顶闪着光。另一边是茂密的绿色树林，她和希利之前经常去那玩儿，全天候作战，用红色的泥块轰炸彼此：一片郁郁葱葱、欣欣向荣的密林，进行空投的目标，巴掌大的越南。

她绕着水箱走了两圈。哪儿都看不到门。正当她开始想可能根本就没门的时候，她终于发现了：已经被风化了，几乎完全与单调的表面融为一体，只有门把手上还有一两块铬漆。

她跪了下来。用胳膊像雨刷似的来回擦了擦之后，她把它拉开

（铰链吱呀作响，像恐怖电影似的）又松开了手，梆的一声，她脚下的木板也震动起来。

里面：漆黑，难闻。污浊的空气中隐隐传来蚊子的嗡嗡声。房顶上，一缕小小的光束——和铅笔一样细——透过上面的孔洞照射下来，含有灰尘的光束交叉纵横，光束中的粉尘极多，像是黑暗中的金线。下面的水又深又黑，颜色像是机油。在另一边，她隐约看到一个已经泡肿的动物轮廓，在边上飘着。

一个被腐蚀了的金属梯子——摇摇晃晃，锈了大半——伸到了下面六英尺的地方，稍微高于水面。哈莉特的眼睛适应了昏暗之后，她震惊地发现，梯子最上面的横档上面粘着一个亮晶晶的东西：一个包裹之类的东西，外面用黑色的塑料垃圾袋裹着。

哈莉特用鞋尖戳了一下。随后，犹豫片刻后，她肚子趴在上面，伸手轻轻地拍了一下。里面的东西柔软但是固体的——不是钱，不是很大或者锋利或者明确的东西，而是一些类似沙子被压实后的东西。

包裹上缠了一圈又一圈厚厚的胶带。哈莉特手里抠了抠，拉了拉，又用双手拽了拽，试着用手指抠胶带的边缘。终于，她抵抗不住，撕破了几层塑料袋，直捣包裹的中心。

里面：是一些滑滑的、冰凉的东西，摸上去死气沉沉的。哈莉特赶紧把手抽了回来。包裹上有粉尘落下去，像珍珠似的洒了一层，在水面上旋转着，哈莉特看着从水面上的粉末折射出来的色彩斑斓的颜色（毒药？炸药？）。她非常了解毒品（从电视上，从她的健康手册上的彩色照片上看过），但是那些都是花里胡哨、确定无疑的：手卷烟，皮下注射，彩色药片。这个可能是一个诱饵，像电影《天罗地网》里演的那样；可能真正的包裹藏在别处，这个只是一个包装精良的……

撕破的包里有什么东西折射出亮晶晶的微弱的光芒。哈莉特小心翼翼地把塑料袋拨开，看到一团神秘的亮晶晶的白色囊体，像一串巨大的昆虫卵。它们中有一个砰的一下掉进了水里——哈莉特迅速把手收了回去——浮在水面上，半浸在水中，像水母似的。

有那么糟糕的一瞬间，她一度以为那些囊是活物，在水面的反射下，它们在水箱的内壁上舞动着，似有心脏般轻轻地搏动着。现下，她看到它们不过是些装满了白色粉末的透明塑料袋。

哈莉特小心翼翼地伸手摸了摸一个小塑料袋（顶部蓝色的夹链清晰可见），然后把它举了出来，拿在手里掂量。粉末是白色的——像糖或是盐——但与它们质地不同，这个更脆，更像水晶，但奇怪得轻。她打开它，把它凑到鼻子跟前。没有味道，只有淡淡的清香，让她想起了艾达常常用来打扫浴室的科美去污粉。

好吧，管它是什么：这是他的。她轻轻一掷，把小袋子扔进了水里。它浮在了水面上。哈莉特看着，随后，没有多想她自己在做什么，或是为什么会这么做，她把手伸进了黑色塑料袋的深处（更多白色囊体，像豆荚里的种子），把它们拉出来，然后一把一把地随意投掷，扔到黑色的水里，扔了三四把。

——

他们坐上车后，法里什便忘了他为什么会恼火，或者看上去如此。伴随着晨间的热气和杀虫剂的味道，丹尼穿过了雾蒙蒙的棉花田。他不停地紧张地瞥着法里什，他正靠着座位，跟着广播哼唧着。他们一开上沥青石子路，法里什那浓烈的暴躁脾气就转变成了快乐的调子，令人费解。他闭上眼睛，满意地冲着空调里冒出来的凉爽空气，深深地呼了一口气。他们现在正飞驰在通往镇上的高速路上，听着由贝蒂·布劳内尔和凯西·麦克马斯特共同主持的 WNAT《早间秀》("镇上最惹人讨厌的噪声 Worst Noise Around Town"，法里什如此解释它们的缩写含义）。WNAT 是排名前四十的电台，法里什却很痛恨。但现下他喜欢起来了，点着头，有节奏地敲着膝盖、扶手、仪表盘。

不过他敲得有些用力过度，搞得丹尼很紧张。随着法里什年龄越来越大，他的行为举止越来越像他们的父亲：在说一些刻薄的话之前，脸上会挂着独特的微笑，奇怪的充满活力——爱说话，过分友好——接着就是一阵猛烈的爆发。

死叛头！死叛头！丹尼曾经在学校里说过这个词，死叛头，他爸爸曾经最喜欢的一个词，老师告诉他那甚至不是一个词。但是丹尼仍然能听到他爸爸疯狂地高声说这个词，死叛头，说到"叛"的时候，皮带会狠狠地抽下来，丹尼则盯着自己的双手：长满雀斑，伤口遍布，紧紧地抓着厨房的桌子，关节都泛白了。丹尼非常了解自己的双手，真正的了如指掌；在每一个糟糕的时刻，他都会像研究一本书似的，研究它们。它们是时光倒流的车票：通往挨揍、临终病床、葬礼、失败；重回在操场上被羞辱和被判入狱的时候；去到比眼前的方向盘、这条街更加真实的往日记忆。

他们现在开到了镇子的郊区地带。他们开过旧医院门前背阴的空地，一些高中的啦啦队队员——排成了V字形——一下子全跳到了空中：嘿！她们没穿统一服装，甚至都没穿相搭配的衣服，尽管她们做着统一利索的动作，但看上去却参差不齐。胳膊劈向空中，拳头挥向空中，像旗语似的。

之前这种时候，丹尼或许会停到旧药店的后面，偷偷地看她们。可当下，就在他慢慢地开过斑驳的树荫，背景中闪动着马尾辫和晒黑的四肢时，他突然被前景中出现的东西吓了一跳，一个小小的弓着背的生物，周身都是黑色，手里拿着一个大喇叭，在湿漉漉的人行道上嘎吱嘎吱地走着，它突然停下来看着他。有点像黑色的小妖精——不到三英尺高，长着橙色的鸟嘴和大大的橙色脚丫，奇怪地浑身湿透了，十分奇怪。汽车开过去的时候，它跟着车转了过来，像蝙蝠似的张开了黑色的翅膀……不可思议的是，丹尼感觉自己曾经见过它，这个有些像黑鸟有些像精灵又有些像淘气鬼的生物。不知怎的（尽管这有些不可思议）他似乎记了起来。更为奇怪的是：是它记起了他。而当他从后视镜里又望着它的时候，一个长着黑色翅膀的小小的黑色身影，目光仍然跟着汽车，像是从另一个世界来的不讨人喜欢的小信使。

边界逐渐消失。丹尼感觉头皮上刺痛了一下。草木茂密的小路似乎带上了噩梦里的一条传送带的感觉，深深的绿色的狂热的阴影从两边压迫过来。

他看了看镜子。那个生物消失不见了。

不是毒品的作用，他在睡梦中出汗时，已经把它们排出来了：不，河水冲上河岸，各种各样的垃圾，骇人的废物都从底部飘了起来，飘到光天化日之下，如恐怖电影一般，梦境与记忆和无法坦言的恐惧滚落到大街上。丹尼（并不是第一次）感觉自己之前曾经做过这样的梦，梦到过自己沿着纳齐兹街往前开，开到某个已经发生的事件中。

他抹了抹自己的嘴。他需要尿尿。他的肋骨和他的头都被法里什打得很疼，除了他有多么想去尿一泡之外，他想不起任何别的事情。而且因为没有嗑药，他感觉嘴里有一股恶心的化学品的味道。

他偷偷地瞄了一眼法里什。他仍然沉迷于音乐当中：一边点头一边哼着歌，还一边用指关节有节奏地敲打着扶手。但坐在后座上的警犬婊子则怒气冲冲地盯着丹尼，好像它清清楚楚地知道他心里在想什么。

他试图让自己做好心理准备。尤金——以自己的圣滚者[①]信仰起

[①] 圣滚者（Holly Roller）是20世纪初兴起的基督新教运动五旬节运动（Pentecostal movement）的别称，其基本特征包括：初始证据、说方言、灵洗、唱灵歌、跳灵舞、医病赶鬼等。

577

誓——会照顾柯蒂斯。还有古姆。仅仅是她的名字就让他有一种如雪崩一般的愧疚之感，虽然丹尼使劲地迫使自己，用意志力让自己喜爱祖母，但他什么都感觉不到。有时候，尤其是他听到古姆半夜里在自己的房间咳嗽的时候，他会感觉心头一紧，为她经历过的苦难感到伤感——贫穷，过度工作、癌症、溃疡、关节炎，还有其余的全部——但是"爱"这一情感仅仅是他见到祖母时或是偶尔才有的感情：其余时刻丝毫没有。

而这些事情又有什么重要的呢？丹尼急切地需要尿尿，他的眼珠子都快爆出来了；他使劲闭了闭眼睛，又睁开。我会把钱寄回家。只要我一转卖了那东西，把我自己安顿好了……

还有别的方法吗？不。已经没有办法能让他——除了在前面等待着他的——去到另一个州的邻水之居了。他需要把注意力集中在那个未来上，真正的预见它，朝向它平稳前进，不要停歇。

他们开过了旧亚历山大旅店，旅店门廊已经下陷，百叶窗已经腐烂——人们说，那里闹鬼，那里死了那么多人，说来也不奇怪；你能感受到阴森从里面辐射而出，那些重大死亡事件。丹尼想冲着将他抛弃至此的世界嚎叫：这个地狱一样的小镇，这个自从内战之后就再也没有富裕起来的县城。他的第一次重罪定罪甚至并不是他的过错：是他爸爸派他去工厂偷一台极其昂贵的斯蒂尔电锯，工厂是一位富裕的德国农场主，正坐在那里拿着一把枪捍卫着自己的财产。他当时多么盼望着从监狱里释放，每天数着回家的日子，现在回想起有些可悲，因为他当时还不知道（他不知道时还更快乐些），一旦你进过监狱，就再也出不来了。人们会对你区别对待。因为你可能会像病人重犯疟疾或者酒瘾一样，故态复萌。唯一能做的就是去一个没有人认识你，没有人知道你的家庭背景的地方，尝试着重新来过。

街道上的标识重复闪现着，言语也如此。纳齐兹，纳齐兹，纳齐兹。商会：亚历山大：事情原本的样子！不，不是事情原本的样子，丹尼痛苦地想：事物他妈的就是这个样子。

他陡然转向货运场。法里什抓住仪表盘，惊奇地看着他。"你要干什么？"

"这是你告诉我的方向。"丹尼说道，试图让语气尽可能地平淡。

"我吗？"

丹尼感觉他应该说些什么，但不知道该怎么说。法里什提过水塔吗？一时间他也无法确定。

"你说你要跟我确认一些事情。"他试探地说着，就把这话扔在那里，看看可能会发生什么。

法里什耸了耸肩，让丹尼惊奇的是，他又靠在了座位上，望向窗外。开车兜风总是能让他心情好转。丹尼仍然能听到法里什第一次开着那辆特兰斯艾姆慢慢停下、低声吹着口哨的样子。他是多么喜欢兜风啊，爬到车里，然后开动！在最初的几个月里，他们能兜风兜到印第安纳州，只有他们两个，还有一次一路开到了得州西部——没有理由，没有要去那些地方看的东西，只是天清气朗，高速公路路标在头顶一闪而过，他们拍着调频按钮，想找首歌听。

"这样吧。要不我们去吃点早餐。"法里什说。

丹尼的意志摇摆了。他确实饿了。接着他又记起了自己的计划。那是已经确定无疑，不会再变的唯一的出路。黑色的翅膀在角落处朝他挥着，迎他走进一个无法预见的未来。

他没有掉头；继续开着。车周围的树木茂密起来。他们已经远离平整的路面，开上一条甚至不能称作马路的、布满车辙的坑坑洼洼的石子路。

"我找个地方掉头。"他说，意识到自己说这话时有多愚蠢。

随后他停下了车。这里离水塔还有好长一段距离（路况很差，草木很高,他不想再往前开了,怕被困住)。狗开始疯狂地吼叫,跳过来跳过去,想要挤到前面来。丹尼转身,似乎要下车。"好了。"他面无表情地说罢,迅速从靴子里抽出那把小型手枪,对准了法里什。

但法里什没有看他。他侧着身子坐在车座上,大大的肚子朝向门那边。"下去,"他正在对那条叫万森特的婊子说,"下去,我说下去。"他举起了手;狗缩了回去。

"跟我试试?跟我说一个他妈的死叛头试试?"

他没有怎么看丹尼,或是那把枪。为了吸引他的注意力,丹尼不得不清了清嗓子。

法里什举起一个脏兮兮的红红的手。"不要着急,"他看都没看地说,"等一会儿,我得管教一下这个狗。我已经受够你了(朝头上猛地打了一下)你这个丧气的贱货,少他妈给我来盛气凌人这一套。"他和狗怒目相视。它的耳朵紧紧贴在头上,它黄色的眼睛慢慢地涨红。

"继续啊,继续。看我不狠狠地打你——不,等一下,"他说,举起一条胳膊,身子半转到丹尼那边,坏眼对着他,"我要教训一下这个贱货。"他的坏眼像牡蛎一样又冰凉又蓝。"继续,"他对狗说,"试试。这将是你最后一次——"

丹尼扣动扳机,朝着法里什的头开了一枪。就像那样,一瞬之间:砰。法里什的头啪的一下掉到前面,嘴巴完全张开。他异常轻而易举地够住仪表盘,撑住自己——随后,转向丹尼,他正常的眼睛半闭着,瞎掉的眼睛张得很大,嘴里吐出一口掺杂着血液的唾沫;他看上去像一条鱼,一条上了钩的鲶鱼,咕噜咕噜。

丹尼又朝着他的脖子开了一枪,在寂静中荡起又消散的小小涟漪中,他下了汽车,猛地摔上车门。事已至此,回不去了。他的衬衫前襟上溅得都是血;他摸了摸自己的脖子,看了看指尖上铁锈一般的污迹。法里什趴在仪表盘上；他的脖子非常糟糕，但他满嘴鲜血的嘴巴仍然动着。塞布，两条狗里较小的那一条，前肢搭在副驾驶的座位上——后腿往上蹬着——想要爬过去，爬到主人的头上。另外一条狗——那个混蛋，那个叫万森特的贱货——从后座上爬到了前面。它低着头朝反方向转了两圈，然后一屁股坐在了驾驶位上。它竖着像魔鬼似的黑耳朵。有那么一会儿，它用狼一般的眼睛瞪着丹尼，接着开始吠叫：短促、尖利的叫声，十分清晰，能传到很远的地方。

它的叫喊声如警报一般，好像在喊着："着火了！着火了！"丹尼往后退了退。听到一声小小的枪响之后，一大堆鸟像爆炸后的弹片飞了起来。它们现在又重新落回了树上和地面上。他的车里到处都是血：挡风玻璃上，仪表盘上，副驾驶的窗户上。

我应该吃过早餐了吧，他情绪激动地想着。我是什么时候吃的？

想到这个，他开始意识到，比其他任何事情都更为紧急的事情，他需要尿尿，从他早上醒来时，就急切地需要尿尿。

一股轻松美妙的感觉降临在他的身上，流入了他的血液。一切都很好，他一边拉上裤链，一边想着，随后——

他漂亮的汽车，他的汽车。片刻之前还是一颗樱桃，一个值得炫耀的东西，现在已经变成了《真探》里的犯罪现场。狗在车里疯狂地跳来跳过去。法里什脸朝下垂头丧气地抵在仪表盘上。他的姿势异常轻松自然；好像是弯下腰去找掉落的钥匙，而不是有一大摊血正从他的头上蔓延开，滴落在车座上。挡风玻璃上到处都是鲜血——黑色的血滴亮晶晶的，像是黏在玻璃上的硕大的冬青浆果。塞布在后车座上跳来跳去，尾巴拍在车窗上。万森特——蹲在它的主人身旁——多次速度飞快地猛地扑向他，佯装攻击他：它用鼻子顶他的脸颊，又撤回来，然后又冲到前面去推他，吠叫，吠叫，短促刺耳——它虽然是一条狗，妈的，但是短促尖利的叫声里的紧急感确定无疑，听上去就像高声呼救。

丹尼擦了擦下巴，惊慌地望向四周。驱使他扣动扳机的心头之痒已经消失，而他面临的麻烦事却成倍增加，到了不见天日的地步。他到底为什么要在车里枪毙法里什？要是他能克制一两秒多好。但是他没有：他极度想要摆脱他，像个傻瓜似的扣动扳机，把他毙了，却没有等到时机对了再动手。

他俯下身来，把手放在膝盖上。他感到恶心、黏糊糊的；他的心咚咚直跳，他好几周没有好好吃饭了，净吃了一些垃圾食品、冰激凌、三明治，还喝了很多七喜；浓烈的肾上腺素刺激已经耗尽，而他最想用仅剩的一点力气做的事情，就是在热烘烘的绿色草地上躺下来，闭上眼睛。

他像被催眠了似的盯着草地，随后抖了抖身体，站直了身体，一点小颠簸能让他立即找回状态——一点颠簸，天啊，这一想法使他眼含泪水——但是他离开家的时候什么都没带，而他最不想做的事情就是打开车门，在法里什的尸体上翻找，拉开再拉上那件令人讨厌的脏兮兮的旧连体工作服的口袋。

他有些脚步不稳地走到车前。万森特猛地冲向他，嘴巴砰地撞在挡风玻璃上，吓得他踉踉跄跄地往后退。

在突然爆发的一阵吠叫声中，他闭上眼睛静静地站了一会儿，浅浅地呼吸着，试图平稳自己的神经。他并不想这样，但事已至此。他需要开始思考，慢慢来，一步一个脚印。

———

叽叽喳喳飞起来的鸟惊吓到了哈莉特。它们一下子从她周围全部冒了出来，吓得她往后一缩，用手臂遮住了眼睛。有四五只乌鸦落在了她的附近，爪子紧紧握着水箱的栏杆。它们扭过头去看她，离她最近的那只乌鸦猛地扑扇着翅膀,飞走了。她似乎听到狗叫声,发疯的狗叫声,从下面很远的地方传来。但这之前,她似乎还听到了另一种不同的声音,非常微弱的砰的一声,从刮着风的、日头很大的远处传来。

哈莉特——脚踩在梯子上,腿伸进水箱里——静静地坐在那里。正当她因困惑而走神时,其中一只鸟吸引了她的注意;它看上去轻松自在,有些淘气,像一只卡通鸟,歪着脑袋正对着她,看上去似乎正要对她说些什么,但她看着它的时候,下面又传来一声砰的回响,那只鸟便立起身子,飞走了。

哈莉特听着。她站在梯子上,一半身子进了水箱,一半露在外面。她用一只手扶着梯子,而当梯子在她的重量下嘎吱作响时,她吓得一缩。匆忙中,她手脚并用地爬到了木板上,随后又爬到塔顶边缘,尽可能地探着身子往远处看。

下面——在树林方向的远处的田野上,虽然距离遥远但也看得很清楚——停着一辆特兰斯艾姆。鸟儿们又渐渐落回空地了,一个接一个地落下,闪现在树枝上、灌木丛上、地面上。汽车旁边,隔了好一段距离,是丹尼·拉特利夫。他背对着她,他用手捂着耳朵,好像有人在冲着他尖叫似的。

哈莉特迅速埋下了头——他的姿势给人一种紧张而愤怒的感觉,吓到了她——紧接着她意识到自己看到了什么,又慢慢地抬起了头。

不错:鲜亮的红色。呈水滴状洒在挡风玻璃上,十分鲜亮,十分恐怖,即使在远处也格外显眼。远处——在汽车里,透过半透明的小液滴,她感觉那里有猛烈的动静:有东西正在上蹿下跳,到处扑腾着。不管那个黑黑的一团是什么,丹尼·拉特利夫似乎也很害怕它。他往后倒退的步子很慢,像机器人似的,像电影里中了枪的牛仔迈出的最后几步。

哈莉特突然被一阵奇怪的大脑空白和沉闷所笼罩。从她所在的位置,这么高的地方,一切看起来都十分的平坦和微不足道,不知怎的,还有些意外之感。太阳散发着猛烈的白光,她又想起了同之前的一样的奇怪的、漫不经心的轻盈感——当她正往上爬时——这种感觉让她想要松开手掌。

我陷入麻烦了,她告诉自己,巨大的麻烦。虽然这千真万确,但她很难切实地感受到。

在明亮的远处,丹尼·拉特利夫弯腰从草坪上捡起了一个亮晶晶的东西,哈莉特从他手拿的姿势看出那是一把枪,她心头一紧,有些不安。在恐怖的寂静当中,有那么一刻她以为自己听到了小号吹响的声音——希利的行进乐队,就在东边,离得很远——她困惑地望向那个方向,似乎看到了极其微弱的金光,像是阳光照射在铜管乐器上时,所反射出的光线。

———

鸟——到处都是鸟,一大片黑色的聒噪的鸟轰的一下飞起,像放射性微粒回降,像弹片。它们是不祥的征兆:流言和噩梦,法律和数字,如风暴席卷而来的信息,撑着翅膀,飞旋在他的脑袋里,难以辩解。丹尼用手捂住耳朵:他能看到自己的影子斜映在血迹斑斑的挡风玻璃上,一个旋转着的红色星河在玻璃上冻住,薄云在他的身后浮动。他感到恶心,筋疲力尽;他需要洗个澡,好好吃顿饭;他需要回家,躺到床上。他不需要这些。我射死了我的哥哥,为什么?因为我急着去卸尿,急得昏了头。法里什会对此大呸一口。看到报纸上令人作呕的故事,他会笑掉大牙:有人喝醉了酒站在高架桥上小便,结果脚滑摔死在高速公路上;某个蠢货被床边电话铃声吵醒,却伸手拿住了手枪,在脑袋上给自己开了一枪。

枪躺在丹尼脚边的草地里，是他丢在那里的。他僵硬地弯下腰把枪捡了起来。塞布的鼻子贴在法里什的脸颊和脖子上到处嗅着，让丹尼感觉恶心，而万森特则瞪着它那双尖酸的黄色眼睛，监视着他的一举一动。他走向汽车时，它往后一退，又开始了新一轮的吠叫。它似乎在说，你打开车门试试。你他妈的敢打开车门试试。丹尼想起了法里什在后院给它们上过的训练课，法里什用棉被和粗麻袋裹着自己的胳膊，然后喊着破坏！破坏！小小的棉絮便在院子里飞得到处都是。

他的膝盖颤抖着。他摸了摸自己的嘴巴，试图振作起来。接着他伸直胳膊，瞄准了万森特的黄色眼睛，扣动了一下扳机，车窗上炸出一个银币大小的洞。听着车里的尖叫声、拍打声和啜泣声，丹尼咬着牙齿，弯下腰，眼睛看着车窗，然后把枪伸进洞里，又朝它开了一枪。然后又将枪对准了另一条狗，一枪命中。随后，他收回胳膊，尽可能地把枪抛向了远处。

他站在晨间的强光里喘着气，好像他刚跑了很远。汽车里的尖叫声是他有生以来听到的最可怕的声音：音调很高，很可怕，像是坏掉的机器，尖利刺耳的啜泣声持续不断，不知疲倦，让丹尼也感到了切实的疼痛，所以他感觉如果它再不停下来，他都想把自己捅聋——

但声音没有停下来；他站在那里，半转着身子，经过了一段似乎相当长的时间后，伴随着仍然回荡在耳边的狗的尖叫声，丹尼僵硬地走到他扔掉枪的地方。他愁眉苦脸地蹲下去，用手拨开稀薄的草丛，在其中寻找着，他的背后仍然响着密集而有力的尖叫声。

但枪里没有子弹了。丹尼用衬衫把它擦干净，又往林子深处扔去。当寂静如水浪一般——和刚才的尖叫声似的有起有落，他开始强迫自己走到车旁，去看看。

如果我开去了怀特厨房，如果我没有转到这条路上，他一边想一边擦了擦嘴巴，它应该会跟着我们一起去买咖啡。那位名叫特蕾西的瘦成皮包骨的女服务员,耳环叮当作响,屁股又小又平,总是会问也不问就把咖啡端上来。他想象着法里什靠在他的椅子上,挺着大大的肚子,发表着他一向爱说的关于鸡蛋的演讲(他是如何不喜欢吃生的,告诉厨师不要炒得太过了),而丹尼则坐在桌子对面,看着他像黑色的海草似的乱蓬蓬的臭头,心里想着:你永远也不知道我差一点就得手了。

所有这些消散了,他发觉自己正盯着草丛里的一个破瓶子。他伸开又握住一只手掌,然后是另一只手。他的手掌又凉又黏。我得行动起来了,他想,突然感到一阵惊慌。

然而他仍然站在原地。好像他弄坏了连接大脑与身体的保险丝。当下,车窗玻璃被打碎了,狗也不再哀号和叫嚷了,他仅仅能听到从广播里传来的微弱的音乐声。那些唱这首歌的人(唱的是关于发丝间的星尘的狗屁),他们有想过有一天有人会在废弃的铁轨旁边的土路上,面前还有一具死尸的情况下听这首歌吗?没有:这些人在洛杉矶和好莱坞之间来去匆匆,穿着白色的带亮片的服装,他们的遮阳镜有黑色的上框,透明的下框,他们喝着香槟,从银盘子里吸食可卡因。他们永远也想不到——他们站在录音室里奢华的钢琴前,戴着闪闪发光的围巾,喝着花里胡哨的鸡尾酒——他们永远也想不到在密西西比的一条土路上,有个可怜人正站在那里,试图解决一些重大问题,而广播上正放着"你出生那天,天使聚集到了一起……"

那类人从来不需要做艰难抉择,他心想,无精打采地盯着他那辆血迹斑斑的汽车。他们从来不需要做这些屁事。就像新车钥匙交到他们手里一样,他们只需要坐享成品。

他往车前走了一步,又一步。他的膝盖颤抖着;他踩在石子路上的嘎吱声吓到了他。得行动起来!他告诉自己,带着一股高亢而强烈的狂热情绪,疯狂地扫视着四周(左边,右边,天上),伸出一只手扶着自己，以防自己摔倒了。着手去干吧！他应当做什么显而易见；问题是如何去做，因为他宁愿拿一把钢锯把自己的胳膊锯下来，也不愿意碰他的哥哥一下，这一点没有回转余地。

他哥哥肮脏的红色的手——非常自然地——放在仪表盘上。指尖上染着烟渍，大大的金尾戒像一个骰子似的。丹尼盯着它，试着去想如何扭转局势。他需要的是找点事做，是集中精神，让自己重新活过来。水塔的上面有许多毒品，大量毒品；他在这里站得时间越长，特兰斯艾姆在草地里停放的时间也就越长，哥哥的尸体和两条警犬的尸体在车座上流血的时间也就越长。

———

哈莉特用两个拳头紧紧抓着栏杆，她肚子趴在上面，害怕得喘不上气来。因为她的脚比头高，所有的血液都流到了她的头上，她感觉自己的太阳穴里怦怦直跳。从汽车那边传来的尖叫声似乎停下了，刚刚尖利的动物哀号声似乎永远也不会停下来，甚至连寂静也被那些可怕的叫声拉长拉变形了。

丹尼·拉特利夫仍然站在那里，站在地面上，从平坦而宁静的远处来看，他非常渺小。一切静止得像一幅画。青草上的每一个叶片，树上的每一片叶子似乎都被梳顺了，涂了油，理到了合适的位子。

哈莉特感觉自己胳膊酸痛。她微微调整了一下自己的高难度姿势。她虽然不清楚自己看到了什么——距离太远——但是枪声和哀号声她听得很清楚，而尖叫声仍然回荡在她的耳朵里：音调很高，滚烫，令人难以忍受。汽车里的动静也都停止了；他的受害者（黑色的身影，看上去不止一个）都一动不动了。

他突然转身；哈莉特的心痛苦地拧在一起，拜托，上帝，她祈祷着,拜托,上帝,请不要让他上来……

但他正朝着树林走过来。不一会儿——往后瞥了一眼——他弓着身站在了空地上。一块奶白色的肌肤从他的短袖和牛仔裤裤腰之间的缝隙中露了出来——和黑色的手臂形成对比。他把枪拆开,检查着;他站在那里用衣服把枪擦干净。接着他又把它扔进了树林,黑色的枪影飞过长满草的地面。

哈莉特——用前臂挡在眼前,偷偷看着这一幕——努力不让自己望向别处。虽然她非常想知道他正在做什么,然而,要把视线专注于远处的一个明亮的点,却是件相当难的事情;她不得不摇着头,甩开不停蔓延到她视线里的薄雾,她在学校的时候,盯黑板上的数字盯久了,眼前也会有黑暗滑过来,盖住数字。

过了一会儿,他从林子走了出来,走回车旁。他站在那里,用他汗涔涔的、长满肌肉的背对着她,他的头微微低着,他的胳膊僵硬地放在身体两侧。他长长的影子映在石子路上,像一块指向两点钟方向的黑色木板。在刺眼的阳光中,看到那个影子让人感觉宽慰,让人感觉平静和凉爽。随后他转身,开始朝着水塔走过来,影子也随之溜走。

哈莉特的心往下一沉。下一秒她就回过神来,摸索着找到手枪,用颤抖的手指把它打开。一瞬间,一把她并不知道如何使用(甚至不知道她是否装对了子弹)的老手枪在她与丹尼·拉特利夫之间似乎变得十分渺小,尤其是在如此危险的当口。

她的眼神慌张地望着四周。她要藏在哪个位置?这里?还是另一边,可能稍微低一点的地方?接着她就听到铁梯子上传来哐当一声。

哈莉特紧张地瞥着。她从来没有开过枪。即使她开枪打了他,她也没办法立即甩掉他,水箱上摇摇晃晃的塔顶没有任何退路。

哐当……哐当……哐当。

哈莉特——在心中感受了一番，感受被抓住，被扔下去的恐惧之感——艰难地站起来，但是就当她要带着枪和所有东西，穿过活板门，下到水中时，有什么东西让她停了下来。胳膊往后一闪——她退后一步，恢复了身体的平衡。水箱是个陷阱。在光天化日与他正面遇上虽然已经糟糕透顶，但如果到了那下面，她就一点机会都没有了。

哐当……哐当……

手枪又重又凉。哈莉特局促地把它握在手里，侧躺着往塔顶下面爬去，随后又转身趴着，用双手拿着手枪，用胳膊肘撑着一点一点往前挪，尽力不让头露出水箱的边缘。她的视线范围缩小了，变黑了，挤成了一条缝，像骑士头盔的面罩，哈莉特发现自己竟然十分漠然地看着眼前，一切似乎都是遥远且不真实的存在，只不过她有种极其想要将人生挥霍掉的冲动，像鞭炮一样，在丹尼的面前瞬间爆炸。

哐当……哐当……

她往前挪了挪，握枪的手颤抖着，刚好能看到边上。她又往前靠了靠，看到了他的头顶，就在下面十五英尺的地方。

别往上看，哈莉特发疯似的想着。她用胳膊肘平衡好自己，把枪举起来，瞄准靶心，随后——她看着枪管，尽可能地保持着一条直线——她闭上了眼睛，按下扳机。

砰。枪砰的一下撞在她的鼻子上，她大叫一声，翻转过身体躺在那里，双手摸了摸鼻子。她闭着眼睛，眼前闪现出一阵橙色的星光。在她内心深处的某个地方，她听到手枪先是撞到梯子上，伴随着一阵回声阵阵的哐当声，像是动物园里有人用棍子敲击铁笼子时的声音，后来又咔嗒一声掉在了地上，但她鼻子上的疼痛十分剧烈，她从来没有这么疼过。血液从她的指尖涌出，又热又滑：流得满手都是血，她能在嘴里尝到血的味道，她看着自己染红的指尖，一时间想不起自己到底在哪里，又或者她为什么在这里。

―――

爆炸声吓了丹尼一大跳，吓得他差点松开了手。一个东西在栏杆上哐当落下的沉重响声从他的头顶传来，接着便是什么东西狠狠地砸在了他的眉毛上。

有那么一瞬间，他以为自己摔下去了，不知道应该抓哪儿，接着如在梦里抖了一下身体，他意识到他的双手仍然紧紧抓着栏杆。疼痛在他的头上荡漾开，像敲钟撞响似的荡起巨大涟漪，挂在半空中，持久不消。

他感觉什么东西从他身边掉了下去；他似乎听到它掉在石子路上的声音。他摸了摸头皮——能摸到一个包鼓了起来——随后他尽可能地扭头往地面上看，想看看是什么撞到了他。太阳照在他的脸上，他只能看见下面拉长的水箱的影子，他自己的影子也拉长了，跟稻草人似的映在梯子上。

在强光的照射下，停在空地上的特兰斯艾姆的车窗反射出刺眼的光芒。法里什在水塔上设置陷阱了吗？丹尼没想过——但现在他意识到他对此确实不清楚。

但他已经置身其间了。他又往梯子上爬了一层，停了下来。他想再下去看看，看看他能不能找到砸中他的东西，接着他又意识到，那只是浪费时间。他能在下面做的事情，已经做完了：他现在应该做的事情就是继续爬，集中注意力往上爬。他没想过要被炸死，但是如果我被炸死了，他绝望地想，看了一眼血淋淋的汽车，去他妈的。

除了继续往前别无选择。他摸了摸头上酸痛的地方，深吸一口气，又继续往上爬。

一

哈莉特身体里有什么突然打了个激灵,她清醒了过来,意识到自己正侧身躺着;像是又回到了她经过的那扇窗户,但看到的却是一块不同的玻璃。她的手上沾满血污。有那么一瞬间,她盯着它,不太确定那是什么。

接着她便记起来了,她摇摇晃晃地坐起身子。他马上就过来了,刻不容缓。她昏昏沉沉地站起身。突然一只手猛地从身后抓住了她的脚踝,她尖叫,踢蹬——出乎意料地——挣脱了。她猛地冲向活板门,正好看到丹尼·拉特利夫从她身后的梯子上爬了上来,他一脸憔悴,身上的衣服血迹斑斑,像一个从水池子里爬出来的游泳者。

他面目狰狞,臭气熏天,身形高大。哈莉特——倒吸了一口气,吓得几乎抹起了眼泪——啪嗒啪嗒地向水里冲去。他的影子落在打开的活板门上,遮住了阳光。哐当:丑陋的机车靴踩在了她头顶上的梯子上。他跟着她下来了,哐当,哐当,哐当,哐当。

哈莉特转身,从梯子上跳了下去。她的脚先碰到了水面。她向下冲去,游向黑暗和冰冷,直到她的脚触到了水箱底部。伴随着噼噼啪啪地拍水声,臭烘烘的水让她恶心得想吐,她收回胳膊,一个大幅度蛙泳,往水面冲去。

但她一冲出水面,一只强有力的手就立即抓住了她的手腕,把她从水里拽了出来。他的胸膛半浸在水中,一边手抓着梯子,一边侧身伸出胳膊抓住了她,他银色的眼睛——在他被晒黑的脸上闪烁着,充满力量——像要刺穿她一般审视着她。

哈莉特胡乱地蹬着,扭动着,奋力地挣扎着,使尽了浑身解数,她想要奋力挣脱他,但只是徒劳地溅起一大片水花。哈莉特一脚接着一脚地踢着,溅得他的脸上都是脏水,他一把把她提了起来——她的衣服被水浸透，变得很沉；她能感受到他的肌肉因为紧张而颤抖着。

"你是谁？"他喊道。他的嘴唇张开，他的脸颊油腻，胡子没有修理，"你想对我做什么？"

哈莉特压抑地喘了一口气。她的肩膀疼痛难耐。他的肱二头肌上有一个蓝色文身：像个章鱼似的模糊的形象，加上无法辨认的古体英语。

"你来这上面干什么？说话！"他摇着哈莉特，直到她被迫从嗓子眼里冒出一声尖叫，她绝望地在水里踢着，想找个支撑自己的地方。他一下子用膝盖顶住了她的腿——伴随着一声女性的高音调的叫嚷——随后抓住了她的头发。他飞快地把她脸朝下按入脏兮兮的水中，又把她拽起，水珠滴落。他浑身颤抖。

"现在，告诉我，你这个小贱货！"他尖叫道。

——

实际上，丹尼之所以浑身颤抖既是因为震惊，又是因为愤怒。他行动太快，没有时间多想；即使这个女孩就在他的手掌心，他仍然难以置信。

女孩的鼻子上鲜血淋淋；她的脸——映着波动的水光——都是锈和泥土印子。她恶狠狠地盯着他，像一只小小的谷仓猫头鹰一样，完全支棱了起来。

"你最好张嘴说话，"他喊道，"我让你现在就说。"他的声音在水箱里隆隆作响，弹来弹去。阳光透过破烂的塔顶照射下来，在幽闭的水箱内壁上呼吸着，猛烈地颤动着，遥远而难看，像矿井井筒或是塌陷的水井里的光线。

昏暗中，女孩的脸浮动在水面之上，像白色的月亮一般。他开始注意到她的急促而微小的呼吸声。

"回答我，"他尖叫道，"你他妈的到底来这里干什么？"接着他又使出了浑身的力气摇着她，他朝水面探着身子，另一只手紧紧地抓着梯子，掐着她的脖子晃着她，直到他听见她的嗓子眼里爆发出一阵尖叫；而疲惫不堪、吓了一跳的他感到一股愤怒掠过身体，他吼叫了起来，声音盖住了她的哭声，他的吼叫声异常猛烈，吼得她一脸木然，停止了哭喊。

他感觉头痛。思考，他告诉自己，思考，她在他手里，很好——但是如何处理她呢？他正处于不利情势。丹尼总是告诉自己他在迫不得已时也能狗刨两下，但现下（胸腔浸在水里，挂在摇摇晃晃的梯子上）他不敢轻举妄动。能有多难呢，不就是游泳吗？牛会游泳，甚至连猫也会——他怎么就不会呢？

他发现这个孩子试图慢慢地摆脱他的手掌，非常狡猾，他又使劲儿地抓紧了她，指尖更用力地挖进了她脖子上的肉，疼得她哇哇直叫。

"听着，小鬼。"他说，"你立即张口告诉我你是谁，也许我就不会淹死你。"

这是假话，听上去是这样。而从她沾满灰尘的脸上，他知道她对这一点也心知肚明。这让他自我感觉糟糕，因为她只是一个孩子，但他想不出别的办法。

"我会放你走的。"他用自认为能让人信服的声音说。

而令他烦恼的是，这个女孩鼓着自己的腮帮，更沉默了。他把她拉到亮光处，看着她，一束阳光打在她白白的额头上，形成一道湿漉漉的光条。虽然光线温暖，但她看上去却差不多僵住了；他几乎能听到她的牙齿在打战。

他再次摇她，用力到了他肩膀都疼的地步——她的脸上虽然淌着泪水，但她双唇紧闭，一点声音都没有出。接着，突然之间，在眼角余光里，丹尼看到水面上浮着一些浅色的东西：白色的小小的点状物，有两三个，半淹入水中，在他胸膛附近的地方流飘浮着。

他身体往后一撤——青蛙卵？——接着尖叫一声：声音大得连他自己都吓了一跳，那是一声从他的肺腑爆发而出的厉声尖叫。

"老天啊！"他盯着眼前的东西，难以置信，随后他看向梯子的顶部，看着用丝线固定在最上面一个横档上的黑色塑料袋的残骸。这是噩梦，这不是真的：毒品被毁，他的钱财消失了。法里什的死竟然没有任何价值。但如果他们抓住了他，他就是一级谋杀犯。天啊。

"这是你干的？你？"

孩子的嘴唇动了一下。

丹尼看到水面上浮着一个被水浸透的冒着水泡的黑色塑料袋，喉咙里爆发出一声哀号，好像他把自己的手伸进了火堆里似的。"这是什么？这是什么？"他尖叫道，又把她的头按向水面。

在她压抑的回答中，所说的第一个词是："垃圾袋。"

"你做了什么？哈？哈？"哈莉特脖子上的手掐得又紧了一些。他猛地把她的头按进了水中。

——

在被按进水里之前，哈莉特刚好有足够的时间深吸一口气（她惊恐万分，眼睛盯着脏兮兮的水面）。她的脸前充满了白色水泡。在磷光、枪伤和回声之中，她无声地挣扎着。在她的脑海里，她看到一个锁上的行李箱被水流冲刷着，沿着河床哐当而下，砰砰砰砰，在光滑而肮脏的石头上颠来倒去地翻滚着。哈莉特感觉眼皮上似有硫黄灼烧，黑暗中仿佛有一束光束跳动着，与此同时，她的心里响起钢琴琴键按下的声音，尖利而急迫。

他拽着她的头发根部，把她拽了起来，水花飞溅，哈莉特感觉自己的头皮一阵撕裂般的疼痛。她咳嗽着,震得她耳朵发聋;嘈杂声和回声令她十分茫然;他正叫嚷着一些她无法理解的话语,他冷漠的脸庞涨红了,狰狞可怖。她感到恶心、透不过气来,她用胳膊拍打着水面,蹬着脚寻找能支撑她的东西,直到她踢到水箱内壁,才深深地吸了一口气,十分畅快,犹如到了天堂一般,难以名状(动人心弦,天体的协和旋律);她呼吸着,吸了又吸,直到他尖叫一声,再次把她的头按入水中,水又冲进了她的耳朵。

———

丹尼咬着牙,继续用力按着。他的肩膀上有一股扭拉的疼痛感。梯子嘎吱嘎吱地上下晃动着,他大汗淋漓。她的头在他的手里微微晃动着,有些不稳,像一个随时可能从他手中滑落的气球,而她的踢蹬和翻腾让他有种晕船的感觉。不论他如何用力地撑住自己,或者调整姿势,他总觉得别扭;他挂在梯子上,身下没有任何坚实的东西,他不停地用腿在水中搅动着,试图找一个能踩上去的东西。淹死一个人需要多久?这是一件坏差事,而当你只能用一条胳膊时,更甚。

一只烦人的蚊子在他耳边嗡嗡作响。他不停地摇着头,试图躲开它,但他妈的它似乎知道他两只手都腾不开,不能拍它。

哪里都是蚊子;无处不在。它们最终都会发现他,而且它们知道他静止不动。这些叮人的东西怡然自得地叮着他的下巴、脖子、颤抖着的胳膊,令人愤怒。

坚持,坚持,挺过去就行了,他告诉自己。他用右手抓着她——这边更有力——但是他的眼睛则盯着攥住梯子的那只手。那只手已经麻木了,而他唯一能确定自己还抓着梯子的方法就是盯着他的指尖,确认指尖还紧紧地抓着横档。下面的水让他感到恐怖,如果他看向水面,他害怕自己会晕过去。溺水的小孩能把成年人拉下水——即使那人是受过训练的游泳者、救生员。他听说过那些故事……

突然间,他注意到她不再挣扎了。他安静地等待片刻。他手掌里的头软了下去。他放开了一些。随后,他转身去看,因为他必须看(但其实并不怎么想看)。看到她的身影在绿色的水中无力地漂动着,他感到如释重负。

他小心翼翼地减轻力度。她一动不动。他感觉自己疼痛的胳膊瞬间麻木了起来,他扭向梯子,一边倒手,一边拍着脸前的蚊子。他又看了她好长一会儿:没有直接看,而是通过眼角余光来看,仿佛在高速公路上撞见了车祸。

突然之间,他的胳膊开始剧烈地颤抖,他几乎抓不住梯子了。他举起前臂擦了擦脸上的汗,吐了一大口酸臭的东西。接着,他浑身颤抖着抓住了上面的横档,伸直了两个胳膊肘,把自己往上拽,生了锈的横档被他拽得嘎吱作响。他疲惫不堪,极力想逃离水面,但他仍然强迫自己回头,又最后好好地看了一眼她的身体。他用脚戳戳她,看着她转到远处,漂进了阴影当中,像木头似的没有任何反应。

———

哈莉特不再害怕。她被某种奇异的东西所占据了。链锁啪的一声断开,锁被破开,把她往下拉的重力消失了;她向上浮动,向上,向上,悬挂于空旷的夜晚;她伸着胳膊,像一名宇航员,感受不到重力。黑暗因为她的醒来而产生波动,形成相互交织的涟漪,不断变大、扩张,像落入水中的雨滴。

壮丽,奇异。她的耳朵嗡嗡作响;随着她冲上一望无际、尘土飞扬、荒凉萧瑟的平原上空,她几乎能切实感受热辣辣的阳光照在自己的背上。我知道死亡是什么感觉。如果她睁开眼睛,便能看到自己的影子(张着双臂,仿如一位圣诞天使)在蓝色的泳池地板上轻轻晃动。

水在哈莉特的身下轻轻拍打着，水波舒缓地浮动着，近似呼吸的节奏。好像水——她身体四周的水——正在帮助她呼吸。呼吸本身成了一首被遗忘的歌曲：一首天使所吟唱的歌曲。吸气：触动心弦。呼气：兴高采烈，得意扬扬，被遗忘的天堂合唱。她已经憋了很久的气；她还能再憋上一会儿。

再忍一会儿。再忍一会儿。突然间，一只脚踢了一下哈莉特的肩膀，她感觉自己打着转，漂向了水箱的暗处。一阵柔和的火花迸裂。她游向寒冷之中。一闪一闪：是流星，照亮了远方，黑暗中城市闪闪发光。她感觉肺里传来一阵灼烧般的疼痛，每一秒都变得愈发强烈，但她告诉自己，再忍一会儿，再忍一会儿，必须战斗到最后……

她的头撞到了水箱的另一边。冲撞力把她弹了回来；在这一移动过程中，往后漂的过程中，她的脸浮起片刻，让她刚好能获得瞬间喘息，随即她的脸便又没进了水里。

又是黑暗。更黑的黑暗，如果这是可能的话，她眼前最后一丝光亮也消失不见了。哈莉特浮在水中，等待着，她的衣服在她身边温柔地飘动着。

她到了水箱阴面，靠近内壁。她希望阴影和水的流动能够掩盖住她的呼吸（极其微小的呼吸，只够肺尖之用）；虽然不足以缓解她胸膛的剧痛，但足够让她再坚持一会儿。

再忍一会儿，某个地方有一个秒表正在计时。这只是一个游戏，一个她擅长的游戏。鸟会歌唱鱼能游泳，我可以憋气。她的头皮和手臂上感到一阵密集的麻痛，如同冰凉的雨点打在头上那般。热腾腾的水泥和氯气的味道，条纹沙滩排球和儿童浮板，我要排队领一块冰冻士力架或是一根梦幻冰棒……

再忍一会儿。再忍一会儿。她又往深处沉去，沉到了没有空气的地方，她的肺部疼得发热。她是一轮小小的银色月亮，高高地挂在荒凉的沙漠之上。

———

丹尼紧紧抓着梯子，费力地呼吸着。淹死那个孩子的煎熬让他暂时将毒品的事情抛到了脑后，但现下他又想起了自己的现实处境，他想挠自己的脸，想大声哀号。他妈的要怎么开着一辆血迹斑斑的车离开镇子，而且他还几乎身无分文？他原本指望着那晶莹剔透的冰毒，指望着把它倒卖到酒吧里或者，不得已的话，去街角倒卖。他的身上大概有四十美元（他原本想着开车离开；但开着一辆载有冰毒的车，用这点钱估计不够打发德士古的人），还有法里什最好的朋友——那个塞满钱的钱包，法里什总是随身放在自己的屁股口袋里。在牌桌上或是台球厅的时候，法里什喜欢时不时地把它抽出来，显摆一番，但那里到底装了多少钱，丹尼并不知道。如果他幸运的话——真的走运的话——那里可能装了将近一千美元。

还有法里什的珠宝（铁十字架不值什么钱，但那个戒指值钱），还有钱包。丹尼用一只手摸了摸脸。钱包里的钱能让他撑上一两个月。但那之后——

也许他能搞一个假身份证，又或许他可以找一个不需要身份证的工作，当个临时工，采摘橙子或是烟草。但是那回报很低，前景暗淡，不如他所设想的美好未来。

而他们发现尸体之后，便会开始追寻他。虽然他像黑手党似的把枪擦干净了才扔到树林里，但聪明的做法是把它扔到河里，可如今没了毒品，那把枪却变成了他仅剩下的财产。他越想越觉得自己的选择越少，也越加不堪。

他望了望在水中漂动的身影。她为什么要毁掉他的毒品？为什么？他对那个孩子有种迷信之感；她是阴影是扫把星，但现在她死了,他又觉得她恐怕也是他的幸运符。他杀死了她,知道自己犯了大错,犯了人生大错,但是请帮助我吧,他对着水中的她说,可他却无法将句子说完。不知怎的,自从他在台球厅外面看到她的那一刻起,他就被她困住了,他无法理解其中缘由,而其神秘之处到现在仍然困扰着他。如果他在地面上抓住了她,他肯定会好好教训她一番,让她说出来的,但现在为时已晚。

他从浑浊的水中钓起了一小袋毒品。它还聚在一起,但是已经融化了,但是——如果加工一下——也许能用来注射。他到处搜寻着,捞起或多或少六七个浸满水的袋子。他从来没有注射过毒品,不妨现在就尝试一把。

又最后看了一眼之后,他开始往梯子上爬。横档——几乎全部锈透了——在他的重压之下吱呀作响;他能感觉到它在晃动,幅度大得让他心烦,而当他终于从几近黑夜的地方踏入光明与炎热之中,他生起一股感激之情。他的腿颤抖着站起来。他全身都酸痛不已,是肌肉的酸疼感,好像他被人打了一顿似的——想到这里,他确实挨了一顿打。一阵暴风雨正从河边席卷而来。东边的天空仍然一片蔚蓝,艳阳高照;西边的天空则黑压压的,河流上方的雷雨云波涛汹涌,点点阴影在小镇的低矮的房顶上游走着。

丹尼舒展了一下身体,摸了摸后腰。他湿透了,身上滴着水,胳膊上挂着一缕长长的绿色黏液,即使如此,能从黑暗和潮湿中出来,他感觉自己的精神一下子就好了起来。空气也潮湿,但有一小阵风,让他能再次呼吸。他往水箱顶的边缘走去——他的膝盖上都是水,而当他看到汽车仍然停在远处,未受侵扰,看到那后面有一段铁轨从高高的草丛中蜿蜒而过时,他感到如释重负。

他很高兴,没有多想便朝着梯子走去——但他有些重心不稳,而他还没反应过来发生了什么,咔嚓一声,他的脚穿过了一块腐烂的木板。突然之间,世界一下子歪向一边:斜起来的灰色木板,蓝色的天空。一时间,他像风车似的狂挥着手臂,但他没能够恢复平衡,但接着又是咔嚓一声,他的腰卡在了木板之间。

———

哈莉特——脸朝下漂浮着——突然感到一阵抽搐。她一直在尝试着,狡猾地、慢慢地把头扭到边上,这样她就能再用鼻子吸一小口气,但不幸的是,她的肺已经憋不下去了,它不受控制地起伏起来,呼吸着空气,如果吸不到空气,就是水。就当她的嘴巴根据自己的节奏张开时,她猛地一下冲出水面,深深地,深深地,深深地吸了一口气。

如释重负的感觉极其强烈,害得她差点又淹进水里。她僵硬地用一只手撑在黏糊糊的内壁上,然后一口气接着一口气地喘:美味的空气,纯洁的空气,丰富的空气,像歌一样涌向她的身体的空气。她不知道丹尼·拉特利夫在哪儿;她不知道他是不是在看着她,她不在乎了;呼吸对她来说最重要,就算这是她一生中最后一次呼吸,也无所谓。

头顶上传来一声巨大的破裂声。虽然哈莉特首先想到的是手枪,但她没有动。让他打死我吧,她想,喘着气,因为感恩而眼角湿润;无论怎样都比淹死要好。

接着一缕明亮的阳光照射在了绿色的丝绒一般的黑色水面上,哈莉特抬起头,刚好看到一双大腿卡在塔顶的窟窿里,摇摇晃晃。

木板啪的一下断开了。

———

随着水冲向丹尼,他感觉自己被一股巨大的恐惧所笼罩。困惑中,他想起父亲在很久之前对他的警告,让他屏住呼吸,闭上嘴巴。接着水就进入了他的耳朵,他的尖叫被水噎住了,他惊恐万分地望着发绿的浑水。

他往下沉着。接着——神奇的是——他的脚触底了。丹尼跳了一下——手扑棱着,劈劈啪啪地拍着水,从水里往上爬着——像鱼雷似的冲出水面。他跳起时,刚好够吸一口气,接着便又落进水里。

黑暗,安静。水面似乎只比他的头高一英尺。上方闪烁着绿色的光芒,接着他又从水箱底部向上跳——他跳得越高,水的绿颜色就越浅——啪的一声跳出了水面。而他把胳膊放在身体两侧时,似乎比像游泳者那样拍水,效果要更好。

在跳跃与喘息之间,他熟悉了环境。阳光照射着水箱,光线透过顶上塌陷的部分照射下来;黏滑的绿色内壁阴森恐怖,让人毛骨悚然。又跳了两三次之后,他看到梯子就在他的左边。

他能成功吗?他想着,水再一次淹没他的头顶。如果他朝那里跳,一步一步地,怎么会过不去?他得试试;他现在别无他法。

他冲出水面。接着——在一阵痛苦的震惊中,他错过了喘息的时机——他看到了那个孩子。她双手抓着梯子最下面的横档。

是他的错觉吗?再次落入水中时,他想着,咳嗽着,水泡从他眼前流走。因为她的脸曾让他感到十分奇怪;有那么一瞬间,他看到的并不是那个孩子,而是那位年迈的女士:E.克里夫。

他呛着水,喘着气,再次冲出水面。不,毫无疑问,就是那个孩子,她还活着:半个身子还在水里,看起来十分瘦弱,脸色惨白,显得眼睛很黑。当丹尼又没入漆黑的水中时,这一画面仍然在他的眼前浮动着。

他猛地向上跳起。女孩挣扎着,使劲扭着身子,翘起一条腿往梯子上爬着。在一阵白色的水沫中,他抡起胳膊去抓她的脚踝,但没抓住,他的头顶再次没入水中。

他又跳了一下,抓住了最下面的横档,但上面生了锈,非常滑,一下子便从他的指尖溜走了。他又往上跳,用双手一起去抓,这次抓住了。她在他的头顶上方,像一只猴子似的往上爬着。水从她的身上流下来,落在他仰起的脸上。靠着因愤怒而生出的一股力气,丹尼抓着横档把自己拉出水面,但在他的体重之下,生锈的横档像个活物似的吱呀作响。在他的正上方,那孩子脚下的一个横档咔嗒响了一声;他看到她晃了一下,抓住了梯子两边的扶手,脚悬空晃着。他惊奇地想着,她撑不住的,看着她撑着自己,把腿翘到了水箱顶上,她撑不住的,她撑不住的——

丹尼手中的横档折断了,干脆利落而迅速——像从树干上折断一根树枝似的——他摔下梯子,连同那些被铁锈腐蚀的横档,又落回了水箱里。

———

哈莉特用被铁锈染红的双手把自己拉了上去,气喘吁吁地倒在热腾腾的木板上。轰隆隆的雷声从远处深蓝的天空传来。一片乌云遮住了太阳,微风穿过树梢不断地吹过来,吹得她浑身打战。在她和梯子之间,塔顶一部分陷了下去,翘起的木板歪向一个巨大的破洞;她呼吸声粗重,无法抑制,仅仅这样惊慌失措的声音就让她感到反胃,而当她手脚并用地往起站时,她感觉自己的体侧传来一阵刺穿般的疼痛。

接着,从水箱里面传来一阵愤怒的拍水声。她立马趴了下去,筋疲力尽地喘着气,她开始往塔顶上塌陷的部分爬——木板在她的体重下又往下陷了一大截,嘎吱着斜向水面,她心头一紧。

她又退了回来,气喘吁吁——刚好躲开一块劈劈啪啪地落入水中的木板。接着一股水——从破洞溅了出来,溅得很高——溅得她的脸上和胳膊上都是水滴。

一声被呛住的剧烈哀号声又从下方传来,掺杂着水声和咕噜声。哈莉特十分惊恐,感觉浑身僵硬,面色苍白,她手脚并用着往前一点一点爬着;虽然往破洞下面望让她感觉眩晕,但是她还是抑制不住自己。阳光透过破裂的塔顶照射进去;水箱里面闪烁着鲜亮的绿宝石般的色彩:像毛克利遇到的废城中的绿色沼泽和丛林一般。绿藻如浮冰开裂,黑色的裂缝在浑浊的水面蔓延。

接着,扑通一声:丹尼·拉特利夫往上跳着,他脸色惨白,喘着粗气,脏兮兮的头发贴在额前。他用手抓着,摸索着,寻找着梯子——但梯子已经不见了,哈莉特眨着眼睛,望着绿色的水面。梯子在距离水面约五英尺的地方断掉了,他够不到了。

她惊恐地看着,他的手淹进了水里,他身体的最后一部分消失了:破裂的手指甲,胡乱抓着空气。接着,他的头又冲上来——还是不够高,他的眼皮打着战,喘气时又响起一阵令人作呕的咕噜声。

他看到她在上面;他在努力说着什么。像一只没有翅膀的鸟,他在水中挣扎着,而他的挣扎令她产生了一种无法名状的感受。随着他滑入水中,他的话语变成了无法辨别的咕噜声,他扑腾着,然后消失了,完全淹进了水里,只能看到一缕像草一样的头发,黏糊糊的水面上漂浮着许多水泡。

安静了下来,水泡不断升起。他又冲出水面:不知怎的,他的脸有种融化了的感觉,他的嘴变成了黑色的洞口。他抓着浮在水面上的木板,但是它们承受不住他的重量,而当他再次淹入水中时,他圆睁的眼睛与她相遇——充满指责,绝望,像要被当中斩首的人的眼睛。他动了动嘴;他想说话,但随着他再次没入水中,那些咕咕噜噜、气喘吁吁、无法听清的话也被咽了回去。

603

一阵强风从下面吹上来，吹得哈莉特胳膊上起了鸡皮疙瘩，树木上的叶子都颤动起来；一瞬间，天空在喘息之间变成了深灰色。随后，随着一阵横扫过来的狂风，鹅卵石似的雨点洒落在塔顶上。

大雨滂沱，雨水温热，像是热带的雨：如同飓风季节时，席卷海湾地区的风雨。雨水啪嗒作响地落在破损的塔顶上，声音很大——但是大不过从下面传来的咕噜声和噼啪声。斜斜的雨点像是银色的小鱼跃入了水面。

哈莉特突然咳嗽了起来。水进了她的口鼻里，腐烂的味道浸到了她的骨髓，浸透了她；如今雨水又打在她的脸上，她往木板上吐了口唾沫，转身仰面躺着，来回扭着头，她几乎要被水箱里回荡着的烦人的噪声给气疯了。她突然想到，罗宾被勒死时，发出的声音也大致如此吧。在她的想象中，那干脆利索、没有挣扎、也没有恶心的水下勒人，只有一双握住的手和一缕烟。她想到这里感到一阵甜蜜：从地球上消失是多么美好啊，现在就从自己的身体中脱离出去，即刻消失，是多么美好的梦啊：像鬼魂一样，噗地一下消失不见。链条咔嗒一声掉落在地板上。

水蒸气从热腾腾的绿色地面上升腾而起。特兰斯艾姆静静地停在远处的草地上，似有秘密一般，让人感到不安，汽车发动机罩上的雨滴如细小的白雾一般闪闪发光；车里可能有一对情侣正在接吻。之后的几年里，在无声的梦境的边缘，她依然能看到它——隐蔽，私密，不起眼。

———

一直到下午两点，哈莉特——先是停下来听了听动静（确认安全后）——才从后门回到家。除了戈弗雷先生（他似乎没有认出她）和方丹夫人，她在门廊上非常惊奇地看了她一眼（她身上脏得很，她的皮肤上粘着晒干的黑色污泥道子），除此之外，她没有撞到任何人。她先小心翼翼地左右查看，接着小跑到走廊上，跑进楼下的洗手间，关上了门。腐烂的味道堆积在她的嘴里，从她的嘴里冒出来，令人无法忍受。她扯下身上的衣服（味道糟糕透顶；从头上扯下那件女童子军的衣服时，她被呛得恶心），把它们扔到浴缸里，打开了水龙头。

伊蒂常提起她去新奥尔良参加婚礼时，因为吃牡蛎差点丧命的事情。"那是我病得最严重的一次。"她说她咬下去的瞬间就知道牡蛎变质了；她立马就吐到了纸巾里，但没过多久，她就晕倒在地，被送到了浸信会医院。极为相似的是，哈莉特在水箱里喝进去水的一瞬间，就知道那水会让她生病。腐朽之感渗入她的血肉。怎么都洗不掉。她冲洗着手和嘴巴；她用李施德林漱口水漱口，再吐出来，然后从凉水龙头里一捧接着一捧地接水喝，喝了一口又一口，但那味道到处都是，甚至连干净的水里都是这个味儿。热烘烘的臭味从浴缸里的脏衣服中冒出来，从她皮肤上的毛孔里冒出来。哈莉特倒了半盒泡沫先生到浴缸里，打开水龙头放热水，一直放到泡沫汹涌才停下来。但是即使她的嘴已经被漱口水漱得麻木了，哈莉特的舌头上仍然残留着那股味道，像是去不掉的污渍，让她再次想起黑暗的水箱，半浸在水里的泡发的动物尸体起起伏伏，画面十分鲜活。

敲门声。"哈莉特，"她的妈妈喊道，"是你吗？"哈莉特从未在楼下的浴室洗过澡。

"是的，妈妈。"伴随着猛烈的水流声，哈莉特反应了一会儿才喊道。

"你把里面弄得一团糟了吗？"

"没有，妈妈。"哈莉特喊道，沮丧地看着糟糕的一团。

"你知道，我不喜欢你在这里洗澡。"

哈莉特无力回答。身上一阵抽搐，她坐在浴缸的边上，看着插上

605

的门,双手捂着嘴,身体前后晃动着。

"最好不要把里面弄得乱七八糟的。"妈妈喊道。

哈莉特从水龙头上喝的水反上来了。她一只眼睛看着门,出了浴缸——因为腹部的疼痛而弯着腰——踮着脚尽可能小声地走到便桶那里。她刚把手从嘴上拿开,便唔的一下全吐了出来,一股透明的臭水,闻起来和淹没丹尼·拉特利夫的臭水一模一样。

———

哈莉特又进到浴缸里,又从水龙头上喝了许多凉水,她洗了洗自己的衣服,也把自己冲洗一番。她把浴缸里的水排干净;她用科美去污粉擦洗浴缸;她把黏滑的污垢和沙砾冲干净,然后又爬进去冲洗自己。但是那股腐臭味已经把她浑身上下都浸透了,以至于就算她又是抹香皂又是反复冲洗的,她仍然感觉自己一身恶臭、灰头土脸、十分难堪,像是她之前在伊蒂家里看过的那本《国家地理》杂志上的企鹅,它满身油污,痛苦地站在水桶里,举着两只油腻的短翅,不让人类触碰自己污秽的身体。

哈莉特再次把浴缸排空,擦洗一番;她拧干滴着水的衣服,把它们挂起来晾着。她喷了来苏儿杀菌剂;她拿起一瓶绿色古龙香水往自己身上喷,香水瓶上落满灰尘,标签上画着一位弗拉明戈舞者。她现在干净了,脸变成了粉红色,因为闷热而感到眩晕,但即使在香味的掩盖下,蒸汽升腾的洗手间里仍然有很重的腐烂味,和她舌头上浓烈的臭味一个样。

她想,应该再来些漱口水——然而,在毫无预兆的情况下,她又吐了一股清水,呕吐物从她的嘴里喷泻而出,如洪水一般。

吐完后,哈莉特躺在冰凉的地板上,脸颊贴在蓝绿色的瓷砖上。她一有力气站起来,便拖着身子走到洗手池边,用毛巾擦洗干净。然后她用一条毛巾把自己裹住,悄悄地爬上了楼上的房间。

她非常不舒服,感觉很晕,筋疲力尽——所以她还没意识到自己做了什么——她就已经把床铺拉开,爬上了床,爬进了她这么多周以来一直没睡过的床上。但她感觉如置身天堂一般,所以她不再在意;尽管她的腹部仍然绞痛不止——她很快就陷入了沉睡之中。

——

她被妈妈叫醒时,已经是黄昏了。哈莉特的腹部一阵疼痛,她感觉眼睛发痒,和她得红眼病的时候感觉一样。

"怎么了?"她一边说,一边用胳膊肘撑起自己沉重的身躯。

"我说,你是不是病了?"

"我不知道。"

哈莉特的妈妈俯身凑过来,摸了摸她的额头,然后皱起了眉头,又坐直了身子。"那是什么味道?"哈莉特没有回话,她探过身子来,狐疑地闻了闻哈莉特的脖子。

"你喷了绿色的古龙香水?"她问。

"没有。"撒谎已经成了习惯:被质疑时,最好的答案,总是否认。

"那个东西没什么好处。"那个画着弗拉明戈舞者的浅黄绿色的香水,是哈莉特的爸爸在圣诞节的时候送给她妈妈的;在架子上放了许多年,从未被用过,成了哈莉特童年的固定成员,"如果你想要香水,我可以给你买一小瓶香奈儿5号香水。或者诺兰香水——妈妈们经常喷这个。我本身不喜欢,那个味道稍微有些强烈……"

哈莉特闭上了眼睛。坐起来让她感觉自己的肚子又翻江倒海起来。她的头刚沾到枕头没多久,她的妈妈便又回来了,这次拿来了一杯水和一片阿司匹林。

"也许你应该喝上一罐肉汤，"她说，"我给妈妈打电话，看她那里有没有。"

她离开之后，哈莉特爬下了床——用一个粗糙的针织软毛毯裹着自己——慢吞吞地下到客厅，去到浴室。地板很凉，坐便器的坐垫也是。她吐了一点，腹泻了很多。在水池边洗手的时候，她震惊地在药柜上的镜子看到自己的眼睛有多红。

她浑身颤抖着，慢慢地回到了自己的床上。尽管自己的身上盖得很厚，但是她并不觉得暖和。

接着她的妈妈甩了甩体温计。"给你，"她说，"张开嘴。"然后体温计伸进了她的口中。

哈莉特躺在床上看着房顶。她的肚子火辣辣的；那水湿漉漉的味道仍然缠绕着她。她陷入了梦境之中，梦里有位从事医疗服务、长得很像多里耶夫人的护士正在跟她解释，说她被一种毒蜘蛛咬伤了，输血才能把她救过来。

是我，哈莉特说，我杀了他。

多里耶夫人和几个其他人正在放置输血设备。有人说：她准备好了。

我不想要，哈莉特说，让我一个人待着。

好了，多里耶夫人说完便离开了。哈莉特感到不安。还有一些其他的女士在此徘徊着，看着哈莉特，窃窃私语，但她们中没有任何一个人提供任何帮助，或是问哈莉特为什么要选择死亡，即使她微微有些希望她们能问一下。

"哈莉特？"她的妈妈说道——她晃着身体，坐了起来。卧室黑了下来；她嘴里的体温计不见了。

"给你。"哈莉特的妈妈说。杯子里冒着强烈的肉味，让人感觉恶心。

哈莉特一边说，一边用手抹着脸："我不想喝。"

"喝了吧，亲爱的！"哈莉特的妈妈不耐烦地把宾治酒杯推到她的面前。杯子的颜色如红宝石一般，哈莉特很喜欢；有一天下午，莉比相当意外地把它从自己的瓷器柜里拿了出来，用报纸包好，然后让哈莉特拿回家交给妈妈，因为她知道哈莉特非常喜爱这个杯子。现下，它在昏暗的房间里散发着黑色的光芒，杯子中央有一个深红色的光点，让人感觉不详。

"不要，"哈莉特说道，扭过头去，避开一直向她脸前推过来的杯子，"不要，不要。"

"哈莉特！"她又恢复了初入社交场合时的少女样子，易怒、暴躁、小题大做、由不得丝毫反驳。

杯子又推过来了，推到了她的鼻子下面。哈莉特别无选择，只好坐起来把它喝掉。她把恶心的肉味液体咽了下去，极力地忍住呕吐的欲望。她喝完之后，用她妈妈递过来的纸巾擦了擦嘴——接着，在没有预兆的情况下，又吐了出来，呜，把西芹段和其他所有东西全部吐到了床铺上。

妈妈小声尖叫了一声。她生气的样子让她看上去出奇的年轻，像糟糕的夜晚里的一位绷着脸的保姆。

"抱歉。"哈莉特痛苦地说。她吐出来的东西闻起来像是水箱里的水和鸡肉汤的混合物。

"哦，亲爱的，太糟糕了，不，不要——"夏洛特惊慌地提高了音调，她看到哈莉特——已经筋疲力尽——又准备在这样乱糟糟的情况中躺下去。

接着，一些非常奇怪又非常突然的事情发生了。哈莉特的脸前闪过一道非常强的强光，是大厅里的雕花吸顶灯。惊奇中，哈莉特意识到自己没有在床上，甚至不在自己的卧室里，而是躺在楼上走廊里的地板上，躺在一条堆满了报纸的狭窄通道中间。最奇怪的是，伊蒂在她身边跪了下来，神色严肃，脸色苍白，嘴上没有涂口红。

哈莉特——完全晕头转向——举起一只胳膊，头从这边摇到那边，妈妈见状便立即俯冲了下来，大声喊叫着。伊蒂甩出一只胳膊挡住她。"让她喘口气！"

哈莉特躺在硬木地板上，十分震惊。除了对自己在不同的地方感到震惊，第一个冲进她脑子里的想法是她的头和脖子都很疼：非常疼。第二个便是伊蒂怎么会在楼上。哈莉特已经记不起伊蒂最后一次走进她家是什么时候了，她通常只是待在前厅（那里为了招待客人，相对干净些）。

我怎么到了这里？她问伊蒂，但她说出口的却与预想不同（她的思绪混乱，绞拧在一起），她咽了口唾沫，又试了一次。

伊蒂"嘘"了一声。她帮助哈莉特坐了起来——哈莉特低头看了看自己的四肢，惊奇地发现自己穿着不同的衣服。

我的衣服怎么变了？她试着问——但那句话也没说出来。但她仍然顽强地思考着这句话。

"嘘。"伊蒂一边说，一边把一根手指放在哈莉特的嘴唇上。她转向哈莉特的妈妈（正抹着泪，艾莉森站在后面，面露惧色，正咬着手指）问道："持续了多长时间？"

"我不知道。"妈妈说，突然使劲按着太阳穴的位子。

"夏洛特，这很重要，她发作了。"

——

医院候诊室像在梦里似的摇晃不定，闪着微光。一切都过于明亮——表面上干干净净，闪闪发亮——但如果你凑近了看，会发现椅子已经破损，还脏兮兮的。艾莉森正在读一本破旧的儿童杂志，过道对面，两位挂着胸牌的看起来像官员的女士，正试图跟一位无精打采的老先生说话。他坐在椅子里，喝醉了似的，身体使劲儿往前倾着，盯着地板。他的双手夹在两膝之间，喜气洋洋的提洛尔式窄边呢帽盖住了一边的眼睛。"好吧，你什么都不要告诉她，"他一边说一边摇着头，"没有什么能阻止她前行的脚步。"

两位女士看了彼此一眼。其中一位在老先生的身旁坐下。

接着便黑了下来。哈莉特在一个高楼林立的陌生镇上独自走着。她需要赶在图书馆关门之前去还一些书，但是街道越变越窄，越变越窄，到最后变得只有一英尺宽，她发现自己站在一大堆石头前。我需要找一部电话，她想。

"哈莉特？"

是伊蒂。她站起来了。一位护士从后面的转门闪了出来，推着一辆空轮椅。

她是一位年轻的护士，长得圆润漂亮，涂着黑色的睫毛膏，精致的眼线带着漂亮的尾巴，还擦了许多许多的胭脂，她的眼窝外围闪闪发亮，在颧骨和眉骨之间形成了粉红色的半圆——让她看起来（哈莉特心想）像照片上的京剧演员，那是一个下雨的午后，她在塔特的家里，躺在地板上从《日本歌舞伎剧院》和《马可·波罗1880》插画版上看到的。忽必烈坐在轿子上，啊，面具和龙，镀金的页面和纸巾，在楼梯角的狭窄书架上，都是日本和中国的书籍。

她们沿着明亮的走廊飘荡着。水塔，水里的尸体，已经消退成了一种遥远的梦，什么都没留下，只留下她的胃疼（十分剧烈，如刺穿般的疼痛刺进又拉出）和她大脑里糟糕的疼痛。那水是她的病因，她知道她应该告诉他们，他们需要知道，这样他们才能把她治好，但我一定不能说，她想，我不能说。

笃定让她涌起一阵梦幻般的安定感。随着护士将哈莉特推往闪闪发亮的宇宙飞船似的走廊，她俯身轻轻地拍了一下哈莉特的脸颊，哈莉特——因为生病的缘故，比往常要更随和——允许了，没有发牢骚。她的手柔软而冰凉，戴着金戒指。

"没事儿吧？"护士一边推着哈莉特走到一个较小的半隐蔽的区域，拉上围帘，一边问道（伊蒂在后面咔嗒咔嗒地快步走着，脚步声回荡在走廊上）。

哈莉特忍着疼痛换上了病服，然后躺上了一张吱啦作响的纸张上面，护士量了一下她的体温。

天啊！

是的，她的确是个生了病的小女孩！

——然后给她抽血。接着哈莉特坐起来，顺从地喝下一杯粉笔似的药，护士说会减轻她的腹痛。伊蒂坐在对面的凳子上，旁边是一个玻璃药柜和一个带滑动平衡杆的直立秤。护士拉上围帘离开之后，便只剩下她们两人。伊蒂问了一个问题，而哈莉特只答了一半，因为她一部分在房间里，嘴里还有粉笔似的药味，与此同时，另一部分则正在冰冷的河中游着泳，河水有种邪恶的银色光泽，像是月光照射在石油上的样子，一股暗流席卷了她，把她卷走了，某位戴着湿漉漉的绒毛帽子的老爷爷一边沿着河岸跑，一边喊着一些她听不清的话……

"好了，请坐起来。"

哈莉特发现自己正看着一位身穿白大褂的陌生人的脸，他不是美国人，而是印度人，从印度来的，头发是蓝黑色的，他的眼睑低垂，十分忧郁。他问她知不知道自己的名字，她在哪里；用光照了一下她的脸；查看了她的眼睛和耳鼻；按了按她的肚子，他冰凉的手摸到她的腋窝时，她感到难为情地扭动了一下。

"——是她第一次发作？"又是那个词。

"是的。"

"你闻到或是吃了什么奇怪的东西了吗?"医生问哈莉特。

他沉着的黑色眼睛让她感到不安。哈莉特摇了摇头表示否认。

医生用食指轻轻地抬起了她的下巴。哈莉特看到他的鼻孔张开。

"你嗓子疼吗?"他声音轻柔地问道。

她听到伊蒂在远处喊道:"天啊,她脖子上是什么?"

"变色点,"医生说,用他的指尖摸了一下,又用拇指使劲地按了一下,"疼吗?"

哈莉特含糊不清地咕哝了一句。她的嗓子倒没有脖子那么疼,而她的鼻子——被枪射击时撞到了——一碰到就很痛,但虽然它看上去肿得很严重,但似乎没人注意到。

医生听了听哈莉特的心跳,让她把舌头伸出来。他用光照着,极其专注地查看了她的嗓子。哈莉特感觉下巴很痛,很不舒服,她把眼睛看向了邻桌上的棉签盒和消毒剂子。

"好了。"医生说,叹了口气,移开了压舌板。

哈莉特躺了下来。她的肚子又绞拧一番,疼痛剧烈。她闭着眼睛,隔着眼皮感觉橙色的灯光晃动着。

伊蒂和医生说着话。"神经科的医生每两周来一次,"他说,"也许他明天或后天能从杰克逊开车过来……"

他继续说着话,语调一直很平淡。哈莉特的腹部又传来另一阵疼痛——这次非常剧烈,她侧着身子蜷缩起来,使劲按着腹部。随后停了下来。好了,哈莉特心想,虚弱却又感到如释重负,现在结束了,结束了……

"哈莉特,"伊蒂大声说道——大得让哈莉特感觉自己肯定是睡着了,或者几乎要睡着了——"看着我。"

哈莉特顺从地睁开眼睛,光亮让她感觉十分痛苦。

"看看她的眼睛有多红?看上去像是被感染了。"

613

"这些症状有些问题。我们需要等检查结果出来。"

哈莉特的肚子又剧烈地绞痛起来;她趴在床上,避开灯光。她知道自己的眼睛很红;是水把眼睛刺激成了这个样子。

"那腹泻是怎么回事儿?还有发烧?还有,天啊,还有她脖子上的那些黑印?看上去像是有人掐了她。如果你问我……"

"那可能是某种感染,但是发作是不会发热的。不发热……"

"我知道那是什么意思,我当过护士,先生。"伊蒂礼貌地说。

"嗯好吧,那么,你应该知道神经系统上的任何功能紊乱的情况都是最重要的问题。"医生回答,也是同样的礼貌。

"那么其他的症状——"

"还有问题,正如我之前所说。首先,我们要给她开一些抗生素,先给她输点液。应该明天下午就能让她身体里的电解质和血球指数恢复正常。"

哈莉特正紧跟着对话,等着机会插话。但是她终于等不及了,脱口而出:"我需要离开这里。"

伊蒂和医生扭过来看着她。"好吧,走吧,走,"医生说道,挥了挥手,在哈莉特看来像是国王似的而且富有异国情调的动作,她听到他喊了一名护士。

但是围帘外并没有护士,也没有人过来,哈莉特绝望地跌跌撞撞地往走廊跑去。另一位护士——她的眼睛和大象的眼睛一样小,一样闪闪发亮——从一张桌子后面缓缓站了起来。"你在找什么东西吗?"她问。伴随着嘎吱作响的声音,她慢慢地抓住了哈莉特的手。

哈莉特被她的缓慢吓到了,摇了摇头,赶紧跑开了。她晕头转向地在无窗的走廊里跑着,她的注意全部集中在走廊尽头上标着"女士"字样的门上,她急匆匆地经过放着椅子的凹室时,感觉她听到有个人喊:"哈特!"但她也没有停下来多看。

突然之间，柯蒂斯出现在她的面前。在他的身后，站着那位穿了一身黑衣的传道士（雷暴，响尾蛇），他的手放在柯蒂斯的肩膀上，脸上的血红色印记如靶心一样，十分显眼。

哈莉特瞪着眼睛。接着她转身跑开了，跑向明亮的满是消毒味的走廊。地板很滑；她的脚打着滑，脸朝下往前甩去，她转过身躺在地板上，用一只手遮着眼睛。

急匆匆的脚步声——橡胶鞋在地砖上吱吱呀呀——紧接着，哈莉特看到了最初负责她的那位护士（年轻的那位，戴着戒指，化着五颜六色的妆）跪在了她的身旁。她的胸牌上写着：邦妮·芬顿，"天哪，哎呀！"她语气轻快地说，"伤到了吗？"

哈莉特紧紧抱住她的胳膊，全神贯注地盯着护士光鲜亮丽的脸庞。邦妮·芬顿，她在心里重复道，好像那名字是一个能让她获得安全的魔咒。邦妮·芬顿，邦妮·芬顿，邦妮·芬顿护士……

"这就是为什么我们不允许在走廊奔跑！"护士说道。她不是在对哈莉特说，而是故意说给第三方听，而——在走廊的尽头——哈莉特看到伊蒂和医生从围帘中走了出来。哈莉特感觉传道士的眼睛就在背后盯着自己，她迅速而吃力地爬起来，跑向伊蒂，用胳膊环抱住她的腰。

"伊蒂，"她喊道，"带我回家吧，带我回家！"

"哈莉特！你怎么了？"

"如果你回家，"医生说道，"我们如何能找到你是哪里出了问题？"他试着友善些，但是他的脸拉长了，眼窝下面有种蜡融化了的感觉，突然变得非常恐怖。哈莉特哭了起来。

有人心不在焉地拍了拍她的背：典型的伊蒂，麻利而像公事似的，但这只会让哈莉特哭得更厉害。

"她已经神经错乱了。"

"通常情况下，发作过后，人会比较嗜睡。但如果她烦躁不安的话，我们可以给她开点什么帮她放松下来。"

哈莉特烦躁不安地往肩头后面望着。但是走廊空荡荡，她弯下腰摸了摸自己的膝盖，因为滑倒在地板上的缘故，有些疼痛。她刚从某人身边逃开；她摔倒了，伤到了自己；这是真实的，不是她的梦。

护士邦妮把哈莉特和伊蒂分开。护士邦妮把哈莉特带回了围帘营造的房间……护士邦妮打开了一个柜子，用注射器从一个小玻璃瓶里抽了些东西……

"伊蒂！"哈莉特尖叫道。

"哈莉特？"伊蒂透过帘子探进头来，"别犯傻了，就是打针而已。"

她的声音又引得哈莉特一阵哭啼。"伊蒂，"她说，"伊蒂，带我回家吧。我害怕。我害怕。我不能待在这里。那些人在追我。我——"

她扭过头去；看到护士将针头推进她的胳膊，她往后缩了一下。接着她从桌子上往下滑去，但是护士抓住了她的手腕，"亲爱的，我们还没弄完呢。"

"伊蒂？我……不，我不想打针。"她说，从护士邦妮身旁缩开，她绕到了另一边，拿着一个新的针管朝她走来。

护士见状笑了笑，十分有礼貌，但并不觉得有趣，她看向伊蒂求助。

"我不想睡觉。我不想睡觉，"哈莉特哭喊道，她一瞬间被包围了起来，她一边甩着伊蒂，一边甩着邦妮柔软、不肯放松、戴着金戒指的手，"我害怕！我——"

"别怕，只是一小针，亲爱的。"护士邦妮的声音——起初非常舒缓——如今变得冰冷还有些恐怖，"别胡闹。只是小小的一下然后——"

伊蒂说："好了，我回家——"

"伊蒂!"

"亲爱的,我们声音小一点。"护士一边说,一边把针扎进了哈莉特的胳膊,把针管的活塞推到了底。

"伊蒂!不!他们在这里!不要离开我!不要——"

"我会回来的——听我说,"伊蒂说道,她仰着下巴,她的声音简短有力,盖过了哈莉特惊慌失措的胡言乱语,"我得把艾莉森送回家,然后顺便去我家拿一点东西。"她转身看向护士,"你能帮我在她的房间里放一张折叠床吗?"

"当然可以,女士。"

哈莉特摸了摸胳膊上的针眼。折叠床。这个词有一种温暖的、让人感觉有所照料的感觉,像宝贝儿,像棉花,像哈莉特的儿时昵称:哈屯督。她几乎能够在自己的舌头上尝到这个词,那圆润而甜美的词:顺滑、坚实,颜色像麦芽奶球一样黑。

她朝着桌子周围的笑脸微笑着。

"某人现在想睡觉了哦。"她听到护士邦妮说。

伊蒂去哪儿了?哈莉特使劲地睁着眼睛。巨大的天空压在她的身上,黑压压的云朵涌了过来。哈莉特闭上了眼睛,她看到树枝晃动着,还没发觉便睡了过去。

——

尤金在凉飕飕的走廊上游荡着,双手握着背在身后。终于等到一名护理员将那孩子推出了检查室,他跟在后面,保持着安全距离,看他们要把她带到哪里。

护理员在电梯前停了下来,按下按钮。尤金转身,返回走廊,走到了楼梯处。从回声阵阵的楼梯井出来,走到了二楼,他听到电梯铃叮咚一声,接着,轮床的床腿先从洁白无瑕的铁门里冒了出来,护理人员熟练地扭着床头。

他们在走廊上溜冰似的往前走着。尤金尽可能轻声地关上了金属防火门——咔嗒咔嗒地——跟在他们身后,保持着谨慎的距离。在安全距离内,他看到他们拐进了哪个房间。然后他晃晃悠悠地走开了,走向电梯,盯着一个定在公告板上展示的儿童画看了很长时间,还看了很长时间嗡嗡作响的零食货柜,看里面被照亮的糖果。

他总是听人说狗会在地震来之前吠叫,而最近,每当任何不好的事情发生,或是将要发生时,这个长着黑头发的小孩总是会在附近某个地方。就是这个孩子:毫无疑问。他在布道所前好好地看过她,就是他被咬的那晚。

如今她又出现了。他漫不经心地路过开着门的病房,偷偷往病房里瞄了一眼。天花板上的嵌入式顶灯散发着昏暗的光芒,光晕四周越变越暗。床上除了一小堆床铺,几乎什么都看不到。床铺上方——到灯的地方,像是一只悬挂在死水里的水母——挂着一个透明的输液袋,里面是透明的液体,它的触须向下延伸着。

尤金走到饮水处,喝了些水,站在那里看了一会儿美国出生缺陷基金会的展品。从他站的地方,能看到一位护士来了又走了。但是当尤金再次溜达进那个病房,把头探进敞开着的门的时候,他发现房间里还有别人。一位黑人护理员正在忙着支折叠床,而他并不怎么搭理尤金提出的问题。

尤金闲逛着,试图不要太过显眼(虽然在空无一人的走廊里,这显然是一件难事),终于,他看到那位护士抱着一胳膊的床单被罩回来了,在她进门的时候拦住了她。

"那里面的孩子是谁?"他用最为友好的语气问道。

"她的名字是哈莉特,是迪弗雷纳家的孩子。"

"喔。"不知道为什么,他感觉这名字有些耳熟。他的眼神越过护士,看向房间,"没有人陪着她吗?"

"我还没见到她的父母,只有外婆。"护士转身,以一种结束对话的态度说道。

"可怜的小家伙,"尤金说道,不愿意就此结束对话,他把头抵在门上,"她怎么了?"

她还没说话,尤金就已经从她脸上的表情看出他问得太多了。"抱歉,我不能透露这类信息。"

尤金笑了笑,他希望是迷人的笑容。"你知道的,"他说,"我知道我脸上的这个印子不怎么好看。但那并不意味着我是一个坏人。"

当尤金提到自己的弱点时,女人们的态度通常会稍微缓和一些,但这位护士却只是看了看他,好像他用西班牙语说了些什么。

"只是问一问,"尤金和颜悦色地说道,举起一只手,"抱歉打扰您了,女士。"他一边说,一边跟在她的身后。但那位护士正忙着整理床铺。他本想提供帮助,但是她的背影警告着他,让他最好不要再得寸进尺。

尤金又游荡回了糖果售货机那里。迪弗雷纳。他为什么知道这个名字?这种事情应该去问法里什;他知道镇上都有谁;法里什记得他们的住址、家里的关系、丑闻,所有事情。但是法里什躺在楼下昏迷不醒,而且活不过今晚。

尤金在电梯对面的护士站停了下来:没人。他探着身子往柜台上望着——假装在看照片拼贴,一个放在礼物花篮里的吊篮——他等待着。迪弗雷纳。甚至在他和护士交谈之前,在走廊里上演那一幕之前(尤其是那位老太太,她干脆利落的形象摆明了是有钱人,而且是浸信会的人),他已经确信这个孩子不是奥德姆的——而这非常糟糕,因为如果这个女孩是奥德姆的孩子,他的猜测才完全合情合理。奥德姆有充足的理由报复法里什和丹尼。

619

不一会儿，护士从那个孩子的病房出来了——她出来的时候，看了尤金一眼。她是个漂亮的女孩，但是脸上的口红和妆容让她的脸红得跟猴屁股似的。尤金漫不经心地转身——又漫不经心地挥了挥手——随后又晃荡回了走廊里，走下楼梯，经过夜班护士（桌子上的灯打在她的脸上，阴森恐怖），走到重症监护室外全封闭的候诊室，古姆和柯蒂斯睡在沙发上。在楼上到处晃荡，引起别人注意没有什么意义。等那个浓妆艳抹的妓女下班了，他会再去楼上看一眼。

——

艾莉森，侧躺在家里的床上，盯着窗外的月亮。她几乎没有注意到哈莉特空空的床铺——扒得一干二净，沾着呕吐物的床单在地板上堆着。她正在心里给自己哼着歌——与其说是一首歌，不如说是一个即兴创作的低音调的曲子，重复着，变化着，时高时低，不断持续着，像是某个悲伤的、不知名的夜莺。哈莉特在或不在，对她来说几乎没有什么不同；但是现下，受到房间另一侧的安静的鼓舞，她开始大声哼了起来，黑暗中响起了即兴哼唱的调子和歌词。

她有些难以入睡，但是她不知道这是为什么。睡眠是艾莉森的避难所；她每每躺下，它都会张开双臂欢迎她。但是现在，她侧身躺着，睁着眼睛，平静地在黑暗中哼着歌；睡意在被遗忘的昏暗角落，像废弃的阁楼上的一缕烟，像珍珠贝壳里的一首海洋之歌。

——

伊蒂躺在哈莉特床边的折叠床上，阳光照在她的脸上，把她照醒了。她看了看手表，已经八点十五了，她跟会约了九点见面。她起床走进洗手间，而当看到镜中的自己面庞憔悴、疲惫不堪时，她愣了一会儿：主要是由于荧光灯的原因，但她气色确实不好。

她刷了牙，开始勇敢地拾掇自己的脸：画眉毛，涂口红。伊蒂不信任医生。根据她的经验，他们听不进去别人的话，喜欢趾高气扬地来回踱步，假装自己什么都知道。他们总是一下就跳出结论；他们忽视不符合他们理论的问题。而除此以外，这位医生还是个外国人。这位不知是叫达功，还是什么的医生，一听到"发作"这个词，就不再关注孩子的其他症状了；它们很"可疑"。可疑，伊蒂想着，走出了洗手间，端详着熟睡中的外孙女（她十分好奇，好像哈莉特是一棵生了病的灌木，或是一个神秘患病的家养植物），因为她得的不是癫痫。

她饶有学术兴趣地又研究了哈莉特一会儿，随后走进洗手间去换衣服。哈莉特是一个身体结实的孩子，伊蒂对她并没有特别担心，只是一般程度上的关心。令她担心的——也是导致她在医院的折叠床上大半个晚上都无法入睡的原因——是她女儿家中乱作一团的状态。想到这里，伊蒂发现，自从哈莉特特别小的时候起，她就没怎么去过她们家的楼上了。夏洛特是个收藏癖，而自从罗宾死后，她这一爱好越发加剧了（伊蒂知道），但家里的情况彻底把她吓到了。邋遢：只有这个词能形容了。家里到处都是各种各样的垃圾，孩子不生病才怪；她们没有三个人一起住院简直就是奇迹。伊蒂咬着嘴唇，拉上了背后的拉链。脏盘子，一堆一堆的报纸堆成了小塔，肯定会招惹害虫。最糟糕的是：味道。伊蒂醒着躺在医院凹凸不平的折叠床上翻来覆去时，各种各样的让人不舒服的景象穿梭在她的心中。这个孩子可能是中毒了，或者是染上了肝炎；她可能是睡觉的时候被老鼠咬了。但将这些猜测全部吐露给一位陌生的医生让伊蒂感觉非常震惊和羞愧——而且她现在仍然这么觉得，即使是在清晨凉爽的光线中。这要怎么说出口？喔，顺便说一句，我女儿的家脏兮兮的。

家里会有蟑螂，还会更糟。得做些事情了，赶在格雷丝·方丹或是其他多嘴的邻居给卫生部门打电话之前。找夏洛特对峙只会招来借口和眼泪。向通奸的迪克斯求救会有风险,因为如果闹离婚的话(很可能),邋遢的家只会在法庭上成为迪克斯的有利条件。夏洛特到底是为什么要让那位有色女人离开呢?

伊蒂把头发别在后面,就着一杯水咽了两片阿司匹林(在折叠床上过了一夜,她的肋骨疼痛难耐),接着又走出了房间。条条大路通医院,她心想。自从莉比去世以后,她总是会在梦中的夜晚回到医院——在走廊里闲逛,乘着电梯上上下下,寻找着并不存在的楼层和房间号——现下是白天,她又来到了这里,在一个和莉比去世时非常相似的病房里。

哈莉特仍然睡着——没有问题。医生说她一天中大部分时间都要睡觉。和会计见完之后,又是一个浪费在审阅克里夫法官的那些账目的早上(几乎全部都是密码),她还要去见律师。他极力劝说她跟这位糟糕的里克希先生和解——这没什么不好,只是他所提议的"合理的和解费"会让她一贫如洗。沉浸在思绪当中(里克希先生甚至还没接受"合理的和解费";她今天会知道结果)。伊蒂又最后看了一眼镜子,拿上钱包,走出了房间,没有注意到在走廊尽头徘徊的传道士。

——

床单冰凉、芳香。哈莉特紧紧地闭着眼睛躺在晨光中。她梦到了一片明亮的青草地,草地上有一条不知通向哪里的石阶,这些石阶年月久远,破碎不堪,好像它们曾是巨石,滚落沉没在嗡嗡作响的牧场上。胳膊肘里面的针眼传来一阵令人厌烦的刺痛,银色的冰凉的针头,笨重的设备一路蜿蜒着爬上了房顶,一直蔓延到了梦中的白色天空。

有那么一会儿,她在睡着与清醒之间徘徊着。地板上传来脚步声

（冰冷的走廊，像宫殿一样回声阵阵），她一动不动地躺着，希望某位和蔼的官方人物能够路过，注意到她：小小的哈莉特，面色苍白，生病的哈莉特。

脚步声移到床边，停了下来。哈莉特感到有一个人朝她探下身来。她静静地躺在那里，眼皮颤动着，接受着端详。随后她睁开了眼睛，发现传道士的脸离她只有几英尺，她惊恐地瞪着他。他脸上的疤痕红得发亮，像火鸡脖子上的红色肉瘤；眉骨处的皮肤组织融化了一般，眉骨下方的眼睛湿润，眼神凶狠。

"别说话，"他说，头像鹦鹉似的，他的声音很高，抑扬顿挫，怪异而令人感到恐惧，"没有必要制造噪声，不是吗？"

哈莉特本来是想制造噪声的——大量的噪声。但她因为恐惧和困惑僵住了，直勾勾地盯着他。

"我知道你是谁。"他说话时，嘴巴张开的幅度很小，"那天晚上来布道所的就是你。"

哈莉特眼睛看向空荡荡的门廊。疼痛像电流似的流过她的太阳穴。

传道士冲着她皱起了眉头，又往下俯了俯身子，凑得更近。"是你动了那些蛇。我觉得是你把它们放出来的，是不是？"他说道，音调很高，声音中充满好奇，他头发上的润发油像是丁香味的，"而且你在跟踪我的兄弟丹尼，是不是？"

哈莉特盯着他。他知道水塔里发生的事情吗？

"不然在走廊里，你怎么会一看到我就跑开了？"

他不知道。哈莉特非常小心，一动不动地坐着。在学校和同学们玩儿盯人游戏时，没有人是她的对手。她的脑海中隐隐有铃声叮当作响。她状态不好；她想揉揉眼睛，想要迎接早晨。而她与传道士以这样的姿势四目相对，不知怎的有些说不通的感觉；好像他是一个倒影，而她应该从另一个角度去看。

传道士眯着眼睛看着她。"你这个小鬼真是胆大，"他说，"胆大包天。"

哈莉特感觉有些虚弱，有些晕。他不知道，她使劲告诉自己，他不知道……她的床边有一个呼叫护士的按钮，虽然她非常想扭头看一眼，但她强迫自己保持不动。

他仍然紧紧地盯着她。在那之外，房间里的洁白被卷入了空荡荡的远处，一片令人作呕的空白，如同近乎黑暗的水箱。

"看啊，"他说，凑得更近了些，"你在害怕什么？没有人伤害你啊？"

哈莉特僵硬地看着他的脸，没有畏缩。

"难道是你做了什么亏心事？你为什么在我家周围鬼鬼祟祟地溜达？就算你不告诉我，我也会弄明白的。"

突然之间，门口传来一阵欢乐的声音："有人吗？"

传道士匆忙直起来，转过身子。罗伊·戴尔站在门口挥着手，手里拿着一些主日学校的小册子和一盒糖果。

"希望我没有打扰到任何事情。"戴尔先生一边说，一边毫无畏惧地阔步走进来。他穿着便衣，没打领带，不像在主日学校那样西装革履：很休闲，穿着平底帆布鞋和卡其裤，身上有一股淡淡的佛罗里达海洋世界的味道。"哎哟，尤金。你在这里干什么？"

"戴尔先生！"传道士赶紧伸出自己的手。

哈莉特注意到他的语气变了——带上了另一种新的力量——虽然她正在生病，也很恐惧。他害怕了，她想。

"噢——是的。"戴尔先生看着尤金，"昨天是不是有一位拉特利夫家的人住院了？在报纸上……"

"是的，先生！我的哥哥法里什，他……"尤金的语速明显降了下了,"哎,他中枪了,先生。"

中枪?哈莉特心想,感到眩晕。

"脖子上中了一枪,先生。他们昨晚发现了他。他——"

"好吧,我的天啊!"戴尔先生欢快地说道,滑稽地往后一靠,可见他有多不在乎尤金的家人。"天啊!我真是痛恨这类事!等他感觉稍微好一些了,我肯定会去看他的!我——"

戴尔先生没有给尤金机会解释法里什已经好不起来了,便把手举了起来,好像要说:你怎么样?然后把一盒糖放在了床头柜上。"很抱歉这不是给你的,哈莉特,"他说着,像海豚似的侧脸对着她,他友好地俯下身来,用左眼看着她,"我原本是想在上班之前,去晨跑的时候顺便看看亲爱的艾尼丝·厄普丘奇。"(厄普丘奇小姐是浸信教会里一位身子虚弱的老太太,一位银行家的遗孀,是戴尔先生"楼房基金"名单上的重要人物。)"没想到我在楼下撞见了你的外婆!哎呀,天啊!我说。伊蒂斯小姐!我——"

哈莉特注意到传道士正慢慢地往门口挪去。戴尔先生看到她看着他,便转过身去。

"你是怎么认识这位年轻女士的?"

传道士——撤退时被抓了个正着——巧妙地糊弄了过去。"是的,先生,"他说,伸手摸了摸脖后颈,然后又走到戴尔先生身旁,好像他早就想这么做了,"是这样的,先生,他们昨天把她送过来的时候,我正好看到了。她虚弱得连路都走不了。这个小女孩病得很重,事实确实如此。"他说这话时十分确信,好像无须进一步解释。

"所以你只是——"戴尔先生看上去似乎说不出口——"探望?哈莉特?"

尤金清了清嗓子,看向别处。"我哥哥在住院,先生,"他说,"既然我也在这里,不妨就来看望一下,给别人带去些许安慰。而且和小朋友相处，播撒珍贵的种子，也是件让人很开心的事情。"

戴尔先生看向哈莉特，好像在问：这个男人欺负你了吗？

"这并不需要花费什么，只要一双膝盖和一本《圣经》即可。你知道的，"尤金说道，朝着电视机点了点头，"那个是救赎儿童的最大阻碍，我称它为罪恶之盒。"

"戴尔先生，"哈莉特突然说道——她的声音听起来很单薄，很遥远——"我的外婆在哪儿？"

"在楼下，我感觉，"戴尔先生说，用鼠海豚似的冰冷的眼睛打量着她，"在打电话，怎么了？"

"我感觉不舒服。"哈莉特说，确实如此。

她注意到传道士正悄悄地往房间外走。看到哈莉特正在盯着他，他在溜走之前也看了她一眼。

"怎么了？"戴尔先生问，弯腰看向她，他那浓烈的水果味须后水吓到了她，"你想要一些水吗？你想吃一点早餐吗？你感觉胃里恶心吗？"

"我——我——"哈莉特挣扎着坐起来。她想要的是不能说出来的，不能说太多。

她害怕一个人待着，但她不知道应该如何告诉戴尔先生，且不让他知道她害怕的是什么以及为什么害怕。

就在那一瞬间，她床边的电话响了。

"来吧，让我给你拿。"戴尔先生说着便抓起了听筒，递给了她。

"妈妈？"哈莉特虚弱地说。

"恭喜你！太棒啦！"

是希利。他的声音——虽然非常激动——但很小，又很远。听到线路上的嘶嘶声，哈莉特知道他是用卧室的那个圣徒球队头盔电话打的。

"哈莉特？哈！天啊，你干掉了他！你搞定了他！"

"我——"哈莉特的大脑无法高速运转，她没有办法快速思考，想出回应方式。尽管连接信号不好，但他的呼呼哈嘿的声音却非常大，哈莉特害怕戴尔先生会听到。

"干得漂亮！"他激动地弄掉了电话，发出咔嗒一声巨响；他的声音又冲向了她，喘着气，震耳欲聋。"报纸上报道了——"

"什么？"

"我知道那是你。你在医院干什么呢？发生了什么？你受伤了？你中枪了？"

哈莉特用他们之间特有的方式清了清嗓子，示意她现在不方便说话。

"噢，好吧，"希利沮丧地顿了顿才说道，"抱歉。"

戴尔先生拿起他的糖果，对她比了个口型：我得走了。

"不，不要。"哈莉特突然惊慌地说道，但是戴尔先生径直倒退着出了门。

再见！他用口型说道，比着欢快的手势。我得去卖几辆车！

"那就只回答是或否吧，"希利说着，"你摊上麻烦了吗？"

哈莉特烦躁不安地盯着空荡荡的门口。戴尔先生远远称不上非常善良或是善解人意，但他还算不错：正直、爱找事儿、可爱的道德义愤。他在这里，没有人敢伤害她。

"他们会逮捕你吗？有警察看着你吗？"

"希利，你可以为我做一些事情吗？"她问。

"当然。"他说，突然严肃，像小猎狗似的警觉起来。

哈莉特——眼睛看着门——说道："你保证。"虽然她半耳语着，但在冒着冷意的寂静中，在富美家塑料贴面和一片光滑中，她的声音仍然比她所预想的要传得远。

"什么？我听不见你说话。"

"先向我保证。"

"哈莉特，快点告诉我吧！"

"在水塔。"哈莉特深吸了一口气，没有办法只能直截了当地说出来，"地面上有一把手枪。我需要你去——"

"一把枪？"

"——把它捡起来然后扔掉，"她绝望地说。为什么还要费心思把声音压低？谁知道是谁在听着？不论是电话那头还是她这里？她刚刚看到一位护士经过了门前；现在又过来另外一位，经过时也好奇地瞟了一眼。

"天啊，哈莉特！"

"希利，我不能去。"她感觉自己快哭了。

"但是我有乐队练习，我们今天要练到很晚。"

乐队练习。哈莉特的心沉了下去。这样怎么能行得通？

"或者，"希利说，"或者我可以现在去。如果我手脚麻利一些，妈妈半个小时以内就能把我送过去。"

哈莉特无力地朝着探头进来的护士笑了笑。她把爸爸的枪丢在了地上，不论是被警察找到，还是让希利去找，这两者有什么不同吗？反正到了中午，乐队厅里就会传得沸沸扬扬。

"我应该怎么处理它呢？"希利问道，"把它藏到你家的院子里？"

"不用，"哈莉特说道，声音十分尖利，甚至连护士都挑起了眉毛，"扔了它——"天啊，她想着，闭上了眼睛，直接说出来吧——"把它扔到——"

"河里？"希利问道，帮了大忙。

"对的。"哈莉特一边说一边换了个姿势，她看到护士（是一个高大魁梧的女人，留着不自然的灰色头发，长着一双大手）走过来给她拍了拍枕头。

"如果它浮在水面怎么办?"

这句话过了一会儿才传过来。哈莉特的护士把她的表格从床尾的挂钩上取下来,重心不稳地离开之后,与此同时,希利又重复了一遍这个问题。

"那是……铁的。"哈莉特说。

她震惊地发现,电话的另一头,希利正在跟什么人说着话。

他急匆匆地跑回来接电话。"好了!得走了!"

咔嗒。哈莉特仍然把电话举在耳边,震惊地坐在那里,直到拨号声响了起来,她感到十分害怕(她的视线一直没有离开门口,一刻也没有),她挂了电话,重新躺在枕头上,忧虑地望着房间里面。

——

时间过得极慢,没完没了的,白色上套着另一层白。哈莉特没有什么能读的东西,虽然她的头剧烈地疼着,但是她不敢睡。戴尔先生留下了一本主日学校的小册子,叫《妈妈祷告指南》,上面画着一个戴着老式婴儿遮阳帽的红润的宝宝,正在推一辆花车,最终,绝望的她还是拿了起来。那是为家里有小宝宝的妈妈设计的,有那么几处让哈莉特感到恶心。

虽然她觉得很恶心,但她还是翻着粗制滥造的纸张,一页接着一页地读完了,然后坐在那里。她坐了许久。房间里没有钟表,没有能看的图片,也没有任何能让她的思绪和恐惧不要再痛苦地来回翻腾的东西,什么都没有,除了那疼痛——断断续续的——一波又一波地袭击着她的胃部。当疼痛消退时,她如搁浅般躺着,喘着气,被暂时冲刷干净,但是很快她的担忧就又会蓄满能量再次开始折磨她。希利并没有真的承诺什么。谁知道他能不能拿到枪?即使他找到了:他会理智地把它扔掉吗？希利可能会拿着她父亲的手枪在乐队大厅炫耀。"嘿，戴夫，看看这个！"上面全部都是她的指纹。希利，世界上最大的大嘴巴。然而，除了希利，她还能向谁求助？没有人。没有人。

过了很久之后，那位护士再次缓步走了进来（她的厚底鞋外围已经完全磨损），哈莉特震惊不已。哈莉特来回扭着头，跟自己说了一些话，挣扎着摆脱自己的担忧。她努力将自己的注意力放在护士身上。她有一张历经沧桑的脸，脸颊上长着皱纹，脚踝粗大，走路忽高忽低，没有重心。如果不是她穿着护士制服，她也可能是一艘航船上的船长，正在甲板上阔步。她的胸牌上写着格拉迪斯·库茨。

"现在，我会尽量动作快一些的。"她说着。

哈莉特——太过虚弱和担心，收起了她惯有的抵抗——趴在那里，针头扎进屁股的时候，她皱了下眉头。她讨厌打针，而且——小的时候——她还曾尖叫着、哭泣着、拳打脚踢着逃跑，程度到了伊蒂（她会打针）都有几次不耐烦地卷起袖子，直接走进医生办公室，把针管接了过去。

"我的外婆呢？"她翻过身来的时候问道，摸了摸屁股上打针的地方。

"天啊！没有一个人告诉你吗？"

"什么？"哈莉特喊道，像一个螃蟹似的胡乱爬上了床，"发生了什么？她去哪儿了？"

"嘘。冷静！"护士开始劲道十足地拍起了枕头，"她需要去镇上一下，就是这事儿，就是这样，"看到哈莉特狐疑地看着她，她又重复道，"现在，舒服地躺下来吧。"

哈莉特从来没有经历过这样漫长的一天。剧烈的疼痛在她的太阳穴中搏动着、闪烁着；墙上有一块平行四边形的光束一动不动。库茨护士拿着一个便盆进来又出去了，很难才能见上一面：一头很像报信者的白象,大约每隔一个世纪会回来一次。在冗长乏味的早上,她给哈莉特抽了血,滴了眼药,给她拿了冰水,姜汁汽水,一盘绿色的吉利丁,哈莉特尝了一口便推到了一边,餐具在明亮的塑料餐盘上烦躁不安地咔嗒作响。

她提心吊胆地在床上坐得直直的,听着动静。安静的走廊是一个回声网:在桌边的谈话声,时不时的笑声,拐杖触地的嗒嗒声,正在接受物理治疗的康复期病人,穿着一身灰衣服,在走廊上飘来飘去时的刮擦声。对讲机里时不时地会传来一个女人的声音,说着一串一串的数字,模糊的命令,卡拉,去走廊上,护理人员二号,护理人员二号……

像在数数似的,哈莉特在手指头上盘算着自己知道些什么,压低了声音咕哝着,不在意她看上去是不是像个疯子。传道士不知道在塔上发生的事情。他没有任何暗示丹尼去到了上面(或者死了)的话。但是如果医生发现是那里的臭水导致哈莉特生病了,一切都有可能会改变。那辆特兰斯艾姆停在离水塔足够远的地方,也许没有人想到要上去看看——如果他们还没有上去看,谁知道呢,他们也许将来也不会上去。

但也许他们可能会上去。她父亲的枪还在那里。为什么她没有捡起来,她怎么就忘记了呢?当然了,她并没有真的射中谁;但是那把枪开过了,他们会知道的,而且看到它在塔底,肯定会有人爬上塔顶查看一番的。

还有希利。他所有兴高采烈的问题:她被逮捕了吗?有警察看着吗?对于希利来说,如果她被抓了,他会感到极其快乐:这让人感到不安。

接着她又产生了一个糟糕透顶的念头。如果警察正在看着那辆特兰斯艾姆怎么办?那辆车不是犯罪现场吗,像电视上那样?警察们和摄影师们不会站在它的周围看着它吗？当然了，汽车停得是离水塔有一段距离——但是希利看到聚集在一起的人，会有意识地躲开吗？说到这里——他到底能够接近那个水塔吗？那里还有仓库，当然了，离停车的地方更近，可能他们会先去查看那里。但是最终他们会扩大到水塔那里的，不是吗？她因为没有事先警告他小心而咒骂着自己。如果那里人很多，他就别无选择，只能转身回家。.

到了半上午的时候，一位医生打断了这些担忧。他是哈莉特的私人医生，在她咽喉红肿或是扁桃体发炎的时候会给她看病，但是哈莉特不怎么喜欢他。他年轻，脸很长，脸上过早地长了肥大的赘肉；他的特征非常僵硬，他的举止冷漠，极具嘲讽之感。他的名字叫布里德洛夫医生——但部分是由于他要价过高——伊蒂给他起了一个外号（在当地越传越广了），叫"不嫌多"医生。据说因为他不友善，没能在一个更好的镇上找到一个更合心意的工作——但是他简慢无礼，让哈莉特感觉自己不需要像对待大部分成年人那样，不用假装友好和勉强微笑，因为这一点，她可以不管其他，勉为其难地尊重他。

不嫌多医生绕着她的病床走着，两人像互有敌意的猫，避免着目光相遇。他冷漠地审视着她。他看看她的表格。不一会儿，他问道："你是不是生菜吃多了？"

"是的。"哈莉特回答，虽然事实并非如此。

"你用盐水洗了吗？"

"没有。"她一意识到"没有"是期待中的答案后，便如此回答。

他絮絮叨叨地说了一些关于痢疾的东西，从墨西哥来的没有洗过的生菜，然后——在令人感到恐怖的片刻停顿之后——他把她的表格咔嗒一声挂在了床尾，转身离开了。

电话铃声突然响起。哈莉特——没有注意到胳膊上的静脉注射器——第一个铃声还没响完就拿起了电话。

"嘿!"是希利。在背景当中,能听到体育馆的回声。篮球场上,高中管弦乐队正坐在折叠椅上排练。哈莉特听出整个乐队都在调音:喇叭和叽叽喳喳的声音、单簧管短促的声音、小号清脆的声音。

"等一下,"他正要继续说下去的时候,哈莉特说道,"别,等一会儿。"学校体育馆的付费电话亭人来人往,没有地方能让你私下通话。"就回答是或否。你明白了吗?"

"是,先生。"他用根本不像詹姆斯·邦德的声音说道,但是哈莉特知道那是他的詹姆斯·邦德语气。"我拿回了枪。"

"你扔到了我告诉你的地方了吗?"

希利扬扬自得。"哟,"他喊道,"我之前让你失望过吗?"

在接下来的一段小小的酸味十足的停顿当中,哈莉特意识到背景中的噪音,还有推搡和低语。

"希利,"她说,坐得更直了一些,"谁和你在一起?"

"没人。"希利说道,语气有些过快。但是她能听到他声音里的迟疑,好像他用胳膊肘推了别人一下。

窃窃私语声。有人咯咯地笑着:一个女孩。愤怒像一股电流般闪过哈莉特的身体。

"希利,"她说,"你最好让别人走开,"她说道,盖过了希利的抗议声。"听我说,因为——"

"嘿!"他是在笑吗?"你怎么回事儿?"

"因为,"哈莉特说,尽量把声音提高,"枪上有你的指纹。"

电话那头除了乐队,孩子们的你推我搡,什么声音都没有了。

"希利?"

等到他终于开口,他的声音有些嘶哑,有些遥远。"我——走开!"他恼怒地对一个窃笑着的人说道。背景里传来轻微的扭打声。听话筒梆的一声撞在墙上。希利过了一会儿才又开始说话。

"等一下，可以吗？"他说。

听筒又梆了一下。哈莉特听着。紧张不安地窃窃私语声。

"不，你——"有人说道。

更多窸窸窣窣的脚步声。哈莉特等着。脚步声，跑开的脚步声；有什么叫喊了一句，模糊不清。希利回来之后，有些喘不上气了。

"天啊，"他有些委屈地低声说道，"你陷害我。"

哈莉特——使劲地喘着气——一声不吭。她自己的指纹也在枪上，虽然并没有必要提醒他这一点。

"你告诉过谁？"冷冷地沉默了一会儿后，她质问道。

"没人。好吧——只有格雷格和安东，还有杰西卡。"

杰西卡？哈莉特心想，杰西卡·迪伊？

"哎呀，哈莉特，"他变得哀怨十足，"不要这么刻薄。我已经把你让我做的事情做好了。"

"我没让你告诉杰西卡·迪伊。"

希利恼火地哼了一声。

"这是你的错，你不应该告诉任何人，现在你惹上麻烦了，而我帮不了你。"

"但是——"希利努力找着字眼，"这不公平！"他终于说出了口，"我没有告诉任何人那是你。"

"我什么？"

"我不知道——你做的那些事情。"

"你为什么觉得我做了什么事情？"

"嗯，好吧。"

"谁跟你一起去了水塔？"

"没人。我是说……"希利不开心地说着，发现自己说漏了嘴，但为时已晚。

"没人。"

沉默。

"那么,"哈莉特说道,(杰西卡·迪伊!他是疯了吗?)"那是你的枪了。你甚至不能证明是我请求过你。"

"我可以!"

"是吗?怎么证明?"

"我可以,"他闷闷不乐地说,但是并不确信,"我也可以,因为……"

哈莉特等着。

"因为……"

"你什么都证明不了,"哈莉特说,"而且那上面到处都是你的指纹,你知道我说的是什么。所以你最好现在就想一想要怎么跟杰西卡和格雷格还有安东解释,除非你想被抓进监狱,然后死在电椅上。"

说到这里,哈莉特感觉可能连希利也难以轻信她了,但是——从电话另一头鸦雀无声的反应来看——显然没有。

"听着,希利,"她说,有些同情他,"我是不会告发你的。"

"你不会?"他轻声说道。

"不会!这件事只有你和我知道。只要你不说,没有人会知道。"

"没有人知道?"

"听着,告诉格雷格和那些人,你是在开玩笑,"哈莉特说道——朝库茨护士挥手再见,她轮班结束了,正把头抵在门上跟哈莉特道别,"我不知道你要告诉他们什么,但是要告诉他们那是你编的。"

"如果有人发现了怎么办?"希利绝望地说,"到时候怎么办?"

"你去塔那边的时候,看到谁了吗?"

"没有。"

"你看到汽车了吗?"

"没有,"希利疑惑片刻后说道,"什么汽车?"

那就好,哈莉特想。他肯定是远离了马路,从后面那条路走的。

"什么车,哈莉特?你在说什么?"

"没事儿。你把它扔到河里水深的地方了吧?"

"是的,从铁路的桥上扔下去了。"

"很好。"希利冒险爬了上去,但是他没有找到一个更加僻静的地方,"没人看到吧?你确定吗?"

"没有,但是他们能从河里捞上来。"沉默。"你知道的,"他说,"我的指纹。"

哈莉特没有更正他。"听着,"她说,她得跟希利一遍又一遍地说同一件事情,直到他听明白了为止,"如果杰西卡和那些人不告诉任何人,就永远不会有人去找什么……东西。"

沉默。

"所以你具体跟他们说了些什么?"

"我没有告诉他们具体发生了什么。"

确实不假,哈莉特心想。希利并不知道具体发生了什么。

"然后呢?"她又问。

"基本上——我是说,基本上和今天早上的报纸报道的差不多。法里什·拉特利夫遭到了枪击。他们没有多说什么,只写了捉狗队的人昨晚发现了他,他们正在追捕一条疯狗,从街道上跑开了,朝着老棉花厂跑去。只不过我把关于捕狗队的那一部分省略掉了。我把那一部分,你知道的……"

哈莉特等待着。

"……说得更加像间谍的感觉。"

"好吧,那就去把它说得更像间谍一点,"哈莉特建议道,"告诉他们——"

"我知道!"他又兴奋了起来,"这个点子很棒!我可以把它说得像《007之俄罗斯恋情》一样。你知道的,加上公文包——"

"——能发射子弹和催泪弹的公文包。"

"能发射子弹和催泪弹!还有鞋!还有鞋!"他说的是间谍克列伯的鞋,她的鞋尖有弹簧小折刀。

"是的,那很棒。希利——"

"还有指节铜环,你知道的,她在训练场上,你知道的,她戴着指节铜环打了那个大块头的金发男人的肚子?"

"希利?我不会说太多。"

"对,不要说得太多。但要像一个故事。"希利欢快地提议道。

"对,"哈莉特说,"像一个故事。"

——

"劳伦斯·尤金·拉特利夫?"

尤金快走到楼梯井的时候,一位陌生人拦住了他。他是一位身材高大,看起来很友好的人,留着参差不齐的金色胡子,灰色的眼睛十分突出。

"你要去哪里?"

"啊——"尤金看着他的双手。他又上楼去那个孩子的病房看了看,看他能不能从她嘴里套出些什么来,但是他肯定不能说出来。

"介意我和你一起走吗?"

"没问题!"尤金声音和蔼可亲地说道,但是这并没有给他带来任何益处。

他们的脚步发出了巨大的回响。他们经过楼梯井,一直走到了凉爽的走廊的尽头,走到了标着"出口"的门口。

"很抱歉打扰你,"那位男士说道,他推开了门,"尤其是在这样的时刻，但是如果你不介意的话，我想跟你聊几句。"

他们走出门外，从昏暗的消了毒的走廊走到了灼人的炎热当中。"我能为你做些什么？"尤金用一只手把头发捋到后面。他在椅子上坐了一整晚，感觉筋疲力尽，浑身僵硬。虽然他最近大部分时间都是在医院里度过的，但也不想去外面晒炙热的午后太阳。

陌生人在一个混凝土长椅上坐了下来，示意尤金也坐下来。"我在找你的兄弟丹尼。"

尤金在他身旁坐下，什么都没说。他已经和警察打了足够多的交道，知道最为明智的警察——总是小心行事。

警察双手握在一起。"天啊，外面很热，不是吗？"他说。他从自己的口袋里摸出来一盒烟，慢条斯理地点着一支烟。"你的兄弟丹尼和一位名叫阿方斯·比恩维尔的人非常要好，"他边说边口吐烟雾，"认识他吗？"

"听说过。"阿方斯是卡特菲斯的真名。

"他似乎是一个非常忙碌的人。"随后，他悄悄地说，"这里发生的任何一件事，他都有参与，是不是？"

"我不知道。"尤金一向是能少跟卡特菲斯接触就少跟他接触。卡特菲斯那漫不经心、随和，却又不恭不敬的态度令他非常不舒服；尤金在他身边时，总是张不开嘴，感到尴尬，不知道应该回应他什么，他感觉卡特菲斯在他背后取笑过他。

"他在你们的小生意中扮演的是什么角色？"

尤金，内心感到僵硬，双手在两膝之间摇晃着，尽力让自己看上去面色不改。

警察抑制住了一个哈欠，随后把胳膊搭在长椅的椅背上。他有紧张的时候就拍肚子的习惯，像一个刚刚减了一些肥，想确认自己的肚子仍然平展的人。

"听着,我们都知道,尤金,"他说,"你们的那些勾当。我们有六个人在你的祖母家里。所以,跟我直说吧,为我们彼此节约一些时间。"

"我没有骗你,"尤金说道,转过来直视着他,"我跟那个棚屋里的事情没有任何关联。"

"那么,你知道那个实验室吧,告诉我毒品在哪儿。"

"先生,你比我知道的还多。确实如此。"

"好吧,说件你可能感兴趣的事,我们有一位警察被你们在附近设置的……尖钉陷阱刺伤了。幸运的是,他摔倒在地的时候还不忘大喊,我们才没有踩到那些地雷拉发线,引起爆炸。"

"法里什有些精神问题。"经过一小段震惊地沉默之后,尤金说道。太阳光正好射进了他的眼里,他感觉非常不舒服。"他住过精神病院。"

"不错,他也是一个重罪犯。"

他镇定地看着尤金。"听着,"尤金说道,时不时地换着腿的姿势,"我知道你在想什么,我也犯过一些错,我承认,但那都是过去的事情了。我已请求了上帝的原谅,并且把欠的债也还给了国家,现在我的生命属于耶稣基督。"

"啊哈。"警察安静了片刻,"那么告诉我,你的兄弟丹尼是如何参与的?"

"他和法里什昨天一起开车离开了。我知道的只有这些,没有别的了。"

"你的祖母说他们吵架了。"

"我不会用吵架这个词。"尤金若有所思地停顿片刻之后说道。他没有理由再把情况搞得更不利于丹尼。如果丹尼没有朝法里什开枪——好吧,那么,他得有一个解释。但是如果是他开的枪——如尤金所担心的那样——那么尤金说什么或做什么,都帮不了他了。

"你的祖母说,他们差点打起来。丹尼做了一些让法里什愤怒的事情。"

"我没有看到。"古姆总是如此,总是说一些这样的话。法里什从来不让古姆靠近警察。她对祖孙们并不公平,总是会偏袒,所以她很可能是先抱怨丹尼或是尤金,一个接一个地打他们的小报告,然后又把法里什夸到了天上。

"好吧,那就这样吧。"警察把烟摁灭,"我只是想弄明白一些事情,好吗?这是一次采访,尤金,不是审讯。除非在必要的情况下,我没有必要把你带到警察局,告知你所享有的权利[①],这一点我们意见一致吧?"

"是的,先生,"尤金说道——眼神与他相交,但很快就挪开了,"我很感激,先生。"

"那么。就在我们两人之间,你觉得丹尼去哪儿了?"

"我不知道。"

"好吧,我听说你们两个非常亲近,"警察用同样神秘的语气说道,"我不信他去了某地却没有告诉你。任何一个我应该知情的朋友?本州之外的关系?在没有什么帮助的情况下,他靠着一双脚应该走不了多远。"

"你为什么会觉得他离开了?你怎么知道他不是像法里什一样,躺在什么地方死去了?或者受伤了?"

警察两个膝盖并在一起。"嗯,你这么问很有意思。因为我们拘留了阿方斯·比恩维尔,问了他一模一样的问题。"

[①] 此处指米兰达权利(Miranda Rights):又称米兰达警告(Miranda Warning),是美国刑事诉讼中的犯罪嫌疑人保持沉默的权利,即犯罪嫌疑人、被告人在被讯问时,有保持沉默和拒绝回答的权利。

尤金坐在那里思考着这个新问题。"你觉得是卡特菲斯做的?"

"做什么?"警察漫不经心地说。

"朝我的哥哥开枪。"

"嗯。"警察怔怔地望着前方,"卡特菲斯是一位有进取心的商人。他一定是看到了能赚快钱的机会,掺和到了你们当中,看起来确实像是他的计划。但是尤金,问题是,我们找不到丹尼,也找不到毒品,而我们也找不到能证明卡特菲斯知道它们在哪里的证据。所以我们回到了原点。这就是为什么我希望你或许能稍微帮我一下的原因。"

"很抱歉,先生,"尤金用手擦了擦嘴,"我真的不知道能为您做什么。"

"好吧,也许你需要再仔细想想,因为我们讨论的是谋杀案。"

"谋杀?"尤金感到震惊,"法里什死了?"有那么一瞬间,他感觉自己喘不上气来。他已经离开重症监护室一个小时了;古姆和柯蒂斯在自助餐厅喝了蔬菜汤,吃了香蕉布丁,而他则坐在一旁,喝了一杯咖啡,之后他便让他们先回去了。

警察露出了震惊的神色——但尤金看不出他是真的感到震惊,还是故作震惊。

"你不知道?"他说,"我看到你从那个走廊里走下来,我还以为——"

"听着,"尤金已经站了起来,准备离开,"听着。我需要回到那里,陪着我的祖母。我——"

"走吧,走吧,"警察说道,眼睛仍然看着别处,他甩了甩手,"回去做你该做的事情。"

——

尤金从侧门走了进去,在那里晕头转向站了一会儿。一位经过的护士吸引了他的注意,沉重地看了他一眼,轻轻地摇了摇头,突然之间,他开始跑,脚重重地踩在地面上,他经过了双目圆睁的护士,一路跑进重症监护室。他先听到了古姆的声音——一声干燥的、小声的、听起来很孤单的哀号,他的心一下子充满了尖锐的疼痛。柯蒂斯——受了惊吓的样子,喘着气——坐在走廊里的椅子上,紧紧地抱着一个大大的毛绒动物。一位从病患服务中心来的女士——他们到医院的时候,她对他们就很和善,一句废话都没有说,直接把他们引到了重症监护室——她正握着他的手,轻轻地跟他说着话。看到尤金后,她站了起来。"他来了,"她对柯蒂斯说,"他回来了,亲爱的,不要担心了。"接着,她瞥了一下隔壁房间的门。对尤金说:"你的祖母……"

尤金——张开胳膊——走向了她。她从他身边挤了过去,跌跌撞撞地走进了走廊,喊着法里什的名字,音调很高,奇怪而尖利。

那位从病患服务中心来的女士抓住了经过的布里德洛夫医生的衣袖。"医生,"她说,对柯蒂斯点着头,他呛住了,喘不上气来,脸都青了,"他有些呼吸困难。"

医生稍作停顿,看了看柯蒂斯。随后他厉声说道:"肾上腺素。"一位护士匆忙离开。他又对另一位护士厉声说:"为什么还没有给拉特利夫夫人服用镇静剂?"

不知怎的,在所有人的困惑之中——护理人员,给柯蒂斯的胳膊上打了一针("好了,亲爱的,这样会让你立马感觉好一些"),两位护士夹住了他的祖母——警察又来了。

"听着,"他说着,手挥向空中,"你就做你应该做的事情。"

"什么?"尤金说道,往周围望了望。

"我会在这里等着你。"他点头示意,"因为我觉得,如果你跟我去警察局的话,我才能把事情的进度加快。你准备好了就去。"

尤金看了看四周。他还没太明白发生了什么;好像他的眼前有一团云雾。他的祖母安静了下来，两位护士陪着她拖着步子往凉爽的灰色走廊走去。柯蒂斯摸着自己的胳膊——但是，不可思议的是，他的呼哧声和呛到了的声音渐渐小了。他把毛绒玩具展示给尤金看——看上去像一只兔子。

"我的！"他说，握着拳头揉了揉肿起来的眼睛。

警察仍然看着尤金，似乎期待他能说些什么。

"我的弟弟，"他说，用一只手擦了擦脸，"他有些弱智。我不能就这样把他一个人丢在这里。"

"好吧，那就带上他，"警察说道，"我们那里肯定能给他找到一个棒棒糖。"

"亲爱的？"尤金说——被冲向他的柯蒂斯撞得往后退了一下，他用胳膊环抱着尤金，潮乎乎的脸埋进了尤金的上衣里。

"爱。"他模糊不清地说道。

"好了，柯蒂斯，"尤金说，尴尬地拍了拍他的背，"好了，别这样，我也爱你。"

"他们非常惹人疼爱，不是吗？"警察溺爱地说道，"我的妹妹有个孩子得了唐氏综合征。他没有活到十五岁生日，但是上帝啊，我们都很爱他。那是我参加过的最伤心的葬礼。"

尤金含糊了一声。柯蒂斯生过无数的病，有些很严重，而这是他现在最不愿谈的事情。他发现自己现在真正需要做的事情，是问问他能否去看一看法里什的遗体，单独和他待上几分钟，说一些祷告。法里什似乎从来没有担忧过自己死后的命运（说起来，他也从未想过自己生前的命运），但是那并不意味着他不需要最后的体面。毕竟：上帝之前曾出乎意料地对他表现出了善意。推土机事件时，他给自己的脑袋来了一枪，所有的医生都说只有靠着机器维持，他才能活下来，但是他却像拉撒路一样复活了，令他们所有人都震惊不已。有多少人能从几乎濒死的状态活过来,突然在一堆维持生命的机器之间坐起来,要土豆泥吃?难道上帝大费周折地将一个人的灵魂从地狱之中拉出来,仅仅是为了再次把他打入地狱吗?如果他能看到遗体——亲眼看一下——他感觉这样他就能知道法里什去世时的状态了。

"我想看看我的哥哥,在他们带走他之前,"他说,"我要去找一下医生。"

警察点了点头。尤金转身离开,但柯蒂斯——突然惊慌失措——抓住了他的手腕。

"如果你想的话,可以把他留在这里,"警察说道,"我会照看他的。"

"不用了,"尤金说,"不用了,没事儿,他可以跟我一起。"

警察看着柯蒂斯;他摇了摇头。"发生类似事情的时候,对他们来说是福报,"他说,"我是说,因为他们不能理解。"

"其实我们也并不理解。"尤金说道。

———

他们给哈莉特的药让她感觉昏昏欲睡。不一会儿,她的门上响起了敲门声:塔特。"亲爱的!"她喊道,俯冲了进来,"我的孩子怎么样了?"

哈莉特——兴高采烈——挣扎着在床上坐了起来,伸出胳膊。接着,突然之间,她感觉自己是在做梦,她感觉房间里空空荡荡。陌生感吓到了她,她揉了揉自己的眼睛,试图将自己的困惑隐藏起来。

但那的确是塔特。她亲了一下哈莉特的脸颊。"但是她看起来不错,伊蒂斯,"她喊着,"她看上去很精神。"

"嗯,她好多了,"伊蒂脆声说道,她往哈莉特的床边桌上放了一本书,"给你,我感觉这个也许可以陪着你。"

哈莉特躺在枕头上，听着她们谈话，她们的熟悉的声音交织在一起，喜悦和谐，没有了具体的意义。接着她就去了别处，在一个黑暗的蓝色美术馆，所有的摆设都遮着。雨下啊，下啊。

"塔特？"她说，在明亮的房间坐起来。时间已经不早了。阳光照射在对面的墙上，伸展、变幻、游走，直到它溢到地板上，照射出一片光的湖泊。

她们走了。她感觉有些晕，好像自己看完了下午场，从黑漆漆的影院走出来，却发现外面还是下午。一本厚厚的、看起来很熟悉的书放在她床边的桌上：斯科特船长。一看到它，她的心便振奋了起来；为了确定不是自己的错觉，她伸出手，把手放在了上面，然后——尽管她感觉头痛，昏昏沉沉，但是她还是费力地从床上坐了起来，努力地想读一会儿书。但是她读书的时候，病房的寂静渐渐地笼罩了过来，带了一种冰川和另一个世界般的沉寂，很快她就不安地感觉到这本书在跟她——哈莉特——对话，而且相当直接，非常恼人。每隔几行，里面就有一个词会显得异常突出，含义尖刻，仿佛斯科特船长正在直接对她讲话，仿佛他在基地里的日记里有故意秘密地给她留下的一系列信息。每隔几行，她都会有一些新的重要发现。她努力说服自己不要这么想，但是没有用，很快她开始害怕起来，她不得不将书放到一边。

布里德洛夫医生经过了她敞开着的房门，在门口停了一下，看到她在床上直直地坐着，看上去既害怕又焦虑。

"你怎么醒过来了？"他问道。他走进来，检查了一下表格，他那长着双下巴的脸上毫无表情，然后便拖着沉重的脚步离开了。不到五分钟，一位护士又拿着一个皮下注射器，急匆匆地走了进来。

"来吧，翻过身子躺下来。"她没好气地说。不知怎的，她似乎对哈莉特有些不满。

她离开之后，哈莉特仍然把脸压在枕头上。床铺非常软。她的脑袋上方传来声音，十分轻柔，她迅速翻过身来，却大失所望地看着空荡荡的周遭，产生了一种和自己第一次做噩梦似的那种失重的感觉。

——

"但是我不想喝茶。"一个烦躁不安的熟悉的声音说道。

房间现在暗下来了。里面有两个人。他们的脑袋后面有一盏灯散发出柔和的光芒。接着，让她感到沮丧的是，哈莉特听到了一声她很久没有听到过的声音：是她的爸爸。

"他们就只有茶。"他用一种极其有礼貌的声音说道，语气几近挖苦，"要不然就是咖啡和果汁。"

"我跟你说了不要一路走到自助餐厅那里，走廊里就有一个饮料售货机。"

"如果你不想喝就别喝。"

哈莉特一动不动地躺着，半闭着眼睛。只要她的爸妈同时在一个房间里，不管他们对彼此多有礼貌，气氛总会变得紧张，让人不舒服。他们为什么在这里？她昏昏沉沉地想。我希望是塔特和伊蒂。

接着，在震惊中，她意识到爸爸说了丹尼·拉特利夫的名字。

"那是不是太糟了？"他说着，"他们都在自助餐厅讨论这件事。"

"什么？"

"丹尼·拉特利夫，罗宾的小伙伴，你不记得了？他之前常常来我们院子玩。"

小伙伴？哈莉特心想。

她现在完全醒了过来，心脏剧烈地跳动着，她要费一番气力才能抑制住颤抖，她闭着眼睛躺在床上，听着他们的对话。她听到爸爸啜了一口咖啡。接着他继续说道："后来还去过家里。邋遢的小男孩，你不记得他了吗？敲着门，说自己很抱歉没去参加葬礼，说他没有搭到车。"

这不是真的，哈莉特心想，慌了起来。他们痛恨彼此，艾达告诉我的。

"噢，记得！"她妈妈的声音充满了活力，但又有些惋惜，"可怜的小家伙。我记得他。噢，太糟了。"

"这很奇怪。"哈莉特的父亲重重地叹了一口气，"好像他昨天还和罗宾在院子周围玩耍。"

哈莉特十分惊恐，僵硬地躺着。

"我真的很遗憾，"哈莉特的妈妈说，"我真的感到非常遗憾，听说他不久前开始摊上麻烦事。"

"有一个那样的家庭，他迟早会这样。"

"好吧，他们也不全都是坏人。我在走廊里看到罗伊·戴尔了，他告诉我他们家的另外一个兄弟还路过看了一下哈莉特。"

"噢，真的吗？"她的爸爸又啜饮了一大口咖啡，"你觉得他知道她是谁吗？"

"我并不觉得意外。也许这就是为什么他会顺路探望的原因。"

他们的谈话内容又转向了其他事情，而哈莉特——感到十分恐惧——把脸埋进了枕头里，一动不动地躺着。她从来没想过自己对丹尼·拉特利夫的怀疑可能是错误的——完全错了。也许杀害罗宾的人根本就不是他？

她想到这里，没有预料到黑色的恐惧笼罩了过来，仿佛一个陷阱咔嗒一声在她背后合上了，她随即试图把这个想法从脑海中驱逐出去。丹尼·拉特利夫有罪，她知道，她知道那是事实；这是唯一一个能够说得通的解释。她知道他干了什么，即使再没有别人知道。

但与此同时，强烈的疑虑突然将她笼罩，让她害怕自己盲目地做了糟糕的事情。她试着让自己冷静下来。丹尼·拉特利夫杀死了罗宾；她知道这是真的，必须是这样。然而，当她试图提醒她到底为什么确有此事时，她心里的那些理由却不再像之前那么清晰了，而当她试图回忆时，却发现她做不到……

她咬着自己的脸颊内侧。为什么她一直以来那么确定是他？她曾经一度非常确定；这个想法感觉是对的，这很重要。但是——和她嘴里的臭味一样——一种令人作呕的恐惧如今萦绕周围，不肯离开她。为什么她之前如此笃定？是的，艾达告诉过她许多事情——但是突然之间，那些描述（争吵、自行车被盗）似乎不再具有可信度。艾达不是也毫无来由地讨厌希利吗？希利过来玩儿的时候，艾达不是经常替哈莉特出气，而却从不问导致争吵的错在谁吗？

也许她是对的。也许是他干的。但是，现在她如何能确定呢？震惊中，她记起从绿色的水中伸出来抓住她的手。

为什么我没有问呢？她想。他就在那里。但是没有，她当时太过害怕了，她只想赶紧离开。

"噢，看啊！"哈莉特的妈妈突然说道，站了起来，"她醒了！"

哈莉特僵住了。她过于专注地想着事情，忘记了闭上眼睛。

"看谁来了，哈莉特！"

她的爸爸站起身，走到床边。即使在阴暗的房间里，哈莉特也看出他比她最后一次见到他时胖了一些。

"有一阵子没见过老爸了吧，是不是？"他说，他开玩笑的时候，很喜欢称自己为"老爸"，"我的女孩怎么样了？"

哈莉特忍受着被人亲额头，被人捧住脸颊——轻快地，把双手捧成碗状。这是她爸爸一直以来的表示亲近的方式，但是哈莉特非常讨厌，尤其是讨厌会在愤怒时扇她脸的那双手。

"你怎么样了？"他说着话，他吸了雪茄，她能闻到他身上的雪茄味,"你骗过了这些医生,但是很好,女孩!"他说道,仿佛她在学业或是体育方面获得了什么巨大成就。

哈莉特的妈妈紧张地来回走着。"她可能不想说话,迪克斯。"

她的爸爸头也没有扭地说道:"好吧,如果她不想说话的话,就不用说话。"

她抬头看着爸爸结实的红脸,他的目光飞快地移动着,敏锐地观察着,哈莉特有种巨大的想告诉他丹尼·拉特利夫的事情的冲动。但是她不敢。

"什么?"爸爸说。

"我什么都没说。"哈莉特的声音非常沙哑和无力,她自己也吓了一跳。

"没有,但是你想说些什么。"爸爸和蔼地看了她一眼,"你想说什么?"

"让她自己待一会儿,迪克斯。"妈妈低声咕哝道。

爸爸扭过头去——速度很快,什么都没有说——哈莉特非常了解他的这个动作。

"但是她累了!"

"我知道她累了,我也累了,"哈莉特的父亲说道,声音冰冷,极度礼貌,"我开了八个小时才到这里。现在我还不能跟她说话了?"

——

他们终于离开后——探视时间到了——哈莉特害怕得不敢睡觉,她坐在床上,眼睛看着门,害怕传道士会回来。她爸爸连声招呼都不打就过来,这件事也让她感到焦虑——尤其是要搬到纳什维尔的威胁——但现在她最担心的不是他;谁知道那位传道士知道丹尼·拉特利夫死了之后,会做些什么?

接着她想到了枪柜,她的心沉了下去。她的父亲不会每次回家都查看——通常是在狩猎季节——但是如果他已经查看过了,那就要看她的运气了。也许把枪扔到河里是个错误。如果希利把它藏到了院子里,她就可以把它放回原处了,但现在已经为时已晚。

她从来没有想到过他会这么快回家。当然了,她并没有真的朝谁开枪——不知怎的,她总是忘记这一点——如果希利说的是实话,它现在已经沉在河底了。如果她的爸爸检查了枪柜,发现它不见了,他也不会把它和她联系在一起,是吗?

然后还有希利。她几乎没有告诉他任何实情——而这是好事——但是她希望他不要太担心指纹的事情。他最后会意识到其实没有什么能妨碍他揭发她吗?等到他明白了那只是她的一面之词——到了那时,可能已经风平浪静了。

人们不会注意的。他们不在意;他们会忘记的。不管她留下了什么样的痕迹,很快都会消失不见。这就是发生在罗宾身上的事情,不是吗?线索慢慢消失了。哈莉特心中产生了一个恶毒的想法,杀死罗宾的凶手——不论他是谁——肯定也在某个时刻,和她有过同样的想法。

但是我没有杀过任何人,她告诉自己,盯着床罩。他是自己淹死的。我没有办法帮忙。

"什么?亲爱的?"进来检查输液瓶的护士说道,"需要什么吗?"

哈莉特静静地坐着,嘴巴咬着指关节,盯着白色的床罩,直到护士离开。

不,她没有杀任何人。但是他的死是她的错。也许他从来没有伤害过罗宾。

这样的念头让哈莉特感到不适,她试图——固执地——去想一些别的事情。她做了自己必须做的事情;到了这一步开始怀疑自己和自己的方法是愚蠢的。她想到了《金银岛》里的海盗伊斯雷尔·汉兹，他在海地岛附近温暖的海水中漂浮。在那些富有传奇色彩的浅滩当中，有种令人毛骨悚然却又引人入胜的感觉：恐惧，天空的倒影，极度狂喜。船消失了；她试过靠着自己把这个再造出来。她差点也要变成英雄了。但是现在，她害怕了，她根本算不上是英雄，而是完全相反。

最后——在最后的最后，伴随着风的翻涌，击打着帐篷，一个孤零零的蜡烛在迷失的大地上摇曳着——斯科特船长用麻木的手指在一个小小的笔记本上写下他的失败。是的，他勇敢地朝着不可能出发了，走向了尚未被踏足的世界中心——但是他什么都没有完成。所有的白日梦都没有实现。她也意识到他在冰原上的时候，在南极的夜里，有多么的悲伤，埃文斯和蒂图斯·奥茨已经葬身巨雪之中，伯蒂和威尔逊博士静静地在睡袋里一动不动，迷迷糊糊地睡去了，梦到了绿色的田野。

哈莉特沮丧地望着充满消毒剂味道的阴暗的房间。压力和黑暗压迫着她。她认识到了自己从未认识到的东西，她从来不知道的东西，然而这就是斯科特船长悄悄传达的信息：胜利和崩溃有时是一回事儿。

——

哈莉特睡得很不安稳，第二天很晚才醒来，看到一个让人沮丧的早餐盘：果冻、苹果汁和一小盘——令人费解的——白米饭。她做了一晚上噩梦，梦到她的爸爸居高临下地站在她的床边，走来走去，因为她弄坏了一件属于他的什么东西而责骂着她。

接着她意识到了自己在哪里，她的胃因为畏惧而收缩着。她困惑地揉了揉眼睛，坐起来，拿起盘子——看到伊蒂坐在床边的扶手椅上。她正在一边喝咖啡——不是医院自助餐厅里的咖啡,而是从家里带来的咖啡,盛在格子保温瓶里——一边读晨间新闻。

"噢,很好,你醒了,"她说,"你妈妈很快就来了。"

她的态度干脆利索,和往常一模一样。哈莉特试图将自己的不适感从心中驱赶出去。一夜之间什么都变了,是吗?

"你需要把早餐吃了,"伊蒂说,"今天对你很重要,哈莉特。神经科的医生给你做完检查之后,他们可能今天下午就能让你出院了。"

哈莉特刻意让自己平静下来。她必须假装一切都很好;她必须试着让神经科的医生——即使这意味着要对他说谎——确信她什么事情也没有。她被允许回家非常重要;她必须集中所有精力,赶在传道士回到她的房间或是某个搞明白了事情的人找过来之前逃出医院。布里德洛夫医生说了些什么没有洗过的生菜。她必须坚持这一点,把这点记在心里,如果她被问起的话,就说这点;她必须不费一切代价地让他们无法将她的症状和水塔联系起来。

靠着一股强烈的意志力,她将自己的注意力从思绪中转移到了早餐盘上。她要像中国人吃早餐一样,把米饭吃了。我来了,她告诉自己,我是马可·波罗,我要和忽必烈共进早餐了。但是我不知道要怎么用筷子,所以我就用叉子吃了。

伊蒂继续看起了她的报纸。哈莉特瞥了一眼报纸的头版——停住了正往嘴边送的叉子。《谋杀嫌疑犯落网》,报纸头条写道。照片上,两个男人正架着一个身体软绵绵的人的胳肢窝。他的脸色惨白,长长的头发贴在脸颊两边,面容极度扭曲,与其说是脸,不如说是一个融化掉的蜡制塑像:扭曲的黑色孔洞是嘴巴,两个骷髅头似的黑洞洞的眼窝。然而——虽然扭曲如此——但那无疑就是丹尼·拉特利夫。

哈莉特在床上直直地坐起来,把她的头歪向一边,试图从坐着的地方读那篇文章。伊蒂翻过页面——注意到了哈莉特的眼神,她的脑袋歪向奇怪的角度——她放下了报纸,尖利地说道:"你感觉恶心吗?你需要我拿一个盆过来吗?"

"可以让我看看报纸吗?"

"当然了。"伊蒂翻到了后面的部分,把滑稽连环漫画的部分拉了出来,递给哈莉特,然后又平静地重新读了起来。

"他们又给我们城市增税了,"她说,"我不知道他们要这么多钱干什么。他们又要修一些永远也无法完工的路,他们拿了钱就做这些事儿。"

哈莉特气哄哄地盯着漫画那页,但并没有真的在看。谋杀嫌疑犯落网。如果丹尼·拉特利夫是一个嫌疑犯——如果他们用的词是嫌疑犯——那意味着,他还活着,不是吗?

"我听说迪克斯昨天晚上来看过你,"她说,每当她提起哈莉特的爸爸时,语气中总是会有种冷漠的感觉,"怎么样?"

"还行。"哈莉特——忘记了早餐——直挺挺地坐在床上,试图掩饰自己的紧张不安,但是她感觉如果不让她看看首页,弄明白发生了什么,她会死掉的。

他甚至不知道我的名字,她告诉自己。至少她认为他不知道。如果她自己的名字在报纸上出现了,伊蒂现在就不会如此冷静地坐在她的面前做那些填字游戏了。

他想把我淹死,她想。他肯定不愿意到处跟人说。

终于,她鼓起勇气说道:"伊蒂,头版上那个人是谁?"

伊蒂有些茫然;她把报纸翻过来。"噢,那个,"她说,"他杀了人。他藏在那个旧水塔里躲警察,结果被困在那里了,差点被淹死。我觉得有人出现解救他,他肯定特别开心。"她看了报纸一会儿。"在河对岸有好几个叫拉特利夫的人,"她说,"我记得似乎有一位老拉特利夫曾经在'苦难之栖'工作过一段时间。塔特和我怕他怕得要死,因为他没有门牙。"

"他们对他做了什么?"哈莉特说。

"谁?"

"那个男人。"

"他承认自己杀了哥哥,"伊蒂说,继续做起了填字游戏,"他们也准备起诉他贩卖毒品,所以我想他们应该会把他带到监狱去。"

"监狱?"哈莉特不吭声了,"报纸上这么写了吗?"

"噢,他很快就能出来了,你不用担心,"伊蒂轻快地说,"他们总是前脚刚把这些人抓住关起来,后脚就把他们放出来了。你不想吃早餐吗?"她说,注意到哈莉特的盘子还是原样。

哈莉特刻意地吃起了米饭。如果他没死,她想,那我就算不上一个谋杀犯,我什么事情都没有做过,不是吗?

"对,这就对了。在他们检查之前,你需要多少吃点东西,"伊蒂说,"不然如果他们要抽血,你会感觉眩晕。"

哈莉特卖力地吃着,眼睛低垂,但是她的心却像关在笼子里的动物,来回狂奔着,突然之间,她的心里又闪出一个可怕的想法,她脱口大声问道:"他生病了吗?"

"谁?你是说,那个男孩?"伊蒂生气地说,仍然看着填字游戏,并没有抬头,"我没有掌握一个罪犯有没有生病这种没用的信息。"

就在这时,房门上传来一阵巨大的敲门声,坐在床上的哈莉特吓了一跳,差点把餐盘打翻。

"你好,我是巴克斯特医生,"那男人说道,向伊蒂伸出了手,虽然他看上去很年轻——比布里德洛夫医生年轻——他头顶的头发却已经开始变稀薄了,他拿着一个看上去很重的老式黑色医生包,"我是神经科的医生。"

"噢。"伊蒂狐疑地看着他的鞋子——一双鞋底很厚的运动鞋,鞋面是蓝色绒面革，像高中生田径队队员常穿的那种鞋。

"这边居然没有下雨，真让人惊奇，"医生说罢，打开了包，开始在里面翻找，"我今早很早就从杰克逊开车往这边赶了——"

"好吧，"伊蒂轻快地说，"你将是这里第一位没有让我们一等就是一整天的人。"她仍然看着他的鞋子。

"我六点就从家出发了，"医生说，"密西西比州中部发布了特大雷暴预警。你可能不信，但那里雨的确很大。"他在床边桌上展开一块长方形的灰色法兰绒；他整整齐齐地在上面放了一个轻巧的银色小锤子、一个标有刻度的黑色小装置。

"我是从糟糕透顶的天气当中开到这里的，"他说，"期间，我一度以为自己得掉头往家里撤了。"

"嗯，天啊！"伊蒂礼貌地附和。

"幸好我挺过来了，"医生说道，"到了韦登附近的时候，路真的很难走——"

他转身，同时观察着哈莉特的表情。

"我的天！你为什么那样看着我？我不会伤害你的。"他看了她一会儿，随后合上了袋子。

"是这样的，"他说，"我会先问你一些问题。"他从床脚上拿下了她的表格，定定地看着它，安静中他的呼吸的声音显得很大。

"怎么样？"他问道，抬眼看了看哈莉特，"你不会害怕回答几个问题吧，对不对？"

"不怕。"

"不怕，先生。"伊蒂说道，把报纸放到一边。

"现在，首先是几个非常简单的问题，"医生边说，边在她的床边坐下，"你肯定会希望这次测试的所有问题都能像这么简单。你的名字是？"

"哈莉特·克里夫·迪弗雷纳。"

"很好,你多大了,哈莉特?"

"十二岁半。"

"你的生日是?"

他让哈莉特倒数十个数;他让她微笑、皱眉、吐舌头;他让她保持头部不动,眼睛跟着他的手指转动。哈莉特都照做了——按他的要求耸肩、用她的手指摸鼻子、屈膝、站直——全程她都保持着镇定和平静地呼吸。

"这个是眼底镜,"医生对哈莉特说道,他身上有一股独特的酒精味道——但哈莉特闻不出那是外用酒精、酒精饮料,还是须后水中尖锐的酒精味道,"不用担心,会有一束强光对着你的视觉神经照射一下,然后我就能看出你的大脑是否感到了压力……"

哈莉特直勾勾地往前看着。她刚刚想到一件非常令她不安的事情,如果丹尼·拉特利夫没有死,她要如何阻止希利到处八卦?如果希利发现丹尼仍然活着,他就不会再在意自己留在枪上的指纹;对于发生的事情,他会想怎么说就怎么说,根本不会忌惮电椅什么的。而且他会想去告诉别人发生了什么;哈莉特对这一点非常确定。她得想一个方法让他闭嘴。

医生说的话并不可信,因为随着检测项目越来越多,它们也越来越让人感到不舒服了——一根棍棒伸进了哈莉特的嗓子,让她感到恶心;一缕缕的棉花留在她的眼球上,让她眨着眼睛;还有一个小锤子在她的麻筋儿上敲着,一根锋利的针在她身上这里扎一下那里扎一下,让她感觉是否能感受到它。伊蒂——抱着双臂——站在一旁,密切地观察着他。

"你在医生里算是特别年轻的了。"她说。

医生没有回话。他还在忙着扎针。"有感觉吗?"他问哈莉特。

他扎了她的额头之后又刺了一下她的脸颊,哈莉特——闭着眼睛——烦躁地抽动着。至少枪已经丢了。希利没有证据能证明他去那里给她拿了枪。她必须不停地提醒自己这一点。事情看上去可能很糟,但是这仍然是他们两人之间的对话。

但是他肯定有一堆问题。他肯定想知道事情的全部——在水塔那里发生的所有的事情——现在她能说些什么呢?说丹尼·拉特利夫从她手里逃掉了,她其实没有做到她本来想做到的事情?或者,更糟的是:也许她从一开始就错了;可能她并不知道是谁杀害了罗宾,或许她永远也不会知道?

不,她突然惊慌地想着,这不够好,我需要想点别的出来。

"什么?"医生说道,"我弄疼你了吗?"

"有一点。"

"这是好的迹象,"伊蒂说,"如果能感到疼的话。"

也许,哈莉特想——医生正用一个锋利的东西刮着她的脚板,她则抬头看着房顶,紧紧地咬着嘴唇——也许丹尼·拉特利夫确实杀死了罗宾。如果凶手是他的话,事情会变得容易起来。当然,应付希利会变得异常轻松:说丹尼·拉特利夫最后向她认罪了,(也许当时是一个意外,也许他本来并没有想杀死他?)也许他甚至会乞求她的原谅。各种各样的可能性像毒花朵似的在她的身边盛放开来。她可以说是她饶了丹尼·拉特利夫一命,她以一种怜悯的豪迈姿态凌驾于他之上;她可以说她最后的时候,因为觉得他可怜才把他丢在了水塔里,看有谁会救他。

"嗯,情况没有很糟,不是吗?"医生一边说一边站了起来。

哈莉特急切地问道:"现在我能回家了吗?"

医生笑了笑。"嗬!"他说道,"没有这么快。我得去走廊里跟你外婆说一小会儿话,可以吗?"

伊蒂站了起来。他们两人走出房间的时候,哈莉特听到她说,"不是脑膜炎,对吧?"

"不是,女士。"

"他们告诉你她的呕吐和腹泻症状了吗?还有发烧?"

哈莉特安静地坐在床上。她能听到走廊里医生的说话声,虽然她很急切地想要知道他说了些什么,但他咕哝咕哝的声音压得很低,既遥远又神秘,她实在是听不清楚。她盯着放在白色床铺上的自己的双手。丹尼·拉特利夫还活着,虽然她永远也不会相信这一点,甚至在半个小时之前,她还感到非常高兴。即使这意味着她失败了,她也高兴。虽然她的目标原本并不可能实现,但她仍然感到一丝安慰,因为即使她知道那不可能,可她不论如何还是采取了行动,着手去做了。

——

"天啊,"正在吃早餐——波士顿奶油馅饼——的佩姆说道,推着桌子往后一退,"他在那上面待了两天。可怜鬼。虽然他确实杀死了他的哥哥。"

正在喝燕麦粥的希利抬起头来——几乎按捺不住——强忍着没有张口说话。

佩姆摇了摇头。他刚洗完澡,头发仍然湿着。"他甚至不会游泳。想象一下。他在那里跳上跳下地跳了两天,努力让自己的头露出水面,这很像我读过的一个东西,我感觉是'二战'时,一架掉在太平洋上的飞机。那些人在水上困了好多天,有好多的鲨鱼。你不能睡觉,你必须往周围游,还要不断地注意鲨鱼,不然它们稍不留神就会把你的腿咬下来。"他使劲地看着那张照片,打了个冷战,"可怜的家伙。整整两天困在那个恶心的地方,像困在水桶里的老鼠。如果你不会游泳,藏在那里真的很蠢。"

希利，再也无法抑制，脱口而出："事情不是你说的那样。"

"嗯，"佩姆不耐烦地说，"好像你知道似的。"

希利——烦躁不安，晃着双腿——等着他的哥哥从报纸上抬头看，或者说些别的什么。

"是哈莉特，"他终于还是说了出来，"是她干的。"

"嗯？"

"是她，是她把他推到了水里。"

佩姆看着她。"推谁？"他说，"你是说丹尼·拉特利夫？"

"是的，因为他杀死了她的哥哥。"

佩姆哼了一声。"就像我不会杀死罗宾一样，丹尼·拉特利夫也不会，"他边说，边翻着报纸，"我们当时是同班同学。"

"是他，"希利笃定地说，"哈莉特有证据。"

"噢，是吗？什么证据？"

"我不知道——有很多东西。但是她能证明。"

"可不是嘛。"

"不管怎么说，"希利再也无法抑制地说道，"她跟踪他们到了那里，拿着一把枪追击着他们，她开枪射死了法里什·拉特利夫，之后又让丹尼·拉特利夫爬上了水塔，然后跳了进去。"

佩姆伯顿翻到了报纸的背面，去看连环漫画。"是真的！我发誓！"希利焦虑不安地说道，"因为——"接着，他又想起来，不能说出自己是怎么知道的，然后低下了头。

"如果她有枪的话，"佩姆伯顿说道，"为什么她不把他们两个都打死，一了百了？"他把自己的盘子推到一边，像看笨蛋似的看着希利，"哈莉特又他妈的怎么能让丹尼·拉特利夫爬到那个上面去？狗娘养的丹尼·拉特利夫身强力壮。即使她有枪，他也瞬间能从她的手里夺走。妈的，就算是我，他也能不费吹灰之力抢走。如果你要撒谎，希利，你也得编个像样的谎话。"

"我不知道她是如何做到的，"希利固执地说，盯着他的麦片碗，"但是她做到了。我知道她做到了。"

"你自己看一看，"佩姆说道，把报纸推到了他的面前，"看一看你有多蠢。他们在水塔上藏了毒品。他们是为了毒品打架。水面上漂着毒品。这才是他们为什么会上去的首要原因。"

希利——费了极大的力气——保持着安静。他突然不安地意识到，他已经说了太多不该说的话。

"再说了，"佩姆伯顿说道，"哈莉特住在医院里。你知道的，笨蛋。"

"好吧，说不定她正好带着一把枪去了水塔那里呢？"希利恼火地说，"说不定她和那些人打了起来，然后受了伤？说不定她把枪丢在了水塔那里，还让一个人过去，然后——"

"不。哈莉特住院是因为她犯了羊痫风。羊痫风，"佩姆伯顿一边敲着自己的额头，一边说道，"你这个白痴。"

"噢，佩姆！"他们的妈妈在门口喊道。她刚刚吹干头发，身上穿着网球超短裙，显摆着她的小麦色肌肤，"你怎么能告诉他？"

"我不知道不能告诉他。"佩姆闷闷不乐地说道。

"我告诉过你不要说的！"

"抱歉。我忘了。"

希利困惑地看着他们两个人。

"对于正在学校读书的孩子来说，这是耻辱的事情，"妈妈在他们旁边坐下，"如果传开了对她非常不好，虽然，"她边说边伸手拿起了佩姆的叉子，咬了一大口他剩下的馅饼，"我听说的时候并不感到意外，你们的爸爸也是。这说明了很多问题。"

"什么是羊痫风？"希利不安地问，"是疯了的意思吗？"

"不是，花生，"他的妈妈一边匆忙地说道，一边放下叉子，"不，不，不，不是那样的。不要这样到处说。那个意思只是她会偶尔晕过去，会发作，像——"

"像这样。"佩姆说罢，模仿起了癫痫发作的样子，吐着舌头，翻着眼睛，在椅子上摇晃着。

"佩姆！停下来！"

"艾莉森全都看到了，"佩姆伯顿说，"她说那持续了十分钟。"

希利的妈妈——观察着他脸上的奇怪表情——伸出手，拍了拍他的手。"不要担心，亲爱的，"她说，"癫痫并不危险。"

"除非你正在开车，"佩姆说，"或者开飞机。"

妈妈严厉地看了他一眼——她之前也曾那样严厉地看过他，但并不经常这样。

"我现在要去俱乐部了，"她说罢，站了起来，"爸爸说他今早会开车送你去乐队，希利。但是你不要把这件事情告诉学校里的其他人。不用担心哈莉特。她会好起来的。我保证。"

接着他们的妈妈便离开了，他们听着她把汽车从车道上开出去的声音。佩姆伯顿站起来，走到冰箱那里，开始在最上面一层翻找。终于，他找到了自己要找的东西——一罐雪碧。

"你太蠢了，"他靠在冰箱上说，拨开眼前的头发，"他们没把你送去接受特殊教育真是奇迹。"

希利，虽然他很想告诉佩姆伯顿他去水塔拿枪的事情——紧紧地咬着嘴唇，瞪着桌子。等从乐队回来了，他就给哈莉特打电话。也许她不方便说话，但是他可以问她问题，她可以回答是或否。

佩姆伯顿啪的一下打开汽水，说道："我说，你这样到处扯谎真让人替你感到尴尬。虽然你觉得很酷，但是那只会让你看起来是真的很蠢。"

希利什么都没说。他一逮到机会就要给她打电话。如果他能从人群中溜走，他甚至可以去付费电话亭那里，在学校就给她打电话。而等她一回到家，他们就能独自去工具棚那里，她会跟他解释枪是怎么回事儿，她是如何策划了整件事情——开枪打死了法里什·拉特利夫，把丹尼困在水塔当中——而且肯定会特别精彩。使命已经完成，战役已经打赢；不知怎的——令人难以置信的是——她完全实现了自己先前说过的目标，而且无人知晓。

他抬头看着佩姆伯顿。

"随你怎么说，我不在乎，"他说，"但她是个天才。"

佩姆笑了笑。"她的确是，"他一边说，一边把头探出门外，"跟你比肯定是。"

致　谢

感谢本·罗宾逊和艾伦·斯莱特对魔术师及逃脱艺术大家哈利·胡迪尼及其一生的见解，感谢史黛丝·苏埃卡夫和德韦恩·布雷宁涵盖广泛且无价的医学研究，感谢奇普·基德的独特视角，感谢马修·约翰逊为我解答有关密西西比州的毒性爬行动物和肌肉车方面的问题。还要感谢宾基、吉尔、桑尼、博吉、希拉、盖瑞、亚历桑德拉、凯蒂、霍利、克里斯蒂娜、詹娜、安布尔、彼得·A、马修·G、格里塔、谢丽尔、马克、比尔、埃德娜、理查德、简、阿尔佛雷德、玛西亚、马歇尔和伊丽莎白、麦格罗因一家人、母亲和丽贝卡、南妮、伍斯特、爱丽丝和利亚姆、皮特和蒂芬妮、乔治和梅、哈利和布鲁斯、巴伦和彭格和塞西尔。最后，还要感谢尼尔：如果没有你，我无法完成这本书。